KB196540

역사 앞에 선   한국문학

역사 앞에 선   한국문학

염무웅 평론집

창비

지난번 평론집 『살아 있는 과거』(창비 2015)를 낸 지 10년이 가까우니 새 평론집을 묶어보자는 제안을 작년부터 받았다. 출판사의 제안이 있기 전에도 문학평론가로서의 지난날을 정리할 필요를 가끔 느끼던 터였다. 올해가 내게는 소위 등단 60년이 되는 해라서 더욱 그랬는지 모르겠다.

돌이켜보면 나는 등단하자마자 문단에 깊숙이 발을 들여놓게 되었다. 평론가 백철 선생을 비롯한 여러 선배 문인들을 근무하던 출판사에서 가까이 접하는 동안 그들의 삶의 실상을 제법 구체적으로 알게 되었다. 그들이 써온 글을 활자화 이전의 원고 상태에서 읽었고 그들을 따라 차를 마시거나 식사 자리에 동행하는 수도 있었음은 물론이고, 때로는 알 필요가 없는 사생활까지 알게 되는 경우도 있었다. 후에 깨달았지만 이게 반드시 다행한 일만은 아니었다.

이런 편집자 생활을 1970년대 말까지 이어가는 동안 나는 노숙자 못지않은 험한 삶으로부터 보석 같은 작품을 만들어내는 문인도 보았지만, 겉으로 그럴듯해 보이는 생활로부터 속물적 문학이 태어나는 것도 보았다. 최종적으로 독자의 손에 쥐어지는 문학 텍스트에는 바깥으로 드러난 것과 다른 작가 개인의 실존적 노고만이 아니라 시대 전체의 명암이 다양하게 관여한다는 사실도 차츰 알게 되었다. 한국문학의 현재에 대한 나의 이미지는 이러한 경험을 통해 형성되었다고 할 수 있는데, 그런 걸 깨달을수록 문학의 진실에 다가서려는 비평의 자세를 내 나름으로는 더 엄정하게 가다듬고자 하였다.

그러나 오랜 세월이 지난 오늘 이 평론집을 엮기 위해 교정지를 읽으며 새삼 절감하는 것은 지난날의 다짐으로부터 적잖이 멀어진 자신의 어설픈 자화상이다. 끊임없이 시대의 열악함에 탓을 돌리는 태도도 자주 눈에 띄거니와, 근년 들어서는 시력과 청력의 퇴화를 들먹이고 싶어지는 마음도 못지않게 자주 일어난다. 못마땅하게 여기던 선배들의 안일과 타협이 바로 내게서 느껴지는 것이다. 이제 글쓰기를 끝내라는 신호 아닌가 생각한다.

허풍처럼 들릴지 모르지만, 나는 글을 쓰고 나서 이름을 적을 때면 일제 식민지 말기 38선 이북에서 태어났다는 사실을 으레 상기하곤 한다. 만약 8·15로 국토가 분단되지 않았다면 출생신고 때의 일본식 이름을 항렬에 따른 우리식 이름으로 거의 80년 전에 고쳤을 것이다. 그런데 우리 집은 해방 직후 남쪽으로 내려왔고, 그런 와중에 나는 다른 이름으로 가(假)호적에 올라 고교까지 다녔다. 하지만 대학입시 때 호적 초본인지 등본인지를 제출하게 되자 옛 일본식 이름이 '수복지구'인 고향의 호적에 그대로 남아 있음이 밝혀졌다. 객지에서 힘들게 사느라고 그동안 본적지의 호적 상황을 확인할 여유가 없었던 것은 아버지로서는 어쩔 수 없는 일이었다. 이런 우여곡절 끝에 갖게 된 여러 이름들 중 하나를 적거나 불릴 때마다 나는 한국 현대사의 어두운 단층으로 잠깐씩 소환되는 느낌을 갖는다. 그래서 내 이름에는 민족사의 비극이 함축돼 있다고 농담 삼아 말하기도 하는데, 사람이란 일정한 사회적 환경에서 태어나 특정한 시대를 사는 존재임을 확인하는 기회라고나 할까.

물론 이름 때문에 불편을 겪은 적은 많아도 피해를 입은 건 없으니 입다물고 지내도 그만이다. 그러나 문제는 이름 자체가 아니다. 이름을 이리저리 바꾸도록 강요한 것은 따지고 보면 분단과 전쟁이라는 우리 현대사였다. 식민지-분단-전쟁-반공-독재-산업화-민주화로 급박하게 점철된 이 나라의 고단한 역사는 개인들의 온갖 일상적·사회적 삶을 가두고 통제하는 넘지 못할 철책이었다. 내가 이 책에서 다룬 시인들, 김수영·강민·민영·신경림·김지하·이성선·김남주는 1921년부터 1945년 사이에 태어나 철저히 그 시대 안에 갇혀 살며 철책의 강제와 억압에 시달렸고 때로는 철책 너머로의 해방된 삶을 꿈꾸다 절망의 가시에 찔려 피를 흘리기도 했던 분들이다. 그들은 평생 자유를 갈망했으나 돌아온 것은 사막 같은 팍팍한 삶이었다. 그러나 사막을 걸으면서도 그들은 '가장 가엾은 사람의 길동무가' 되어 "별과 달과 해와/모래"를 노래했고(신경림 「낙타」), 그럼으로써 동포들에게 위로와 용기를 선사했다. 문학평론가가 되어 시대의 아픔과 함께했던 시인들의 삶과 문학을 들여다보고 그것을 평론의 형식으로 동시대 독자들과 공유할 수 있었던 것은 큰 보람이었다. 이제 그들의 시는 철책을 넘고 시대를 건너 모국어 속에 영구히 살아남을 것이다. 다만 나의 설명이 그들이 이룩한 문학의 영속적 가치를 충분히 드러내지 못할까 걱정일 뿐이다.

군이 말하자면 이 책에는 또 하나의 주제가 있는 셈이다. 그것은 다름아닌 '민족문학(론)'이다. 알다시피 오늘날 '민족'이란 화두는 지식인들의 자리에서 밀려난 지 오래다. 생각해보면 그럴 만한 이유가 있다. 냉전이 끝나면서 '민족'은 참혹한 열전의 빌미가 되기도 했고, 근년에는 미국 중심 세계화의 퇴조와 더불어 '민족'이 극우 선동가의 손에서 배제와 혐오의 무기로 변하고 있으니 말이다. '민족'이 한편에서 이렇게 정치선동가의 손을 통해 악마의 얼굴로 변해가는 동안, 다른 한편에서는 세계적 규모로 진행되는 난민과 이주의 행렬이 혈통주의적 민족 개념의 사실상의 해체를 점점 더 현실화하고 있지 않은가. 한국에서도 '민족문학작가회의'는 벌써 오래전에 '한국작가회의'로 개명을 했다. 그러나 이런 현실에도 불구하고 나는 민족과 민족문학에서 배타주의의 독선을 걷어내면 쓸 만한 요소가 아직 적잖이 남아 있다고 믿는다. 적어도 이 나라에서는 그렇다고 생각한다.

1960년의 4·19혁명과 1965년의 한일협정 타결은 한국의 해방후사(解放後史)에서 가장 중요한 변곡점이었다. 이승만 정부 시기까지 온존된 일제 식민지 지배구조가 비로소 청산의 계기를 만났기 때문이다. 1960년대 이후 학계에서 식민사관의 극복 문제가 본격 논의되고 이에 관련된 논문과 저서가 발표되기 시작한 것은 4·19혁명이 촉발한 각성의 결과였다. 당시 20대 청년이던 나는 이기백·이우성·김용섭·강만길 같은 사학자들의 글을 읽으며 큰 배움을 얻고 영향을 받았다. 물론 문학도인 내게 중요한 것은 민족사학의 주체적 관점을 문학작품 해석에 적용하여 우리 문학사를 '우리 것답게' 재구성하는 작업이었다. 생각해보면 이것은 어느 한 사람이 단숨에 끝낼 일이 아니라 뜻을 같이하는 많은 연구자·비평가 들이 세대를 이어가며 수행할 장기적 과제라 해야겠지만, 이 평론집으로 말하더라도 「민족문학의 시대는 갔는가」를 비롯한 제3부의 글들은 직간접으로 이 물음에 대한 해답을 모색해본 것이다. 근년의 주요 문인들 업적을 논할 때도 은연중 중시한 것은 그들이 차지한 민족문학 안에서의 역사적 위치였다. 이 평론집의 표제는 그런 고심 끝에 선택되었다.

이런 점에서 문학평론가로서 나의 정체성은 기본적으로 1960, 70년대에 형성되었다고 할 수 있다. 그리고 나보다 20년, 30년 나이 많은 문단 선배들의 삶과 문학을 읽을 때 나의 의식, 때로는 무의식을 지배한 것은 그런 일종의 민족의식 같은 것이 아니었을까 생각한다. 그들을 통해 한국문학의 '있는 모습'을 배운 나는 언제부터인가 나보다 20년, 30년 나이 적은 후배들에게 내가 터득한 한국문학의 '있어야 할 모습'을 전해줄 의무가 있다고 느껴왔다. 이 책에 지난 시대의 이야기가 많은 것은 그런 전달자로서의 사명감 때문인지 모르겠다.

다른 한편, 나의 젊은 시절에 비해 오늘날 평론가들은 흔히 대학에 자리 잡고 학문으로서의 문학 연구에 종사하는 수가 많아졌다. 이 현상 자체는 나쁘지 않은 것이다. 그러나 문학 공부가 대학제도 안에 진입한 결과 그만큼 비평의 수준이 향상되고 독자들도 평론에서 많은 배움을 얻는가 묻는다면 나의 대답은 부정적이다. 나의 지나친 억측이기를 바라지만, 오늘날 한국 비평은 다수가 대학이 요구하는 학술논문의 틀에 갇혀 문학 독자로부터 아예 외면받거나 아니면 반대로 단순한 해설 차원으로 전락하여 작가들 뒤를 쫓는 데 급급하지 않은가 의심스럽다. 나 자신 가끔 논문 형식의 글도 쓰고 해설도 썼던 사람으로서 염치없는 말이지만, 이 책에 수록된 평론에서 내가 감히 시도한 것은 그런 소외 상태로부터의 '비평의 구출'이었다. 비평 본연의 모습에 내 글이 얼마나 접근하고 있는지, 성공 여부는 물론 높아진 문학 독자의 눈이 판단할 것이다.

내가 1964년 경향신문 신춘문예 평론 부문에 당선되었을 때 심사위원은 그 신문 논설위원이자 문학평론가인 이어령 선생이었다. 대학 졸업을 앞두고 모든 게 막막하던 내게 등단은 문학 공부를 계속하도록 힘을 실어준 행운이었다. 고인이 되신 이어령 선생께 늦어도 많이 늦은 감사의 인사를 드린다. 다들 아시다시피 초창기부터 지금까지 나의 평론가 노릇은 창비의 그늘 안에서 이루어져왔다. 제도교육에 늘 불만을 느끼던 내게 창비와의 만남은 새로운 시야를 열어주었다. 구체적으로는 『창작과비평』의 창간자이자 편집인으로서 한평생 쉬지 않고 학문과 실천에 정진해온 백낙청 선생께 많은 것을 배우고 깨우침을 얻었다. 60년 전이나 지금이나 여전히 척박한 이 땅에서 백선생을 비롯한 창비의 여러 동지들과 뜻을 같이하는 동시대인으로 살게 된 것 역시 특별한 행운이었다고 생각한다.

이 머리말을 끝내려고 하는 즈음에 한강 작가의 노벨 문학상 수상 소식이 들려왔다. 너무도 반갑고 중대한 뉴스라 문학 동료로서 한마디 축하의 말을 덧붙이지 않을 수 없다. 나는 그의 작품 가운데 초기 단편 두엇과 창비 발행의 『채식주의자』와 『소년이 온다』만 읽었고 그나마 평론으로 논하지도 못했다. 하지만 내가 읽은 것만으로도 그의 작품은 한세기 넘는 우리 근대문학의 축적 위에 이룩된 비범한 성취임이 분명하다. 재작년 정지아 작가의 『아버지의 해방일지』를 읽고서도 느낀 거지만, 이들은 한편으로 선배 작가의 역사의식을 계승하면서도 다른 한편 고유의 여성적 시선으로 인간 삶의 심연을 파고들어 선배들을 뛰어넘는 문학 자체의 내적 혁신에 성공한 것으로 보인다. 한국문학의 이런 축제 속에 책을 내는 것도 내게는 행운이다.

그러고 보니 올해는 결혼 55주년에다 아내가 팔순을 맞이한 해다. 아내의 헌신이 없었다면 내가 무슨 일을 할 수 있었겠나 생각하면 오직 감사할 뿐이다. 파란 많았던 60년을 함께해온 문단의 선후배와 친구들 얼굴이 주마등처럼 떠오른다. 두루 감사한 마음이다. 각 부의 끝에 붙은 인터뷰를 진행하고 그것을 이 책에 수록하도록 허락해준 문학평론가 백지연·유성호·이성혁 선생들께도 특별한 고마움을 전한다. 책을 만드는 과정에서 편집과 진행을 맡아준 정편집실의 김정혜 씨와 창비 편집부 박지영 씨에게도 깊이 감사한다.

2024년 입동 무렵에
염무웅 씀

차례

일러두기
1. 본문에서 인명의 한자와 원어, 생몰년은 문맥에 따라 필요한 경우에만 괄호 안에 병기하고 '찾아보기'에서 모두 병기했다.
2. 출판사 창작과비평사·창비, 계간지 『창작과비평』을 약칭할 때는 각기 '창비' 『창비』로 표기했다. 민족문학작가회의·한국작가회의를 약칭할 때는 '작가회의'로, 자유실천문인협의회를 약칭할 때는 '자실'로 표기했다.

제1부

뿌리 뽑힌 자의 노래

◆

『민영 시전집』을 읽는 감동

1. 최초 서명본을 받고서

2017년 5월 어느날 오후 '까페창비'에서 예정에 없이 민영(閔暎) 시인을 만났다. 일을 보고 나가려다가 들어오는 시인과 마주친 것이었다. 건강 때문에 외출을 삼간다는 소문을 들었던 터라, 반가운 마음에 걸음을 돌려 다시 그의 앞에 자리를 잡았다. 따라 들어온 창비 편집부 직원이 탁자 위에 책을 몇권 꺼내놓는데 다름 아닌 『민영 시전집』이다. 630쪽의 두툼한 분량으로, 방금 제본소에서 도착한 것이라 한다. 갓 출간된 자기 책을 받아들면 누구나 얼마간 흥분되는 것은 당연한 일이다. 약간 떨리는 글씨로 서명된 기증본을 받으니, '최초 서명본'으로 기록될 보물을 얻은 셈이다.

옛날 분들이 대체로 그렇지만 민영 선생은 유난히 글씨가 단아하다. 사물을 허투루 대하지 않는 마음이 획마다 배어 있는 고운 글씨다. 그런데 오늘 글씨는 펜을 든 손의 움직임이 조금 떨리고 있다. 만 83세 노년의 숨결이 그대로 느껴진다고 할까. 집으로 돌아오는 전철 안에서 시 한편 읽고 서명 한번 보고, 다시 시 한편 읽고 서명 한번 보고 하면서 여남은편을 읽었다. 집에 와서 여기저기 스무편쯤 더 읽고는, 언제 날을 잡아 천천히 통독하기로 기약한다.

벼르던 끝에 마침내 『민영 시전집』(창비 2017)을 완독했다. 곁들여 그의 수필집 『나의 길』(동학사 1999)도 빌려서 통독했다. 눈에 문제가 있는 나 같은 사람에게 시 읽기는 소설이나 다른 산문 읽기에 비해 아무래도 독서 노동의 강도가 덜하다. 더욱이 민영 선생의 시처럼, 언제부턴가 우리 시의 대세를 장악한 듯 언어 자체를 '틀고 꼬고 뒤집고 감추는' 표현방식이 아닌 경우에는 진도가 한결 더 수월하다. 하지만 읽어갈수록 『민영 시전집』은 하루이틀 사이에 뚝딱 읽어치울 그런 책이 아님을 확신하게 되었다. 독해의 난삽함 때문이 아님은 두말할 나위도 없다. 식민지 시대부터 분단과 전쟁을 거쳐 민주화 시대에 이르는 고난의 역사 한가운데를, 다른 누구의 것도 아닌 바로 자기 자신의 눈으로 보고 몸으로 겪으면서 시인의 고유한 감성으로 표현한 세계를 어찌 주마간산으로 달릴 수 있으랴. 가슴에서 일어나는 감동의 속도에 맞추어 천천히 시를 따라가기로 한다.

2. 초췌한 눈에 내비친 시의 빛

시집을 펼쳐 우선 머리말부터 읽는다. 전집을 묶으면서 시인 생활 60년을 돌아본 글인데, 짧고 소박하지만 그렇기 때문에 오히려 울림이 크다. 앞부분을 그대로 옮긴다.

내가 시를 쓰기 시작한 것은 우리나라가 전쟁의 소용돌이에 휘말려서 사람들이 모두 경상도나 전라도 같은 남쪽으로 피란을 가던 1950년 6월 이후의 일이다. 아직 습작의 범위를 벗어나지 못한 가냘픈 작품이지만 그중의 하나인「童願(동원)」은 1957년에 미당 서정주 선생이『현대문학』7월호에 추천하여 실어주신 작품이다. 책이 나온 다음 인사를 드리려고 마포구 공덕동에 있는 선생님 댁을 찾아갔을 때 고된 노동으로 초췌해진 내 모습을 보고 이렇게 말씀하셨다.

"자네의 눈에는 시의 빛이 내비치고 있네. 쉬지 말고 끊임없이 노력하시게."

어딘가 뭉클하지 않은가. 하지만 "고된 노동으로 초췌해진" 민영의 모습이 실제로 얼마나 가혹한 인생 역정의 결과였는지 그를 문단에 추천한 서정주(徐廷柱)는 아마 충분히 몰랐을 것이다. 그러나 민영의 시와 산문을 읽어가면서 그의 인생을 알게 될수록 '초췌한' 모습의 시인 지망생 민영의 눈으로부터 솟아나와 미당의 감식안을 향했던 "시의 빛"은 단지 문학적 의미에서만 특별한 것이 아니었음을 깨닫게 된다. 그의 시를 소개하기 위해 그의 남다른 이력을 살펴보는 까닭이다.

민영은 1934년 강원도 철원에서 출생했으나, 세살 되던 해 모친을 따라 중국 간도 지방으로 이주한다. 생계를 위해 한해 먼저 그곳에 가 있던 부친이 가족을 부른 것이었다. 그들 가족은 처음엔 용정(龍井)에 살다가 이태 뒤 화룡(和龍)으로 옮긴다. 화룡은 유명한 청산리전투 현장에서 멀지 않은 곳으로, 소년 시절 민영은 집에서도 가끔 총소리를 들었다고 한다. 그래도 부모가 시작한 장사가 그런대로 성공한 덕분에 그는 이곳에서 8·15 무렵까지 그 나름 행복한 나날을 보내며 일본군 통제하의 소학교 5년을 다닌다. 그러나 행복은 딱 여기까지였다.

제2차대전의 종전과 함께 민영의 삶은 격변 속으로 들어간다. 일본군에서 소련군, 중국군으로 지배자가 바뀔 때마다 혼란과 수난이 닥쳤다. 그동안 사용하던 화폐의 통용이 동결되자 사유재산이 몰수될지 모른다는 위기감도 들었다. 소심한 부친은 술로 불안을 달래다가 1946년 초봄 심장마

비로 갑자기 세상을 떠난다. 생계가 막막해진 모자는 해란강 가에서 부친 장례를 치르고 두만강을 건너 조선 땅으로 온다. 우여곡절 끝에 그들은 마침내 고향 철원으로 돌아오지만 고향이라고 해야 삭막하기는 매일반이었고, 더구나 어려서 떠난 탓에 민영에게는 철원이 객지나 다름없었다. 뒤늦게 편입한 철원 인민학교도 겨우 1년을 다니다가 중단하고 그는 다시 모친과 함께 살길을 찾아 서울로 올라온다. 민영의 정규 학력은 사실상 이것으로 끝나고 만다.

여기까지만 해도 그의 초년 삶이 실로 만만치 않은 시련의 과정이었음을 알 수 있다. 그러나 중국 화룡에서 보낸 5, 6년의 유소년 시절은 일본인 경찰의 잦은 행패와 중국인 이웃들의 은근한 냉대에도 불구하고 민영의 평생에 있어 양친의 보호를 온전히 받은 유일한 기간으로 기억된다. 그때의 행복감은 그의 시가 끝까지 밝음을 잃지 않게 하는 힘이 되었던 것 같다. 다음 작품은 소년 민영의 기억이 호출한 북간도 조선인 마을의 풍경이다. 배경과 풍물은 찬바람 쌩쌩 부는 북국의 겨울이지만 소품들과 함께 전개되는 그곳 사람살이의 모습과 정서는 돌아가고 싶은 마음 한가닥이 살아날 만큼 정답고 따스하다.

함박눈이 내려서 희미한 밤길
어디선가 개승냥이 울음소리가 들려온다.
재넘이바람이 쌔앵 하고 불어와
빨갛게 언 귓불을 후려치면
누빈 솜옷에 엿통을 멘 소년이
목장갑 낀 손을 호호 불면서
어두운 골목길을 돌아나간다.
"엿드을 사아세요. 바암엿이요!"

마을은 호롱불 호롱불

게딱지 같은 초가집들이 다가앉은

간척민 부락에 밤이 깊으면

목롯집에서 노름을 하던 벌목꾼과

하얼빈에서 이곳까지 흘러왔다는

철 지난 갈보가 화투짝을 멈추고

"엿장시, 이루 옵지비!" 하고 부른다.

이따금 골방에 숨어서 아편을 피우던

만주 여자가 속옷만 걸친 채

살그머니 창문을 열고

"엿장시, 라이 라이!" 할 적도 있는데,

엿통을 메고 눈길을 달려가면

생후추 박은 엿을 몇 자박은 팔아 준다.

아편쟁이는 단것을 좋아한다나?

―「북간도의 밤」 전문

　알다시피 19세기 후반부터 일제의 압박은 간도 지역을 나라 잃은 조선인들에게 그나마 숨 돌릴 피난의 땅으로 만들었다. 고향 떠난 난민들의 기약 없는 신세와 새 정착지에서의 고난의 생존투쟁은 일찍이 이용악(李庸岳)의 시집 『오랑캐꽃』(1947)과 안수길(安壽吉)의 장편소설 『북간도』(1959) 같은 작품에서 뛰어난 문학적 형상으로 묘사된 바 있거니와, 앞에 인용된 「북간도의 밤」을 비롯한 민영의 몇몇 작품들도 그 나름으로 이 전통 위에 서 있다고 말할 수 있다. 두말할 것 없이 일제강점기 민족의 이산(離散)은 우리가 겪은 역사적 수난의 핵심 중 하나로서, 그 변형되고 진화된 유산들은 오늘도 '디아스포라 문학'의 이름으로 (안타깝게도 대부분 모국어와의 연결을 잃어버린 채) 세계 도처에 살아 있다. 그런데 이용악이나 안수길의 경우와 달리 열두살 소년 민영에게 간도 체험은 오랜 세월의 풍화작용 탓인지 때로는 앞의 작품에서처럼 하나의 이국 정취로 재현되기도 하고, 때로는 다음 작품에서처럼 오갈 데 없는 절망의 상황으로 회상되기도 한다.

> 눈이 내린다.
> 장백산에서 불어오는 차디찬 바람이
> 화룡 평야 넓은 들판에 아우성을 울리며
> 눈이 내린다.
>
> 부흥촌과 개산골 간척민 부락을 지나
> 국경으로 가는 기차를 타려고
> 여기까지 왔으나, 화룡에서 용정을 지나
> 도문으로 가는 차는 소금 선에
> 기적소리를 울리며 떠난 뒤였다.
>
> ── 이제 어디로 가야 하지?
>
> 휑뎅그렁한 대합실에는
> 낯선 중국 여자가 난로 옆에서
> 발을 구르며 서 있었고,
> 하루에 한번밖에 오지 않는 기차는
> 하루가 지나야 올 것이므로
> 이 을씨년스러운 역사 안에서

하염없이 기다리고 있는 것도 무모한 노릇,
다시 걸어서 마을로 돌아가야 하나?

화룡에는 지금 누가 살고 있나,
내 어린 시절의 보금자리였던
이곳으로 날 데려온 아버지는
지난해에 돌아가시고, 쉰이 넘은
어머니가 혼자 창밖을 내다보고 계실 것이다.

휘몰아치는 설한풍에 굽은 소나무와
사시나무 떨듯 흔들리는 가로수를 지나서
얼마를 가야 집에 닿을 것이며,
아버지가 생전에 말씀하시던
내 고향 철원에는 언제 갈 수 있단 말이냐!
가슴이 답답하고 어지럽기만 하다.

—「1946년 봄 만주 화룡역에서」 전문

분단과 월남, 전쟁과 피난의 고초를 겪고 오랜 세월이 지난 뒤에도 민영은 간도를 잊지 못한다. 오히려 노년에 이를수록 간도는 돌아가야 할 존재의 근원처럼, 또는 완성해야 할 삶의 목표처럼 더욱 간절하게 그를 향해 손짓을 보낸다. 장례다운 절차도 없이 부친을 묻은 곳이 바로 거기, 북간도의 해란강 강변이기 때문인가. 민영은 수십년의 세월이 지나 중국 땅을 자유롭게 밟는 일이 가능해진 다음 무덤이 있으리라 짐작되는 곳을 여기저기 더듬었다. 그러나 흔적도 못 찾고 돌아와야 했으니, 그 안타까움을 어찌 '불효자'의 상투적 감정으로 치부할 수 있겠는가. 다음 작품을 읽어보면 구구절절 뿜어내는 애절한 호소력이 시인 민영의 가장 깊은 무의식에 들어 있는 귀향의 열망으로부터 나온 것인지, 그 열망의 본질적 불가능을 깨달은 절망감으로부터 나온 것인지 가늠하기 힘들다.

새벽에 눈을 뜨면
가야 할 곳이 있다.
밤새도록 뒤척이며 잠 이루지 못하다
새벽에 눈뜨면 가야 할 곳이 있다.
울타리 밖에 내리는 파리한 눈,
눈송이를 후려치는 아라사 바람이
수천마리의 양처럼 떼지어 달려와서
왕소나무 숲을 뒤흔드는 망각의 땅,
고구려와 발해의 옛 터전을
새벽에 눈을 뜨면 찾아가야 한다.

그곳을 떠나온 지도
육십년이 지났다. 그곳에는 아직
돌아오지 못한 슬픈 아비가
해란강 언덕 위 흙 속에 누워 있고,
늙어서 허리가 굽은 옛 동무들이
강둑에 나앉아 담배를 피우고 있다.
고삐 풀린 망아지처럼 뛰어다니던
뒷동산 언덕 위의 넓은 풀밭과
얼굴이 하도 고와 뒤쫓아다니던
왕가네 호떡집 딸 링링도 살고 있다.

이토록 바람 불고 추운 날에는

검은 털모자로 얼굴을 가리고

말 타고 달려오던 녹림의 호걸들,

그 마적들이 외치는 군호 소리에

어린 나를 끌어안고 가슴 조이던

애젊은 오마니도 이제는 없다.

장백산 올라가는 멧등길에

하얗게 피어 있던 백도라지꽃,

그 북간도의 화전 마을을

새벽에 눈을 뜨면 찾아가야 한다.

더 늦기 전에!

——「새벽에 눈을 뜨면」 전문

3. 시의 길에서 역사를 보다

1948년 열네살에 모친과 단둘이 서울에 올라온 민영은 며칠 동안 친척 집에서 신세를 지다가 약수동 버티고개에 자리를 잡는다. 그곳은 "해방 이듬해에 생긴, 이북 피난민들의 '하꼬방'촌이었다. 이 마을 주민들은 거의 모두가 막노동과 장사를 하며 지내는 가난한 사람들이었다. 지게꾼, 공사장 인부, 양담배 장수, 옷 장수, 두부 장수 등 직업이 다양했다."[1] 모친은 생활력이 강하고 바느질 솜씨도 좋아서 무슨 일이든 성심을 다했고, 민영도 남대문 어물가게 점원을 비롯한 온갖 힘든 일을 마다하지 않았다. 그렇게 애쓴 덕에 그럭저럭 여유가 생기자 모친은 민영을 중학에 들여보냈다. 하지만 두어달도 못 돼 6·25전쟁이 터지는 바람에 학교는커녕 당장 끼

---

1 민영 수필집 『나의 길』, 동학사 1999. 이하 인용 산문은 모두 이 수필집 수록.

니를 때우는 것도 어려운 처지가 되었다. "처음에는 옷가지와 재봉틀을 내다 팔아 양식을 바꿔 먹었으나 전쟁이 오래가자 끼니를 줄이는 수밖에 없었다. 멀건 죽과 고구마 한두 개로 하루를 때우는 날이 많아졌다."

이런 형편이었으므로 1·4후퇴 때는 더욱 혹심한 고생을 한다. 모시고 살던 외할머니가 영양부족으로 앓아누워 피난을 나설 수도 없었다. 마침내 할머니가 숨을 거두자 "어머니와 나는 외할머니 시신을 낡은 이불과 거적에 말아 고개 너머에 있는 산자락에 갖다 묻었다. (…) 울면서 집으로 돌아온 어머니와 나는 그때부터 길 떠날 채비를 했다." 그러나 서울역에서는 기차 얻어타는 게 불가능했고, 용산역에 와서야 기적처럼 화물칸에 오르는 데 성공한다. 기차는 추위와 굶주림에 시달린 그들을 나흘 만에 부산역에 풀어놓는다. 이때부터 그들 모자에게는 새로운 악전고투가 시작되는데, 그래도 다행인 것은 영도의 산 중턱에 골방 하나를 얻은 것이었다. "방이 너무 좁아서 어머니와 나, 단 두 식구뿐인데도 불편하기 이를 데 없었다."

그러나 피난 수도 부산에서 믿을 데도 기댈 데도 없는 처지의 민영에게 구원의 가능성이 조금씩 열린다. 소년 시절부터 좋아하던 문학을 생면부지 낯선 땅에서 만나게 된 것이었다. 신문팔이로, 부두 노동으로 밥벌이를 하다가 운 좋게 인쇄소 직공으로 취직한 것이 계기였다. 그곳은 어쨌든 글을 다루는 세계였다. 시집 『의상(衣裳)』의 교정을 보러 인쇄소를 찾은 시인 김상옥(金相沃, 1920~2004)에게 소년공 민영이 시에 관해 질문을 던졌고, 이를 기특하게 여긴 김상옥이 그에게 문학으로 들어가는 문을 열어주었던 것이다. 이미 문단에 자리 잡고 있던 김상옥은 문학적 열망에 가득 찬 헐벗은 소년을 문인들이 모이는 다방으로 데리고 갔다.

그러나 우리가 민영에게 주목해야 할 또다른 이유도 있다. 그 무렵 고난 한가운데서 유일하게 매달릴 것이 문학뿐이었음에도 민영은 문학에만 눈이 멀지 않았다. 그는 당시의 자신에 관해 다음과 같이 회고한 바 있다. "부산에서의 3년 동안을 나는 문학과 예술에만 넋을 앗기고 살아온 것은 아니다. 남쪽으로 좁혀진 전선에서는 동족상잔의 처참한 전쟁이 벌어지고 있는데도 이승만 정부의 영구집권 음모로 빚어진 정치파동과 국민방위군사건, 거창양민학살사건 들을 보면서(…)". 이 회고의 글에 보이듯 그는 문학 바깥에 있는 현실의 불의에도 결코 무감각하지 않았다. 인쇄공이 되기 전 그는 부두 노동자로 일했는데, 부두 노동의 고역 중에도 인근 부산역 플랫폼에 던져진 얼어붙은 시체를 목격하고 그것이 무엇을 뜻하는지 진상을 파악할 수 있었다. 다음 작품은 당대 역사의 처절한 증언으로서도 소중한 의미가 있다.

그 봄은 유난히 쌀쌀맞았다.
눈이라곤 오지 않는 항도 부산에
파편같이 예리한 눈발이 날려
입간판을 쓰러뜨리고, 길에 쌓인 눈이
행인들의 발걸음을 더디게 만들었다.

1952년 꽃도 피지 않은 3월이었다.
부산역 플랫폼에 어디서 왔는지
어디로 가는지도 알 수 없는
정체불명의 물건들이 하역되었다.
지척에 있는 부두에서는 미국서 온
수송선이 의기양양하게 고동을 울리는데,
뼛속까지 얼려서 시멘트 바닥에 내던진
냉동인간이 누구이며 왜 죽었는지를
아는 사람은 아무도 없었다.

이윽고 기관차 뒤에 매달린 객차가
슬그머니 떨어져나가고 빈 곳간차가
눈앞을 스치고 지나가자, 사람들은
그제야 이 강철로 만든 화물차가
냉동인간을 싣고 온 철마임을 깨달았다.
그래서 그들은 황급히 죽은 자의
몸에 붙은 짐표를 살피기 시작했다.

구례 → 부산　남원 → 부산　곡성 → 부산
하동 → 부산　산청 → 부산　거창 → 부산

그렇다면 이 냉동인간은
피와 눈물로 얼룩진 역사의 고살
지리산에서 왔단 말인가?
지금도 항쟁의 불길이 타오르는 산골짜기에
흰 눈으로 덮인 슬픈 전사들,
때 묻은 꼬리표 가슴에 달고
말없이 누워 있는 그들이 누구인가를
그제야 알 것 같았다.

—「그 봄에 있었던 일」 전문

이 작품 뒤에는 '시작 노트' 같은 글이 다음과 같이 달려 있다.

　그로부터 반세기가 지나갔다. 그날 아침 부산역 승강장에서 헤어진 후 나는 그 비운의 산사람들을 두번 다시 만날 수 없었다. 어느 후미진 굴속에 집단으로 매장되었는지 불에 탄 뼛가루를 바다에 뿌렸는지 알 수 없으나, 굳게 닫힌 장막과 문이 열리고 안개가 걷히자 나는 지체 없이 중국과 베트남을 다녀오고 금강산 구경까지 해치웠다. 하지만 전쟁이 싫어서 열차를 타고 북에서 내려온 소년의 눈에 비친 그 처참한 모르그(morgue) 풍경은 내 기억의 사진첩 속에 지금도 남아 있다. 과연 이제는 무기를 녹여서 호미와 낫을 만들 시대가 돌아온 걸까? 피 빠진 생선처럼 얼어버린 빨치산들의 모습이 내 눈에 남아 있는 한 믿지 못한다, 우리가 하나 되는 그날까지는!

지리산 골짜기에서 숨진 수많은 빨치산들의 시신이 어떻게 처리되었는지 아무도 묻지 않았고, 나는 어느 책에서도 그 답변을 읽지 못했다. 6·25전쟁 전후 이 땅 곳곳에서 억울하게 처형된 수십만 민간인들의 원혼을 우리는 아직 제대로 애도의 절차를 밟아 저세상으로 떠나보내지 못했다. 그들의 숨죽인 울음은 날씨만 궂으면 다시 돌아와 오늘도 한반도 전역에서 살아 있는 사람들 가슴을 떨게 만들고 있지 않은가. 내가 근무하던 대학에서 멀지 않은 경산의 페코발트광산 갱도 안으로 들어가 나는 그 떨림을 구체적으로 경험했다. 그러므로 통일이 실현되는 그날까지는 누구의 입에서 나오는 어떠한 평화의 약속도 믿지 못하겠다는 시인의 외침이 여전히 유효할 수밖에 없지 않은가. 또다른 작품을 읽어보자.

대낮인데도 바람 소리가
죽은 어부들의 비명처럼 들려온다.
비탈진 산줄기가 달려와
바닷속으로 곤두박이치는 여차,
우르릉 쾅! 하고 부서지는 파도가
너 무엇 하러 여기까지 왔느냐고 묻는다.

우거진 잡목 숲 사이로
철쭉과 동백, 산수유, 피안앵이
구름같이 피어 수미단을 이루었는데,
잠시도 쉴 줄 모르는 새파란 바다가
나그네의 마음을 아프게 두드린다.

문득 오십년 전에 이 섬을 떠난
무국적 전사들의 모습이 떠오른다.
이념으로 맞서 싸우는 조국이 버거워
중립국으로 간 전쟁 포로들.

이제는 덧없이 늙었을 그 젊은이들이
오대양 육대주의 어느 해변에서
── 나 여기 있소! 하고
유수(幽囚)의 섬에서 들려오던 바람 소리와
파도 소리를 아직도 기억하며
손짓하고 있을지도 모른다는 생각이 들었다.

                                   ──「여차에서」전문

　여차는 거제도의 한 어촌으로, 6·25 때 포로수용소가 근처에 있었다
고 한다. 일찍이 민영은 김상옥의 소개로 그의 제자인 박재삼(朴在森,
1933~97)과 친구가 되었던바, 1953년 가을 박재삼의 초대로 객선을 타고
김상옥이 기거하는 통영을 거쳐 삼천포 박재삼에게까지 다녀온 적이 있
었다. 둘 다 아직 시인으로 데뷔하기 전인데, 민영은 박재삼을 추모하는
어느 수필에서 "내 젊은 날의 추억 중에서 가장 아름다운 여행이었다"고
돌아본 적이 있다. 반세기가 지난 뒤 그는 다시 남해안을 여행하던 중 예

전의 그 거제도 해변 마을 여차에 이른다. 그러자 '대낮에도 울부짖는 바람 소리와 파도 소리'가 "너 무엇 하러 여기까지 왔느냐"고 다그치는 물음이 되어 그의 귀를 때린다. 그 다그침의 주인공은 다름 아니라 '이 섬에 갇혔다가 떠난 무국적 전사들의 울음소리'였다. 젊은 날 무심코 듣고 지나쳤던 파도 소리가 50년 만에 역사의 소리가 되어 그의 귀에 들린 것이다. 돌이켜보면 거제도 포로수용소의 비극은 일찍이 소설가 장용학(張龍鶴)이 단편 「요한 시집」(1955)에서 그렸었고, 누구보다도 혹독하게 3년의 포로 생활을 겪은 강용준(姜龍俊)이 「철조망」(1960) 등 여러 작품에서 증언하였다. 최인훈(崔仁勳) 역시 문제작 『광장』(1960)에서 이념적 선택 앞에서 좌절하는 전쟁포로의 고뇌를 정면에서 다루어 널리 알려진 바 있었다. 하지만 어쩐 일인지 거제도 포로수용소 자체는 우리의 시야에서 사라진 지 오래다.[2]

4. 성실한 생활인이 이룩한 단단한 시세계

1954년 근무하던 인쇄소 '대한교과서'가 상경함에 따라 민영도 서울로 올라왔다. 그런데 그의 일이란 인쇄공장에서 활자를 뽑아 조판하는 노동이어서 늘 납중독의 위험에 노출되어 있었다. 게다가 원래 병약한 체질이

---

2 오무라 마스오(大村益夫) 저작집 제5권 『한일 상호이해의 길』(정선태 옮김, 소명출판 2017)에 수록된 에세이 「사람의 발자취 드문 포로수용소 자리」에는 다음과 같은 설명이 있다. "당시 섬 주민은 10만 명, 전화(戰火)를 피해 이곳으로 온 피난민은 15만 명이었다. 그리고 북한의 조선인민군 15만 명, 중국 의용군 2만 명 합계 17만 명이 이곳에 수용되어 있었다. (…) 본인의 의지를 확인한 후 2만 7천여 명의 반공포로는 석방되었고 나머지 대부분은 본국으로 송환되었다. 단, 76명은 조국을 버리고 중립국 인도의 관리 아래 제3국으로 향했다. 아울러 국제연합군 포로 가운데 본국송환을 원하지 않은 '친공 포로'는 388명이었다."

라 점점 건강이 악화되었다. 그는 습작 몇편을 읽어주십사 서정주에게 맡기고 휴양을 겸해서 고향 철원으로 내려갔다. 전쟁으로 쑥대밭이 된 곳이었지만, 철원에서의 생활은 그에게 새로운 활력을 선사했다. 그해 그의 시가 『현대문학』에 서정주의 추천으로 발표된 것이 무엇보다 큰 힘이 되었는데, 2년간 임시로 호적 서기 노릇을 하며 주민들과 가깝게 지낸 것도 그에게 잃어버린 고향을 되찾는 기쁨을 주었다. "너무나 일찍이 뿌리 뽑힌 자의 슬픔으로 살아야 했던" 민영으로서는 철원에서 원래의 토박이 아닌 이북 피난민들, 즉 "그 땅의 순박한 인심에 동화된 새로운 철원 사람들"에게 깊은 동질감을 느꼈다. 사실 철원은 그 자신에게도 말이 고향이지 낯선 고장이나 다름없는 땅이었다. 그러나 이제 철원은 민영에게 새로 찾은 고향이자 시의 중요한 주제가 되었다. 생애의 후반을 그는 중랑천 가까운 곳 나지막한 집에 터를 잡고 살았지만 늘 새로 얻은 듯한 고향 철원을 바라보며 위안을 얻고 마음을 가다듬었다. 그렇게 얻은 시 가운데 한편만 읽기로 하자.

여기서 북쪽으로 전리를 가면
검은 강물 한줄기 소리 없이 흐르고
우뚝우뚝 거친 산 솟아 있는 곳
그 산 밑이 내 고향 마을이라네.

참솔 같던 젊은이들 총 맞아 죽고
꽃다운 홀어미들 지쳐 잠든 곳
불에 탄 집터마다 쑥대풀 서걱이고
도채비불 밤이면 펄럭인다네.

잿더미에 흩어진 뼈 벌레 되어 우나니

예 살던 살붙이들 어디로 갔나?

내가 자라 길 떠난 뿌리의 고샅

이 세상일 마치거든 돌아가려네.

——「고향 생각」 전문

  말할 수 없이 깊은 상실감이 읽는 이의 가슴을 저민다. 그러나 민영의
시와 산문을 통독해보면 그는 온갖 역경과 악조건에도 불구하고 평생에
걸쳐 성실한 생활인의 자세를 잃은 적이 없고, 시인으로서 역사에 대한
의식과 장인(匠人)다운 철저함에서 벗어나지 않았음도 알 수 있다.

  그는 성년이 된 이후 직업을 세번 바꾸었다. 인쇄소에서 조판공 노릇
15년, 1967년부터 출판사 편집사원으로 12년, 그리고 1979년 설립하여
1992년 아들에게 물려주기까지 사진식자 겸 출판대행사 금란사(金蘭社)
운영. 이렇게 지속된 넉넉지 않은 소시민 살림의 대부분을 그는 중랑천
둑 아래 서민 동네에서 살았다. 그의 인생이 외관상 초라해 보일 수도 있
지만, 그는 안으로 타오르는 정신의 오연함으로 그 모든 것을 견디고 뛰
어넘어 단단하고 빛나는 시의 한 세계를 이룩하는 데 성공하였다. 『시전
집』에 수록된 작품의 숫자가 총 420편쯤 되므로 60년의 업적으로서는 많
은 편이 아니다. 하지만 공들여 다듬은 보석이 그만한 분량이면 결코 적
은 것도 아니다. 1972년 간행된 첫 시집의 표제작이자 4·19 무렵의 결의를
노래했다고 스스로 밝힌 작품 「단장(斷章)」을 마지막으로 소개한다. 수십
년 모진 풍파의 담금질로 단단해질 대로 단단해진 민영 시의 뼈대가 만져
지지 않는가! 덧붙이자면, 이 시는 소설가 천승세(千勝世)가 술이 거나해
지면 그 특유의 연극적인 제스처와 거센 목소리로 두번 세번 암송해 마지
않던 작품이다. 한번 외워보시라.

  외로울 때는

눈을 감는다,
바람에 삐걱이는
사립을 닫듯……

목마를 때는
돌아눕는다,
눅눅한 바람벽에
허파를 대고……

하지만, 내연(內燃)의 피
독이 되어 거꾸러질 땐
뜨겠다, 죽어도 감지 못할
새파란 눈을!

천천히 흘러 멀리 가는 강물처럼

◆

강민 시집 『백두에 머리를 두고』

　당연한 얘기지만 시인/작가에게 삶은 그의 문학의 원천이다. 그러나 작품과 인간 사이의 관계가 직접적이거나 단순명료한 것은 아니다. 인간이라는 존재 자체가 들여다볼수록 깊이를 알 수 없는 심연과 같아서, 그 심연으로부터 태어난 문학의 의미를 읽는 일은 더욱 암중모색의 험로이다. 그런데 시인 강민(姜敏, 1933~2019)의 문학은 우리에게 너무 겁내지 말라는 청신호를 보낸다. 그의 시는 흔히 말하는 '난해'와는 거리가 멀다.

　그러나 강민의 시가 독자에게 소통의 큰 어려움을 부과하지 않는 것은 그의 인생이 문제적이 아니었다거나 그가 시에서 자기 삶을 안일하게 다루었기 때문은 아니다. 도리어 그의 이력을 살펴보면 그 역시 동시대의 많은 이들처럼 어려서부터 각박한 고난에 시달리지 않으면 안 되었음을 알 수 있다. 가난한 집안에서 태어난 데다 해방 지후 부친의 별세로 형편이 더욱 어려워져, 그는 다니던 중학마저 그만두어야 했다. 다행히 좋은 선생님을 만난 덕에 복학을 할 수 있었지만, 졸업하기도 전에 6·25전쟁이 일어나 결국 중단하고 말았다.

　강민의 전쟁 체험은 더욱 참담한 것이었다. 불과 18세의 나이에 군에 입대한 것부터 심상치 않다. 최근 그에게서 직접 들은 바에 따르면, 그는 중학 시절 독서회 회원이라는 이유로 좌익으로 찍혀 '학련'이라는 우익 청년단체에 끌려가 고문을 받았다고 한다. 큰일 나겠다 싶어 목숨을 건지기 위해 선택한 것이 자원입대였다는 것이다. 그가 독서회에 가입한 것은 무슨 이념 때문이 아니라 책 살 돈이 없는 형편에 순전히 책을 읽기 위해서였지만, 독서회라면 당시에는 으레 좌익으로 취급되었다. 그의 군인 생활도 오늘의 통념으로는 상식을 벗어난 것이었다. 악명 높은 국민방위군에 들어갔다가 굶주림과 추위로 인해 죽음 직전까지 내몰렸고, 국민방위군이 해산한 뒤 다시 입대한 공군에서도 대부분의 기간을 영양실조로 보냈다. 그 때문에 생긴 폐결핵으로 인해 공군병원에서 지내야 했다. 군인 같지 않은 군대 생활 끝에 그는 피폐하고 병든 낙오병의 모습이 되어서야 가족 곁으로 돌아올 수 있었다. 휴전 이듬해였다. 다행히 그는 대학에 적을 두게 되었다. 그리고 이때부터 그는 학업과 투병을 겸하면서 20대 젊은 날들을 보내게 되는데, 바로 이 간고한 조건 속에서 강민의 문학은 출발하였다.

시인 신동문(辛東門, 1927~93)과 강민은 나이는 대여섯살 차이가 나지만 전쟁 시기에 국민방위군과 공군이라는 거의 똑같은 군대 경력을 거쳤다. 그들은 공군병원 병상에서 우연히 만나 서로의 문학적 취향을 알아보고 동병상련의 우정을 나누게 되었다. 그런데 두 시인의 문학적 행로는 아주 대조적이다. 공군 사병 신동문에게 주어진 임무는 비행장에서 풍선을 높이 띄워 기상관측 자료를 얻는 것이었다. 이 업무의 물리적 단순함 때문이었는지 또는 결핵균의 작용 때문이었는지, 신동문은 도리어 전쟁이라는 상황적 긴박성과 무관한 어떤 의식의 도취 상태에 이르는 수가 많았다. 그리고 치열한 내면탐색과 자기집중에 빠져들었다. 그 의식의 과열 상태에서 자동기술 하듯 창작된 작품이 「풍선기(風船記)」였다. 그런데

4·19혁명 이후 사회생활에 적극 참여하기 시작하면서 신동문은 더이상 시를 쓰기 어려워진 자신을 발견했고, 마침내 문학을 떠나기에 이른다.

　신동문과 달리 투병 기간의 강민에게는 그와 같은 황홀한 자아몰입의 시간은 찾아오지 않았다. 그는 병에 시달리면서도 대학에 적을 두고 문학을 공부했고 선후배 문인들을 사귀었다. 신동문이 열병 앓듯 시를 토해냈던 것과 달리 강민은 시 쓰는 일 자체보다 막연한 그리움의 정서에 사로잡혀 폐허의 명동 거리를 배회하는 일이 잦았다.

　　들녘엔 바람도 없다
　　그는 이미 전쟁을 잊은 지 오래다
　　헐리고 피 흘렸어도 항시 피어오르고만 싶은 마음
　　기(旗)여!

　　지금은 오후의 바랜 고요가 스미고,
　　언제였던가
　　싱싱한 살육의 벌판을 흡사 왕자처럼 휩쓸던 그때는

　　봄, 여름, 가을,
　　겨울도 없이
　　모두 안타까이 죽어간 시간
　　이제는 높이 우러를 하늘도 없다
　　그는 제 몸의 중심을 향해 고요한 기도의 몸매를
　　지속할 뿐이다

　　　　　　　　　　　　　　　　　　　──「기」(旗, 1957) 전문

　문단에 공식 등단하기 전에 쓰인 작품이다. "헐리고 피 흘렸어도"라든지 "싱싱한 살육의 벌판" 또는 "모두 안타까이 죽어간 시간" 같은 구절들은 시인이 아직 전쟁의 기억에서 놓여나지 못하고 있음을 입증한다. 살벌한 군대 생활을 벗어난 지 불과 4, 5년이므로 당연한 노릇이다. 그리고 동시에 이 작품은 그가 자신이 겪은 전쟁의 참상을 정면으로 응시하고 그 의미를 파고드는 과제 앞에서 머뭇거리고 있음을 보여준다. "이미 전쟁을 잊은 지 오래다"라든가 "제 몸의 중심을 향해 고요한 기도의 몸매를/지속할 뿐이다"라는 고백은 자신에게 닥쳤던 역사와의 진정한 만남을 미해결의 숙제로 미루어두고 있음을 나타낸다. 문제는 그러한 망설임 자체가 어떤 내적 갈등이나 정신적 고통을 동반하고 있지 않다는 점인데, 어쨌든 이런 미온적 상황에서 다행히 그는 병에서 벗어났고, 그리하여 이제부터 맞이할 그의 또다른 전쟁터 즉 직업전선에 뛰어들 수 있었다.

1957년부터 1990년까지 거의 35년간 계속된 강민의 생업은 출판사·잡지사의 편집자였다. 한국잡지기자협회 회장, 금성출판사 편집상무 등의 직책을 거쳐 퇴직한 뒤에는 스스로 출판사를 창업해서 5년간 운영하기도 했다. 그러는 사이 그는 많은 문인들을 사귀었고 때로는 그들을 뒷바라지하면서 취직을 돕고 밥과 술도 샀으나, 정작 자신의 시를 쓰는 본업에서는 여전히 정면승부를 피한 채 맴돌기만 했다. 그러나 물론 "잊은 지 오래"라는 말과 달리 그는 결코 잊은 것이 아니었고 잊을 수도 없었다. 다만, 순간의 불꽃 이후 멀리 농사짓는 일로 사라진 신동문과 반대로, 강민은 자기 인생의 심연을 향해 눈에 띄지 않는 아주 느린 보폭으로 천천히 다가가고 있었을 뿐이다. 그리하여 편집자의 굴레를 벗고 등단 30년이 지난 뒤에야 첫 시집 『물은 하나 되어 흐르네』(담게 1993)를 간행했고, 이를 계기로 그는 좀더 적극적으로 과거와의 대화에 나선다. 그는 노년에 이르러서야 가슴에 맺혀 있는 두 이름을 시에 호출한다. 아버지는 가난이란 유산을 물려준 분이었고, 어머니는 일찍 떠난 남편과 병든 아들 때문에 온갖 고생을 했던 분이었다.

문득 한 사람 뒤돌아서 멀어져간다

깡마르고 왜소한 그이는

분명 아버지다

고아로 자라 평생을 외롭고 험하게 살다 간

그이

왜소하지만 꼿꼿하고 올곧던

아버지

분명치 않은 그 길가에

이름 모를 들꽃 송이 피어 있다

하얀 소복의 나이 든 여인 한 사람

망연한 눈길 석양에 던지고 기도하고 있다

가난한 집안 살림 지탱하기 어려워 행상을 떠나며

약석의 효험 없이 이제 곧 떠나갈 것만 같은

병약한 아들의 회복을 새벽마다 기도하던

어머니

—「세수」(2008) 부분

열서너살에 작별한 아버지, 그는 비록 '고아'로 자랐고 "평생을 외롭고 험하게 살다" 갔지만 일제의 식민지 지배에 대한 저항의 정서를 지닌 '꼿꼿하고 올곧은' 분이었다. 따라서 아버지의 존재는 그림자처럼 강민의 무의식에 깊이 침전되어 그의 일생을 인도하는 말없는 지표가 되었다. 남편 없는 "가난한 집안 살림 지탱하기 어려워" 행상을 다녔던 어머니는 더 말할 것도 없는데, 어머니에 대한 간절한 기억은 강민의 문학 여러곳에 등장하지만, 특히 다음 시에 묘사된 것과 같은 쓰라렸던 삶의 현장은 폐부를 찌른다.

어머니는 밥상을 들고
어쩔 줄 몰라 우왕좌왕하셨다
오후 다섯시까지 철거하라는 통지를 받고
그 집에서의 마지막 식사를 하려던 참이었다

서울 중구 광희동 2가 65의 2
그 험한 전쟁에서도 용케 견뎌
늙으신 어머니와 우리 삼남매에게
풍상을 막아주던 남루하지만 따뜻했던 판잣집

돌연 밖에서 쿵 하는 굉음과 함께
천장에서 풀썩 먼지가 일며 와르르 깨어진 기와가
쏟아져내렸다
시간은 아직 다섯시 전이었다
나는 충혈된 눈으로 밖으로 뛰쳐나갔다
—「비망록에서 2: 철거(撤去)」(2009) 부분

  그런데 이 작품에 묘사된 사건은 언제 일어난 것일까? '광희동'이라는
지명으로 미루어 아마 그의 결혼(1966) 이전일 것이다. 그리고 보면 재개
발·재건축의 이름으로 강행되는 삶의 터전으로부터의 서민 축출은 유구
한 역사와 더불어 오늘도 이어지고 있는 셈인데, 강민의 문학에서 주목되
는 것은 그럼에도 불구하고 처절한 사건이 있고 나서 반세기가 지난 다음
에야 비로소 마치 바로 며칠 전의 일처럼 묘사되고 있다는 점이다. 앞에
인용한 시 「세수」는 더 오랜 세월 뒤에야 아버지의 기억을 불러낸다.
  이런 굼뜬 대응은 전쟁 경험의 경우에도 되풀이된다. 앞에서 잠깐 살펴

보았듯이 초기 작품 「기(旗)」에서 "싱싱한 살육의 벌판"이라고 관념적 상기의 대상이었던 그 끔찍한 날들의 경험은 잊었는가 싶을 만큼 오랜 세월이 지난 뒤에야 홀연 망각의 지층을 뚫고 지상으로 분출된다. 그것이 「경안리에서」(2003) 「미로」(2004) 「삼도천(三途川) 기행 1」(2008) 및 「비망록에서 4」(2017) 같은 작품들이다. 「경안리에서」는 1950년 8월 우연히 한 주막집에서 보내게 된 같은 또래 북한군과 밤새 "하염없는 얘기를 나누"다가 "우리 죽지 말자"고 악수하며 헤어진 일화를 다루고 있고, 다른 세 작품은 모두 1951년 1월 후퇴 대열에서 낙오한 국민방위군 병졸로서 추위와 굶주림 때문에 거의 환각 상태에까지 이르렀던 자신의 극한 체험을 묘사하고 있다. 당시의 상황이 어떤 것이었는지 알려주는 뜻에서 짧게 한토막만 맛보기로 예시한다.

> 북의 전력에 밀려 남으로 후퇴하는 우리에게는
> 일체의 보급이 끊기고 잠잘 곳도 없었다
> 외딴집을 보면 불을 지르고 동사(凍死)를 면했다
> 하루 한끼, 얼어터진 주먹밥이 실낱같은 목숨을 부지시켜주더니
> 그것도 멎었다
>
> ──「삼도천(三途川) 기행 1」 부분

그러나 강민의 시세계를 전체적으로 훑어보면, 그는 앞에서 암시했듯이 현실문제에 정면으로 맞서거나 직접 대결하는 전투적 체질이 아니라 늘 일정하게 떨어진 거리에서 응시하고 관조하며 사색하는 유형의 시인이다. 그는 직장에서 은퇴하고 출판사마저 접은 뒤에는 아내와 함께 양평 동오리에 터를 잡고 전원생활을 하면서 그동안 소홀히 했던 시 쓰기에 몰두하는데, 이때에는 그런 관조적 경향이 더욱 강화되었다. 「동오리」 연작 수십 편은 이렇게 해서 나온 것으로, 그 가운데 아주 짧은 한편을 소개한다.

바람 분다
사나운 빛살 하나 날아와
우뚝 선다
뜨락은 문득 긴장한다
한 사나이 나와
어지러이 뻗은 가지를 친다

—「동오리 4」(2001) 전문

　마치 은둔의 선비를 그린 동양화처럼 날카로운 서경(敍景)의 외관 안에
유유자적하는 시인의 일상을 담고 있다. 바람 부는 풍경 가운데로 날아온
"사나운 빛살 하나"는 어지러이 뻗은 나뭇가지를 치고 있는 전지(剪枝)의
장면과 대조를 이루면서 흐트러진 마음을 다잡는 시인의 구도자적 정신
자세를 비유하고 있다. 어쩌면 이것은 자칫 현실을 몰각한 전원주의나 감
상주의로 기울어질 수도 있는 태도이다. 그러나 그는 도시생활에서건 전
원생활에서건 자신의 오랜 시적 주제를 잊지 않는다. 통일과 민주주의에
대한 갈망은 시에서뿐만 아니라 삶에서 더욱 그를 지탱한 힘이었다. 천천
히 걸어가되 목표를 잃지 않는 일관성, 이것이 오늘 시인 강민의 시세계
를 멀리 바다로 나아가는 강물처럼 보이게 만든 원동력일 것이다.

백두에 머리를 두고
한라에 다리를 뻗고 눕는다
강산은 여전히 아름답고
바람은 싱그러운데
배꼽에 묻힌 지뢰와
허리를 옥죄는 유자철선(有刺鐵線)이 아프다

하초에서 흐르는 물흐름이 운다

여전히 편치 않은 지리의 눈물을 받아

섬진의 노을은 오늘도 핏빛이다

—「꿈앓이」(2012) 부분

서정과 우국(憂國)의 적절한 조화가 과하지 않은 비유에 힘입어 아름다운 시로 승화되고 있다. 물론 이런 작품에서 젊은 시인 같은 예리한 감각이나 언어의 새로움이 성취되기를 기대할 수는 없다. 하지만 서정시 본연의 순화된 정감을 통해 분단된 국토의 아픔을 가슴에 느껴보는 기회는 아무리 잦아도 너무 잦다고 불평할 일은 아니다. 이런 지사적 심성을 늘 가슴 한켠에 간직하고 살아온 분이었기에 그는 2016년 가을부터 이듬해 봄까지 한번도 빠짐없이 젊은 문인들과 어깨를 나란히 하여 촛불시위에 참여했을 것이다. 80대 중반을 넘긴 강민 시인의 건강이 많은 후배들에게 희망이 되는 까닭이다.[1]

---

1 강민 시인은 2019년 2월 이 시집을 출간하고 반년 뒤 작고하였다.

고은 문학의 역사적 의미에 대하여

* 이 글은 2015년 9월 11일 수원에서 있었던 '고은 학회' 창립 기념 모임에서 강연한 내용을 정리한 것이다. 고은 문학에 대해 썼던 그동안의 글들을 조금씩 활용하면서 좀더 역사적인 관점으로 그의 문학을 살펴보았다.

1

내가 고은(高銀) 선생의 시에 대해 처음으로 비평적인 글을 쓴 것은 민음사 기획 '오늘의 시인 총서'로 간행된 고은 시선 『부활』의 해설이었다. 당시 아직 신생 출판사의 티를 벗지 못하고 있던 민음사의 야심적인 기획으로서, 김수영 시선 『거대한 뿌리』, 김춘수 시선 『처용』에 이은 세번째 시선이었다. 발행 일자가 1975년 1월 1일로 되어 있지만 책은 전해 연말에 나왔고, 나는 해설 원고를 1974년 초겨울에 썼을 것이다. 이렇게 굳이 날짜를 밝히는 것은 그 시절이 어떤 시절이었는지 상기하기 위해서이다.

알 만한 분들은 다 아는 사실이지만 유신체제에 대한 문인들의 집단적 저항으로서 자유실천문인협의회가 발족한 것이 바로 그 무렵인 1974년 11월 18일이고, 운동의 중심에서 가장 치열하게 활동했던 분이 고은 선생이다. 그러니까 그는 자실 결성을 위해 동분서주하면서 시선집에 수록될 작품들을 골랐을 테고, 나 자신으로 말하더라도 자실 결성 전후의 어수선한 분위기에서 해설을 썼을 것이다.

이렇게 말하고서 시집을 살펴보니, 자실을 대표하는 실천적 투사의 이미지와 『부활』의 분위기는 아주 다르다는 것이 대뜸 드러난다. 시인 고은에 대한 그때까지의 이미지와도 거리가 멀다. 당시까지 많은 사람들에게 그는 승려 시인으로 각인되어 있었다. 그가 6·25전쟁 중 10대의 나이에 출가한 것은 웬만큼 알려진 사실이지만, 알고 보면 그는 그냥 스님이라고만 해서는 부족한 특출한 스님이었다. 한국 불교계의 거봉 중 한분으로 알려진 효봉(曉峰, 1888~1966) 스님의 제자로서, 효봉이 조계종 총무원장을 맡아 상경하자 그는 총무원 간부가 되어 『불교신문』을 창간했고 잠깐이지만 강화도 전등사 주지를 맡기도 했다. 겨우 스물네살의 젊은 나이였다.

문단 데뷔도 파격적이었다. 그는 1958년 서정주의 단회 추천으로 시인의 호칭을 얻었는데, 『현대문학』지의 규정에는 소설은 2회, 시는 3회 추천을 받도록 되어 있었다. 고은의 경우는 젊은 시인 지망생을 정식 시인으로 인증한 절차라기보다 문단 바깥에 있는 숨은 실력자를 문단 안으로 영입하는 느낌을 주는 절차였다. 당시 필자는 고2 문학소년으로 『현대문학』을 거의 매달 구독하고 있어서 서정주의 그 특별한 추천사를 감탄하며 읽었던 기억이 아직도 새롭다.

아무튼 등단을 계기로 그는 추천자의 기대를 훨씬 뛰어넘는 왕성한 문필활동을 여러 장르에 걸쳐 펼치면서 『피안감성』(彼岸感性, 1960) 『해변의 운문집』(1966) 『제주가집』(濟州歌集, 1967, 후에 '신·언어 최후의 마을'로 개제) 『문의(文義)마을에 가서』(1974) 등의 시집을 잇따라 간행함으로써 단숨에 한국문학을 대표하는 시인의 한 사람으로 떠올랐다. 선집 『부활』에 수록된 작품들은 앞의 네 시집에서 뽑은 것이었다.

고은 시인의 이런 과거를 되짚어보는 까닭은 내가 선집 『부활』의 해설 쓰기에 착수하면서 어떤 문제점을 고민했는지 말하기 위해서이다. 당시 나는 자실 출범을 전후하여 고선생과 누구 못지않게 자주 만나는 처지였고 그의 눈부신 활약을 경이의 눈으로 바라보고 있었다. 해설 쓰기에 임하여 그의 이 치열한 사회활동으로부터 연역된, 문학 바깥의 일정한 선입견에 의거하여 그의 시를 읽어내고자 한 것은 그런 점에서 자연스러운 일이었다. 그러나 그것은 헛수고에 불과함이 곧 판명되었다. 왜냐하면 선집에 수록된 그의 시들은 그의 실천적 사회활동과 거의 아무런 인연도 없어 보였기 때문이다.

그래서 생각한 것이 그가 10년 넘는 선승의 경력을 가지고 있다는 사실을 근거로 불교적 사유가 어떻게 구체적인 시적 성취로 나타났는지 찾고자 하는 것이었다. 풀리는 것이 많았지만, 의문으로 남는 것도 적지 않다. 다른 한편 나는 시든 산문이든 고은의 글을 읽을 때마다 그의 특이한 언어사용 때문에 묘한 매력과 동시에 일정하게 불편함을 겪곤 했는데, 그의 이 독특한 언어사용이 그의 내면의 무엇으로부터 유래한 것인지 밝혀보고자 하였다. 그의 선적(禪的) 감각과 그의 독특한 언어구사 사이에는 어떤 상동(相同) 또는 대응 관계가 있음이 분명하다고 여겨졌고, 이로부터 고은 상상력의 원초적 형식을 더듬어보려고 했던 것이다. 그런대로 소득이 있는 작업이라고 여겨졌지만 선이나 불교에 대해 상식적 지식밖에 없는 사람으로서는 역시 한계가 있을 수밖에 없었다.

그런데 한가지 눈에 띄는 사실은, 그가 1973년 무렵을 전환점으로 하여 과거의 이른바 '순수시인' 내지 '허무주의의 사도' 같은 외양을 유지하면서도 이른바 '현실참여'의 정서를 시에 점진적으로 수용하고 있다는 점이었다. 어쩌면 고은의 정신세계 자체에 아주 완만하지만 근본적인 변화가 진행되고 있다는 느낌도 들었다. 시집『문의마을에 가서』는 고은의 문학 생애에 있어 그런 전환의 초기 양상을 알려주는 문건의 하나로 간주될 수 있을 것이다. 그리하여 나는 방금 나열한 바와 같은, 고은의 시세계로 들어가기 위한 여러 방면의 시도를 이 해설에서 하나의 일관된 논리 안에 통합하고자 하였다. 그것이 소략한 대로 나의 첫 고은론인 셈인데, 그 글에서 전개한 입론의 기본 발상은 이후 40년 동안 내 생각 속에서 크게 변하지 않은 채 그대로 지속되고 있다고 말할 수 있다. 여기 그 생각을 요약해서 다시 한번 되풀이하겠다.

2

한 예술가의 작품세계를 전체적으로 이해하려면 그 뿌리에 해당하는 출발기의 모습을 잘 살펴볼 필요가 있다. 기성 예술계의 지배적 이념과 굳어진 관행들은 그것에 순응하든 거역하든 신참 예술가의 출발에 심각한 영향을 미치게 마련인데, 따라서 그런 영향 이전의 순수한 상태에서야말로 그 예술가의 전생애를 관통하는 기본 특징이 가장 원형적으로 나타난다고 할 수 있다. 그런 면에서 한가지 주목되는 발언은 그가 시인으로서 자신을 '무사승(無師僧)'이라 불렀다는 점이다. 특정한 스승에게 가르침을 받거나 누군가를 사사함 없이 스스로 시인이 되었다는 말이다. 이 말은 유아독존의 자신감에서 나온 것처럼 들리기도 하지만, 실은 6·25전쟁 직후의 폐허에서 소년 시절을 보냈던 그의 헐벗은 실존의 반영이다. 1973년 6월 3일의 일기에는 밤에『릴케 연구』를 읽고 난 다음의 감상이 이렇게 쓰여 있다.

정작 나는 문학 도중에야 이것저것 고전을 만난다. 나는 문학전집 안 보

고 문학을 시작했다. 신석정 「촛불」 따위나 좀 읽어본 것밖에는 없다. 백지가 내 문학의 시작이다.[1]

그가 문인이기 이전에 승려였던 사실을 주목하는 것도 그와 관련이 있다. 틀에 얽매이는 것을 거부하는 무한확장적 사유구조와 규칙이나 규범을 깨고 나가는 자유인의 체질이 그의 유전자 속에 이미 내장되어 있는지는 알 수 없지만, 어떻든 그의 그런 체질은 10여년의 선승 경험을 통해 더 구체적인 형태로 개발되고 강화되었을 것이다.

그런 점을 고은 문학의 독특한 미학에 연관지어 살펴보자. 문단 생활 초기의 한 산문에서 그는 불교의 선에서 말하는 '불립문자(不立文字)'와 문학의 관계에 대해 이렇게 적고 있다.

선에서 고정된 것은 죽은 것이다. 문자로써 표현했을 때의 그 문자는 죽은 것이다. 그러나 고정된 문자가 표현하는 생(生)의 내용은 죽은 것이 아니다. 그것은 생의 유동(流動)을 의미한다. 여기서 선과 문학이 맺어지는 것이라 믿는다. 문자에 불관언(不關焉)하는 역대 선사들도 다 시로 그들의 도(道)를 이루지 않았던가, 언어도단 되는 경애(境涯)를 언어로 창조하는 의미로 표현하지 않았던가.[2]

'시작 노트' 형식으로 쓰인 이 글의 끝부분에서 그는 종교 때문에 시를 버리지는 않겠지만 시를 위해 종교를 버리지도 않을 것이라고 언명하고 있다. 환속이 1962년이므로 이 글은 환속을 겨우 1년 앞둔 시점에서 작성된 것이다. 불과 1년 뒤에 승복을 벗을 사람이 그렇게 말했다면 그는 신의

---

1 『바람의 사상: 시인 고은의 일기 1973~1977』, 한길사 2012.
2 고은 「시의 사춘기」, 『한국전후문제시집』, 신구문화사 1961, 337면. 인용자가 몇자 가필 수정했다.

없는 사람인가? 하지만 다시 이 글의 내용을 음미해보면 고은에게 있어 기성 종교의 외형적 틀을 떠난다는 것이 무엇을 의미하는지 재고할 필요가 있음을 알 수 있다.

그에게 진정 중요한 것은 시를 통해서건 종교를 통해서건 삶의 살아 있는 내용에 도달하는 것이었다. 따라서 종교의 외피를 유지하는 것은 그에게 본질적인 문제가 아니었다고 볼 수 있다. 그에게 있어 고정된 것은 죽은 것이며, 문자로 정착된다는 것은 생명성의 상실을 의미한다. 요약하자면, 그에게 있어 살아 있음의 핵심은 체계나 관념 같은 정지의 형식이 아니라 부정과 탈주 같은 운동의 형식에 있는 것이다. 승복을 입든 벗든 그로서는 그것이 그가 추구하는 것의 본질에 관계된 것이 아니었다.

그렇다면 문학은 문자라는 죽은 수단에 의존할 수밖에 없으면서도 어떻게 살아 있는 존재로서의 가능성을 획득하는가? 고은의 사유에 따르면 문자로 고정된 것은 죽은 것이지만, '문자가 표현하는 내용'은 죽은 것이 아니다. 즉 언어라는 수단 자체는 '생명 이전' 또는 '생명 바깥'이지만 언어에 의한 표현행위는 생의 유동성을 포획하는 '순간성'의 계기를 통해, 마치 매미가 껍질을 벗듯 문자의 주검을 벗어던지고 살아 있는 존재로의 번신(翻身)에 성공하는 것이다. 바로 여기에 선과 시가 일치하는 자기초월의 가능성이 존재한다. 즉 진정한 시적 창조는 참된 선의 경지이며, 거꾸로 선도 자신을 드러내기 위해서는 시적 언어(말하자면 비유적 언어)라는 방편에 의탁할 수밖에 없다. 그런 점에서 고은은 승복을 입었느냐 벗었느냐의 구별을 넘어선 경지에서 언어를 통한 언어도단의 경지, 말하자면 언어선(言語禪)으로서의 시적 구도행(求道行)을 거듭해왔다고 말할 수 있다.

「시의 사춘기」라는 산문을 쓰고 나서 30여년의 세월이 지난 후에 가진 회갑 기념 좌담에서도 그는 선시에 관한 질문을 받고 다음과 같이 대답한다. 이를 보면 수십년에 걸친 외면적 변화무쌍에도 불구하고 고은 문학 내부에는 존재와 언어에 관한 동일한 관점이 거의 변함없이 지속되고 있음을 확인할 수 있다.

　시에는 어느 시든 그 안에 선적인 요소가 들어 있습니다. (⋯) 시는 원래 선적인 것입니다. 언어를 극소화하거나 언어의 법칙성으로부터 해방되는 새로운 세계입니다. 그렇다면 굳이 선시니 하고 판별할 까닭도 없어요. (⋯) 언어문자와 비문자 사이에서 나는 탕아입니다. 그리고 선 자체가 화엄경 세계의 대체계(大體系)에 대한 민중적·재야적인 저항으로 생긴 수행의 영역입니다.[3]

　선과 마찬가지로 시는 고은에게 있어 언어의 고정성·규범성을 초월하여 자유의 영역을 추구하는 해방적 활동이다. 사물은 문자언어의 경직된 틀에 잡히는 순간 본연의 생명력을 잃고 형해화되므로 시인은 언어라고 하는 자신의 유일한, 그러나 목적배반적인 수단을 비일상적·자기해방적인 방식으로 사용하지 않을 수 없다. 강물을 건너고 나서 뗏목을 버리듯 시인은 언어라는 도구를 통해 사물의 근원에 다가가는 작업을 끝없이 계속하면서, 그와 동시에 언어에 의한 사물 포착의 순간 벌써 텅 빈 기호로 굳어져가는 그 언어로부터 끊임없이 떠나야 한다. "언어문자와 비문자 사이에서 나는 탕아입니다"라는 고백은 시인이 —— 그리고 어쩌면 선승이 —— 부닥친 그러한 역설적 상황을 비유적으로 표현한 것일 게다. 그런 점에서 고은 문학의 양적 방대성은 반세기 넘도록 지속된 언어와의, 또는 언어의 불완전성과의 불굴의 투쟁의 뜻하지 않은 결과라고 말할 수도 있다.
　고은에게 있어 언어의 불완전성은 예술작품의 본질적 미완성성이라는

---

3 최원식·김태현·권성우 「고은 시인과의 대화: 그의 문학과 삶」, 『고은 문학의 세계』, 창작과비평사 1993, 30면.

점과 연관된다. 주지하듯 그는 앞에서 언급한 『부활』을 비롯해서 여러차례 시선집을 묶어냈을 뿐만 아니라 『고은 시전집』(민음사 1983, 전2권)과 『고은 전집』(청하 1988, 20권으로 중단), 『고은 전집』(김영사 2002, 전38권) 등 두세차례 전집을 간행했다. 그런데 그때마다 그는 작품에 다소간의 수정과 개작을 시도하여 확정적 텍스트를 필요로 하는 연구자들로 하여금 곤경에 처하도록 만들었다. 알다시피 대학 강단의 문학 연구에서 원전비평은 생략할 수 없는 기초작업의 하나이다. 비평이든 연구든 작품의 원본 검토가 엄밀하게 이루어지지 않는다면 그 비평과 연구는 신뢰성에 금이 간다고 할 수 있다. 그런데 고은의 시를 논함에 있어서는 작품의 총량이 엄청나게 방대하다는 문제 이외에 이처럼 텍스트를 확정하는 문제가 별도로 제기되는 것이다. 이 점과 관련하여 그는 등단 50주년 기념 인터뷰에서 질문자에게 다음과 같이 대답하고 있다.

시사(詩史)를 살펴보면 어떤 시인은 한편을 수십번 고친 사람도 있습니다. 시집 자체를 여러번 손댄 사람들도 많이 있습니다. (⋯) 내 개고(改稿) 행위를 그런 실례에 비추어서 견강부회하는 것은 아니지만, 나에게 예술은 완성품이 아니라 예술의 미완성성, 거의 영원한 미완성성, 이게 무한한 매혹입니다. 모든 창조행위 자체의 미완성은 완성에 대한 허상을 성찰하게 만들 것입니다. 왜냐하면 언어의 절대란 불가능한 탓입니다.[4]

모든 문학행위는 본질적으로 미완성이고 완성이란 하나의 허상에 불과하며 모든 문학작품은 언제나 개작(改作)을 향해 열려 있다는 이 발언이 단순히 비평가와 연구자를 골치 아프게 만든다는 차원의 문제가 아님은 물론이다. 그것은 예술작품에 관한 기존의 실체론적 · 절대주의적 입장

---

4 이장욱 대담 「정박하지 않는 시정신, 고은 문학 50년」, 『창작과비평』 2008년 가을호.

을 뒤엎는 발상으로서, 고은의 세계관 전체에 관계된 근본적 관점이라고 할 수 있다. 이렇게 따지고 들다보면 고은 문학의 미로를 뚫고 들어갈 핵심 열쇠의 하나가 손에 잡히는 듯도 하다.

3

이런 점들을 염두에 둘 때 고은 문학 연구자들이 먼저 주목하여 다각도로 분석해야 할 것은 시인이 말을 사용하는 독특한 방식이라고 나는 생각한다. 그가 사용하는 어휘나 조사법(措辭法)·수사법(修辭法)은 흔한 상식적 평면성을 깨트리고 독자의 안이한 접근을 교란한다. 그의 문장에서는 ── 실은 대중 앞에서의 연설도 그렇고 심지어 일상 대화 같은 데서도 그런 수가 많지만 ── 뜻밖의 단어가 느닷없이 튀어나오고 정상적인 문맥에서 이탈한 구절들도 수시로 등장한다. 특정한 인명이나 지명, 사물의 명칭이 아무렇지도 않은 듯 사용되지만 그 명사들이 지시하는 배경적 맥락은 여러겹 뒤에 숨겨져 있기 일쑤다. 문장 속에, 또는 문장들 사이에 '그리하여' '마침내' '차라리' '비로소' 같은 접속형 부사가 삽입됨으로써 일정한 논리적·심리적 인과관계가 설정되는 듯하지만, 독자에게는 그것이 잘 보이지 않을뿐더러 때로는 그러한 부사의 삽입 자체가 너무 뜻밖이어서 일종의 소외효과를 유발한다. 적지 않은 경우 고은 특유의 조어(造語)도 있고 명백한 오문 내지 비문도 거리낌 없이 사용된다. 시와 산문 어디서고 허다한 예문을 불러올 수 있을 텐데(이 글에서 지금까지 인용한 고은의 문장이나 발언에도 당연히 있다), 나는 40년 전에 쓴 해설에서 초기작 한편을 가지고 이 점을 설명했었다.

이 유월의 유동나무 잎새로써

그대 금도(襟度)는 넓고 유연하여라

저문 들에는 노을이 단명(短命)하게 떠나가야 한다

산을 바라보면 며칠째 바라본 듯 하고

나만 저 세상의 일을 알고 있는 양

벌써 조천(朝天)거리 쪽으로 들쥐 놈들은 바쁘고

낮은 담 기슭에 상치는 쇠어간다

제 모가지를 달래면서 소와 말들이 돌아가서

차라리 마주수(馬珠樹)꽃을 싫어하며 빈 새김질을 하리라

이제 저문 어린애 제 울음을 그친 쪽으로

나에게는 하나이던 것이

너무나 많은 것이어서

저 조천(朝天) 세화(細花)께 하현(下弦)달 하나만이라도

밤 이슥하게 떠올라 나를 자주자주 늙게 하거라

—「저문 별도원(別刀原)에서」전문⁵

　이 작품은 두번째 시집 『해변의 운문집』 맨 뒤에 수록되었다가 선집과
전집에 재수록되면서 부분적으로 개작되었다. 이른바 제주도 시절의 소
산인데, 원문은 마주수(馬珠樹)꽃·조천(朝天)·세화(細花) 등 낯선 명사와
지명이 아무렇지도 않게 한자로 표기되어 이국적인 정서를 조성하고 있
다. 그 낯선 지명들이 조성하는 소외효과를 제어하면서 시에 묘사된 상황
을 찬찬히 다시 살펴보자. 지금 초여름의 저문 들에서는 빠르게 노을이
지고 있고, 들쥐들과 가축들에게는 귀소(歸巢)의 시간이 다가온다. 멀리
산들은 변함없는 모습으로 서 있고, 가까이에서는 아이들이 울음을 그친
다. 시의 화자는 이 모든 풍경을 외지인의 시선으로 바라본다. 이것이 이

5 『고은 시전집』 1, 민음사 1983.

작품에 그려진 풍경이다.

　그러나 이 작품은 단순한 서경시(敍景詩)가 아니다. 곰곰이 들여다보면 이 시에서는 외부 풍경의 묘사에 병행하여 풍경을 바라보는 관찰자의 심리상태가 일정하게 잠복해 있음을 알 수 있다. 가령 첫 두행, 초여름 더위에 늘어진 유동나무 잎새는 그 늘어진 모양과 넓이를 매개로 '그대'의 관대함과 유연함이라는 추상적 성질의 비유로 전이된다. 하지만 '그대'의 정체는 그림 저편에 은폐되어 있다. 즉, '그대'로 호명된 자가 시의 화자에게 어떤 존재인지는 암시조차 되어 있지 않은 것이다. 그런 점에서 시「저문 별도원에서」는 자연 경치에 기대어 시인의 심정을 노래하는 동양 전통시의 관행을 따르고 있다고 할 수도 있다. 다만 이 경우 특징적인 것은 외부 풍경이 인상주의 그림처럼 화사한 생기에 넘치는 데 비해 풍경에 대응되는 시인의 내면은 극히 불투명하다는 사실이다.

　한편, 풍경 묘사에 관련 없는 낱말과 어법이 동원되어 독자를 어리둥절하게 만드는 점도 주목된다. 가령 "나만 저 세상의 일을 알고 있는 양"이라는 구절은 외관상 바쁘게 달리는 들쥐떼와 쇠어가는 상추를 수식하지만, 수식하는 것과 수식된 것 사이의 관계는 모호하다. 여기서 '벌써' '차라리' '이제' 같은 부사들을 주목해볼 필요가 있다. 이 부사들은 텍스트 안에서 앞뒤의 시간과 장면을 연결하는 접속부사 본연의 기능을 하고 있지 않으며, 그래서 가령 '차라리' 같은 말은 당혹스럽기까지 하다. 이것은 무엇을 말해주는가?

　이 시는 여러개의 시각적 영상들로 다채롭게 구성되어 있다. 유월의 유동나무 잎새, 노을이 지는 저문 들, 늘 바라보이는 산, 바쁘게 달리는 들쥐들, 담 기슭에서 쇠어가는 상추, 울음을 그친 어린애, 소와 말 등이 그것인데, 그러나 이 작품은 관찰자의 눈에 포착된 이 다채로운 영상들의 질서정연한 배치를 보여주지 않는다. 오히려 그 영상들은 권태와 의욕상실의 늪에서 허우적거리는 화자의 심리세계 속에서 파편적으로 부유할 뿐이다. 따라서 '차라리' '이제' 같은 부사들은 문법적이라기보다 심리적인 기능을 가진다고 볼 수 있다. 이런 시적 현상을 어떻게 해석할 것인가?

생각건대 고은의 초기 시는 이 현세적 자연과 인생의 끝없는 소멸작용에 대한 시적 화자의 필사적인 자기방어라고 할 수 있다. 그의 관점에서 볼 때 이 세계는 나타남과 사라짐의 영원한 반복이 이루어지는 미완성적 공간이다. 그의 시는 이 무한생멸(無限生滅)의 우주적 과정에서 시인에 의해 순간적으로 붙잡혀 언어의 형태로 응결된 존재의 가변성 자체이다. 눈앞을 지나가는 한 장면의 인상, 머릿속을 스쳐가는 한순간의 영감, 이것들은 삶의 영속성을 담보하기에는 너무나 찰나적이고 표피적이지만, 그러나 시인에게 이 세계는 그 순간성과 파편성을 떠난 영속적·초월적 공간을 별도로 가지고 있지 않다고 여겨지는 것이다.

따라서 고은의 많은 초기 시들은 풍경을 노래하면서도 정지된 장면을 안정적 공간으로 재구성하는 일에는 극히 무관심하다. 모든 가시적·일상적 자연은 소멸의 운명을 벗어날 수 없는 허상적 존재일 뿐이다. 그런 점에서 고은의 시적 언어는 순간적으로 시인 앞에 현존을 드러내는 인상의 즉물성과 감정의 직접성이 시간과 논리의 풍화작용에 의해 훼손되기 직전에 시인에게 붙잡힌 포로들이다. 진정으로 상주(常住)하는 것은 세상에 있을 수 없고 모든 것은 허무의 나락으로 사라지며 다만 순간순간을 징검다리로 해서 존재가 지속된다고 믿어지기 때문에, 시인의 언어는 매 순간의 찰나적 영상을 포획하는 일에 필사적으로 매달릴 수밖에 없다.

이렇게 살펴본다면 아직 20대 젊은이였을 때 「시의 사춘기」에서 했던 발언 "선에서 고정된 것은 죽은 것이다. 문자로써 표현했을 때의 그 문자는 죽은 것이다"부터 회갑 기념 좌담(1993)에서 했던 발언 "시는 원래 선적인 것입니다. 언어를 극소화하거나 언어의 법칙성으로부터 해방되는 새로운 세계입니다"를 거쳐 등단 50주년 기념 대담(2008)에서 한 발언 "모든 창조행위 자체의 미완성은 완성에 대한 허상을 성찰하게 만들 것입니다. 왜냐하면 언어의 절대란 불가능한 탓입니다"에 이르기까지, 반세기 동안 고은 시인은 놀랄 만큼 일관된 정신자세를 견지하고 있음을 알 수 있다. 그것은 백척간두의 파멸적 위험에도 불구하고 창조의 불길을 향해 나아가는 프로메테우스적 도전이 예술가의 운명이라고 그가 믿고 있고, 자신이 부단한 창조행위를 통해 그 위험한 믿음의 실천에 복무하고 있다는 자각을 나타내는 것이라고 감히 말할 수 있다.

4

세월의 변화에 초연한 것은 아무것도 없으며, 고은의 시도 예외는 아니다. 초기 시와 1970, 80년대의 시, 그리고 2000년대의 시를 비교해보면 고은 시인 특유의 어떤 일관된 요소, 가령 생략·비약·전도(顚倒)·암시 같은 문체적 특징이라든가 틀에 얽매이지 않는 발상의 전복적 특성 같은 공통점과 함께 많은 차이점이 발견되는 것도 사실이다. 이전 시대와 비교하여 가장 현저한 변화는 물론 그가 1970년대 이후 치열한 실천활동을 통해 '민족시인'으로서의 넓은 역사적 시야와 사상적 깊이를 확보한 것이다. 그러나 거듭 말하거니와 그는 고정적 개념으로 포착, 정의될 수 있는 단세포적 시인이 결코 아니다. 가령 그는 앞에 인용한 1961년의 산문 「시의 사춘기」에서 이렇게 말한 바 있다. "나의 시는 나의 생활의 표현이 아니라 생의 은닉이라고 할 수 있다. (…) 시는 이 시간, 이 현실, 이 역사의 속박에서 '사라진' 형이상학이다."

이것은 말하자면 그 시점에서의 고은 나름의 상징주의 선언이다. 그런데 주목할 것은 이러한 유미주의적 태도가 1970년대 이후의 '현실참여적' 실천 자세와 반드시 모순된다고만 말할 수 없다는 사실이다. 우리 자신이 가끔 경험하는 바와 같이 어떤 역사적 조건에서는 은닉과 초월이 선택 가능한 최고의 현실주의일 수 있고, 때로는 미학적 고립을 통해서만 오물적(汚物的) 현실에 저항할 수 있는 시대도 있기 때문이다. 물론 "나의 시는 나의 생활의 표현이 아니라 생의 은닉"이라는 그 자신의 선언에도 불구하고 그는 1970년대 이래 수십년 격변의 세월 동안 삶과 문학을 역사의 속박에 기꺼이 헌납해왔다. 하지만 그럼에도 불구하고 우리가 잊지 말아야 할 것은 그가 가장 격렬한 현실참여의 순간에도 그 참여행과 상반된 초월적 계기, 즉 침묵과 은닉의 기술을 버린 적이 없다는 사실이다. 참여시·선동시의 걸작으로 널리 회자된 「화살」이 수록된 시집 『새벽길』(1978)도 그렇지만, 광주항쟁의 희생과 고통을 겪고 난 뒤에 그 경험을 담은 시집 『조국의 별』(1984)은 최악의 상황 한복판에서 생산된 최고의 저항시편들임에도 단순한 저항시 이상의 고고한 정신주의를 깊이 간직하고 있다. 그 가운데 「자작나무숲으로 가서」나 「한천을 따라」는 두말할 나위 없는 명작이지만, 나는 여기서 「화살」의 통렬성과도 다르고 「자작나무숲으로 가서」의 심오성과도 구별되는 또 하나의 걸작을 읽어보려고 한다.

> 1980년 이래 나는 절대로 구름하고는 말하지 않았습니다
> 그리운 사람 하나 없이
> 하루하루 견디는 일이 가장 괴로웠습니다
> 오 거짓이여
> 세상을 내 어머니라고 말하고
> 황량한 날의 계엄령을 그리운 사람이라고 말하면서
> 철창 사이로 한 조각 구름을 처음 보았을 때
> 그 구름조각에게 한 찰나의 추파도 던지지 않았습니다
> 그 구름 두둥실 사그라진 남천에 대고 애걸하지 않았습니다
> 나는 넘어가고 넘어가고 넘어가고 넘어가면서

끝내 무릎 꿇지 않았습니다

나는 밤에도 낮에도 암실에서도 별처럼 깨어나서

기원하지 않았습니다 나를 위해 기원하지 않았습니다

지난날 나는 구름에 너무 많이 걸었습니다

나는 그 구름의 역사를 역사 속에 파묻어버렸습니다

——「구름에 대하여」전문

이 시는 저항의 정신과 은닉의 기술이 절묘하게 조화를 이룬 옥중시의 절창이다. 알다시피 고은은 1980년 5월 소위 내란예비음모 혐의로 체포되어 육군형무소 밀실에 수감되었고, 가혹한 절차를 거쳐 2년여 만에 석방되었다. 이 시는 그 경험의 한복판에서 겪은 개인적 고통에 대해 일언반구 말하지 않으면서 고통과의 싸움에서 쟁취한 고귀한 높이의 승리에 대해 실로 담담한 어조로 보고하고 있다. '구름에 대하여'라는 제목부터가 경험의 즉자적 투영, 즉 감정적 분노와 감상적 서정을 뛰어넘는 무애득도(無礙得道)의 경지를 실현하고 있다고 할 수 있다.

5

마지막으로 최근 4반세기 동안 고은 시인이 심혈을 기울여 창작한 대작 『백두산』과 『만인보』를 간단히 언급하면서 고은 문학의 역사적 위치에 대한 하나의 시각을 모색해보려고 한다. 저자가 밝힌 대로 이 작품들이 처음 구상된 것은 1980년 육군형무소 감방 안에서였다. 지극히 억압적인 상황 한가운데서 도리어 호방한 문학적 상상력이 작동한 셈인데, 이것은 위대한 예술이 어떤 현실적 조건에서 태어나는지에 관한 우리의 틀에 박힌 사고를 다시 한번 뒤집는 사례라 할 만하다.

그런데 고은의 경우 주목할 것은 두 작품의 발상이 동일한 근원에서 출발한 것임에도 문학적 형상화의 방식에서는 아주 대조적인 결과로 나타났다는 점이다. 시인 자신이 처음부터 이 점을 잘 의식하고 창작에 임했음은 저자가『만인보』1권 '시인의 말'에서 "서사시『백두산』은 사람을 총체화하는 것인 반면『만인보』는 민족을 개체의 생명성으로부터 귀납하는" 작품이라고 구별하여 언급한 것으로도 알 수 있다. 오늘의 시점에서 돌아볼 때 인간의 총체성을 목표로 했던 서사시『백두산』은 사실상 미완으로 남은 반면에 개체의 생명성으로부터 민족을 귀납하고자 했던 거대 장시『만인보』는 미증유의 우람한 성취에 이르렀는데, 이것은 결코 우연한 결과가 아닐 것이다. 그리고자 하는 역사적 상황과 선택된 문학형식 사이에는 피할 수 없는 내적 연관성이 있음이 분명하다.

『만인보』는 우리 민족의 현대사를 총체적으로 담아내고자 하는 서사시적 충동과 그런 방향에서의 거대서사 해체를 압박하는 세계사적 현실 간의 화해 불가능한 난관을 돌파하기 위해 고안된 독특하면서도 야심적인 문학적 실험이다. 4천여 유명·무명 인물들의 삶을 다룬 각 시편들 모두가 '이야기시'로서의 개별적 독립성을 지니고 있다는 점에서『만인보』는 4천여편의 단시들을 아울러 지칭하는 집합명사이지만, 그와 동시에 그 전체가 하나의 거대한 덩어리로 응집되어 일종의 서사적 통합을 이루어내고 있다는 점에서 한편의 작품을 지칭하는 단수명사이다.

수많은 개인들의 갖가지 행적과 이력, 운명과 개성을 각각의 독립적 서정시(많은 경우 '이야기시')로 담아냈다는 점에서『만인보』는 분명히 독립된 단시들의 모음, 즉 비록 거대한 규모이기는 해도 어쨌든 하나의 시집이다. 따라서 우리는 다른 시집들과 마찬가지로 아무 데나 펼쳐서 한편 한편을 그것 자체의 자기완결성을 전제로 읽을 수 있고 굳이 통독의 압박에 시달릴 필요가 없다. 그러나 그와 동시에 30권에 이르는 시집 전체로서는 개별 단시들에 그려진 여러 인물들의 사적 일상과 각각의 사건들이 자연스럽게 누적되고 상호 연결되어 민족공동체의 거대한 보편적 운명을 형성하도록 배치되어 있다. 그런 점에서 『만인보』는 유례없이 독특한 이중성을 갖고 있다.

물론 보통의 서정시집도 은연중 시집 전체를 일관하는 정서적 또는 방법적 단일성이 작동하고 있어 하나의 통일체를 이루는 수가 많고, 또 반대로 기승전결의 구성이 확실하게 짜인 장편소설에서도 '부분들의 상대적 독자성'이 인지되는 수가 적지 않다. 하지만 『만인보』의 이중성은 이와 전혀 다른 예술적 기획의 소산이라는 점에서 문학사적으로 완전히 새로운 시도이고 매우 특이한 업적이다.

되풀이하자면 『만인보』의 각 편들은 독립적 단시들이다. 그러나 동시에 그것들은 각각의 개별성이 손상됨 없이 시집 전체를 포괄하는 하나의 통합적 차원에 귀속되며, 이 새로운 통합적 차원에의 귀속을 통해 4천여 편의 작품들 각각은 더 넓은 시공간적 좌표, 즉 역사성과 사회성의 공간을 구성하는 것이다. 한마디로 『만인보』는 한반도의 모성적 대지와 민족의 현대사 전체를 그 실물 크기에서 언어화한 서사시적 실험으로서, 아마 우리 문학사에 전무후무한 업적으로 남을 것이다.

『만인보』에 대한 이러한 해석을 작품 바깥의 더 넓은 문학사적 시야에서 살펴본다면 어떻게 말할 수 있을까? 앞에서 나는 이 작품이 "우리 민족의 현대사를 총체적으로 담아내고자 하는 서사시적 충동과 그런 방향에서의 거대서사 해체를 압박하는 세계사적 현실 간의 화해 불가능한 난관을 돌파하기 위해 고안된 독특하면서도 야심적인 문학적 실험"이라고 언급하였다. 이것은 다른 말로 하면 이 작품이 우리 시대가 마주친 민족문학의 곤경에 대한 정면대결의 소산이라는 뜻이다. 그렇다면 여기서 말하는 민족문학의 곤경이란 어떤 내용을 말하는가?

우선 나는 지금의 문맥에서 '민족문학'과 '민족문학론'을 구별할 필요가 있다고 생각한다. 우리 문학사에서 민족문학론이 논의의 중심을 이루었던 시기는 크게 두차례로, 첫번째는 해방 시기이다. 흔히 우리의 머리에 떠오르는 것은 조선문학가동맹을 조직과 이론에서 지도했던 임화(林和)의 민족문학론이지만, 당시의 자료들을 찾아보면 임화와 대척점에 섰던 김광섭(金珖燮)·이헌구(李軒求)도 자기들 나름으로 민족문학 건설을 주장했고, 조선청년문학가협회의 김동리(金東里)·조연현(趙演鉉)도 민족문학의 방향에 대해 논했으며, 흔히 중간파로 간주되던 선배 작가 염상섭(廉想涉)도 중도적 민족주의자의 입장에서 민족문학론을 적극 지지했다. 심지어 왕년의 모더니스트 김기림(金起林)도 민족문학론의 대열에 합류했음이 눈에 띈다. 요컨대 카프(KAPF)의 복원을 통해 계급문학을 다시 살려내고자 했던 일부 교조적 좌파와 문단활동 자체가 어려웠던 친일경력자를 제외하면 당시 거의 모든 문인이 민족문학 건설의 대의에 합의한 셈이었다. 그것은 식민지체제 철폐 이후 통일 민족국가의 수립이라는 시대적 당위에 대응되는 문단적 합의였다고 말할 수 있다. 물론 각 정파마다 꿈꾸는 민족국가의 내용이 달랐듯이 민족문학의 내용도 천차만별이었다.

두번째로, 6·25전쟁과 경직된 냉전시대를 지나 민족문학론이 다시 문학담론의 중심으로 진입한 것은 알다시피 1970년대이다. 이후 적어도 4반세기 동안 민족문학론이 한국문학의 방향을 지시하는 이념적 지표 역할을 했음은 우리들 자신의 경험이 알려준다. 이에 관한 상세한 논의는 생략하겠지만, 분명히 말할 수 있는 것은 민족문학론의 여운이 아직도 적지 않게 남아 있다는 사실이다.

그러나 이런 문학이론 내지 문학운동으로서의 개념을 잠시 옆에 치워놓는다 해도, 한용운의 『님의 침묵』(1926)과 김동환의 「국경의 밤」(1925), 홍명희의 『임꺽정』(1928~40)과 염상섭의 『삼대』(1931) 같은 작품부터 시작된 우리 근현대문학사의 주요 작품들을 포괄하는 명칭으로서 '민족문학' 이외의 다른 무엇이 있을 수 있겠는가? 그 점은 가령 『무정』(1917)을 비롯한 이광수(李光秀)의 일련의 소설부터 『임꺽정』과 『삼대』로의 전환의 역사적 의미를 생각해보더라도 '민족문학'의 개념을 빌려 설명해야 뚜렷하게 드러나는 특성이다. 해방과 분단 이후 이런 포괄적 의미의 민족문학은 남북한 가리지 않고 반세기 이상 전성기를 이루어 수많은 작가들에 의해 허다한 대작과 역작의 산출로 이어졌다. 소설 분야에서만 생각나는 대로 예를 든다면 이기영의 『두만강』(1954~61), 박경리의 『토지』(1969~94), 홍성원의 『남과 북』(1970~77), 이병주의 『지리산』(1972~78), 문순태의 『타오르는 강』(1975~87), 황석영의 『장길산』(1976~84), 박태원의 『갑오농민전쟁』(1977~86), 김주영의 『객주』(1979~84), 김원일의 『불의 제전』(1980~95), 송기숙의 『녹두장군』(1989~94), 최명희의 『혼불』(1980~97), 조정래의 『태백산맥』(1983~89), 이문열의 『변경』(1986~98), 김남일의 『국경』(1993~96) 등을 열거할 수 있다. 그밖에도 더 많은 작품을 찾아볼 수 있을 것이다.

물론 이 소설들은 문학적 성취에서나 이념적 성향에서 천차만별 제각각이다. 그러나 이 작품들이 신동엽(申東曄)의 「금강」(1967), 신경림의 「새재」(1978)와 「남한강」(1981), 그리고 고은의 『백두산』(1987~94)과 이동순(李東洵)의 『홍범도』(2003) 같은 시의 대작들과 같은 연대에 창작되었다는 것은 결코 우연일 수 없다. 특히 마지막 두 작품, 고은과 이동순의 서사시는 구한말 의병투쟁부터 일제강점기 독립전쟁에 이르는 민족운동사의 근간을 장대한 규모의 서사시로 승화시킨 보기 드문 역작으로서, 이와 같은 '민족서사시'의 흐름이 어떤 절정에 — 또는 어떤 황혼의 찬란함에 — 이른 듯한 느낌을 준다. 그리하여 나는 만해·벽초·횡보부터 20세기 막바지까지 우리 문학의 주요 작품을 크게 민족문학의 이름으로 감싸안을 수 있고 그렇게 하는 것이 옳다고 생각한다.

그런데 장편소설과 달리 장시는 독자가 쉽게 친숙해질 수 있는 장르가 아니다. 장편소설은 동서양을 막론하고 일반 대중의 통속적 취향을 기반으로 발전했고, 인쇄문화의 번창에 따라 오늘의 영화나 연속극처럼 자본주의적 유통구조를 매개로 소비되는 대중적 인기 품목으로 19세기와 20세기에 전성기를 누렸다. 하지만 이제 우리나라에서도『토지』『장길산』『혼불』같은 대하소설은 더이상 쓰이기 어려울 것이다. 서사시 내지 장시는 대하소설보다 훨씬 더 취약한 사회적 기반 위에 서 있다고 생각된다. 우리의 경우 식민지 시대와 분단시대를 거치는 동안, 한편으로는 민족 운명의 집단적 체험을 통해 민중으로 하여금 '서사시적' 현실을 살도록 강제하면서, 다른 한편 산업화·개방화·도시화 과정을 통해 농촌공동체의 해체와 구비문학 전통의 소멸이 진행되어왔다. 이것은 시인에게 민족문학적 영감을 고취하여『금강』이나『백두산』같은 서사시의 창작을 촉구하는 현실과 그런 서사문학의 대중적 기반을 파괴하는 현실이 하나의 역사공간 안에서 공존, 충돌하고 있음을 뜻한다고 할 수 있다. 어떻든 세계화 현실의 본격 도래와 더불어 이제 서사시와 대하소설 같은 '무거운' 장르들은 본연의 소임을 마감하는 단계에 이르렀다고 보아야 옳을 것이다. 『백두산』의 미완과『만인보』의 성취는 이 역설적 현실의 불가피한 반영이라고 생각한다.

참고「시와 소통에 관한 단상」토론문: 선시와 리얼리즘

* 2010년 단국대에서 '고은 문학 포럼'이 열렸던바, 여기서 백낙청 선생은「시와 소통에 관한 단상」이라는 발제문을 통해 '선시와 리얼리즘'이라는 일견 상반된 지향이 만나는 지점에 대해 논의했고, 나는 이에 대한 토론문으로 역시 같은 주제에 대한 의견을 말했다. 고은 문학의 성격을 이해하는 데 도움이 될 듯하여 나의 토론문을 여기 싣는다.

그동안 백낙청(白樂晴) 교수의 비평이 고은 문학의 독특한 성취를 해명하는 데 선도적 관점을 제시해왔다는 것은 우리의 상식일 것이다. 그뿐 아니라

그의 비평적 관점은 단순히 한 시인의 문학세계를 설명하는 차원을 넘어, 그 설명 자체가 한국시와 한국문학 전반에 걸친 문제점을 진단하고 질적 향상을 촉구하는 이론적 각성제 역할을 해왔다고 생각한다.

알다시피 선시(禪詩)는 불교라는 동양 전통종교에 뿌리를 둔 개념이고 리얼리즘은 서구의 근대 문학이론에 기반한 개념이어서, 양자의 '합일 가능성을 논한다'는 발상 자체가 보기에 따라서는 아주 대담하고 파격적이다. 그런데 백교수는 1990년대 초 고은의 시집 3권을 대상으로 했던 평론 「선시와 리얼리즘」(1993)에서나 그 문제를 재론한 이번 발표문 「시와 소통에 관한 단상」(2010)에서나 상식을 뛰어넘는 대담하고 개척적인 자세로 문제를 거론하고 있다.

따라서 선시에만 국한해서 본다면 백교수의 이번 논의가 새로운 것은 아니라고 생각할 수 있다. 한국시와 불교가 역사적으로 깊은 친연관계를 맺고 있다는 것은 공지의 사실이다. 고은의 수많은 작품들은 그 최신의 예가 될 터인데, 그는 시작품을 통해서뿐만 아니라 이미 1961년의 산문 「시의 사춘기」 및 백교수도 인용한 1993년의 좌담 발언 '시에는 어느 시든 그 안에 선적인 요소가 들어 있다' 등을 통해 자신의 시적 모색에 선 또는 선승의 경험이 본질적인 기여를 하고 있음을 증언하고 있다. 백교수 자신도 불교에 남다른 조예를 쌓아왔음은 웬만큼 알려진 사실이지만, 그러나 역시 만해부터 고은까지, 아니 어쩌면 멀리 향가 시대나 일연(一然)의 시대부터 고은까지의 오랜 선행 업적이 알게 모르게 축적되어왔기에 리얼리즘의 이름으로 행해진 그의 독보적인 천착과 선시에 관한 논의가 새롭게 접목될 수 있었던 것이 아닌가 한다. 가령 이번 발표문에서 "시에서 선적인 것을 요구함과 동시에, 시가 동시대 최고의 현실인식을 쟁취하고 전파하며 그에 걸맞은 세상을 만들고자 하는 '리얼리즘적' 욕구를 어떤 식으로든 보여줄 것을 요구"한다고 했을 때, 이 요구가 두개이면서 동시에 하나라는 인식은 백교수가 우리에게 열어준 새로운 시야이다.

그런데 이번 발표는 시간의 제약 때문에 '선시와 리얼리즘'에 관련된 후속 논의들을 충분히 더 파고들지 못한 것이 유감이다. 예컨대 "근대사회로 오면 문예 창작에서는 장편소설이 대중적 소통의 총아로 떠오르고 (…) 시문학의 비중이 크게 줄어들었다. 그러나 영상매체 등 소통공간의 발달은 이런 현상에 또 한차례의 변화를 일으키고 있다"는 언급은 이런 언급만으로 지나가기에는 너무 크고 중요한 주제가 아닌가 한다. 다른 한편, 고은의 대작『만인보』에서 적절한 수의 작품들을 골라 "'선적인 것'과 '리얼리즘적인 것'의 결합에 얼마나 성공하고 있는지" 치밀하게 검토할 필요를 개인적인 숙제로 제시하고 있는데, 독자의 입장에서는 그야말로 학수고대하지 않을 수 없다. 그밖의 질문 사항도 여럿 있지만, 다만 한가지 의문을 덧붙이는 것으로 토론을 마치려 한다.

"이미 언어로 소통이 가능한 일체의 것을 넘어 어쩌면 소통이 불가능할지도 모를 경지를 포착하려는" 것이 선시의 존재 근거라는 백교수의 지적에 나는 이의 없이 동의한다. 그런데 소통 가능성 여부를 초월하여 궁극의 지혜에 도달하고자 하는 것은 선시라기보다 선 자체의 목표가 아닌가 생각한다. 깨달음을 일상적인 언어로 나타낼 길이 없어 시적인 언어로 표현하고, 시적인 언어로도 표현 불가능한 무엇인가를 단말마적인 외침이나 괴기한 몸짓으로 나타낸 사례는 선의 역사에 흔히 보이는 것이다.

그런 높은 경지의 선과 선의 최소표현으로서의 선시가 그 나름으로 정신의 집중을 요구하는 시 일반에 많은 영감을 주어온 것은 사실이다. 그러나 그럼에도 불구하고 시는 불가피하게 언어적 형상물, 즉 언어로 포착되고 언어로 구현 가능한 무엇일 수밖에 없다. 톨스토이가 말하는 '종교적 인식'이든 선불교가 추구하는 극한의 깨달음이든 그 인식의 깊이에 상응하는 언어적 형상이 이룩되었을 때 비로소 시의 범위에 드는 것이 아닌가 한다. 물론 종교에서도 경직된 율법주의나 타성적인 형식주의가 종교 본연의 구원의 역사(役事)를 훼손하고 제약하는 것처럼, 시에서도 틀에 박힌 형식적 규범과 상투화된 표현기법들이 시의 생명력을 손상하고 고갈시키는 것은 흔히 목격되는 바이다. 그런 점에서 시가 사람이 사람에게 거는 말하기의 한 방식, 그중에서도 가장 참신한 — 때로는 가장 난해한 — 언어적 소통의 한 형식이라는 불변의 사실에 근거하여 선시 또는 시 일반을 '다수 인민의 이해 수준에 적응하여' 설명할 필요는 여전히 과제로 남아 있다고 하겠다. 그것은 백교수가 톨스토이의 예술관을 설명하면서 플라톤의 이름을 호출했던 선례에 따른다면 아리스토텔레스적인 과제라고 말할 수 있지 않을까 한다.

봄밤에 울리는 위로의 노래

◆

박해석 시선집 『기쁜 마음으로』

코로나19가 유행을 시작하던 2020년 2월 말이던가, 낯선 목소리가 전화로 내게 단도직입 부탁을 했다. 시집을 내는데 해설을 써달라고. 5월 말까지 쓰면 되니 여유가 있다고.

박해석(朴海碩)이라고 자기 이름을 댔으나 처음엔 누구인지 알아듣지 못했다. 그의 정체를 알아차린 뒤에도 생소함은 사라지지 않았다. 평소 그는 나와 아무런 교유가 없는 사이였다. 만난 적이 없을뿐더러 전화도 주고받은 기억이 없다. 다만 돌이켜보니, 1979년 창작과비평사에서 정호승의 첫 시집 『슬픔이 기쁨에게』를 낼 때 나는 창비 발행인이었고 그는 시집 발문의 필자였다. 그 발문으로 알게 된 사실은 정호승과 박해석은 대학 동기로서 함께 '시 쓰기' 공부를 하며 서정주와 김수영 사이에서 청춘의 열병을 앓았다는 것이었다. 하지만 오래전의 일이라 나는 당연히 잊고 있었다.

그런데 정호승은 이미 1970년대에 주목받는 시인으로 활동하기 시작한 반면, 박해석은 출판사 주변에서 고단한 소시민으로 전전하다가 친구 정호승보다 20여년 늦은 1995년에야 시인으로 등단했다. 그리고 이제 4반세기가 지나고 나이 70을 넘긴 시점에 시선집을 내며 나에게 발문을 청탁한 것이었다. 그러니 어찌 거절할 수 있으랴.

여는 글

　상당히 오랜 시인 경력에도 불구하고 박해석은 비교적 소수의 독자들에게만 이름이 알려져 있고 아마도 극소수의 독자들로부터만 사랑받는 시인일 것이다. 이 글을 쓰고 있는 나 자신도 개인적으로는 그를 잘 알지 못한다. 물론 그의 시를 주목해서 읽어오지도 못했다. 솔직히 고백한다면, 이 선집에 수록된 130여편의 시를 읽기 시작한 것도 갑작스러운 그의 전화 부탁을 거절하지 못해서였다. 그러나 다 읽고 난 지금의 나에게는 좋은 시집을 읽고 났을 때의 따뜻함과 더불어 한 성실한 시인의 인생 여정을 목격하고 난 뒤의 감동이 찾아와 있다.

　미리 말하거니와 그의 시들은 어느 작품에나 언어를 다루는 시인의 정성이 배어 있다. 누추한 삶의 현실을 고백하듯 묘사할 때에도 시인의 자세는 최선의 진지함을 다하고 있어서, 마치 더러운 풍경의 그림에서 더러움 아닌 아름다움을 보게 되는 것처럼, 우리가 그의 작품에서 보는 것은 꼼꼼하게 다듬어지고 잘 정돈된 우리말의 질서이다. 어떤 점에서 이것은 성공한 예술작품이 언제나 다소간 행사하는 모순이다. 창작자로서는 견디기 힘든 고통과의 대결인 것이 어째서 향수자에게는 미적 쾌감과 고통으로부터의 초월을 선사하는가?

　내가 말하고 싶은 요지는 시인 박해석이 오래 힘들여 작업한 결과가 독자들에게는 커다란 즐거움으로 돌아왔다는 사실이다. 세상은 각박하나, 각박함을 견뎌낸 시인의 문학적 헌신은 작든 크든 세상에 빛을 더하는 고마움을 일구어냈다.

시인의식의 원천

　박해석 시들의 밑바닥에 깔려 있는 정서적 특징을 한마디로 요약하면 시대와의 불화라고 말할 수 있다. 수십년간 생계를 위한 나날의 노역에 시달리면서 가까스로 틈을 내어 시를 쓸 수밖에 없었기에 그의 문학에는 어쩔 수 없이 희망과 긍정의 분위기를 나타낼 공간이 매우 협소해져 있다. 그의 밥줄을 쥐고 있는 바깥 사회에서의 끊임없는 시달림 속에서도 그러나 그는 세상과 타협하거나 세상에 굴복하지 않았다. 이것은 그에게 온갖 고초를 견디게 하는 힘으로서의 자부심을 갖게 했을 텐데, 그러나 그는 이 집념이자 자부심을 "가시"라고 부른다. 이 가시는 박해석에게 양보할 수 없는 자신의 시적 정체성으로 인식된다.

> 평소 흠모하던 시인을 처음
> 뵙는 자리에서
> 말에 가시가 있는 시는
> 좋지 않다고 해서
> 집에 돌아와
> 그 가시가 어디에 박혀 있는지
> 찬찬히 들여다보았습니다
> 가시가 보이기는 보이는 것이었어요
> 빼버리려면 빼버릴 수도 있는 것이었어요
> 그런데 말이지요
> 그냥 그대로 놔두기로 했습니다
> 그 가시 하나로 버텨온 것을
> 그 가시 하나로 겨우 살아온 것을

오랜 살붙이처럼 피붙이처럼

징그러운

—「가시」전문

   이 작품에는 소박한 대로 시인 박해석의 사회적 태도와 시인적 입장
이 드러나 있다. 선배 시인이 '가시'라고 불렀던 외곬의 집념 때문에 박해
석은 문단과 사회에서 환영받지 못했을지 모른다. 하지만 그럼에도 불구
하고 '가시'는 세상의 요란한 잡답 속에서 그로 하여금 그다움을 유지하
게 해준 것, 온갖 비참 가운데서도 그를 그로서 지탱하게 해온 버팀목이
었다. '가시'는 실상 그 자신에게도 징그러운 것이지만, "오랜 살붙이처럼
피붙이처럼" 이미 자기 몸의 일부로 육화되어 있는 것이다. 그는 모든 불
편과 불이익에도 불구하고 자신의 그 정체성을 결코 포기할 수 없다고 다
짐한다.

   그러면 그 가시는 어디서 유래한 것인가? 이것은 박해석의 인생 역정
전체를 통해서 살펴볼 질문이지만, 시인으로서의 그가 읽고 배우면서 정
신적 스승으로 여긴 사람이 누구인가를 가지고 짐작해본다면 그에게 가
시를 전한 사람은 누구보다 우선 시인 김수영이다.

   설움의 사나이 김수영을 읽으며 두 번 울 뻔한 적이 있지. ……야경꾼과
20원 때문에 10원 때문에 1원 때문에 우습지 않으냐 1원 때문에 싸우고, 모
래야 나는 얼마큼 작으냐 바람아 먼지야 풀아 정말 얼마큼 작으냐고 탄식
할 때, 어느 날의 일기에서, 내달부터 신문사 일을 보게 되었다고 시인이 말
하자, 무엇으로 들어가냐고 어머니가 물어올 때, 번역도 하구, 머어 별것 다
아 하지요, 내가 못하는 일이 있나요! 하고 대답하고 곧바로 참패의 극치
다라고 적어놓았을 때, 삐쭉 눈물 한 방울 비치며 콧마루가 시큰해왔지.

—「진달래 꽃잎을 술잔에 띄워 마시며」 앞부분

김수영 시인이 먹고사는 문제의 수레바퀴 밑에서 한번도 빠져나온 적이 없었다는 것은 널리 알려진 사실이다. 많은 시와 산문에서 김수영은 자신의 가난을 숨김없이 드러냈다. 앞의 인용에서 보듯이 그는 잠시 신문사에 취직한 적도 있었지만 곧 그만두었고, 한동안 양계(養鷄)에도 손을 대었으나 그것으로 생계가 해결될 수는 없었다. 그가 가장 오래, 그리고 가장 자신 있게 계속한 작업/직업은 번역이었다. 불의의 사고로 세상을 떠나기까지 그는 뜨내기 날품팔이처럼 해오던 번역 일을 떠나지 못했다. 가난한 생활현실은 김수영 문학의 불변의 토대였다.

그러나 가난한 삶은 김수영에게 결코 수치가 아니었다. 가난은 오히려 시인다움을 수호하는 양심의 시금석이었다. '세계의 가장 비참한 사람이 되라'고 김수영이 후배들에게 권했을 때, 비참이 물론 단순히 물질의 상태를 가리키는 것만은 아니었다. 번역 일도 김수영에게는 단순한 생계수단만은 아니었다. 그는 번역을 통해 자기 시대의 억압과 금기에 구멍을 내고 바깥을 향한 창을 만들어 세계와 호흡을 함께할 수 있었다. 박해석은 선배 시인 김수영이 가난의 쇠줄에 목이 매여 죄수처럼 끌려가면서도 세속의 부귀에 항복하지 않았던 그 불굴의 자존에 깊이 공명한다.

(김수영 시인과의 인연은 「종로유사鐘路遺事」라는 작품에도 나온다. 이 작품에서 시의 화자는 잡지사에서 일할 때 김수영이 번역한 제임스 볼드윈의 장편소설 『또 하나의 나라』 원고를 윤문하는 작업을 맡게 된다. 그것이 김수영 사후 몇년 뒤의 일이라고 화자는 회상하지만, 이 번역은 이미 1968년 신구문화사에서 『현대세계문학전집』 제9권으로 출간된 바 있다. 시 「종로유사」의 배경에는 이 번역을 둘러싼 실화가 있는 듯하다.)

소시민으로서의 시인

아우슈비츠의 비극을 겪고 나서 철학자 아도르노는 "아우슈비츠 이후 서정시를 쓰는 것은 야만이다"라고 탄식했다. 잘 알려져 있다시피 이 말은 동시대의 모든 시인과 지식인에게 자신들의 존재이유를 심문하는 하나의 시금석으로 주어졌다. 그러나 죽음의 수용소에서 간신히 살아남은 당사자 중의 한명인 시인 파울 첼란은 서정시『죽음의 푸가』를 통해 끔찍함의 극치를 통렬하게 언어화했고, 그러자 아도르노는 첼란의 시가 "침묵을 통해 극도의 경악을 표현했다"면서 자신의 말을 수정했다. 나치스 시대의 정치폭력에 저항한 브레히트의 작품 「서정시를 쓰기 힘든 시대」 역시 이 주제에 대한 유명한 응답의 하나로 회자되는데, 박해석에게도 이주제는 평생을 따라다닌 시적 화두인 것 같다.

아우슈비츠 이후에도 수많은 시가 쓰여졌다

나는 육이오 전쟁 중에 태어나 오늘까지 살아남았다
아우슈비츠 유대인만큼 지독하지는 않지만
헐떡이며 숨막히며 가슴 두근거리며 살아왔다
머리털 손톱 발톱 뽑히지 않았지만
내일을 모르고 희망의 벽에 둘러싸여
세상 밖으로 나가려고
이 세상 밖이라면 어디로든 나가보려고
오늘을 할퀴며 살아왔다

아직 목숨이 붙어 있어 이렇게 시라는 걸 끄적거린다
아우슈비츠 가스실에서는 통곡을 하며 죽어갔는데

나는 누구 심금을 울리려고?

퉤!

　　　　　　　　　　　　　　　　　　　—「나쁜 서정시」 전문

　아우슈비츠의 죽음을 상상하며 시인은 자신이 살아온 삶의 이력의 왜
소함을 들여다본다. 6·25전쟁은 아우슈비츠의 학살과는 또다른 차원에서
전 국토를 뒤덮은 끔찍한 비극이었다. 처참한 전쟁 중에 태어나 온갖 비
참을 통과하고 살아남아 "헐떡이며 숨막히며 가슴 두근거리며" 소시민의
생존에 매달려 허덕이는 것은 자랑스러운 일인가, 치욕스러운 일인가. 박
해석에게 이 질문은 아마 시를 한줄 쓸 때마다 목젖까지 차올라 윽박지르
는 평생의 고문이었을 것이다. 그리하여 때로는 스스로에게 자기혐오의
침을 퉤! 뱉는다. 산다는 것은 시인에게 무엇보다 부끄러움이었다.

　　하늘 아래 사는 일 부끄러운 일
　　사납게 땅을 딛고 별을 올려다보면
　　잔과 잔끼리 서로 부딪쳐
　　금이 가고 이가 빠지기도 하지만
　　모르지 아직은 내 빼앗긴 체온이며
　　숨결 몇 올 남아
　　내 이 잔 가까이 떠돌고 있는지
　　모르지

　　그러나 지금 이 잔은 침묵하고 있다네
　　영악하고도 사악한 이 고배의 잔은

　　　　　　　　　　　　　　　　　　—「지금 이 잔은」 뒷부분

시인에게 나날의 삶은 축배가 아니라 독배였다. 그러나 그가 마시는 독배는 한순간에 생사를 결판내는 결정타가 아니라 '금이 가고 이가 빠져' 마침내 "숨결 몇 올" 남을 때까지 체온을 빼앗아가는 생명의 소모전이었다. 박해석의 시세계 전반을 덮고 있는 패배와 수치의 정서는 그의 인생을 지배한 이와 같은 만성적인 고통으로부터 태어난 것이다.

그러나 다른 한편, 박해석의 문학에서 발견되는 또다른 특징은 모든 암울한 상황에도 불구하고 그가 최소한의 따뜻한 시선을 끝내 잃지 않는다는 점이다. 소심하되 선량하고 전투적으로 앞장서지는 못하지만 정의의 편에 서고자 하는 시인의 마음은 그의 작품에 일관되게 온기를 부여한다. 다음과 같은 시에서 우리는 시인 박해석의 그러한 마음이 어떻게 탁한 세상을 향해 흐르는 한줄기 작은 청류(淸流)로 되고 있는지 확인한다.

> 빗속에 교회에 갔다
> 용서를 빌었으나 잘 안 된 것 같고
> 나도 아무도 용서하지 않았다
> 부러 먼 길로 돌아가는 길
> 비를 막기에는 우산이 점점 작아지는구나
> 주택가 골목길 한 발 앞서가던 할머니
> 길바닥에 찰싹 몸 붙인 나뭇잎들 사이에서
> 모과 한 알을 주워든다
> "뭘 믿는 게 있어 혼자 떨어진 게야, 응?
> 무슨 마음으로 너 혼자서 떨어져 있는 게야"
> 혼잣말로 중얼거리며 품에 안고 조심스레 걸어간다
> 나도 저런 모과는 아니었는지
> 저런 바보 모과로 살고 싶지나 않았는지

발소리 죽이며 뒤따르다 문득,
누구 하나쯤은 용서해보리라 생각한다

—「모과 한 알」 전문

　추적추적 비 오는 날 주택가 골목길을 걸어가는 할머니와 길바닥 나뭇잎들 사이에 떨어져 있는 모과 한알의 구도는 조촐하지만 아름다운 풍경이 아닐 수 없는데, 이 수채화 같은 장면에 돌연 소용돌이가 발생한다. 길 가던 할머니가 모과에게 "뭘 믿는 게 있어 혼자 떨어진 게야, 응?/무슨 마음으로 너 혼자서 떨어져 있는 게야"라고 측은한 듯 말을 붙이는 순간, 우주에는 자그마한 기적이 일어난다. 모든 유정·무정의 존재들이 갑자기 서로에게 팔을 뻗고 손을 내밀어 호감과 환대를 표시하는 경이가 연출되는 것이다. 그 순간을 목격한 시인도 따뜻한 가슴이 되어 이제 모과 한알처럼 이름 없이 살아가도 좋다고 생각하며 자신을 핍박했던 세상에 대해 한 가닥 용서할 마음을 얻는다.

　　큰 비참, 작은 위안

　그러나 기적은 드물게 일어나고 시인은 여전히 무력하다. 매일의 고단한 출근길에서 그가 마주치는 것은 그로서는 어찌해볼 수 없는 객관적 비참들이다. 그가 할 수 있는 일이란 고작 그 현실 한 귀퉁이의 진실을 옮겨 적어 세상에 알리는 것뿐이다. 짧은 시를 한편 읽어보자.

미사일 같은 가스통도 빽빽하게 싣고 달리고
자본가들의 파티에 아첨꽃으로 바치는 화분 화환도 싣고 달리고
쿠션 좋아 하룻밤에 천국 열두 번 왔다갔다 한다는 외제 침대도 싣고 달

리고

　　철거당한 민중미술도 전봉준처럼 싣고 달리고

　　별동네 달동네 겨울나기 연탄들을 시커멓게 웃기며 싣고 달리고

　　변두리 변두리로 쫓겨가는 일가족의 비 맞은 이불 보따리도 싣고 달리고

　　죄 없이 죽어 거적때기에 둘둘 말린 시퍼런 주검도 쌩쌩 싣고 달리고

　　　　　　　　　　　　　　　　　　　　　　　　—「타이탄 트럭」전문

　여기 보이듯이 시인의 시선은 거리 한 모퉁이에 설치된 카메라처럼 다양한 장면들을 논평 없이 잡아 단지 제시할 뿐이다. 독자인 우리도 지난날 자연주의 소설에서 보았던 현실의 어두운 단면들이 화면 위로 지나가는 것을 말없이 바라본다. 이 편집된 화면들의 드러나지 않은 배후에 시인은 무슨 장치를 해놓은 것인가? 단순히 섣부른 분노 혹은 값싼 동정은 아닐 것이다. 어쩌면 여기서 시인은 작품에 묘사된 것과 같은 비참과 불의가 공존하는 상황을 뚫고 나갈 출구의 가능성을 필사적으로 찾고 있을지 모른다.

　그러나 길은 보이지 않고 세상의 암흑만 더 자주 눈을 사로잡는다. 다음 작품에서 그의 시선은 앞의 작품 「타이탄 트럭」의 마지막 행에 등장하는 "죄 없이 죽어 거적때기에 둘둘 말린 시퍼런 주검"을 집중적으로 조명한다.

　　네 옷은 네 마지막 밤을 덮어주지 않았다

　　구름을 갓 벗어난 달이 몇 번 갸우뚱거리며 네 얼굴을 비추고 지나갔다

　　고양이가 네 허리를 타고 넘어가다 미끄러지며 낮게 비명을 질렀다

　　가까운 공중전화 부스에서는 쉬지 않고 뚜뚜뚜 신호음 소리가 들려왔다

　　새벽 종소리는 날카롭게 반쯤 열린 네 입술 속으로 파고들었다

　　환경미화원의 긴 빗자루는 웬 마대자루가 이리 딱딱하냐고 툭툭 두들겨

대었다

　동대문야구장 공중전화 부스 옆 쓰레기 더미 속
　파리 떼와 쥐들에게 얼굴과 손의 살점 뜯어 먹히며 보름 동안
　그는 그들과 함께 살았다 죽었다
　　　　　　　　　　　　　　　　　　　　　　　　──「변사체로 발견되다」 전문

　"동대문야구장 공중전화 부스 옆 쓰레기 더미 속"에 방치되어 보낸 한 변사자 시신의 보름 동안이 표현주의 영화처럼 냉혹하게 포착되어 있다. 구름을 벗어난 달, 고양이의 비명, 공중전화의 신호음, 새벽 종소리, 환경 미화원의 빗자루 따위의 음산한 소도구들이 간단없이 클로즈업되는 가운데 시의 화자는 "네 옷은 네 마지막 밤을 덮어주지 않았다"라고 말문을 연 이후 더이상 어떠한 논평도 덧붙이지 않는다. 어쩌면 시인의 이 침묵이야말로 세계의 비정(非情)에 대한 가장 엄중한 항의일지 모른다.
　그런데 알고 보면 박해석의 시가 탄생한 곳 자체가 바로 그런 인생의 종말처리장 같은 곳, 또다른 지옥으로서의 기지촌 한가운데였다. 다음 작품에서 그의 회상은 자못 자학적인 가락을 띤다.

　또 한 친구가 죽었다
　버스로 넉넉잡아 시간 반이면 가 닿는 곳
　나는 섣불리 가지 않았었다 내 청춘의
　무덤이 있는 곳
　동정을 빼앗고 사라져버린 누이가 있던 곳
　나는 간다 언제나 그렇다 밤으로 스며들었다가
　새벽같이 도망쳐 나오는 곳
　오쟁이 진 애비와 기둥서방과 하우스보이와

우다위와 감바리와 까리와 지저깨비 들
더러는 양키 물건 장사로 또 더러는
제 피붙이 살붙이 손보기로 밥을 먹던 곳
나는 거기서 처음으로 시를 만났었다

——「부곡(部曲)에 가다」 앞부분

알다시피 미군부대 주변은 한국사회의 막장 인생들이 모여드는 특수
배출구의 하나이자 외인부대를 위한 환락의 요지경 같은 곳이다. 보통의
한국인으로서는 지켜야 할 인간적 품위도, 최소의 자존심도 내던진 막다
른 골목, "제 피붙이 살붙이 손보기로 밥을 먹던 곳", 그가 "청춘의/무덤
이 있는 곳"이라고 불렀던 그 땅에서, 그러나 박해석은 역설적으로 목숨
을 부지하기 위한 최후의 거점을 발견한다. 그것이 시였던 것이다. 시야말
로 박해석에게는 삶의 밑바닥으로부터 수면 위로 치고 올라가기 위해 디
딜 수 있는 유일하게 남은 발판이었다.

다음의 인용에서 보는 바와 같이 그가 오늘 이 땅에서 여전히 시인 노
릇을 하면서 1300여년 전의 당나라 시인 누보(杜甫)의 참혹한 행로를 새
삼 떠올리고 위로를 받는 것은, 세상의 참혹을 견디는 문학의 힘이 동서
고금의 시차와 공간차를 넘어 아직도 지속되고 있음을 믿기 때문이다.

삼협에 뜬 달이 물마루 가슴마루에 비쳐드는 외로운 심사
타향 떠나면 또 다른 타향 거기 어딘가에 굶어 죽은 아들 묻고
평생 먹물 노릇 후회는 하지 않았는지요
그대 시편 행간마다 피비린 북소리 울리고
쫓겨가는 백성들의 창백한 옷자락 나부끼고
잔나비 울음소리에 촛불마저 꺼지는 밤
내일이면 또 식솔들 굴비 두름 엮듯 엮어 한 줄로 세워

누런 하늘 아래를 걸었으니

그대 지고 이고 간 하늘은 오늘 여기도 매한가지

— 「봄밤에 짓다」 부분

이제까지 거듭 살펴본 바와 같이 박해석은 세계를 가득 채운 큰 비참의 현실에도 불구하고 그 현실 앞에서 무력할 수밖에 없는 소시민적 자아의 왜소함을 자신의 내면에서 끊임없이 확인한다. 오랜 고뇌 끝에 마침내 그가 찾아낸 것은 세계와의 작은 화해였다. 앞의 「모과 한 알」 같은 작품에 담긴 용서의 마음이 그런 것이고, 다음 작품에서 보는 바와 같은 '작은 요구'가 또한 그런 것이다.

너희 살을 떡처럼

떼어 달라고 하지 않으마

너희 피를 한잔 포도주처럼 찰찰 넘치게

따르어 달라고 하지 않으마

내가 바라는 것은

너희가 앉은 바로 그 자리에서

조그만 틈을 벌려주는 것

조금씩 움직여

작은 곁을 내어주는 것

기쁜 마음으로

— 「기쁜 마음으로」 전문

험악한 세상이 오랜 괴롭힘 끝에 그의 삶에 "작은 곁"을 내어주었는지 어쨌는지는 알 수 없다. 하지만 확실한 것은, 그가 수십년 애쓰고 노력한 공덕인지 아니면 세상 자체가 조금쯤 너그러워진 덕분인지 그가 생존을 위한 "조그만 틈"을 얻게 되었다는 사실이다. 그 작은 여유가 마련한 미미한 행복을 시인은 "기쁜 마음으로" 받아들이고, 드물게 찾아온 사랑의 감정조차 드디어 그는 기꺼이 시로써 노래한다. 「첫눈에」는 널리 알려진 연시(戀詩)이지만, 다음 작품이야말로 시인이라면 한두편 반드시 남기고 싶어하는 아름다운 사랑의 시가 아닐 수 없다.

> 속잎 돋는 봄이면 속잎 속에서 울고
> 천둥 치는 여름밤엔 천둥 속에서 울고
> 비 오면 빗속에 숨어 비 맞은 꽃으로 노래하고
> 눈 맞으면 눈길 걸어가며 젖은 몸으로 노래하고
> 꿈에 님 보면 이게 생시였으면 하고
> 생시에 님 보면 이게 꿈이 아닐까 하고
> 너 만나면 나 먼저 엎드려 울고
> 너 죽으면 나 먼저 무덤에 들어
> 네 뼈를 안을
>
> ──「사랑」 전문

닫는 글

박해석은 시인으로 살아오는 수십년 동안 그 나름으로 최선을 다했다고 믿어진다. 녹록지 않은 생활현실의 압박을 감내하면서도 시인으로서 지켜야 할 최소의 양심을 잃지 않으려 애썼고, 자기 시대를 지배하는 불의와 비참에 대해 적어도 시에서만은 비판적으로 반응했으며, 그것에 과

감히 행동으로 맞서지 못한 자신의 소심함과 양심의 가책을 진지하게 시에 담았다. 무엇보다 그는 자신의 경험과 느낌을 단아하게 정돈된 우리말의 질서 안에 표현했다.

식민 잔재와 군사독재의 폭압 아래 숨죽이고 살면서 산업화의 속도에 허덕였던 수많은 소시민들은 그의 시에서 자신들이 겪은 고난과 억눌린 심정을 '있었던 그대로' 다수 발견할 것이다. 그들이 박해석의 시에서 많든 적든 위로를 얻는다면, 그런 위로의 역할을 하나의 미덕으로 상찬하는 것이 각박한 시대를 함께 살아온 나 같은 이웃이 해야 할 도리 아니겠는가.

요컨대 박해석은 박해석의 삶을 살면서 자기에게 배당된 시인의 몫을 최선을 다해 성실하게 수행했다. 박해석에게 '박해석의 것' 이상의 삶을 살면서 그에게 주어진 인생의 테두리를 넘어서는 시를 써야 한다고 요구하는 것은 어느 누구에게나 그렇듯이 우리의 권리가 아니다.

도덕적 고뇌와 시의 힘

◆

정호승 시집 『나는 희망을 거절한다』

1. 오랜 인연을 돌아보며

갑작스러운 소나기에 낮잠이 달아나듯 어느날 걸려온 정호승(鄭浩承) 시인의 전화가 내 일상을 멈칫하게 했다. 그와의 사이에 너무 오랜 적막이 있었던 탓이다. 정신을 차리고 천천히 수십년 전으로 돌아가 그를 떠올려본다. 많은 세월이 흘렀어도 내게 정호승은 곱고 단정한 인상의 미소년으로 남아 있다. 생각해보면 그와 맺은 인연 자체가 아름다운 추억이다. 그의 첫시집 『슬픔이 기쁨에게』가 창작과비평사에서 나온 것이 1979년인데, 그때 시집 발행인으로 이름을 올린 게 바로 나였다. 시집 제목을 골라준 것도 나였다고 후일 그는 나에게 공치사를 한 적이 있다. 새벽의 도래를 열망하는 마음과 어둠이 빛을 향해 손을 뻗는 이미지로 시집의 제목을 삼은 것은 그에게도 썩 괜찮았던 모양이다. 박정희 유신체제가 막바지로 치닫던 험악한 시절의 일이었음에도 그 시집을 생각하면 늘 기분이 따뜻해진다.

그런데 이번에 새 시집 원고를 읽기 전에 그의 초창기 모습을 돌아보려고 오랜만에 첫 시집 『슬픔이 기쁨에게』를 펼치자 내 기억 속의 정호승과는 조금 다른 얼굴이 나타난다. 40여년에 걸친 그의 시의 발걸음은 지나칠 만큼 한결같고 어떤 점에서는 단조로운 것으로 내게 입력되어 있다. 그때나 지금이나 그의 시는 격정에 휘둘리거나 감정에 치우치지 않는 관조적 차분함으로 독자를 위무해오고 있고, 절제와 균형의 고전적 감각으로 서정적 아름다움을 맛보게 한다고 여겨졌기 때문이다.

아마 그래서일 것이다. 그의 시집들은 마치 종단 바깥에서 많은 신도를 거느린 재야의 스님처럼 문단의 침묵을 딛고 독자들의 호응을 받는다. 『슬픔이 기쁨에게』만 하더라도 1993년에 첫 개정판이 나왔고 2014년에 두번째 개정판이 나와, 초판 이후 38년이 지난 지금도 여전히 서점 진열대에 놓여 있다. 그야말로 스테디셀러다. 일일이 확인해본 건 아니지만, 창비 발행의 그의 시집들 대부분이 20쇄 이상 찍었다고 판권은 밝히고 있다. 아주 드문 일이다. 문학 전문가들의 평가가 현실 독자의 이 반응을 외면한다면 그 전문성은 의심스러운 것일 수밖에 없을 것이다. 정호승 시의 어떤 점이 이런 꾸준한 애호를 불러오는지도 궁금하지만, 그에 앞서 나로서는 정호승표 시의 특징이 어떤 잉태과정을 거쳐 태어났는지가 궁금하다. 첫 시집을 다시 읽고 어떤 점이 "내 기억 속의 정호승과는 조금 다른 얼굴"을 만났다고 여기게 했는지 찾아보려는 까닭이 여기 있다.

2. 자기발견의 길

『슬픔이 기쁨에게』를 훑어보니 「슬픔은 누구인가」나 「새벽 눈길」 「헤어짐을 위하여」 같은 전형적인 정호승 시 이외에 뜻밖의 작품들이 적잖이 눈에 띈다. 가령,

강 건너 도망가는 어머니여.
아버지도 모르는 탯줄 달린 아기를 강바닥에 내던지고
남몰래 보따리 들고 집 나가는 어머니여.

—「어머니」 앞부분

이런 과격한 구절이 그의 시에 있었던가 싶다. '어머니'는 시인 생활 40여년 동안 정호승을 떠나지 않은 가장 중요한 모티브의 하나인데, 이 작품에 등장하는 '타락한' 어머니는 물론 그 어머니가 아니다. 어떻든 눈에 띄는 것은 이 시에서 뜻밖에 만나는 불륜과 퇴폐에 대한 시인의 주목이다. 어쩌면 그것은 젊은 시절 누구나 겪는 울분이나 객기의 발산일지 모른다. 이 작품 바로 뒤에는 다음과 같은 시들도 잇달아 실려 있다.

함박눈 맞으며 창녀나 될걸.
흘린 피 그리운 사내들의 품을 찾아
칼날 같은 이내 가슴 안겨나 볼걸.

—「서울역에서」 1연

나를 문둥이라 불러다오.
그리움이라 부르지 말고
해 저문 어느 바닷가
끝없이 홀로 헤매는 문둥이라 불러다오.

—「소록도」 1연

'창녀'와 '문둥이'는 멸시와 외면의 대상이고 버려진 존재로 여겨지지만, 이 시에서 그들은 그런 사회학적 연관 속에서 호명되는 것이 아니다. 오히려 거기에서는 달콤쌉쌀한 탐미주의의 냄새가 풍겨나는데, 생각해보면 그것은 『화사집』 『귀촉도』 무렵의 서정주가 발산하던 향취였다. 이건 좀 뜻밖이다. 그러나 정호승의 대학 친구 박해석 시인이 시집 뒤에 붙인 발문을 읽어보면 뜻밖이 아님을 알 수 있다. 박해석에 의하면 철없는 학생 시절 문청들 몇이 학교 캠퍼스 안 뒷산에 올라가 '서정주 화형식'을 벌이며 발광을 했는데, 정호승은 이 일이 줄곧 마음에 걸려 오히려 서정주를 숙독하게 되었고, 그리하여 어느날 술이 취해 "내가 시의 운율을 배운 것은 서정주한테서였다"고 고백했다는 것이다. 그러고 보면 앞에서 부분 인용한 「어머니」 「서울역에서」 「소록도」는 단지 운율에서뿐만 아니라 삶의 퇴폐에 탐닉하는 듯한 악마주의적 제스처에 있어서도 젊은 서정주를 닮아 있다.

하지만 이것은 초기 정호승의 일면에 불과했던 것으로 생각된다. 앞의 발문에서 박해석은 자기들의 그 '지랄발광'이 당시 '참여시의 선봉'으로 여겨지던 시인 김수영에 대한 열광 때문이었다고 회상하고 있다. 이것도 나에게는 뜻밖이다. 그동안 김수영을 떠올리며 정호승을 읽은 적은 없었기 때문이다. 그러나 정호승의 시를 찬찬히 다시 읽어보면 김수영과의 사이에는 근본적인 차별성 못지않게 어떤 연결점이 있음도 인정된다. 첫 시집으로부터 꼭 20년 뒤에 나온 시집 『눈물이 나면 기차를 타라』에서 정호승은 오랜 내연(內燃) 끝에 마침내 김수영을 작품 안으로 불러낸다.

> 때묻은 런닝셔츠 바람으로
> 턱을 괴고
> 어디를 향해 있는지도 모르는
> 분명 열흘 곡기는 끊은 듯한
> 그 퀭한
> 김수영의 눈빛을 평생 따라가다 보면
> 한순간 만난다

그 눈빛이 흘리는 눈물과

그 눈물이 이루는 강물과

그 강물을 따라 흐르는 나뭇잎 한 장을

만난다

그 나뭇잎 위에 말없이 앉아

어머니를 생각하는

한 마리 개미를 만난다

—「김수영 사진」전문

  널리 알려진 김수영의 사진 앞에 아마 시인은 오래 앉아 있었을 것이
다. 풀기 힘든 인생의 난제를 만나서인지, 또는 시 쓰기의 절벽에 부딪혀
서인지는 알 수 없지만, 그는 "어디를 향해 있는지도 모르는" 사진 속의
휑한 눈빛을 보며 무언의 문답을 주고받는다. 아마 이 시의 진행에 있어
전환점은 '평생'이란 낱말일 것이다. 이 '평생'은 사진 속의 김수영과 사
진 바깥의 정호승에게 이중으로 관계된다고 볼 수 있다. 전자라면 김수영
의 평생에 걸친 험난한 인생 여정을 떠올리게 되고, 후자라면 선배 시인
의 시적 행로를 평생 뒤쫓는 후배의 모습이 보인다. 문법적으로는 후자이
지만(왜냐하면 시의 서술자가 김수영의 눈빛을 '평생' 따라가는 것이기
때문이다), 의미론적으로는 전자에 가깝다(왜냐하면 시의 서술자가 김수
영의 '평생'을 따라가는 것이기 때문이다). 어떻든 이 이중적 걸침을 계기
로 시는 김수영의 사진을 바라보는 외면적 관찰의 행위로부터 관찰자인
시인 자신의 내면적 성찰로 전환된다. 그리하여 우리의 시선은 "강물을
따라 흐르는 나뭇잎 한 장"과 "그 나뭇잎 위에 말없이 앉아/어머니를 생
각하는/한 마리 개미", 즉 거친 세파에 실려 힘들게 살아가는 시인 정호승
의 외로운 자화상에 이르게 되는데, 그것은 시인의 새삼스러운 자기발견
에 해당한다고 할 것이다.

3. 세계와 자아의 윤리적 대결

젊은 날의 '화형식' 난동에도 불구하고, 정호승은 일찍이 박해석에게
고백했듯이 운율의 구성과 이미지의 조형 등 시의 방법론을 적잖이 서정
주로부터 배운 바가 있었을 것이다. 하지만 이 학습은 '통과의례'에 불과
한 것으로서 지속적인 것은 아니었다. 서정주의 능청거리는 토속주의와
초월적 탐미주의는 정호승에게 체질적으로 맞지 않았을 것으로 보인다.
이에 비해 김수영의 도덕적 염결성은 정호승에게 피할 수 없는 도전의 대
상이자 극복의 과제로 다가왔던 것 같다.(다른 논자들이 지적했던 윤동주
尹東柱와의 친연성도 김수영의 경우와 같은 맥락에서 따져볼 수 있을 것
이다.)

물론 김수영과 정호승은 아주 다른 시대에 다른 삶을 살았고 외관상 전
혀 다른 종류의 시를 썼다고 할 수 있다. 알다시피 김수영이 시인으로 활
동했던 1940년대 말부터 20년 동안의 한국사회는 유례없는 고난과 시련
의 연속이었다. 그는 시대가 부과한 질곡의 가시밭길을 온몸으로 겪어내
며 피투성이의 삶을 통해 시의 존엄을 지켰다. 이 형극의 시간 동안 그가
가진 유일한 무기는 흔한 말로 양심(良心)이라고 부르는 내면의 진실밖에
없었다. 김수영은 1950년대에는 모더니스트 시인으로, 1960년대에는 참
여시의 대표자로 알려져 있었으나, 사실 그의 삶과 시를 지탱한 힘은 세
평(世評)과는 무관한 곳에서, 즉 시대를 뛰어넘는 치열한 도덕성에서 왔
다. 생각건대 정호승이 김수영을 만난 것은 바로 이 지점에서일 것이다.
이 누추한 세상에서 어떻게 양심을 지키며 바르게 살 것인가, 소박하다면
소박하다고 할 수도 있는 이 근본적 질문, 즉 세계와 자아의 윤리적 대결
의 문제야말로 정호승 문학을 일관되게 이끌어나가는 주제였던 것으로
나는 생각한다.

사다리를 타고 지붕 위에 올라가
사다리를 버린 사람은 별이 되었다
나는 사다리를 버리지도 못하고
내려가지도 못하고
엄마가 밥 먹으러 오라고 부르시는데도
지붕 위에 앉아
평생 밤하늘 별만 바라본다

—「별」 전문

　어린 날의 삽화에서 가져온 소품이지만 현실세계에 대한 시인의 태도를 간명하게 드러낸 작품이라 할 수 있다. 지붕에 올라가 사다리를 버리지도 못하고 엄마가 있는 땅으로 내려오지도 못하면서 "평생 밤하늘 별만 바라본다"는 것의 의미가 무엇인지, 그 알레고리가 뜻하는 바는 명백하다. 이상과 현실 사이에서 방황할 수밖에 없는 운명적 존재로서의 비극적 자기인식이 투영되어 있다 할 것이다.

해 질 무렵
양평 두물머리 강가에 다다른 진흙소가
강 건너편을 바라보다가
울음소리를 토해내며 강을 건너간다
나는 고요히 연꽃 한송이 들고
강물을 거슬러올라가는 진흙소를 따라
당신에게 가는 강을 건너간다
수종사 저녁 종소리가 들린다

—「두물머리」 전문

「별」과 마찬가지로 짧지만 그처럼 단순한 작품은 아니다. 남양주 운길산 자락에 위치한 수종사(水鐘寺)는 남한강·북한강이 합쳐지는 두물머리의 풍광이 수려하게 내려다보이는 절로 유명하다. 하지만 이 작품이 노래하는 것은 풍경이 아니다. "진흙소" "연꽃 한송이" 등 불교적 이미지들이 암시하듯 이 작품은 말하자면 구도시(求道詩)라고 할 수 있다. 물론 속인들에게 그 구도의 내용이 명백히 보이는 것은 아니다. 아마도 "울음소리를 토해내며 강을 건너"는 진흙소는 자기희생을 무릅쓰고 고통의 강을 건너는 '깨달은 자'의 보살행을 상징할지 모른다. 그렇다면 그를 뒤따라 강을 건너고자 하는 '나'는 누구이고, 강 건너에 있다고 믿어지는 '당신'은 누구인가? 어쩌면 이런 물음 자체가 이 시가 독자에게 던지는 화두일 것이다. 다음의 시는 같은 물음을 기독교의 이미지를 통해 형상화하고 있다.

> 마음속에 작은 시골 교회 하나 지어
> 동화작가 권정생 선생처럼
> 새벽마다 종을 치는 종지기가 되어야지
> 하늘의 종을 치는 종지기가 되어
> 종소리마다 함박눈으로 펑펑 내리게 해야지
> 모든 것을 견디고 모든 것을 용서하는
> 푸른 별들의 종소리를 울리며
> 함박눈을 맞으며
> 그리운 당신을 만나러 가야지
>
> ——「종지기」 전문

권정생(權正生)은 많은 독자에게 사랑을 받는 동화작가일뿐더러 청빈한 삶과 고결한 인품으로도 존경받은 분이었다. 그는 오랫동안 시골 교회

문간방에 혼자 살며 종지기 노릇을 한 것으로도 유명하다. 그런데 이 시에서 주인공은 실제 현실에서의 권정생의 삶을 그대로 따라 하겠다는 것이 아니라 "마음속에" 작은 시골 교회를 하나 지어 "하늘의" 종을 치는 종지기가 될 것을 소망한다. 교회가 세워질 곳은 '마음속'이고 거기 설치될 종은 '하늘의 종'이며, 따라서 거기서 울릴 소리는 "푸른 별들의 종소리"인 것이다. 이처럼 실재하는 현실 너머의 아득한 공간 저편으로 '당신'을 만나러 가겠다고 다짐하는 데에 시인 정호승의 초월의지 또는 한계가 있는지 모른다.

4. 유일한 가능성으로서의 시

이제 조금 다른 작품을 읽어보자.

이대로 나를 떨어뜨려다오
죽지 않고는 도저히 살 수가 없으므로
단 한사람을 위해서라도 기어이
살아야 하므로
벼랑이여
나를 떨어뜨리기 전에 잠시 찬란하게
저녁놀이 지게 해다오
저녁놀 사이로 새 한마리 날아가다가
사정없이 내 눈을 쪼아 먹게 해다오
눈물도 없이 너를 사랑한 풍경들
결코 바라보고 싶지 않았으나
바라보지 않을 수 없었던

아름다우나 결코 아름답지 않았던
내 사랑하는 인간의 죄 많은 풍경들
모조리 다 쪼아 먹으면
그대로 나를 툭 떨어뜨려다오

──「벼랑에 매달려 쓴 시」 전문

이 작품은 앞의 세편과 사뭇 다르다. 앞의 세편이 오욕의 현세에 발 딛고 있으면서도 거기에 매몰되지 않으려는 의지, 즉 구원과 해탈에 대한 염원을 표명하고 있다면 이 작품은 '벼랑에 매달려 쓴 시'라는 제목이 말해주듯이 어떤 막다른 골목에서의 자학과 절망을 비명처럼 표출하고 있다. 실제로 정호승의 이력을 훑어보면 그는 두세차례 인생의 고비를 겪으면서 그때마다 심각한 위기에 처했던 것 같다. 가령 그는 시집 『사랑하다가 죽어버려라』(1997)를 내면서 '후기'에 이렇게 적고 있다. "7년 만에 다섯 번째 시집을 내게 되었다. 그동안 시를 쓰지 않고 살아온 날들이 후회스럽다." '시를 쓰지 않고 살아온 날들'을 만회하려는 듯 열심히 써서 얼마 뒤 나온 시집 『눈물이 나면 기차를 타라』(1999)에서는 이렇게 말한다. "그동안 한움큼 움켜쥐고 살아왔던 모래가 꼭 쥔다고 쥐었으나 이제는 손아귀 밖으로 슬슬 다 빠져나가고 말았다. 손바닥에 오직 한 알 남아 있는 모래가 있다면 그것은 시의 모래일 뿐이다." 그러나 그로부터 얼마간 시간이 흐른 뒤에 나온 시집 『이 짧은 시간 동안』(2004)에서는 '시인의 말'로 다시 이렇게 고백한다. "지난 5년 동안 단 한편의 시도 쓰지 않고 살아, 살아도 산 것이 아니었다." 쉽게 풀리지 않는 삶의 곤경들을 견디고 넘긴 끝에 마침내 그가 시의 땅에 복귀하는 데 성공했음은 그후의 왕성한 활동이 입증한다.

이렇게 본다면 시 「벼랑에 매달려 쓴 시」는 정호승의 문학생애에 있어 희망과 절망이 갈라지는 분기점의 소산이다. 유일한 가능성으로서의 시를 붙잡고 마치 암굴 속에서 한줄기 가느다란 빛을 따라 밖으로 살아나오는 데 성공하듯 시인은 문학의 광야로 나올 수 있었던 것이다. 그리고 절박한 위기를 벗어나 그가 도달한 것은 결국 가장 낮은 곳을 향하는 겸손의 마음이었던 것으로 보인다. 다음 작품은 그러한 차원의 종교적 간구와 시적 추구가 겸손의 마음 안에서 하나로 합쳐지는 순간의 아름다움을 노래한다. 기독교와 불교의 종파적 차별을 넘어선 거룩함의 경지가 마치 천상의 소리처럼 들리기도 한다.

> 첫눈은 가장 낮은 곳을 향하여 내린다
> 명동성당 높은 종탑 위에 먼저 내리지 않고
> 성당 입구 계단 아래 구걸의 낡은 바구니를 놓고 엎드린
> 걸인의 어깨 위에 먼저 내린다
>
> 봄눈은 가장 낮은 곳을 향하여 내린다
> 설악산 봉정암 진신사리탑 위에 먼저 내리지 않고
> 사리탑 아래 무릎 꿇고 기도하는
> 아들을 먼저 떠나보낸 어머니의 늙은 두 손 위에 먼저 내린다
>
> 강물이 가장 낮은 곳으로 흘러가야 바다가 되듯
> 나도 가장 낮은 곳으로 흘러가야 인간이 되는데
> 나의 가장 낮은 곳은 어디인가
> 가장 낮은 곳에서도 가장 낮아진 당신은 누구인가
>
> 오늘도 태백을 떠나 멀리 낙동강을 따라 흘러가도
> 나의 가장 낮은 곳에 다다르지 못하고
> 가장 낮은 곳에서도 가장 낮아진 당신을 따라가지 못하고

나는 아직 인간이 되지 못한다

—「낮은 곳을 향하여」 전문

그런데 솔직히 고백하자면 시집 『나는 희망을 거절한다』를 통독하는 동안 내게는 어딘지 모를 불편한 감정이 가시지 않았다. 그것은 비유컨대 예의 바른 사람과 오래 마주 앉아 있을 때 느껴지는 불편함 같은 것이었다. 똑같은 도덕적 열망에도 불구하고 어쩌면 그런 면에서 김수영과 정호승은 대척점에 있을지 모르겠다는 생각도 든다. 알다시피 김수영은 외면적 예의범절 따위를 안중에 두지 않았고 일상생활의 온갖 허례허식에 도전했으며 자기 시대의 위선과 허위를 가차 없이 폭로, 공격했다. 무엇보다 그는 자기 자신에게 정직했고 치열했다. 반면에 정호승은 남들이 알아채지 못하는 방식으로 또는 겉으로 드러나지 않는 방식으로 현존의 모든 고통을 감싸안고 넘어서려는 것 같다. 어쩌면 그것은 용기라는 말보다 인내라는 말로 표현되기에 적합한 묵묵한 수행의 자세이다. 그렇기 때문에 김수영의 시에는 김수영의 실존이 자주 등장하는 반면 정호승의 시에서는 좀처럼 정호승의 민낯을 보기 어렵다. 마지막으로 읽는 다음 작품은 정호승의 실명과 더불어 바로 그 민낯이 보인다고 믿어져 반가웠고, 그런 만큼 내게는 감동적으로 다가왔다. 나로서는 이렇게 정호승의 언어가 삶의 밑바닥을 향해 더 깊이 내려가기를 바라고 싶다.

아흔 노모의
벌레 먹은 낙엽 같은 손을 잡는다
새벽에 혼자 화장실 가시다가 꼬꾸라져
아침이 올 때까지
변기에 머리를 기대고 쓰러져 있었던 어머니
호승아

아무리 불러도 문간방에 잠든 아들은 오지 않고

오늘이 아버지 기일인데

기일은 오지 않고

오늘따라 바람은 강하게 불어온다

새들이 검은 비닐봉지로 하늘 높이 날아오른다

나는 밤늦게까지 어머니 팔다리를 주물러드리고

어머니 곁에서

어머니를 홀로 두고

쓸쓸히 물이나 한잔 마신다

─「쓸쓸히」 전문

시인 김지하가 이룩한 문학적 성과와 남긴 유산

1. 들어가는 말

지난 2022년 5월 8일 시인 김지하(金芝河, 1941~2022)가 세상을 떠났을 때 강원도 원주 세브란스기독병원에 마련된 그의 장례식장은 너무도 썰렁했다. 비록 말년의 행보가 실망스러웠다 하더라도 한 시대의 민주화 투쟁과 수난을 대표하는 상징적 존재이자 가슴을 뜨겁게 했던 독보적인 시인임이 분명한데, 그런 사람을 이렇게 보낸다면 이것은 끝내 우리 사회의 부끄러움으로 남을 거라 생각되었다. 이런 생각을 공유한 분들이 뜻을 모았고, 그의 오랜 동지였던 이부영(李富榮) 선생이 그 뜻을 대표하는 추진위원장을 맡아 49재가 되는 6월 25일 서울 천도교 대교당에서 '김지하 시인 추모문화제'를 열었다. 다행히 넓은 강당이 꽉 차도록 많은 분들이 참석하여 시인이 생전에 이룩한 다양한 업적을 돌아보며 그의 마지막 가는 길을 위로했다. 이 글은 이 자리에서 발표한 추모사를 바탕으로 대폭 깁고 보탠 것이다.

김지하와의 개인적 인연을 말하면, 그는 나보다 1년 먼저인 1959년에

서울대학교 미술대학 미학과에 입학했다가 1961년 미학과가 문리대로 옮기는 바람에 한 캠퍼스에서 어울리는 친구가 된 사이이다. 정확한 기억은 없지만 그와 동향의 소설가 김승옥(金承鈺)이 다리를 놓았을 것이다. 하지만 김지하는 내가 학창 시절에 사귄 대부분의 문학 친구들과는 풍기는 분위기가 아주 달랐다. 길들지 않은 야생의 냄새가 났다. 그는 여러 분야에 관여하면서 활동하느라 휴학을 거듭한 끝에 나보다 2년 반 늦게 대학을 졸업했다. 그 무렵부터 1970년대 초까지 5년 남짓은 자주 만나 온갖 사생활을 서로 들여다보며 살았으나, 그뒤로는 이런저런 사정으로 '마음은 가깝되 몸은 먼' 상태에서 반세기를 지냈다. 할 말을 미뤄둔 채 머뭇거리기만 하다가 영영 헤어지게 되니 너무도 가슴이 아프다.

2. 정치활동에 첫발을

4·19혁명 이후 대학가는 유례없는 해방감과 신생의 분위기에 싸여 있었다. 이승만 정권이 무너지고 과도정부를 거쳐 장면 정부가 수립되는 동안의 사회적 자유는 대한민국 역사상 전무후무하지 않을까 짐작되는데, 억눌려 있던 혁신계 중심의 민족운동이 활동을 시작한 것도 그러한 자유 위에서 가능한 일이었다. 대표적인 것이 1960년 9월 결성된 '민족자주통일중앙협의회'(민자통)로서, 그 지도 아래 11월에는 서울대 '민족통일연맹'(민통련)이 발족하고 이어서 1961년 5월에는 민통련을 기반으로 전국적 대학생 조직의 결성이 예고되면서 준비선언문을 통해 유명한 '가자 북으로! 오라 남으로! 만나자 판문점에서!'라는 구호가 제출되었다.

이 구호는 놀라운 파급력으로 국민들의 선풍적인 주목을 받았다. 그런데 뜻밖인 것은 대학가의 민통련 활동에 늘 냉소적으로 대응해오던 김지하가 "판문점 학생회담에 민족예술과 민족미학 분야에서 (…) 남한 학생

대표로 선정된"데에 동의한 사실이었다. 이 일련의 작업을 주도한 것은 조동일(趙東一) 학형이었는데, 김지하로서는 아마 이것이 공적인 정치운동에 참여하기로 한 최초의 결정이었을 것이다.[1]

그러나 사회운동이 독재 반대와 시민적 자유의 쟁취라는 민주주의의 경계를 벗어나고자 시도하는 것은 이 나라에서는 언제나 위험을 불러오곤 했다. 그 무렵 원주 기독회관의 강연에서 함석헌(咸錫憲) 선생은 "반드시 무슨 일이 일어날 것"이라 경고했다. 지하가 그 무렵 인사를 드리고 평생 스승으로 모신 장일순(張壹淳) 선생도, 또 6·25 전후 남로당 조직에서 잠시 활동했던 지하의 아버지도 한결같이 다가오는 위험을 예고했다. 하지만 지하는 '조직 아닌 개인으로 참가하는 것'이기에 남북학생회담 참가를 승낙한 것이었다고, 그로부터 40여년이 지나고 나서 회고한다.

그가 그 시점에서 남북학생회담이 실제로 이루어질 수 있으리라 확신한 것은 아니었다. 그렇다면 남북학생회담 참가 결정이 그의 삶에서 가지는 의의는 무엇인가? 이 사건과 관련하여 그는 회고록에서 다음과 같이 말하고 있다. "실패할 줄 알면서도 죽임의 자리로 성큼성큼 나아가는 것, 그것이 나의 마지막에서의 참가였다."[2] 1960년 시점에서 남북학생회담이 성사될 수 없다고 생각한 것은 그의 합리적인 정치적 판단이었다. 그러나 그 정치행동의 결과로 닥치게 될 수난과 고통을 감수하기로 마음먹은 것, 더구나 조직 아닌 개인으로 참가하는 것이기에 승낙한 것, 그것은 그의 실존적 결단이었다. '정치적 인간의 합리주의'와 '실존적 인간의 정념'이 내부에서 부딪칠 때 김지하의 선택은 언제나 '실존적 정념'으로 기울어지곤 했는데, 이것은 그의 생애 전체에 걸쳐 반복된 선택의 패턴이 아니었나 생각한다. 아무튼 그 연장선에서 김지하는 1964년 봄 박정희 정권의

---

1 『김지하 회고록: 흰 그늘의 길』(이하 '회고록') 1, 학고재 2003, 377면 참조.
2 회고록 1, 377면.

굴욕적 한일회담을 반대하는 학생시위에 앞장서 싸우게 되었다. 그리고 '6·3항쟁'이라 불리는 이 사건으로 그는 첫 감옥살이를 한다. 넉달에 불과했지만 이때의 감옥 체험으로부터 여러편의 시가 태어났다.

뼛속 깊이 시인이고 예술가인 젊은 날의 김지하의 삶을 돌아보면서 우리가 던지는 근원적 질문은 어쩌다 그가 정치투사의 길로 들어서게 됐나 하는 것이다. 그런 질문을 가끔 받았던 듯 이에 대해 그는 자기 '행동'은 어떤 조직이나 이념으로부터 나온 것이 아니라 자신이 처한 상황의 필연성에 따른 개인적 열정의 산물이었다고 거듭하여 대답한다.[3] 즉 자신은 "언제나 조직 밖의 활동가"[4]라는 의식이 있었다는 것이다. 심지어 그는 역사적 사건의 한복판에 서 있는 순간에도 "역사와는 반대되면서, (…) 그럼에도 역사로 돌아가는 (…) 내면적 카오스의 (…) 시간"을 생득적으로 느끼고 있었다고 말한다.[5] 역사와 반대되는 길을 통해 역사로 돌아간다는 논리적 역설, 즉 '내면적 카오스의 시간'이야말로 김지하에게는 다름 아닌 '시의 시간'이었다. 요컨대 평생에 걸쳐 그의 영혼을 지배한 것은 강철 같은 행동이나 메마른 과학이 아니라 근원에 대한 갈망으로서의 혼돈·방황·사랑이었던바, 그것이 바로 시이고 시의 확장으로서의 디체로운 예술이었다. 그는 다음과 같이도 말했는데, 물론 이때의 시는 단순히 규범적으로 정의된 특정한 문학 장르일 수 없을 것이다. "참다운 시는 가장 지혜롭고 최고로 과학적인 사상마저도 압도한다."[6]

---

3 회고록 2, 341면.
4 같은 책 42면.
5 같은 책 54면.
6 같은 책 67면.

3. 대학 문화운동을 위한 이론과 실천

막연하게 캠퍼스 지인으로 지내던 김지하를 내가 조금 더 깊이 알게 된 것은 1964년 5월쯤이 아니었나 기억한다. 그때 나는 대학원 석사과정 학생으로 출판사에 취직해 있었으므로 퇴근 후에는 자주 학교에 가곤 했다. 그런 연고로 을지로5가 뒷골목의 어느 술집에서 학우들의 시화전이 열린다는 소식을 알게 되었다. 그 시화전에 갔다가 나는 처음으로 "金之夏"라고 서명된 그의 시를 보았다. 김지하의 시뿐만 아니라 거기 걸린 다른 학우들의 시 대부분이 그동안 내가 읽어오던 우리나라의 시적 관습과는 거리가 먼 매우 실험적인 작품들이었다. 후일 영화감독이 된 김지하의 고교 동창 하길종(河吉鍾)의 「태(胎)를 위한 과거분사」는 특히 과격한 것이었는데, 얼마 뒤 그 제목으로 얄팍한 시집도 나와서 대학 구내서점에 진열되었다. 김지하 본인은 그 시절 자기가 쉬르(초현실주의)풍의 모더니즘 계열 시를 썼다고 밝힌 적이 있다.

시화전에서 얻은 김지하에 대한 궁금증 때문에 얼마 뒤 나는 그의 학술발표를 듣게 됐다. 어딘가에 붙어 있던 학술발표 광고가 나를 이끌었는데, 박종홍(朴鍾鴻) 교수가 늘 철학개론을 강의하던 대형 강의실에서였다. 정규 강의가 끝난 뒤의 어둑한 교실 분위기와 칠판에 분필로 갈겨쓴 제목 '추(醜)의 미학', 그리고 드문드문 앉아 있던 청중의 뒷모습이 지금도 아련히 떠오른다. 괴기·왜곡·과장·골계·해학·풍자 등 정통 미학에서 저급한 것으로 취급해오던 미학적 요소들의 적극적 가치를 설명하는 내용이었는데, 나에게는 발표 제목도 낯설었지만 내용은 적잖이 충격적이었다.

김지하 자신에 의하면 그 발표는 헤겔의 제자인 19세기 독일 철학자 카를 로젠크란츠(Karl Friedrich Rosenkranz)의 저서 『추의 미학』(*Ästhetik des Häßlichen*, 1853)에 근거한 것이라고 했다. 그러나 내가 차츰 그의 발표를 중요하게 생각한 까닭은 그가 로젠크란츠라는 서구 학자의 이론을 수용하되 단순히 거기에 머무르지 않았다는 사실이다. 그는 로젠크란츠의 미학을 이론적 디딤돌로 하여 우리 고유의 전통예술에 새로운 미학적 생명을 불어넣는 놀라운 전이(轉移)를 시도하고 있었다. 그러니까 '추의 미학'이라는 똑같은 이름 아래 로젠크란츠가 서구 근대미학의 변화 양상들을 해설하고 있었다면(사실 그는 헤겔 우파에 속한 보수 철학자라고 한다), 김지하는 그것을 뒤집어 잠들어 있던 한국 전통미학의 새로운 회생 가능성을 찾아내고 있었던 것이다.

김지하는 일찍이 미학과 선배 김윤수(金潤洙)를 통해 루카치(György Lukács)를 비롯한 사회주의 계통의 미학사상과 루이 아라공(Louis Aragon) 같은 전위 시인을 알게 됐다고 한다. 그때까지 그는 초현실주의풍의 시를 습작 삼아 쓰면서 딜런 토머스(Dylan Thomas)의 파격성과 천재성에 심취해 있었다. 이렇게 서구 모더니즘의 다양한 경향에 여전히 한발 담그고 있으면서도 그는 주로 조동일 학형과의 교류를 통해 탈춤이나 풍물 또는 민요나 판소리 같은 우리 전통예술의 중요성에 차츰 눈을 떴고, 1960년대 후반 월간시『아세아』에 연재되던 이용희(李用熙, 필명 李東洲) 교수의 회화사 연구에 자극받아 조선 후기 풍속화와 진경산수(眞景山水)를 공부하게 되었다. 이 모든 학습을 김지하 방식으로 수렴한 '추의 미학'은 초현실주의 같은 서구 모더니즘 예술의 긍정적 측면을 우리 자신의 민족·민중미학 전통의 고유성 안에 흡수하려는 대담한 시도였던 셈이다.

그런데 이런 이론적 모색과 더불어 정말 주목할 사실은 김지하의 민중예술과 민족전통에 대한 경사가 단지 이론 차원에 그친 것이 아니었다는 점이다. 그의 경우 오히려 이론에 앞서 광범한 실험과 실천을 시도했다. 이런 측면에서도 선편을 잡고 김지하를 자극한 것은 조동일이었다. 김지하에 의하면 조동일은 이미 6·3항쟁 무렵에「원귀(寃鬼) 마당쇠」라는 마당굿을 시도했던바, 그것은 단식농성반의「박산군(朴山君)」을 거쳐 훗날

「호질(虎叱)」과 「야, 이놈 놀부야!」 등의 탈춤이나 마당굿으로 발전했고, 이후 "풍물과 마당극을 중심으로 한 민족문화운동의 꽃다운 남상(濫觴)이 되었다."[7]

아마 무엇보다 눈여겨보아야 할 사실은 분단 이후 이때 처음으로 김지하와 그의 동료들에 의해 당면한 정치투쟁과 민중적 문화운동의 결합이 '목적의식적으로' 시도되었다는 점일 것이다. 1968년 통혁당 사건을 계기로 조동일이 운동의 현장을 떠난 뒤에는 김지하가 거의 혼자 대학가의 민족문화운동을 이끌게 되는데, 그의 더할 나위 없이 풍부한 상상력과 치열한 활동력은 수많은 후배의 양성과 참여를 불러와 민중문화운동의 전 대학적 확산으로 이어졌다. 1970년대에 김지하가 감옥에 갇힌 뒤에도 채희완(蔡熙完)의 마당굿, 임진택(林賑澤)의 판소리, 이애주(李愛珠)의 춤, 김민기(金敏基)의 노래, 김영동(金英東)의 국악 등 연행예술의 여러 장르들은 복고주의의 낡은 틀을 깨고 때로는 문학이나 미술보다 더 급진적인 정치성을 띠면서 대학가를 넘어 노동현장 및 농촌사회의 저변으로 퍼져나갔다. 그것은 일종의 '문화혁명'이라 할 만한 의의를 지닌 것이었다.

나는 1960년대 중반부터 한동안 김지하와 자주 만나 그의 생활을 좀더 깊이 들여다보게 되었다. 그가 폐결핵 요양차 입원해 있던 역촌동 병원에도 몇차례 면회를 갔다. 지하의 삶에서 특히 중요한 것은 미술대 후배 오윤(吳潤)과의 친교인데, 부친인 소설가 오영수(吳永壽) 선생 댁으로 가는 길을 여러번 그와 동행했다. 갓 결혼한 나의 셋방이 오선생 댁 가까운 우이천 냇가였는데, 골목길 끄트머리에 있는 '초롱집'이라는 옛날식 주막에서 한잔하고 오선생 댁으로 향하는 수가 많았다. 한번은 화가 방혜자(方惠子) 선배와 그녀의 프랑스인 남편도 지하를 따라 그 주막에 들렀다가 오선생 댁으로 간 적이 있고, 때로는 오선생 댁에서 오윤의 누나인 오숙

---

7 같은 책 38면.

희(吳淑姬)가 주최하는 조촐한 국악이나 판소리 감상 모임에 출석하기도 했다.

김지하가 오윤을 자주 찾은 것은 그의 남다른 미술 재능을 높이 평가하고 깊이 매료됐기 때문이었다. 떠돌이처럼 살던 지하가 오윤을 자주 찾으면서 그들 주위에 일종의 모임이 형성되었다. 지하를 리더로 하여 오윤과 그의 미술대 친구들인 임세택·오경환 등이 모여들어 하나의 동인 형태를 띠게 된 것이었다. 그것이 '현실 동인'이었는데, 김지하가 작성하여 김윤수 선생의 교열과 오윤 등의 독회를 거친 '현실 동인 선언'이 팸플릿으로 만들어졌다. 그와 더불어 동인들 작품의 전시회도 계획되었으나, 미술대 교수들의 미움을 사서 작품은 압수되고 전시회는 미수에 그쳤다. 하지만 그때 뿌려진 씨앗은 오윤과 다른 친구들을 통해 점점 자라나 10여년 뒤 '현실과 발언' 동인의 결성으로 열매를 맺었고, 그 흐름은 오늘날 한국미술의 새 역사를 쓰는 데까지 발전하였다.

4. 핏발 선 노래로 문단에 오르다

김지하가 대학 문화운동에 여러 방면으로 창의적인 아이디어를 제공하고 지도적인 역할을 하며 결정적인 영향을 끼쳤지만, 그럼에도 그의 본업은 어디까지나 시였다. 고교 시절의 국어 교사가 이화여대 출신으로 문학을 깊이 아는 정지용(鄭芝溶) 시인의 제자여서, 그녀의 수업에서 시에 관해 많은 것을 배웠다고 한다. 하지만 그럼에도 문학소년 시절 김지하는 정지용 이래 한국시의 전통적 관습을 따르기보다 서구의 실험적이고 전위적인 시인들에 매혹되어 그런 경향의 습작을 했다. 대학 진학 때 시와 그림 사이에서 갈등하다가 미학과를 선택했으나, 학과 교수들에게 실망하고 난 다음에는 시에 더 열중했던 것 같다. 그리하여 1963년 3월 고향에서 발간되던 『목포문학』에 「저녁 이야기」라는 작품을 발표하고, 또 중학 시절 이후 그의 근거지가 된 원주의 다방에서 개인 시화전도 열었다. 이상과 같이 학생운동을 비롯한 여러 다양한 활동으로 대학생 사회에서뿐 아니라 일반 사회에서도 제법 널리 알려진 인물이 되었음에도 결국 그는 문단의 관례에 따른 등단 절차를 밟았다. 시인 조태일(趙泰一)이 주재하던 『시인』지 1969년 11월호에 「황톳길」 등 5편을 발표함으로써 공식적으로 시인이 된 것이다.

작품 「황톳길」은 첫줄부터 강렬한 색채와 숨 가쁜 리듬으로 독자를 압도한다. 그것은 한국시에서 일찍이 보지 못하던 비장하고 처절한 이미지들의 제시였다.

황톳길에 선연한
핏자욱 핏자욱 따라
나는 간다 애비야
네가 죽었고
지금은 검고 해만 타는 곳
두 손엔 철삿줄
뜨거운 해가
땀과 눈물과 모밀밭을 태우는
총부리 칼날 아래 더위 속으로
나는 간다 애비야
네가 죽은 곳
부줏머리 갯가에 숭어가 뛸 때
가마니 속에서 네가 죽은 곳

——「황톳길」 1연

이 핏빛 언어들은 오랫동안 반공의 이름으로 금기의 영역에 유폐되어 있던 폭력과 학살의 장면을 여과 없이 드러내었다. 총부리 칼날에 죽어 두 손엔 철삿줄 묶인 채 가마니 속에 버려진 주검, 그 주검의 주인공이 다름 아닌 아버지이고 그 아버지를 "애비야"라고 부르며 "네가 죽은 곳"으로 "나는 간다"고 환각처럼 외칠 때, 시적 화자가 향하는 것은 죽음을 무릅쓴 저항의 진쟁터일 수밖에 없다. 이 치열한 항전의 역사적 배경은 무엇인가? 시의 후반으로 가면 어렴풋이 "그날의 만세"를 외치던 군중과 "총칼 아래 쓰러져간" 아버지들의 영상이 떠오른다. 어린 시절 목격했던 '인민재판의 잔혹성'[8]과 '좌익 혐의자들에 대한 무자비한 학살'[9]의 광경이 악몽과도 같은 검붉은 핏빛 환각으로 변하여 그를 놓아주지 않았던 것이다. 요컨대 시인의 기억을 사로잡고 있는 것은 좌 또는 우의 이데올로기가 아니라 학살 장면 자체의 끔찍한 잔혹성이었다. 그러면 그 살벌한 장면들의 배후에 있는 것은 무엇인가? "척박한 식민지에서 태어나" "폭정의 뜨거운 여름" 같은 조금 추상적인 표현으로 암시된 우리 현대사의 모순이고 비극이다. 어쩌면 서정시로서는 이렇게 암시에 그치는 것이 불가피할지 모른다. 그러나 1969년의 엄중한 시섬에서 「황톳길」은 핏빛 영상의 몸서리치는 환기만으로도 김지하 문학의 출사표로서 강한 인상을 주기에 족했다고 말할 수 있다.

거듭 주목할 사실은 김지하 시의 출발점에 '가난하고 버림받은 땅'이자 '반란과 형벌의 고장'으로서의 고향 전라도에 대한 운명적인 연대가 깊게 깔려 있다는 점이다. 어린 시절 목격했던 좌우대립의 참혹함뿐만 아니라 훨씬 더 거슬러 올라가 일본제국 군대에 의한 동학군 학살과 남한대토벌의 역사도 그에게는 무심할 수 없는 인연이 있었다. "나의 영적 혈통의 핵

---

8 회고록 1, 212면.
9 같은 책 221면.

심에 있는 동학의 기억은 단순히 어렸을 때의 집안의 전설이 아니라 스무살이 넘은 나에게 하나의 살아 있는 현실"[10]이었다고 그는 말한다. 일본제국 군대에 짓밟히고 찢겨 학살당하는 동학군의 참상과 동족간 좌우대립으로 죽고 죽이는 피바다의 환상이 젊은 시인의 영혼을 잡고 놓지 않았던 것이다. 짧은 시 한토막을 다음에 예시한다.

　　강물도 담벼락도
　　돌무더기도 불이 붙는
　　이 척박한 땅에 귀는 짤리고

　　바람은 일어
　　돌개바람 햇빛을 가려
　　칼날 선 황토에 눈멀었네
　　뜨거운 남쪽은
　　반란의 나라

　　거역하다 짤린 목이 다시 외치다
　　외치다 찢긴 팔이
　　다시금 거역하다
　　쇠사슬채 쇠사슬채 몸부림치다 이윽고
　　멈춰버린 수수밭
　　멈춰버린 멈춰버린 아아 멈춰버린
　　시퍼런 하늘 아래 우뚝우뚝 타버린
　　장승이 우네

---

10 같은 책 387면.

뜨거운 남쪽은 반란의 나라

─「남쪽」 전문

　　오래 지나 '광주 5월'을 겪고 난 뒤에도 그는 "아직도 전라도는 '밤'인 가? 아마도 이 '밤의 의식'이 내 시의 출발점일 게다. 이 '밤의 의식' '슬픔'이 없었다면 나의 저항적 감성의 싹이 틀 수 없었을 테니"[11]라고 탄식한다.

5. 담시 「오적」으로 세상을 흔들다

　　돌이켜보면 1970년은 김지하 개인에게나 한국시의 역사에서나 특별한 해였다고 말할 수 있다. 5월에는 문제의 작품 「오적(五賊)」이 발표되어 문단과 사회를 강타했고, 연말에는 시집 『황토』가 출간되어 시단의 주목을 받았다. 지금 읽어도 중요한 문제제기를 담고 있다고 생각되는 시론(詩論)이자 미학 논문 「풍자냐 자살이냐」가 발표된 것도 그해 7월이다. 『농무』의 시인 신경림이 문단에 복귀한 것도 그해 가을이었고, 열악한 노동현실에 항의하여 젊은 노동자 전태일(全泰壹)이 분신한 것도 이때였다. 1960년대 말 김수영·신동엽이 잇달아 세상을 떠난 데 이은 김지하의 눈부신 등장과 신경림·이성부·조태일 등의 새로운 활약은 우리 사회와 문학 내부에서 거대한 전환이 진행되고 있음을 알리는 명백한 신호였다. 이 전환의 시대를 가장 치열한 언어로 대표한 것이 바로 김지하였는데, 이제 문학활동은 그를 통해 당대의 정치현실과 최전선에서 부딪치는 현장들 중의 하나가 되었다.

---

11 같은 책 267면.

문제작「오적」을 쓰게 된 것은 우연이라면 우연이었다. 어느날 길에서 사본 야당 기관지『민주전선』에서 '동빙고동의 도둑촌' 기사를 읽은 것이 계기였다. 마침 월간지『사상계』의 편집장 김승균(金承均)으로부터 정치시 한편을 써달라는 부탁을 받았던 터라, 도둑촌 이야기를 "판소리 스타일의 풍자적 서사시 형식으로 쓰겠다는 결심"으로 "사흘 동안 밤낮으로 미아리 골방에 틀어박혀 내내 혼자 낄낄낄 웃어대면서 들입다 써 갈긴 것이 곧「오적」이다."[12] 사흘 만에 썼다는 그의 말은 문자 그대로 믿기 어려운데, 하지만 같은 판소리 계열의 장시『이 가문 날에 비구름』(동광출판사 1988)도 서문에서 "수운 최제우 선생의 삶과 죽음을 한 호흡에 단필로 내리쳤다"고 호언한 것을 보면 상식을 뛰어넘는 그의 '천재적인' 필력을 믿지 않을 수도 없다.

　　당시 동아일보에 시 월평을 쓰던 나는 당연히「오적」의 기념비적 중요성에 주목했다. 하지만 월평이라는 지면의 성격상 본격적인 검토가 어렵기도 했고, 게다가 작자인 김지하와 잡지사 대표 및 편집장이 구속되는 등 사회적 파장이 커지자 소심해져서 다음과 같이 소략하게 핵심에서 약간 비켜선 언급을 하는 데 그쳤다. "이 작품을 단순한 현실풍자로만 보아 넘기는 것은 피상적 판단에 그치기 쉽다. 도리어 그러한 생생한 풍자를 유기적으로 자기 내부에 용해시킨 시형식적(詩形式的) 달성은 한국시의 앞날을 밝게 한다."[13]

　　여기서「오적」의 '시형식적 달성'이라고 언급한 것이 무엇을 말하려고 한 것인지에 대해서는 좀더 상세한 설명이 필요하다. 이 작품이 재벌·국회의원·고급 공무원·장성·장차관 등 당시 한국사회 지배분지들(다섯 도

---

12 회고록 2, 164~65면.
13 동아일보 1970.5.30. 당시 나는 공화당 국회의원이자 국회 재경위원장이던 김재순(金在淳) 발행의 월간지『샘터』편집장으로 밥벌이를 하고 있었는데, 이 월평이 국회에서 논란이 되었다고 들었다. 이를 계기로 나는 얼마 후 샘터사를 그만두었다.

적)의 부패와 타락에 대한 강력한 풍자적 비판임은 누구의 눈에나 명백하다. 그것은 말하자면 이 시의 드러난 부분이다. 시인은 '담시(譚詩)'라는 낯선 용어로 자신의 형식을 규정했지만,[14] 다름 아닌 판소리의 수사법과 가락을 따르고 있다는 것도 의문의 여지가 없다. 그러나 어떤 점에서는 판소리라는 형식 자체도 (과거의 전통이라는) 외부에서 빌려온 것이다. 이 작품에서 김지하가 달성한 고유하고도 탁월한 업적은 오랫동안 서로 무관한 듯이 따로 존재해오던 양자의 생생하고도 유기적인 결합, 즉 박제품 상태의 판소리 형식을 현실비판의 살아 있는 무기로 힘차게 살려낸 사실이다. 전통형식인 민요와 시조는 현대시인들에 의해 다양하게 활용되어 허다한 업적이 축적되었지만, '소리'로서의 판소리를 현대적인 문학으로 살려낸다는 생각을 한 사람은 없었다. 그런 점에서「오적」을 비롯한 김지하의 담시들은 그의 독특한 문예미학이 이룩한 획기적인 성취이다.

이어서 그는「비어(蜚語)」「오행(五行)」「앵적가(櫻賊歌)」「똥바다」등의 '판소리 시'들을 잇달아 발표했다. 후일 그는『김지하 담시전집: 오적』(솔 1993)을 간행하면서 "판소리의 현대화와 동학혁명 서사시는 내 꿈"이라고 언명하기도 했다. 그런데 '비어'는「소리 내력」「고관(尻觀)」「육혈포 숭배(六穴砲崇拜)」등 사실상 별개인 세 작품을 하나로 묶어 붙인 제목이다. 나는 이 가운데 가장 문학성이 높고 독자(또는 청중)의 접근이 쉬운 작품이라 여겨진「소리 내력」에 대해 오래전에 비교적 자세히 분석한 바 있다.[15]

---

14 '담시'는 서구문학, 특히 독일문학의 '발라드' 개념을 김지하가 자신의 '판소리 시' 장르를 규정하기 위해 차용한 것으로, 우리 문학장에서 일반화된 용어가 아니다. 나는 오래전 이 용어 문제에 관심을 갖고 괴테의 발라드「마왕」을 중심으로 다소간의 개념적 검토를 시도한 적이 있다.「발라드의 장르 규정 문제」, 영남대 인문과학연구소『인문연구』제4호(1983) 참조.

15 염무웅「서사시의 가능성과 문제점」, 김윤수 외 엮음『한국문학의 현단계』1, 창작과비평사 1982; 평론집『혼돈의 시대에 구상하는 문학의 논리』창작과비평사 1995. 이 글

김지하는 민요와 판소리 같은 전통적 시형식의 현재적 가치를 창작을 통해서만 보여준 것이 아니라 이론으로도 적극 주장했다. 그 대표적 논문이 「풍자냐 자살이냐」이다. 전공자들은 잘 아는 사실이지만, 이 제목은 김수영의 시 「누이야 장하고나!」의 한 구절 "풍자가 아니면 해탈이다"를 오독한 데서 나온 것인데, 어떻든 이 논문은 김지하가 선배 시인 김수영을 강하게 의식하면서 자신의 '추의 미학'을 시론에 적용한 글이다. 그의 논리에 따르면 정치적 억압과 폭력 아래에서는 민중적 비애의 감정이 발생하고 그것이 축적되어 한(恨)으로 발전하는데, 이 한은 민중적 반(反)폭력 즉 풍자를 통해서만 사회적 힘으로 전화될 수 있다. 그런 점에서 김수영이 억압적 현실을 풍자적으로 비판한 것은 옳았으며 이 비판정신은 마땅히 계승되어야 한다고 김지하는 말한다. 그러나 "그(김수영)의 풍자가 모더니즘의 답답한 우리 안에 갇히어 민요 및 민예 속에 난파선의 보물들처럼 무진장 쌓여 있는 저 풍성한 형식가치들, 특히 해학과 풍자언어의 계승을 거절한 것은 올바르지 않다."[16] 요약하면 김지하는 김수영의 비판정신과 현실풍자는 높이 평가하여 후배들이 계승해야 하지만, 민요 같은 전통형식들을 외면한 것은 옳지 않았다고 비판한 것이다.

한국 고유의 전통적 문예형식들에 대한 김지하의 고평가와 이의 현대적 계승 주장은 그러나 간단한 문제가 아니다. 김수영 시인이 민요적인 시를 싫어하고 구시대적 발상의 시를 좋아하지 않은 것은 잘 알려져 있다. 그의 시에 전통적 율격의 활용이 잘 보이지 않는 것도 분명한 사실이다. 그런 완강한 반전통주의(어쩌면 반토속주의라고 해야 더 정확할지

___

에서 나는 김지하의 판소리 계열 담시에 관해 다음과 같이 요약한 바 있다. "「앵적가」「고관」 등의 작품에서는 웃음이 혐오감을 유발한다. 즉, 이 작품들의 경우 웃음은 대상에 대한 공격성을 띠는바, 그것은 풍자로 된다. 「소리 내력」에서는 비애를 거쳐 한(恨)으로 나간다는 점이 위의 작품들과 대조적이며, 「오적」은 혐오와 비애 즉 풍자와 한의 양면을 공유한다."

16 『김지하 시선집: 타는 목마름으로』, 창작과비평사 1982, 152면.

도)가 김수영의 시에 어떤 결핍을 낳았는지, 아니면 반대로 그의 시적 사유에 특유의 치열성과 대담함을 가져왔는지는 쉽게 판단하기 어렵다. 어쨌든 김소월(金素月)부터 신경림까지에 이르는 '김수영 바깥의' 시인들이 민요적 발상과 전통적 리듬을 통해 우리 시에 긍정적으로 기여한 점이 많음은 부정할 수 없을 것이다.

반면에 판소리는 이와 아주 다른 문제를 제기한다. 판소리는 김지하의 「오적」처럼 예외적으로 문학 텍스트 자체가 널리 전파되어 읽히기도 했지만, 원칙적으로는 청중 앞에서 고수(鼓手)의 북 장단과 추임새에 맞추어 '소리'로 하는 것이다. 김지하의 영향 속에 성장한 소리꾼 임진택의 훌륭한 사례가 보여주듯 연행 장르로서의 판소리는 오늘날 위축된 상태로나마 여전히 살아 있는 예술이다. 하지만 문학 장르로서의 판소리는 김지하와 같은 특출한 재능이 출현하지 않는 한, 대중적으로 다시 부흥하기 어려우리라고 나는 생각한다. 이와 간접적으로 관련이 있는 사안이 장시(長詩)의 운명이다. 알다시피 우리나라 문학사에는 1920년대 김동환의 「국경의 밤」부터 1960년대 신동엽의 「금강」을 거쳐 1980년대 신경림의 「남한강」에 이르기까지 상당수의 서사적 장시들이 발표되었다. 그러한 서사 장시와 어깨를 겯고 소설 분야에서도 1930년대의 『임꺽정』과 『삼대』, 1970, 80년대의 『토지』 『장길산』 『녹두장군』 등 수많은 대작들이 독자들을 만났다. 그러나 여러 징후로 미루어 이제 그와 같은 민족문학의 대작은 더이상 창작되기 어려우리라, 적어도 현재적 의미를 갖기 어려우리라고 나는 전망한 바 있다.[17] 「오적」을 비롯한 김지하의 여러 담시들도 그 자체로서는 높은 의의를 가진다 하겠지만, 젊은 세대에 의한 의미 있는 후속타가 나오기는 어려울 것이라고 생각한다.

그런데 김지하는 오랜 감옥 생활 속에서 깊은 사색의 시간을 보낸 다음

---

17 이 책의 글 가운데 가령 제1부 「고은 문학의 역사적 의미에 대하여」 뒷부분 참조.

인 1980년대 중반에 와서 담시보다 더 야심적인 기획으로『대설(大說) 남(南)』을 발표하기 시작했다. 중도 포기로 미완에 그쳤음에도 3권이나 되는 대하 장시였다. 역시 판소리 형식이었는데, 오래전에 읽어 기억이 뚜렷지 않지만, 돌이켜 생각하면『대설 남』은 민중의 다채로운 생활상을 구체적으로 전형화하기보다 단순히 양식상의 모델로 삼음으로써 일종의 형식주의에 기울어지지 않았나 여겨진다. 즉, 그의 '대설'은 서구 합리주의 전통의 극복에서 더 나아가 자신의 '남조선' 사상의 서사적 구현이라는 야심적인 목표를 내세운 구상이었으나, 민중 없는 민중형식 내지 민중이 실감하기 어려운 형식실험으로 귀착됨으로써 중단되지 않았나 생각되는 것이다. 이것은 '담시'의 집중적 예술효과조차 '닫힌' 완결 구조라 자기비판했던 김지하의 판단에 분명히 문제점이 있음을 보여주는 것이다. 어쩌면 이것은 서구적 근대 및 그 근대의 핵심이라 그가 믿었던 서구 합리주의와의 관계 설정에 있어 그에게 어떤 '지나침'이 있지 않았을까 생각하게 만드는 대목이다.[18]

6. 투쟁과 창조의 절정에서

시집『황토』가 출간된 지 얼마 안 된 1971년 4월에는 박정희와 김대중이 맞붙은 대통령선거가 치러졌다. 민주진영으로서는 이 선거가 단지 대통령 뽑는 행사가 아니라 민주주의의 존폐를 결정하는 혈전과도 같았다. 김지하도 대통령선거의 엄중한 의미를 자각하고 '민주수호국민협의회'[19]

---

18 나는 1985년「서정시·담시·대설: 김지하 시의 형식문제」라는 짤막한 논문을 쓰고 나서 이를 보완할 계획이었으나 그렇게 하지 못한 채 평론집『모래 위의 시간』(작가 2002)에 수록했다.

19 민주수호국민협의회는 1971년 4월 19일 김재준·이병린·천관우를 대표로 하여 결성

에 참여하는 한편, 가톨릭 원주대교구 기획위원이 되어 지학순(池學淳) 주교와 장일순 선생의 지도 아래 활발하게 활동했다. 가톨릭 서울대교구 발행의 월간지『창조』에 발표한 담시「비어」때문에 중앙정보부에 연행되어 수사를 받기도 했다. 1972년 10월 박정권은 마침내 민주주의 폐지와 박정희 종신집권을 뜻하는 소위 '유신'이라는 것을 선포했는데, 김지하는 살벌한 분위기를 감안한 어느 선배의 권유에 따라 설악산 백담사 계곡으로 몸을 숨겼다. 거기서 그는 만해 스님을 떠올리며 유명한 시「타는 목마름으로」를 썼다. 얼마 뒤 상경한 그는 소설가 박경리 선생의 딸 김영주(金玲珠) 씨와 결혼식을 올렸다.

하지만 안정된 생활이 기다리는 것은 물론 아니었다. 그는 1973년 연말 장준하(張俊河) 선생이 주도하는 유신헌법 개헌청원 백만인서명운동에 참여했고, 이듬해 연초(1974.1.7.)에는 문인들의 '개헌청원 지지선언'에도 동참했다. 그러나 박정권은 이 모든 민주회복 활동을 금지, 처벌하는 긴급조치 1호를 발동했고, 이에 김지하는 그날로 다시 내설악을 거쳐 강릉으로 피신했다. 그러나 민주주의를 외치는 활동이 수그러들지 않자 박정권은 긴급조치 4호를 발동하고 소위 민청학련(전국민주청년학생총연맹) 사건을 조작하여 수많은 학생과 민주인사들을 잡아들이고 고문·조작·기소하는 만행을 감행했다. 김지하도 민청학련 배후조종 혐의로 구속되어 군법회의에서 사형을 선고받았고, 이어서 무기징역으로 감형되었다. 이때 정보부 6국에서의 수사 체험에 바탕을 둔 시가「불귀(不歸)」였다.

이상과 같은 일들이 숨 쉴 틈 없이 진행되던 1970년대 전반기는 김지하의 생애에 있어 치열한 정치투쟁과 눈부신 시 창작이 서로를 전제하고 서로를 고조시키는 가운데 절정에 이른 황금의 시기였다. 이 무렵 쓰인「타

된 재야의 민주화운동 상설기구로 당시 서명자 60명 가운데 12명이 문인이다. 동아일보 1971.4.19. 참조.

는 목마름으로」와 「1974년 1월」은 가장 통렬한 참여시이자 동시에 가장 순결한 서정시로서 김지하의 이름을 한국시사의 정상의 반열에 올려놓은 걸작일 것이다. 「빈 산」과 「불귀」도 가슴을 울리는 뛰어난 작품이지만, 가혹한 시대의 발톱에 긁힌 개인적 상처가 약간의 허무주의적 감상의 그림자를 여운처럼 남겨놓고 있다.

생각해보면 김지하의 시들이 세월의 풍화작용을 이기고 여전히 생생하게 살아 있는 느낌을 주는 것은 현실 상황의 보편적 엄혹성과 시인 개인의 예민한 감성 간의 극히 구체적인 접촉, 그리고 그 순간들에 대한 너무도 생생한 감각적 현전(現前)을 그의 언어가 드러내는 데 성공하고 있기 때문이다. 추상적 관념이나 상투적 구호로 떨어질 수도 있는 정치적 메시지조차 이 감각적 직접성을 통한 구체적 현장의 재현으로 형상화되면서 비로소 시의 세계로 살아 들어온다.

> 1974년 1월을 죽음이라 부르자
> 오후의 거리, 방송을 듣고 사라지던
> 네 눈 속의 빛을 죽음이라 부르자
> 좁고 추운 네 가슴에 얼어붙은 피가 터져
> 따스하게 이제 막 흐르기 시작하던
> 그 시간
> 다시 쳐온 눈보라를 죽음이라 부르자
>
> ─「1974년 1월」 앞부분

1974년 1월 8일의 서울을 살았던 사람들에게 그날 오후 5시 길거리 전파상에서 울리던 '대통령긴급조치 제1호' 선포 뉴스는 얼음장 같은 차가움으로 등골을 쓸어내리게 하는 것이었다. 찬바람 속에 귀가를 서두르던 소시민들의 발걸음, 그들의 겁먹은 표정을 보는 시인의 눈이 이 시에는 벽화처럼 예리하게 찍혀 있다. 영장 없이 체포, 수색하여 군법회의에서 재판한다는데 어찌 겁먹지 않을 수 있겠는가. 바로 전날만 해도 신문 1면에는 '이희승, 이헌구, 김광섭, 안수길, 이호철, 백낙청 씨 등 문인 61명이 7일 오전 10시 서울 중구 명동1가 코스모폴리탄 지하 다방에 모여 개헌서명을 지지하는 성명서를 발표했다'는 기사가 3단으로 실려 있던 터였다.[20] 문인들의 성명 발표는 얼어붙었던 피를 이제 막 따스하게 녹이기 시작하는 봄기운의 징조였고, 청춘의 고뇌를 안고 거리를 배회하던 가난한 청년에게는 비로소 찾아온 첫사랑의 예감일 수도 있었다. 그런데 이 모든 것들 위에 덮친 세찬 눈보라, 그것은 바로 '죽음'이었다. 바로 얼마 뒤 김지하는 정보부에 잡혀가 민청학련의 배후로 수사를 받게 되는데, 그 수사받던 방을 「고행… 1974」는 다음과 같이 묘사하고 있다.

그 방들 속에서의 매 순간순간들은 한마디로 죽음이었다. 죽음과의 대면! 죽음과의 싸움! 그것을 이겨 끝끝내 투사의 내적 자유에 돌아가느냐, 아니면 굴복하여 수치에 덮여 덧없이 스러져가느냐? 1974년은 한마디로 죽음이었고, 우리들 사건 전체의 이름은 이 죽음과의 싸움이었다.
죽음을 스스로 선택함으로써 비로소 죽음을 이겨내는 촛불 신비의 고행. 바로 그것이 우리의 일이었다.[21]

7. 고난의 시간 속 사상적 전회

김지하가 불붙인 문화운동이 대학가를 거쳐 사회 전반으로 퍼져나가

---

20 동아일보 1974.1.8. 참조.
21 김지하 「고행… 1974」, 동아일보 1975.2.25.

는 동안 그 자신은 오랫동안 감옥에 갇혀 지내야 했다. 형 집행정지로 석방되었다가 방금 인용한 옥중수기 「고행… 1974」 때문에 다시 무기수가 되어 수감된 것이었다. 그리고 이제야말로 유례없이 가혹한 옥중 생활이 그를 기다리고 있었다. 감시 속에 철저히 고립된 것은 물론이고, 거의 1년 반 동안 독서·접견·통방·운동이 금지된 지옥의 시간이었다. 그것은 한 인간이 온전한 정신으로 견딜 수 있는 한계를 넘어선 것이었다.

"어느날 대낮에 갑자기 네 벽이 좁혀들어오고 천장이 자꾸 내려오며 가슴이 꽉 막힌 듯 답답해서 꽥 소리 지르고 싶은 충동에 사로잡혔다. 아무리 고개를 흔들어봐도 허벅지를 꼬집어봐도 마찬가지였다. 몸부림, 몸부림을 치고 싶은 것이었다."[22] 김지하처럼 예민한 감수성의 소유자가 아니더라도 그럴 만하지 않은가. 그의 정신질환 증세는 틀림없이 이때의 극한 상황에서 발원했을 것으로 믿어진다.

그나마 다행히 1977년부터 독서가 가능해졌다. 면벽참선과 함께 그가 독선(讀禪)이라 부른 집중적인 독서가 시작되었다. "진정한 내 공부의 시작이었다. 동서양의 수많은 책을 읽었다. 그 길고 긴 시간, 나는 그저 책 읽은 것밖에 한 일이 없는 듯싶다. 지금의 나의 지식은 거의가 그 무렵의 수많은 독서의 결과다."[23] 감옥에서 그가 힘을 다해 공부한 것은 첫째 생태학, 둘째 선불교, 셋째 테야르 드 샤르댕(Pierre Teilhard de Chardin, 1881~1955), 넷째가 동학이었다고 말한다. 특히 동학과 샤르댕 공부는 감옥의 창턱에 날아와 싹튼 작은 풀잎을 향한 경외심과 동반되면서 지하에게 일종의 사상적 전회(轉回)를 가져왔다. 사회변혁을 위한 직접적인 투쟁으로부터 그가 '생명사상'이라 부른 의식혁명의 영역으로 활동과 사상의 중심이 옮겨간 것인데, 이렇게 변모하여 출옥한 김지하에 대해 일반인

---

22 회고록 2, 430면.
23 같은 책 420면.

들이나 소위 운동권에서는 뜨악한 눈길을 보냈고 심지어는 변절 혐의도 걸었다. 하지만 그 자신으로서는 어린 시절부터 방황과 고뇌 속에 찾아 헤매던 '인간구원'과 '자아해방'이라는 근본의 길에 마침내 들어선 것이었다. 객관적으로 보더라도 그가 강렬한 민주투사의 이미지를 갖게 된 것은「오적」발표와 민청학련으로 인한 구속이라는 외적 사건의 '뜻하지 않은' 결과였을 뿐이며, 사실은 투사로 사회적 명성이 드높던 동안에도 그의 내면에는 투사 이미지와 양립할 수 없는 예술적 방황과 종교적 고뇌가 그치지 않았다.

1980년 12월 그는 드디어 석방되었다. 하지만 집 앞의 감시는 계속되었고, 가는 곳마다 정보원이 따라붙어 "앉은 곳이 바로 새로운 서대문 감옥이었다."[24] 그러지 않아도 고문과 감금의 후유증이 심한 터에 이러한 상황은 그의 정신질환을 더욱 악화시켰다. 술에 대한 의존도 심해졌다. 그는 원래부터 술을 좋아해서 안주 없이 '깡소주'를 마시기 일쑤였다. 1980년대에는 가끔 대구에 내려오는 길에 드물지만 우리 집에서 잔 적도 있다. 나는 다음 날 출근을 위해 잠을 자야 하는데, 그는 소주잔을 들고 이야기를 그치지 않았다. 새벽에 일어나 보면 그는 이미 어디론가 사라지고 없었다. 고백건대 당시에 나는 그의 괴로움과 외로움을 충분히 알지 못했다. 물론 알았더라도 그를 얼마나 도울 수 있었을지는 의문이다. 회고록에 보면 다음과 같은 구절이 있다.

처음과 끝을 알 수 없는 번뇌가 그 무렵에 나를 사로잡고 놓지 않았다. 밤은 밤대로 끝없는 착종(錯綜)과 불면의 밤이었고, 낮은 낮대로 공연히 들뜨는 환상과 흥분의 나날이었다. 눈만 뜨면 어디선가 나를 부르는 것 같아 좌불안석. 오라는 곳도 많고 갈 곳도 많은 그런 날들이었다. 때론 소음이 음

---

24 회고록 3, 40면.

성으로 바뀌어 들리기도 하고, 때론 대낮 천장 위에서 핏빛 댓이파리들의
무서운 춤을 보기도 했다. 번뇌였다.[25]

이 번뇌의 고통을 나는 짐작조차 하지 못했던 것 같다. 그로부터 40년
가까운 세월이 흐른 오늘, 나는 그 지난날을 돌아보며 한없이 아픈 마음
으로 시집 『화개』(花開, 실천문학사 2002)에 실린 그의 시 「횔덜린」을 읽는
다. 너무도 아프다.

> 횔덜린을 읽으며
> 운다
>
> '나는 이제 아무것도 아니다
> 즐거워서 사는 것도 아니다'
>
> 어둠이 지배하는
> 시인의 뇌 속에 내리는
>
> 내리는 비를 타고
> 거꾸로 오르며 두 손을 놓고
>
> 횔덜린을 읽으며
> 운다
>
> 어둠을 어둠에 맡기고

---

25 같은 책 55면.

두 손을 놓고 거꾸로 오르며

내리는 빗줄기를
거꾸로 그리며 두 손을 놓고

횔덜린을 읽으며
운다

'나는 이제 아무것도 아니다
즐거워서 사는 것도 아니다.'

―「횔덜린」 전문

　횔덜린(Friedrich Hölderlin)이 누구던가. 그는 철학자 헤겔과 한 교실에서 공부했던 시인으로서 시대와의 불화로 인해 생애의 후반 37년을 정신착란자로 살았던 인물이다. 한세기 이상 잊혀 있다가 20세기 들어와 어느날 갑자기 '시인 중의 시인'으로 새발견되었다. '신이 사라지고 자연과의 조화가 무너진 자기 시대'를 탄식하며 '인간의 영혼 깊은 곳에 잠자고 있는 고귀한 신성(神性)을 일깨우는 것이야말로 시인의 소명'이라 보았던 순결한 영혼의 소유자였다. "어둠을 어둠에 맡기고/두 손을 놓고 거꾸로 오르며" 같은 구절에 암시되어 있는 것처럼 지하는 자신 안에 숨어 있는 횔덜린의 '어둠'을 보고 세상을 거슬러 살아온 것 같은 자기 일생이 "내리는 비를 타고/거꾸로 오르"는 도로(徒勞)가 아니었는지, 그 막막한 무력감에 눈물을 흘리는 것이다.

8. 시인으로 돌아오다

　물론 김지하는 석방 이후 30여년 동안 정신적 고통과 사회적 고독에도 불구하고 횔덜린처럼 정신착란 속에서 지낸 것이 결코 아니다. 횔덜린은 열아홉살에 이웃 프랑스의 대혁명을 목격한 세대로서, 젊은 날의 편지들에서는 민감한 정치상황을 끊임없이 언급하면서 혁명이념의 변질과 좌절을 예의 주시한 바 있었다. 하지만 그럼에도 그 자신이 정치적 박해에 쫓겨 고난에 시달린 적은 없었다. 정신착란의 긴 세월 동안 낙서처럼 써놓았던 시구절이나 어머니에게 보낸 60여통의 편지를 보면 그의 신성 추구는 정치적 행동과 거리가 먼 그의 정서적 온순함에 기반한 것인지 모른다는 생각도 든다.[26]

　그러나 김지하는 전혀 다르다. 시대와의 불화를 겪으면서 영성(靈性)이라는 개념으로 '고귀한 신성'을 추구한 것은 횔덜린과 비슷하다 하겠지만, 그는 횔덜린과 달리 정치투쟁의 일선에서 네차례나 감옥을 경험하고 죽음의 고비를 통과한 뒤에야 영성과 생명이라는 결정적 화두에 이르렀다. 그 지난한 과정에 오랜 시간의 가혹한 독방과 치열한 독서와 건곤일척의 사색이 있었음을 잊어서는 안 된다. 하지만 유감스럽게도 이 시련과 고투의 시간은 일반인들에게 충분히 알려지고 이해되지 못했다.「오적」과「타는 목마름으로」의 강렬한 정치적 이미지를 놓치고 싶지 않은 사람들에게 1980년대 이후의 영성적 김지하는 실망스럽게 보이게 마련이었다. 대학생들의 노동현장 위장취업이 하나의 대세를 이루다시피 하고 계급혁명이 임박한 듯이 들떠 있던 1980년대와 1990년대에는 더욱 그러했다. 아시아·아프리카작가회의가 1975년에 선정한 '로터스상 특별상'

---

26 장영태 옮김 『횔덜린 서한집』, 인다 2022 참조.

이 1981년 그에게 전달되었을 때, 김지하에게는 부산으로부터 '웬 사람'의 전보가 한장 날아왔다고 한다. "모두들 죽임 당하는데 너 혼자 상을 받다니 염치가 있느냐?" 광주의 참혹함을 겪고 난 직후의 핏발 선 시대임을 감안하더라도 이것은 이성을 잃은 반응이라고 하겠는데, 어쨌든 그것은 김지하를 보는 사회적 시선의 일부이기도 했다. 그러나 그것은 상처 입은 자의 등에 찌르는 칼날이었다. 이에 대해 그는 이렇게 썼다. "전보를 읽으며 나의 한(恨)도 깊이깊이 내면화되었다. 옳은 이야기였다."[27] 하지만 깊이 가라앉은 한은 안타깝게도 그의 정신에 더욱 치명적인 손상을 입혔을 것이다.

생애의 말년에 이를수록 그의 정치적 행보에 이상 조짐이 나타난다는 데는 이론의 여지가 없다. 특히 1991년 "죽음의 굿판" 운운하는 조선일보 기고문은 많은 사람들이 김지하를 떠나는 계기가 되었다. 하지만 그때만 하더라도 그는 "강경대 군 사건의 책임 추궁과 함께 무엇보다 먼저 죽은 이들에 대한 예절을 찾아 챙기지 못했구나!"[28]라고 사과의 뜻을 밝혔다. 하지만 그의 사과는 제대로 알려지지 않았다. 김지하의 이름이든 다른 무엇이든 필요하면 얼마든지 이용하고 돌아서는 것이 이 나라 대형 언론의 사악한 생리라는 것을 알지 못한 것이 그의 잘못이라면 잘못이었다. 2010년대에 들어와 김지하는 그야말로 상식에 어긋나는 언행을 선보이곤 했다. 당연히 비판이 따랐다. 하지만 우리는 오랜 병고 끝에 혼돈이 깊어진 노년의 김지하가 타인의 비판 안에 들어 있는 합리적 핵심을 붙잡아 자신의 인간적 성숙과 정치적 교정을 위한 거름으로 삼을 힘을 잃었음을 인정할 수밖에 없다. 이 점 김지하를 사랑했던 동료와 후배 들을 한없이 가슴 아프게 한다.

---

27 회고록 3, 41면.
28 같은 책 221면.

이처럼 점점 정신적 퇴행이 진행되는 와중에도 1980년대와 1990년대는 글 쓰는 사람으로서의 김지하에게 가장 생산적인 연대였다. 마그마가 분출하듯 시 분야에서는 『대설 남』 1, 2, 3(1982, 84, 85)과 서정시집 『애린』 1, 2(1986) 『검은 산 하얀 방』(1986) 『별밭을 우러르며』(1989), 그리고 장시 『이 가문 날에 비구름』(1988) 등이 나왔고, 논설집 내지 산문집으로는 『민족의 노래 민중의 노래』(1984) 『밥』(1984) 『남녘땅 뱃노래』(1985) 『살림』(1987) 등이 잇따라 간행되었다. 이런 일종의 붐은 2000년대 초의 『김지하 회고록: 흰 그늘의 길』 1~3(2003)까지 이어져, 막연한 짐작보다 훨씬 많은 책들이 그의 이름으로 출판되었음을 알 수 있다.

나는 이들 가운데 일부밖에 읽지 못했다. 시집은 그래도 상당수 구해서 대강 훑어보았지만, 산문집은 구경조차 하지 못한 것이 많다는 사실을 이번에 알았다. 회고록 『흰 그늘의 길』 3권은 지하가 작고한 뒤에야 완독했는데, 김지하 산문 저술의 결정판이라는 생각이 들었다. 산문집 가운데는 『남녘땅 뱃노래』도 정성 들여 만들었을뿐더러 내용도 매우 알차다. 그런데 『애린』 이후의 시들은 솔직히 말해 점점 긴장이 풀어지고 신세 한탄에 가까운 맥 빠진 작품들이 많아져 실망을 주었다.

9. 그가 마지막에 이른 곳

김지하의 생애에 가장 중요한 영향을 끼친 인물은 무위당 장일순이다. 장일순은 일찍이 '몽양(夢陽) 여운형(呂運亨)의 제자요 추종자였고 몽양 사후 죽산(竹山) 조봉암(曺奉巖)의 동조자였으며 윤길중(尹吉重)의 동지로서'[29] 혁신계 정당활동을 하다가 5·16으로 3년간 옥살이를 한 인물이었

---

29 회고록 2, 81면 참조.

다. 출옥한 뒤에는 가톨릭에 입교하고 고향인 원주에 은거하면서 지학순 주교와 함께 가톨릭에 기반한 이른바 '원주 캠프'를 이끌었다. 장일순에 대해 김지하는 "선생의 사상은 단적으로 말해 좌우의 통합이었고 영성과 과학의 통전이었으며 동서양과 남북의 통일이었다"[30]고 말한 바 있다. 김지하는 깊은 존경심과 충실성을 가지고 평생 장일순의 노선을 따랐다. 그가 가톨릭 세례를 받고 난초 치는 것을 배운 것도 장일순의 모범을 따른 것이었다.

후일 김지하는 사실상 가톨릭을 떠나 점점 더 동학의 수운(水雲)과 해월(海月)에 경도되었다. 그뿐 아니라 김일부(金一夫)의 『정역(正易)』과 강증산(姜甑山)의 '후천개벽'설도 깊이 공부했고, 노자와 장자를 읽는가 하면 일부 무속신앙까지도 적극 받아들였다. 젊어서는 서구의 전위예술에 탐닉했고 한때 맑스와 마오쩌둥의 사회혁명 서적도 탐독했다. 요컨대 김지하는 종교에서나 사상에서나 평생에 걸쳐 어떤 단일한 믿음에 고착되지 않았다. 끊임없는 방황 속에서 쉬지 않고 진리를 찾아나가는 고행과도 같은 여정이 그의 삶이었다.

회고록 『흰 그늘의 길』 머리말에서 김지하는 "아버지는 공산주의자였다"는 분명한 고백 없이는 회상 자체가 불가능하다고 술회한다. 다른 곳에서도 그는 아버지의 좌익 전력 때문에 행동에 제약을 받았다고 말한다. 그런데도 그는 박정희 정권으로부터 공산주의자라는 공격을 받아 생명의 위협까지 겪어야 했다. 이때 그가 감옥 안에서 작성하여 비밀리에 유출한 문건이 유명한 「양심선언」인데, 이 글에서 그는 단호히 주장했다. "한마디로 잘라 말해서 지금껏 나는 자신을 공산주의자라고 생각해 본 적이 한번도 없으며 현재에도 나는 결코 공산주의자가 아니다."[31]

---

30 같은 곳.
31 『남녘땅 뱃노래』, 두레 1985, 44면.

이것은 그가 목숨을 구걸하기 위해 자신의 신념을 부인한 것이 결코 아니다. 그는 정치적으로 특정한 이념의 추종자인 적이 없었다. 그렇다면 그에게 일관되게 추구한 그 무엇이 없었던가? 오랜 감옥 경험을 통해 그가 찾은 것이 '생명'의 절대성이었음은 널리 알려져 있다. 그 생명론을 근거로 김지하는 우리 시대의 생태적 위기와 이념적 혼돈의 심각성을 되풀이 지적하고 누구보다 큰 소리로 문명전환을 주장했다. 이와 더불어 그는 서구 주도의 근대 자본주의 문명이 막다른 골목에 이르렀음을 힘껏 경고했다. 다만 그는 아버지 세대의 사회주의 계급혁명으로는 오늘의 위기를 해결할 수 없다고 확언한다.

인간은 감성과 이성만으로는 완전히 정곡을 찌를 수 없고 거기에 제삼의 힘, 아니 근원적인 힘인 영성이 발동해야 무엇인가 이루어질 수 있음을 끝없는 감탄사와 함께 절감하였다.[32]

이제 다가오고 있는 세계혁명은 정치경제의 하부구조적 혁명이 아니라, 오히려 전혀 새로운 정치경제적 양식의 씨앗을 내부에 이미 간직하고 있는 문화의 대혁명인 것이다.[33]

그는 진정한 혁명으로서의 문화대혁명의 씨앗이 동아시아, 그중에서도 한반도, 그중에서도 가장 핍박받고 헐벗은 남녘 땅의 민중 속에, 그들의 고유정서와 전통사상 속에 잠재해 있을 것이라고 되풀이 주장한다. 그 예언을 오늘의 현실 속에서 실현하는 일이 우리 세대의 과업이리는 생각을 남기고 그는 저세상으로 떠났다.

---

32 회고록 2, 202면.
33 같은 책 206면.

현대시의 난해성이라는 문제

◆

문학평론가 이성혁과의 인터뷰

* 2018년 8월 9일 서울 마포구 창비서교빌딩 사무실에서 현대시학사의 청탁으로 문학평론가 이성혁(李城赫)이 묻고 내가 대답하는 인터뷰를 가졌다. 애초에 그는 시의 난해성이라는 주제를 들고 왔으나, 우리는 거기에 국한하지 않고 자유롭게 이야기를 나누었다.

이성혁 선생님, 안녕하세요? 멀리서 뵙긴 했지만 이렇게 마주 앉아 말씀 듣게 되는 건 처음입니다. 대학생 시절, 문학을 처음 공부하기 시작했을 때 선생님의 『민중시대의 문학』을 읽고 많은 영향을 받았습니다. 특히 리얼리즘론과 시에 대한 글을 통해서 많은 공부를 할 수 있었습니다. 그래서인지 선생님을 뵙는다고 생각하니 학생 때로 되돌아가는 듯한 느낌이었습니다. 지금은 좀 마음을 가볍게 가져야지, 생각하고 있습니다.

올여름은 너무 더워서 견디기 힘들 지경이었습니다. 문제는 앞으로도 더 더워지는 것인가인데, 걱정이 되더라고요. 지구 온난화가 지금부터 정말 위력을 보여주는 건 아닐까 두려워지기도 하고요. 근황을 여쭤보면서 대담을 시작할까요? 더위는 어떻게 견디고 계시는지요?

염무웅 그냥 참고 살아야지 별수 있나요. 이제 이런 더위가 점점 더 심해질 거라고 예상하는 분들이 있던데, 인류가 살 만한 곳으로 지구가 계속 남아 있을지 의문이 들어요. 상상을 초월한 일이 일어날 것 같은 불길한 예감이 들거든요. 우선 농산물 파동이 닥칠 것 같아요. 기후변화로 금년엔 시베리아와 우크라이나 평원에서 밀 생산량이 줄 거라고 그러네요. 유럽 여행 간 사람이 페이스북에 쓴 거 보니까 영국에선 잔디밭이 누렇게 떠서 황폐한 느낌이 든대요. 위도 50도인 노르웨이 같은 데도 기온이 30도가 넘는다고 합니다. 게다가 빙하가 녹아서 바다의 수위에 영향을 미칠 거고.

이 큰일이에요. 네덜란드인가에서는 에어컨을 쓰지 않아왔는데, 에어컨이 없는 상태에서 무방비로 더위를 맞이하니까 사람들이 아주 힘들어한다고 하네요.

염 독일도 그래요. 10여년 전 독일에서 반년가량 살았는데, 그때 보니 여름에 시원한 곳이 거의 아무 데도 없어요. 한국에선 전철, 버스, 카페, 식당 등 어디든 들어가면 시원하잖아요. 그런데 독일은 그렇지 않았어요. 하지만 몇년 전부터 버스에 냉방이 시작되고 전철도 조금씩 냉방이 시작됐답니다. 부자들은 어떤지 모르지만 일반 가정집은 냉방기기가 없었어요. 그런데 이제 가정집에서도 냉방기를 설치하기 시작한답니다.

이 환경문제 때문에 에어컨 설치를 자제했던 건가요?

염 그렇기도 하지만, 독일은 여름에도 에어컨 없이 견딜 만해요. 습도

현대시의 난해성이라는 문제   123

가 높지 않거든요. 오히려 여름에 햇볕이 따끈하면 사람들이 아주 좋아하죠. 활짝 벗고 잔디밭으로 나가요. 독일이나 영국은 늘 음습하니까요. 근데 금년은 독일 사람들도 비명을 지른답니다. 그 사람들은 여름에도 문 열어놓고 자는 법이 없는데, 이번엔 그렇지 않다고 하네요.

분단의 역사와 남북관계의 전망

이 대담을 준비한다고 선생님의 평론집을 쌓아두고 통독했습니다. 물론 다 읽지는 못하고 문학론과 시에 관한 글들을 읽었습니다. 『현대시학』에 발표되는 대담이니까 주로 시에 관한 질문을 드릴까 생각하고 있습니다. 산문집이나 대담집을 빼면 선생님께서는 지금까지 여섯권의 평론집을 내셨습니다. 『한국문학의 반성』(민음사 1976) 『민중시대의 문학』(창작과비평사 1979) 『혼돈의 시대에 구상하는 문학의 논리』(창작과비평사 1995, 이하 『혼돈의 시대』) 『모래 위의 시간』(작가 2002) 『문학과 시대현실』(창비 2010) 『살아 있는 과거』(창비 2015) 이렇게 여섯권입니다. 제목을 보면 '시대'라는 말이 들어간 평론집이 세권이나 있습니다. 그만큼 선생님께서는 문학과 시대의 관계를 중시하신다는 생각이 들었습니다.

첫 질문부터 좀 무거워지긴 합니다만, 요즘 시대를 선생님께서는 어떻게 생각하실까 궁금합니다. 특히 올해는 분단현실의 변화가 사람들을 놀라게 했습니다. 그도 그럴 것이 작년에는 거의 전쟁 직전까지 간 것 같은 험악한 상황이었는데 올해는 남북 정상회담과 북미 정상회담을 거쳐 종전선언과 평화협정까지 이야기되고 있으니 말입니다. 분단체제가 종료되는 거대한 변화가 일어날지 어떨지는 아직 속단할 수 없지만, 그러한 변화가 일어난다면 문학은 이 시대적 상황에 어떻게 대응할 것인가 생각하게 됩니다. 북한과의 교류가 활발해지고 북의 '인민'과의 상시적인 만남이 이루어진다면 이 경험이 한국문학의 새로운 밑거름이 될 것이고 문학 역시 변화하지 않을까 생각해볼 수도 있겠습니다. 요즘 시대현실을 어떻게 평가하시는지 선생님의 말씀을 듣고 싶습니다.

염 '요즘 시대'라고 할 때 그 '요즘'의 범위를 어떻게 잡느냐에 따라 달리 생각할 수 있다고 봅니다. 가령 최근 100년 정도를 가지고 생각해보면 일제 식민지였다가 제2차대전의 종전과 함께 광복이 됐어요. 하지만 일제가 물러갔다고 곧장 해방이 된 건 아닙니다. 나는 해방 30주년이 되던 해에 그 문제를 가지고 「8·15 직후의 한국문학」(『창작과비평』 1975년 가을호)이란 글을 썼지요. 8월 15일의 감격 자체에는 물론 온 국민이 함께했지만, 중요한 건 세상이 달라지는 거죠. 그런데 일제 식민지 잔재의 청산이 이루어지기는커녕 남한에서는 친일관료와 악질 경찰이 다시 득세하게 됐어요. 나는 이런 현실을 묘사한 작품들을 분석하면서 우리 민족에게 해방이란 무엇이었던가를 물었습니다. 절대다수의 국민이 8·15를 통해 기대하고 소망했던 건 통일된 민주독립국가의 수립이었지만, 현실은 남북에 각각의 정부가 들어서서 전쟁으로 치달은 거였어요. 우리는 지금도 분단과 전쟁의 그늘 속에 살고 있습니다. 배반된 해방으로서의 분단, 그게 이 시대의 현실입니다. 사실 분단은 2차대전의 결과죠. 그런데 유럽의 경우 독일과 주로 싸운 건 소련이에요. 2차대전 당시 유럽에서 죽은 군인들 숫자만 보더라도 소련군이 압도적으로 많아요. 전쟁에서 죽은 소련군과 소련 민간인들을 합치면 2800만명인가 그렇답니다. 베를린 가보셨나요?

이 저는 안 가봤습니다.

염 그래요? 소련군은 필사의 전투 끝에 베를린을 점령하지요. 베를린 위치가 독일의 맨 오른쪽에 있으니 어쩌면 당연하죠. 2차대전이 끝나자

유럽에서는 미국 중심의 서방세계와 소련 사회주의권을 가르는 분단선이 북쪽의 핀란드부터 독일을 거쳐 그리스까지 남북으로 이어집니다. 핀란드는 중립국가가 되고 라트비아와 리투아니아는 소련의 위성국이 되고요. 그리스는 좌우파의 내전 끝에 서방에 속하게 되죠. 핵심은 독일의 분단이었어요. 그런데 독일에 합병됐던 오스트리아는 연합국의 위임통치가 결정됩니다. 오스트리아는 그걸 받아들였어요. 그 결과 오스트리아는 10년 동안의 신탁통치 끝에 분단을 면하고 1955년 중립국으로 독립하게 됩니다.

우린 사실 오스트리아의 길을 걸어야 했어요. 하지만 우여곡절 끝에 결국 남북에 분단정권이 수립됩니다. 그걸 막아보려던 분들의 노력은 실패했고 실패의 결과는 전쟁이었어요. 그런데 정전협정으로 전투는 끝났지만 전쟁은 끝나지 않았습니다. 종전은 공식적으로 전쟁 종결을 선언하고 협상을 통해 평화조약을 맺는 것이에요. 정전협정에서는 석달 이내에 평화협상을 시작하도록 규정하고 있는데, 미국은 지난 70년 동안 이 규정을 지키지 않았지요. 1954년에 제네바에서 평화협상이 열리기는 했어요. 그때 미 국무장관 덜레스(John F. Dulles)는 중국 외무장관 저우언라이(周恩來)가 청한 악수도 받지 않았다고 해요.

이 분단현실의 제약 아래에서도 남한은 경제발전을 이루고 어느 정도 민주화를 달성했습니다. 그러나 경제도 민주주의도 기초가 매우 불안합니다. 지금과 같은 정전 상황은 언제든 전쟁으로 비화할 수 있고, 그렇게 되면 모든 게 끝장이에요. 거기까지 가지 않더라도 경제발전의 과실이 한쪽으로만 쏠린 결과 빈부격차가 심각한 상태에 이르렀어요. 자본주의 자체가 지닌 본질적인 문제점까지 생각지 않더라도 우리 삶의 토대가 너무 취약합니다. 그러니 기후위기나 환경문제 같은 데엔 신경 쓸 여력이 없어요.

시의 난해성 문제와 이상 문학

이 아까 질문에서 문학은 어떻게 이 시대상황에 대응할 것인가 여쭤보았습니다만, 이제 문학 이야기로 넘어가볼까 합니다. 단도직입적으로 질문을 드리면, 요즘 출간되는 한국시에 대해서 어떠한 생각을 하시나요? 요즘 나오는 시가 도통 무슨 말을 하는 건지 모르겠다는 사람들이 적지 않습니다. 1970년대에 출간된 『민중시대의 문학』에 실린 글 「시 이해의 기초문제」에서 선생님께서는 "시와 시인이 독자와 인간으로부터 단절되고 모든 인간적·사회적·현실적 절제(節制)에서 해방되어 이른바 '절대적 환상'에 의하여 자기의 '지적인 조작'을 전개할 때, 거기서 생겨나는 것은 독자들이 '자기들과 그 어떤 공통점도 발견할 수 없는 시라는 괴물'인 것"이라고 쓰셨지요. 난해시 문제는 새로운 문제가 아니라 계속 반복되어왔다는 걸 알 수 있었습니다. 김수영 역시도 시의 난해성에 대해 말하고 있는 것을 보면 1970년대뿐만 아니라 1960년대에도 난해시 문제에 대한 논란이 있었고요. 김수영의 논의를 빌린다면, 난해성이 문제라기보다는 언어의 윤리와 양심, 불가능한 꿈을 추구하는 불온성이 중요하다는 생각입니다. 과연 요즘 나오는 시집들에서 보이는 '난해성'이 그러한 불온성의 실험적 추구에 따르는 불가피성에 의한 것인지는 의심스러운 것이 사실입니다. 하지만 저로서는 판단을 유보하고 있는데요, 선생님께서는 어떻게 생각하시는지 궁금합니다.

염 요즘 시집들이 엄청나게 쏟아져 나오고 내게 기증본으로 오는 것만도 아주 많아요. 눈도 나쁘고 해서 부득이 대충 건너뛰어가며 읽습니다. 이 시집들 중엔 물론 난해시도 있지만 반대로 짧은 수필 같은 쉬운 생활시도 있고, 억지로 감정을 짜내서 만들어낸 것 같은 감상적인 작품도 많

습니다. 이렇게 양산되는 한국시의 현재 상황에 개입해서 비평적 분별을
한다는 게 나로선 불가능합니다.

시인이 자기 세계를 치열하게 추구하다보면 그 시인 나름의 고유한 문
학세계가 형성되게 마련입니다. 그게 이념적인 것일 수도 있고 독특한 기
법상의 것일 수도 있겠지요. 어쩌면 양자는 분리될 수 없는 것일지도 모
르고요. 가령, 김수영은 시를 통해서 자기 시대의 현실과 치열하게 맞섰
습니다. 그렇게 해서 태어난 작품에 사후적으로 '불온'이라든가 '난해'라
는 딱지를 붙일 수는 있겠죠. 김수영의 시도 어떤 것은 의외로 아주 쉽기
도 하고요. 그러니까 문제는 시 쓰는 사람의 체질과 능력에 맞는 최대치
가 정직하게 작품에 투입되었는가 여부라고 생각합니다.

물론 도저히 이해가 안 되는 작품들 앞에서 어떻게 해석해야 하는가로
골머리를 썩일 수 있어요. 요즘 시단에서 나는 그런 작품을 자주 만납니
다. 옛날 작품 중에서 이상(李箱)의 시는 지금도 난해하죠? 어떤 사람들은
이상의 작품을 시로 봐야 하느냐고 의문을 제기하기도 했어요. 「오감도」
는 대체로 시로 인정되지만 도형이나 숫자 뒤집어놓은 것, 이런 것들은
시와 시 아닌 것의 경계에 있어서 시가 아니라고 주장할 수도 있어요. 시
개념의 최대한의 확장이라고 볼 수도 있고 시의 경계선을 넘어간 '어떤
것'이라고 할 수도 있어요. 이상이 원래 건축학 전공이라서인지, 건축도면
이나 숫자 같은 걸로 장난을 친 거라고요.

그런데 시야를 좀 넓혀서 볼 필요도 있습니다. 이상이 문단에 데뷔할
때가 1차대전 끝나고 유럽에서 전위예술이 활발할 무렵이지요. 다다이즘
이나 초현실주의가 일본을 통해 식민지 조선에도 들어왔어요. 당시의 조
선 문인들은 주로 일본문학의 독자였다는 걸 기억할 필요가 있습니다. 임
화 같은 사람도 초창기엔 다다이즘 시를 흉내 냈지요. 도형이나 숫자 뒤
집은 것 같은 극단적인 실험은 다다이즘에도 있어요. 독일 다다이즘 시에
제목만 '코끼리'이고 낱말 없이 알파벳으로만 구성되어 있는 작품을 본

적이 있는데, 쿵쾅쿵쾅하는 소리만으로 코끼리의 발걸음 소리를 나타냈다는 거죠. 다다이즘은 그밖에도 여러가지 괴상한 짓을 했어요. 일본에서도 그랬는데 한국에서 그걸 흉내 낸 거예요. 유럽에서고 일본에서고 그런 장난은 지금은 하나의 에피소드로만 기억될 뿐이죠.

하지만 이상의 경우엔 단순한 장난이 아니라 개인적·시대적 고통 속에서의 '피 흘림'이 있었다고 나는 생각합니다. 그는 문학예술의 어떤 극한을 삶을 걸고 추구했다고 볼 수 있어요. 시는 무엇이냐, 예술은 어디까지, 무슨 짓까지 할 수 있느냐를 극단적으로 실험했죠. 어떤 점에서 그것은 자기 현실과의 정면대결을 회피하는 하나의 방식이었다고 볼 수도 있겠죠. 암튼 그래도 이상은 겉만 흉내 내서 사람들을 속인 가짜가 아니라는 생각입니다. 그의 글에서는 화약 냄새가 풍겨요. 그런데 이상을 모방한 사람들 중에는 그렇지 않은 수가 많아요. 모든 진정한 예술에는 희생이 따릅니다. 희생은 흉내로 되는 게 아니에요. 1950년대 시를 읽어보면 그런 가짜가 참 많다는 느낌이 들어요. 무슨 말인지 모를 단어들로 이상의 흉내를 낸 시가 1960년대까지 지속되었습니다. 내가 문단에 처음 나올 무렵만 하더라도 그런 가짜 난해시들이 많았어요. 김수영이 공격한 것은 그런 가짜 난해시였지요. 그는 진정한 난해시와 가짜 난해시를 구별했어요. 김수영의 이 구별에는 전적으로 공감할 수 있는데, 다만 내 능력으로는 옥석을 구별하는 일이 쉽지 않아요.

그림 전시회에서 추상화를 볼 때 오랫동안 그림을 감상해온 사람은 순간적으로 느낌이 온다고 하지요. 진짜인지 가짜인지 말이에요. 어린애나 정신질환자들도 추상화 비슷한 그림을 그릴 수 있습니다. 그런 그림하고 오래 고민하고 훈련을 쌓은 이의 추상화는 언뜻 보아서는 구별하기 어려워요. 시의 세계에도 그런 면이 있다고 봅니다. 추사(秋史)의 글씨나 천경자(千鏡子)의 그림을 둘러싸고 위작 시비가 끊이지 않는 데는 이유가 있습니다. 그런데 생각해보면 문학을 즐기는 보통 독자들에게 높은 수준의 이해를 요구하는 건 무리죠. 작가가 창작의 자유를 가지듯 독자에게도 향수의 자유가 있습니다. 읽기 싫은 건 읽지 않을 자유가 있어야지요. 그건 권리라고도 할 수 있어요.

이 평론하실 때 선생님께선 진짜 난해시와 가짜 난해시를 어떻게 구분하십니까? 어떤 난해시는 난해시라고 해야 할지 모르겠던데요. 뭔 말을 하려는지 모르겠지만 뭔가 꽂히는 게 있어 다시 들여다보게 되는 시가 있습니다. 그런 게 없으면 왜 읽어야 하지, 생각이 들고요.

염 예전에 「관객 모독」이란 연극이 있었어요. 그 제목을 빌리면 시의 세계에도 일종의 '독자 모독'이 있을 수 있어요. 세상이 타락하고 부패했다고 느낄 때 세상을 향해 농락하고 모독하는 시인이 있을 수 있지요.

이 박남철(朴南喆) 시인이 그렇죠.

염 하지만 박남철은 어렵지 않아요. 속이 들여다보이죠. 일종의 수수께끼 같은 것이고 조작의 냄새도 납니다. 수수께끼는 사실 단순한 거예요. 하지만 그와 달리 해석 불능의 암호 같은 시가 있어요. 그림도 막막한 가운데 뭔가 강렬한 느낌이 오는 게 있고 도저히 뭐가 뭔지 잡히지 않는 것이 있는데, 시도 그래요. 그렇지만 어려운 시를 이해하는 묘수가 따로 있는 것 같지는 않아요. 암호 해독의 법칙 같은 게 있을 수 없다는 뜻입니다. 오랫동안 끊임없이 읽고 난해시에 길들여지려고 노력하는 동안 자기도 모르게 어느 정도 안목이 생긴다고 할까요. 나는 반세기가 훨씬 넘도록 시를 읽어왔는데도 여전히 캄캄한 밤중 같은 시들이 있어요. 절벽 앞에 서 있는 것 같은데, 내가 문제인지 그런 시가 문제인지 나도 모르겠어요. 다른 한편, 젊은 세대의 경우 시뿐만 아니라 평범한 산문이나 대화에서도 사용 어휘와 문장 구성에서 이질적인 것을 느끼게 됩니다. 이건 세대나 계층에 따른 언어의 이질화 문제로서 전문적인 조사와 연구가 필요한 분야라고 생각돼요. 아무튼 오늘날 그런 해석 불능의 시를 읽는 사람은 주로 시를 공부하는 사람들, 그러니까 시인이 되려는 사람들 아닌가 합니다. 그렇게 해서 난해시라는 '밈'이 유전되고 확산되는 것 아닌가 싶어요. 일반 독자들은 아예 그런 시를 외면하는 것 같고요. 나 자신은 나의 정신상태를 감정하기 위해 가끔 그런 작품을 읽습니다. 면벽참선하듯이요.

이 탈북한 학생들 중 대학에서 하는 제 창작 수업을 들은 학생들이 있었어요. 그 학생들이 쓴 시를 보니 1920년대 김소월 시같이 순박한 느낌이 들었습니다. 그 학생들은 남한의 다른 학생들이 쓴 시나 요즘 나오는 남한 시를 보면 무슨 말인지 하나도 모르겠다고 해요.

염 당연하지요. 북한의 정치체제는 좋아하기 어렵지만 그 안에서 사는 주민들은 순박하기 그지없다고 합니다. 그러니 그 순박한 사람들한테서 복잡한 시가 나올 리 없지요. 하지만 김소월 시가 단순히 쉬운 시는 아닙니다. 만해의 시도 1920년대에 나왔지만 쉬운 시가 아니고요. 쉬운 언어로 쓰였지만 깊은 게 담겨 있어요. 북한 학생 시에서도 거기 쓰인 말이 쉬운 게 문제가 아니라 세상에 대한 안목과 사유가 단순한 게 문제라고 생각합니다.

교류를 통해 남북의 주민들이 서로의 감정과 이해관계를 알게 되고 서로의 사고방식에 익숙해지면 피차의 시와 소설에도 상당한 영향을 미칠 겁니다. 그래서 내가 2006년 6·15민족문학인협회 등을 통해 제안한 것이 이념적 요소가 적은 남과 북의 작품들을 모아 선집으로 만들자는 거였어요. 그걸 공공 도서관과 학교 도서관에 비치하자는 거지요. 북쪽과 남쪽 독자들이 같은 작품을 읽게 되면 낱말 차원에서도 남북이 서로 상대쪽에서 이런 말을 쓴다는 걸 익힐 수 있죠. 표현법이나 정서적인 면도 서로 익히고요. 또 하나 제안할 것은 남북 공동 채널의 방송을 만드는 거예요. 그래서 남북이 같이 볼 수 있는 코미디 프로라든가 방송 드라마, 토론 프로그램, 이런 걸 방영하는 거죠. 약간의 이념적 요소가 있어도 좋지요. 너무 적대적이지 않은 걸로요. 남쪽 텔레비전은 질 낮은 프로그램도 많고 너무 자극적이어서 당장은 시청자를 끌지 몰라도 장기적인 관점에서 해독이 많다고 생각합니다. 반면에 북쪽 방송에는 일반 민간인의 자발성이 부족하고 흥미를 끄는 요소가 적은 것 같아요.

그럼에도 어쨌든 남북한 사람들이 같은 프로그램을 볼 수 있으면 생각도, 말도, 생활습관도 닮아갈 수 있을 겁니다. 그렇게 되면 우리 문단 일각에 유행하는 터무니없이 어려운 시, 시 아닌 시는 많이 사라질 거예요. 물론 일제강점기의 이상처럼 극소수의 사람들은 골방에 앉아서 여전히 실험적인 시를 쓰겠죠. 그런 건 그냥 내버려두면 돼요. 건강한 사회는 예외를 인정하는 사회입니다.

이 이상 이야기가 나와서 말인데, 선생님의 첫 평론집인 『한국문학의 반성』 첫머리에 실린 글이 이상의 소설에 대한 것이라는 점에 좀 놀랐습니다. 민족·민중문학론은 모더니즘에 매우 비판적이었고 그래서 이상 문학에도 비판적일 것이라 생각하게 되는데 꼭 그렇지는 않구나 하는 생각도 들었고요. 또한 백낙청 선생님의 초기 평론인 「시민문학론」에서도 만해와 이상의 시가 동렬에 놓이면서 높이 평가되고 있는 걸 얼마 전에 새삼 알게 되었습니다.

염 우리 세대는 문청 시절에 누구나 한번쯤 이상에 빠졌지요. 평론가 이어령(李御寧)과 소설가 송기숙은 나이는 한두살밖에 차이가 안 나지만 딴 세상 사람처럼 다른 분들인데, 놀랍게도 둘 다 젊은 날 이상론(李箱論)

을 썼어요. 그러니까 문제는 이상에 빠졌다가 나오더라도 뭘 건져서 나왔느냐가 중요하다는 생각입니다. 문학사 공부하는 사람으로서는 어떤 입장에 서든 간에 이상은 꼭 한번 거쳐야 할 지점이에요. 오늘날에는 김수영이 그런 위치에 있지요. 덧붙여 개인적인 인연을 말하면, 나는 1960년대 중반에 신구문화사에 근무했는데, 그 무렵 그 출판사에서 『한국의 인간상』이란 전집을 만들었어요. 여섯권짜리인데 문학예술 편, 학자 편, 정치가 편, 이런 식으로 나눠서 각각 30명 정도의 유명한 인물들을 선정하여 원고지 80장 정도로 짤막한 평전을 쓰게 했어요. 그때 편집부 직원인 나한테 맡겨진 게 이상 편이었습니다. 그래서 신춘문예 당선 기념으로 샀던 『이상 전집』(임종국 편, 태성사 1956) 3권을 통독하고 휘경동인지 어딘지에 가서 이상의 어머니와 동생 옥희 씨도 만나 취재를 했지요. 그런 인연으로 그후 출판사의 청탁으로 문고판 『이상 창작집』(정음사 1974)을 엮게 됐고, 거기에 「내면의 수기 ― 이상의 소설들」이란 해설을 썼습니다.

이 금홍(錦紅)이라는 분도 만나셨어요?

염 아니요. 1933년 이상이 폐결핵 요양차 황해도 배천에 갔다가 만나 서울로 데리고 와서 한동안 같이 살았지만, 그 여자는 얼마 안 되어 떠나버렸다고 합니다. 그뒤 금홍의 행방은 아무도 모르죠. 이상에게는 두 사람의 여성이 있는데, 다른 한 사람은 친구의 여동생인 화가 변동림(卞東琳)이에요. 변동림과는 정식으로 결혼식을 올렸지요. 돈암동 신흥사란 절에서요. 임종국(林鍾國)이 엮은 전집에 보면 결혼식 사진도 실려 있어요. 변동림은 이상이 위독하다는 전보를 받자 도쿄대학 부속병원으로 달려가 임종을 하고 데스마스크를 만들었다더군요. 뒷수습을 한 거지요. 후에 화가 김환기와 재혼해서 이름도 김향안(金鄕岸)으로 바꾸고 수필가로 활동했어요.

오래전 얘기지만, 이상의 소설은 읽어보니 의외로 대부분 자전적인 내용이에요. 이상의 모든 소설이 그의 실제 삶과 연관될 수 있겠다는 생각을 했어요. 그래서 몇년도의 삶이 어떤 소설 어디에 어떻게 반영되어 있는가를 추적했지요. 실제의 삶이 어떠한 변형을 거쳐 꿈과 같이 왜곡되고 승화되어서 소설의 형태로 나타났는가? 왜곡이나 승화도 정신분석학의 개념이잖아요, 소설에 대한 문학적 평가라기보다는. 마침 그때 정신분석학 공부를 좀 하고 있었거든요. 이제 본격적인 이상론을 써야겠다, 마음을 먹었는데 그냥 세월이 갔네요.

이 프로이트의 『꿈의 해석』에 나오는 '2차적 가공'이라는 개념이 문학 작품 분석에 굉장히 유용할 거라는 생각을 해왔습니다.

염 하지만 그러한 분석은 문학적 평가를 위한 준비과정이라는 걸 명심할 필요가 있지요. 그러니까 난해한 작품, 카프카라든가 그런 작품을 보고 얼른 이해가 안 될 때 그 원형을 드러내고 왜 그런 변형이 이루어졌는지 따져볼 수는 있어요. 그러나 그것은 카프카 문학의 이해를 위한 하나의 출발일 뿐이지요.

이 어떤 정신과 의사가 이상을 정신질환자로 간주하고 글을 쓴 일도 있어요.

염 카프카와 이상은 그들의 소설이 주는 인상과 달리 실제로는 아주 명석한 사람들이에요. 편지나 일기 같은 카프카의 산문도 그렇지만, 이상의 수필을 보면 그는 아주 뛰어난 유머 감각과 균형적 사고의 소유자임을 알 수 있습니다. 그의 삶 자체가 살아 있는 수필 같지요. 그런데 그의 시는 쉽게 판단하기 어려워요. 해석하기가 쉽지 않은 거지요. 하나의 거대한 반시(反詩), 나아가 반어(反語)라고나 할까요. 이상에 대한 평가는 읽는 사람마다 다르겠지만, 어쨌든 나는 우리 문학사에서 그를 부정하거나 배제하면 안 된다고 봅니다.

젊은 비평의 문제점과 임화의 비평

이 여전히 이상은 매력적이라고 봅니다. 이와 연관해서 다른 질문을 드리겠습니다. 최근에 펴내신 평론집 제목인 '살아 있는 과거'에는 '시대'라는 말이 들어 있지 않습니다만, 그 제목에는 요즘 문학이 과거와의 연관관계를 잃고 있지 않은가라는 의미가 들어 있다고 느꼈습니다. 이 평론집에는 식민지 시대나 독재 시절을 살아간 과거 문인들을 대상으로 한 글들이 많아서 그러한 제목을 붙이신 것 같습니다만, 그 과거의 문학이 여전히 유의미하다는 것을 강조하는 제목이었습니다. 노파심인지는 모르겠습니다만 저도 요즘 창작하는 분들이 한국문학의 역사적 맥락에 너무 둔감한 건 아닌지 생각할 때가 있습니다. '살아 있는 과거'라는 제목을 붙이실 때 제가 말씀드린 뜻으로 붙이신 건지 궁금합니다. 과거의 문학은 우리 시대에 어떤 의미가 있는지, 현재의 문학은 과거의 문학과 어떻게 관계 맺어야 하는지에 대해 말씀 듣고 싶기도 하고요.

염 그런 제목을 달면서 생각한 문학 내부의 측면부터 얘기해보지요. 알다시피 작가는 백지상태에서 작품을 쓰는 것이 아니라 그동안 자기가 읽은 작품을 모델로 해서 자기 나름의 창의를 발휘합니다. 모든 예술은 과거로부터 형식이나 관습을 이어받는 측면이 있게 마련이에요. 그러니까 어떤 작품을 분석하고 평가할 때 우리는 그 작품이 과거의 어떤 요소를 계승하고 있는지, 또는 어떤 면을 부정하고 혁신했는지, 이런 맥락을 살펴보게 됩니다. 이렇게 해서 문학적 전통이 형성되고 문학사가 만들어지는 거죠. 그리고 이러한 역사적 맥락 위에서 모든 작품은 자기의 독자적 좌표를 갖는 거고요. 어떤 문학현상도 과거와의 연관성이 전혀 없을 수는 없습니다. 전통의 부정 자체가 새로운 전통의 창조를 지향한다는 의미예요. 근대문학의 역사가 오래된 나라일수록 역사의 무게, 전통의 무게라는 게 무겁지요. 그런데 우리 문학의 경우 1920년대의 시인들, 작가들이 과거의 유산으로부터 무엇을 물려받았는지, 어떤 전통을 무겁게 느꼈는지 오늘의 후배들로서는 짐작하기 어렵습니다.

가령 이광수나 염상섭 같은 분들이 소설을 쓰기 시작하면서 『춘향전』이나 『심청전』 같은 우리 고전을 염두에 두고 있었는지, 아니면 일본어로 번역된 서양 작품을 읽고 그걸 모델로 해서 썼는지 상상해볼 필요가 있어요. 나는 후자일 가능성이 높다고 봅니다. 오늘날에는 물론 상황이 크게 달라졌지만요. 100년의 축적이 있으니까요. 따라서 작품을 읽고 평을 할 때도 맥락을 봐야 합니다. 맥락을 알기 위해서는 최근 몇년의 작품만 가지고는 안 되고 문학사 전체를 떠올려봐야 해요. 근대 초기의 시인, 작가들이 주로 서양을 모델로 했다고 말했지만, 더 깊이 심층을 들여다보면 자기도 모르는 사이에 그들 내면에 우리 고유의 '과거'가 살아 있다는 걸 발견할 수도 있어요. 하지만 요즘 젊은 세대의 평론을 읽으면 서구 이론, 특히 프랑스 철학은 많이 인용하고 있지만 한국문학의 전통과 그 전통이 어떻게 흘러서 여기까지 왔는가에 대해서는 별로 인식을 안 가지고 있다는 느낌이 많이 듭니다. 1950년대 후반 이어령을 비롯한 젊은 비평가들이 문단에 등장할 때도 김동리·서정주를 비롯한 당시의 기성 문인들은 젊은 평론가들에게 서구문학의 잣대를 가지고 한국문학을 재단하지 말라고 불평을 했어요. 지금도 비슷한 현상이 재연되고 있다는 생각이 듭니다. 들뢰즈가 어떻고 푸코가 어떻고, 서구의 별별 이론들이 다 등장하죠. 1950년대 말에는 사르트르의 실존주의가 문단을 풍미했는데, 2차대전과 6·25전쟁 이후의 폐허 같은 현실을 배경으로 했다는 점에서 일면 이해되기도 합니다. 문제는 그런 것들과 우리 전통이나 당면한 현실 간의 연관성에 대한 고민의 깊이와 진정성입니다. 앞으로 50년쯤 후에 오늘날 쓰인 평론들이 우리 시대를 드러내는 글로서 어떤 의미를 가질지 나는 커다란 의문을 가집니다. 어떤 시대에 쓰인 글이든 자기 시대를 증언하는 측면이 있어요. 그 시절에 들뢰즈를 읽었구나, 랑시에르를 공부했구나, 이런 건 알 수 있겠지만 우리 현실을 어떻게 분석하고 무엇을 고민했는지 찾기는 쉽지 않을 거예요. 그렇다고 물론 서양의 새로운 이론을 공부하는 걸 반대하는 건 아닙니다. 하지만 그것을 자기의 사고 속에 녹여서 자기 논리와 자기 언어로 말해야 한다고 생각합니다.

이 2008년 촛불집회, 그 직후의 용산참사 이후에는 문학계가 좀 달라진 것 같은 생각이 드는데요.

염 시인들이 많이 달라졌다는 인상을 받습니다. 하지만 비평은 시의 변화를 따라가지 못하는 것 같아요. 물론 좋은 평론가들은 있어요. 소수지만 글을 잘 쓰는 평론가가 있습니다. 하지만 그들이 주류는 아니잖나 생각이 듭니다. 거듭 말하지만, 우리 문학의 역사적 흐름을 알아야 한다고 해서 서양문학을 안 해도 된다는 뜻은 아니에요. 다만 거기에 그쳐서는 안 된다는 뜻입니다. 오히려 날이 갈수록 심각한 문제는 제대로 불문학, 독문학, 영문학을 하는 사람의 수가 줄어들고 있다는 거죠. 불문학이나 독문학은 거의 망해가고 있어요. 영문학과에도 영어 공부해서 취직하려는 젊은이들이 모여들지 영문학 공부하러 오는 것 같진 않고요. 한때 독일이나 프랑스에 유학 가는 사람들이 꽤 많았는데 그 사람들 10여년 공부하고 돌아와서 대부분 실업자가 돼 있어요. 소수가 대학에 자리를 얻었고 일부는 번역에 종사하지만 대부분 엉뚱한 일로 먹고삽니다. 이건 엄청난 낭비이고 국가적 손실입니다. 한마디로 인문학 전체가 지금 빈사 직전이에요. 그러면서도 우리 평단에서는 번역서를 기반으로 한 서양 이론이 전에 없이 성행입니다. 외래종이 토착종을 몰아내고 있는 생태계의 모습 같달까요. 내가 잘못 본 건가요?

이 사실 저도 서양 이론을 인용하는 편에 드는 평론가인데요, 서양 이론을 인용하면 자신의 글이 새롭다는 포장을 하는 효과가 있는 것 같습니다.

염 인용을 안 할 수는 없지요. 서양 이론을 공부하고 인용하는 건 당연한데, 그걸 자기의 논리 안에 소화해서 넣어야지 과시용으로 전시한다든가 그 이론에 끌려가기만 하면 안 된다고 생각합니다. 요는 우리 현실, 우리 문학을 제대로 설명하기 위한 방편으로 남의 이론을 빌리는 것 아니겠어요?.

이 문제의식이 중요한 것 같습니다. 자신의 문제의식을 갖고 자신의 비평이 지금 무엇을 하고 있는지 생각하면서 글을 써야 한다는 생각이 들어요.

염 임화를 읽어보셨나요? 나도 임화를 뒤늦게 읽기 시작했는데요, 내 젊은 시절에는 임화의 책이 금서였어요.

이 사실 제가 임화 초기 문학으로 박사논문을 썼습니다. 임화에 대한 말씀이 나왔으니 말인데, 2000년대 들어 선생님께서는 몇편의 임화론을 발표하셨지요. 임화 문학의 긍정적인 의의를 밝히는 글이었는데요, 예전에는 임화에 대해 비판적이셨어요. 특히 임화의 '이식문학론'을 비판하셨지요. 그리고 『혼돈의 시대』에 실려 있는 「서사시의 가능성과 문제점」

에서는 임화의 단편서사시를 비판적으로 언급하셨고요. 하지만 그의 문학에 대해 본격적인 검토는 하지 않으셨습니다. 2009년에 와서야『문학과 시대현실』에 실린「낭만적 주관주의와 급진적 계급의식」에서『현해탄』 이전까지 임화의 시에 대해 개괄적인 검토를 하셨습니다.『살아 있는 과거』에 실린「임화 문학사의 내재적 기원」에서는 임화의 '이식문학론'을 재론하면서 그 의의를 긍정적으로 평가하시고 있습니다. 한국문학에서 임화 문학이 가진 무게는 매우 육중하다고 생각하는데요, 선생님께서는 임화 문학의 위상에 대해 어떻게 생각하시는지 여쭙고 싶습니다.

염「서사시의 가능성과 문제점」을 쓴 건 1982년인데, 그때까지만 하더라도 나는 임화의 소위 '단편서사시' 중에서「우산 받은 요코하마의 부두」밖에 읽지 못한 형편이었어요. 그렇다는 전제 아래 김동환의 장시「국경의 밤」에 비할 때 임화의 작품에는 감상적인 요소가 과하다는 지적을 했지요. 그다음, 임화의 이식문학론을 비판한 건 내가 아니고『한국문학사』(민음사 1973)를 쓴 김윤식(金允植)·김현입니다. 돌이켜보면 1970년 전후에 비평계 일각에서 근대문학 기점론(起點論)이 화두로 떠오른 적이 있어요. 근대문학의 출발점을 언제로 잡을 것이냐는 논제였지요. 그때 김윤식·김현 두분이 임화의 이론을 이식문학론이라 비판하면서 근대문학의 시작을 영·정조 시대로 소급했던 겁니다. 지금은 아무도 그런 주장을 않지요. 아무튼 나는 임화를 막연하게 주목하면서 그의 시와 평론을 드문드문 읽었어요. 그러다가 그의 글을 제대로 접한 것은 평론집『문학의 논리』(1940) 복사본을 구한 게 계기였지요. 1980년대 들어 맑시즘의 물결이 도도히 들어올 때였을 겁니다. 읽어보니 막연히 알던 공산주의자 임화가 아니었어요. 그래도 본격적으로 손대지는 못하다가 대학에서 정년이 가까워지면서 제대로 읽기 시작했지요. 아까「낭만적 주관주의와 급진적 계급의식」이라는 글을 얘기하셨는데 그건 2009년에 발표한 거고, 그보다 먼저 임화의 삶과 문학을 개괄적으로 살펴본 총론적인 논문을 썼습니다.[1] 그 글도 평론집 『문학과 시대현실』에 실려 있지요. 알다시피 2008년이 임화 탄생 100주년 되는 해여서 임규찬·김재용·권성우·유성호 등 후배 평론가들과 함께 임화문학연구회를 만들고 매년 학술행사를 열었어요. 아마 지금도 계속될 겁니다. 2009년에 소명출판에서 여섯권으로 임화의 문학전집이 나온 것도 공부에 박차를 가하게 했을 테고요.

임화의 논문은 읽을수록 감탄하게 됩니다. 특히 인상적인 것은 그가 일본어로 읽은 맑시즘을 흡수하여 자기 것으로 만드는 과정이에요. 초기 임화는 열정에 넘치지만 거칠고 도식적이지요. 하지만 1930년대 중엽쯤부터 그는 일본식의 교조적 맑시즘을 넘어서 당대의 식민지 현실 자체에 눈을 돌려 주체적으로 이론화하기 시작합니다. 임화는 단순한 교조적 맑스주의자가 아니에요. 그렇게 되는 과정에는 『조선한문학사』와 『조선소설사』를 저술한 김태준(金台俊, 1905~49)과의 지적 교류가 있지 않았나 여겨집니다. 김태준은 강인한 맑스주의자이면서도 뛰어난 국문학자였어요. 임화는 김태준과의 만남을 통해서 계급주의의 도식성을 벗어나 민족적 전통의 중요성을 인식하게 된 것 같아요. 이를 바탕으로 해방 직후 임화는 민족문학이라는 슬로건을 내걸고 과거 순수문학파에 속했던 다수의 문인들까지 끌어들여 '조선문학가동맹'을 결성합니다. '조선문학가동맹'은 결코 일방적인 좌파조직이 아니에요. 과거의 카프 문인들이 주도적 위치에는 있었지만 민족통합노선을 추구했다고 볼 수 있어요. 다만 임화가 정치적으로 박헌영의 추종자가 된 건 불행한 일이었다고 생각합니다. 북한에서 그는 미제의 첩자로 처형되었는데, 남한에 남았다 하더라도 무사하긴 힘들었을 거예요.

---

[1] 「죽음을 넘어 시대의 어둠을 넘어: 오늘을 비추는 거울로서의 임화의 삶과 문학」, 『창작과비평』 2008년 겨울호 참조.

이 부르주아 민주주의 혁명 때문에요?

염 해방 직후 박헌영이 제시한 정치노선이 부르주아 민주주의 혁명론이라고 하지요. 이른바 9월테제라는 거죠. 해방 초기에 박헌영은 남한 정치에 대한 미국의 개입 가능성을 안이하게 판단한 게 아닌가 싶어요. 자력으로 사회주의 혁명정부를 건설할 수 있다고 생각한 듯합니다. 그래서 민족주의 좌파까지 포용하는 부르주아 민주주의론을 내세웠던 거겠죠. 그러다가 미군정의 탄압이 심해지자 온건노선을 버리고 투쟁노선으로 선회합니다. 어찌 보면 해방 후의 임화는 노선상의 방황 속에서 문학적으로나 인간적으로나 좌절했다고 볼 수 있어요. 사실 임화뿐만 아니라 당시의 양심적 지식인은 남과 북 어느 쪽도 선택하기 어려웠고 결국 어느 쪽에서나 불행을 당하기 쉬웠어요. 너무도 통탄할 일입니다. 하지만 어쨌든 예술의 본질에 관한 인식에서 임화는 1930년대 말에 가면 놀랄 만큼 심화된 경지를 보여주는데, 나는 그 부분에서 임화 독창성의 핵심을 봅니다. 그것은 그가 1930년대에 나온 일본 사회주의 비평가, 철학자 들의 이론을 받아들여 자기 나름대로 소화하는 데 성공했다는 걸 의미해요. 거듭 하는 얘기지만, 오늘날 젊은 평론가들이 서양 이론을 읽지 말라는 게 아니라 읽되 임화처럼 자기 것으로 만들라는 겁니다. 그리고 우리의 문학현장 안에서 독자들이 알아들을 수 있는 언어로 말해야죠.

이 나르시시즘에 빠져 있는 것 같습니다, 시인이나 평론가나. 자기가 쓴 글을 보고 자기만족에 빠진 것일 수도 있겠어요.

염 글 쓰는 사람은 다 어느 정도 그런 게 있죠. 자기만족감 없이 어떻게 글을 씁니까? 그런데 그 자기만족감이란 게 생각이 다른 타인을 자기의 글로 납득시킬 때 오잖아요. 그냥 나 혼자 읽으려고 글을 쓰는 사람은 없습니다. 누군가에게 읽혀서 동의를 받고 싶은 생각이 있으니까 써서 발표하는 거지요. 글을 쓴다는 일은 본질적으로 사회적 행위입니다. 소통을 전제로 쓰는 것이 글이라면, 과연 오늘 평론가들이 소통이 되게 쓰느냐를 스스로에게 물어야 합니다.

지금도 여전히 살아 있는 시인들

이 현 한국문학에서 비평의 문제점에 대해 얘기하다가 임화를 중점적으로 말씀해주셨습니다. 사실 제가 준비한 질문지는 이상·임화뿐만 아니라 만해와 윤동주에서 김수영·김남주를 거쳐 현재 활동하는 시인들까지 선생님께서 글을 쓰신 시인들 한명 한명에 대해 여쭙는 방식이었습니다. 하지만 벌써 시간이 많이 지났습니다. 다시 최근에 나온 선생님의 평론집 제목인 '살아 있는 과거'를 물고 늘어지겠습니다. 지금도 살아 있는 시인이 있다면 누구를 꼽으시겠습니까?

염 살아 있는 시인이 많아요. 나는 김소월·한용운도 살아 있다고 봅니다. 정지용·임화·백석(白石)·이용악도 살아 있고요. 부분적으로 살아 있는 사람도 있죠. 예를 들면, 오래전 평론집에 썼는데,[2] 파인(巴人) 김동환(金東煥) 있잖아요? 그를 연구해보세요. 장편서사시 두편을 썼어요. 「국경의 밤」과 「승천하는 청춘」, 읽어봤나요?

이 못 읽었습니다, 「승천하는 청춘」은.

---

2 『혼돈의 시대』에 실린 「서사시의 가능성과 문제점」을 가리킨다 ── 대담자.

염 1923년 9월 1일에 관동대지진이 일어났는데 그때 조선인들이 6천명 내지 7천명 학살됐다고 해요. 집이 무너지고 사회가 혼란에 빠지니까 조선인이 불을 지르고 우물에 독을 풀었다고 일제 당국에서 의도적으로 소문을 냈던 겁니다. 당시 김소월·김동환·이상화·정지용 등 많은 조선인 학생들이 일본에 유학하고 있었지요. 정지용은 교토에 있었으니까 현장과 떨어져 있었고, 나머지 세 사람은 참상을 보고 충격을 받아 유학을 중단하고 돌아와요. 그런데 그 참상을 문학적으로 증언한 유일한 사람이 김동환이에요. 「승천하는 청춘」이 바로 그 작품이죠. 끔찍한 비극이 있었는데도 「승천하는 청춘」 이외엔 소설이고 시고 간에 제대로 기록하여 증언한 작품을 못 봤습니다. 매우 중요한 작품인데, 평론가들도 별로 안 읽어요. 꼭 찾아서 읽어보세요. 사실 김동환은 카프의 창립 멤버입니다. 그런데 오래지 않아 소장파들이 그를 비판하죠. 예나 이제나 젊은이들은 온건한 사람들을 보면 공격해서 판에서 쫓아내잖아요. 쫓겨난 사람들은 반동으로 되기 십상이고요. 김동환도 그래요. 카프 탈퇴하고 1930년대 들어서면 시 쓰는 일보다 잡지사 운영 등 언론활동에 주력하죠. 그러기 위해 식민지체제에 적극 협력하고요. 하지만 그렇게 친일에 나섰음에도 그는 일제 말까지 요시찰인물 1급 명단에 올라가 있습니다.

이 친일문인인데도 그렇습니까?

염 네, 그래요. 한마디로 친일이라고 말하지만, 결코 단일한 사안이 아니에요. 친일문인들을 비판하더라도 덮어놓고 공격하기 이전에 역사적 맥락을 살펴서 충실하게 검토한 다음에 비판해야 한다고 생각합니다. 그렇게 하면 얻을 수 있는 교훈이 많아요. 내가 그 시절에 그런 입장에 있었다면 어떻게 처신했을까 생각하면서 그들을 바라볼 필요도 있어요. 그런

자의식을 가지자는 거죠. 무조건적 비판에서는 비판자의 위치는 삭제돼요. 그건 무책임한 거지요. 그런 점에서 나는 해방 후 독재정권에 적극 아첨해서 권력을 누리거나 명예를 얻은 사람들도 친일의 연장선 위에 있는 것은 아닌가 따져볼 필요가 있다고 생각합니다.

여하튼 작가가 정치적·사회적으로 어떤 생각을 가진다는 것과 그가 어떤 작품을 쓰느냐 하는 것 사이에는 단순치 않은 복잡한 관계가 있는 것 같아요. 가령 역사의식을 가지고 현실비판적인 문학을 하겠다고 해서 의도대로 좋은 결과가 나오는 건 결코 아닙니다. 문학사에는 그런 예들이 가끔 있어요. 예술적 감수성이 뛰어난 사람인데, '너는 왜 현실과 관계없는 도피적 문학을 하느냐'라는 비난을 받고 반성하는 차원에서 현실주의적인 작품을 쓴다? 갈등 속에서 헤매다 결국 이것도 저것도 아닌 실패에 도달하기 십상이죠.

이 해방기에 정지용도 시를 못 쓰고 그럽니다. 김기림의 경우 새 나라 건설하자는 시를 쓰는데 시적 긴장이 다 떨어져버리고요. 갈등이 극심한 정국이었으니까요.

염 1930년대 말의 정지용은 억압적 현실을 고통스러워하고 있는 걸 알 수 있어요. 그 고통을 노골적인 언어로 표현만 하지 않았을 뿐이에요. 일제 말의 정지용 시들은 초기의 이미지즘적인 시들과는 완전히 다릅니다. 그러니까 해방 이후에도 그가 쓰고 싶은 시를 쓰도록 자유가 주어졌어야 했어요. 안타깝지요. 정지용의 후배로서 백석·이용악·서정주·오장환(吳章煥) 등 모두 뛰어난 시인들이죠. 서정주와 이용악은 경쟁관계이지만 동시에 가까운 친구였어요. 언제인가 "북에는 용악이 있고 남에는 미당이 있지"라는 말을 직접 미당한테 들은 적이 있어요. 미당은 골수 우익에다 정치적으로 백치여서 별별 모자란 짓을 다 했지만 우리말은 잘 다루었습니다. 그에게서도 취할 것을 취하는 것이 역사가의 바른 태도라고 봅니다. 그 미당이 인정한 사람이 이용악이에요.

이 자유롭게 말씀해주셔서 대담 내용이 넓어지는 것 같습니다. 재미도 있고, 저도 새로운 생각이 들고 그렇습니다. 『민중시대의 문학』에는 「시와 행동」이라는 윤동주론이 실려 있습니다. 만해론 바로 다음에 실려 있지요. 제목이 매우 인상적입니다. 윤동주는 양심적이고 맑은 시인, 번민하는 시인으로 알고 있습니다만, 선생님의 글은 삶의 문제, 행동의 문제와 윤동주의 시를 깊이 관련시켜 논하고 있습니다. 얼마 전에 「동주」(감독 이준익, 2016)라는 영화도 상영되고 탄생 100주년이기도 해서 윤동주 열풍이 불었는데요, 혹시 그 영화를 보셨는지 모르겠습니다. 저는 무척 감명 깊게 봤습니다. 아름다운 영화입니다. 이 영화도 시와 행동의 문제를 보여주고 있더라고요. 「시와 행동」 이후에 윤동주론을 또 쓰셨지요. '내면의 진실과 시적 성취'라는 제목으로 1982년 연세대 국문과에서 하신 강연록인데, 『혼돈의 시대』에 실려 있습니다. 저는 그 글을 읽으면서 깊이 있고 정확한 작품분석의 실례를 본 듯했습니다. 그 글의 후반부에서 선생님께서는 「쉽게 씌어진 시」에 대해 "당대에 유례가 없는 그 진정함과 깊이, 그야말로 삶의 고뇌의 무게와 시의 무게가 일치하는 순간의 결정적인 떨림을 우리에게 경험케 합니다"라고 말씀하세요. 윤동주는 고뇌의 삶과 시의 일치를 보여주는, 한국문학에서 흔치 않은 예인 듯합니다. 윤동주가 있어서 한국문학은 그래도 부끄럽지 않다고 말할 수 있게 되었다고도 할 수 있고요. 일제 말 많은 문인들이 걸어간 길을 생각한다면 말이죠.

염 윤동주가 뛰어난 시인이란 건 두말할 필요도 없죠. 그런데 1930년대 후반 정지용과 윤동주는 내적 연관이 있는 것 같아요. 실제로 윤동주가 찾아가 두 사람이 만나기도 했고요. 윤동주가 교토대 영문과로 간 것도 정지용의 후배가 되고 싶어서였다는 얘기가 있어요. 물론 정지용은 가톨릭, 윤동주는 개신교였지만, 개결하고 청교도적인 면에서 두분은 통하는 데가 있습니다. 나에게는 윤동주의 시가 정지용의 후기 시를 더 밀고 나간 곳에서 성립됐다는 느낌을 줍니다. 그런데 생애 마지막 무렵에 쓰인 시들을 보면 윤동주는 시인으로서 이미 절정에 이르러 있다는 것을 알 수 있어요. 다만 그 절정기의 윤동주 시를 문자화할 만한 매체가 없었을 뿐이지요. 세상에 오염되기 이전의 순결성을 지닌 채 문학청년의 모습으로 세상을 떠난 윤동주는 삶 자체가 하나의 고귀한 작품처럼 느껴집니다.

이 지금까진 주로 일제강점기에 시를 쓴 시인에 대해서 말씀을 들었습니다. 이제 선생님과 함께 살아갔던, 그리고 지금도 살아가고 있는 시인들에 대해 여쭙고자 합니다. 김수영 시인이라든지……

염 좋은 시인들 많죠. 4·19와 더불어 생각할 수밖에 없는 시인들이 김수영, 신동문, 신동엽…… 박용래(朴龍來)나 김종삼(金宗三)은 외롭게 시를 쓴 시인들이었죠. 천상병(千祥炳)에 관해선 평론집 『살아 있는 과거』에 실린 글이 있어요.[3] 천상병과는 개인적으로도 가까웠지요. 그는 흔히 순수시인으로 알려져 있지만, 잘 들여다보면 세상 돌아가는 문제에 예민하게 촉을 세웠던 사람이에요. 말기에 결혼하고 생활이 편해지면서 약간 바보스러워졌죠. 말년에 쓴 작품들이 미발표 노트로 많이 남아 있는데, 너무 재미가 없어요. 평민사에서 천상병의 시와 산문 전집이 나와서 두권 다 통독했는데, 결혼한 후의 시들은 정말 싱거워요.

이 정말 더 말씀 듣고 싶습니다만 너무 많을 테니까, 김수영은 일단 다

---

3 「순수, 참여, 그리고 가난: 천상병의 삶과 문학」 참조.

른 기회로 넘길까요? 김수영 50주기를 맞아 김수영에 관한 회고담을 모은 책이 나온다고 알고 있습니다. 그 책에 백낙청 선생님과의 대담이 실린다고요.[4] 다른 시인에 관해 말씀해주신다면……

염 김춘수(金春洙)도 나름으로 중요한 시인이죠. 김수영보다 나이가 한살 아래예요. 1980년 봄 내가 영남대에 취직이 되어 갔을 때 김춘수가 거기 있었어요. 경북대 국문과에 있다가 1979년에 영남대로 옮겼다고 해요. 그러다가 전두환 일당의 쿠데타가 일어난 후에 국회의원이 되어 학교를 떠났지요. 그러니까 아주 잠깐 동료로 근무한 셈인데, 내게 친근하게 대해줘서 고마웠던 기억이 있습니다. 그 무렵 언젠가 내가 그분에게 어쩌다가 국회의원으로 낙점을 받으셨냐고 물었더니, 사실대로 이야기하는 건지 어쩐지 몰라도 "나도 몰라, 왜 나를 선택했는지" 그럽디다. 자기가 왜 정계에 발탁됐는지 모른다는 거예요. 미스터리죠. 시인으로서 오점(汚點)을 남겼다고 봐야죠. 이렇게 외도한 것을 빼면 시인으로서의 김춘수는 인정합니다. 대학생 때 나는 그의 『한국현대시 형태론』(해동문화사 1958)이란 책을 공부하듯이 읽었어요. 그는 시만 쓴 게 아니고 자기 나름으로 이론을 가진 시인이었지요. 김수영과 김춘수는 당대의 쌍벽이었어요. 오히려 1960년대엔 김춘수가 더 영향력이 컸지요. 그런데 세월이 갈수록 김춘수는 보이지 않게 되고 김수영은 점점 부각이 되어서 지금은 김수영 붐이 지속되고 있는데, 처음부터 그랬던 건 아닙니다. 1970년대를 기준으로 보면 두 사람은 후배들에 대한 영향력을 양분했다고 할 수 있죠.『현대시학』을 창간한 전봉건(全鳳健)도 넓은 뜻에서는 김춘수 계열이고요.

개인적으로는 신동문을 참 좋아했어요. 시는 몇편 남기지 않았지만 다른 측면에서 중요한 역할을 했지요. 문학사에는 작품을 통해서 문학적 영

---

4 이 책 부록 「추억 속의 김수영, 다시 읽는 김수영」 참조.

향력을 행사하는 사람이 있는 반면 이론이나 인간적 품성을 통해 보이지 않게 역할을 하는 사람도 있어요. 신동문은 잡지사와 출판사 편집에 관여하면서 동료들 뒷배를 많이 봐줬어요. 청주에서 활동하다가 4·19 때 서울로 와서 『새벽』이란 잡지의 편집장을 했지요. 그 잡지에 투고된 최인훈의 『광장』을 높이 평가해서 햇빛을 보게 한 사람이 신동문이에요. 또 월간지 『세대』에도 편집고문 역할을 해서, 이병주의 「소설·알렉산드리아」를 세상에 소개했지요. 신동문은 작품을 통해서가 아니라 문단적 신뢰를 통해서 그 나름으로 그룹을 이끌고 영향력을 행사했던 분입니다.

이 돈이 많았나 봅니다.

염 아니, 전혀 그렇지 않았어요. 가까이서 보면 그 자신은 돈 때문에 늘 쩔쩔맸어요. 아마 부인은 불만이 많았을 거예요. 그래도 친구나 후배가 와서 부탁하면 어떻게든 도와주는 것 같았어요. 결코 쉬운 일이 아니죠. 더욱이 그는 어른 행세를 하지 않는 데다 이야기를 아주 재밌게 했어요. 지금은 없어진 풍속도인데, 옛날 1950년대엔 문인들이 모이는 곳이 명동이었고 1960년대엔 관철동, 1970년대는 인사동, 이렇게 옮겨갔지요. 1980년대 이후에는 인터넷이 보편화되면서 그런 모임이 차츰 흩어지다가 2000년대 들어선 문인들의 모임 자체가 아예 없어지다시피 되었죠. 이 흐름의 중심에 신동문과 그의 친구인 '거리의 철학자' 민병산(閔丙山)이 있었어요.

한국시의 미래, 독자에게 다가가는 시

이 계속 선생님 말씀을 듣고 싶지만 피곤하실 것 같고, 여기 사무실도 문 닫을 시간이 된 것 같으니 이제 마무리해야겠습니다. 선생님께서 생각하시는 '좋은 시'란 어떤 시인가요? 그 좋은 시란 선생님께서 바라시는 한국시의 미래겠지요. 어떠한 시가 등장하길 기대하시나요? 이 질문을 마지막으로 드립니다. 더불어 시인이나 『현대시학』 독자들, 시를 사랑하는 사람들에게 해주실 말씀이 있다면 부탁드립니다.

염 좋은 시란 이런 시다, 이런 정답은 있을 수 없다고 생각합니다. 사람마다 각자 생각하는 좋은 시가 있을 텐데, 그걸 쓰면 좋은 시가 되겠죠. 이건 대답이 아니라 대답의 회피처럼 들릴 텐데, 다만 독자를 약간 의식했으면 하는 바람이 있죠. 우리말을 읽을 줄 아는 독자들이라면 누구나 노력해서 어느 정도 이해할 수 있는 시가 됐으면 해요. 자연과학에 관한 교양서를 읽어보면 수식이나 도표가 별로 없이도 현대 물리학이나 천문학의 내용을 설명하는 대중서들이 있습니다. 그런 것처럼 난해한 시, 깊은 정신세계를 추구하는 시라 해도 독자가 받아들일 준비는 되어 있다고 봅니다. 추상화나 현대음악도 관객들과 청중의 호의적인 반응을 이끌어내잖아요? 물론 구식 노인네들 같으면 아직도 '저게 그림이야?' 하고 소리치는 사람이 있겠지만, 오늘날 대부분의 사람들은 구체적으로 어떤 대상을 형상화하지 않은 추상화에도 적대감을 보이진 않을 겁니다. 그러니까 진지한 고민의 소산이라면 어떤 난해시도 독자가 거부할 리 없다고 생각합니다.

다만 김수영이 비난했던 가짜 난해시와 그가 실물로 보여줬던 진짜 난해시를 구별하는 게 보통 어렵지 않다는 게 문제예요. 그걸 구별할 줄 아는 능력이란 대체 무엇이고 그런 능력이 어떻게 길러질 수 있는가 하는 것도 쉽지 않은 문제죠. 오랜 훈련의 결과 얻어진 일종의 전문적 기능 같은 것인지, 아니면 세속적 이해를 초월하여 사물을 있는 그대로 읽는 어떤 '맑은 마음'에 해당하는 것인지 쉽게 판별이 안 돼요. 황우석 같은 사람은 유전학에서뿐 아니라 문학이나 예술에서도 언제든지 등장할 수 있어요. 최근에 가수 조영남이 그림 대작(代作) 문제로 2심에서 무죄를 받았다고 하죠. 웃기는 일입니다. 예술 창작의 본질에 대해 법원이 판결을 내린다는 것 자체가 예술에 대한 모독이에요. 도대체 작품의 아이디어만 제시하면 그게 저작권의 근거가 됩니까? 작품의 형상화 과정에 작용하는 수많은 디테일들, 그 전체 과정에서의 예술가의 고뇌와 창의가 바로 예술적 창작의 본질 아닌가요? 어떤 예술에서는 제작과정의 마지막 마무리가 작품의 완성 여부를 결정할 수도 있다고 봅니다.

시의 세계는 물론 조영남의 소위 '그림'과 상당히 다릅니다. 적어도 시에서는 아직까지 아이디어만 내고 나서 저작권 주장으로 돈을 버는 사람은 없습니다. 아이디어를 하청받아 구성 작업을 하는 가난한 언어노동자가 따로 있는 것도 아니고요. 하지만 여기도 심각한 문제가 있습니다. 오늘날 시단은 주로 전문 시인과 시인 지망생 및 시 비평가 내지 시 해설자들로 구성되어 있는 것 같아요. 다시 말하면 순수한 의미의 시 독자는 희귀종이 되어가고 있는 게 아닌가 싶습니다. 내가 잘못 판단한 건가요? 이렇게 한 사회가 동업자들로만 배타적으로 구성되면 머지않아 망할 날이 오게 돼 있어요. 동종교배의 최종 결말은 멸종이에요. 지금 동종교배 현상이 시의 시장을 지배합니다. 소설은 덜해 보여요. 소설은 일반 독자들도 읽고 그게 무슨 소린지 대강은 알죠. 소설에는 어쨌든 살아가는 이야기가 있으니까요. 오늘 전철 타고 오면서 10여년 전에 발표된 단편소설 한편을 읽었어요. 최근 창비에서 조그마한 문고판으로 만든 책인데, 김애란의 단편 「칼자국」 하나로 한권을 만들었더군요. 주머니에 넣고 다니기도 좋고 해서 정말 재미있게 읽었어요. 시나 평론도 이런 방식으로 독자에게 다가갈 필요가 있다고 생각합니다.

이 시집을 그렇게 만들어도 좋겠네요.

염 너무 여러편 말고 20~30편 정도로 시집 한권을 만들면 어떨까 합니다. 옛날엔 시집 한권에 30편 정도 들어갔어요. 요즘은 너무 많이 수록돼 있어서 책을 손에 드는 것부터 벌써 버겁습니다. 시인도 많지만 시의 생산량이 너무 많다는 생각이 들어요. 절차탁마의 과정을 거쳐 공들여 한편씩 만들어야 하는데, 너무 남발되고 있다는 느낌이 있습니다.

이 시집의 기본이 60편 정도입니다.

염 지하철 탈 때 부담 없이 주머니에 넣고 다닐 수 있는 책, 나 같은 사람은 서울 시내 나오자면 전철을 한시간쯤 타는데, 그동안에 읽을 만한 분량으로 말이죠. 서점 판매만으로는 제작비를 감당할 수 없을지 모르니까 문화체육관광부라든가 기타 정부기구, 문화예술위원회 같은 데서 지원을 좀 해줘야 해요. 지원은 정부에서 하고, 출판사는 좋은 아이디어를 내고요. 마지막으로, 시인들은 좋은 시만 써서 먹고살 수 있는 세상이 되어야 하는데, 이건 이상론이죠. 불가능한 사회구조예요. 시인들은 다 직업이 있어요. 고은, 신경림, 이런 분들도 사실 알고 보면 시만 쓴 게 아니죠. 에세이도 쓰고 강연도 하고 심사도 하고 그랬어요. 하지만 그건 그분들이 일찍이 좋은 시를 써서 명성을 얻었기에 가능한 일이었죠. 다른 특별한 부업이 없어도 좋은 시가 기반이 되어서 시집도 팔리고 강연도 하고 심사도 하고 그랬던 거지요. 하여튼 부업 없이 살 수 있는 시인이 적어도 30~40명은 있어야 하지 않나 싶습니다.

소설에는 전업작가가 있죠. 하지만 그들도 소설만 써서 생계를 유지하는 건 아니에요. 심사도 하고 강연도 하고 온갖 부업을 하죠. 그래서 왜곡되는 현상 중 하나가 문단에서 비판이 사라졌다는 겁니다. 왜 그렇겠어요? 비판을 받는다는 건 문학시장에서 평가가 떨어지는 걸 의미하거든요. 다시 말하면 밥줄이 위협받는 걸 뜻하니까 작가들이 한사코 비판에 저항하는 거죠. 문학은 이제 시장에 내놓아진 상품으로 된 겁니다. 언제부터인가 문학은 시장에서의 치열한 경쟁에 내몰리고 있어요. 시집마다 뒤에 마치 사용 설명서 같은 해설이 붙는 것도 그래서죠. 옛날 일제시대의 평론을 보세요. 상호 간에 무자비하게 비판했어요. 1950, 60년대만 해도 그랬고요. 그건 무얼 말하느냐? 시인, 소설가 들이 작품 써서 먹고살지 않았단 뜻이에요. 욕을 먹고 혹독한 비평을 들어도 밥벌이와는 상관없었던 거죠. 그런데 요즘은 아예 비판이 자취를 감추었어요. 슬픈 일입니다.

이 네, 말씀 잘 들었습니다. 이것으로 대담을 마치기로 하겠습니다. 긴 시간 정말 감사합니다. 폭넓은 대담이 되었던 것 같습니다. 미처 듣지 못한 말씀은 저녁 식사 하면서 듣기로 하겠습니다.

제2부

김수영은 어떻게 '김수영'이 되었나

* 2021년 11월 20일 서울 도봉구의 김수영문학관에서는 '다시, 100년의 시인 — 김수영학을 위하여'라는 표제 아래 김수영 시인의 탄생 100주년을 기념하는 학술대회가 열렸다. 나는 그 행사에서 기조 발제로 '김수영이 수행한 문학사의 전환'이란 제목의 강연을 했다. 다음은 그날의 강연 내용을 보완하고 제목을 바꾼 글이다.

1. 생전의 김수영, 사후의 김수영

김수영(金洙暎, 1921~68) 문학에 대한 사회적 성가(聲價)는 올해 탄생 100주년을 맞으면서 최고조에 이른 느낌이다. 문단과 학계·출판계를 넘어 일반 언론까지 그를 특별하게 기리고 있다. 근대문학 역사상 이런 일은 아마 처음일 것이다. 과거 일제강점기에는 이광수가 타의 추종을 불허하는 사회적 명망을 누렸고 해방 후 독재정권 시대에는 김동리·서정주가 문단을 넘나드는 지명도에 이르렀으나, 그들 모두는 어딘지 관제(官製)의 냄새가 났다. 오직 자신의 글과 품위만으로 살아생전 그런 위치에 오른 작가는 아마 박경리(朴景利)가 유일할 텐데, 대하소설『토지』가 문학성과 대중성을 겸비한 대작인 데다 여러차례 텔레비전 드라마로 방영됨으로써 문단 바깥의 사회적 지원에 힘입은 바도 크다고 할 것이다. 김수영의 특이한 점은 생전이 아니라 사후에, 그것도 적지 않은 세월이 지나는 사이에 점점 더 그런 위상을 가지게 되었다는 사실이다. 그러면서도 그 자신의 본업인 시에서는 여전히 미지의 부분이 많이 남아 있는 듯한 시인이 김수영이다. 오늘처럼 그를 논하는 자리가 거듭 마련되는 것도 그 증거인 셈이다.

　잠깐 다른 데로 눈을 돌려 말머리를 찾아보자. 셰익스피어가 세상을 뜬 것은 1616년인데, 그로부터 200년쯤 지난 뒤에 괴테는 자신의 청년 시절 문학활동을 회고하는 「셰익스피어와 불멸성」(Shakespeare und kein Ende, 1815)이란 에세이에서, 셰익스피어가 '너무도 풍부하고 너무도 강력하기 때문에' 그에 관한 어떤 언급도 충분할 수 없다고 말한 바 있다. 독문학도들이라면 아마 누구나 괴테의 이 언명을 듣고서, 오랫동안 프랑스 고전주의의 그늘을 벗어나지 못하던 독일문학이 18세기 중엽 이후 단숨에 유럽 문학의 정상으로 올라선 사실을 상기하게 될 것이다. 독일의 이 문예부흥 과정에서 셰익스피어는 가장 중요한 자극의 역할을 하였다. 한 외국인 작가가 사후 적잖은 시간이 지난 뒤에 다른 나라의 문학에 이처럼 큰 영향을 끼치는 일은 거의 찾아보기 어려운 사례일 것이다. 대체 어떻게 이런 일이 가능했던가?

　앞의 괴테 언급에 대답의 핵심이 들어 있다고 생각된다. 즉, 셰익스피어의 작품은 그 시대 독일 문인들에게 너무도 '풍부하고 강력한' 도전이자 영감의 원천이었던 것으로 믿어진다. 봉건체제의 모순이 막바지를 향해 가던 시대에 그들은 셰익스피어의 텍스트에 구현된 생동하는 언어와 살아 있는 인간 형상을 통해 그때까지의 틀에 박힌 관습이자 형식적 규범으로서의 문학이 아니라 생명이 약동하는 삶 자체의 구현으로서의 문학을 보았을 것이다. 셰익스피어가 가리킨 길을 따라 그들 독일 작가들은 규범 세계에서의 메마른 배회로부터 열정에 넘친 자기 몸의 현실로 돌아온 것이었다. 그럼으로써 독일문학사는 이 시기에 근대 시민문학의 탄생이라는 역사적 과업을 이룩할 수 있었다.

그로부터 다시 200년이 흘러 지금 우리 앞에는 김수영이 있다. 18세기의 독일과 20세기의 한국이 다르다는 것은 두말할 나위도 없다. 그럼에도 불구하고 잠시 독일의 경우를 참조한 것은 진정한 예술가의 고투는 시대와 국경을 넘어 역사에서 전환의 방향등 역할을 할 수도 있다는 점을 확인하기 위해서이다. 물론 김수영의 목소리는 살아생전에 이미 남다른 울림으로 동료와 후배 들에게 각성을 주고 영감을 일으켰다. 그러나 그는 생전 20년보다 사후 50년 동안 점점 더 열렬하게 작동하는 '살아 있는 김수영'으로서 한국문학사의 '김수영 이후 시대'를 열어왔다고 말할 수 있다.

생각해보면 김수영의 시와 산문이 강력하다고는 할 수 있어도 풍부함에 달했다고 말할 수는 없다. 그의 생애는 풍부함을 이루기에는 너무 짧았다. 겨우 47년의 일생 가운데 그에게 허용된 문학의 시간은 불과 15년 정도였다. 그나마 경제적 빈곤과 정치적 억압의 시대였다. 그의 문학적 성취는 열악한 조건 속에서의 악전고투의 산물이었다. 물론 김수영도 과거로부터 물려받거나 바깥으로부터 넘겨받은 것을 껴안고 몸부림치면서 마침내 '김수영'이 되었다. 그 역시도 국내외의 동시대인들과 삶을 공유하고 생각을 주고받으면서 자기를 형성했을 것이다. 그리고 그는 자신이 다하지 못한 '풍부함'의 고지에 이를 것을 후배들에게 숙제로 남겨놓았다. 따라서 오늘 우리가 기리고 찬양하는 '김수영'에는 그를 잇는 후배들의 50년 노고도 포함된다는 것을 기억할 필요가 있다. 이런 관점에서 나의 단편적인 생각들 몇가지를 두서없이 말해보고자 한다.

2. 리얼리즘과 난해시

　어느 자리에서 백낙청 선생은 김수영의 시를 '소박한 리얼리즘'으로 규정해서는 안 된다고 말한 바 있다. 물론 그렇다. 그러나 리얼리즘뿐만 아니라 모든 개념은 그 개념을 어떻게 정의하느냐에 따라서 용법이 달라질 수 있다. 어떤 개념이든 그것은 생겨나서 일정하게 의미가 생성되고 널리 사용되는 과정 속에서 역동적인 변화를 겪게 마련이다.

　리얼리즘을 '소박하게' 생각하여 가령 사물을 직접적으로 재현하는 방식이라고 단순하게 정의한다면 그런 의미의 리얼리즘 개념은 당연히 김수영의 시와 관계가 없다. 사실 앞의 백선생의 언급도 김수영 시의 리얼리즘 여부를 가리는 데 주안점이 있는 것은 아니었다. 그가 강조한 것은 김수영이 4·19 이후 혁명의 퇴보와 군사정권의 등장이라는 암울한 현실을 겪으며 오히려 어떤 근본적 깨달음에 이르렀다는 점이었다. 이것은 분명 중요한 지적이다. 하지만 어쨌든 4·19 직후 혁명의 흥분 속에 쓰인 김수영 시의 투명성과 혁명의 배반을 겪으며 쓰인 그의 시의 난해성이 그 설명으로도 속 시원히 해명되지 않는 것도 사실이다. 그렇다면 김수영 문학을 굳이 리얼리즘에 연관지을 필요가 없는 것 아닌가? 김수영 자신도 산문에서 현대성 또는 모더니즘에 대한 언명은 여러차례 했으나 자신의 문학을 리얼리즘 개념과 연관지어 언급한 흔적은 찾아보기 어렵다.

　나는 백선생의 설명에서 배운 바가 많지만, 그럼에도 이 경우에는 내 생각을 완전히 철회할 만큼 그에게 동조가 되지는 않는다. 이 세계와 현실에 대한 정당한 이해와 그 미학적 전유(專有)를 리얼리즘이라고 정의할 때, 그런 심층적 리얼리즘에 김수영 시가 도달했느냐를 검토하는 작업은 그가 그 개념을 염두에 두었느냐 아니냐에 관계없이 비평이 마땅히 해야 할 몫이다. 김수영에게서 현실과의 대결이라는 리얼리즘의 정신을 보지 않는다면 그의 문학의 핵심을 놓치는 것이라고 말하고 싶다. 현실의 어떤 층위, 어떤 차원과 부딪치든 전투 자세의 철두철미함에서 김수영은 누구보다 치열한 리얼리스트였다고 믿어지기 때문이다.

이런 전제에서 무엇보다 주목할 사실은 김수영의 문학에서 '현실'이 많은 경우 소소한 일상의 모습으로 나타난다는 점이다. 그러나 너절하고 비루해 보이는 외관에도 불구하고 '김수영 현실'의 일상성은 저급한 트리비얼리즘(瑣末主義)으로 전락하지 않는다. 오히려 그것은 김수영 특유의 가차 없는 정직성과 치열한 자기성찰을 통과한 다음, 거대담론의 상투적 공허와 관성적 허위를 폭로하는 날카로운 무기로 재탄생하게 되는 것이다. 이 단순치 않은 전화(轉化)의 과정에는 역설·반어·비약·전도·은폐 등 갖가지 수사학적 수단들이 동원된다. 그 결과 많은 경우 김수영의 시는 손쉬운 상식적 이해를 벗어나 난해성을 띠게 된다. 그러나 기억해야 할 사실은 고통의 산물로서의 진정한 난해시와 억지로 꾸며낸 가짜 난해시를 구별하고 후자를 공격하는 데 누구보다 앞장선 인물이 김수영이었다는 점이다.

그런 점에서 김수영 시의 난해성은 현실의 복잡성과 김수영 의식의 충돌이 빚어낸 불가피한 결과물이라고 이해할 수 있다. 동시에 이 지점에서, 너무 고식적인 해석일지 모르나, 그의 시대가 엄혹한 반공법·국가보안법의 족쇄 아래 묶여 있었던 사실도 반드시 기억해야 한다. 현실이 강제하는 온갖 법적 제약과 제도적 금기를 돌파하여 현실의 심층으로 들어가기 위해 어찌할 수 없이 난해라는 투명 외투(Tarnkappe)로 자신을 보호할 수밖에 없었던 것이 아닐까. 시대의 산물로서의 이러한 시를 그는 '진정한 현대시'라는 둔사(遁辭)로 불렀다.

3. 김수영과 4·19혁명

많은 시인들에게 그러했던 것처럼 김수영의 문학적 생애에서 4·19혁명은 결정적인 분수령이었다. 이 무렵 그의 시는 평소의 딴 시들과 확연히 구별되는, 놀랄 만큼 직설적인 화법으로 독재자에 대한 증오를 토로하고 벅찬 가슴으로 해방의 감격을 노래한다. 어떤 글에서 나는 이 무렵의 김수영 시에 관해 다음과 같이 언급한 적이 있다.

> 4·19 이후 1년 동안 벌어진 현실정치는 퇴행과 변질, 타협과 배반의 연속이었다. 이 과정을 가장 생생하게 증언하는 문학 사례의 하나는 김수영의 시일 것이다. 이 무렵부터 불의의 교통사고로 작고하기까지 그의 작품에는 대부분 집필 일자가 붙어 있는데, 「하…… 그림자가 없다」(1960.4.3.)부터 「그 방을 생각하며」(1960.10.30.)까지 이어지는 김수영의 시 작업은 그의 시적 사유가 4·19혁명의 진행과 얼마나 긴밀하고도 숨가쁘게 얽혀 있는지를 기록한, 시의 언어로 쓰여진 혁명일지와도 같은 것이다. 이 치열한 호흡을 따라가는 독자만이 "혁명은 안 되고 나는 방만 바꾸어버렸다/그 방의 벽에는 싸우라 싸우라 싸우라는 말이/헛소리처럼 아직도 어둠을 지키고 있을 것이다" (「그 방을 생각하며」)라는 구절 속에서 혁명의 진정성에 대한 시인의 끝없는 열망과 패배의 예감에 떨고 있는 한 영혼의 불안을 감지할 수 있을 것이다.[1]

이런 의미에서 김수영은 4·19혁명의 직접적인 참여자였다고 말할 수 있다. 혁명은 일차적으로는 각성한 군중이 궐기해서 부패하고 불의한 권력을 폭력으로 무너트리고 새로운 질서를 구축하는 정치투쟁이다. 그리

---

1 「신동문과 그의 동시대인들」, 『문학수첩』 2005년 봄호.

하여 김수영은 이승만 독재정권의 붕괴에 무한한 환희와 해방의 감정을 가졌던바, 그러한 감정의 표현 자체가 혁명과정에서 필수적으로 요구되는 중요한 선전활동이 되었다. 따라서 그런 선전시가 난해한 언어로 쓰일 수 없음은 자명하다. 그러나 혁명이 퇴조하고 압박이 강화되기 시작하자 그는 다시 현실과의 복잡한 싸움, 즉 난해의 반투명 장막 안으로 들어가 자신을 보호할 수밖에 없었다.

내 생각에 김수영의 내면을 평생 지배한 것은 외부 현실에 대한 두려움이었다. 특히 6·25전쟁의 고난을 겪은 이후에는 현실세계가 주는 억압과 공포감이 그의 무의식에 상시적으로 잠재해 있었을 것으로 믿어진다. 의용군으로 잡혀가 잠깐 경험한 북한 체제에서는 물론이고 번역이라는 비정규적 생업에 매달려 소시민으로 살았던 남한의 반공체제에서도 그를 가둔 불변의 생존조건은 자유의 결핍과 처벌의 위험이었다. 따라서 김수영은 오늘날 우리가 상상하는 것보다 훨씬 더 심한 불안감에 늘 시달리며 살았다고 나는 본다.

거듭된 지적이지만 그의 공포감은 6·25전쟁 시기 남북한 땅에서 겪은 치명적 경험으로부터 유래했을 것이다. 그런데 김수영의 남다른 점은 공포에 시달리면서도 끝내 공포에 굴복하지 않았다는 사실이다. 공포 자체는 오히려 그에게는 진실의 현존을 말해주는 생생한 증거였을 것이다. 마치 박해 속에서 더 깊은 신앙을 얻었던 초기 기독교도처럼 그는 외부세계의 공격성에 두려움을 느끼는 순간마다 자신을 찾아온 진실의 내방(來訪)을 감각했을 것이다.

그런데 김수영에게서 우리가 주목할 사실은 이 계시와도 같은 순간에 발하는 그의 언어가 추상적 이념이나 도덕주의적 관념이 아니라는 점이다. 어린이가 엄마의 치맛자락을 붙들고 가면서 자기 손에 닿은 감각의 구체성으로 후일 엄마의 실존을 기억하듯이, 그는 생활 속에서 부딪치는 작고 초라한 디테일에서 실밥처럼 드러나는 진실의 현존을 느끼고 그것을 자동기술 하듯 받아적는 행위로 허위와 강제의 시대 한복판을 통과했다. 후세의 연구자들은 물론 그가 묘사한 비근한 일상성의 얼굴 뒤에 감추어진 더 큰 이념들, 가령 자유라든가 사회주의 같은 이념을 추출할 수도 있을 것이다. 하지만 그것은 비평가의 사후적인 의미부여일 뿐이다.

내가 보기에 김수영은 비평적 논설도 때로는 시적 언어로 전개했다. 그가 문단을 넘어 지식인사회 전체의 주목을 받은 것은 널리 알려져 있다시피 1968년 봄 조선일보에서 이어령과 벌인 논쟁을 통해서인데, 돌이켜보면 그때가 김수영 정신의 절정기였다. 그 무렵 부산에서의 강연 「시여, 침을 뱉어라」는 우리나라 문학역사상 가장 탁월한 비평적 문건의 하나이다. 제목부터가 심상치 않다. '시여, 침을 뱉어라'가 어떤 사람에게는 문학강연의 제목으로 너무 파격이고 심지어 너무 비속하다고 할 수도 있겠지만, 내가 볼 때는 더할 나위 없이 의미심장한 제목이다. 「눈」이란 시에도 다음과 같은 구절이 있다. "기침을 하자/젊은 시인이여 기침을 하자/눈을 바라보며/밤새도록 고인 가슴의 가래라도/마음껏 뱉자". 김수영의 생각의 구조에서 기침을 하고 침을 뱉는 행위는 단순한 신체적 반응이 아니다. 그것은 김수영의 의식 내부에서 진행되는 혼신의 전투, 즉 공포와의 전투, 거짓과의 전투, 온갖 찌질함이나 비루함과의 전투를 나타내는 증거이자 전투의 물리적 흔적으로서의 움직일 수 없는 부산물이었다.

4. '김수영-되기'에 관여한 것들

김수영은 글 쓰는 문제만 붙들고 투쟁해서 높은 경지에 이른 시인이 아니다. 그는 결코 글에 갇힌 사람이 아니었다. 물론 시를 쓰는 순간에는 시에 자기의 존재 전체를 걸었다고 할 수 있다. 전후의 황량한 폐허와 궁핍

속에서 많은 사람들이 방황하며 술에 젖어들 때 그는 책을 읽고 번역을 했으며, 이 과정을 통해 유례없이 눈부신 지적 성장과 사상적 심화를 이룩했다. 물론 번역은 생계를 위한 것이기도 했다. 하지만 이에 그치지 않고 그는 번역을 통해 동시대 서구의 문예경향을 섭렵했고, 나아가 하이데거와 프로이트의 일본어 번역본을 밑줄 그어가며 열독했다. 중학 중퇴 학력에 불과한 임화가 10대 후반부터 맹렬한 독서와 집요한 지적 탐구를 통해 자기 시대의 이념을 선도하는 위치에 올랐던 것처럼 김수영도 부실한 정규 학교 수업 이후 10여년간 중단됐던 '진짜 공부'에 자기를 몰아넣었다.

하지만 이것은 김수영 문학의 진정한 성취를 이해하는 데 필요하지만 충분하지는 않은 참고사항이라고 나는 생각한다. 가령 하이데거만 하더라도, 일본어로 번역된 텍스트를 통해 그가 얼마나 하이데거 사유의 핵심에 들어갈 수 있었느냐는 간단치 않은 문제이다. 내가 학생 시절 조금 읽어본 바로는 하이데거의 독일어는 영어로도 완벽하게 번역되기 어렵다는 느낌이 들었다. 독일어는 영어에 비해 접두사와 복합어가 발달했는데, 하이데거는 독일어의 그런 특징을 최대한 활용해서 복잡하고 심오한 언어분석을 전개하고 이를 바탕으로 자신의 독특한 사유를 풀어나갔다. 횔덜린이나 릴케의 시 몇구절 또는 한두편을 가지고 저서 한권이 될 만큼 분석해 들어가는데, 그렇기 때문에 영어 번역도 불완전하고 일본이나 한국어로는 더구나 하이데거 사유의 총량을 옮기는 것이 거의 불가능에 가깝지 않을까 생각한다. 무엇보다 하이데거를 제대로 독해하자면 서양 철학사의 전개과정 전체를 염두에 두어야 한다. 따라서 김수영이 하이데거를 읽었다고 하지만 얼마나 이해했는가를 가늠하기는 어려운 문제이다.

요컨대 김수영을 만드는 데 그의 외국어 독서가 매우 중요하지만 결정적인 것은 아니었다고 나는 생각한다. 하이데거의 사유와 프로이트의 개념에 도움을 받은 것은 사실이겠지만, 하이데거를 읽었다고 모두 김수영이 되는 건 아니다. 당연한 얘기지만, 타인의 경험과 타인의 사유는 '자기 것'이 되는 과정을 거치기 이전에는 여전히 남의 것이다. 진정으로 독창적인 결과물이 나오기 위해서는 그 과정에 자신의 '피 흘림'이라는 치명적 봉납(捧納)이 행해져야 한다. 김수영은 하이데거의 문장을 발판 삼아 자신의 사유를 전개한 것이고, 어쩌면 하이데거 없이도 우리가 아는 김수영이 되었을지 모른다는 것이 내 생각이다.

김수영이 내심 좋아하는 선배였다고 알려진 임화와 비교하여 김수영은 한국문학사에서 어떤 위상을 가질 수 있을까? 앞에서 잠깐 언급했듯이 임화의 공교육은 중학 중퇴에 불과하다. 그럼에도 불구하고 그는 1930년대 식민지 문단에서 일본 유학파 출신이든 경성제대 출신이든 그 누구도 따를 수 없는 이론적 역량을 발휘했다. 주지하는 바와 같이 그는 10대 말부터 미친 듯이 독서에 몰입하면서 잠시 『백조(白潮)』의 이상화(李相和)를 추종하기도 하고 다다이즘 흉내를 내기도 하다가 곧 맑스주의자로서의 자기를 확립했다. 물론 그는 일본 좌파문학의 학습을 통해 그렇게 된 것이 사실이다. 그러나 그는 학습한 좌파 이론의 핵심을 견지하면서도 그것을 기계적으로 답습하는 데 그치지 않았다. 그는 일본식 맑시즘을 식민지 현실의 내적 필연성 안에서 논리화하고자 끊임없이 고심하였다. 그러한 고민의 결과로 탄생한 것이 일제강점기의 신문학사(론)이고 해방 후의 민족문학론이다.

그는 '신흥문학'(카프) 등장의 역사적 정당성을 주장하기 위해 신문학 초기부터 자신들의 카프 문학까지를 단계적 발전 속에서 파악하여 매 단계에 문학사적 의미를 부여했다. 이 과정에서 그는 서양문학의 이식이라는 현상이 우리 내부의 축적된 문학전통과 어떻게 교섭하는지에 대해 주체적으로 사고하여 이를 정식화했다. 무엇보다도 임화는 자신이 받아들인 유물론적 세계관에 입각하여 이인직·이광수·염상섭 등을 비롯한 앞세대 작가들의 작품을 읽고 이를 독자적으로 체계화함으로써 한국 근대

문학사의 이론적 구도를 최초로 작성하였다.

이때 일본과 조선의 공통성뿐만 아니라 차별성에 대한 인식 또한 매우 중요한데, 이에 대한 임화의 논의는 얼마간 피상적임을 면치 못한다. 가령, 일본 근대문화의 형성에 있어 서구 텍스트의 번역은 창조 못지않게 고뇌와 사색을 요하는 지난한 작업이었다. 이에 비하여 우리나라 근대문화의 탄생은 이런 일본의 노고에 크게 힘입는 동시에 일본적 변형에 부분적으로 종속되는 대가를 치러야 했다. 따라서 우리의 근대문화는 진정한 주체성을 획득하기 위해 서구와 일본이라는 이중구속을 돌파하지 않으면 안 되었다. 이러한 분별의 미비에도 불구하고 임화는 질적으로 상이한 두 문화, 두 문학 사이에 작용하는 상호 교섭의 변증법을 예리하게 간파하고 높은 수준에서 이론화하였다. 따라서 근대문학 탄생의 산고(産苦)를 추적하여 그 비밀에 다가가려 할 때, 우리가 해결해야 할 핵심적 과제의 하나는 임화가 지적한 "축적된 자기 문화의 유산"의 실질적 내용을 구체적으로 밝혀내는 일이 아닐 수 없다.

임화의 후배로서 김수영이 서양 시와 서양 이론을 읽고 번역할 때 임화가 가졌던 것과 같은 정도의 대타의식(對他意識)을 지녔었는지 내게는 의문이다. 어쩌면 그러지 못했기 때문에 김수영의 문학이 임화보다 서구문학의 원본에 더 가까운 내용을 갖게 되었는지 모른다. 요컨대 임화에 비한다면 김수영에게는 조선적인 것의 전개과정에 대한 '역사적 설계'가 없었다. 유명한 「거대한 뿌리」나 「이 한국문학사」 같은 시는 우리 역사에 대한 그의 통찰을 보여준다기보다 민족의 과거에 대한 그의 학습 부족을 드러낸다. 그는 만해·소월·지용 등 선배 시인들을 체계적으로 읽은 흔적을 별로 남기지 않았다. 생각해보면 이것은 결코 이상한 일이 아니다. 왜냐하면 그의 청소년기인 1930년대는 그의 세대에게 우리 문학과 역사를 제대로 공부할 시간과 여건을 허용하지 않았기 때문이다. 무엇보다도 당시에는 우리 문학과 역사에 대한 연구의 축적 자체가 지극히 빈약한 상태였다. 어쩌면 이런 점들이 거꾸로 한국시의 낡은 관행과 굳어진 타성으로부터 그의 자유를 가능케 했는지 모른다.

그러나 그는 김광섭·김현승·서정주·박목월 등의 선배뿐 아니라 신동엽을 비롯한 동시대의 동료와 후배 들의 시를 부지런히 읽어서 최선을 다해 시평을 썼다. 그의 이론 공부와 현장비평 사이에는 언뜻 보기와 달리 긴밀한 연관성이 있을 것이다. 김수영은 하이데거와 프로이트를 깊이 읽되 결코 읽은 체하지 않으면서 어디까지나 현재에 밀착된 시인으로 활동했으며, 오직 그 밀착을 통해서만 한국시의 '김수영 이후'를 만들어냈다.

5. 김수영의 정치적 입장

김수영의 정치의식에 대해 의문을 가지는 사람들이 있다. 한마디로 좌파 아니냐는 것인데, 좌파란 말도 쓰기 나름이다. 상식적인 의미에서 좌파에 가깝다고 볼 수는 있고, 보수주의자가 아닌 건 확실하다. 요컨대 진보주의자이다. 하지만 다시 한번 임화에 견준다면, 김수영은 결코 맑스주의자가 아니었다. 6·25 경험을 통해 그가 북한 체제에 크게 실망한 것도 사실일 것이다. 어떤 점에서 그는 철저한 개인주의자였다는 생각도 든다.

6·25 경험 이전에는 어땠을까? 그 시절 소위 중간파라 불리는 사람들이 있었다. 예를 들면 정치인 여운형이나 소설가 염상섭처럼 남북합작과 좌우연합을 추구하는 중간적인 노선인데, 정치적으로 김수영이 그런 중간적 노선을 취했다는 증거도 나는 보지 못했다. 그가 임화를 좋아했다고 하지만, 해방 시기 현실을 공격적으로 노래한 전위 시인으로서의 임화를 좋아한 것이지 임화가 속해 있던 남로당의 정치노선을 지지한 것은 결코 아닐 것이다. 신랄한 언어로 남쪽 미군정 체제를 비판한 월북 이전 임화 시의 선동적인 화법은 정치적 찬반을 떠나 (나 같은 사람에게도) 지극히

매력적이다. 하지만 김수영이 1930년대 후반에 발표된 전성기 임화의 시와 논문을 읽은 흔적은 발견되지 않는다. 요약하자면 해방기의 김수영은 다양한 가능성과 아방가르드 요소를 겸비한 초보 시인일 뿐이었다.

6·25를 겪고 난 뒤에야 비로소 김수영은 일정한 정치적 태도를 가지게 되었을 것으로 믿어지는데, 그것도 초기에는 자신의 창작활동과 관련된 범위 안에서였을 것이다. 1950년대의 숨막히는 반공 냉전체제 속에서 그는 자신을 나타낼 정치적 언어를 발견하지 못했을 것이다. 설령 그가 언론자유가 완전히 보장된 사회, 민주주의와 사회정의가 확립된 사회, 소련이나 북한과는 다른 인간적 사회주의를 꿈꾸었다 하더라도 그 꿈을 개념화할 적절한 용어가 그에게는 아직 없었을 것이다. 어쨌든 1953년 포로수용소에서 풀려난 직후 그가 발표한 산문들을 보면 북한 공산체제에 대한 거부감으로 가득 차 있음을 알 수 있다. 어쩌면 그것은 포로 신분을 갓 벗어난 처지에서 신변의 안전을 위해 작성된 자술서 같은 것이었는지 모른다. 그러나 여하튼 글을 써서 먹고살 길을 찾아야 하는 소시민적 지식인으로서 그가 다른 어떤 가치보다 자유의 가치를 중시했던 것은 분명하다.

4·19혁명을 계기로 김수영의 정치의식은 제2의 포로석방이라 할 만한 해방의 순간을 맞이한다. 그 점을 극적으로 보여주는 산문으로 가령 「책형대(磔刑臺)에 걸린 시 ── 인간해방의 경종을 울려라」(경향신문 1960.5.20.) 같은 글을 예시할 수 있다. 나는 2016년 6월경 4·19혁명과 한국문학에 관한 글을 쓰려고 그 무렵의 신문들을 뒤적이다가 이 글을 발견했다. 그때까지의 『김수영 전집』(민음사 초판 1981: 개정판 2003)에는 아직 실리지 않은 글이었다. 제목이 어려운데, 사전에 찾아보니 '책형'은 '기둥에 묶어놓고 찔러 죽이거나 찢어 죽이는 형벌'이라고 풀이되어 있다. 그러니까 제목은 4·19의 흥분이 가라앉지 않은 역사적 고비로서의 분수령 위에, 말하자면 최후의 심판대 위에 자신의 시를 세우겠다는 비장한 결의를 나타낸다. 이

런 시인다운 결의와 더불어 이 산문에서 주목되는 점은 그가 4·19의 의미를 시적 차원을 훨씬 넘어서는 근본적 혁명의 차원에서 바라보고 있다는 사실이다. 산문의 마지막 문장은 실로 준엄하다. "시대의 윤리의 명령은 시 이상이라고 생각하기 때문에 이 거센 혁명의 마멸(磨滅) 속에서 나는 나의 시를 다시 한번 책형대 위에 걸어놓았다."

책형대 위에 올려진 김수영 문학의 발전의 정점에서 태어난 작품 「사랑의 변주곡」은 그야말로 모든 의미에서 김수영 최고의 걸작이다. 열정에 넘친 가락과 풍부하기 짝이 없는 비유들로 직조된 그 작품에는 그의 시인적 재능뿐 아니라 사회적 미래상도 아름답게 농축되어 있음을 우리는 구절마다 체감한다. 물론 그것은 개념적 언어로 표현되지 않았다. 하지만 우리는 읽을 수 있다. 미국의 패권도 끝나고 소련·중국 같은 패권적 국가들의 욕심도 종식되어 온 세계와 온 인류가 평등해지고, 각 나라 안에서도 모든 인민이 자유와 평등을 누리는 사회, 즉 진정한 사회주의를 지향하는 열망이 감출 수 없이 드러나 있음을 우리는 분명하게 느낄 수 있다.

이 지구에서 그런 이상이 실제로 이루어지는 것은 김수영 생전이나 사후 53년이 지난 오늘에나 불가능에 가까운 과제로 보인다. 아니, 가능성으로부터 점점 더 멀어지고 있다는 것이 정직한 판단일 것이다. 하지만 김수영은 뭐라 했던가? 유명한 논설 「실험적인 문학과 정치적 자유」에서 그는 더할 나위 없이 선명하게 선언했다. 이 문장이야말로 김수영의 평생의 영혼을 사로잡은 전위문학 선언이고 진보주의 선언이라 할 만하지 않은가!

"모든 실험적인 문학은 필연적으로는 완전한 세계의 구현을 목표로 하는 진보의 편에 서지 않을 수 없게 되는 것이다. 모든 전위문학은 불온하다. 그리고 모든 살아 있는 문화는 본질적으로 불온한 것이다. 그것은 두말할 것도 없이 문화의 본질이 꿈을 추구하는 것이고, 불가능을 추구하는 것이기 때문이다."

6. 김수영과 조직활동

8·15 직후 출범한 조선문학가동맹은 임화·김남천·이원조 등 옛 카프 계열이 주동이 되어 결성했지만 이병기·염상섭·정지용·이태준·신석정·김기림·안회남 등 원로 그룹과 옛 순수문학 및 모더니즘 계열 등 대다수 문인을 포괄하는 거대 조직으로 발전했다. 김수영과 가까웠던 젊은 전위 시인들도 다수가 여기 가입했다. 그러나 김수영은 가입하지 않았다. 어떤 조직에도 가담하지 않은 것이 그의 의식적 선택이었는지, 아니면 정치적 혼란 속에서 입장이 정리되지 않아 결정을 유보한 것이었는지는 판단하기 어렵다.

어쨌든 내 추측으로는 해방 시기의 혼란이 웬만큼 정리되어 어느 문인 단체에든 가입할 필요가 생기고 가입해도 좋은 자유가 주어졌다면 그는 틀림없이 조선문학가동맹에 가입했을 것이다. 하지만 결국 그런 일은 생기지 않았다. 1957년 2월 한국시인협회(시협)가 발족하고 문학상이 제정되어 제1회 시인협회상이 그에게 주어졌는데, 당시에 그가 가입할 만한 유일한 단체가 시협이었지만 역시 그의 가입 여부는 확인되지 않는다. 생전의 김수영이 단체활동에 참가한 유일한 사례는 1965년 7월 9일 한일협정의 국회비준 반대성명에 문인 84명 중 1인으로 서명한 것으로 조사된다.(같은 해 11월 4일 탈고한 시 「어느날 고궁을 나오면서」에는 "한번 정정당당하게/붙잡혀간 소설가를 위해서/언론의 자유를 요구하고 월남파병에 반대하는/자유를 이행하지 못하고"란 구절이 있다.)

가끔 나는 이런 공상을 한다. 1970년대 들어 다수의 문인들이 박정희 유신체제에 저항운동을 전개할 때, 만약 김수영이 살아 있었다면 어떻게 처신했을까? 알다시피 수십년 군사독재 기간에 적지 않은 문인들이 수사기관에 불려가고 감옥살이를 하고 직장에서 쫓겨났다. 1970년대라고 해도 김수영은 불과 50대이고 후배 문인들은 당연히 누구보다 김수영보고 앞 장서라고 간청했을 게 틀림없다. 그랬을 경우 그에게서 어떤 반응이 나왔을까?

나는 그가 자유실천문인협의회 같은 단체에 가입하는 걸 거절했을지 모른다고 생각한다. 이건 물론 하나의 가정일 뿐이고, 반대로 열렬히 활동하다 감옥행을 했을 가능성도 없지는 않다. 하지만 '그대들의 취지에는 절대 동조하되 조직에는 가입하지 않는 것이 내 생리이고 원칙이다', 이렇게 말했을 가능성이 높다는 것이 내 추론이다.(김수영문학관에서 탄생 100주년 기념 강연을 마친 다음 누이동생 김수명金洙鳴 선생과 바깥으로 나와 잠시 산보하면서, 김수영의 정치적 행보에 관한 나의 추론을 얘기하자 그도 내 견해에 적극 동조했다.) 만약 그랬다면 젊은 나는 물론 실망했을 것이다. 1976년에 내가 「김수영론」을 쓰면서 은연중 염두에 두었던 것도 그런 점이었는데, 그의 생활에 일관된 소시민적 한계와 철저히 개인주의적인 성향에 대한 비판의 정서가 바탕에 깔려 있었다. 물론 그와 동시에 1976년의 글에는 김수영 문학의 더 근본적 성취를 제대로 알아보지 못한 나의 미숙함도 함께 있을 것이다. 하지만 그때로 돌아가 다시 쓴다면 또 그렇게 비판적으로 썼을 게 틀림없다.

아무튼 1987년 6월항쟁 이후까지 생존해 있을 경우(1987년에 그는 겨우 66세이다) 김수영은 반정부적 단체활동이나 조직운동에 참가했을 수도 있고 안 했을 수도 있다. 성명서에 서명은 하되 조직에는 안 들어왔을 가능성도 있다. 물론 어디까지나 가정이지만, 나는 어느 경우든 젊은 세대가 그를 이해하고 포용하는 것이 옳다고 지금에 와서는 생각한다. 글 쓰는 사람으로서 어디에도 구속받음 없이 자유롭게 살면서 자기 생각을 마음껏 표현하고자 하는 욕구를 갖는 것은 어떤 상황에서나 원천적으로 정당한 것이기 때문이다.

만약 김수영이 젊은 날 조선문학가동맹이나 그밖의 어떤 좌파 활동에 관여했다면 후일 그처럼 온몸을 바쳐 치열하게 사유하면서 열렬하게 문학에 임하지 못했을 수도 있다고 생각할 필요가 있다. 카프 서기장에 이어 조선문학가동맹의 최고지도자로서 해방 시기의 문학운동에서 모든 것을 조직하고 지도했던 임화가 몇해 지나지 않아 한반도의 남북에서 맞이한 처절한 운명을 상기하면 실로 착잡하고 비통한 마음을 갖게 된다. 다른 한편, 해방 시기 우익진영에서 일했던 사람들, 가령 문익환(文益煥) 목사나 박형규(朴炯圭) 목사, 정경모(鄭敬謨) 선생이나 리영희(李泳禧) 선생처럼 미군 통역으로 복무했던 분들을 생각해보라. 장준하 선생도 1950년대에는 반공주의자였다고 하지 않는가. 그럴 줄도 모르고 신분상의 안전판을 미리 마련해두었기에 그들은 군사독재 시대에 거침없이 정부 비판에 나설 수 있었고 인권운동과 민주화운동, 통일운동에 앞장설 수 있었을 거라고 추측할 수 있다. 그들에 비하면 김수영이 8·15부터 6·25까지의 시기에 행한 발언과 처신은 신분 보장을 위한 최소한의 알리바이를 겨우 마련한 데 불과하다. 그래도 사람이 터무니없이 끌려가고 고문으로 폐인이 되고 의문사 당해 죽고 하는 아수라 지옥에서 김수영이 그렇게라도 목숨을 부지한 것은 우리 문학사의 귀한 행운이라고 생각할 수밖에 없지 않은가.

7. 김수영과 모더니즘

리얼리즘과 모더니즘, 민족과 계급 등 여러 개념들은 알다시피 서양에서 수입된 것이다. 그런데 앞에서 말한 것처럼 어떤 개념이든 일정한 역사적 맥락 속에서 형성되고 발전하는 것이며, 따라서 누가 어떤 문맥에서 사용하느냐에 따라 의미가 달라지고 뉘앙스에 변화가 생기게 마련이다.

물론 개념이 무한대로 확장될 수 있는 것은 아니어서, 가령 도식적 관념주의나 몽상적 낭만주의는 어느 경우에나 리얼리즘과 적대적이다. 이런 점을 전제하고 김수영과 모더니즘의 관계에 대해 생각해보자.

서구문예에서 모더니즘은 19세기 후반부터 전간기(戰間期, 양차 대전 사이의 기간)까지 출몰했던 여러 새로운 예술사조들을 포괄해서 가리키는 것이 보통이지만, 그중 어느 특정 사조를 지칭하기도 한다. 그러니까 모더니즘은 상징주의·표현주의·초현실주의·이미지즘·주지주의 등을 뭉뚱그리는 개념일 수도 있지만 그중 어느 하나를 주로 가리킬 수도 있다. 가령 1930년대의 김기림과 최재서(崔載瑞)는 영문학 전공자답게 주지주의를 중심으로 모더니즘을 논한 바 있다.

그런데 왜 이 시기 서구 문학예술에 모더니즘으로 불리는 변혁운동이 일어났는가? 생각해보면 이 시기 예술상의 변화는 더 근본적인 변화의 징후일 뿐이다. 표면 아래 심층적인 곳에서 진행된 세계 자체의 변화와 이에 결부된 세계관의 전환에 주목해야 하는데, 중세 봉건사회를 무너트린 18세기 근대 시민혁명이 이제 마지막 국면에 이르러 세계와 우주에 대한 인간의 이해에도 근본적 전환을 가져온 것이다. 미학적 모더니티로 묶일 수 있는 각종 새로운 문예사조들은 자기들 세계의 동요와 위기에 대한 서구인의 반응이자 위기의식의 산물이라고 볼 수 있고, 그런 점에서 서구 모더니즘은 그 나름으로 역사적 필연성의 소산이다.

그러나 한국 사회와 문학은 상식적으로 보더라도 서구와는 전혀 다른 역사의 시간 속에 있다. 알다시피 20세기 전반기 이 나라는 '식민지 근대화'의 모순을 겪고 있었다. 어쩌면 서구발 일본 경유의 모더니즘이 1930년대 문단에서 점차 중심적 지위를 획득하게 된 사실 자체가 '식민지 근대화'의 형용모순을 전형적으로 보여주는 사례일지 모른다. 나는 이 시기를 언제나 착잡한 눈으로 바라볼 수밖에 없는데, 왜냐하면 정지용·김기림·이상·박태원·최재서 등이 이룩한 문학적 성숙은 시대현실의 부정성이라는 어두운 배경 안에서 양가적 의미를 갖는 성취이기 때문이다. 한국 모더니즘은 발생 초기부터 오늘까지 이 가치분열로부터 자유로울 수 없다고 생각한다.

김수영도 넓은 의미에서는 이 모더니즘의 자장 아래에서 성장한 시인이다. 자타가 공인하듯 그의 지적인 원천과 사유의 뿌리는 서구문학이고 서양 사상이었다. 아주 어려서 한문 공부를 했다고 하지만 초등학교 입학 이후 일본어로 학습을 했고, 청년 시절 이후엔 주로 영어를 읽고 번역했다. "일본 말보다도 더 빨리 영어를 읽을 수 있게 된,/몇 차례의 언어의 이민을 한 내가/우리말을 너무 잘해서 곤란하게 된 내가", 이것은 「거짓말의 여운 속에서」란 작품의 한 구절인데, 이 표현에는 거의 평생 토착문화와 모국어에 뿌리내리지 못하고 이방의 언어들 사이를 유랑해야만 했던 '언어 디아스포라'로서의 쓰라린 자의식이 반영되어 있다.

그러나 남의 것을 받아들이되 껍질만 받아들이는 데 그치는 사람과, 받아들인 남의 것을 소화해 자기 알맹이의 일부로 만드는 사람의 구별은 본질적으로 중요하다. 일찍이 식민지 내지 반(半)식민지에서의 선진 외래문화 도입이 제기하는 문제를 날카롭게 인식하고 논리적으로 해명한 인물은 이 글이 거듭 호출하는 임화인바, 그는 유명한 논문 「신문학사의 방법」(1940, 『문학의 논리』 수록)에서 "문화의 이식, 외국문학의 수입은 이미 일정 한도로 축적된 자기 문화의 유산을 토대로 하지 않고는 불가능하다. (…) 문화이식이 고도화되면 될수록 반대로 문화창조가 내부로부터 성숙한다"라고 정확하게 갈파하였다.

외국어/외국문화와의 그 나름의 전투를 통해 김수영이 수행한 작업은 바로 임화가 말한 '내부로부터의 성숙'이었다. 서구 모더니즘의 한국적 수용이라는 차원에서의 그의 역할도 그런 관점에서 평가할 수 있을 텐데, 오래전 「김수영론」에서 내가 다음과 같이 말한 것도 그 점을 지적한 것이었다. 또한 김수영이 평론 「참여시의 정리」에서 신동엽을 언급하는 가운데 "50년대에 모더니즘의 해독을 너무 안 받은 사람"이라고 설명한 것도 모더니즘에 대한 그의 적극적 관계를 보여준다고 할 것이다.

한국 모더니즘의 역사에 있어서 김기림이 그 씨앗을 뿌린 사람이라면, 김수영은 모더니즘을 철저히 실천하려는 과정에서 한편으로 모더니즘을 완성하고 다른 편으로 그것에서 벗어나는 길을 틔워놓았다. 김수영은 한국 모더니즘의 허위와 불완전성을 철저히 깨닫고 이를 통렬하게 공격했으나, 그의 목표는 진정한 모더니즘의 실현이지 모더니즘 자체의 청산이 아니었다. 다시 말하면 그의 모든 문학적 사고는 넓은 의미에서 모더니즘의 틀 안에서 이루어졌다. 그러나 그의 모더니즘은 '진정한' 모더니즘으로 나아가고자 한 것이었기 때문에 ── 다른 모든 진정한 사고와 행동의 역사적 작용에서 볼 수 있듯이 ── 한국 모더니즘의 기초를 분해하는 효소로서 작용하였다. 여기에 한국 모더니즘 역사에서 김수영의 역설적 위치가 있는지도 모른다.[2]

돌이켜보면 그의 청소년 시절 이 땅의 사회문화적 환경은 굳이 서당에 가서 한문 고전을 배우지 않았더라도 봉건유교적·가부장적 사고방식에 길들도록 만들었을 것이다. 그러나 동시에 그의 청년기는, 적어도 지식계층에서는 러시아혁명 이후의 사회주의나 여성해방론 같은 신사조가 일본 또는 중국을 통해 물밀듯 들어오던 '급진적 계몽'의 시대이기도 했다. 김수영의 여성에 대한 태도를 보면 토착 봉건문화와 외래 선진사조 간의 공존과 유착 및 불가피한 길항 등 온갖 모순적 요소들의 혼합과 착종을 확인할 수 있다. 그는 아내를 거의 언제나 '여편네'로 호칭하고 심지어 우산

───────────────

2 「김수영론」, 『창작과비평』 1976년 겨울호.

대로 쳤다고 고백하면서도, 동시에 여성들 일반과의 관계에서 자신보다 20년 아래인 나 같은 사람보다 훨씬 더 자유롭고 개방적인 자세를 보여주기도 하였다. 이런 모순들을 양보 없이 살아내면서 남김없이 드러낸 것이야말로 남이 못한 김수영의 독자적인 위업이다.

강조하거니와 그는 자기 시대를 누구보다 철저히 산 사람이다. 시대 자체가 모순에 가득 차 있었으므로 그의 삶과 문학도 그러했다. 그는 항시 의심의 눈으로 현실을 바라보았고, 자기 자신에 대해서도 가차 없는 반성적 시선으로 들여다보았다. 시에서나 산문에서나 그가 가장 자주 사용한 단어 중의 하나는 '거짓말'이다. 그는 끊임없이 자기 내부의 속임수를 적발해서 스스로 고발해 마지않았다. 우리 문학사상 거의 유례가 없다 할 만한 이 도저한 정직성과 불굴의 치열성이야말로 김수영으로 하여금 모든 사회적 허위의식을 공격하고 기존의 껍질뿐인 문예사조의 구속에서 벗어나게 만들었다. 김수영은 때로는 철저한 리얼리스트, 때로는 탁월한 모더니스트지만 결국 양자를 한 몸에 구현한 인물이자 그 모두를 넘어선 존재, 즉 가장 깊은 뜻에서 자기 자신에 도달한 시인이었다. 문학의 길에 들어선 우리 모두에게 언제나 새로운 목표로 다가오는 것이 바로 이 '자기 자신-되기'라고 할 때, 김수영은 여전히 우리의 스승으로 앞에 서 있다.

신경림 시인과 헤어지는 시간

시인의 노환과 임종(2024.5.22.)

* 신경림 시인의 마지막을 지킨 것은 시인의 가족과 국립암센터 원장인 시인 서홍관(徐洪官)이었다. 다음은 서원장이 페이스북에 올린 글인데(이후 『내일을여는작가』 2024년 가을호에 '민중시인에서 국민시인이 되신 신경림 선생님'으로 수록), 필자의 허락을 얻어 여기 그 일부를 옮긴다.

시인 신경림 선생님이 오늘 오전 8시, 89세를 일기로 돌아가셨습니다.
국립암센터 호스피스 병동에 입원하고 계셨지요. 위독하다는 전갈을 받고 병실에 도착했을 때 의료진이 막 사망을 선고하고 있었습니다. 가족들이 모두 병실을 지키고 있었지요. 제가 손을 잡아드렸습니다. 아직도 손은 따뜻하고 부드러웠습니다. 가만가만 선생님 손을 만지면서 작별의 인사를 드렸습니다.
선생님, 저의 문학적 은사이기도 하셨지만 인생의 선배이면서 친구가 되어주셔서 감사해요.

전생에 무슨 인연이 있었던지 제가 서울대 의대 문예부 (본과 3학년) 학생이었을 때 '문학의 밤' 행사에 초청 시인으로 오셔서 처음 뵈었는데, 저에게 집으로 놀러 오라고 하셨지요. 그 1981년부터 오늘 돌아가시는 날까지 선생님과의 추억이 하늘의 별처럼 가득하네요. 저에게 등단을 권유해주셨고, 창비로 시를 보내라고 하셔서 생각지도 못하게 시인으로 등단한 것도(1985년) 영문도 모르게 벌어진 일이었습니다.

(…)

그러던 어느날, 7년 전인 2017년에 대장암이 생겨서 제가 있는 국립암센터로 오셨는데, 폐에 전이가 있는 걸 확인하고 저는 눈앞이 캄캄했습니다. 그런데 선생님은 꿋꿋하게 수술받고 회복하셨지요. 그 당시 틈날 때마다 병실 들르면 재미있었던 옛날 일들 얘기하시면서 편안한 표정으로 웃곤 하셨지요. 하루는 병문안하고 나오는데 따님이 따라 나오면서 "바쁘시겠지만 가끔 와주세요. 선생님 오실 때만 웃으시거든요" 했습니다.

선생님은 폐에 전이된 암 덩어리를 말리기 위해 항암치료, 방사선치료까지 다 받으셔야 했는데 초인적 의지로 완치해서 건강을 회복하셨어요. 지난 7년간 매일 5천보씩 걸으셔서 저도 깜짝 놀랐어요. 제가 국립암센터 원장이 되자 누구보다 기뻐하셨고요. 지난가을에도 식사를 사시겠다고 해서 여럿 모여서 식사도 하였습니다. 그날 얼마나 즐거웠는지요.

지난달에 암이 폐에 재발한 것을 알게 되었습니다. 이제 완치를 목표로 할 수 없다는 걸 알고 호스피스로 모시게 되었습니다. 선생님도 마음이 편할 수 없으셨겠지요. 사랑하는 손자 헌이와 손녀 가윤이를 보고 싶어하셔서 아이들이 와서 할아버지를 기쁘게 해드렸습니다. 가족이 다들 모인 가운데 편안하게 가셨으니 얼마나 다행인지요.

(…)

문인들은 이미 선생님 돌아가실 때를 대비하고 있었습니다. 박경리 선생님의 전례에 따라 '대한민국 문인장'을 지내겠다고 하는군요. 빈소는 서울대학교병원 장례식장이고, 24일 금요일 오후 7시 추모제 행사를 하고 5월 25일 토요일 오전 5시 반 발인입니다.

조사(2024.5.24.)

* 신경림 시인의 장례는 서울대병원 장례식장에서 4일장으로 진행되었다. 아래의 글은 5월 24일 저녁 7시 '대한민국 문인장' 이름으로 열린 영결식에서 장례위원장으로서 내가 읽은 조사(弔辭)이다.

오늘 우리는 우리 시대의 가장 뛰어난 시인이자 한 비범한 인격과의 작별을 위해 여기 모였습니다. 그는 70년 가까운 문필생활을 통해 수많은 시와 산문을 민족문학의 자산으로 남겼습니다. 그뿐 아니라 그는 일제강점기부터 오늘에 이르는 고난의 세월을 이웃 동포들과 어깨를 나란히 하여 정직하고 치열하게 살아냈습니다. 시인 신경림(申庚林, 1935~2024) 선생님이 바로 그분입니다.

선생님은 이름난 시인이 되고 난 다음에도 유명인 행세하는 것을 좋아하지 않았습니다. 1970, 80년대의 군사독재 시절 경찰의 감시와 연행에 수시로 시달리면서도 스스로 민주인사인 체 내세우지 않았습니다. 선생님에게는 일체의 영웅주의가 없었습니다. 선생님은 민주화운동에 앞장서지 못한다고 자신의 비겁함을 스스로 질책했지만, 그러나 결코 뒷전에서 어슬렁거리는 방관주의자나 단순한 불평분자가 아니었습니다. 선생님은 시에서 자신의 잘난 모습보다 못난 모습을 더 자주 묘사했습니다. 독자들은 선생님의 그런 작품에서 자신들의 감추어진 자화상을 보고 위안과 용기를 얻었습니다. 이 끊임없는 자기성찰은 선생님의 발길을 바르게 이끈 등불이자 우리 모두의 나침판이었습니다.

선생님은 문단 초년생이든 원로 문인이든 누구에게나 똑같이 친근하고 온화하게 대하시는 것으로 유명합니다. 그렇기에 특히 후배들의 존경과 사랑을 받았습니다. 아마도 그것은 선생님 자신이 젊은 날 오랜 낙백(落魄)의 시간을 보냈기 때문일지 모릅니다. 알다시피 선생님은 1956년 데뷔작 「갈대」로 문단에 나오고 나서 얼마 뒤 서울 생활을 접고 낙향하여 10년간의 낭인 생활을 보냈습니다. 선생님 자신은 그때 "글 한줄 안 쓰고 책 한권 안 읽으며" 살았다고 어디선가 고백했지요. 그러나 그 시절에 그가 목격하고 경험했던 고달픈 민중의 현실과 피폐한 농촌 상황은 그후 신경림 문학을 한국문학의 중심에 서게 한 토대가 되었을 것입니다.

일제강점기에 김소월이 있었다면 해방 후 대한민국 시대에는 신경림이 거의 유일하게 '국민 시인'의 호칭을 들을 만하다고 저는 생각합니다. 과거 한용운·정지용·임화·백석, 근년의 김수영·신동엽·김지하 등이 모두 뛰어난 시인들이었고 각자 자기의 독특한 영역에서 대단한 업적을 이루었습니다. 그 각각의 영역에서는 김소월이나 신경림이 뒤질지 모릅니다. 하지만 식민지 시기 조선 백성 누구나가 읽어 각자 나름으로 좋아할 수 있었던 시인은 단연 김소월일 것입니다. 비슷한 의미에서 신경림 선생님의 시세계는 일반 독자의 접근 가능성을 향해 누구보다 넓게 열려 있고, 그 시세계 안에서 독자들이 누릴 수 있는 문학적 자양분 또한 가장 보편적인 언어로 구성되어 있다고 저는 생각합니다.

여기 모인 우리들 모두, 아니, 몸은 오지 못했어도 마음으로 이 자리에 동참한 벗들 모두 신경림 선생님에 대한 아름다운 추억들을 간직하고 있습니다. 자신의 시대적 임무를 마치고 이제 떠나시는 선생님, 우리의 생이 다하는 순간까지 선생님이 남긴 아름다운 추억을 간직하며 선생님의 문학을 이어가겠습니다. 부디 모든 근심 잊고 평화로운 안식에 드소서.

신경림 시인과 함께 보낸 54년

* 장례가 진행되는 도중 한겨레의 청탁으로 조사와 별도로 '가신 이의 발자취'(2024.5.26.)를 썼다. 그런데 얼마 뒤 한국작가회의 편집부에서 그 글을 『내일을여는작가』에 싣고 싶다는 문자를 보내왔다. 그러라고 허락하고 며칠 지나 도착한 청탁서에는 30장짜리 글을 보내라고 돼 있다. 할 수 없이 두 배 정도 늘린 원고를 보냈다. 다음은 작가회의 기관지 『내일을여는작가』에 보낸 글이다.

1970년 늦여름 어느날, 청진동의 『창작과비평』 사무실 건너편 다방 앞에서 누군가와 막 헤어지고 돌아서던 시인 신동문 선생이 그 다방으로 걸어오는 나를 발견하고는, 마침 잘 만났다는 듯이 내게 원고 하나를 건네주었다. 당시 신동문은 도서출판 신구문화사의 고문 겸 『창비』 발행인이고 나는 『창비』 편집장인 셈이었는데, 그는 원고를 내밀며 작자에 대해 약간의 설명을 곁들였던 것 같다. 사실을 말하면 나는 그때까지 신경림이란 이름의 시인이 있는 줄도 몰랐다.

다방에 앉아 그가 건넨 5편의 시를 단숨에 읽으며 나는 말할 수 없는 충격과 흥분을 느꼈다. 그것은 서정주나 김현승(金顯承), 김수영이나 김춘수 등 그때까지 내가 익숙하게 알고 있던 시들과 너무나 다른 것이었다. 그러면서도 그들이 대표하는 당시의 지배적 형식에 가려져 있던 한국시의 어떤 중요한 핵심을 생생하게 형상화한 시라고 생각되었다. 이런 작품을 손에 넣어 발표할 수 있게 된 것은 잡지 편집자에게는 드문 행운이었다. 「눈길」「파장」 등 5편이 실린 그해 가을호 『창비』가 시중에 나오자 주위의 벗들은 무릎을 치며 환호했고 독자들로부터는 신경림이 누구냐는 문의가 적잖이 들어왔다. 그것은 기존의 관행을 벗어나 이제 새롭게 전개될 한국

시의 개막 선언이었다.

얼마 후 신경림 시인을 만났고, 만나자마자 나는 오래전부터 흠모하던 사람을 드디어 만난 것처럼 순식간에 그와 친해졌다. 그와는 문학에 대해 얘기하든 시국문제에 대해 얘기하든 금방 공감이 되었고, 말로 나타내기 이전에 감정으로 통한다는 것이 느껴졌다. 그 무렵 창비 사무실에는 이호철(李浩哲)·한남철(韓南哲)·조태일·방영웅(方榮雄)·황석영(黃晳暎) 들이 자주 드나들었다. 물론 신선생은 이분들과도 차례로 인사를 트고 수시로 친밀감 넘치는 대화를 나누었다. 창비를 드나드는 이 그룹 이외에도 당시 청진동 골목에는 몇몇 비슷한 문단 공동체가 형성되고 있었다. 민음사와 한국문학사가 한때 이 골목에 자리해 있었고 문학과지성사와 열화당도 멀지 않았으며 큰길 건너에는 동아일보사가 있었다. 1970년대 이후 사회의 민주화운동에 문인들이 본격 참여하게 된 배경에는 이러한 '준비'가 있었기 때문이라고 나는 생각한다.

그런데 다들 알다시피 신경림 시인은 작지만 반듯한 체구에 곱고 단정한 얼굴이어서 별로 고생한 흔적이 보이지 않는다. 찻집에서도 술집에서도 그는 생활의 고달픔을 좀체 겉으로 드러내지 않았다. 그도 나도 술을 좋아해서 수백번 술자리를 함께했으되, 그에게서 신세 한탄 같은 걸 들은 기억이 없다. 그렇다면 "아편을 사러 밤길을 걷는다/진눈깨비 치는 백리 산길/낮이면 주막 뒷방에 숨어 잠을 자다/지치면 아낙을 불러 육백을 친다"(「눈길」 앞부분) 같은 처절한 시구는 어떻게 나올 수 있었던가? 그리고 이어지는 작품 「파장」의 "못난 놈들은 서로 얼굴만 봐도 흥겹다"의 탁월한 해학과 낙관은 어떻게 가능했던가? 신경림이 겪은 삶의 역정을 따라가 보지 않고서는 해명되지 않는 그의 문학의 이면이다.

1956년 『문학예술』지에 이한직(李漢稷) 시인의 추천으로 발표된 데뷔작 「갈대」는 「눈길」이나 「파장」과는 결이 상당히 다르다. 「갈대」는 중등

학교 교과서에 실려 널리 알려지고 평론가들의 뒤늦은 주목으로 더욱 유명해졌지만, 「갈대」와 「눈길」 사이에는 분명한 단층이 있다. 그것은 단순히 결과물로서의 작품의 차이가 아니라 시의 배경을 이루는 경험과 세계관의 차이다. 요컨대 1950년대 중엽 스무살 청년의 여린 감성과 순정의 내면세계가 1970년대의 통렬한 현실인식으로 전화되기까지 신경림에게는 녹록지 않은 진통의 시간이 있었다. 대체 그가 떠났다고 하는 「갈대」는 어떤 세계던가?

> 언제부턴가 갈대는 속으로
> 조용히 울고 있었다.
> 그런 어느 밤이었을 것이다. 갈대는
> 그의 온몸이 흔들리고 있는 것을 알았다.
>
> 바람도 달빛도 아닌 것,
> 갈대는 저를 흔드는 것이 제 조용한 울음인 것을
> 까맣게 몰랐다.
> ─산다는 것은 속으로 이렇게
> 조용히 울고 있는 것이란 것을
> 그는 몰랐다.
>
> ─「갈대」 전문

곱고 아름다운 시이다. 그런데 왜 시인은 이 세계를 떠났는가? 짐작건대 바람과 달빛 속에 혼자 서서 쓸쓸히 자기 내부를 응시하면서 울음을 삼키고 있는 것은 젊은 날 신경림의 시적 자아일 것이다. 그것은 진실하지만 무력한 모습이며, 전쟁으로 황폐해진 당시의 현실에 눈감은 자세일 수밖에 없다. 이 각성이 그를 「갈대」로부터 떠나게 했을 것이다. 1950년대의 억압적 정치현실과 낙후한 문단 상황을 고려할 때 낙향은 그의 시적 자아가 선택할 수 있는 유일한 출구였는지도 모른다. 그리고 낭인 생활 10년은 그의 관념적 고독감에 사회적 실체를 부여하고 그의 내면지향적 정직성을 민중 생활의 토대 안에 자리 잡아 사회적 성격을 갖도록 했을 것이다. 그런 점에서 "글 한줄 안 쓰고 책 한권 안 읽으며" 보낸 고단한 세월은 신경림의 오랜 문학 여정에서 진정한 수련 기간이고 내공의 습득 기간이었다.

그러나 그는 한때 문학을 버릴까 생각하기도 했다 한다. 가족의 권유에 따른 결혼과 결혼에 따른 생활의 압박도 힘들었을 것이다. 그는 온갖 직업을 전전하며 여기저기 유랑하듯 살았다. 그런데 고달픈 낭인 생활 속에서 보았던 가난한 서민들의 힘든 삶이 뜻밖에도 오히려 그를 다시 문학으로 불러들였다. 사실 그는 공사판 같은 데서 막노동이라도 하고 싶었다고 한다. 하지만 감당할 체력이 안 되었다. 그래서 한동안 그는 학원에서 영어 강사 노릇도 했고 시골을 돌며 약초나 약재를 거두어 서울 한약상에 파는 사람들의 길 안내 일도 했다. 충북 북부 지역과 강원도 남서부 일대의 후미진 산골길을 하루에도 100여리씩 걸었다. 저녁에 여인숙에 들어 양말을 벗어보면 발이 벌겋게 붓고 물집이 잡혀 있었다고 한다.

이런 고된 생활을 겪으면서 그는 자신의 정신적 방황을 정리할 수 있는 계기를 얻었다. 그때 시골길에서 만난 사람들을 통해 세상을 알게 되었노라고 그는 고백했다. 그들은 "한결같이 가난했고 세상에 대해 원한을 가지고 있었으며 복수심과 체념으로 조금씩 비뚤어져 있었다. 이 모든 것은 전혀 그들 탓이 아니었다."(수필 「눈길」, 1977) 그것은 신경림 자신 그 일원이면서도 제대로 알지 못했던 존재, 즉 억압받는 민중의 발견이었다. 이 깨달음은 그에게 큰 각성과 정신적 안정을 주었고 다시 시를 써야겠다는 의욕을 일으켰다. 그리고 이제 그는 좀더 확실한 의식을 가지고 문학에 임하겠다는 자각에 이른다. 그는 1970년대 이후 시집들의 후기에서마다 비슷한 다짐을 되풀이한다. "얼마 동안 쉬었다가 다시 시를 쓰기 시작했을 때, 나는 내가 자라면서 들은 우리 고장 사람들의 얘기, 노래, 그밖의 가락 등을 시 속에 재생시킴으로써 그들의 삶이며 사상, 감정 등을 드러내겠다는 생각을 했었다."(『새재』 '시집 뒤에', 1979), "한때 시를 그만두려다 쓰기 시작하면서, 고생하면서 어렵게 사는 내 이웃들의 생각과 뜻을 내 시는 외면하지 않겠다고 다짐한 바도 있지만"(『달 넘세』 '후기', 1985), "시골이나 바다를 다녀보면 모든 사람들이 참으로 열심히 산다. 나는 내 시가 이들의 삶을 위해서 조금이라도 도움이 되었으면 하고 생각을 한다. 적어도 내 시가 그들의 생각이나 정서를 담아내지 않으면 안된다는 생각을 한다." (『가난한 사랑 노래』 '책 뒤에', 1988) 이렇게 그는 시인 개인의 사사로운 감정이나 한순간의 예술적 충동을 표현하는 일보다 자기 현실을 표현할 기회도 능력도 갖지 못한 사람들을 대신해서 그들의 생각과 정서를 자신의 시 속에 담겠다는 결의를 거듭 밝히는 것이다. 「눈길」과 「파장」을 비롯하여 신경림의 이름을 우리 문학사에 각인한 수많은 명작들은 이렇게 하여 태어났다.

그러나 가난한 이웃들의 억울한 삶을 목격하고 그들의 대변자가 되겠다는 결심만으로 그의 시에 질적 비약이 일어난 것은 아니다. 무엇이 더 필요했던가? 후일 그는 「나는 왜 시를 쓰는가」(2004, 시집 『낙타』에 수정 재수록)라는 산문에서 「갈대」를 비롯한 자신의 초기 서정시가 "내 마음을 정직하게 표현하고 있는 것이 못 되었다"고 스스로 반성하면서, 「갈대」 시절의 일상을 다음과 같이 고백하고 있다. "학교는 가는 둥 마는 둥 종일 이들 헌책방을 빈둥대는 것이 내 일과였다. 나는 여기서 그동안 단편적으로만 보아왔던 백석, 임화, 이용악 같은 시인들과 다시 만날 수 있었으며, 가와카미 하지메(河上肇), 백남운, 전석담 같은 사회과학자들도 새롭게 알게 되었다."

이것은 신경림 문학의 전개과정을 이해하는 데 매우 중요한 기록이다.

1990년대 이후에 문학 공부를 하는 학도들에게는 백석·임화·이용악의 글은 당연히 읽고 공부하는 텍스트이다. 그만큼 그들은 한국 근대시의 발전에 주춧돌을 놓은 중요 시인들이다. 그러나 불행한 일이지만 1988년 해금 이전에는 그들을 읽는 것도, 거론하는 것도 금지되어 있었다. 그들의 시집을 소지했다 해서 잡혀가 조사받는 일도 있었다. 하지만 백석은 고향이 북쪽이어서 그대로 주저앉았을 뿐이고, 임화와 이용악도 제대로 민주적인 통일국가가 되었다면 서울에 남아서 훌륭한 업적을 남겼을 게 틀림없다. 백남운(白南雲)과 전석담(全錫淡)도 임화와 같은 시기에 활동한 맑스주의 경제사학자로서, 한국 근대사상사를 말할 때 빼놓을 수 없는 존재들이다. 그럼에도 이분들의 책 역시 헌책방을 통해 지하에서만 유통되었을 뿐이고 용케 기회가 닿는 사람들만 간신히 구해볼 수 있었다. 신경림의 민중 체험에 이론적 근거를 제공하는 동시에 1920, 30년대 비판사상과 변혁이념의 계승을 가능케 한 것이 바로 이런 '은밀한' 독서였다는 사실은 그동안 주목받지 못한 점이다. 이 지점에서 신경림 세대의 일본어 독서 능력을 새삼 눈여겨볼 필요가 있다.

다른 한편 그가 어떤 선배 시인들의 시를 읽었는지도 매우 중요하다. 앞선 시인들을 읽고 그들 가운데 누군가를 더 좋아하여 그를 모방하는 과정 없이, 즉 아무런 선행 모델 없이 시를 쓸 수는 없기 때문이다. 6·25전쟁 이후 한국 시단의 주류로서 많이 읽힌 시인들은 유치환·서정주·김현승·박두진·박목월·조지훈·김춘수 등이었다. 이들 가운데 소년 신경림을 가장 매혹한 시인이 누구였는지, 또는 어느 시인에게 체질적인 친근감을 느꼈는지 하는 고백을 나는 읽지 못했다. 다만 후일의 산문집 『시인을 찾아서』(우리교육 1998)를 보면 그는 이른바 청록파, 그중에서도 박목월(朴木月)의 영향을 많이 받은 듯하다. 아무튼 신경림이 20대에 이들 '금지된' 시인들을 읽은 것은 한국문학의 분단선을 뚫고 시적 사유의 폭을 넓히는 데 결정적인 기여를 했다고 생각한다. 무엇보다 이들의 시를 통한 언어와 율격의 습득과 계승은 신경림의 시를 1930년대에 성취된 우리 시의 건강한 전통에 접맥시키는 계기가 되었을 것이다.

널리 알려져 있듯이 신경림은 길에서 우연히 만난 시인 김관식(金冠植)의 권유로 1965년 늦가을 10년 만에 시골 떠돌이 생활을 청산하고 아내와 함께 상경한다. 그리고 홍은동 등성이에 있는 김관식의 무허가 주택에서 살림을 시작했다. 이때의 기막힌 생활 한토막은 수필 「낙엽에 대하여」(1972)에 실감 나게 그려져 있다. 하지만 여기에 산 것은 1년 미만이었고, 얼마 뒤에는 거기서 멀지 않은 포방터시장 근처로 세를 얻어 이사했다. 그곳도 당시에는 '홍은동 산1번지'로 호칭된 무허가였다고 한다. 이 새집의 주인은 제5대 국회의원을 지낸 김윤식(金允植, 1914~94) 선생으로, 아들은 유명한 민청학련 사건의 주역 중 하나인 김학민(金學珉)이다. 김학민의 증언에 따르면(한겨레 '가신 이의 발자취'에 내 추모글이 발표되자 바로 당일 김학민 씨의 연락이 왔다), 자신의 아버지와 신경림의 부친은 동갑이어서 부친이 상경할 때마다 반기며 두분이 함께 술을 즐겼다고 한다. 이 집에 사는 동안 신경림의 부인은 아이들을 거두면서도 악착같이 애를 써서 1970년 안양 비산동으로 집을 마련하여 옮길 수 있었다. 그러나 불행히도 부인은 바로 이듬해 위암으로 세상을 떠났고, 부득이 신경림은 시골의 어머니와 가족들을 불러올렸다. 더욱 불행하게도 이때 그의 할머니는 치매, 아버지는 중풍으로 고생 중이었다.

나는 1974년 추석 전날 물어물어 안양 비산동 언덕바지로 그의 집을 찾아간 적이 있다. 전형적인 집장사 집이었다. 분위기도 썰렁했다. 그럴 수밖에 없는 것이, 부인은 세 아이를 남겨둔 채 돌아가시고 할머니와 부친은 치매와 중풍으로 작은 방 하나씩을 차지하고 있었으며, 여기에 결혼 전의 두 동생까지 얹혀 있었다. 집안 살림은 오직 어머니 혼자 감당했고 돈벌이는 신경림 전담이었다. 나는 위로의 말을 꺼낼 생각도 못하고 돌아왔다. 그러고 난 직후 할머니가 별세했다는 소식을 뒤늦게 들었다. 다시 2년 가까이 지난 1976년 7월 25일, 환갑 지난 지 얼마 안 된 내 어머니가 돌아가셔서 당시의 풍습대로 응암동 집에서 초상을 치르는 중인데, 문상객 중 누군가에게 '신경림 부친 별세'라는 급보가 날아왔다. 그야말로 화불단행(禍不單行)이었다.

오랜 인고의 세월이 흐른 뒤에야 그는 이 삭막했던 시절의 괴로운 삶을 가끔 시의 형식으로 회상했다. 가령 김학민의 집에 부인과 함께 살던 때는 「가난한 아내와 아내보다 더 가난한 나는」에, 안양에서 내가 목격했던 모습은 「나의 마흔, 봄」과 「안양시 비산동 489의 43」에 각각 처절할 만큼 적나라하게 그려져 있다. 이 시들은 모두 시집 『사진관집 이층』(2014)에 수록돼 있다. 직전 시집이 『낙타』(2008)이므로 이 시들은 『낙타』 이후에 쓰였을 것이다. 나이 80을 넘기면서 신경림은 40년 전, 50년 전의 쓰라린 삶으로 돌아가 인생을 바라본 것이다. 그리고 삶에 대한 깊은 회한과 거의 우주적인 높이의 달관에 이르러 다음과 같이 노래한다.

내 몸이 이 세상에 머물기를 끝내는 날
나는 전속력으로 달려나갈 테다
나를 가두고 있던 내 몸으로부터
어둡고 갑갑한 감옥으로부터

나무에 붙어 잎이 되고
가지에 매달려 꽃이 되었다가
땅속으로 스며 물이 되고 공중에 솟아 바람이 될 테다
새가 되어 큰곰자리 전갈자리까지 날아올랐다가
허공에서 하얗게 은가루로 흩날릴 테다

나는 서러워하지 않을 테다 이 세상에서 내가 꾼 꿈이

지상에 한갓 눈물자국으로 남는다 해도

이윽고 그 꿈이 무엇이었는지

그때 가서 다 잊었다 해도

——「눈」 전문(『낙타』, 창비 2008)

　돌아보면 그의 시가 묘사하는 민중의 삶은 그가 유랑과 기행 중에 보았던 이웃 동포들의 것이자 그 자신이 평생 몸으로 겪은 생활이었다. 중년을 지나 노년에 가까워지며 형편이 많이 나아지기는 했으나 그의 생활과 의식은 '서민'을 벗어난 적이 없었다. 그러한 삶은 그대로 그의 시였다. 그는 누구에게나 친근하고 다정했으며 남녀와 귀천을 가리지 않았다. 그러나 방금 인용한 시 「눈」이 보여주듯 그의 내면에 들어 있는 것은 평화와 만족이 아니었다. 어쩌면 그는 평생 허무와 비관주의를 깊숙이 간직한 채 들끓는 감정을 절제하면서 모국어를 다듬어 시적 균형의 달성에 매진해왔는지 모른다. 어쨌든 가장 확실히 말할 수 있는 것은 이 시대의 한국인 누구나가 이해하고 사랑할 수 있는 시의 거의 유일한 작자가 신경림 시인이란 점이다. 앞으로 이와 같은 의미의 '국민 시인'이 다시 출현하기는 아마 거의 불가능할 것이다. 문학에서도 현실에서도 그의 별세로 생긴 공허는 너무도 크다. 하지만 지금은 시대적 임무를 마치고 떠나는 시인께 눈물 어린 경의의 고별사를 바칠 시간이다.

49재에 드린 고별사(2024.7.6.)

＊7월 6일은 신경림 시인의 49재였다. 나는 국립암센터 원장 서홍관 시인의 차로 충북 충주시 노은면 연하리 산소에 다녀왔다. 무더웠지만 다행히

비가 오지 않아 유족 및 20여명 동료 문인들과 함께 무사히 행사를 치를 수 있었다. 장례의 초종 절차를 주관했던 도종환 시인의 갑작스러운 요청으로 나는 장례식에 이어 49재에도 고별의 말씀을 올렸다. 다음은 그 요지다.

우리 동양적 사고에서는 사람이 죽으면 혼백(魂魄)이 나뉘어, 백은 한 줌 재로 변해 여기 땅에 묻히고 혼은 저 하늘로 날아올라 영원의 세계로 사라진다 합니다. 그런 뜻에서 오늘은 현생의 신경림 영혼과 마지막 작별을 고하는 날입니다. 그러나 시인에게는 제2의 혼이 있다고 저는 생각합니다. 그것은 그가 남긴 수많은 시입니다. 한평생 온 공력과 정성이 바쳐진 신경림 선생의 시는 모국어가 존재하는 한 만인의 사랑을 받으며 우리의 가슴속에 영원히 살아 있을 겁니다.

시집 『농무』의 역사적 위치

＊신경림 시인의 49재를 지내고서 금방 일주일이 지났다. 고별의 예식과 함께 그의 혼이 하늘로 떠났는지 어쨌는지는 알 수 없지만, 그가 남긴 시는 틀림없이 우리 곁에 영구히 남을 것이다. 이제 그의 시를 읽고 더 연구해서 한국시사의 한 장(章)을 채우는 일이 후학들에게 과제로 남았다.

나는 그동안 신경림론을 두번 썼다. 그의 회갑을 맞아 기획된 『신경림 문학의 세계』(창작과비평사 1995)에 발표한 「민중의 삶, 민족의 노래」와 『신경림 시전집』 1(창비 2004)에 수록된 「민중성의 시적 구현」이 그것이다. 그의 후기작이라 할 수 있는 『어머니와 할머니의 실루엣』(1998) 『뿔』(2002) 『낙타』(2008) 『사진관집 이층』(2014) 등은 제대로 다루지 못했다. 한편, 김동환의 「국경의 밤」(1925)부터 신동엽의 「금강」(1967), 김지하의 「오적」(1970) 같은 서사적인 장시들이 나온 데 이어 신경림의 장시 「새재」(1978)와 「남한

강」(1981)이 잇달아 발표되자 나는 「서사시의 가능성과 문제점」(1982, 평론집 『혼돈의 시대에 구상하는 문학의 논리』 수록)에서 이들을 종합적으로 검토한 바 있다.

다음은 예전에 썼던 신경림론 가운데서 『농무』를 논한 부분만 얼마간 수정한 글이다. 신경림 연구자뿐 아니라 그의 시를 좋아하는 일반 독자들께 참고가 되었으면 하고 바라는 마음에서였다.

「갈대」 「묘비」 등 초기작 몇편으로 문단에 이름만 등록하고 서울을 떠난 신경림은 10년 가까이 고향 근처를 떠돌며 실의의 세월을 보내다가 1965년부터 다시 시작활동에 복귀한다. 첫해인 1965년에 그는 「겨울밤」 「산읍일지(山邑日誌)」 「귀로(歸路)」 등 3편을, 그리고 이듬해에는 「시골 큰집」 「원격지(遠隔地)」 「3월 1일」 등을 발표했고 이어서 듬성듬성 3, 4편을 더 선보인 다음 마침내 1970년 『창작과비평』에 「눈길」 등 5편을 한꺼번에 내놓았다. 이를 계기로 그의 창작활동은 눈부시게 개화하기 시작했다. 그는 1971년에 8편, 1972년에 16편을 여러 지면에 발표했고, 이 업적들을 모아 1973년 봄 출판사 등록도 되어 있지 않은 '월간문학사' 이름으로 시집을 자비 출판하였다. 그것이 시집 『농무』의 초판이다.

이 시집은 이듬해 그에게 제1회 만해문학상의 영예를 안겨주었고 전후 한국시의 물줄기를 바꾸어놓았다는 고평을 선사하였다. 이런 여세를 몰아, 초판 이후 발표된 17편을 더 보태어 1975년 3월에 '창비시선' 제1번으로 『농무』가 간행되었다. 오늘날 읽히는 『농무』는 초판이 아닌 바로 이 증보판이다.

이처럼 활동이 본격화한 것은 1970년대에 들어서지만, 그러나 1960년대의 시들에도 이미 초기작과 구별되는 신경림 특유의 시적 화법이 오인의 여지 없이 구현되어 있다.

우리는 협동조합 방앗간 뒷방에 모여

묵 내기 화투를 치고

내일은 장날. 장꾼들은 왁자지껄

주막집 뜰에서 눈을 턴다.

—「겨울밤」(1965) 앞부분

　작자의 서명이 없어도 알아볼 수 있는 바로 신경림의 시다. 장날을 하루 앞둔 시골 장터의 분위기가 단편소설의 한 대목처럼 사실적으로 서술되어 있을 뿐이며, 복잡하고 까다로운 시적 장치들이 의도적으로 제어되고 있다. 그러나 그렇게 거의 산문에 가까운 평면적 진술임에도 불구하고 이 작품은 생생하게 살아 있는 이미지들이 순탄하게 흐르는 우리말 가락에 실려 완벽한 '시'의 경지에 도달하고 있다. 이 점이야말로 당시 우리 시단의 관행적 언어사용 방식에 정면으로 도전하는 일종의 전복적 의의에 해당하는 것이었다고 생각한다.

　정지용·김기림부터 김수영·김춘수에 이르기까지 한국 현대시는 표현의 대상과 방법에 있어 하나의 독특한 관습을 발전시켜왔다고 볼 수 있다. 모더니즘이라 통칭되는 이 흐름 바깥에도 물론 자기 나름의 세계를 개척한 한용운·김소월 및 임화·백석·서정주·이용악 등 주요 시인들이 있다. 그러나 어떻든 시는 보통 사람들이 일상생활에서 사용하는 것과는 다른, 일정한 훈련과 학습을 통해 익혀야 하는 특수한 '말하기 방식'이었다. 1950, 60년대 시단에 횡행한 소위 난해시는 그런 '특수한' 말하기 방식의 극단화된 형태로서 시의 자기소외였다고 할 수 있다.

　신경림의 시는 우리 시단의 이러한 소외 현상에 제기된 강력한 이의였다. 그러나 그럼에도 불구하고 그것은 관습적 사유와 상투화된 감정토로 방식의 안일성으로의 후퇴를 의미하는 것일 수 없다. 어쨌든 1970년 시점에서 신경림의 시는 난해시의 폐해에 시달리던 독자들의 광범하고도 즉

각적인 호응을 받았고, 이에 힘입어 이후 한국시의 물줄기는 크게 바뀌게 되었다.

이런 맥락에서 출판된 지 50년 된 『농무』를 오늘 다시 읽어보면 이 시집의 역사적 위치가 좀더 확실한 원근법 속에 드러난다. 그리고 신경림의 이름과 늘 결부되게 마련인 한국시의 민중성이 구체적으로 어떤 사회사적 근거 위에 서 있는 것인지도 좀더 뚜렷하게 밝혀진다. 「그날」과 「경칩」 두 작품만 분석의 대상으로 예시한다.

젊은 여자가 혼자서
상여 뒤를 따르며 운다
만장도 요령도 없는 장렬
연기가 깔린 저녁길에
도깨비 같은 그림자들
문과 창이 없는 거리
바람은 나뭇잎을 날리고
사람들은 가로수와
전봇대 뒤에 숨어서 본다
아무도 죽은 이의
이름을 모른다 달도
뜨지 않은 어두운 그날

—「그날」 전문

그런대로 널리 알려진 작품이지만, 내부구조가 상세하게 분석된 작품은 아니다. 모두 12행으로 이루어진 이 시는 곰곰이 살펴보면 3행을 한토막으로 하여 기승전결(起承轉結)의 네토막으로 구성되어 있음을 알 수 있다. 첫째 토막은 제시부이다. 섬뜩하고 불길한 장례의 정경이 단도직입적으로 제시된다. 선명한 시각적 영상을 젊은 여자의 울음이 날카롭게 횡단한다. 이러한 핵심적 사건의 제시에 이어 음산한 배경적 사항들이 둘째 토막에서 서술된다. 서사의 일반원칙에 따르면 배경이 먼저 설정되고 그 다음에 사건이 진행되는데, 여기서는 말하자면 도치된 셈이다. 그렇게 함으로써 장례 행렬의 심상치 않은 비극성이 강화된 인상을 얻는다. 그런데 "도깨비 같은 그림자들"은 무엇인가? 장례 행렬 뒤에 혼자 울며 따르는 여자를 멀리서 뒤쫓는 구경꾼들인가, 아니면 망자의 원혼을 위로하듯 옹위하고 가는 구슬픈 혼령들의 무리인가? 시의 화자는 독자의 상상을 자극할 뿐이고 아무런 단서도 제공하지 않는다. "문과 창이 없는 거리"(제6행)라는 단순하고 간명한 묘사는 "만장도 요령도 없는 장렬"(제3행)의 예리한 제시에 대구(對句)를 이루면서 얼어붙은 듯한 공포의 감정을 조성한다. 그러나 화자가 중립적인 관찰자로 시종하는 것은 아니다. 시적 상황의 간결한 소묘는 마치 파시즘의 도래를 예고하는 현대 전위 화가의 그림처럼 절망적 상황과 마주 선 자의 억제된 분노를 내장하고 있다. 셋째 토막에서 화자의 시선은 좀더 확대된 공간을 향한다. 그리고 여기서 이 시의 사회적 연관성이 암시된다. 그것은 다름 아니라 사람들이 뒤에 숨어서 장례식을 본다는 사실, 다시 말하면 이 장례식이 공공연하게 허용된 행사가 아니라는 사실을 말해준다. 장례식이 금지될 수 있는가? 전쟁 중에도 민가에서는 장례가 치러지지 않았던가. 그러나 과거 야만적인 정치폭압의 시절 모든 상식과 이성은 폭력적으로 거부되었다. 그런 점에서 이 시 「그날」은 고도의 정치적 비판을 함축하고 있으며, 마지막 토막에서 "아무도 죽은 이의/이름을 모른다"고 언명한 것은 그런 비판적 의도를 예각화하기 위한 반어이다.

시 「그날」은 한 시대의 정치적 암흑을 증언하는 저항정신의 산물이다. 그러나 시의 화자는 텍스트 바깥에 몸을 감추고 자신의 목소리를 겉으로 발하지 않는다. 시의 제목은 이 장례식이 특정인의 정치적 죽음과 연관되어 있음을 암시하지만(이 시는 1959년 7월 간첩으로 몰려 사형당한 진보당 조봉암 선생을 생각하며 쓴 작품이라 한다), 구체적 세목들의 결락은 여기 묘사된 공포와 절망이 특정한 진보 정치인의 사형이라는 사건뿐만 아니라 우리 현대사의 항시적 탄압 상황에 근거한 것임을 시사한다. 이러한 강렬한 현실연관성을 배경에 깔면서도 이 시는 감상적 울분의 토로가 최대한 절제된 가운데 장렬을 따르는 여자, 연기 깔린 저녁 길, 숨어서 보는 사람들 등에게로 순차적으로 카메라앵글을 돌리는 장면화(場面化) 기법을 사용하여 높은 수준의 미학적 완벽성을 이루어내고 있다. 그러나 더 감탄을 자아내는 것은 이처럼 정교하고 세심한 형식적 장치의 설정에도 불구하고 독자들이 거의 그 점을 의식하지 못한 채 무심히 작품세계 안으로 진입하도록 텍스트가 제시된다는 사실이다. 『농무』의 의의를 거론할 때 빠짐없이 지적되는 사항이 소위 현대시의 난해성과 연관되어 있는데, 신경림의 경우 고도의 예술성에도 불구하고 시가 어렵지 않게 읽힌다는 사실이야말로 따지고 보면 오히려 깊이 해명해야 할 측면이라고 할 수 있다. 작품을 읽는 독자들의 호흡에 대한 배려, 즉 운율적 측면도 이 시의 자연스러운 수용에 기여했을 것이다.

흙 묻은 속옷 바람으로 누워
아내는 몸을 떨며 기침을 했다.
온종일 방고래가 들먹이고
메주 뜨는 냄새가 역한 정미소 뒷방.
십촉 전등 아래 광산 젊은 패들은
밤 이슥토록 철늦은 섰다판을 벌여
아내 대신 묵을 치고 술을 나르고
풀무를 돌려 방에 군불을 때고.

벼섬을 싣고 온 마차꾼까지 끼여
판이 어우러지면 어느새 닭이 울어
버력을 지러 나갈 아내를 위해 나는
개평을 뜯어 해장국을 시키러 갔다.
경칩이 와도 그냥 추운 촌 장터.
전쟁통에 맞아죽은 육발이의 처는
아무한테나 헤픈 눈웃음을 치며
우거지가 많이 든 해장국을 말고.

—「경칩」 전문

낙백 시절 시인이 감내했던 고달픈 삶의 한 대목이 그야말로 단편소설과도 같은 서사적 구도 속에 전개되고 있다. 일찍이 시집 발문에서 백낙청 교수가 "리얼리스트의 단편소설과도 같은 정확한 묘사와 압축된 사연들을 담고 있"다고 지적한 이래『농무』의 작품들이 지닌 이같은 특징은 많은 비평가들에 의해 정설로 굳어졌다. 그리고 서정시에 이야기의 요소를 도입하는 방식은 이시영(李時英)·최두석(崔斗錫) 같은 후배 시인들에 의해 다양하게 시도되었고, 한때 이러한 시의 서사성 문제가 리얼리즘이라는 주제와 결부되어 비평적 토론에 부쳐지기도 하였다.

그런데 서정시가 인간의 감성적 영역에 주로 관계되어 있음을 인정하더라도 거기에 사람살이의 이런저런 곡절이 담기는 것은 지극히 자연스러운 일이다. 삶과 유리된 허황한 관념에 몰입하거나 뜻도 통하지 않는 말장난으로 시종해온 한국의 이른바 난해시야말로 사회적 해명을 요하는 특이한 현상이 아닐 수 없다. 그런 점에서 신경림의『농무』가 수행한 역사적 과업은 1930년대 말 일제 군국주의의 발악 시기 이후 해방과 분단, 한국전쟁과 반공독재까지 이르는 기간의 혹독한 민족사적 시련에 의해 파괴된 시적 전통의 복구라고 할 수 있다. 어떤 자리에서 신경림은 좋아하고 영향받은 선배 시인으로 임화·백석·이용악·박목월 등의 이름을 열거한 바 있는데, 박목월 이외의 다른 시인들이 오랫동안 금기의 대상이었다는 것은 의미심장한 일이 아닐 수 없다.

이제 작품 「경칩」으로 돌아가자. 앞의 「그날」이 선명한 시각적 영상의 구성을 통해 한 시대의 침통한 정치현실을 제시한다면, 「경칩」은 화자 자신이 텍스트 안에서, 즉 1인칭 시점으로 사건을 기술한다. 「그날」에서 시의 진행은 장면의 전환 즉 공간적 이동으로 이루어지는 데 비하여, 「경칩」에서는 아내가 기침을 하며 잠자리에 눕는("속옷 바람으로 누워") 밤중부터 닭이 우는 새벽녘까지의 시간적 경과에 의존한다. 그런데 「그날」과 「경칩」은 낭독을 하건 묵독을 하건 읽는 느낌이, 마치 음악에서 단조와 장조가 다른 분위기를 자아내듯이 아주 대조적이다. 그런 운율적 차이는 어디에서 발생하는가?

잘 살펴보면 「경칩」은 4행씩 한묶음이 되어 「그날」과 마찬가지로 기승전결 4부로 구성되어 있다. 그러니까 한행을 하나의 율격 단위로 친다면 「그날」은 3음보이고 「경칩」은 4음보인 셈이다. 한행의 길이 자체도 전자보다 후자가 더 길고 늘어진다. 이런 점들이 어울려서 두 작품을 아주 다른 가락으로 읽게 만들었을 것이다. 그러나 그런 대조에도 불구하고 두 작품의 구성원리는 동일하다. 즉, 산만하게 흩어지거나 폭발적으로 퍼져나가는 원심적 구조가 아니라 엄밀하게 계산되고 통제되는 구심적 조직이다. 아마 이것은 신경림의 거의 모든 시에서 찾아볼 수 있는 고전주의적 견고성의 원리일 것이다. 생각건대 이야기와 노래의 절묘한 균형은 범속한 산문화(散文化) 위험에 노출되기 쉬운 우리말 시에 심미적 긴장을 부여하는 기능을 했을 것이다.

일찍이 나는 다른 글에서 「3월 1일 전후」 「동면(冬眠)」 「실명(失明)」 같은 작품들을 거론하면서 "절망적 광기를 뿜어내는 그 기괴성과 자연주의적 암담함에 있어서" 「광야」나 「비 오는 날」의 1950년대 작가 손창섭(孫

昌涉)을 연상케 한다고 지적한 바 있다. 「경칩」은 물론 「실명」처럼 그렇게 암담하고 자학적이지 않다. 「경칩」에서 아내는 깊은 연민과 측은함의 감정으로 묘사된다. 그러나 두 작품에서 화자들이 처한 현실은 본질적으로 동일하며 "경칩이 와도 그냥 추운 촌 장터"라는 구절에서 보듯이 미래에 대한 낙관적 전망으로부터 차단되어 있다. 이런 점에서만은 신경림도 어느 일면 손창섭을 대표로 하는 '전후문학' 세대의 일원이라 말할 수 있다.

시인을 보내고 나서

『농무』(1973; 1975)로 정리된 신경림의 초기 세계는 가난한 서민들, 농민들의 생활서사를 노래한 것이었다. 거기에는 이웃 동포들뿐 아니라 바로 시인 자신이 겪은 설움과 고달픔, 흥(興)과 한(恨)의 서정이 투영되어 있었다. 『농무』는 이제 우리 문학의 고전이 되었다.

그런데 주목할 사실은 이런 낯설다면 낯선 시가 1970년대의 현실에서 독자의 광범하고 즉각적인 호응을 얻었다는 점이다. 무엇이 독자들의 의표를 찌른 것인가? 1950, 60년대를 산 사람에게 농촌의 몰락과 도시 변두리의 피폐함은 매일의 현실이었다. 그럼에도 그 시대의 시에서 그런 현실은 주목의 대상이 아니었다. 『농무』는 바로 민중의 생활과 정서를 시적으로 전면화하여 독자 앞에 제시한 도전적 문제제기였다.

그러나 이 설명으로는 『농무』의 역사적 의의가 충분히 해명된 것이 아니다. 돌아보면 1970년경의 시점에서 신경림 시의 '평범'은 실로 '비범'에 값할 만한 것이었다. 분단과 전쟁으로 한국문학이 거의 폐허처럼 추락한 상황에서 우리 시단은 아직 1930년대 수준을 회복하지 못하고 있었다. 그런 가운데 김수영·신동엽의 분투에 이은 젊은 시인들의 등장으로 신춘(新春)의 임박을 알리는 징후는 무르익고 있었다. 이 흐릿한 징후를 분명한 시대적 변화로 결정지은 '트리거'가 『농무』의 출현이었다. 또다른 측면에서는 김지하 「오적」의 충격도 빠트릴 수 없다. 그것은 한국 현대시의 역사에서 드물게 보는 도약의 신호였다.

1970년대 중반을 지나면서 신경림은 좀더 적극적으로 민중문학의 전형적 형식 즉 민요의 가락에 관심을 돌린다. 그는 '민요연구회'를 만들어 뜻을 같이하는 동료들과 함께 수시로 지방을 여행한다. 물론 그의 시는 처음부터 "민요를 방불케 하는 친숙한 가락"(백낙청, 『농무』 '발문')을 지니고 있었던 것이 사실이다. 즉, 그의 시에는 민요와의 친연성이 처음부터 내재되어 있었다고 말할 수 있다. 그런데 「목계장터」(1976) 이후 1980년대 말까지 그는 목적의식적으로 민요의 현장을 발로 답사하고 민요의 정신과 형식을 작품에 구현함으로써 자기 시의 혁신을 꾀했다고 할 수 있다. 이 기간에 나온 시집들이 『새재』(1979) 『달 넘세』(1985) 및 장편서사시 『남한강』(1987) 연작이다. 시집 『길』(1990)은 민요 연구로서의 국토기행에서 점차 세계여행으로 확장되는 길목에 위치한다고 볼 수 있다.

역사적으로 정리해서 얘기해보자. 우리 근대시는 출발의 시점인 19세기 말 20세기 초 불가피하게 혼돈의 양상을 보였다. 당시에는 '시'라는 장르의 정체성을 보장해줄 우리 시사 내부의 전통이 거의 해체 상태에 가까웠다. 양반 사대부들의 한시가 여전히 명맥을 잇고 있었고, 시조와 가사(그리고 지역에 따라 판소리나 잡가류) 등도 그 나름으로 재생산기반을 탕진하지 않고 있었으며, 무엇보다도 일반 민중 사이에서는 민요가 살아있었다. 그러나 봉건왕조의 무기력과 외세의 침략이라는 위기를 당하여 우리 전통문학이 시대적 소명을 다할 만한 총체적 능력이 있었다고 말할 수는 없다. 신문학 초기에 젊은 시인들이 서구의 '자유시' 형식에 그처럼 쉽게 경도되고 또 상당수 시인들이 일본 시가를 심각한 자의식 없이 모방했던 것은 뒤집어 보면 외부의 영향에 맞설 만한 서정 장르의 형태적 전통이 우리 시 내부에 박약했던 사실을 반영하는 것이 아닌가. 그렇게 보면 우리 시대가 요구하는 서정시의 형식을 구성하고 발전시키는 과정에서 한용운도 김소월도, 정지용도 임화도, 또 김수영이나 신경림도, 그리고 김지하도 김남주도 해답의 결정적 제시자가 아니라 답을 찾아가는 도정에서의 협력의 도반일 뿐이다.

　현대시에서 민요의 수용과 계승은 신문학 초창기부터 간헐적으로 시도되었다. 안서(岸曙) 김억(金億)과 주요한·김동환 등도 얼마간 민요시를 썼지만 누구보다 김소월이 민요의 정서와 가락을 창의적으로 활용하였다. 하지만 이미 1920년대부터 서구 자유시 형식이 한국시의 압도적 주류가 됨에 따라 민요는 변두리로 밀려났다. 그런 가운데 일제강점기 일간지에서는 독자로 하여금 사라져가는 구전민요를 수집, 투고토록 하여 가끔 지면에 실었다.(김소운의 일역으로 출판되어 일본 시인들의 주목을 받은 『조선민요집』(1941)의 작품은 이때 독자 투고로 신문에 발표된 민요였다.) 하지만 시인들이 그것을 자기 일과 연관지어 진지하게 생각했다는 증거는 없다. 일제 말 국문학자 고정옥(高晶玉)이 체계적인 민요 연구를 시작하여 『조선민요연구』(수선사 1949)라는 탁월한 저서를 냈지만, 그 이론적 수준은 후학들에게 계승되지 못했다고 생각된다. 민요가 문학에서뿐 아니라 사회에서도 밀려난 이 현상을 어떻게 설명할까?
　문학의 범위에서 생각해보면 근본 원인은 근대사회에 있어 시와 노래의 분리 아닐까 한다. 시조는 양반계급 중심으로 창작된 엄격한 형식의 시 장르지만 동시에 여럿이 모인 자리에서 창(唱)으로 읊어지는 소리이기도 했다. 오늘날에도 창으로서의 시조는 죽지 않았다. 그런데 전문 창작자들로 문단이 형성되고 그들의 작품이 활자매체에 의존하게 되자 시든 소설이든 대중 앞에서의 낭송과 낭독은 차츰 자취를 감출 수밖에 없이 되었다. 다른 한편, 민요 포함 구비문학의 소멸은 농촌공동체의 해체와 관련된다. 민요란 일하면서 부르는 노동요가 기본이고 여성들이 억압적 처지를 한탄하는 신세타령이 다음일 것이다. 이런 점들을 생각해보면 시사적(詩史的) 관점에서뿐 아니라 사회사적 관점에서도 신경림의 민요기행·민요시가 갖는 남다른 의의를 찾을 수 있다.

그런데 신경림은 "『길』의 시들을 쓰면서 나는 서서히 민요의 중압에서 벗어났다"고 고백한다(산문「나는 왜 시를 쓰는가」). 뜻밖에도 그동안 민요가 그에게 압박이었던 것이다. 하지만 그 무렵의 산문들을 읽어보면 민요만 그에게 압박을 주었던 것이 아님을 알 수 있다. 방금 인용한 글의 이어지는 부분에서 그는 '시가 시대적 요구에 대한 해답이 되어야 한다는 명제'에 충실했고 그 결과 자신의 시가 경직될 수밖에 없었으며, 따라서 시 쓰는 일 자체가 지루하고 싫어졌다고 한다. 20여년 동안 그에게 씌워졌던 민중시인의 호칭이 마침내 그를 옭아맨 하나의 굴레로 느껴졌던 것이다. 다음의 시는 그런 심경을 솔직하게 노래하고 있다.

가볍게 걸어가고 싶다, 석양 비낀 산길을.
땅거미 속에 긴 그림자를 묻으면서.
주머니에 두 손을 찌르고
콧노래 부르는 것도 좋을 게다.
지나고 보면 한결같이 빛바랜 수채화 같은 것,
거리를 메우고 도시에 넘치던 함성도,
물러서지 않으리라 굳게 잡았던 손들도.
모두가 살갗에 묻은 가벼운 티끌 같은 것,
수백 밤을 눈물로 새운 아픔도,
가슴에 피로 새긴 증오도.
가볍게 걸어가고 싶다, 그것들 모두
땅거미 속에 묻으면서.

내가 스쳐온 모든 것들을 묻으면서,

마침내 나 스스로 그 속에 묻히면서.

집으로 가는 석양 비낀 산길을.

　　　　　　　　　　─「집으로 가는 길」 전문(『뿔』, 창비 2002)

　그러나 민요에 충실했던 시절의 작품에서도 그는 민요적 가락이나 복
고적 사고에 기계적으로 따르지 않았다. 명작 「목계장터」는 율격에서뿐
아니라 선적(禪的)인 내용에서도 실은 완전히 신경림의 독창만으로 이루
어진 작품은 아니다. 그럼에도 불구하고 이 작품에서 전통율격과 선적 사
유의 차용은 그의 절실한 경험과 뛰어난 언어감각에 완벽할 만큼 절묘하
게 융합되어 유례없는 감정의 깊이를 만들어내고 있다. 따라서 민요든 판
소리든 또 서구의 자유시든 그것들이 아무리 강한 압박으로 오더라도 그
것을 맞받아쳐 자기 안에서 철저히 소화해낸다면 그때 창조의 기적은 이
루어지는 것 아닌가. 그가 다시 시 쓰는 일을 편하고 즐겁게 받아들이게
된 것은 막연하게나마 그런 깨달음을 얻었기 때문일 것이다. "남도 다 낼
수 있는 목소리가 아니고 나만의 목소리를 내게 되면 그것이 아름답고 감
동적인 시가 되는 것 아닌가, (…) 오늘의 내 삶, 우리들의 삶에 충실한 시
를 쓰자, 이렇게 마음을 정하면서 나는 시 쓰는 일이 조금씩 편하고 즐거
워지기 시작했다."(신경림 「나는 왜 문학을 하는가」, 2002) 그리하여 신경림은
"평생 힘없고 가난한 이들의 편에서 소박한 생활감정을 노래하면서도 새
로운 세계에 대한 탐구와 미학적 긴장을 놓치지 않았던 시인"(나희덕 「고 신
경림 시인을 추모하며」, 『창작과비평』 2024년 가을호)으로 한국문학사에 평범한 듯
가장 비범한 성취를 이룬 이름을 올리게 되었다.

오늘 다시 호출된 김남주

* 2024년 9월 28일 오후 1~9시 전남 해남의 문화예술회관에서 해남군·김남주기념사업회(회장 김경윤 시인) 주최, 한국작가회의·익천문화재단 길동무 주관의 김남주 시인 30주기 추모문학제가 열렸다. 근래의 문학행사로는 유례없이 많은 인파가 회관을 가득 채운 문학제였다. 내게는 제1부 행사인 국제학술심포지엄의 기조 강연이 맡겨졌다. 첫날 행사에 이어 이튿날 오전에는 해남군 삼산면 봉학리 김남주 생가에서 두시간 동안 '추모·계승 청년 문학제'가 열렸다. 이날도 전국 각지에서 많은 문인과 독자들이 모여들었다. 이틀 동안의 이 모임을 나는 강연 끝머리에 '보은 집회'에 비유하여 '해남 집회'라 부를 수 있다고 했다. 이 글은 첫날의 기조 강연문에 행사를 통해 받은 감상을 얼마간 보태어 다듬은 것이다.

1. 민주화운동의 상징으로서

꼭 50년 전인 1974년은 우리 역사에서 특별히 기억할 만한 해이다. 박정희 군사정권의 유신독재에 대한 종교계·언론·문단의 저항운동이 조직의 형태를 갖추기 시작한 것이 바로 1974년이기 때문이다. 발단은 1972년 10월에 자행된 박정권의 유신체제 선포였다. 이에 대해 김남주(金南柱, 1946~94)와 친구 이강(李綱)은 지하신문 '함성'과 '고발'을 제작하여 유신을 비판했던바, 이것이 전국 최초의 반(反)유신 저항운동이었다. 이 때문에 그들은 반공법 위반 혐의로 구속되고 대학에서 제적당하였다.

유신 반대가 본격화한 것은 1973년 연말 장준하·백기완 선생을 중심으로 전개된 개헌청원 서명운동이었다. 1974년 1월 7일 발표된 문인들의 지지성명은 이 운동에 불을 붙이는 것이었는데, 그러자 기다렸다는 듯 바로 다음 날 긴급조치 1호가 공포되었다. 뒤이어 장준하·백기완·이호철·지학순 등 저명인사들이 이런저런 터무니없는 명목으로 차례로 기소되었으며, 4월에는 유명한 민청학련 사건으로 수많은 학생과 김지하를 비롯한 민주인사들이 구속되었다. 그리하여 천주교정의구현전국사제단(1974.9.23.), 기자들의 자유언론실천선언(1974.10.24.), 문인들의 자유실천문인협의회(1974.11.18.) 등이 속속 출범하여 구속인사 석방과 민주회복을 요구하는 운동을 조직적으로 전개하기에 이른 것이다. 이 급박한 시국에서 이루어진 김남주의 시인 등단은 그 자체가 민주화를 요구하는 시대정신의 자기표현이라 할 만했다.

이 무렵 나는 덕성여대에 전임으로 재직하면서 『창작과비평』 편집을 맡고 있었다. 당시 창비는 아직 독립된 사무실도 없이 출판사 신구문화사 2층의 방 한구석을 빌려 쓰고 있었다. 그런 어느날 투고된 원고 중에서 전남 해남 발신의 시가 눈에 들어왔다. 「잿더미」「진혼가」 등 8편의 작품은 죄어드는 현실의 억압을 뚫고 솟아오른 거침없는 문학적 발언이고 살아 있는 정신의 시적 폭발로 느껴졌다. 놀라운 신인의 등장이었다.[1]

---

1 김남주의 등단과 관련하여 내 기억과 다른 두개의 버전이 있다. 하나는 『김남주 평전』

그런데 얼마 후 창비 사무실에 나타난 김남주 당자의 인상은 그의 시가 지닌 힘찬 생동감과 사뭇 거리가 있었다. 그의 시는 넘치는 열정과 날카로운 감수성의 소산이었으나, 첫눈에 비친 그의 사람됨은 도무지 때를 벗지 않은 농촌적 투박함 그것이었다. 맺힌 데 없이 싱겁게 웃는 웃음은 더욱 그런 느낌을 주었다. 그러나 그의 어수룩한 인상은 치열한 본질을 가린 하나의 가면일 수 있었다. 차츰 알게 된 사실은 그가 겉보기와 달리 비판정신 가득한 맹렬한 독서가이고 우리말의 가락에 민감한 달변가이며 또한 현실의 암흑에 온몸으로 맞서고자 하는 불굴의 투사라는 점이었다. 알다시피 이 모든 미덕은 시인의 타이틀을 지니고 살았던 20년 동안 인간 김남주에게 한없는 고난과 희생을 안겨주었다.

생각해보면 김남주와의 인연은 나로서는 바로 오늘까지 이어져오고 있는 셈이다. 방금 얘기했듯이 나는 그의 등단에 관여했고, 시선집으로 『사상의 거처』(창작과비평사 1991)와 『꽃 속에 피가 흐른다』(창비 2004)를 엮었다. 20주기가 되는 해에는 임홍배(林洪培) 교수와 함께 『김남주 시전집』과 『김남주 문학의 세계』(이상 창비 2014)를 공동 편집했으며, 이와 더불어 실

(김형수 지음, 다산책방 2022)의 묘사인데, 당시 『창비』 주간이었던 내가 투고된 원고 더미에서 김남주의 시를 읽고 감격하여 광주로 시인을 만나러 갔다는 것이다. 다른 하나는 이번 30주기 행사 전날 저녁에 만난 이개석(李玠奭, 김남주의 고교 친구) 교수로부터 들은 내용인데, 남주와 자기가 서울 청진동으로 가서 자신은 바깥 길바닥에서 기다리고 남주 혼자 창비 사무실로 원고를 전하러 올라갔었다는 것이다. 뒤의 일화는 조금 변형되어 『김남주 평전』에도 나온다. 그런데 김남주의 등단을 언급한 내 글(「사회 인식과 시적 표현의 변증법」, 『창작과비평』 1988년 여름호)은 불과 14년 전의 일에 대한 것이므로 기억이 아직 웬만큼 살아 있을 때이다. 김형수가 묘사한 등단 스토리가 매우 흥미롭기는 하나 아무래도 '만들어진 신화' 같은 느낌이다. 반면 이개석의 회고는 비록 반세기 전에 관한 것이어도 자신이 직접 겪은 일이라 사실일 개연성이 높다고 믿어진다. 그렇다면 그날 내가 자리에 없는 사이에 시인이 직접 놓고 간 원고를 다른 우송된 원고들과 함께 검토하고서, 김남주의 원고도 우송되었던 것으로 내가 기억하고 있었다는 말인가. 어떻게 등단했느냐가 중요한 것은 아니지만, 어느 경우에나 그렇듯 과장이나 왜곡 없이 진실에 다가갈 필요는 있다.

천문학사 주최 '김남주 20주기 기념 심포지엄'(2014.2.12.)과 한국작가회의 주관 '김남주를 생각하는 밤'(2014.2.28.)에서도 발표와 발언의 기회를 가졌다. 그러는 동안 그의 삶과 문학에 대해 여러차례 글을 써왔다. 그리고 이제 30주기가 되어 다시 그의 책을 펼쳐본다.

2. 뿌리에 있는 것들

김남주의 문학을 살펴보면 두개의 서로 다른 뿌리가 있음을 감지할 수 있다. 하나는 가난한 농민의 아들이라는 자기 존재의 기반에 바탕을 둔 정서적 내용이고, 다른 하나는 독서와 경험을 통해 형성된 이념적인 내용이다. 이 양자, 즉 출신과 교양은 때로는 갈등하고 충돌할 수도 있는 요소이다. 1920, 30년대의 식민지 지식인들, 그리고 1960년대 이후의 매판적(買辦的) 지식인들에게 있어 교육을 통해 얻은 그들의 돈과 지위는 허리가 휘도록 일한 부모 세대의 희생 없이는 불가능했다. 그럼에도 적잖은 계몽 지식인들은 자신의 모태를 떠나 자기배반의 노선을 걷기 일쑤였다. 그러나 김남주의 경우 출신과 교양, 감정과 이념은 오히려 상호 보완의 관계를 가진다. 그리고 사회적·문학적 실천이 진전됨에 따라 양자는 점점 더 긴밀하게 결합하여 그를 혁명적 민주주의자, 전투적 시인으로 만들어나갔다. 계급해방과 민족해방은 그에게 분리된 목표가 아니었다. 전통시대의 순박한 농민 정서와 어린 시절부터 보았던 익숙한 농촌 풍광은 김남주에게는 보수주의의 토양이 아니라 진보적 이상의 추구에 힘과 진정성을 부여하는 감성적 토대가 되었다. 그도 대학물을 먹은 지식인이었지만, 그러나 본질적인 의미에서 그는 뼛속 깊이 농민의 자식이었다. 초기의 두세 작품을 제외하면 「아우를 위하여」 「편지 1」 등에서부터 그의 문학에는 지식인으로서의 시인과 생명의 근원으로서의 농민 사이에 심리적 분열이 아니라 깊은 정서적 결합과 정치적 연대의 양상이 두드러진다. 그러므로 자신을 시인 아닌 혁명전사로 자처했을 때 그가 염두에 떠올린 것도 도시 게릴라가 아닌 농민혁명가의 이미지였을 것이다.

그는 거의 생득적이라 할 만큼 어려서부터 반항적 기질을 나타내었다. 입시 위주의 획일적 교육이 못마땅해서 고등학교를 자퇴했고, 검정고시를 거쳐 들어간 대학에서도 형식에 매인 수업보다 독서와 데모를 일과로 삼았다. 하지만 그의 이러한 행보는 단순히 규칙과 질서에 대한 반항이 아니라 오히려 치열한 지적 욕구의 표현이었다. 그는 시간 날 때마다 미국문화원 같은 데 가서 소위 불온서적들을 탐독했다. 진실에 대한 그의 열정에는 어떤 경계선도 없었다. 『공산당 선언』을 읽고 레닌과 마오쩌둥에 대해 알게 된 것이 미국문화원이나 미군부대 도서실의 책을 통해서였다고 그는 고백한 바 있다.[2] 미국의 제국주의적 본질을 가르쳐준 것이 미국 자신이었다는 역설이야말로 세계사의 이성이 행하는 통렬한 아이러니다.

한편, 시에 대해 눈을 뜬 것은 대학에 들어가서였다. 『창비』에 실린 김수영의 시를 읽은 것이 계기였다. 특히 큰 자극을 준 것은 『창비』 1968년 여름호에 소개된 김수영 번역의 파블로 네루다(Pablo Neruda) 시였다. 네루다의 「야아, 얼마나 밑이 빠진 토요일이냐!」 같은 시는 달달 외우고 다닐 정도였다고 한다. 하지만 정작 그에게 '이런 게 시라면 나도 쓰겠는데' 하는 의욕을 불러일으킨 것은 김수영의 것과는 다른 종류의 시, 즉 『창비』 1970년 여름호에 실린 김준태(金準泰)의 「보리」(이후 '보리밥'으로 개제) 같은 작품이었다. 농민 생활의 구체적인 모습과 정서를 노래한 김준태의 시에서 김남주는 고향 사투리를 들을 때와 같은 본능적인 친근감을 느꼈다.

---

2 후일 부인이 된 박광숙에게 보낸 김남주의 옥중서신. 이 편지들은 『불씨 하나가 광야를 태우리라』(시와사회사 1994, 83~116면)의 편자가 추려서 '시의 길 시인의 길'이라는 제목으로 수록했던바, 그의 다른 많은 편지들과 함께 『김남주 산문 전집』(맹문재 엮음, 푸른사상 2015, 287~478면)에 그대로 전재되어 있다.

이런 점들로 미루어 김남주 문학의 두 상반된 측면은 그의 문학적 체질 안에 자연스럽게 공존하고 있었다고 볼 수 있다. 즉, 김수영이나 네루다처럼 현대적이고 비판적인 지적 취향의 시들, "나의 출생과 성장의 배경과 감성과는 사뭇 다른 그런 시들"[3]과, 김준태처럼 "궁색하게 사는 농민들의 생활 냄새가 물씬물씬 풍겨나는"[4] 시들은 그 자체로서는 서로 이질적이고 상반된 것들임에도 그에게 모순 없이 받아들여졌다. 복잡한 비유체계를 지닌 현대적인 저항시와 소박한 감성에 바탕을 둔 재래적인 농촌시는 그에게 양자택일의 갈등을 일으키지 않았다. 그러나 내 생각에 김남주의 좀더 근본적인 귀의처는 농촌적 정서의 실재하는 표상으로서의 '어머니'였다. 어머니라는 존재는 매판적·억압적 국가권력에 대한 민중적 대결의 현실적·심리적 거점이었다. 그는 자신의 운명을 결정할 권리를 가진 자가 그 어떤 외부적 권력이 아니라 "날 낳으신 당신이고 당신 같으신 어머니들이고/날 키워준 이 산하 이 하늘"[5]이라고 선언한다. 가난한 농민의 아들이라는 자각은 이념적 투사로서의 활동을 한결같이 뒷받침하고 더욱 강화하는 최후의 정서적 기반이 되었던 것이다.

3. 피와 불은 꽃으로 피어나고

김남주에게 언제나 중요한 것은 문학이 아니라 현실참여였다. 그러나 학생 신분으로 경험한 8개월의 감옥살이에서 그는 시라는 것을 처음 끄적여보았고, 이 습작 경험을 통해 국가기구의 폭력 앞에서 자신의 육신이 얼마나 왜소해질 수 있는지 하는 자아의 실체를 인식할 수 있었다. 현실투쟁

---

3 『김남주 산문 전집』 57면.
4 같은 책 56면.
5 「편지」, 『김남주 시전집』 96면. 이하 시 인용은 이 책을 따름.

을 지향하는 자에게 그것은 '죽음'과도 같은 지옥의 체험이었다. 그의 데 뷔작 「진혼가」는 바로 이 심리적 패배의 기록이다. 하지만 김남주에게 놀라운 점은 그것이 동시에 패배를 역전시킬 수 있는 가능성의 발견이기도 했다는 사실이다. 그는 육신에 가해진 무자비한 타격을 통해 자아의 내부에서 무엇이 부서지고 무엇이 새로 생성되는지 그 과정을 체험하고, 죽음 같은 패배의 경험 자체가 승리의 거름으로 전화될 수 있는 역전의 발판임을 인식하였다. 어떻게 그런 인식이 가능했을까? 아마도 작품 「솔직히 말해서 나는」의 다음 구절에 표현된 것과 같은 자연의 영원한 순환적 질서에 대한 농민의 아들로서의 원천적 신뢰가 그 가능성을 열었을 것이다.

> 솔직히 말해서 나는
> 아무것도 아닌지 몰라
> 단 한방에 떨어지고 마는
> 모기인지도 몰라 파리인지도 몰라
> (…)
> 아 그러나 그러나 나는
> 꽃잎인지도 몰라라 꽃잎인지도
> 피기가 무섭게 싹둑 잘리고
> 바람에 맞아 갈라지고 터지고
> 피투성이로 문드러진
> 꽃잎인지도 몰라라 기어코
> 기다려 봄을 기다려
> 피어나고야 말 꽃인지도 몰라라
>
> ──「솔직히 말해서 나는」 1연

 하찮고 보잘것없는 존재로서의 자기를 승인할수록 시인은 자기 안에 잠재된 반대의 가능성이 살아나는 것을 자각한다. 김남주 초기 시의 눈부신 상징 '피'와 '꽃'은 그렇게 해서 탄생했다. 이런 면에서 본다면 그의 시에 끼친 브레히트·네루다 같은 서구 저항시인들의 영향은 차라리 기술적인 데 불과하고 근본적인 것은 토착 농민현실에 뿌리박은 민중정서와 그것에서 자라난 자생적 세계관이며, 그것이야말로 김남주 문학의 불변의 토대라 할 수 있다.

이런 점에서 나는 데뷔작 「잿더미」야말로 김남주 문학의 가장 순수한 원형이고 그의 창조성의 가식 없는 얼굴이며 그의 상상력과 언어적 활력의 살아 있는 기초라고 생각한다. 물론 이 작품에는 남조선민족해방전선(남민전) 가입 이후 김남주의 문학을 일관되게 관철하는 이념적 요소, 즉 김남주 특유의 완강한 계급적 관점과 민족해방적 내지 민족주의적 입장이 아직 드러나 있지 않다. 하지만 오히려 그렇기 때문에 우리는 이 작품에 제시된 '이념화 이전의' 그의 정치적 지향이 진정한 것이었음을 믿게 된다. 적어도 읽는 이로 하여금 그렇게 실감하지 않을 수 없도록 만드는 설득의 힘, 즉 뛰어난 언어적 능력과 힘찬 리듬을 느끼게 된다.

> 그대는 타오르는 불길에
> 영혼을 던져보았는가
> 그대는 바다의 심연에
> 육신을 던져보았는가
> 죽음의 불길 속에서
> 영혼은 어떻게 꽃을 태우는가
> 파도의 심연에서
> 육신은 어떻게 피를 흘리는가
>
> ─「잿더미」 3연

독자를 향해 연속적으로 던져지는 질문의 점층 효과는 시에 급박한 격정의 리듬감을 조성한다. 하지만 이것은 단순히 음악적 효과에만 관계된 것이 아니라 화자가 처해 있는 실존적 결단의 절박성을 반영하는 것이기도 하다. 이 시의 속사포 같은 연속적 설의법은 화자가 자기의 전 존재를 백척간두의 위기에 올려놓으면서 던지는 '벼랑 끝' 질문인 것이다. 여기에는 죽음의 불길로 뛰어드는 희생의 이미지와 그럼으로써 생명의 꽃을 피워내는 재생의 이미지가 하나로 결합되고 있는바, 그것은 역사의 제단 위에서 희생되는 존재의 영원한 생명성에 대한 찬가이다.「잿더미」의 다음 부분은 이와 같은 죽음과 재생의 신화를 김남주에게 익숙한 농촌적 이미지들로 힘차게 노래한다.

> 잡초는 어떻게 뿌리를 박고
> 박토에서 군거(群居)하던가
> 찔레꽃은 어떻게 바위를 뚫고
> 가시처럼 번식하던가
> 곰팡이는 왜 암실에서 생명을 키우며
> 누룩처럼 몰래몰래 번성하던가
> 죽순은 땅속에서 무엇을 준비하던가
> 뱀과 함께 하늘을 찌르려고
> 죽창을 깎고 있던가
>
> ─「잿더미」6연 부분

언어와 운율에 대한 활기찬 배려, 이미지의 반복과 대조에 의한 점층적 효과, 반어법·대화체 등의 활용을 통한 소격효과 따위를 용의주도하게 배치하여 구사할 줄 안다는 점에서 김남주는 김수영 문학의 현대성을 계승하고 있으며, '자유' '죽음' 같은 개념들도 김수영에게서 이어받은 것으로 볼 수 있다. 다만 김수영이 끝내 지식인의 한계 안에서 그 한계인 소시민성의 극복에 도달했다면, 현실적 행보에 거침이 없었던 김남주는 자기의 전 사회적 존재를 남김없이 전투태세로 전환함으로써 "시인이 아니라 전사"라는 주장을 치열한 실천으로 입증하였다.

4. 혁명시인 김남주

1970년대 중반 김남주는 신진시인으로 조금씩 주목을 받기 시작했지만 자신이 시인이라는 사실에 별로 개의치 않았다. 그는 자신이 추구하는 진정한 목표와 처한 현실의 척박함 사이에서 아직 방황하고 있었다. 그는 때로는 고향인 해남에서 농민운동을 거들기도 하고, 때로는 대학을 다닌 광주에서 문화운동에 관여하기도 하였다. 그러는 동안에도 그는 시 쓰기를 멈추지 않았다. 데뷔 이후 1978년 봄호까지 그는 매년 『창비』에 시를 발표하였다. 나는 내게 우송된 원고 중에서 어떤 것은 『월간중앙』이나 『세대』 같은 잡지에 발표를 부탁하기도 하고 어떤 것은 학교의 내 캐비닛에 보관하기도 하였다.[6] 그러다가 그는 1978년 3월경 독서회 조직이 드러나 쫓기는 몸으로 상경한다. 그리고 마침내 남민전 준비위에 가입하여 확실하게 '혁명전사'의 길을 걷게 된다. 이어서 이듬해 10월 남민전 사건으

---

6 상당한 세월이 지난 뒤인 1993년, 여의도고교에 근무한다는 어느 선생님으로부터 내게 김남주의 원고가 우송되어왔다. 덕성여대의 내 캐비닛을 정리할 기회가 있어 거기에 보관돼 있던 것을 발견했다는 것이었다. 1976년 1월 말 교무처장으로부터 재임용 탈락(해직)을 통보받은 뒤로 상당 기간 나는 학교에 출입하는 것도, 또 학생들 만나는 것도 금지된 터였다. 그 선생님이 보내온 것은 1970년대 당시에 발표되지 않은 김남주의 시였다. 부인 박광숙 선생도 김남주의 글씨임을 인증했다. 얼마 뒤 나는 민예총 발행의 계간지 『민족예술』 1994년 여름호에 그 경위와 함께 「아버지」 「하하 저기다 저기」 「잔소리」 「중세사」 「여자는」 등 5편을 '미발표 유고'로 활자화했다.

로 구속되어 15년형을 선고받고 오랜 감옥 생활에 들어간다.

이 10년 가까운 감옥살이는 그에게 무엇이었던가? 알다시피 김남주는 등단 후에도 자신의 사회적 정체성을 시인보다 혁명전사에서 구하고자 했다. 그런데 역설적인 것은 시인 아닌 혁명가를 택한 탓에 들어간 0.75평의 부자유 공간이 그를 가장 시적인 존재로 만들었다는 사실, 즉 감옥이 그의 혁명활동 투신을 막고 오로지 시 창작에만 몰두하게 했다는 사실이다. 9년 3개월의 옥중 생활 동안 그는 360여편의 시를 썼는데, 아마 이것은 세계문학사에서도 거의 유례가 없는 일일 것이다. 감옥 속에서도 그는 나태와 안일을 경계하며 치열하게 자신을 단련해나갔다. 그는 시를 쓰고 번역을 하는 비밀 작업 중에도 감옥 바깥의 상황 변화에 대응하여 그 나름의 견결한 옥중투쟁을 전개하였다.

널리 알려진 대로 그는 시를 창작하는 것도 외국 시를 번역하는 것도 혁명투쟁의 일환이라고 주장했다. 남민전 가입 이후 그는 더욱 다그치듯 자신의 일체의 사생활을 투쟁에 헌납하고자 하였다. 그 지극정성에 조금의 사심(邪心)이나 거짓도 없었음을 우리는 믿을 수 있다. 그는 감방의 악조건과 옥중 생활의 고통에 관하여 끊임없이 증언했고, 무엇보다 마음대로 책을 읽고 글을 쓰지 못하게 하는 대한민국 행형제도의 야만성에 대해 열렬히 규탄했다. 그는 국가권력의 제도화된 폭력장치에 끊임없이 맞서 싸웠다. 그는 조금의 나태도 자신에게 허용하지 않으려고 노력함으로써 감옥을 정치적 징벌의 공간이 아니라 '전사의 휴식처' '정신의 연병장'으로 전화시켰다. 대한민국 역사에 수많은 정치범들이 존재했지만, 옥중투쟁 자체를 위해 자기를 단련하고 그러면서 감옥 바깥의 현실을 사유의 대상으로 삼아 김남주만큼 열띤 기록을 남긴 사례가 있었는지 나는 알지 못한다.

그들에게 있어서 감옥은 감옥이 아니다
인간의 소리를 차단하는 벽도 아니고

자유의 목을 졸라매는 밧줄도 아니고
누군가 노리고 있는 공포와 죽음의 집도 아니다
감옥은 팔과 머리의 긴장이 잠시 쉬었다 가는 휴식처이고
세상에서 가장 완벽한 독서실이고 정신의 연병장이다

—「정치범들」 3연

실제로 감옥은 김남주에게 독서실이고 연병장이었을 뿐만 아니라 수백 편의 옥중시가 입증하듯이 가장 집중적인 창작의 산실이었다. 「투쟁과 그날그날」 「자유」 「함께 가자 우리 이 길을」 「조국은 하나다」 「학살 1」 「오월 그날이 다시 오면」 등 1980년대 한국 민주화운동의 가장 뜨거운 핵심을 가장 치열한 목소리로 노래한 수많은 걸작들이 쓰인 것은 바로 '납골당' '냉동실'로 불리던 그 감방 안에서였다. 가장 열악한 조건을 딛고 가장 치열한 창작이 이루어졌다는 점에서 그의 옥중시는 그야말로 '세계기록유산'에 값하는 것이라 할 만하다.

그러나 최악의 조건 속에서 이런 시를 쓰는 것은 당연히 쉬운 일이 아니었다. 김남주가 기회 있을 때마다 한국의 행형제도를 비판하고 감옥 안에서의 집필의 자유를 주장했던 것은 자신의 처절한 경험에서 나온 요구였다. 온갖 감시를 무릅쓰고 그야말로 '영혼을 갈아넣어' 썼던 시 한줄 한줄은 그의 생명과 맞바꾼 것이었다고 후일 부인 박광숙은 증언한다. "그의 시 한줄 한줄은 명줄 한올 한올과 맞바꾼 것들이었다. 시편들을 새겨나가는 쓰라린 희열이 그의 몸을 들뜨게 할 적마다 육신 한복판에 조금씩 조금씩 자라나고 있던 암세포들, 그래도 시인인 그는 그때가 가장 행복했노라고, 피가 졸아드는 두려움으로 시를 새기던 그 시절이 가장 행복했노라고 했다."[7] 감옥

7 박광숙 '엮고 나서', 김남주 유고시집 『나와 함께 모든 노래가 사라진다면』, 창작과비평사 1995, 222면.

에 갇힌 시인이 뾰족하게 간 못으로 은박지에 시를 새겨넣는 순간의 '피가 졸아드는 두려움'과 그런 두려움 속에서도 그의 몸을 들뜨게 했던 '쓰라린 회열'의 이 위대한 역설에 대해 나는 할 말을 잃는다. 이 장면 자체가 더할 나위 없이 가공할 창조의 현장 아닌가!

  돌아보면 우리 근대시의 역사에는 나라의 자주독립과 민중해방을 위해 투쟁하고 헌신한 시인들이 적지 않았다. 초창기 한용운(韓龍雲)은 이름 높은 선승으로서 3·1혁명의 민족대표 중 한분이었고, 이육사(李陸史)는 이름이 곧 수인 번호일 만큼 감옥을 들락거리다 처절하게 옥사했으며, 윤동주는 적국의 감옥에서 생체실험 대상으로 삶을 끝냈고, 해방기 유진오(俞鎭五, 1922~50)는 유치장과 감방을 오가다가 '학살'의 피해를 입었을 것으로 추정된다. 보수적 민족주의자 김광섭조차 일제 말에 4년 가까운 감옥을 살았다. 그밖에도 1930년대 카프 시인들은 두차례의 검거 사건으로 수난을 겪었다. 그러나 이런 모진 수난에도 불구하고 그들의 시는 그들의 삶처럼 유혈 낭자한 것이 아니라 동시대 시문학의 일반적 화법에 순응하는 것이었다. 예외적이라면 6·25 직전의 유진오와 1970년대의 김지하를 생각해볼 수 있다. 하지만 「한없는 노래」「누구를 위한 벅차는 우리의 젊음이냐?」 같은 유진오의 시가 전위 시인의 면모를 유감없이 보여주고 있기는 해도 그의 대부분의 다른 작품은 아직 습작 단계를 벗어난 것이 아니었다. 「오적」「타는 목마름으로」 등 김지하에게 고난을 가져온 작품들은 과연 박정희 독재정권의 심장부를 겨냥한 최고의 저항정신의 소산이다. 하지만 그런 시에조차도 '투쟁'이나 '적의'만 들어 있는 게 아니라 김지하 특유의 해학과 서정이 바탕에 있었다. 더욱이 옥중의 김지하에게는 집필은 물론 초기 1년 반 동안 독서와 면회조차 금지되었고, 출옥 후에는 시와 삶이 정치투쟁을 떠나 전혀 다른 방향으로 전개되었다. 어떻든 1970년대의 저항투쟁을 대표하는 시인이 김지하라면 1980년대의 저항정신을 상징하는 인물은 옥중의 김남주일 텐데, 그러나 분명한 것은 문학적 생애 전체를 초지일관 혁명에 바친 사람은 오직 김남주 하나일 것이라는 점이다.

물론 몇몇 옥중시에서 그는 '나는 버림받았다'는 개인적 절망감과 고독을 드러내기도 하였다. 또 어떤 작품은 고립된 삶의 일상적 순간을 소박하게 스케치하는 데 그치기도 했다. 가령 「부르다가 내가 죽을 이름이여」 같은 작품에 절실한 가락으로 표명된 것은 갇힌 자의 무력감이고 새처럼 바람처럼 하늘을 비상하고자 하는 절망적인 바람(願望)이다. 또 가령, 옥중 생활의 일상적 장면을 소재로 삼았으되 어쩔 수 없이 쓴웃음을 자아내는 시가 「청승맞게도 나는」 같은 작품이다. 그런데 곰곰이 읽어보면 이런 작품조차 고통과 해학을 적절히 배합함으로써 쓴웃음을 넘어 높은 수준의 정서적 비애로 승화되고 있다. 물론 그의 대부분의 옥중 작품은 이렇게 정감에 호소하는 것이기보다 전투적 정열과 불퇴전의 투지로 가득 차 있다. 계급적·민족적 모순에 대한 비타협적 노선을 그는 한치의 양보 없이 완강하게 고수하는 것이다.

5. 언어예술가 김남주

거듭 말하지만 1980년대 김남주의 문학은 시대의 핵심적 모순들에 대한 집요하고도 강인한 비판정신의 소산이다. 그의 주적은 외세와 자본, 그리고 외세와 자본의 이익에 종속된 이 나라의 독재권력이다. 이들의 본질에 대한 그의 폭로와 공격은 마치 퇴로가 끊긴 절박한 상황에서 부르짖는 불가항력의 절규처럼 보였다. 그의 의식 속에서는 모든 가치가 혁명의 목적에 종속되어 있었다. 그의 사고 속에서는 적과 동지, 자본가계급과 노동자계급, 억압하는 지배자와 고통받는 민중, 제국주의 침략세력과 식민지 민족세력이 언제나 선명한 적대관계를 이루고 있다. 이 단호한 대치는 그의 시에 강한 발화력과 놀라운 집중력을 결과한다. 그는 자신에 관해서도 다음과 같이 노래한다.

나는 혁명시인
나의 노래는 전투에의 나팔 소리
전투적인 인간을 나는 찬양한다

나는 민중의 벗
나와 함께 가는 자 그는
무장이 잘되어 있어야 한다
굶주림과 추위 사나운 적과 만나야 한다 싸워야 한다

나는 해방전사
내가 아는 것은 다만
하나도 용감 둘도 용감 셋도 용감해야 한다는 것
투쟁 속에서 승리와 패배 속에서 그 속에서
자유의 맛 빵의 맛을 보고 싶다는 것 그뿐이다.

　　　　　　　　　　　　　　　　　　─「나 자신을 노래한다」 뒷부분

　그런데 생각해보면 그의 시의 감동이 구호의 격렬성 자체에서 오는 것만은 아니다. 오히려 격렬한 구호가 대중의 감성에 생생한 호소력을 발휘하도록 그가 다양한 시적 기법을 활용할 줄 알았다는 점, 즉 김남주의 능숙한 언어미학이야말로 감동을 감동으로 살아나게 하는 문학의 힘이라고 나는 생각한다. 그의 낱말 하나하나, 비유 하나하나가 대중연설 현장에서 군중을 격동시키는 순간과 같은 활력을 지니는 것은 무엇보다 그가 독자를 설득하기 위해 온 정성을 다해 발언에 집중하기 때문일 것이다.

김남주는 기회 있을 때마다 자신의 시가 사회변혁을 이데올로기적으로 준비하기 위한 혁명운동의 부산물이라는 일종의 목적론적 문학관을 피력하였다. 시에 관한 이러한 자의식이 그의 시적 성취에 어떻게 연관되어 있는지를 해명하는 것은 문학비평가의 중요한 과제이다. 김남주의 상당수 시들은 그의 주장대로 노골적인 정치선전을 겨냥하며 혁명이념의 직접적 진술에 그친 듯한 것이 사실이다. 그러나 그러한 시에서조차 거기 구사된 언어의 생동성과 다채로운 문학적 기법들은 그 자신의 의도를 넘어서는 미학적 성취에 이르고 있다. 가장 탁월한 예는 광주항쟁의 비극을 최고의 언어예술 속에 형상화한 명작 「학살 1」일 것이다.

알다시피 항쟁 당시 김남주는 15년형 장기수로서 반년째 광주교도소에 수감되어 있었다. 따라서 그는 광주항쟁의 발생과 진행을 직접 목격하지 못하였다. 그러나 이렇게 현장과 차단된 상황에 갇혀 있었음에도 불구하고 그는 놀랍도록 정확하게 진압군의 폭력성과 항쟁의 비극적 핵심을 투시하여 한국 현대사에서 차지하는 광주항쟁의 역사적 함축을 예리한 문학적 형상 안에 담아내었다. 무엇보다도 우리는 이 작품에 구사된 탁월한 예술적 기법에 감탄하게 된다. 작품 전개과정의 한행 한행은 다큐멘터리 기록처럼 사건의 경과를 재현하면서 반복과 점층의 숨막히는 교직(交織)을 통해 비극의 장면들을 바로 눈앞에 불러내는 기적을 이룩한다. 그리하여 마지막 장면.

밤 12시
하늘은 핏빛의 붉은 천이었다
밤 12시
거리는 한집 건너 울지 않는 집이 없었고
무등산은 그 옷자락을 말아올려 얼굴을 가려버렸다

밤 12시
영산강은 그 호흡을 멈추고 숨을 거둬버렸다.

아 게르니카의 학살도 이렇게는 처참하지 않았으리
아 악마의 음모도 이렇게는 치밀하지 못했으리

―「학살 1」 11~12연

　이 통렬한 장면에서 비극은 절정에 이르는데, 주목할 점은 비극을 최고조로 밀어올리는 힘이 앞의 텍스트에서 입증되듯 단순히 정치적 목적성으로부터 나온 것만은 아니라는 사실이다. 김남주는 그가 좋아한 시인들, 하이네와 브레히트와 네루다가 그러했듯이 단순한 정치선동가가 아니라 뛰어난 언어예술가인 것이다.
　시의 서정성에 대한 김남주의 태도 역시 단순한 배격론자가 아니다. 그는 서정 그 자체를 부인한 것이 아니라 서정의 특정한 이념적 왜곡을 비판한 것이었다. 그는 부인 박광숙에게 보낸 옥중편지에서, 자신은 시에서 의식적으로 서정성을 제거하려고 애썼다면서 서정성의 사회적 내용에 관해 다음과 같이 말하고 있다. "내가 제거하려고 했던 서정성은 소시민적인 서정성, 자유주의적인 서정성, 봉건사회에서 자연스럽게 이루어진 고리타분한 무당굿이라든가 판소리 가락에서 묻어나오는 골계적, 해학적, 한(恨)적 서정성이었습니다. (…) 내가 시에서 무기로써 사용하고자 하는 서정성은 일하는 사람들의 서정성 중에서 진보적인 것, 전투적인 것, 혁명적인 것입니다."[8]
　김남주의 의식 속에서는 모든 가치가 혁명의 목적에 종속되어 있음이 다시 한번 드러난다. 그의 사고 속에서 억압하는 지배자와 고통받는 민중

---

8 『김남주 산문 전집』 406면.

은 언제나 선명하게 적대관계를 이루고 있고 이 선명한 적대는 당연히 그의 시에 강한 선동성을 결과한다. 그런데 의식의 이런 진보적·전투적·혁명적 집중에도 불구하고 「이 가을에 나는」 「옛 마을을 지나며」 「고목」 「개똥벌레 하나」 같은 적지 않은 시들이 그가 외면하고자 했던 전통적 서정의 감동적인 실례를 보여준다. 이 현상은 무엇을 말하는가? 시대적 사명의 수행을 강박처럼 지니고 살았던 김남주에게서 이런 아름다운 서정시를 읽을 때마다 나는 오히려 더 깊은 아픔을 느낀다.

어쨌든 나는 그의 시에서 내용적·사상적 측면 못지않게, 어쩌면 그보다 더 진지한 의미에서 시의 방법적·형식적 측면을 주목해야 한다고 믿는다. 「학살 1」을 비롯한 많은 걸작들이 보여주듯 그는 비유와 리듬, 반복과 비약, 단검으로 찌를 듯이 육박하는 직선적 묘사와 그러다가 물러나 새롭게 물결을 일으키며 파동 치듯 핵심으로 다가서는 파상적(波狀的)인 호흡의 진행방식, 절묘한 행과 연의 구분, 정치(正置)와 도치(倒置), 점강법과 점층법 등 다양한 기법들을 능숙하게 구사한다. 짐작건대 이러한 기법들의 많은 부분을 그는 아마도 치열한 번역과정, 즉 외국어와의 침통한 투쟁 속에서 체득했을 것이다. 김남주는 여러곳에서 자기 나름의 시의 길을 찾게 된 것이 하이네·브레히트·네루다 같은 외국 시인들의 작품을 읽고 번역한 덕분이라고 고백한 바 있다.

이와 더불어 감옥 안에서 시를 썼다는 사실이 시의 스타일에 영향을 끼친 점도 간과해서는 안 된다. "감옥이란 특수 상황 속에서는 어떤 시상을 머릿속에서 잘 굴리고 있다가 담당이 없고 불이 켜 있는 밤을 이용해서 번개같이 적어둘 수밖에 없었어요. 그러니까 나중에 다듬고 고칠 수도 없고, 대개는 초고일 수밖에 없습니다."[9] 그는 자신의 시를 속으로 외우고 있다가 면회 온 사람이나 출옥하는 사람에게 구술을 통해 바깥으로 내보냈

---

9 차미례 대담 「시인은 사회변혁의 주체」, 『김남주 산문 전집』 599면.

다. 담뱃갑이나 우유갑의 은박지에 못으로 눌러쓰거나 휴지로 사용하는 누런 종이에 깨알같이 써두었다가 은밀하게 외부로 유출했던 것이다.[10] 이런 형편이었으므로 그의 시는 복잡하고 까다로운 비유나 시각적 이미지에 의존할 수 없고, 주로 청각에 호소하는 압축적이고 단순 간명한 언어적 특성을 띨 수밖에 없었다. 군중 앞에서 낭송될 때 그의 시가 더 폭발적인 선동성과 감응력을 발휘할 수 있었던 것은 그 시가 태어난 배경으로서의 청각성, 즉 언어의 운율적 효과와 관계가 깊다고 할 수 있다.

6. 살아 있는 김남주

김남주는 9년 3개월의 수감 생활 끝에 1988년 12월 21일 형집행정지로 석방되었다. 그런데 이 무렵의 국내외 상황은 어떠했는가? 나라 안에서는 30년 군사독재가 종말을 고하고 형식상 민주주의가 회복되었고, 나라 밖에서는 독일이 통일된 데 이어 동구 사회주의가 붕괴하고 소련이 해체되었다. 이른바 냉전의 종식이었다. 미국 헤게모니의 금융자본주의, 즉 신자유주의 세계화는 의기양양 전 지구를 석권하는 듯이 보였다. '역사의 종말'이라는 말이 과장이 아닌 듯 들리기도 했다. 이에 따른 이념적 혼돈은 다른 어디보다 한국사회를 더욱 심각하게 강타했을 것이다. 변혁을 지향하던 세력에게 운동의 지표가 사라진 듯한 허탈이 찾아왔기 때문이다. 방

---

10 감옥 안에서 김남주가 몰래 시를 쓸 때 위험을 무릅쓰고 도와준 분들에 대해 부인 박광숙은 유고시집 후기에서 다음과 같이 감사하고 있다. "감옥 안에서 시인의 사명을 다할 수 있도록 격려와 도움을 준 참으로 많은 분들, 종이가 없던 시절에 우유곽에서 은박지를 발견해내고, 못을 갈아주고, 연필 도막과 볼펜 심을 갖다준 분들, 감시의 눈초리를 감시해준 교도관들, 밖으로 시를 운반해낸 분들, 그 공포의 시절에 시집을 발간한 분들, 시를 읽고 투쟁의 의지를 돋위 열심히 싸워준 분들…… 그분들의 노고가 그의 죽음만큼이나 새삼 목을 아프게 했다." 『나와 함께 모든 노래가 사라진다면』 224면.

황과 변절의 계절이 도래한 것이었다. 김남주 앞에 닥친 현실은 바로 이 혼돈이었다. 그것은 당연히 감옥 안에서 그가 예상하던 바가 아니었다.

근본적 사회변혁을 추구했던 김남주의 인생에 이것은 뿌리로부터의 도전이었다. 지난날의 틀에 박힌 구호를 그대로 되풀이할 수는 없는 노릇이었다. 그러나 동시에 과거의 구호 속에 담긴 이념적 핵심을 버리는 것은 더욱 용납할 수 없는 배신으로 여겨졌다. 출옥 후 김남주의 시는 이 딜레마와의 힘든 투쟁의 기록이라고 할 수 있다.

한동안의 방황 끝에 그는 본연의 맑은 정신으로 돌아왔다. 그러나 진정 중요한 것은 주관적 신념이 아니라 객관적 현실 자체이기에, 신념이 설 자리를 찾는 것은 쉬울 수 없었다. 차라리 감옥의 고통으로 돌아가고 싶다고 신음하듯 내뱉는 그의 고백은 한없는 절망의 울림을 발한다. '나는 어디에 서 있는가'라는 회의는 출옥 후 내내 그의 머리를 떠나지 않았다. 그는 깊이 탄식한다.

무너진 산
내려진 깃발
파괴된 동상
나는 그 앞에서 망연자실 어찌할 바를 모른다
──「노동의 대지에 뿌리를 내리고」 부분

이때 쓰인 그의 시에서 우리가 때로 허무와 무력감을 보는 것은 어쩌면 불가피한 노릇이다. 그러나 얼마간의 흔들림 끝에 그는 천천히, 조선 농민의 아들답게 본연의 순정으로 돌아왔다. 이것은 단순히 어떤 이념을 고수하는 것과는 다른 차원의 근본적인 자기긍정을 의미하는 것이었다. 어쩌면 이 마지막 순간에 김남주는 평생의 이념적 중압과 현실적 책임을 넘어서 진정한 시인의 자리에 이른 것인지도 모른다.

사회주의의 깃발이 내려지고 레닌의 동상이 쓰러진 혁명의 폐허 위에서 김남주가 본 것은 무엇이었던가? 모든 희망이 날아간 듯한 막막함에도 불구하고 농민의 아들 김남주는 새로운 다짐을 자신의 가슴에 새겨넣는다. 영구히 흔들리지 않을 저 대지 위에서 새로 시작하자고.

저 별은 길 잃은 밤의 길잡이이고
저 나무는 노동의 형제이고
저 바위는 투쟁의 동지이다
가자
가자
그들과 함께 들판 가로질러 실천의 거리와 광장으로
가서 다시 시작하자 끝이 보일 때까지
　　　　　　　　　　　　—「노동의 대지에 뿌리를 내리고」 부분

신음하듯 다지는 이 안간힘에서 우리는 어쩔 수 없는 비통의 정서를 감지한다. 게다가 생의 마지막 무렵에는 심한 육신의 고통이 엄습하여 그를 최후의 시험에 들게 했다. 그러나 남긴 시를 읽어보면 증류수처럼 맑고 곧은 그의 마음이 천지에 가득한 고통과 어둠 속에서도 새벽이슬처럼 빛나고 있음을 느낄 수 있다.

빈 들에 어둠이 가득하다
물 흐르는 소리 내 귀에서 맑고
개똥벌레 하나 풀섶에서
자지 않고 깨어나 일어나
깜박깜박 빛을 내고 있다

(…)

풀잎에 연 이슬이 아침 햇살에 곱다
개똥벌레야 나는 네가 이슬로 환생했다고
노래하는 시인으로 살련다
먼 훗날 하늘나라에 가서

———「개똥벌레 하나」첫 연과 마지막 연

　돌이켜보건대 김남주는 끝내 어떤 타협주의나 거짓된 해답으로 기울지 않았다. 그의 삶은 민중해방과 민주주의 그리고 조국의 자주통일이라는 대의에 헌납된 번제(燔祭)의 제물과도 같았다. 그 대의의 실현을 위해 그는 한평생 생활과 의식, 시와 삶을 일치시키고자 하였다. 그의 티 없이 맑은 도덕적 순결, 한없는 헌신성과 샘솟는 열정, 수많은 시작품으로 승화된 고귀한 정신세계는 30주기를 맞은 오늘 이 시대에 더 찬란한 샛별로 빛난다. 한반도 차원에서나 전 지구적 차원에서나 그의 살아생전보다 비할 수 없이 더 위험하고 황폐해진 현실은 새삼 김남주의 열정과 헌신을 이 땅으로 호출하고 있지 않은가.

송기숙의 실천적 삶과 문학적 성취

◆

민중과 더불어 민중 속으로

* 2023년 5월 25일 전남대 5·18연구소에서는 '5·18민주화운동 43주년 기념 학술대회'를 열어, 제1부 행사로 소설가이자 전남대 국문과 교수였던 고 송기숙 선생의 문학과 실천활동을 조명하였다. 내게는 제1부의 기조 강연이 맡겨졌다. 또한 그해 10월 17일에는 전남대 오수성 명예교수와 이대흠 시인의 강청으로 선남 장흥문화원 주최의 문학행사에서도 비슷한 내용의 강연을 하게 됐다. 송기숙의 많은 작품 가운데 중요한 것 두세편이라도 다시 읽고 그걸 바탕으로 강연하는 것이 마땅했으나 그러지 못했다. 이 글은 두 강연을 정리한 것이다.

1. 어설픈 출발

소설가 송기숙(宋基淑, 1935~2021)의 문학적 출발을 살펴보면 뜻밖에도 그가 소설 아닌 평론을 추천받아 문단에 나왔다는 사실이 눈에 띈다. 그는 1964년 『현대문학』 주간이자 당시 이른바 '문단권력'의 한 사람인 평론가 조연현의 추천으로 『현대문학』을 통해 등단했다. 지금 생각해보면 송기숙이 조연현의 추천을 받은 점이나 그의 평론이 이상과 손창섭에 관한 글이라는 것은 상당히 어색한 조합이다. 우리가 가진 그의 이미지는 이상이나 손창섭과 거리가 멀뿐더러 어떤 종류의 권력과도 대척적인 것이기 때문이다.

그런데 송기숙은 평론가로서 별다른 활동을 하지 않다가 1966년 단편소설 「대리복무」를 발표함으로써 소설가로 선을 보였다. 그리고 자못 활발하게 작품을 발표한 끝에 1972년에는 소설집 『백의민족』을 간행했고, 이듬해에는 그 소설집으로 제18회 『현대문학』 소설 부문 신인문학상을 받았다. 이어서 1974~75년에는 첫 장편소설 『자랏골의 비가』를 『현대문학』에 연재하였다. 일찌감치 평론을 접고 소설가로 변신하는 데 성공한 것이고, 더욱이 주류 문단을 대표하는 잡지 『현대문학』의 가장 중요한 신진작가의 한 사람으로 위상을 확립한 것이다.

생각해보면 송기숙의 경우 평론가에서 소설가로 변신한 것은 단순히 한 장르에서 다른 장르로 옮겨간 것이 아니었다. 사실 나는 그의 평론 추천작인 「창작과정을 통해 본 손창섭」(1964)과 「이상 서설」(李箱序說, 1965)이 어떤 성격의 글인지 읽어보지 못했다. 따라서 그 평론들에 나타난 송기숙의 문학적 입장이 어떤 것인지 알지 못한다. 하지만 그럼에도 불구하고 이 평론들과 단편 「대리복무」 이후의 그의 소설들 사이에는 단순히 장르 차이로 설명할 수 없는 어떤 근본적인 세계관적 격차가 존재할 것이라 짐작한다. 이를 밝히자면 잠깐 그의 어린 날로 돌아가볼 필요가 있다.

송기숙은 전남 장흥의 시골에서 자라던 어린 시절부터 문학에 흥미를 가졌다고 한다.(나는 2023년 가을 처음으로 그가 유소년 시절을 보냈던 장흥의 포곡마을에 가보았다. 400~500미터 산들로 둘러싸인 분지 속의 농촌이었다.) 이미 중학생 때부터 습작을 시작하여 1954년에는 『학원』지에 콩트를 발표했고, 고교에 진학해서는 문예부장 노릇도 하였다. 그런데 특징적인 것은 청소년 시절의 이런 문예활동에도 늘 정의감이라든가 사회적 불의에 대한 비판의 정서가 깔려 있었다는 점이다. 그 점은 대학에서 더욱 분명해졌다. 그는 대학 재학 중인 1957년 학보병(대학생 학적을 보유한 병사로서, 복무 기간을 1년 반으로 단축해주었음. 1962년 폐지)으로 육군에 입대하는데, 이때 목격한 군대 내의 비리를 고발하는 소품「진공지대」를 복학 이후 교내 잡지에 발표하였고, 이를 수정한 작품이 바로「대리복무」였다. 이 작품의 발표를 계기로 그는 평론에서의 모더니즘 내지 서구문학에 대한 어설픈 미련을 버리고 어린 시절부터의 본업으로 돌아왔다고 할 수 있다.

그런데 송기숙의 이러한 방향전환에는 그의 내면에서 작동하던 고향의 소리뿐 아니라 시대적 상황도 적지 않게 영향을 끼쳤으리라 짐작한다. 알다시피 1950년대는 이승만 정권의 반공독재 밑에서 사람들이 억눌려 살던 시대였다. 4·19혁명은 학생과 시민 들이 들고일어나 억압과 독재를 뒤엎은 자생적 폭발이었다. 송기숙 자신도 늦깎이 복학생으로서 4·19 시위에 참가하였다. 4·19혁명으로 해방의 공기를 숨 쉬어본 사람들에게 박정희 군부의 쿠데타와 새로운 독재는 참기 힘든 것이었다. 더욱이 박정권이 추진한 강압적 근대화, 즉 외세의존적 산업화 정책은 농촌의 붕괴를 현장에서 실감케 하는 것이었다. 따라서 송기숙 같은 농촌 출신 문인들의 경우 대학에서 공부한 서구문학의 유행 사조를 무차별 뒤쫓는 것은 양심에 반하는 일이었을 것이다.

소설가로 변신한 1966년 이후 송기숙은 누구보다 활발하게 작품을 발표하였다. 앞서 얘기했듯 이 작품들을 모아 1972년 단편집『백의민족』을 간행하고, 이 단편집으로『현대문학』소설 부문 신인상을 받았다. 이어서 1974~75년에는 장편『자랏골의 비가』를 연재하였다. 이렇게 김동리·조연현 주도의 주류 문단을 발판으로 활동하면서도 그는 처음부터 그 주류와는 확연히 구별되는 독자적인 세계를 선보였다. 한편, 당시의 문단에는 김동리 등의 기성세대와 다른 젊은 문학이 '전후문학'의 이름으로 이미 자리 잡고 있었고, 1960년대 들어서는『광장』의 최인훈과「무진기행」의 김승옥이 화려하게 주목받으며 새바람을 일으키고 있었다. 최인훈과 김승옥은 각각 다른 경향이지만, 넓게 보면 지적인 문제의식과 도시적 감각이라는 공통성으로 묶일 수 있었다. 반면에 송기숙은 같은 세대이면서도 그들과 달리 철저히 농촌적이고 토착적인 입장에서 역사와 현실을 바라보았고, 그런 만큼 당시의 독자 대중으로부터는 주목을 받기 어려웠다.

그러나 나는 바로 그런 점에서 송기숙이야말로 한국 리얼리즘 소설의 정통 계보, 즉 염상섭·채만식·김정한의 흐름을 굳건하게 잇는 작가일 수 있다고 생각한다. 1977년 간행된『자랏골의 비가』는 어떻게 보면 지난 시대의 완고한 인물을 통해 몰락해가는 농촌의 현실을 파헤친 답답한 작품처럼 보이지만, 달리 보면 당시 박정희 정부가 추진한 새마을운동의 반농민성을 통렬하게 비판함으로써 농민적 주체성에 대한 강력한 주장을 함축한 역사적 의의가 있다고 할 수 있다.

2. 토착적 인간의 낙천성과 저항성

내가 송기숙 선생과 처음 인사를 나눈 건 1975년 여름인데, 만나는 날로 곧장 친해지게 되었다. 사실 그는 만나면 만날수록 요즘 세상에 보기 드물게 '진국'이라고 느껴지는 분이었다. 더러 화를 내거나 수줍은 표정을 지을 때도 있었지만, 마음 맞는 사람들과 한잔하면서 농담을 주고받을 때에는 얼굴 전체가 하회탈처럼 온통 웃음으로 덮여 함께 있는 사람들로 하여금 세상 잡사를 잊게 만들었다.

이런 티 없는 웃음은 오늘날 점점 찾아보기가 어려워졌다. 사실 자본주의 경쟁사회에서는 타인과의 사회적 관계에 따라 표정과 웃음도 계산되고 관리된다고 여겨진다. 그러나 토착 농촌공동체 사회의 농민들 웃음은 그런 계산된 웃음이 아니다. 그들의 웃음은 꾸밈없이 저절로 우러나오는 인간 본성의 드러남일 뿐이다. 그것은 수백년, 수천년 동안 봉건적 억압과 사회적 질곡 속에서도 굴함이 없이 생명의 원초적 가치를 가꾸어온 농민적 낙천성의 표현이다. 그런데 중요한 사실은 송기숙의 얼굴에 나타나는 해학과 낙천성이 단순한 낙관주의의 산물이 아니라 그의 삶과 문학에 이룩된 불굴의 저항성과 동전의 양면이라는 점이다. 그리고 그 낙천성과 저항성의 원천은 그가 태어나고 자랐던 농촌, 그 순박한 농민적 정서에 있다고 나는 생각한다.

따라서 우리가 송기숙의 소설을 읽으면서 저절로 인정하게 되는 것은 그의 소설에 등장하는 주요 인물들이 대체로 작가 자신의 혈연적 동지들이라는 점이다. 가령, 단편소설 「도깨비 잔치」 주인공의 시선에 비친 할아버지는 이렇게 묘사된다.

할아버지는 평소에는 더없이 인자하신 분이었지만, 비위에 한번 거슬렸다 하면 타협이나 양보가 없었다. 커엄 하고 돌아앉아버리면 그것으로 그만이었다. 거기서 더 뭐라고 주접을 떨면 그때는 입에서 말이 아니라 불이 쏟아졌다.

이런 완강하고 비타협적인 인간형은 송기숙 소설의 많은 주인공들에게 전형적으로 나타나는 특징적 캐릭터이다. 장편 『자랏골의 비가』에 등장하는 용골 영감과 곰 영감을 비롯하여 「가남 약전」「만복이」「불패자」「추적」 등 단편의 주인공들도 모두 일맥상통하는 성격을 지니고 있다. 그들은 평소에는 말이 없고 세상사에 둔감한 듯이 보이지만, 비위에 안 맞고 사리에 어긋나는 일이 닥치면 물불 가리지 않고 일어나 그들이 지켜온 나름의 정의의 원칙을 완강하게 밀고 나간다. 그렇게 하는 것이 그들 개인에게 불이익으로 돌아오는 것을 뻔히 알면서도 결코 뒤로 물러서지 않는다. 그들은 애초에 유불리를 따져서 움직이는 타산적 인간형이 아닌 것이다. 그러므로 앞에서 말한 원초적 낙천성과 비타협적 저항성은 송기숙이라는 자연인의 두 측면인 동시에 그의 소설에 등장하는 인물들의 불가분한 두 측면이라고 여겨진다.

여기서 놓치지 말아야 할 점은 그의 주인공들이 높은 교육을 받았다거나 많은 재산을 가진 인물들이 아니라는 사실이다. 그들은 대체로 육신을 움직여 노동으로 먹고사는 존재들이다. 따라서 그들의 행동은 당연히 어떤 관념이나 이론의 산물이 아니다. 그들의 행동은 그들의 웃음이 그렇듯이 인간 본연의 심성의 자연발생적 발현일 뿐이다. 물론 소설에서 이런 방식의 형상화는 단순히 인간 본성 자체에 대한 관념적 찬양으로 그칠 수도 있다. 그렇게 되면 그것은 현실과 거리가 먼 공허한 이상주의나 추상적 인성 예찬론으로 떨어질 수 있다. 그러나 송기숙 문학의 뛰어난 점은 그의 묘사가 인간 심성의 바탕에 대한 단순한 낙관과 신뢰의 표현에 그치지 않는다는 사실이다. 송기숙의 소설은 토착적·민중적 인물들이 지닌 소박한 낙천성이 구체적인 역사적 상황 속에서 그때그때 당면한 사회적 조건들과 부딪치면서 어떻게 치열한 저항성으로 전화되는가를 끊임없이 탐구해 보여주는데, 이러한 역사성이야말로 송기숙 문학에서 가장 빛나는 '리얼리즘의 승리'의 국면이라 할 수 있다. 그런 면에서 송기숙은 그의 문학의 직접적 선배인 염상섭이나 김정한(金廷漢, 1908~96)이 그러하듯이 대중적인 인기에 영합하기보다 산문정신에 투철한 정통 작가 계열이다.

그러나 이러한 리얼리즘적 측면에도 불구하고 송기숙의 소설이 다른 측면에서는 전반적으로 구시대적 요소를 극복하지 못한 것 또한 사실이다. 그의 문장은 섬세한 감정의 묘사라는 점에서는 늘 거칠어 보이고 나긋나긋한 장면을 그리는 데에도 한결같이 서툴게 느껴진다. 작가로서 그의 눈과 손길은 도시적 삶의 세련된 속물주의에 본능적으로 저항한다. 다시 말해 송기숙 소설의 인물들은 전통적 농촌공동체 안에서 힘겹게 생존을 이어온 전형적으로 구시대적인 인간들인 것이다. 하지만 이런 점이 곧 송기숙 문학 자체의 구시대성으로 해석되어서는 안 된다는 것이 나의 일관된 주장이다.

여기서 우리는 이른바 '구시대적'이라고 지칭된 것의 의미를 다시 생각해볼 필요가 있다. 따지고 보면 국내외 지배세력으로부터 구시대적이라고 비하되어온 것은 다름 아닌 우리의 토착민중이다. 그러나 그들 구시대적 토착민중이야말로 엄혹한 역사 속에서 외세의 침략과 권력의 가렴주구에 맞섰던 투쟁의 주력부대이자 저항 에너지의 마르지 않는 공급기지 아니었던가. 동학농민혁명부터 광주민주항쟁에 이르는 고난의 역사가 그 점을 생생하게 증언한다고 생각한다.

송기숙의 소설은 바로 이와 같은 민중적 인간상의 저항의 역사를 형상화한 점에서 우리 민족문학의 중심에 위치한다고 말할 수 있다. 『자랏골의 비가』를 시작으로 『암태도』(1981) 『녹두장군』(1989~94) 『은내골 기행』(1996) 『오월의 미소』(2000) 등으로 이어지는 장편소설·대하소설은 물론이고 그의 주요 중·단편들도 이와 같은 민중적 내지 농민적 인간상이 불의와 억압 속에서 겪는 좌절과 고통의 기록이자 저항과 투쟁의 역사이다. 이런 점에서 그의 문학은, 거듭 강조하거니와 일제강점기부터 분단과 전쟁을 거쳐 오늘의 민주화운동 시기에 이르는 한국 근현대문학사에 있어 가장 빛나는 성취의 하나에 해당한다고 말하지 않을 수 없다. 1978년 6월의 '교육지표' 사건과 1980년 5월의 광주항쟁에서 보여준 송기숙 자신의 치열한 삶은 그의 문학에 대응하는 고난의 역정이었다.

3. 농민의 현실에 기반한 민중문학

송기숙이 소설 창작에 몰두하던 시기는 1960년대 후반부터 2000년경까지 대략 35년 정도이다. 어느덧 적지 않은 세월이 흘러 오늘의 독자들 가운데는 그의 이름을 기억하지 못하는 사람도 있을 것이다. 설사 그의 소설책을 손에 잡는다 하더라도 젊은 독자들은 거기에서 살아 있는 문제의식보다 시대에 뒤처진 '감각적 낙후'를 발견하고 실망할 가능성이 있다. 그렇다면 송기숙의 시대는 그의 문제의식과 함께 이제는 지나간 것이 되었는가, 아니면 여전히 현재적 의의를 잃지 않고 있는가?

시대가 변하면 문제의식도 달라지는 것이 사실이다. 하지만 본질적으로 동일한 문제가 겉모습만 바뀌어 새것인 양 나타날 수도 있다. 그런 의미에서 역사의 발전은 지속과 변화 간의 변증법이다. 송기숙이 1964년에 석사학위논문 주제로 다루었던 이상의 문장이나 이상과 동시대 작가인 박태원(朴泰遠)의 소설을 예로 들어보자. 거기 다루어진 풍경이나 대화 등 일상의 디테일은 당연히 오래전의 것이고 '낡은' 것이다. 그러나 그 디테일을 다루는 작가의 솜씨, 그들의 감각은 지금도 결코 낡았다고 할 수 없다. 즉, 이상과 박태원의 작품들은 여전히 일정하게 살아 있는 문학인 것이다. 그러나 동시에 그 작품들이 쓰이고 발표되던 시대의 원형 그대로 살아 있는 것이 아니라 오늘의 눈에 의해 새롭게 읽힘으로써 살아나게 되는 현재성이다. 송기숙의 소설도 우리는 그것들이 쓰인 시대 그대로가 아니라 오늘의 현실이 요구하는 문제로서 읽을 수 있어야 한다. 이럴 때에만 문제의식의 탁월성과 미학적 세련의 미흡이 어떻게 한 작가의 작품세계 안에 공존할 수 있는지 제대로 해명될 수 있다. 문학에서 정치적 올바름의 배타적 추구가 때때로 미학적 불균형 내지 예술적 미숙이라는 결과를 낳는 수가 많은 것, 요컨대 한 예술작품 내부에서 발생하는 정치와 미학의 괴리는 단지 송기숙의 경우만이 아님을 상기할 필요도 있다.

나는 오래전 송기숙 문학을 다시 살펴보려고 그의 첫 소설집 『백의민족』(형설출판사 1972)을 서가에서 꺼내든 적이 있다. 그러자 뜻밖에 책갈피에서 딱 엽서만 한 크기의 인쇄된 종이 한장이 떨어졌다. 그것은 저자가 책을 보내면서 끼워넣은 인사장이었다. 앞뒤의 형식적인 인사말을 빼고 본문을 그대로 옮기면 다음과 같다.

여태 발표했던 단편을 모았기에 새해 인사를 곁들여 보내오니 하감(下鑑)하시고 지도편달 바랍니다. 더러 구성이 허술하고 문장이 뜨는 외(外)에 여러 면으로 자괴불금(自愧不禁)이오나 제재를 고루 손대본 것만은 공부였다면 공부였다고 할 수 있어 어렴풋이나마 물정이 잡히는 것도 같고 방향을 잡아설 수도 있을 듯하여 후일을 약속하오니 배전의 격려를 바랍니다.

미소를 짓지 않을 수 없는 내용인데, 요컨대 『백의민족』에 수록된 단편들의 구성과 문장에 모자람이 많지만 작품을 쓰는 동안 창작의 방향을 잡았으니 앞으로 주목해달라는 것이다. 요즘 작가들 같으면 결코 쓰지 않을 너무도 솔직한 고백이다. 실제로 송기숙의 초기 소설은 작가가 인사장에서 자인한 대로, 그리고 이 인사장의 문장 자체가 실증하는 대로 인물과 사건을 전달하는 서사구조가 어설프고 디테일을 연결하는 감성적 짜임새가 거칠다. 문장도 섬세하거나 세련됨과는 거리가 멀다. 배경이 주로 구시대의 농촌이므로 등장인물들의 감정이 섬세하지 않은 건 당연하지만, 그러한 배경과 인물의 소설적 처리 즉 작가의 솜씨는 그렇기 때문에 오히려 더욱 주도면밀할 필요가 있다. 그런데 송기숙의 초기 소설에서는 묘사의 대상과 묘사의 주체가 충분히 분리되어 있지 않다고 여겨지는 것이다. 이러한 문제점은 후기작에 와서도 완벽하게 극복되었다고 생각되지 않는다.

이러한 기술적 결함은 그의 문학을 평가함에 있어 무시해도 좋을 약점이라고 말할 수는 없지만, 그러나 근본적 한계일 수도 없다고 나는 생각한다. 도리어 독자들이 송기숙의 작품처럼 낡고 거칠어 보이는 문학세계에 더 적극적으로 다가선다면, '유행' 또는 '인기'의 이름으로 통용되는 오늘의 작품들이 '진정한 문학'으로서 오히려 어떤 근본적인 한계를 지니고 있다는 데 대한 뜻깊은 통찰을 얻을 수 있다고 믿는다. 물론 이 말은 '진정한 문학'이 어떤 것인가에 대한 새로운 물음을 제기한다. 쉽게 해답이 나올 수 없는 문제이지만, 그럼에도 답을 찾아본다면 '자기 시대의 운명에 대한 책임감'과 '공동체의 문제에 대한 진지한 관심'을 지닌 문학만이 '진정한 문학'의 이름에 값한다고 할 수 있지 않겠는가 생각한다. 아무리 화려한 수사와 세련된 감각으로 무장했더라도 그런 문제의식이 없다면 그것은 근본을 잃어버린 문학이고 핵심에서 비켜선 문학이다.

　문학사를 살펴보면 송기숙의 경우와 반대로 미학적으로 세련된 작품 속에 반동적·퇴폐적 세계관이 은밀하게 감추어진, 또는 공공연하게 드러난 경우를 더러 만날 수 있다. 지난 시대의 일부 친일문학이나 어용작품이 대표적으로 그러한 사례에 해당한다고 할 수 있다. 예술가의 정치적 입장과 그의 창작적 결과 사이에 있는 이와 같은 모순의 양상들을 생각해보면 예술작품은 작가의 사상을 전달하는 단순한 도구가 아닌 동시에 시대의 현실과 무관하게 존재하는 완전히 자율적인 독립체도 아님을 알 수 있다. 다시 말해 문학작품은 작가와 사회 간의 복잡한 연관으로부터 태어난, 그 자체 하나의 역사적 생성물인 것이다. 따라서 송기숙과 같은 진지한 작가의 경우 표면적으로 드러나는 일부 미학적 불완전과 미흡함은 그가 활동했던 1960~90년대 한국 농촌사회 자체의 낙후성의 불가피한 증거로서, 그리고 그러한 낙후성에 대한 작가의 힘겨운 투쟁의 문학적 잔재로서 불가피성이 인정된다고 본다.

　이런 생각을 가지고 나는 최근 암태도 소작쟁의 사건 100주년을 맞아 소설『암태도』를 다시 펴낼 때 뒤표지의 추천사를 쓴 바 있다.

　일찍이 소설가로서 송기숙의 시선이 주목한 것은 인간의 원초적 심성이 그 본연의 모습대로 작동하는 농민의 삶이었다. 장편『자랏골의 비가』가 보여주듯 그는 '교양'으로 분식되지 않은 거친 지역어로 농촌의 붕괴와 거기 비타협적으로 맞선 강인한 인간상을 실감 있게 제시한 바 있다. 그런데 송기숙의 탁월한 점은 이 투박한 인물들의 낡은 정서 안에서 민중적 전통의 진보적 역동성이 살아 있음을 읽어낸 사실이다. 그것은 작가가 직접 농촌현장을 발로 뛰어다니며 얻어낸 소설적 성과였다. '교육지표' 사건으로 들어간 감옥조차 그에게는 농민적 투쟁을 묘사하는 창작 장소였다. 그렇게 탄생한 문제작이 장편『암태도』인 것이다.

　『암태도』에는 물론 소작쟁의에 떨쳐나선 농민들의 다양한 사연이 묘사되어 있다. 그러나 단순한 농민소설에 그치지 않는다. 올해는 암태도 소작쟁의 100주년이 되는 해인데, 사건이 진행되던 1923년에만 해도 동학농민혁명은 불과 30년 전의 일이었다. 그 피의 장면들이 소설 속 소작농들의 기억 속으로 거듭 소환되고 있다는 사실은 1920년대의 치열한 농민운동이 동학 농민이 피로써 전개한 구국투쟁의 계승임을 시사한다. 따라서 송기숙의 문학에서『암태도』는 농민소설『자랏골의 비가』로부터 역사소설『녹두장군』으로 전진하는 과정의 중간단계를 보여주는 작품이라고 말할 수 있다. 암태도 소작쟁의 100주년을 맞은 오늘, 자본의 공세에 휩쓸려 몰락한 농촌을 다시 살려내기 위해서도 우리는 이 작품의 현재성을 깊이 숙고해야 한다.

4. 문인-교육자로서의 사회적 실천

1970년대 후반, 송기숙 선생이 상경하여 자주 찾을 무렵의 창비 사무실은 서울 서대문구 냉천동에 있었다. 1977년 『8억인과의 대화』 출판으로 편저자인 리영희 선생과 발행인 백낙청 교수가 기소되어 재판이 시작되었고, 그 때문에 해가 바뀐 1978년부터 나는 백낙청 후임의 창비 발행인이 되어 운영을 책임지게 되었다. 그때까지 10년 동안 나는 편집자로서만 일해온 터였다.

그런 와중에 해직 교수인 성래운(成來運)·백낙청 선생과 현직 교수인 송기숙 선생 등은 창비 사무실 또는 창비 근처 다방에서 여러차례 만나 친교를 다져나가는 한편, 망가진 교육현실을 바로잡기 위한 비판적 견해를 성명서로 발표하기로 뜻을 모았다. 그런데 서울 지역 교수들의 참여가 지지부진한 가운데 송기숙 교수만 비교적 단시일 내에 전남대 동료들의 서명을 받는 데 성공했다. 아직 전국적인 참여가 이루어지기 전에 성래운 교수가 백낙청 교수가 초안을 잡은 성명 '우리의 교육지표'를 외신에 공개한 결과, 이 성명 발표는 뜻하지 않게 한국 교육운동사뿐 아니라 민주화운동사에서도 중요한 사건으로 떠올랐다.

돌이켜보면 학생시위가 잦아진 1960년대 후반부터 박정희 정권은 대학사회에 대한 노골적인 간섭과 탄압을 시작하였고, 그 과정에서 1975년 9월 정기국회는 이른바 '교수재임용법'을 통과시켰다. 그리고 이듬해 봄에는 300명인지 400명인지의 교수들이 대거 재임용에서 탈락하여 대학에서 추방되었다.(나도 이때 재직하던 덕성여대에서 해직되었다. 국립대 교수인 김병걸·백낙청 두분은 1974년 말 민주회복국민회의 사건으로 이미 해직 또는 파면된 상태였다.) 하지만 정치적인 이유로 해직된 교수는 사실상 20여명 정도이고, 대부분은 이른바 '족벌 사학'과 '비리 재단'에 밉 보여 학교에서 쫓겨난 것이었다.

이 정치적 해직 교수들이 결성한 단체가 '해직교수협의회'였다.(그후 1980년 전두환 신군부에 의해 해직된 교수들이 만든 두번째 해직교수협의회와 구별하여 '제1차'라는 수식어를 붙여 부른다.) 성래운 회장, 문동환·백낙청 부회장의 모양새였고 한달에 한번씩 모여 의견을 나누고 가끔 성명을 발표하는 게 일이었다. 아마 첫 성명은 백낙청 교수가 작성하여 1977년 12월 2일 발표된 '민주교육선언'일 텐데, 내 기억이 맞다면 종로5가 기독교회관의 금요기도회에서 내가 그 선언문을 낭독했을 것이다. '민주교육선언'의 일부를 인용하면 다음과 같다.

오늘의 대학은 그 자율성을 상실하고 있고 학문의 자유도 이미 존재하지 않는다는 사실을 우리는 개탄하지 않을 수 없다. 진정한 학문의 자유야말로 대학의 본래적인 사명을 다할 수 있는 가장 근본적인 핵심이라는 것은 재론할 여지가 없다. (…) 학원의 자율화와 학문의 자유를 위하여 우리는 대학의 획일화 및 어용화를 단호하게 배격하는 바이다.

요컨대 대학이 교육 본연의 자세로 돌아갈 것을 요구하는 내용인데, 이러한 정신에 입각하여 성명은 ① 구속 학생의 석방과 복교 ② 투옥된 민주인사의 석방과 공민권 회복 ③ 부당하게 해직된 교수의 복직 등을 요구했다. 이 성명에 서명한 해직 교수는 김동길(연세대)·김용준(고려대)·김윤수(이화여대)·김찬국(연세대)·남정길(전북대)·노명식(경희대)·백낙청(서울대)·성래운(연세대)·안병무(한신대)·염무웅(덕성여대)·이계준(연세대)·이우정(서울여대)·한완상(서울대) 등 13명이었다.

전남대의 '우리의 교육지표' 사건은 이 '민주교육선언'이 나오고 나서 불과 반년 뒤인 1978년 6월 27일에 일어난 것이었다. '우리의 교육지표'에는 김두진·김정수·김현곤·명노근·배영남·송기숙·안진오·이방기·이석

연·이홍길·홍승기 등 11명의 전남대학교 현직 교수가 서명하였다. 진정한 교육의 목표가 무엇이고 당대의 교육현실이 그 목표에서 얼마나 멀리 떨어져 있는지 비판하는 내용을 담은 점에서 두 성명은 사실상 동일한 정신과 동일한 요구를 담은 것이었다.

그러나 실제 현실에서 두 성명은 엄청나게 다른 효과와 파장을 몰고 왔다. 해직 교수들의 '민주교육선언'은 당시의 많은 반정부단체들이 늘 하는 상투적인 성명으로 간주되어 별다른 처벌도 없었고 사회적 파장도 미미했다. 반면에 전남대 교수들의 '우리의 교육지표'는 박정권의 소위 '국민교육헌장'을 직접 겨냥하여 비판했을뿐더러 더 구체적이고 현실적인 요구 사항을 내걸었으므로, 이에 대한 당국의 반응도 즉각적이고 격렬했다. 서명 교수 전원이 곧바로 해직되고 성래운·송기숙 두 교수는 구속되었다. 이에 대한 전남대 학생들의 반응도 즉각적이어서, 해직 교수 복직과 송기숙 교수 석방을 요구하는 치열한 시위가 벌어졌던 것이다. 이와 더불어 아마 훨씬 더 중요한 차이는 이를 계기로 박정희 독재정권을 비판하는 민주화운동에서 서울 이외에 광주라는 새로운 중심이 생겨난 사실이 아닐까 나는 생각한다. 조심스러운 추론이지만 1980년 5월의 광주민주항쟁은 멀리는 동학농민혁명의 피어린 전통에 뿌리를 두었다고 하겠는데, 가깝게는 교육지표 사건이 중요한 촉매이자 도화선이 되었다고 할 수 있을 것이다.

교육지표 사건으로 송기숙은 1978년 7월 4일 대통령긴급조치 9호 위반 혐의로 기소되고 8월 12일 광주지법에서 첫 공판이 열렸다. 그리고 8월 28일의 공판에서 징역 4년, 자격정지 4년이 선고되었다. 서울의 문인들은 재판이 열릴 때마다 방청을 위해 고속버스를 탔다. 법정은 범죄 여부를 가리는 사법적 심리의 공간이 아니라 민주주의와 민족교육을 둘러싼 수준 높은 학술토론장 같은 분위기였다. 물론 나도 여러번 방청을 위해 광주에 내려갔다.

하지만 방청객이 보았던 재판정의 광경은 이 사건의 드러난 부분이고, 그 이면에서는 작가 송기숙만의 좀더 내밀한 작업이 이루어지고 있었다. 뒤에 밝혀진 바이지만 송기숙은 감옥이라는 악조건 속에서 그동안 발로 답사하고 자료를 통해 조사하며 구상해오던 장편소설 『암태도』를 집필하는 일에 몰두하였다. 『송기숙 중단편전집』(창비 2018)의 엮은이 조은숙 선생이 작성한 연보에 따르면, 송기숙은 수감되어 있던 "청주교도소에서 나무젓가락 사이에 샤프심을 끼워 실로 고정한 연필로 국어사전 아래 여백에 [장편 『암태도』를] 한줄씩 써내려갔"다고 한다. 일제강점기의 식민지 감옥에서도 모범수에게 집필이 허가되었던 점을 생각하면, 민주국가라고 하던 이 나라의 행형제도가 얼마나 야만적인지 극명하게 보여주는 사례가 아닐 수 없다.

그러므로 이때의 수감 생활은 그에게 단순한 감옥살이가 아니라 문학 창작과 사회적 실천이 송기숙이라는 특출한 인격 내부에서 하나로 일체화된 통일적 과정이었다. 감옥조차 사색과 집필의 공간에 불과할 수 있다는 사실은 환경의 제약을 뛰어넘을 수 있는 인간 능력의 초월성을 감동적으로 보여준다. 이제 송기숙에게 문학활동은 그 자체가 불의에 대한 저항이고 권력에 대한 투쟁이며 사회적 진보를 위한 온몸의 실천이었다. 그것은 개인 송기숙을 넘어선 공동체에의 투신이고 인간과 역사의 뜨거운 일치였다.

그런데 그가 감옥에서 나온 지 1년도 안 되어 일어난 것이 1980년의 5·18광주민주항쟁이었다. 아직 대학에 복직이 되지 않았지만 그는 사실상 교수 자격으로 시민수습대책위원회에 참여했고, 이 때문에 체포되어 모진 고문을 받고 다시 감옥에 갇힌 몸이 된다.(이때의 고문으로 말미암아 송기숙은 말년에 오랜 병고를 치러야 했다.) 출옥 후 그는 동학농민혁명의 배경지를 답사하며 오래전부터 구상해오던 대하소설 『녹두장군』 12권(창작과비평사 1989~94)을 간행하였다. 이에 앞서 1984년 8월에는 해직

7년 만에 전남대에 교수로 복직하였다. 이후 적극적으로 사회운동에 참여하여 학원안정법 반대투쟁, 창비 등록취소 항의 서명운동, 호헌반대 서명운동 등을 주도하였다. 6·10민주항쟁 승리 후에는 1987년 7월 '민주화를 위한 전국교수협의회' 창립에 앞장서 초대 공동의장으로 일했고, 1994년에는 민족문학작가회의 이사장으로 추대되어 2년간 봉사했다.

거듭 말하거니와, 송기숙의 치열한 사회적 실천과 『자랏골의 비가』 『암태도』 『녹두장군』 『은내골 기행』 『오월의 미소』 등 장편·대하소설로 이어지는 그의 문학적 생산은 둘이 아닌 하나의 과정 속에서 이루어졌다. 1978년부터 본격화된 그의 현실참여 운동이 가장 치열해지는 것은 1980년대, 이른바 '불의 연대'라 불리던 시대였음을 알 수 있는데, 그러나 동시에 1980년대는 그의 문학 또한 초기의 어설픔을 극복하고 난숙기를 맞이했음을 확인할 수 있다. 실천과 창작이 한 몸뚱이의 다른 얼굴일 뿐이라는 또 하나의 증거라 하겠다.

5. 민중과 더불어 민중 속으로

송기숙 문학에서 가장 중요한 사실은 이 모든 소설 작업의 바탕이 되는 것이 언제나 작가 삶의 근원으로서의 민중의 구체적 현실이라는 점이다. 그러기에 그는 실제 생활에서와 마찬가지로 소설에서도 자신과 이웃들이 매일 사용하는 일상언어인 짙은 토속어를 풍부하게 구사하였고, 여기에 그치지 않고 더 나아가 고향의 민담·설화·속담 등 온갖 토착적 표현과 민중적 서사를 수집, 활용하는 민담 연구자의 면모를 보였다. 민담집 『보쌈』 (실천문학사 1989)의 발간을 시작으로 옛이야기 총 53편을 정리한 『거짓말 잘하는 사윗감 구함』 『제 불알 물어 버린 호랑이』 『모주꾼이 조카 혼사에 옷을 홀랑 벗고』 『정승 장인과 건달 사위』 『보쌈 당해서 장가간 홀아비』

『아전들 골탕 먹인 나졸 최환락』 등 설화집 6권(창비 2007)을 펴낸 것은 그러므로 결코 소설 작업을 벗어난 한갓진 외도가 아니라 어떤 점에서는 자기 소설의 더 깊은 뿌리의 탐색에 해당한다고 볼 수 있다.

그런데 앞에 열거한 민담집·설화집 들은 제목만 훑어보아도 눈에 띄는 게 있다. 민담이나 설화는 민중 속에서 전승되는 민중의 이야기이므로 양반이나 지배계급이 아닌 민중 자신의 생활과 사고방식이 그들의 말투로 재현될 수밖에 없다. 양반계급의 위선과 허례허식은 당연히 민중과는 거리가 멀다. '거짓말 잘하는 사위' '제 불알' '옷을 홀랑 벗고' '건달 사위' '보쌈 당해서' 등의 표현은 그 자체가 질펀한 농담·육담의 냄새를 풍길뿐더러 지배계급의 위선적 예절에 대한 비판과 폭로의 기능을 수행한다. 이 민중적 해학과 풍자의 바다야말로 송기숙 소설이 젖줄을 대고 있는 문학적 모태라고 말할 수 있다.

물론 민중의 언어에 대한 그의 관심은 구체적인 현실을 살아가는 민중 자체에 대한 관심의 일부였다. 자기 자신 그 일원으로서 민중은 어떤 현실문제에 봉착해 있고 그 문제들은 어떤 역사적 과정을 거쳐 오늘에 이르렀는가에 대한 줄기찬 관심 없이 그의 문학은 성립될 수 없다. 이렇게 생각해보면 송기숙의 민중문학이 점점 더 역사소설의 형식으로 나타날 수밖에 없다는 필연성이 이해된다. 그런 과정에서 얻은 깨달음을 그는 대하소설 『녹두장군』의 '작가의 말'에서 다음과 같이 언급하고 있다.

지금 생각해보면 우리 역사의 격동기에 농민전쟁을 붙잡고 살았다는 것은 개인적으로는 이 작품 한편을 쓴 것 못지않게 다행한 일이었다는 생각이다. 우리의 힘난한 현실을 역사의 맥락에서 느끼고 생각할 수 있었기 때문이다. 특히 이 사건을 붙들고 소설로 꾸미는 사이 민중이 자발적인 합의에 이르면 엄청난 힘이 분출한다는 사실을 새삼스럽게 실감할 수 있었다. 이것은 광주항쟁 때도 느낀 사실이지만 나의 민중사관에 대한 낙관론은 바로 이런 데서 출발한다고 말할 수 있겠다. 우리 민족은 이 사건에서 실로 위대한 저력을 드러냈으며 그사이 전봉준이라는 훌륭한 지도자를 탄생시키기도 했다. 제대로 된 지도자란 민중의 이런 잠재력을 이끌어내는 사람이며, 바로 그런 힘이 지도력일 터이다. 훌륭한 민족과 훌륭한 지도자는 상호적인 존재가 아닌가 싶다.

1980년 5월의 광주민주항쟁에서 그가 수습위원으로 활동하고 그 때문에 혹독한 고문과 감옥 생활을 겪었던 것은 송기숙 개인의 입장에서는 교육지표 사건의 연장선 위에서 일어난 수난이라고 할 수 있다. 민주주의를 외치다 죽고 다치고 얻어터지는 학생들을 생각하며 그는 스승으로서 최소한의 임무를 다한 것이었다. 하지만 이로 인해 그가 겪었던 혹독한 고문은 노년의 그에게 안타깝게도 긴 병고를 부과했다. 봉쇄수도원에서의 수도 생활과도 같았던 송기숙 선생의 말년을 떠올리면 할 말을 잃고 가슴만 저린다. 오직 그가 남긴 문학작품들의 영원한 빛 속에서 다함 없는 위로를 얻을 뿐이다.

난민의 시대, 피난민의 문학

이성선 시인을 생각하며

* 2022년 9월 16일 강원도 속초문화예술회관 소강당에서는 '수복지구 사회상의 문학적 수용'이라는 주제의 심포지엄이 열려 여러 문인들의 발표가 있었다. 나는 심포지엄에는 참석지 않고 자료집에 글만 기고했다. 이 글은 자료집『수복지역 문학 특집』에 실렸던 글을 다듬은 것이다.

1. 알맹이는 다 북으로 갔다?

건방진 소리 같지만 우리나라는 지금 시인다운 시인이나 문인다운 문인을 가지고 있지 않다는 것이 나의 지론이다, 아니 세상의 지론이라고 본다. "알맹이는 다 이북 가고 여기 남은 것은 다 찌꺼기뿐이야." 하는 말을 나는 과거에 수많이 들었고 나 자신도 했고 아직까지도 역시 도처에서 그런 인상을 받고 있다.

이 문장은 시인 김수영의 산문 「시의 '뉴 프런티어'」(개정판『김수영 전집』2

산문, 317면)에 나오는 한 대목이다. 지금은 이런 말을 하면 실상을 모르는 사람으로 조롱받거나 사상이 이상한 사람으로 의심받기 십상이다. 하지만 김수영이 이 글을 쓰던 1961년으로 돌아가보면, 입 밖으로 내놓고 말하기 꺼려지기는 했으나 그런 생각을 하는 사람들이 적지 않았던 것이 사실이다. 예전에 나 자신도 선배들로부터 가끔 그런 소리를 들었다. 아닌 게 아니라 정지용·이태준·임화 등 1930년대 문단을 주름잡던 문인들이 보이지 않게 됐으니 그런 소리가 나올 만도 했다.

김수영이 이 글을 쓴 것은 6·25전쟁이 어정쩡하게 끝난 지 불과 8년밖에 안 된 시점이었고, 8·15부터 따지더라도 겨우 16년 된 시점이었다. 당시만 하더라도 한국인이라면 누구나 남과 북이 한 민족으로서 한 나라를 이루어 살아야 한다는 것을 당연하게 생각했고 이렇게 오래 '딴 나라'로 살게 되리라고는 상상도 못하고 있었다. 그런데도 좋아하는 작가들의 작품 다수가 금서(禁書)로 묶여 있을 뿐만 아니라 공적인 자리에서는 그들의 이름조차 거론할 수 없게 됐으니, 그 아쉬움이 더해져 '좋은 작가는 다 북으로 가고 찌꺼기만 여기 남았다'는 과장이 그럴듯하게 들리게 됐을 것이다.

2. 월남과 월북의 사회사

어떻든 일본이 연합국에 항복하고 제2차대전이 끝나면서 한반도의 주민들에게 어떤 일이 벌어졌는지는 우리의 처절한 체험 속에 각인되어 있다. 하지만 오랜 세월이 흘렀어도 그것은 간단히 설명되는 사안이 아니다. 더욱이 3년간의 전쟁으로 새로운 분단선(휴전선)이 그어지는 동안 한반도 주민사회에 전개된 상황은 더욱 복잡하고 비극적이다.

알다시피 8·15 이후 한반도에서는 통일정부 수립 노력이 실패하고 우여곡절 끝에 남과 북 각각의 단독정부가 만들어지게 되었다. 그러는 동안에 다수의 문인과 지식인 들이 월북을 선택한 것은 아는 바와 같다. 그러나 그보다 덜 주목받고 있지만 못지않게 중요한 사실은 훨씬 더 많은 수의 일반 주민이 월남했다는 점이다. 이 월남과 월북이 뜻하는 것은 무엇인가? 북에서는 소련군의 엄호 아래 김일성 주도로 사회주의 정권 탄생을 위한 일사불란한 작업이 진행되었다. 친일파 숙청과 친일잔재 청산, 유산계급에 대한 억압과 과감한 토지개혁, 무자비한 종교탄압과 엄격한 언론통제 등이 그것이다. 이에 따라 1945~49년 사이에 400만명 내외의 주민이 월남했으리라 추산된다.(이 시기의 이러한 대대적인 월남 사태는 북한 사회의 내부적 '정화'에는 크게 기여했을지 몰라도 그 반대급부로 남한 사회에는 매우 부정적인 변화를 초래했다고 나는 생각한다. 오늘까지 대한민국 정치사의 왜곡을 초래하고 있는 주요 요소 중 하나는 북에서 내려온 옛 기득권세력이 아닐까 짐작되기 때문이다.)

　반면 남에서는 미군정의 정치적 무지에다 일제 식민관료와 친일경찰의 재등용, 극단적인 좌우대립과 사회적 혼란 등으로 인해 민주공화국 건설의 희망이 점점 무너지고 있었다. 그럼에도 일반 주민의 월북은 월남자의 10분의 1 이하라는 것이 대체적인 관측이다. 이태준·임화·김남천·이원조 등을 비롯한 1930년대의 이름난 문인들 다수가 새로운 파시즘 체제의 등장에 위협을 느끼고 이때 월북한 것은 사실이지만, 그것은 이런 복합적 상황의 일부일 뿐이었다. 김동명·안수길·황순원·구상·김규동 등은 이태준·임화 등에 비해 문단적으로 후배이고 지명도에서도 그들에 훨씬 못 미치지만, 여하튼 그들이 해방기 북한의 현실을 잠시나마 몸으로 겪고 남쪽을 택했다는 사실은 유명 문인들의 월북과 더불어 종합적으로 고려할 사항일 것이다.

　6·25전쟁 동안에는 또다른 민족대이동이 행해졌다. 미군 폭격을 피해서(특히 중국군의 참전 직후에 퍼진 원폭 투하 소문 때문에), 또는 공

산정권이 무서워서 월남한 사람이 50만~60만명 정도라고 하는데, 가령 1950년 12월의 유명한 흥남 철수 때에만 9만 1천명의 난민이 미군 함정으로 남쪽으로 내려왔다. 이때 10대 소년의 몸으로 가족을 따라 내려온 최인훈은 후일 유명한 작가가 되었고, 인민군 소년병으로 소집되어 참전했던 이호철은 포로 신세를 거쳐 역시 이때 내려온 다음 유명한 작가가 되었다. 그밖에도 수많은 월남 동포의 아들딸들이 각자의 형편에 따른 과정을 거쳐 아버지 세대, 할아버지 세대의 고난을 증언하는 작가의 길을 걷고 있다.

3. 냉전시대 용어 청산해야

유감스러운 것은 평소 '북진통일' 어쩌고 큰소리치던 이승만 정부가 전쟁이 터지자 극소수 요인들만 데리고 몰래 남쪽으로 도주해버리는 바람에 각계각층의 많은 인재들이 본인의 의사와 무관하게 북으로 끌려갔다는 사실이다. 한국전쟁납북사건자료원(http://www.kwari.org)이 정리한 바에 따르면 약 9만 6천명의 남쪽 인사들이 전시 중 납북되었으리라 추산되는데, 문단에서는 이광수·김억·박영희·김동환 등 원로들이 여기 포함된다. 이광수를 제외한 나머지 분들은 북으로 끌려간 이후의 행적이 전혀 알려지지 않았다. 정지용과 김기림은 한때 월북 문인으로 취급되었으나, 사실은 월북인지 납북인지가 분명치 않을뿐더러 휴전 이후 남북 어디에서도 그들의 흔적이 확인되지 않는다. 여러가지 소문이 떠돌았지만, 전쟁 초기에 납북되던 와중에 폭격으로 희생되지 않았을까 추정될 뿐이다.

그런데 1945년 해방부터 1953년 휴전 사이에 진행된 국토의 분단과 주민의 이산이라는 문제에 있어 예외적인 위치의 특수한 지역이 있다. 알다시피 정전협정의 결과 휴전선이 그어지면서 서부전선의 일부 38선 이남 지역은 조선민주주의인민공화국에 속하게 되고, 반대로 중부전선부터 동부전선에 이르는 38선 이북의 훨씬 더 넓은 지역은 대한민국으로 넘어오게 되었다. 이처럼 휴전 이후 남쪽에 속하게 된 곳을 통상적으로 수복지역이라 부르는데, 속초·인제·철원·양구 등이 그렇다.

하지만 '수복'이란 빼앗겼던 땅을 되찾거나 잃어버렸던 권리를 회복하는 것을 가리키는 개념이다. 그런데 6·25 이전의 속초 등지는 미소 양군의 8·15 분할점령으로 저절로 이북에 속하게 된 지역이지, 북한이 남한으로부터 빼앗아간 땅이 아니다. 따라서 엄밀하게 따지면 '수복지역'이란 용어는 냉전시대의 흔적이 담긴 부적절한 용어가 아닐까 생각한다.

4. 분단과 전쟁에 의한 생이별

자, 그러면 이러한 현상들을 어떻게 이해하고 해석할 것이며 그것으로부터 얻어낼 오늘의 교훈은 무엇인가? 무엇보다 나는 1945~53년 기간에 발생한 월북과 월남이 이념적으로는 정반대 방향인 듯이 보이지만 본질적으로 동일한, 적어도 크게 다르지 않은 성격을 갖는다고 생각한다. 나 자신의 가족을 예로 들어 생각해보겠다.

해방 당시 나는 네살이었는데, 반년쯤 뒤에 30대 후반의 아버지 주도 하에 10여명 가족에 묻혀 고향 속초를 떠나 월남했다. 우리 가족을 태운 밀항선이 한밤중에 속초항을 떠나 새벽어둠이 채 가시기 전의 주문진항에 닿던 광경을 나는 지금도 기억한다. 고생 끝에 우리는 강원도의 탄광촌 장성을 거쳐 경북 봉화군의 농촌마을 춘양에 정착했고 6·25를 아슬아슬하게 겪었다. 휴전으로 고향 속초가 이남이 되자 우리 가족은 당연히 속초로 돌아갈 수 있게 되었다. 그런데도 우리 집은 오히려 더 멀리 충남 공주로 이사를 했다. 왜 그랬을까? 그 까닭을 나는 어른이 된 뒤에야 대강 알게 되었다.

아버지는 2남 4녀 중의 장남으로 1908년생이다. 네분 고모들의 인생은 각각의 방식으로 기구했다. 아버지보다 여덟살 위인 첫째 고모는 일찍 결혼했으나 실패하고 혼자 살다가 우리와 함께 월남하여 평생 같이 살았다. 둘째 고모는 결혼 후 속초 인근 고성군 토성면에 그대로 주저앉아 살다가 휴전 후 남쪽 주민이 되었지만, 슬하의 3남 1녀 중 위의 두 아들이 인민군에 소집되어 생사를 모르게 되었다. 아버지보다 서너살 아래 셋째 고모는 아주 어릴 때 탁발승에게 맡겨졌다가 경기도 파주에서 스님 부인이 되어 그런대로 제일 평온하게 살았고, 막내 고모는 우리와 함께 월남했다가 결혼으로 헤어졌다. 그런데 아버지보다 열살쯤 아래의 작은아버지는 부형(父兄)과 생각이 달라 속초에 그대로 남았다가 퇴각하는 인민군을 따라 가족을 데리고 북으로 갔다고 한다. 아버지 입장에서는 동생의 월북이 휴전 후의 귀향길을 막았던 것이 아닌가 짐작된다. 속초 북쪽 간성이 고향인 내 어머니의 형제들과 그 자녀들도 남북으로 흩어지는 비극을 피하지 못했다. 대표적인 것은 둘째 외삼촌인데, 전쟁이 나자 간성의 외삼촌 내외는 강릉에 취직해 있던 외아들을 찾아 내려오고 아들은 부모를 만나러 북으로 올라갔다. 그로써 부모와 자식은 영구히 만나지 못했다. 내가 대학생이었을 때 돌아가신 그 외삼촌의 늘 쓸쓸했던 표정을 나는 지금도 기억한다. 8·15부터 6·25 사이에 겪은 이상과 같은 우리 가족의 고난과 이산은 휴전선 접경지역 주민들 대부분이 비슷하게 겪었을 것이다. 그리하여 일부는 고향에 남고 다른 일부는 새로운 삶터를 찾아 남으로 혹은 북으로 떠났을 것이다. 소위 수복지역이라는 이곳 속초의 원주민 비율이 낮은 것은 이런 불행한 역사의 불가피한 산물이다.

우리 집이 피난 나와서 정착한 곳은 태백산 아래 경북 봉화군 춘양이라는 곳이고, 휴전 직후 이사한 곳은 계룡산 가까운 충남 공주였다. 둘 다 『정감록(鄭鑑錄)』의 이른바 '십승지지(十勝之地)'에 해당하는 곳으로, 따지고 보면 그동안 우리 가족은 계속 피난을 다닌 셈이었다. 한반도 남북으로 흩어진 언필칭 '1천만 이산가족'과 그들의 자손들, 또 미국·캐나다·호주를 비롯해 세계 곳곳으로 떠나간 수백만 이주민들, 그들의 삶도 생각해보면 이념 따위와는 별로 관계없는, 살아남기 위한 눈물겨운 투쟁이었던 셈이다. 따라서 월남이든 월북이든 대부분의 경우 이념적 선택이 아니라 생존을 위한 불가항력의 피난이라고 보아야 한다.

지난날 이태준·임화·김남천 등 문인들의 월북도 단순한 이념적 선택만은 아니었다고 나는 생각한다. 그것은 자기들이 발 디딘 땅이 숨 막히는 불모지로 화해가는 현실에 대한 하나의 저항으로서, 그 나름 자유를 찾기 위한 탈출의 여정이었다고 이해할 수 있다. 물론 그들의 꿈은 너무나 순진한 것이었음이 오래지 않아 판명되었다. 많은 경우 비참한 결말로 이어졌고, 그렇지 않더라도 '쓰고 싶은 글을 쓰고 사는 삶'과는 거리가 멀게 살았다. 심지어 임화·김남천·이원조 등은 미제 간첩의 누명을 쓰고 처형되고 말았다. 너무도 안타까운 일이다.

5. 이성선 시인이 아버지를 노래하기까지

이른바 수복지역의 문학을 우리는 어떻게 정의할 수 있을까? 앞에서 내가 거론한 것과 같은 고난과 이산의 역정을 다룬 문학을 가리키는 것이라고 한다면 굳이 수복지역에 한정할 수 없는 문제로서, 흔히 분단문학이라고 말하는 것과 대부분 중복될 가능성이 있다. 범위를 조금 한정해서 수복지역 출신 또는 수복지역에 머물면서 글을 쓰는 작가의 문학을 지칭할 수도 있다. 그러나 그런 문학이라 하더라도 분단이나 전쟁의 고통과 무관한 주제를 다루었다면 굳이 '수복지역의 문학'이라 부를 이유가 없다. 이렇게 따지다보니 내게 떠오른 문인이 이성선(李聖善, 1941~2001) 시인이다. 그는 속초에서 가까운 고성군 토성면 성대리에서 태어나 속초에서 주로 살았으니 수복지역 문인의 전형이라 할 수도 있다.

모두들 알다시피 이성선은 평생 고향을 지키며 작품을 쓴 시인이다. 그러나 그는 자기 삶의 터전인 수복지역으로서의 속초의 현실에 구체적인 관심을 표명한 적이 별로 없었다. 그는 주로 자연을 노래하고 영혼의 안식에 대하여 읊었다. 그것은 시인이 발 딛고 사는 지역의 문제와 관계없는 보편적 주제이다. 그는 어떤 종류의 사회문제에도 적극적인 관심을 갖고 있지 않다는 듯이 숲속을 걷고 산길을 오르면서 초월의 환상에 잠기는 것을 좋아했다. 그가 발표한 작품을 읽어보면 그가 꿈꾸었던 초월의 세계와 속물적 지상 사이에서 그는 끊임없이 비상과 추락을 되풀이하였다. 왜 초월의 세계에 상주하는 데 실패하고서 그 아픔을 딛고 다시 비상의 연습을 시도할 수밖에 없었던가? 어쩌면 여기에 이성선 문학의 비밀이 있을 것이다.

현세적 삶에 대한 이성선의 철저한 부정적 자세와 바닥 모를 비관주의는 대체 어디에서 연유한 것인가를 생각하다가 그의 삶의 역정을 들여다보는 기회를 갖게 되었다. 시집 『산시』(山詩, 시와시학사 1999)를 보면 연보에서 이성선은 처음으로 자신의 이력을 약간 밝히고 있다. 거기 따르면 그의 부친은 6·25 때 가족을 고향에 남긴 채 자진 월북을 하였고, 그래서 그는 대학 진학 때 모친의 강권으로 말썽 많은 문과를 포기하고 농과대학에 갔다고 한다. 짐작건대 이성선은 부친의 월북으로 인해 어린 시절부터 말 못할 고난을 겪었을 것이다. 여리고 착한 사람 이성선은 그 때문에 도리어 고통에 가득 찬 현세적 삶과 정면으로 마주하기를 피하고 현실 너머의 초월적 세계를 추구하면서 끊임없이 자연 속을 거닐었을 것이다. 그것은 본질적으로 피난의 행보였다.(오래전 나는 이성선 시인을 따라 고성군 토성면 성대리 그의 생가를 방문한 적이 있다. 나의 할아버지가 살았고 내 아버지 형제들이 컸던 토성면 도원리와는 고개 하나 넘는 4킬로미터 거리였다. 그러니 월북한 나의 작은아버지와 이성선의 부친은 같은 또래로서 틀림없이 잘 아는 사이였을 것이다.)

그러나 그가 아버지를 잊은 것은 결코 아니었다. 아니, 잊을 수가 없었을 것이다. 아홉살 어린 나이 한창 매달려 귀염을 받을 시점에 헤어진 아버지를 어찌 잊을 수 있겠는가. 10권이 넘는 시집들 가운데 명시적으로 아버지를 노래한 시는 내가 찾아본 바로는 2편이 있다. 이 가운데 시집『절정의 노래』(창작과비평사 1991)에 실린 것부터 읽어보자.

> 화진포 물 위에 갈대로
> 혼자 누워 울고 싶어라.
> 새들은 일찍 떠나고
> 금강산 그림자만 내려와
> 이 물밑길로
> 아버지 오시어
> 내 어깨에 얼굴 묻으면
> 멎으리라. 흐느낌도
> 그때 멎으리라.
> 오랜 그리움 잊고 잠들리라.
>
> ──「눈물」전문

참으로 감동적이다. 이성선 시의 고유한 정신주의도 없고 내적 초월의 환각도 여기에는 개입할 여지가 없다. 형이상학적 위장을 벗겨낸 뒤의 감정의 단순성 자체가 이 시에서는 절실한 울림을 발한다.(이성선이 태어난 강원도 고성군 토성면의 신선봉은 설악산 바로 북쪽에 있어 설악산이 훨씬 더 가깝지만 예로부터 금강산의 맨 남쪽 봉우리로 쳐왔다.)

또다른 시집『내 몸에 우주가 손을 얹었다』(세계사 2000)에 수록된 작품은 여기서 한걸음 더 나아간다.

> 아버지는 비무장지대 너머에 계시다
> 강원도 고성 금강산 속
> 작은 마을
> 또는 원산에
> 아버지는 계시다
> 외금강과 해금강의 외로운 길
> 논둑의 풀대 끝이나 길가 가지 위에
> 구름 되어 머물고 비로 흐느끼고
> 이미 육신은 땅에 다 털어버린 후
> 바람으로 아들을 부른다
> 설악산 아래 찾아와 밤 지새다 떠난다
> 아홉 살 때 가신 아버지
> 돌아보고 다시 돌아보며 가신 얼굴
> 그때부터 비무장지대는
> 남북을 가르는 띠가 아니다
> 아버지와 내가 찾아가 꽃으로 떠서
> 서로를 들여다보는 강물이 되었다
> 비무장지대는 지금
> 저승의 아버지와 이승의 아들이
> 만나 대화하는
> 새와 풀꽃의 면회소가 되었다
>
> ──「새와 풀꽃의 면회소」전문

1990년대 들어 민주화가 어느 정도 진전되고 특히 김대중 정부의 출범으로 남북화해의 분위기가 조성된 사실이 이성선으로 하여금 이런 시를 쓰고 발표할 수 있게 한 배경일 것이다. 앞의 시 「눈물」에서만 해도 환각 속에서나마 아버지는 살아서 아들에게 돌아오는 것으로 묘사되었다. 그 러나 10여년이 지나자 이제는 그런 희망이 사라지고 저승으로 떠난 아버 지는 "구름 되어 머물고 비로 흐느끼고" 바람이 되어 이승의 아들을 부르 는 한(恨)의 모습으로 승화하였다.

분단현실의 최전방 속초에서 제도화된 반공폭력의 가장 살벌했던 한 시대를 숨죽이며 견뎌야 했던 시인이 이성선이다. 생애의 거의 대부분에 서 그는 아버지를 의도적 망각 속에 숨겨두어야 했다. 그러나 따뜻한 바 람이 불자 마침내 그는 아버지와의 이별의 장면을, 그리고 "저승의 아버 지와 이승의 아들이/만나 대화하는" 장면을 이처럼 의식의 표면으로 끌 어올리는 데 성공한다. 이것은 그 자체로서 가슴 뭉클한 감동이 아닐 수 없다.

6. 우리는 원한다, 안정된 삶을!

분단은 1945년에, 또는 1953년에 한번 일어났던 일회적 사건이 아니라 오늘 이 순간에도 우리의 삶을 잠식하는 상시적 압박이다. 더욱이 최근에 는 누구나 실감하듯 더 실제적인 위험의 조짐으로 다가오고 있다. 갈라진 동포의 곤경에 마음 아파하기는커녕 동족의 상처에 소금까지 뿌리고 다 니는 명색 지도자야말로 분단 악귀와 같은 존재일 것이다.

당장의 재난을 넘기기 위해 급한 대로 우선 지어놓은 가건물 같은 인생 을 우리가 영구히 계속할 수는 없다. 응급조치로 때우는 임시적 삶은 불 안과 위험에 무방비일 수밖에 없다. 지난 반세기 동안의 엄청난 외형적 발전에도 불구하고 우리의 감정과 정신이 날로 저열하고 황폐해진다고 느껴지는 것은 다들 '마음의 정처'를 잃어버렸기 때문이 아닐까.

예로부터 항심(恒心)의 근거가 항산(恒産)이라 했는데, 이때 '항산'은 단지 일정한 재산만을 뜻하는 것이 아닐 것이다. 인간에게 '한결같은 마음'의 가능성과 기반을 보장해주는 조건이 바로 항산이다. 실제로 고향에 남아 살든 부득이 고향을 떠나 살든 우리에게는 안정된 생존이 보장될 수 있다는 믿음이 절대적이다. 어떤 시련이 닥치더라도 끝까지 살아내자면 그런 '항산'의 확보가 필수적이다. 그런 항산의 가능성을 일상생활 속에서 구할 수 있어야 하고 또 그렇게 구하는 것이 가장 옳은 방법이라고 나는 생각한다. 그런 점에서 수복지역이라는 별도의 개념을 설정하는 것 자체가 결국 부질없는 일이 되어야 하지 않겠는가.

시대정신으로서의 문학, 그 역사와 과제

유성호 평론가와의 인터뷰

* 2022년 10월 31일 익천문화재단 길동무 사무실에서 계간『문학인』의 편집인이자 한양대 국문과 교수인 유성호(柳成浩) 평론가의 '탐방'을 받았다. 『한국 현대시: 그 문학사적 맥락을 찾아서』(사무사책방 2021)의 출간이 계기였으나, 그는 그밖에도 여러가지 질문을 던졌다.

유성호 코로나19 감염병 사태가 변곡점에 들어선 것 같습니다. 건강은 괜찮으신지요? 먼저 근황을 여쭙겠습니다.

염무웅 두주일 전에 코로나 예방백신과 인플루엔자 백신을 한꺼번에 접종했어요. 또 닷새 전에는 위내시경 검사를 포함해 건강검진도 받았습니다. 그럭저럭 견딜 만해요. 나는 30여년 전부터 당뇨가 시작됐고 그에 따른 몇가지 합병증도 있지만, 늘 조심하고 견디면서 일상생활을 해나갑니다. 내 나이에 다소간 질환이 없는 사람이 없을 거예요. 무리한 짓만 하지 않으면 약간의 질병이 오히려 건강에 도움이 된다더군요. 나 개인에게 더 중요한 건 지난 8월 말로 국립한국문학관 관장직에서 물러난 겁니다. 이제 각종 사회적 의무에서 풀려나 자유로운 몸이 된 거죠. 80년 평생에 이런 해방감은 처음이지 싶은데, 이 자유를 행사할 체력이 부실한 게 불만이라면 불만입니다.

아, 그러고 보니 한달 전쯤 언론학자이자 소설가인 김민환(金珉煥) 교수님 초청으로 김판수 길동무 재단 이사장, 정지창 교수와 셋이서 보길도의 고산(孤山) 윤선도(尹善道) 유적지와 보성의 정해룡(丁海龍, 1913~69) 선생 옛집을 둘러봤습니다. 도중에 김남주 시인 생가도 들렀고 돌아오는 길에는 담양의 소쇄원과 한국가사문학관도 구경했어요. 해남 미황사도 참관하려고 별렀는데, 유감스럽게 가림막을 치고 공사 중이라 해서 안 갔습니다. 정해룡 선생에 대해서는 김민환 선생의 장편소설『큰 새는 바람을 거슬러 난다』(문예중앙 2021)를 통해 처음 알게 됐어요. 그런 훌륭한 애국자의 존재를 그동안 몰랐다는 사실 자체가 부끄러운 일이고 이 나라 역사 교육의 부실함을 보여주는 증거라는 생각입니다. 그런데 이승만 정권의 탄압으로 그분 집안이 쑥대밭이 됐다니, 참으로 가슴 아팠어요. 70대 중반을 넘긴 그분 셋째 아드님이 유일한 생존자로서 옛집을 지키면서 아버님의 행적을 알리고 계시더군요. 유교수도 언제 한번 꼭 가보시기 바랍니다.

『한국 현대시』가 환기한 우리 시의 의제들

유 선생님께서는 1964년에 등단하시어 비평 이력 60년을 눈앞에 두고 계십니다. 이번에 출간된『한국 현대시』에서 선생님께서는 한국 현대시가 걸어온 발자취를 역사적으로 추적하고 거기에 알맞은 질서를 부여하셨습니다. 먼저 이 책의 간략한 경개(梗槪)를 소개해주시고, 발간 맥락이랄까 하는 것이 있으면 말씀해주세요.

염 먼저 말씀드리고 싶은 것은 이 책이 어떤 계획에 따른 체계적 저술이 아니라 그때그때 발표했던 글을 모은 평론집이라는 점입니다. 물론 책을 만들기로 작정하면서 하나의 체계를 염두에 둔 건 사실이지요. 오랫동안 시를 읽고 시인론을 써오면서 내 나름으로 일정한 문제의식을 가지고 있었는데, 그런 문제의식으로 꿰일 만한 글들을 모아놓고 보니 엉성하나마 어떤 체계가 잡히기는 했습니다. 먼저 거기에 이른 과정을 잠깐 돌아보겠습니다.

내가 문학소년으로 지내던 시절에는 아직 입시 스트레스 같은 건 없었지만, 시골인 데다 전쟁 직후라 읽을 책이 별로 없었죠. 중고등학교에서 접할 수 있는 문학이라는 것도 틀에 박힌 것이었고요. 다행히 그 무렵 우리 집에 하숙한 대학생들을 통해 교과서 바깥의 세계를 조금 접할 수 있었지요. 고등학교에 진학하면서『사상계』나『현대문학』같은 잡지를 읽게 됐으니까요. 대학에서는 독문학을 전공으로 선택했습니다. 그런데 대학 강의는 솔직히 말해 별로 만족스럽지 않았어요. 단순한 강독 위주였거든요. 문학이 신성 어떤 것인가에 대한 의문과 갈증이 늘 풀리지 않은 채 잠복해 있었다고 할까요. 그 무렵 독일에서 갓 돌아온 이동승(李東昇) 선생이 새바람을 일으켰지요. 볼프강 보르헤르트나 파울 첼란 같은 전후세대 작가들의 작품을 강독했고 후고 프리드리히의『현대시의 구조』, 한스 제들마이어의『중심의 상실』같은 책을 소개했지요. 특히 제들마이어의『현대예술의 혁명』은 내게 적지 않은 영향을 주었어요. 이 책들을 읽고 메모한 것을 바탕으로「현대성 논고」(1963)란 논문을 작성해서 동인지『산문시대』에 두번에 걸쳐 싣기도 했습니다. 방금 얘기한 책들에서 얻은 지식을 근거로 시에 있어 '모더니티'의 양상과 근원을 추적해본 리포트 수준의 글이었어요. 그런 과정을 거쳐 강물의 원천을 찾아가듯이 올라가는 과정에서 고트프리트 벤을 지나 횔덜린과 노발리스에 이르렀어요. 부끄러운 수준이지만 석사학위논문이 노발리스입니다. 이런 우회를 거쳐 돌아온 곳은 우리 자신의 문학일 수밖에 없었지요. 자, 그렇다면 한국의 현대시는 어디가 출발점이고 어떤 과정을 거쳐 오늘의 모습이 됐는가 하는 의문이 자연스럽게 생긴 거예요. 이 책에는 한국 근대시의 탄생과 발전에 대한 그런 모색이 바탕에 깔려 있다고 할 수 있습니다.

지금은 기억하는 사람이 거의 없겠지만, 마침 1960년대 말경 서울대 학보인 '대학신문' 지상에서 근대문학 기점론이 논의된 적이 있습니다. 근대문학을 전통의 계승이란 측면에서 파악할 것이냐, 아니면 전통 단절의 입장에서 서구문학의 영향이란 측면으로 볼 것이냐를 둘러싸고 여러 논자들의 글을 실었어요. 나도 짤막한 글을 발표했습니다. 김윤식·김현 공저의 『한국문학사』(1973)가 임화의 이식문학론을 비판한 것은 그 쟁점의 연장선에서 이루어진 논의지요. 아무튼 돌이켜보면 이때의 계승론이나 단절론은 모두 이론적으로 충분한 것이 아니었습니다. 지금의 입장에서 보면 임화에 대한 비판론 자체가 임화 수준에 미달입니다. 무엇보다도 임화는 흔히 오해되는 것처럼 이식문학론자가 아니었고요. 이때만 해도 나는 임화의 글을 제대로 읽지 못한 상태였습니다. 그러다가 1990년대 초에 임화 이식문학론의 진정한 의의를 명쾌하게 해명한 평론가 신승엽 씨의 「이식과 창조의 변증법」(『창작과비평』 1991년 가을호)이란 논문을 접했어요. 1980년대 말의 해금 이후 월북 문인들의 작품을 읽고 공개적으로 논의할 수 있게 된 덕분이었지요.

나 자신으로 말하면 임화를 읽기 전부터 막연하나마 우리 근대문학의 역사가 단순한 계승론이나 기계적 이식론으로는 설명되지 않는다는 느낌을 갖고 있었습니다. 그 문제에 관심을 갖게 된 직접적 계기는 『한국 현대시』의 머리말에서도 썼지만, 1968년에 '신문학 60년'이라 하여 문단에서 요란하게 행사를 벌인 일이었어요. 육당(六堂) 최남선(崔南善)의 신시 「해에게서 소년에게」가 발표된 지 60년 되는 해라는 게 기념행사의 이유였지요. 그러나 육당의 그 작품이 과연 얼마나 새로운 문학인가에 대한 이론적 규명은 없었습니다. 그런 가운데 그해 가을에 한국문인협회 이름으로 『신문학 60년 대표작 전집』 여섯권(정음사 1968)이 간행됐어요. 이 전집은 그냥 장르별로 작품을 모아놓은 것일 뿐인데, 마침 청탁이 와서 이에 대해 상당히 비판적인 서평(경향신문 1969.2.10.)을 썼습니다. 당시에는 근대문학이란 용어보다 '신문학'이란 말을 주로 썼는데, 나 개인에게는 이게 역사적 관심의 출발이었지요.

사실 우리는 수없이 생산, 발표되는 작품들의 세계 속에 살고 있습니다. 이건 말하자면 현상의 세계인데, 내가 관심을 가졌던 것은 그런 현상들의 기원을 추적하여 한국 근대시의 원형(原型)이랄까 뿌리를 찾는 것이었어요. 그리고 근대시의 출범과 전개과정 내부에 작동하는 법칙성 같은 것이 있다면 그것을 찾아보는 것입니다. 한국 근대시의 발생론이자 양식사론(樣式史論)을 염두에 두었달까요. 막연한 대로 한국시가 과거의 전통적 양식들로부터 어떤 사회적·미학적·언어적 과정을 거쳐 오늘 우리의 현대시로 진화해왔는가, 그리고 그 구체적 양상은 어떠했는가를 추적하고 점검하는 것이 목표라고 할 수 있습니다. 물론 이 책 자체는 기대에 훨씬 못 미치지만요.

유 그동안 선생님의 비평은 4·19의 좌절과 가능성, 1970년대 이후 개발독재와 민중시대의 개막, 민족문학과 리얼리즘의 심화와 확산, 1990년대 이후 세계화의 파고(波高)와 디지털 문명의 대두, 국내외의 여러 억압적 사건들 같은 사회적 조건과 매우 긴밀히 매개되어 펼쳐져왔습니다. 특별히 이 책은 선생님 개인 차원에서나 우리 현대문학 차원에서나 매우 의미 있는 사적(史的) 자료가 될 것 같습니다. 책 앞부분에 나오는 '전통과 근대' '시와 행동' '민족과 계급' 등 수많은 현대시의 구성 요인들 가운데 선생님께서 가장 주안점을 두신 것은 어떤 것인가요?

염 돌아보면 나의 세대는 우리의 문학전통에 대한 공부가 절대적으로 부족했어요. 근대 이후의 문학에 대해서도 편향된 독서밖에 못했고요. 흔히 '고전문학'이라는 이름으로 읽은 것도 대부분 교과서 수록 작가들의 작품에 국한되었고, 근대 이후는 일제강점기의 이광수·김동인·염상섭·현진건·채만식·이효석 등의 소설과 한용운·김소월·김영랑 등의 시, 그리고 해방 후에는 김동리·황순원·유치환·서정주 등 남한의 주류 문학 위주였어요. 홍명희·이기영·한설야·이태준·정지용·김기림·임화·백석·이용악 등 우리 근대문학사에서 빠뜨릴 수 없는 주요 시인이나 작가의 작품을 마땅히 읽어야 할 때에 읽지 못하고 문학청년 시기를 보냈습니다. 더구나 정지용과 김기림 같은 분은 월북도 아니고 6·25 와중에 행방불명이 된 거잖아요? 분단 이후의 북한 문학에 대해서는 아예 알려고도 하지 않은 데다 알 길도 없었고요. 기가 막힌 일입니다. 이와 더불어 외국문학도 미국이나 서유럽 또는 일본에 국한돼 있었죠. 소위 공산권 문학은 아예 접근 불가였어요. 다른 아시아나 아프리카의 경우도 마찬가지였습니다. 이런 무지 상태가 이념적 편향을 강화했고 또 편향이 무지를 더욱 부채질했다고 할 수 있지요. 요컨대 젊은 날 우리가 배운 것은 단절과 불구의 문학사였어요. 내 문학 공부 60년의 전반부는 이 암흑과 불구 상태로부터의 탈출 시도의 역사입니다. 그러다가 나이 마흔에 이른 1980년대에 와서야 돌연한 이념의 홍수를 만나게 되었죠. 그나마 내 경우는 1970년대에 소위 '마분지 책들'을 통해 얼마간 이념적으로 면역이 되어 있었던 덕에 80년대에 밀어닥친 격랑을 덜 힘들게 넘길 수 있었다고 생각합니다.

그렇게 우여곡절을 거치며 모색해오는 동안 그런대로 한국 근대사의 밑바닥을 흐르는 어떤 근본 맥락을 짐작할 수 있게 된 것 같습니다. 서양의 경우, 중세 보편문학(기독교, 라틴어, 기사와 수도자 중심의 궁정문학과 종교문학)에서 근대 국민문학(국민언어의 발달, 국민국가의 형성, 탈종교 세속화의 진행, 시민사회의 발전의 결과인)으로의 역사적 전환이 르네상스·종교개혁·시민혁명 등 어느 정도 단계적 과정을 거치면서 이루어졌다고 이야기하지요. 물론 그게 순탄하게만 이루어질 수 없었던 것은 우리가 대강 아는 바입니다. 그래도 아무튼 단테·세르반테스·셰익스피어·볼테르·괴테 등으로 대표되는 서양의 근대 국민문학은 18, 19세기에 이르면 확립되었다고 할 수 있어요. 반면에 우리는 그렇지 못합니다. 동아시아의 중세 보편문학인 한문문학으로부터 각국 국민문학으로의 이행은 순조롭지 못했어요. 우리의 경우 고유 문자인 한글이 창제된 것은 서구의 르네상스와 시기적으로 거의 일치하지만, 문자 창제 이외의 다른 사회적·정치적 조건들은 근대적 국민문학의 탄생을 성사시키기에 너무도 열악했습니다. 얼마 전 고 김자현 교수의 책 『임진전쟁과 민족의 탄생』(너머북스 2019)에서 아주 흥미로운 내용을 보았습니다. 그의 연구에 따르면 임진전쟁(임진왜란)과 병자호란이라는 외침을 겪고 이에 대항하는 과정에서 '타-민족'과 구별되는 '자-민족'이라는 인식이 조선에서 생겨났고, 그 일환으로 예컨대 중국군이나 일본군 같은 외부인에게 생소한 문자인 한글의 사용이 크게 확대됐다는 거예요.

과연 임진·병자 양란 이후 시조와 가사가 활발하게 창작되고 한글 사용이 크게 늘어납니다. 시조와 가사는 국한혼용이기는 하나, 우리말 문장을 기반으로 한자 단어를 섞어 쓰는 것이므로 한문학과는 원천적으로 구별되는 국문문학입니다. 아울러 한글 전용의 서민소설과 여성문학도 본궤도에 오른다고 하지요. 18세기에 이르면 다양한 계층에 의해 광범하게 한글이 쓰이고 있음이 확인됩니다. 그러나 그런 의미 있는 진전에도 불구하고 19세기에 이르기까지는 봉건 양반계급이 주도하는 한문 지배체제가 극복된 것이 아니에요. 근대적 한글문학이 성립되는 단계까지는 못 갔음이 확실합니다. 요컨대 중세 라틴어 문학으로부터 유럽 각국어 문학으로의 이행과 비교할 때 조선시대 한글문학의 발전은, 그 시대 민중계급 자신의 사회적 존재가 그러하듯이 열위(劣位) 또는 지하에서의 산발적인 성장과정에 불과했던 것으로 보입니다. 이것은 새로운 문학적 글쓰기, 즉 신문학운동이 사회변혁운동, 즉 혁명적 정치운동과 결합하지 않으면 역사적 승리에 도달할 수 없다는 것을 보여주는 명백한 사례입니다. 게다가 순전히 언어적 측면에서 보더라도 한문과 한국어 사이의 관계는 라틴어 문장과 영어 또는 독일어 사이의 관계와는 상당히 다르다고 생각됩니다. 이 언어문제는 전문가들의 좀더 본격적인 연구가 필요한 분야지요.

그리고 반드시 짚고 넘어가야 할 문제가 있어요. 우리의 경우 결정적인 것은 근대적 국민문학이 형성될 시기에 제국주의 외세의 침략을 받아 남의 식민지로 전락했고, 그리하여 자주적 근대국가 형성에 근본적 차질이 빚어졌다는 사실입니다. 이것은 치명적인 사실이에요. 우리 근대문학의 파행성의 근본 원인은 결국 여기에 있다고 봅니다. 서구에서도 근대 국민국가의 형성이 마냥 매끄러웠던 것만은 아니죠. 하지만 그건 봉건세력과 시민계급 간의 내부투쟁인 수가 많았고 그 자체가 근대세계 탄생의 진통이었다고 할 수 있어요. 우리의 경우에는 제2차대전 이후 식민지에서 해방되었다고는 하나 곧바로 분단과 전쟁이 덮쳐 인민의 고통은 더욱 가중되었고, 이에 대한 대응으로 급격한 산업화가 추진되었지만 그 결과는 빈부격차의 심화와 극심한 사회적 양극화입니다. 더 따지고 들면 우리가 오늘 얼마나 '해방된' 현실을 살고 있는지조차 의문이에요. 외관상 초현대도 있지만 사회 곳곳에 전근대도 상존하고 있는 게 우리의 착잡한 현실입니다.

거시적인 역사적 관점에서 볼 때 이 모든 문제들은 서로 긴밀하게 얽혀 있습니다. 나는 문학언어의 문제는 곧 사회이념의 문제이기도 하다고 생각합니다. 그런데 과거 일제강점기에는 이념적 화두로서 민족과 계급이 길항적 관계에 있었고, 1970, 80년대의 운동권 내에서는 민주화와 통일이 서로 우선권을 다투는 목표였습니다. 한때 민중민주(PD)파와 민족해방(NL)파 간에 격렬한 논쟁도 있었고요. 요즘은 페미니즘 운동의 어떤 분파가 극단화되어 다른 사회운동과 심한 마찰을 일으키는 것 같기도 합니다. 이런 분열의 모습들이 나로서는 안타깝습니다. 어느 한 개별 목표에 과도하게 몰입하거나 그것의 배타적 우위를 주장하는 극단주의는 오히려 역사를 지체시키는 역작용의 폐해를 낳는 경우가 많아요. 나는 일제강점기에나 해방 후에나 좌우합작과 남북연합의 노선에 섰던 분들을 지지했는데, 안타까운 것은 그런 통합적 중도주의가 현실 속에서는 언제나 패배했다는 사실이에요. 앞에서 얼마 전 전남 보성에 갔다가 정해룡 선생 고가에 들러 하룻밤 잤다고 했지요? 바로 그 정해룡 선생이 해방 후 몽양 여운형의 정치노선을 따랐던 분으로 근로인민당 재정부장까지 잠깐 지냈다 합니다. 공산주의자가 아니었음에도 그런 중도노선 때문에 그의 집안은 쑥대밭이 됐어요. 중도노선조차 발붙일 수 없는 곳이 대한민국이라면 민주공화국이란 국호는 뭡니까? 문학은 이런 현실의 심층을 면밀하게 들여다보고 잘못된 것을 바로잡는 편에 서야 한다고 생각합니다.

유 선생님께서는 현실과 문학이 긴밀하게 연관되어야 한다는 것, 문학을 역사적 실체로 보고 역사의 중요한 반영체로 보아야 한다는 것, 그러면서도 리얼리즘이나 민족문학 같은 규정들이 가진 협칙한 부분은 반성의 지평 위에 놓아 문학의 예술적 가치를 높여야 한다는 것을 늘 강조해오셨습니다. 등단작 「에고의 자기점화(自己點火)」(1964)에서부터 최인훈 소설을 에고 천착에 의한 자아창조 과정으로 보시고 "자아와 상황의 참된 대화"를 주문하셨는데, 바로 이 지점이 선생님 비평의 근본적이고 원형적인 발원지라고 할 수 있습니다. 자아와 상황 사이의 균형과 통합을 통한 문학의 가치 실현을 처음부터 비평적 좌표로 삼으셨던 게지요. 특별히 『한국 현대시』에서 다루신 시인들의 목록은 그러한 실물적 사례일 것입니다. 선생님께서 애정을 가지고 계신 신동문 선생에 대한 말씀을 독자들에게 해주시면 좋겠습니다.

염 신동문 선생과는 그가 1965년 신구문화사에서 근무하기 시작하면서 가까워졌어요. 나 자신은 1964년 신춘문예에 당선되고 나서 심사위원이었던 이어령 선생의 소개로 그해 2월부터 근무를 시작했고요. 하지만 그가 언제부터 무슨 일로 신구문화사와 인연을 맺게 되었는지 정확하게는 모릅니다. 짐작하기로는 그가 4·19 직후 월간『새벽』의 편집장이 되어 과감하게 최인훈의 장편『광장』을 발표해서 잡지의 성가를 올리는 것을 보고 신구문화사 이종익(李鐘翊) 사장이 그에게 접근했던 것 아닌가 싶어요. 이어령과 함께『세계전후문학전집』(신구문화사 1960~62)을 만드는 일부터 관여했을 겁니다.

여기서 잠깐 샛길로 빠져서 딴 얘기를 해볼까 합니다. 문학사나 문학평론을 공부하는 사람에게 가장 기본이 되는 건 당연히 작품 자체를 읽고 분석하여 미학적 성과를 평가하는 거죠. 하지만 그와 더불어 작품을 창작하는 작가의 개인적 조건이나 작품의 발표과정을 담당하는 사회적 기구들, 그러니까 출판사와 잡지사에도 눈을 돌릴 필요가 있습니다. 예전에는 신문의 문화면이 아주 중요했어요. 방금 얘기한 열권짜리『세계전후문학전집』은 그 시대의 젊은이라면 누구나 한두권씩 읽었고 특히 문학 지망생들에게는 막중한 영향을 끼쳤어요. 그럼에도 그 전집이 어떤 역사적·문학사적 맥락에 있는지 본격적으로 논의된 걸 나는 보지 못했습니다. 이렇게 되면 1960년대 한국문학사 서술에는 무시 못할 결락이 생긴다고 생각해요.『세계전후문학전집』의 의의를 논하자면 4·19혁명 전후의 한국사회를 알아야 하고 출판사 신구문화사의 성격과 그 출판사를 둘러싼 인적 구성을 알아야 합니다. 내가 알기에 당시 그 중심에는 신동문과 이어령이 있었어요. 특히 이어령의 역할은 결정적이었지요. 어느 회고록에서 그는 이렇게 말한 적이 있습니다.

4·19혁명이 일어나던 때이다. 데모 군중이 이승만 대통령의 하야를 외치

며 종로 거리로 밀려들고 있을 때, 나는 관철동〔신구문화사가 자리해 있던 곳—인용자〕 뒷골목의 작은 다방에 앉아 이종익 사장과 한창 흥분해서 떠들어대고 있었다. (…) 이승만 시대로 상징되던 '해방 후'와 '전후 시대'가 끝났다는 거였다. 새로운 세대—지금 길거리에서 함성을 지르는 젊은 세대들의 시대가 열리고 있다는 것, 그리고 우리는 지금 그 역사가 돌아가고 있는 그 모서리를 직접 눈으로 바라보고 있다고 말했다.

이렇게 해서 기획된 책이 『세계전후문학전집』이라는 맥락의 발언이었죠. 하지만 곧 이어령 자신은 자기 일에 몰두하느라고 빠지고 문학 관련 기획과 편집은 주로 신동문에게 맡겨집니다. 신동문은 시인이라지만 시 창작보다 『새벽』지 편집장, 『세대』지 자문, 경향신문의 특집부장 등을 거쳐 신구문화사 편집고문으로서 보이지 않는 역할을 맡았고 1970년대에는 『창비』 발행인으로도 이름을 올렸어요. 그는 양심적 지식인으로서, 또 '내 노동으로' 살고자 했던 한 시민으로서 매력이 넘치는 분이었습니다. 4·19 직후에는 '전후문학인협회' 간사를 맡아 김동리나 조연현이 주도한 주류 문단 바깥의 재야 문단을 이끌었다고도 할 수 있고요. 내가 신구문화사에 근무하던 시절에는 김현·김치수·김승옥 등 친구들이 가끔 놀러 왔기에 신동문 세대와 나의 세대가 그곳 사무실을 통해 자연스러운 연결이 이루어졌다고 할 수도 있습니다. 이것이 후일 자유실천문인협의회, 오늘의 한국작가회의의 모태가 되었다면 아전인수일까요?
1960년대 말의 한 시절, 근무가 끝나면 나는 신동문을 따라 바둑기사 조남철(趙南哲) 9단이 운영하던 명동의 송원기원에 들렀습니다. 그의 바둑이 끝나면 선후배가 어울려 곱창구이에 소주를 마시곤 했어요. 나는 그를 통해 김수영·신동엽·천상병·구자운·고은 등 많은 문인들과 인사를 나누었어요. 그게 나에게는 그후 잡지 편집자 노릇을 하는 데 큰 자산이 됐다고 생각합니다. 나는 신동문에 관한 평론을 두번 썼는데, 유감이지만 별로 읽었다는 사람을 못 만났어요. 2020년에는 창비 발행의 『신동문 전집』도 엮었고요. 이 전집 역시 주목을 받지 못했던 것 같아요. 문단과 독자들이 젊은 유행에만 민감한 건 아닌지 좀 쓰라린 느낌입니다.

한국시의 한 계보와 비평의 역할

유 책을 따라가다보면 우리 시의 어떤 계보가 그려지는 것 같습니다. 임화·김수영·김지하·김남주로 이어지는 한 흐름인데, 특별히 김수영에 대한 애정이 지극하게 느껴집니다. 최근 돌아가신 김지하 선생에 대한 말씀도 해주세요. 이들은 한국시의 정점에서 새로운 의제를 끝없이 제시해주었지요. 앞으로 어떤 부분이 이분들로부터 이어져가야 할까요?

염 하나의 가설이지만 임화·김수영·김지하·김남주는 문학과 삶에서 전위(아방가르드)였다는 공통점으로 묶일 수 있지 않을까 생각합니다. 그렇다면 전위란 무엇일까요? 그것은 우선 기성의 권위나 기존 체제에 굴복하지 않고 그것들에 정면으로 맞서는 저항의 정신입니다. 간단히 말해서 이 전투적 저항정신이 그들 시의 공통된 근원이라고 나는 생각합니다. 물론 나타나는 양태는 각각 다르지요. 정치적 전위는 '참여'로 나타나고 미학적 전위는 실험적인 문학으로 표현될 테니까요.

그리고 당연한 일이지만 시인마다 그들이 처한 구체적 상황에 따라 강조점이 달라지게 마련입니다. 가령 임화는 러시아혁명 직후의 세계사적 상황에서 계급혁명을 지향했고 김남주는 군사파시즘의 억압 속에서 정치투쟁을 앞세운 반면, 김수영은 전쟁 직후의 폐허 같은 상황에서 작품 이전의 어떤 근본정신의 회복을 추구했던 것 같아요. 김지하는 좀 복잡한데, 후기로 갈수록 시에서는 보수화되는 경향이 보입니다. 김지하는 적어도 미학적 차원에서는 전위에서 후위로 물러났어요. 물론 문학사에서 전위만 의미 있는 역할을 하는 것은 아닙니다. 1920년대의 만해와 소월, 30년대의 정지용과 백석과 이용악 들은 각기 다른 차원에서 한국 근대시의 발전에 결정적인 기여를 했어요. 1970년대 고은·신경림·민영·정희성·이시영의 시들도 우리 현대시의 역사에 불멸의 업적을 남겼고, 황동규·정현종·오규원·김광규·황지우·이성복·최승자 등도 또다른 큰 산맥을 이룬다고 봐야지요. 이런 여러 산맥들의 공존과 경쟁 속의 조화가 한국시의 전체상을 형성한다고 생각합니다. 중요한 것은 비평가와 문학사가가 어느 특정 시인이나 그룹을 다루더라도(평론가 한 사람이 어떻게 그 수많은 작품을 다 읽을 수 있겠어요?) 문학사 전체의 흐름에 대한 감각의 균형을 잃어서는 안 된다는 사실입니다.

   그리고 간과하지 말아야 할 것은 시인들 각자가 처했던 시대의 역사적 조건이나 개인적 경험이 상당히 달랐다는 점에 대한 고려입니다. 가령, 김수영은 선배인 임화나 후배인 김지하에 비할 때 민요나 토속 취향 같은 우리 문학의 전통형식에 대해 매우 거부적이었습니다. 왜 그렇게 됐을까요? 김수영은 한창 문학 독서에 전념할 나이에 일제의 식민지 교육을 받았고 30대의 황금 같은 나이에 분단과 전쟁의 폐허를 통과했습니다. 김수영의 일생에는 평화가 없어요. 4·19 이후에야 조금 안정을 얻었지만 기간이 너무 짧았고요. 그러니까 그는 우리 문학전통을 제때에 공부할 기회를 갖지 못했어요. 이것은 김수영 같은 1920년대생들의 불행한 공통점이 아닐까 생각합니다. 그들은 독일문학의 전후세대처럼 '제로 포인트'(零點)에서 출발한 분들이라고 할 수 있어요. '과거'의 풍속이나 유물에 대한 김수영의 재발견이 호들갑스러운 경탄이나 경악을 동반하는 것은 그가 '민족'과 '전통'으로부터 추방되었다가 어느날 갑자기 귀환한 세대라는 걸 말해줍니다. 그런 점에서 나는 시 「거대한 뿌리」에 대한 기존의 과도한 해석에 충분히 동의가 안 돼요. 반면 김지하는 아주 다르죠. 그는 자신이 전라도 토박이 출신이라는 뿌리 깊은 자의식을 가지고 있습니다. 자부심이라고 할 수도 있어요. 알다시피 전라도는 역사적으로 억압과 소외, 저항과 반역의 땅인 동시에 판소리와 옛 그림이 살아 있는 풍요의 예향이에요. 김지하의 몸에는 그러한 전라도의 피와 가락이 살아서 물결칩니다. 이런 상이한 조건들이 김수영과 김지하의 시를 한편으로는 전위라는 공통점으로 묶고 다른 한편으로는 전통과의 관계에서 완전히 상반된 입장으로 나타나게 하지 않았을까 생각합니다.

유 이 책의 「서정주와 송욱」이라는 글에서는 두 시인을 통해 1960년대 시단을 '전통주의'와 '모더니즘'으로 조감하셨습니다. 서정주의 퇴영적 복고주의와 송욱(宋稶)의 전통부정적 현대주의가 서로 상반된 듯 보이지만 근본적으로 동일한 오류 위에 있다고 보신 명문입니다. 특별히 송욱에 대한 비판은 당대 문학의 진단과 해석에서 어떤 강렬성과 발본성을 띠고 있습니다. 미당과 송욱에 관한 말씀이 더 있으면 해주시지요.

염 그렇게 말해주시니 고맙습니다. 하지만 나 자신은 그 글에 대해 오랫동안 미완성품을 급하게 세상에 내놓았다는 느낌을 갖고 있었어요. 사실 그걸 썼을 때 나는 아직 20대의 나이였는데, 젊음의 미숙함도 들어 있었다고 변명 삼아 자위를 했지요. 아무튼 분단 이후 1960년대까지 서정주는 한국 시단의 중심이었고 이른바 문학권력이었어요. 나는 그때까지 그가 일제 말에 친일적인 시를 쓴 건 알았지만, 정치적으로 뼛속 깊이 노예근성을 지닌 인물인 줄은 충분히 몰랐어요. 오히려 나는 그 글을 쓰기 위해 1960년대 말경까지의 그의 시들을 통독하고 그의 언어와 감성에 매혹됐습니다. 그래서 나는 서정주의 언어적 능란함과 토착정서를 상당히 높이 평가했어요. 반면 송욱의 경우 나는 그의 『시학 평전』(1963)을 비롯한 평론들을 먼저 읽고 그의 학식에 감탄했었지요. 그리고 중요한 건 송욱도 대학사회에서는 하나의 권력이었다는 점입니다. 하지만 젊은 시절 내 눈에는 '권력' 따위는 보이지 않았어요. 권력이나 권위 같은 것을 염두에 두지 않고 소신껏 썼을 뿐입니다. 아무튼 그의 시집 『유혹』(1954)과 『하여지향』(何如之鄕, 1961)을 구해 읽고는 너무나 실망이 컸습니다. 그 실망감을 가차 없이 공격적으로 풀어본 것이 그 글입니다. 그러면서 나는 당시의 우리 시단을 양분하는 퇴영적 복고주의와 서구추종주의라는 상반된 두 경향을 동시에 넘어설 가능성을 김수영과 신동엽 및 이성부(李盛夫)와 조태일 등 후배들에게서 발견했던 거지요.

그런데 이 글은 시인 조태일이 주재하던 잡지 『시인』 1969년 12월호에 발표되었는데(당시 제목은 '서정주의 송욱의 경우'), 나는 그 때문에 필화를 겪고 대학에서 쫓겨났어요.(웃음) 그때 처음 개설된 서울대 교양과정부 조교로 임용됐다가 이듬해인 1969년 봄에 전임으로 상신됐지요. 그래서 그해 2학기에는 수원에 있던 농과대학에 출근해서 실제로 독일어 전임 노릇을 했습니다. 그러다보니 강의하러 수원 다니랴, 서울 수송동으로 『창비』 편집업무 보러 가랴, 게다가 결혼을 앞두고 준비도 하랴, 이렇게 눈코 뜰 새 없이 바쁜 판에 조태일 시인의 불같은 독촉에 시달리며 쓰다보니, 더 원만하게 쓰지 못한 게 내 눈에도 보이는 미숙한 글이 됐습니다. 이 책이 나오고 나서 최원식(崔元植) 교수가 전화로 「서정주와 송욱」이 특히 좋았다고 칭찬을 해서 뒤늦게 위로를 받기는 했지만, 나 자신은 늘 아쉽게 여기면서 일찍 작고한 송욱 선생에 대해 얼마간의 미안함도 가지고 있습니다.

유 비평이란 문학 작품 혹은 현상에 대한 자의식의 표현이자 반성적 행위의 소산입니다. 그것은 또한 문학현상의 의미론적 이해를 초점으로 하는 지성적 훈련의 결과이기도 합니다. 그럴 때 비로소 우리가 살고 있는 동시대의 시대정신을 종합하여 좀더 넓은 시각에서 미래를 창출하기 위한 지성적 작업도 가능해질 것 같습니다. 『한국 현대시』는 이러한 지성적 작업을 실천적이고 장기적으로 해오신 선생님의 결실인데요, 이 책에 서 펼친 시 독해의 기율이랄까 또는 최근 작품들을 읽은 느낌이랄까 하는 것을 들려주시면 좋을 듯합니다.

염 비평행위에 대한 비평가로서의 자의식을 물었는데, 내 경우 비평은 언제나 문학작품의 미학적 성취를 검토하는 작업인 동시에 그것의 사회 적 의미를 묻는 일이기도 합니다. 그런데 19세기 말과 20세기 초 근대 전 환기의 한국시의 상황을 살펴보면 미학적 성취에서나 사회적 의미에서 나 너무 빈곤하다는 것이 확연히 드러납니다. 흔히 말하는 대로 '옛것은 무너졌으되 새것은 나타나지 않은' 과도기였어요. 생각해보면 문학뿐 아 니라 인간의 삶 자체가 끊임없는 법고창신(法古創新)의 과정인데, 근대 전 환기의 우리 시인 지망생들에게는 역사적으로나 언어적으로 또 형식적으 로 '법고'할 안정적 모델이 불투명한 상태였던 것 같습니다. 대부분의 시 인 지망생들이 일본의 신체시나 일본어로 번역된 서구 시를 읽고 그것을 모델로 하여 창작하지 않았나 여겨집니다. 물론 옛 민요나 시조, 가사 등 이 여전히 살아는 있었지만 젊은 시인들의 영혼을 사로잡을 힘을 잃은 상 태였던 것 같고, 한시는 원래 일반 민중과는 거리가 먼 데다 시인 지망생 들 입장에서도 이제 '귀족 취미' 이상의 뜻을 가지기 어렵게 되었다고 봅 니다. 그 점에서 나는 오늘의 시의 문제점을 살피는 데도 100년 전 초창기 시인들의 선구적 업적을 검토하는 것이 극히 중요하다고 생각합니다. 만 해·소월·지용은 전통의 계승이라는 점에서뿐 아니라 외국문학의 수용과 그 영향이라는 점에서도 각각 독창적인 방법론을 개척했어요. 그들 세대 가 모색한 길을 따라 후배들의 다양한 작업이 가능해졌으니까요.

그런데 오늘의 시단을 살펴보면 여전히 불안정하게 느껴집니다. 시인 은 엄청나게 많이 늘었지만 독자와의 거리는 더욱 멀어졌습니다. 진정한 실험인지 무의미한 말장난인지 옥석을 분간하기 어려운 상황이 날이 갈

수록 더 심해지는 느낌이에요. 그리고 이게 새로운 탄생을 위한 어쩔 수 없는 과도기의 진통인지, 아니면 서정시 장르의 몰락의 징후인지도 판단이 안 섭니다. 나로서는 언어의 일상적 질서를 최대한 지키되 그 일상언어의 질서 안에서 가능한 한 최대로 치열한 세계인식과 깊은 내면성을 표현하는 것이 시의 바른 길이 아닌가 싶고 그 다양한 가능성을 연구해야 하지 않을까 생각합니다. 시인 각자의 경험과 창의를 최대한 살려야 하지만, 작품의 사회적 소통을 포기하지 말아야 한다고 믿고 있습니다. 그럼 그게 어떻게 가능하겠는가? 바로 그 점을 오늘의 비평가와 시인 들은 함께 고민하고 연구해야겠지요.

국립문학관의 의의와 과제

유 다음으로 국립한국문학관 이야기로 넘어가보겠습니다. 문학진흥법 제정이 가시화되기 전에도 국립한국문학관은 오랜 국가적 과제였던 것 같습니다. 일본은 일찍이 1967년에 '일본근대문학관'을 개관하여 운영하고 있고, 중국은 1995년에 '중국현대문학관'을, 대만은 2007년에 '국립대만문학관'을 각각 개관하였습니다. 이처럼 동아시아에서 우리만 국립문학관이 없는 상황에서 늦게나마 법률로써 문학관의 건립이 진행되면서 한 시대의 삶과 정신문화의 결정이자 지형도이고 예술문화의 원천인 문학이 본연의 위상을 찾게 되었습니다. 문학관 건립이 결정되고 선생님께서 초대 관장이 되시기까지의 과정을 들려주세요.

염 말씀하신 대로 국립문학관이 가장 필요한 나라가 우리 한국인데, 그런데도 동아시아에서 문학관 사업이 가장 늦게 시작됐어요. 과거 박정희 정부에서도 문학과 예술에 대해 국가 차원의 진흥책을 도모하여 '문예진흥원'을 만들기는 했지요. 하지만 그것은 작가들의 자발적 창의를 지원하기보다 국가시책에 동원하려는 의도가 더 노골적인 일방적 시혜의 산물이었고, 더욱이 진흥원은 흩어진 문학유산을 수집·정리·보존하는 문학관 고유의 기능과는 방향이 아주 다른 것이었지요. 김영삼 정부인 1996년에야 '문학의 해'를 선포하고 국립문학관 건립이 논의되었습니다만, 불행히도 뒤미처 외환위기가 닥치는 바람에 논의 자체가 수면 아래로 가라앉고 말았어요.

국립한국문학관이 정부 예산의 지원을 받는 법인으로 설립될 수 있었던 데는 2012년 도종환(都鍾煥) 시인이 국회에 입성하여 적극적인 노력을 기울인 것이 다른 무엇보다 절대적인 기여를 했다고 생각합니다. 나는 그가 한국작가회의 사무총장 소임을 맡고 있을 때나 국회의원이 된 뒤에나 가끔 그의 의논 상대가 되어 문학관 설립의 필요성을 역설했지요. 그러다가 2016년 도종환 의원의 발의로 문학진흥법이 국회를 통과했는데, 그것이 하나의 이정표가 됐어요. 국가의 재정지원으로 한국문학관이 건립될 수 있는 법률적 기반을 마련한 것이니까요. 아무튼 그 문학진흥법에 근거하여 이듬해에는 문학진흥정책위원회가 발족했고, 다시 이듬해인 2018년에는 국립한국문학관 추진위원회가 구성되어 1년간 활동했습니다. 그리고 2019년 4월 23일 마침내 국립한국문학관의 법인 인가가 나왔지요.

나는 2018년 추진위원장, 2019년 4월부터 지난 2022년 8월 말까지 초대 관장으로 일했습니다. 하지만 관장이라곤 해도 자기 건물 없이 여기저기 세 들어 지내는 형편에다 비상임이었기 때문에 한계가 많았어요. 의욕은 넘쳤으나 행정에 밝은 편이 아니었던 점도 앞으로의 문학관 운영에 숙제를 남겼다고 할 수 있고요. 문학관의 책임자로서 예산 문제와 관련해 문체부와 기획재정부의 담당 공무원들에게 한국문학관의 필요성과 중요성을 납득시키는 것은 늘 쉽지 않은 과제였습니다. 돌이켜보면 도종환 시인이 국회에 입성해 한동안 문체부 장관을 맡지 않았다면 국립한국문학관

사업은 부지하세월이었을 겁니다.

유 국립한국문학관의 역사적 의의와 선생님께서 임기 동안 하신 일들을 소개해주시면 좋을 듯합니다.

염 한국문학은 초창기 이래 고난의 시대를 헤쳐왔습니다. 봉건적 억압에서 뒤늦게 깨어나 외세에 시달림을 받았고 분단과 전쟁의 상처 또한 제대로 치유되지 못했습니다. 한국문학은 이 고난의 역사와 발걸음을 함께하며 수많은 작품으로 민중의 아픔을 증언해왔습니다. 일제강점기뿐만 아니라 군사독재 시대에도 작가들은 가혹한 검열과 정치적 탄압 때문에 표현의 자유를 충분히 누리지 못했어요. 그럼에도 우리 문학은 수많은 작가들의 헌신과 노력으로 훌륭한 성취를 이루었고 그 토대 위에서 오늘날 일찍이 없던 황금기를 맞이하고 있습니다. 이 저항과 창조의 문학사를 실물로 보여줄 임무를 지닌 것이 바로 한국문학관입니다. 그런 점에서 국립한국문학관은 민족전통의 계승자이자 미래세대를 위한 교육의 담당자라는 자부심을 가져도 좋다고 생각합니다.
  오랜 수난의 역사 속에서 문인들의 삶도 궁핍과 시련을 면치 못했지요. 유명한 작가들조차 삶의 흔적이 지워지는 수가 많았습니다. 가장 곤란한 것은 발표된 작품의 산일(散逸)이고 훼손입니다. 삼국시대나 고려시대의 저작들 중에는 이름만 알려지고 실물은 흔적도 없이 사라진 것이 너무나 많습니다. 안타깝기 그지없는 일이지요. 근대에 들어와서도 분단과 전쟁 탓에 작가와 작품의 행방이 묘연한 예가 적지 않습니다. 정지용 시인이나 김기림 시인의 경우, 월북으로 잘못 알려졌지만 사실은 남과 북 어디에서도 흔적을 찾지 못했어요. 이런저런 소문만 무성했지요. 그런가 하면 미발표 원고로 남은 작품 중에는 이 사람 저 사람 손을 거치다 결국 영원히 미궁으로 빠지는 경우도 있습니다. 이 모든 문학유산을 가능한 최대의 노력으로 수집해 원본 상태로 후손에게 물려주는 것이 국립문학관의 기본 임무입니다.

문학자료의 수집과 정리, 보존은 다른 민족유산의 경우와 마찬가지로 국가의 의무입니다. 다행히 국립한국문학관은 초기 수집가들 가운데 하동호(河東鎬) 선생의 수집품 5만여점을 유족으로부터 기증받았습니다. 그리고 지난 3년 동안 2만 5천여점을 기증받거나 경매 등을 통해 구입했어요. 이 자료의 정리와 보존 작업도 만만치 않은 과제입니다. 또, 지역의 공공 문학관과 개인 문학관 들을 연결하여 전국적 네트워크를 만드는 것도 국립문학관의 과업입니다. 문학 연구자들을 실질적으로 지원하고, 일반 국민들에게 한국문학의 가치와 업적을 알리는 역할도 적극적으로 추진할 계획이지요.

유 국립한국문학관이 잘 체제를 갖추어간다면 우리도 명실상부한 문화적 인프라 하나를 가지게 될 것 같습니다. 후임 관장도 취임하셨는데 업무의 연속성이 참 중요하겠습니다. 문학관에서 가장 중요하게 이루어져야 하고 또 확장해가야 할 과제에는 무엇이 있을까요?

염 10여년 전 처음 문학관을 구상할 때 내가 생각한 것은 근대문학 자료를 체계적으로 모았으면 하는 소박한 꿈이었습니다. 그런데 인천에 똑같은 이름의 훌륭한 문학관이 이미 만들어져 있기도 하고, 또 국가의 비용으로 고전과 현대 전체를 아우를 수 있다면 그것이 더 낫겠다 싶어 근대를 넘어 민족문학의 전 시대를 포괄하는 명칭을 채택했지요. 그런데 지나고 보니 이 결정은 참 잘한 것이었다는 걸 거듭 깨닫게 됩니다. 고전과 현대의 시대구분이 간단한 문제가 아니라는 건 차라리 부수적인 곤란이고, 본질적인 차원에서 우리 문학의 역사 전체를 하나의 유기적인 연속체로 보는 시각을 갖게 되었다는 점이야말로 우리 국립한국문학관의 철학이고 내가 개인적으로 얻게 된 이론적 소득입니다.

그밖에도 작고 큰 기술적인 문제들이 많지만, 여기서는 한가지 원론적인 것만 말씀드리겠습니다. 한국처럼 식민지와 전쟁을 겪은 나라의 경우 문학을 둘러싼 객관적 여건에도 극복해야 할 낙후성이 적지 않지만, 더 중요한 것은 문학이 이 나라 국민의 생활에서 가지는 의미의 중요성을 국민들 스스로가 깨닫는 것입니다. 알다시피 문학은 언어를 표현수단으로 하는 기본 예술입니다. 언어를 떠난 인간의 삶을 상상할 수 없다는 것은 자명한 사실인데, 이 상식에 입각하여 생각해본다면 가장 포괄적인 의미에서 모든 국어생활자는 언어를 사용함으로써 각자의 수준에서 자기 나름의 문학활동에 참여하고 있다고 말할 수 있어요. 흔히 간과되는 자명한 사실은 언어라고 하는 것이 국어사전에 정의된 대로 굳어진 개념으로서만, 그리고 문법적 규범에 따른 의사전달의 도구로서만 존재하는 '죽은 물건'이 아니라는 점입니다. 언어는 살아 있는 사람들의 개인적·사회적 생활의 매 순간의 발화 속에서 그때그때 새롭게 정의되고 새로운 의미 형상으로 재창조되는 생물체와 같습니다. 그렇기 때문에 극단적으로 말하면 언어사용의 매 순간은 동시에 문학적 창조의 매시간에 해당하는 것이기도 하지요. 국립한국문학관은 국민들에게 이러한 정신을 상기시키는 핵심적 국가기구입니다. 그런 점에서 한 국가 안에서 차지하는 문학의 위상과 역할은 단지 문학 창작자나 문학 연구자들만의 문제가 아니라 그 국민의 생활문화 전체의 수준과 성격을 보여주는 하나의 시금석이자 척도가 된다고 할 수 있어요. 대한민국이라는 공동체의 구성원들, 특히 나라를 이끌고 있는 지도층 인사들이 이 점을 좀더 뚜렷이 자각했으면 하는 바람입니다.

한국사회의 난경과 우리가 해야 할 일

유 국립한국문학관이 멋지게 건축되고 개관하여 국민이 언어적·문학적 향유의 주체가 되기를 기원하겠습니다. 다음으로 우리 사회에 대해 말씀을 주시면 좋겠습니다. 최근 우리 사회에서는 현저한 민주주의의 위기와 정치적 퇴행 국면이 벌어지고 있습니다. 우리 사회가 여기까지 난경을 헤쳐왔는데, 지금 권력이 보여주는 모습은 의외로 심각하다 아니할 수 없습니다. 우리 사회가 마땅히 회복하고 지켜가야 할 정신과 원리 그리고 현 단계에서의 과제에 대해 선생님의 말씀을 듣고 싶습니다.

염 이명박 정부 초기였던가요, 당시 김대중 전 대통령께서 새 정부 출범 이후 민생경제의 실패, 민주주의의 후퇴, 남북관계의 파탄을 들어 이명박 정부를 신랄하게 비판한 적이 있습니다. 지금 똑같은 일이 더 강도 높게 재연되고 있습니다. 게다가 우리나라를 둘러싼 국제적 환경과 지구 생태의 조건은 15년 전에 비해 훨씬 더 악화돼 있습니다. 미·중 전략대결의 격화에다 우크라이나 전쟁, 기후변화와 감염병 대유행, 더욱 심화되는 사회적 불평등 등 어느 것 하나 만만한 것이 없습니다. 기후위기에 뒤이어 필연적으로 이제 머지않아 에너지와 식량 위기가 닥칠 텐데, 그렇게 되면 그야말로 파국적 상황이 될지도 모릅니다.

그런데 이런 문제들의 심각성에 대해 아무런 식견도 대책도 없는 자들이 지금 정부의 핵심 부서를 장악하고서 '권력 놀이'에 취해 있다는 인상을 줍니다. 주로 검찰 출신으로 구성된 권력집단이 행정을 장악한 데 이어 사법을 침탈하고 입법을 유린하고 있는 것 같아요. 견제와 균형이라는 삼권분립의 원칙이 무너지고 있습니다. 가장 한심한 것은 언론의 비판적 기능이 거의 완전히 마비돼 있다는 사실입니다. 그 점에서는 이승만이나 박정희 때보다 못해요. 아니, 심지어 일제강점기보다 나을 게 없어요. 그 시절에도 물론 언론탄압이 심했지만 국민들은 신문의 행간을 읽을 줄 알 았고 권력의 횡포를 몸으로 느꼈습니다. 우리 아버지는 예전부터 동아일 보 구독자여서 나는 중학생 때부터 신문을 읽었어요. 이승만 정권이 경찰 을 사병처럼 부리며 폭압정치를 일삼고 있다는 걸 시골에서 신문만 보고 도 훤히 알았어요. 그런데 지금은 어떤가요? 종이신문 보는 사람은 점점 줄고 텔레비전을 비롯한 각종 전파매체가 여론을 장악하고 있잖아요. 그 럼에도 명색 언론이라는 것들이 거짓과 타락에 빠져 국민의 눈을 가리고 생각을 마비시키고 있습니다. 일부 언론은 그 자신이 권력기구화돼 있다 는 인상조차 줍니다. 무엇보다 걱정스러운 것은 그동안 공들여온 남북 간 의 최소한의 평화체제마저 산산조각 무너져버린 것입니다. 국민들은 또 다시 전쟁의 공포 속에 살아야 하나, 이런 불안이 덮쳐옵니다.

새로운 대안을 가진 시민적 역량의 결집이 절실합니다. 문인들이 문학 에만 전념할 수 없는 시대는 불행한 시대인데, 지금 우리는 바로 그런 불 행 속으로 점점 더 깊이 들어가고 있어요. 1970, 80년대에 군사독재의 탄 압으로 집회와 결사, 신념과 표현의 자유를 빼앗겼던 시절의 고난이 다시 떠오릅니다. 문인은 공동운명체의 일원으로서 불의와 탄압에 저항할 책 임을 피해서는 안 된다고 생각합니다. 성숙한 시민의식과 민주주의의 원 칙에 입각해서 이 난국을 헤쳐가는 데 협력해야죠. 지금 우리나라는 껍질 은 선진국인 듯 화려하지만 들여다보면 엉망진창인 데가 너무 많습니다. 무엇보다 사회적·경제적 불평등이 너무나 심각해요. 치열한 고민과 과감 한 행동이 절실합니다.

유 끝으로 앞으로의 계획이나 후배들에게 당부 말씀이 있으면 해주 세요.

염 앞에서도 얘기했지만 드디어 나는 모든 직책에서 벗어났습니다. 아주 후련합니다. 아, '익천문화재단 길동무'의 공동이사장이라는 직함은 아직 남아 있군요. 물론 문화재단이니까 공적인 기구라고 할 수도 있지만, 나 개인에게는 사적인 의미가 더 깊습니다. 알다시피 이 재단에 기금을 내놓은 김판수(金判洙) 형은 중소기업을 일구어 운영하다 지금은 절반쯤 은퇴한 상태지요. 그는 젊은 날 유럽으로 유학을 갔다가 동베를린의 북한대사관에 들렀던 일 때문에 5년이나 옥살이를 했어요. 나는 그가 유학에서 돌아온 1968년 봄에 처음 만나 친구가 됐는데, 그가 이듬해 5월에 중앙정보부에 잡혀가 기소가 되고 감옥을 나온 후부터 지금까지 친하게 지내오고 있습니다. 사실 알고 보면 그는 감성이 여리고 문학청년 같은 데가 많은 사람이에요. 중간에 좌절을 겪지 않았다면 그도 사업가 아닌 문필가나 예술가가 됐을지 모릅니다. 내가 그를 좋아하고 높이 평가하는 것은 감옥 가기 전이나 후나, 또 사업을 시작하기 전이나 성공한 뒤에나, 심지어 거의 은퇴한 지금이나 한결같은 사람이라는 점입니다. 이거 절대로 쉽지 않은 미덕이에요. 돈 벌어 좋은 일 하겠다고 하고서 돈 번 다음에 사람이 달라지는 거 우리가 많이 봤잖아요? 그런데 그는 사업이 어느 정도 자리 잡힌 20여년 전부터 여러 문화단체와 운동단체에 후원금을 보냈어요. 내가 중간에 다리를 놓아서 작가회의와 임화문학연구회에도 매년 후원금을 보냈지요. 길동무 재단은 그런 후원사업을 공식화한 거라고 할 수 있습니다. 하지만 공적인 업무만 하자는 것은 아니고 문인·예술가 들에게 서로 만나고 쉴 수 있는 공간을 마련하자는 뜻도 있어요. 예전에는 잡지사나 출판사가 필자들의 사랑방 내지 살롱의 역할도 했는데, 언제부턴가 원고도 원고료도 온라인으로 주고받다보니 그런 공간이 사라졌지요. 나는 건강이 허락하면 가끔 길동무 사무실에 나가 후배들과 담소도 하고 약주도 한잔하고 싶은데, 그럴 수 있을지 모르겠네요.

　아무튼 나이도 어느덧 80이 넘었고 하니 '놀멍 쉬멍' 건강을 돌보면서 여생을 보내야지요. 기운이 좀 남으면 욕심내지 않고 글도 조금씩 써볼 생각이 있습니다만 뭐, 모든 걸 하늘에 맡겨야죠.

제3부

민족문학의 시대는 갔는가

◆

만해 시대부터 오늘까지를 관통하는 것

* 민족문제연구소가 주관한 '2013 만해축전 학술심포지엄'(2013.7.23. 서울 프레스센터)의 일환으로 '님이 침묵하는 시대의 문학'이란 주제의 학술행사 가 열렸다. 이 글은 거기서 발표했던 강연문을 다듬은 것이다.

'침묵하는 님'

민족문제연구소가 제시한 주제 '님이 침묵하는 시대'란 말부터 살펴보 는 것이 순서일 것 같다. 주지하듯이 '침묵하는 님'의 이미지는 만해 한용 운에게서 기원한다. 시집 『님의 침묵』(회동서관 1926)은 근대시의 골격이 아 직 온전한 모습을 갖추기 전인 신문학 초창기의 산물임에도 여러 면에서 경이적인 업적이다. 1920년대의 시집으로서 오늘의 독자들에게 여전히 살아 있는 감동을 주는 것은 김소월의 『진달래꽃』(매문사 1925)과 『님의 침 묵』 정도일 것이며, 우리 근대문학사 전체를 통틀어도 두 시집을 능가하 는 성취를 만나는 것은 쉬운 일이 아니다.

하지만 일제강점기 동안『진달래꽃』과 달리『님의 침묵』은 별로 문단의 주목을 끌지 못했던 것 같다. 거의 외면받았다고 할 수도 있다. 시집 발간 당시 언론인 유광렬(柳光烈)의 독후감(시대일보 1926.5.31.)과 시인 주요한(朱耀翰)의 그런대로 호의적인 감상문('愛의 祈禱, 祈禱의 愛'라는 제목으로 동아일보 1926.6.22., 6.26. 분재)이 발표되었을 뿐이고 본격적인 비평의 대상으로 거론된 적은 없었던 것으로 알고 있다. 1930년대 들어 근대시 형성의 역사적 맥락을 논의하는 과정에서도『님의 침묵』은 크게 거론된 바 없다. 이는 가령 임화의 시「우리 오빠와 화로」(1929) 한편이 '단편서사시'의 전범으로 많은 비평가들의 화제에 오른 데 비해 극히 불공평한 현상이다. 이를 오늘 우리는 어떻게 받아들여야 할까?

우선 눈에 띄는 한가지 사실은 만해가 시집 출판과 소설 연재 등의 활동에도 불구하고 평생 문단 바깥의 존재로 살았다는 점이다. 사실 그는 당시의 주류 문인들과 어울릴 수 있는 요소가 거의 없었다.『님의 침묵』발간 당시에 그는 이미 40대 후반의 중년 스님이자 사회의 지도층 인사로서 3·1독립선언의 민족대표 중 한분이었던 반면, 그 시기에 신문학을 주도한 사람들 대부분은 일본 유학을 다녀온 20대의 청년 문사들이었고 선배인 이광수조차 30대 중반에 불과했다. 한마디로『창조』『폐허』『백조』등 동인지를 무대로 자연주의·낭만주의 등 외래 문예사조의 영향 아래 전개된 청년들의 문학세계 안에 만해가 배당될 만한 적당한 자리는 없었다. 이들 중 박영희·김팔봉 등 일부가 신흥문학을 주장하면서 1925년 카프가 결성되고 카프를 중심으로 계급해방을 지향하는 새로운 문학운동이 나타났으나, 역시 만해의 교양세계와는 거리가 먼 것이었다.

만해는「당신을 보았습니다」라는 시에서 "나는 집도 없고 다른 까닭을 겸하여 민적(民籍)이 없습니다"라고 노래한 바 있다. 그는 당시에 호적, 요즘 말로 주민등록이 없었다.(일제 통감부 주도로 1909년 3월 민적법이 공포되었고 1922년 12월 조선호적령으로 대체되었다.) 이 사실을 근거로 일제강점기의 만해가 자신을 식민지체제 바깥의 존재로 인식했다고 볼 수 있을까? 이것은 그가 당대의 주류 문단 안에서 활동하지 않았다는 것보다 더 근본적인 문제제기라고 할 수 있다.

물론 그가 조선불교회 대표, 불교 잡지의 발행인 등 식민지체제하에서의 사회적 위치를 전적으로 거부했던 것은 아니다. 하지만 적어도『님의 침묵』에 구현된 그의 정신세계는 식민지체제 내부에 속한 것이라 보기 어렵다. 그가 자기 시대를 '님이 침묵하는 시대' '님이 떠나간 시대', 즉 근본 핵심이 결여된 시대로 인식하고 있었다는 것은 상징성 높은 시집의 제목 자체가 증명하는 바이다. 그렇다면 식민지체제와 관련하여 그의 문학적 위상을 역사적으로 어떻게 규정할 것인가? 그리고 그것은 오늘의 현실에 대한 우리의 인식과 어떻게 연결될 수 있는가?

제국주의 시대 자유의 양면성

시집『님의 침묵』의 핵심어가 '님'이라는 것은 만인 공지의 사실이다. 그리고 이 개념이 불교적 사유의 심오성과 시적 표현의 상징성을 아우르고 있어 단순 명쾌한 해석을 용납하지 않는다는 것도 널리 지적되었던 바이다. 어떻든 그가 '아름다운 자유' '이름 좋은 자유'라는 반어적 표현을 통해 자유가 비자유의 명분으로 전도된 자기 시대에 대해 통렬한 비판을 던지고 있음을 우리는 명백하게 확인한다.

자유는 만해 시대의 대세였고 말하자면 시대정신이었다. 세계사는 18세기 프랑스대혁명과 미국 독립혁명 같은 결정적 사건들을 통해 자유의 확장이 역사의 대세임을 보여준다고 널리 믿어졌다. 그러나 놓칠 수 없는 사실은, 전 지구적 범위에서 볼 때 유럽세계 내부의 자유의 확장이 유럽세계 외부에 대한 유럽의 억압적 지배와 착취관계의 확대 즉 제국주의화를 동반하고 있다는 인류 역사의 엄연한 모순이다. 유럽 백인사회에서 자유와 민주주의의 신장과정은 역설적으로 그런 가치들과 대립적 요소인 억압과 착취를 유럽 바깥으로 전가, 유출하는 과정이기도 하였다. 유럽 내부에서 진행된 시민혁명이 유럽 바깥을 향한 제국주의 침략과 동전의 양면 같은 관계에 있었다는 사실을 우리는 명확히 알아야 한다.

지도를 보면 알 수 있듯이 우리나라는 지구상 유럽 중심부에서 가장 멀리 떨어진 지역의 하나이다. 이것은 세계에서 서양세력의 도래가 가장 늦었다는 것을 의미하는데, 우리의 경우 봉건적 왕조체제의 내부적 쇠퇴와 제국주의 세력의 도래가 시기적으로 겹침으로써 불행하게도 국가 존망의 위기가 초래되었다. 그 결과 근대는 우리에게 한편으로 서구적 개화의 이식인 측면과 함께 다른 한편으로 국권 상실과 식민지화라는 비극을 동시에 의미하게 되었다.

역사의 이 양면성, 그리고 이 양면 간의 복합적 연관성을 파악하지 못하면 당연히 현실에 올바르게 대응하는 데도 실패하게 마련이다. 가령, 1920년 전후의 시기에 우리나라 문화계에는 자유연애 풍조가 커다란 유행을 이루어 수많은 청춘 남녀들을 사로잡았다. 춘원 이광수는 이 풍조의 중심이 되어 중세적 억압과 봉건적 족쇄에 저항하는 개화 세대의 화려한 전위가 되었다. 그런 면에서 본다면 분명히 이 시기 그의 문학은 진보의 일면을 가지고 있다.

그러나 계몽주의적 자유사상의 선봉장으로 활동하던 시기에조차 이광수는 자유의 양면성을 전혀 파악하지 못하고 있었다. 그는 평생 한번도 제국주의의 침략적 본질에 대한 깨달음을 보여준 적이 없다. 그런 점에서 동시대의 만해가 "너희는 이름 좋은 자유에 알뜰한 구속을 받지 않느냐"라고 질타한 것은 어쩌면 이광수식 자유주의를 겨냥한 가장 강력한 비판이었다고 할 수 있다.

만해의 시대적 한계

물론 만해의 시대인식이 시종일관 동일한 수준을 유지했던 것은 아니다. 나는 이미 오래전에「만해 한용운론」(『창작과비평』 1972년 겨울호)을 쓰면서, 그의 장편 논문『조선불교유신론』(1910년 탈고, 1913년 출간)이 개혁불교·민중불교·근대불교를 지향하는 탁월한 문제의식의 소산임을 높이 평가하면서도 그러한 문제의식이 아직 민족현실에 대한 정당한 인식 안에 올바르게 통합되어 있지 못했음을 지적한 바 있다. 그것이 바로 당시(지금도 마찬가지겠지만) 불교계에 큰 말썽을 불러일으켰던 만해의 승려 결혼 금지 해제 주장으로서, 그는 그런 주장이 담긴 건의서를 만들어 1910년 3월에 '중추원 의장 김윤식 각하' 앞으로 보냈고, 같은 해 9월에는 '통감 자작(子爵) 사내정의(寺內正毅) 전(殿)'에 제출했다. 그리고 그는 그 건의서를『조선불교유신론』에도 별 문제의식 없이 재수록하고 있다. 승려에게 결혼의 자유를 허용하는 것이 옳은지 그른지 판단하는 것은 쉬운 일이 아니겠지만, 어떻든 '민적도 없는' 그가 통감부의 권력을 빌려 문제를 해결하려고 했던 발상법은 그의 개혁적 주장 자체가 지닌 정당성에 타격을 주는 것이라 아니할 수 없다.

그가 이러한 불철저한 현실인식을 극복한 것은 제1차대전과 3·1운동의 경험을 통해서였다. 그가 민족대표의 한 사람으로 투옥된 뒤 감옥에서 검사의 신문에 대한 답변으로 썼다고 하는 (흔히「조선독립이유서」로 알려진)「조선독립에 대한 감상의 개요」를 읽어보면 그의 제국주의 인식은 10년 사이 놀랄 만한 수준으로 전진해 있음이 확인된다. 더욱이 1918년『유심』에 발표된 시와 출옥 후『님의 침묵』의 시들 사이에는 비교 불능의 격차가 있다.『님의 침묵』의 높은 수준에 이른 다음 만해는 3·1운동 세대의 많은 동지들이 일제의 강압과 회유에 굴복하여 하나둘씩 변절하는 가운데서도 끝내 지조를 잃지 않았다. 그의 추상같은 기개를 알려주는 허다한 일화들이 그 제자들의 입을 통해 우리에게 전해지고 있다. 그런 점으로 미루어 그의 의연한 존재 자체가 당시의 청년 불교도들에게는 등불과도 같은 역할을 했던 것으로 보인다.

그러나 1920년대 후반 이후에도 만해가 민족운동의 일선에 있었다고 말하기는 어렵다. 그는 1931년 잡지 『삼천리』에서 기자의 질문에 답변하는 가운데 '불교사회주의'의 개념을 제시하고 장차 이에 관해 저술할 계획이 있음을 토로하기도 하였다. 인터뷰 기사를 통해 짐작해볼 수 있는 사실은 그의 불교사회주의가 기독교사회주의에 대한 대항적 용어로 만들어졌고 그것이 석가의 평등사상을 현대화한 내용일 것이리라는 점이다. 러시아대혁명 이후 세계적 유행으로 떠오른 사회주의를 전래의 불교사상과 접목하고자 의도한 것일 수도 있을 것이다. 하지만 결국 그의 저술 계획은 실현되지 못하였다. 말년에도 그는 불교사회주의자임을 자처했지만, 이론에서도 실천에서도 불교사회주의의 구체적 증거를 남긴 바 없다.

그런데 2004년 '만해축전' 행사의 일환으로 개최된 만해 서거 60주기 기념 학술대회에서 구모룡(具謨龍) 교수는 만해가 남긴 만년의 문필에 관해 주목할 만한 발표를 하였다. 어쩐 일인지 학술대회 발표논문집인 『2004 만해축전』에는 그의 글이 수록되어 있지 않아 지금의 나로서는 희미한 기억에 의존해서 말할 수밖에 없는데, 요컨대 구교수의 발표는 만해의 어떤 글이 일제 식민지체제에 협력적 자세를 보이고 있다는 것이었다.

아마 그 글은 1937년 10월 1일자로 발간된 『불교』지 권두언 「지나(支那) 사변과 불교도」(『한용운 전집』 2, 신구문화사 1973, 359면)일 것이다. 과연 이 글은 중일전쟁 발발에 즈음하여 중국 국민당 정부의 어리석음을 비난하고 일본제국의 정당성을 옹호하면서 불교도의 각오를 다짐하는 내용으로 되어 있다. 전형적인 친일문장이어서 우리를 당혹게 한다. 만해가 1931년부터 『불교』지를 인수하여 발행한 것은 사실이고, 따라서 거기 수록된 권두언의 책임이 그에게 있다는 것은 부정할 수 없다. 그러나 「지나사변과 불교도」라는 이 글을 그가 쓴 것일까? 나는 그가 잡지 발행인으로서의 책임을 면할 수는 없다고 생각하지만, 글의 필자라는 데에는 강력한 의문을 가진다. 1917년 『유심』의 발간을 계획한 뒤부터 작고하기까지 그가 말과 글과 행동에서 일관되게 보여준 일정한 경향성에 비추어 이 글은 지나치게 예외적이고 돌출적이다. 물론 확실한 증거가 나타날 때까지 어느 쪽으로든 단정을 유보하는 것이 합리적이겠지만, 어떻든 역사적 인물에 대한 일방적 우상화와 그 반작용으로서의 과도한 우상파괴는 모두 바람직하지 않다는 것이 내 생각이다.

식민지문학관의 극복은 지나간 과제인가

돌이켜보면 내가 문학평론가로 활동을 시작할 무렵, 즉 1960, 70년대 한국 지식인사회의 중심 주제는 식민지사관의 극복 문제였다. 임종국 선생의 『친일문학론』(1966) 저술이나 만해에 대한 적극적 조명이 이루어진 것은 이러한 탈식민적 자기회복운동의 일환이었다. 당시 나의 문학비평도 그런 문제의식의 자장 안에서 이루어졌다고 할 수 있는데, 그 무렵의 「한국문학사에서의 근대화」(1972) 「식민지문학의 청산 ― 근대적 민족문학의 과제」(1973) 「식민지시대 문학의 인식」(1974) 「민족문학관의 모색」(1978) 같은 평론들은 모두 그러한 과제에 관련된 것이었고, 외솔회에서 발간하는 계간 『나라사랑』 2집(1971.4.)의 '한용운 특집'에 「님이 침묵하는 시대」란 평론을 쓴 것도 같은 문제의식의 소산이었다.

그런데 여기서 내가 상기하고자 하는 것은 1960, 70년대에 우리 세대가 탈식민주의 문필활동을 통해 성취하고자 했던 목표로서의 '근대적 민족문학'은 반세기의 세월이 지난 오늘의 분위기에서 상상하는 것과는 상당히 다르다는 점이다. 당시 박정희 정권하에서의 '민족문학'은 오늘과 같은 탈민족주의 시대에 생각하는 것과 달리 주류적·권력적 담론이 아니라 현실권력에 의해 경원시(때로는 위험시)되는 주변적·저항적 담론의 하나였다. 물론 5·16 초기 쿠데타의 주모자들은 민족주의적 제스처를 통해 대중정서에 영합하려고 시도했던 것이 사실이다. 그러나 그들이 구호로 내놓았던 '한국적 민주주의' '민족적 민주주의'는 그 내용물인 군사독재를 민주주의의 일종으로 위장하기 위해 고안한 기만적 수사일 뿐이었다. 일제강점기 식민지적 근대화의 연장선 위에서 강행되는 종속적 근대화가 민족주의와 양립할 수는 없기 때문이었다. 따라서 1970년대에 문학·역사·종교·언론 등 여러 분야의 민족주의적 활동들이 박정희 군사독재에 대한 반대진영을 형성했던 것은 당연한 일이었다. 그런 점에서 "민족주의는 해방 후 오랫동안 독재정권의 통치수단으로 이용되었다"는 윤건차(尹健次) 교수의 발언은 국내 현실과 동떨어진 일면적이고 피상적인 견해이다.

물론 해방 후 남한의 지배권력에 속한 자들은 입으로는 '민족' '민족주의'를 지지하는 입장에 섰다. 그러나 그들이 표방한 민족주의는 자신들의 반민족적 본질을 은폐하기 위한 기만책이거나 정통성의 약점을 보완하기 위한 수사적 유희에 불과했다. 과거 냉전시대에 '민족진영'이라는 말이 보수우익 세력이 자기 자신을 지칭하는 관용어였던 것도 가소로운 노릇이다. 그런 경우 '민족' 개념이 보수주의자들 자신에 의해 엄밀하게 정의된 적은 없으며, 더욱이 민족진영이라고 자칭한 사람들도 감히 자신들이 현실 속에서 민족주의를 실천하고 있다고 주장하지는 못하였다. 요컨대 '민족진영'이란 용어에서 '민족' 개념은 과거의 친일세력이 자신들의 정체를 감추기 위해 뒤집어쓴 편의상의 가면일 뿐이었다. 김구(金九) 같은 진짜 민족주의자에 비할 때 친일·반공세력의 자칭 '민족주의'는 어떤 이념적 정체성과도 관계없는 기회주의요 수구적 현실주의에 불과했다.

어떻든 봉건통치의 유산 위에 식민지 억압의 잔재가 보태지고 여기에 다시 오랜 분단시대의 상처가 덧씌워져 일종의 역사적 지층을 형성하고 있는 우리 경우에 민족과 민족문학이 이념적으로 자명하기를 기대할 수는 없다. 신문학 초창기의 이인직(李人稙)은 민족문학과 관련지어 거론하는 것조차 민망스러운 터이지만, 그를 뒤이은 이광수만 하더라도 앞에서 잠깐 암시했듯이 단순한 양도논법으로 해명되지 않는 복합적 존재이다. 그가 써낸 구체적 작품들을 분석하면서 논해야 공허한 관념론을 벗어날 테지만, 여기서는 시대의 변화에 따라 그의 말이 어떻게 바뀌어갔는지만 간단히 예시해보기로 하자.

①조선인에게는 시도 없고, 소설도 없고, 극(劇)도 없고, 즉 문예라 할 만한 문예가 없고, 즉 조선인에게는 정신적 생활이 없었다.

②씨의 논조로 보건대 민족주의 시대는 이미 지나갔고(시쳇말로 청산되었고) 지금은 다른 무슨 주의 시대일 것을 암시하였다. 그러나 민족주의 시대를 청산한 것은 두세 언론가들의 탁상에서요 현실 조선에서는 아니다. (…) 이로부터 정히 조선에 실행적인 민족주의 시대가 올 것이요, 따라서 민족주의 문학이 대두할 것이다.

③조선인을 천황의 적자(嫡子)로, 일본의 국민으로 생각지 않고 다만 조선인이란 단일한 것으로 관념한 것이 근본적인 착오였다. (…) 조선인은 그 민족 관념과 전통의 발전적 해소를 단행할 것이다.

④무릇 내가 쓴 소설은 민족정신 밀수입의 포장으로 쓴 것이었다. (…) 일반 동포 독자들은 그 포장 속에 밀수입된 내 뜻을 잘 찾아서 알아보았다고 믿는다.

①은 이광수가 상해임시정부를 떠나 귀국한 직후에 쓴 말썽 많은 「민

족개조론」(1922)의 한 구절이다. 실은 초기의 논문 「문학이란 하(何) 오」(1916)에서도 이미 비슷한 견해를 피력한 바 있다. ②와 관련해서는 1920년대 중반 무렵 이른바 청년 세대의 신흥문학이 등장하여 기성세대 와의 사이에 논쟁이 격화되기 시작하는데, 이 문장은 양주동(梁柱東)의 공 격에 대한 답변의 글 「여(余)의 작가적 태도」(1931)에서 이광수가 밝힌 자 신의 입장이다. ③은 가야마 미쓰로(香山光郎)로 창씨개명을 한 직후에 쓴 글이다(임종국『친일문학론』, 288면에서 재인용). ④는 해방 후 민족반역자로 지 탄받던 시기에 쓴 「나의 고백」에 들어 있는 유명한 글귀다.

6·25전쟁 때 납북되어 또 어떻게 변신했는지 알 수 없지만, 앞의 인용 만 가지고서도 한 대표적인 '민족문학자'의 곡예사 같은 기구한 인생행 로를 짐작하기 어렵지 않다. 그러나 이것을 단순히 개인 이광수의 정신적 파탄의 궤적으로만 해석할 수는 없다. 한마디로 그의 인간적·문학적 행 로는 그 자체가 우리 근대문학이 밟았던 고난의 험로를 여러겹의 역광(逆 光) 속에서 압축적으로 보여주는 것으로, 세월이 갈수록 후세인으로서 함 부로 비판하기 조심스러움을 느낀다.[1] 어떻든 이것은 민족문학의 개념적 순수성을 가정하는 것이 불가능하며 또 어떤 문학적 이념과 실재하는 문 학현실을 단선적으로 연결짓는 것이 얼마나 부정확하고 때로는 위험한가 를 입증한다.

1920년대 보수적 문인들의 복고적 조선주의와 이광수의 '실행적 민

---

1 근자에 필자는 일본인 한국문학 연구자 하타노 세츠코(波田野節子) 선생의 『'무정'을 읽는다』(최주한 옮김, 소명출판 2008) 『이광수의 한글 창작』(최주한 옮김, 소명출판 2021) 등을 훑어보았다. 주로 이광수의 초기 업적에 관한 매우 정교하고 꼼꼼한 실증 적 연구를 대하자 이광수에 대해서든 누구에 대해서든 함부로 말하기 어렵다는 것을 실감하게 된다.

족주의론'을 포괄하는 넓은 의미의 민족문학론은 1920년대 후반부터 1930년대 전반까지는 계급문학론으로부터, 그리고 1930년대 후반에는 순수문학론(내지 모더니즘)으로부터 세찬 공격을 받아 크게 맥을 못 추는 형편이었다. 그런데 주목할 만한 것은 일제의 파쇼적 억압이 최악의 상태로 강화되던 시기에 이르러 전투적 프로 시인이자 맑스주의 비평가인 임화와 대표적 모더니즘 시인 겸 이론가인 김기림이 차례로 민족문학론에 합류했다는 사실이다.

임화의 경우는 널리 알려진 편이지만, 김기림도 「우리 신문학과 근대의식」(1940)이란 논문에서 "개인의 창의가 아무리 뛰어났다 할지라도 한 민족의 체험으로써 결정되고 조직된 연후에 비로소 시대의 추진력이 될 수 있게 된 것이 '오늘'이라는 역사적 일순의 특이한 성격인 것 같다"는 견해를 피력했다. '오늘'이라는 역사적 순간의 특이성에 관한 김기림의 이 설명에서 우리는 그 오늘이 1940년을 가리킨다는 사실을 상기할 필요가 있다. 그럴 때에야 비로소 "개인의 창의"보다 "민족의 체험"에 우선권을 부여하는 행위가 어떤 역사적 맥락에서 나온 것인지 깨닫게 된다. 표면적으로 그것은 김기림이 고수하던 개인주의가 집단주의, 즉 제국주의 파시즘에 굴복했음을 의미한다. 그러나 동시에 그것은 해방 후 그가 민족문학론으로 합류하기 위한 통로를 예비한 것이었다는 점도 간과할 수 없다. 김기림의 이런 행로가 지닌 불가피성을 부정적으로만 볼 수는 없다. 민족문화에 대한 그의 경도가 『문장론 신강(新講)』(민중서관 1950)에서 보는 바와 같은 우리 말과 글에 대한 그 나름의 진지한 탐구로 나타났다는 점은 모더니즘의 정지한 자기극복의 하나로 해석될 수 있기 때문이다. 요컨대 신문학 출발기부터 시작된 여러 문학 분파들의 논쟁적 모색은 1930년대 후반과 1940년대의 위기 국면을 거치면서 단일한 이념적 귀결, 즉 민족문학론으로 수렴되었다고 말할 수 있다.

근대·민족·문학의 여러 얽힘들

민족주의와 민족문학은 우리 근대사의 복잡한 전개 속에서 다양하게 사용된 결과 개념적으로 서로 깊이 얽히게 되었다. 하지만 그럼에도 민족문학이 민족주의의 단순한 문학적 등가물인 것은 아니다. 이를 제대로 논하자면 '민족' '민족주의' '문학' '민족문학' 등의 개념들에 대한 엄밀한 검토가 뒤따라야 할 텐데, 그것은 또다른 허다한 쟁점들을 불러들이게 될 것이다. 하지만 최소한의 개념 정리 또는 개념 정리의 어려움에 대해 언급하지 않을 수는 없다.

가령 출발개념인 '민족'만 하더라도 상충하는 이해관계와 상이한 이념적 배경에 근거한 갖가지 논의들이 가능할 것이고, 혈통·언어·영토·종교 및 문화적 동질성과 국가적 귀속성 등 어느 기준으로 민족을 정의하더라도 그것을 반박하는 사례가 어렵지 않게 찾아질 것이다. 하지만 1천년 이상 한반도를 유일한 삶의 터전으로 삼고 살아온 우리가 '민족'을 어느 정도 자명한 것으로 간주해온 것도 사실이다. 그런 점에서 일본과 한국은 세계사의 드문 예외라고 하는데, 그것은 두 나라가 어느 정도 정해진 구역 안에서 장구한 세월 동안 정치적·인종적·문화적 유동성이 제어된 상태로 비교적 안정되게 살아온 결과일 것이다.

그러나 혈통적 단일성만 하더라도 생각처럼 그렇게 단일하고 고정적인 것은 아니라는 점이 밝혀지고 있다. 비근한 예로서, 김동환의 장시「국경의 밤」(1925)에 묘사되어 있듯이 함경도 지역에는 20세기 초까지 여진족의 후예들이 한민족으로 통합되지 않은 채 집단적으로 거주하고 있었다. 또 19세기 말경부터 우리나라에 건너온 중국인(화교)들도 여러 세대에 걸쳐 이 땅에 거주해왔으나(많을 때는 10만명, 최근에는 2만명), 역시 우리 민족으로 동화될 가능성이 거의 없는 이질적 존재로서 차별과 억압을 받아왔다.

그런가 하면 오늘날에는 200만명 가까운 외국인 이주노동자들과 결혼이 주민들이 우리 사회의 소수자로서 전통적인 민족 개념에 재고를 요구하고 있다. 반면에 지난 1세기 반 동안 수많은 동포들이 중국·러시아·일본·미국 등 세계 각지에 흩어져 살며 민족적 정체성의 경계지대를 형성하고 있다. 170여개국에 산재한 이 750만명 동포들 역시 민족 개념의 새로운 정의를 요구하는 존재들이다.

아마도 우리의 경우 핵심적으로 중요한 사안은 지난 70년 이상 엄중하게 갈라져 살아온 남북의 주민들을 어떻게 하나의 개념 안에 묶어내느냐 하는 문제일 것이다. 절대다수의 남북 주민들이 혈연적으로 하나임은 의심할 여지가 없지만, 혈연 이외 나머지 부문에서의 이질화는 매우 심각할 것으로 짐작된다. 남북 정권 각각의 독자적 생존, 즉 1민족 2국가라는 과도기의 설정은 당연히 양날의 칼이다. 화해와 교류가 분단의 해소로 나아가는 길이 될 수도 있지만, 반대로 국가적 통일과 민족적 통합을 아예 더 멀게 할 수도 있다. '단일형 국민국가'라는 기존의 고정관념에서 벗어나 복합국가 내지 연방국가의 여러 형태가 논의되는 것은 그런 점에서 우리의 사고를 뿌리에서부터 흔드는 것이다. 한 민족이 여러 국가로 나뉘어 살 수 있다거나 여러 민족이 하나의 국가를 구성할 수 있다는 생각은 민족과 국가에 관한 우리 고정관념의 해체를 요구하는데, 어쩌면 우리의 '민족' 논의는 이제 이런 상황의 도래에 직면해 있다고 할 것이다.

19세기 후반부터 오늘에 이르는 역사의 단계마다 '민족'의 성격에 크고 작은 변화가 있었듯이 민족적 과제에 대한 우리의 자의식 또한 고정적인 것일 수 없다. 예컨대 19세기 후반은 국권수호라는 동일한 시대적 목표 내에서도 국가의 인격적 상징으로서의 군왕에 대한 충성의 절대성이 급속도로 해체되는 시기였다. 그것은 봉건적 군주국가로부터 공화주의적 국민국가로의 전환을 준비하는 과정, 즉 근대적 민족의식의 탄생을 이념적으로 준비하는 과정이었다. 반면에 20세기 전반기는 식민지라는 조건이 민족 개념의 내용에 새로운 규정성을 발휘하였다. 이 시기에 봉건양반과 지주 계급은 민족의 대표성을 점차 상실하는 대신 일반 민중과 각성한 지식인계층이 민족운동과 민족국가 형성의 새로운 주체로 떠올랐다. 이것은 우리 근대사에 있어 결정적 의의를 가지는 변화이다.

당연한 얘기지만 문학은 사람들이 사는 모습과 감정을 구체적으로 표현한다. 그리고 문학은 아무런 주어진 매개 없이 그렇게 하는 것이 아니라 일정한 언어적·형식적 관습을 통해서 그렇게 한다. 사물에 대한 인식이 개념을 통해(물론 때로는 개념의 확장 또는 개념의 폐기를 통해) 실체를 얻듯이 삶의 여러 국면들은 기존의 문학 장르들과 갖가지 수사적 기법들, 즉 제도화된 문학적 장치들의 활용에 의해(물론 때로는 그런 장치들의 파괴를 통해) 일정하게 유통 가능한 언어적 형상에 도달하는 것이다. 이러한 상식론을 새삼 말하는 것은 객관적 역사현실에 대한 문학·예술의 상대적 독립성을 환기하기 위해서이다. 그러니까 지난 100여년의 근대문학 역사에서 '근대'라든가 '민족'은 때로는 착종적인 것이 될 수밖에 없었다. 가령 '근대'는 한편으로 봉건체제의 극복을 통해 이루어내야 할 새로운 역사적 단계를 나타내지만, 다른 한편 제국주의 외세의 강제력과 결부된 부정성의 얼굴을 가질 수도 있었다.

이러한 착종의 양상은 실제 작품에서 좀더 복잡하게 현상화되는데, 왜냐하면 19세기 말경의 소위 애국계몽기부터 1920년대까지 한 세대가 지나는 동안 지난날의 전통적 문학형식들은 동시대의 삶의 문제를 표현하는 문학 본연의 기능에 비추어 그 창조성이 대부분 소진되고 서구에서 들어온 새로운 여러 장르들에 자리를 내주었기 때문이다. 그리고 이러한 문학사적 전환이 정치적 식민화의 단순한 문학적 반영이 아니라는 점에서 복잡성은 배가된다. 이 과정에서 무엇보다 결정적인 사실은 오랜 세월 우리 민족의 공식적 표현수단이었던 한문이 그 역사적 역할을 다하고 민족문학의 외곽으로 밀려났다는 점이다. 그리하여 이제 민족문학의 절대적 중심은 언문일치의 가능성을 전면적으로 현실화한 한글문학이 차지하게 되었다. 반면에 19세기 말 이후 일본어·영어·중국어·러시아어로 쓰인 동포들의 작품을 민족문학 개념과 연결하여 어떻게 범주화할 것인가 하는 문제가 새롭게 대두하였다.

이러한 복잡성은 당연히 '근대' '민족' '문학'의 엇갈리는 층위들에 대한 매우 섬세한 이론적 분별을 요구한다. 즉, 근대 민족문학의 여러 역사적 형태들은 전근대·근대·탈근대 및 민족·반민족 등 다양한 개념들의 난마와 같은 뒤엉킴을 풀어내기 위한 엄밀한 이론적 분별 작업을 요구하는 것이다. 그러나 이런 이론적 어려움에도 불구하고 무엇보다 중요한 것은 그런 점이 실제 문학현장에 수습할 수 없는 장벽으로 존재하는 것은 아니라는 점이다. 훌륭한 작가가 재능과 공력을 바쳐 글을 쓴다고 할 때 거기에는 응당 어떤 근원적인 어려움이 따르게 마련이다. 하지만 그것은 이론 세계의 난마와 같은 얽힘을 풀어내는 것과는 본질적으로 성격을 달리하는 어려움, 말하자면 생(生) 본연의 어려움이라고 할 수 있다. 작품을 받아들이는 독자의 입장에도 비슷한 면이 있다. 민족의 성원으로서 절대다수의 동포들과 일상생활을 같이하는 독자라면 자신의 삶의 문제가 절실하게 다루어진 작품에 비평가의 이론적 개입과 무관하게 자기도 모르게 본능적인 귀속감 즉 공감을 느낄 것이기 때문이다.

민족문학(론)의 새로운 진화를 생각하자

분단이 정착되고 냉전 안보논리가 맹위를 떨치던 1950, 60년대에 남한의 민족문학론은 민족주의가 그러했듯이 대체로 수면 아래서 잠행하는 형태로 존재하였다. 4·19혁명 직후 얼마 동안 자유의 공간이 마련되었을

민족문학의 시대는 갔는가 295

때 그동안 억압되었던 민족주의는 억압에 대한 반작용이라는 듯이 놀라운 기세로 분출되었다.

1970년 한국문인협회의 기관지 『월간문학』이 '민족문학' 특집을 꾸민 것은 이런 분위기가 완전히 진정되고 난 다음의 뒤늦은 사후 정리에 해당한다고 할 수 있었다. 그러나 관변 측의 의도와 반대로 이 특집은 참여문학론과 민중문학론의 단계를 거치면서 점차 대오를 정비해가던 저항문학 진영을 오히려 조직화하고 거기에 명칭을 부여하는 하나의 계기가 됨으로써 민족문학론을 공론화, 공식화하는 데 기여하였다. 이런 점도 작용하여, 아는 바와 같이 1970년대부터 30년간은 민족문학의 시대였다.

그러나 민족문학(론)은 1990년대에 접어들어 여러 이념적 분파들로부터 거센 도전을 받았다. 주목할 것은 그 분파들이 급진적인 주장을 펼치면서도 아예 '민족문학'의 경계선 바깥으로 뛰쳐나가지는 않았다는 사실인데, 그것은 아마도 민족국가의 달성이라는 미완의 과업 즉 분단현실이 엄존해 있었기 때문일 것이다. 이렇게 본다면 1920, 30년대와 1970, 80년대 한국 문예이론의 전개는 '민족문학론'을 중심축으로 한다는 공통성을 가지면서도, 전자는 '민족문학으로 수렴되어가는', 후자는 '민족문학으로부터 분산되어가는' 각각의 역방향에 의해 견인되었다고 말할 수 있다.

어쨌든 1990년대 이후 민족문학(론)이 전에 없는 위기를 맞고 있다는 것은 분명하다. 그리고 그것이 소련을 비롯한 동유럽 사회주의의 붕괴, 미국 단일패권하의 전 지구적 자본주의 체제, 즉 신자유주의적 세계화라는 새로운 현실에 연관되어 있다는 것 또한 분명하다. 그러나 민족의 위기에 대한 인식이 민족문학론의 출발점이라는 백낙청 선생의 오래된 입론에 따른다면 오늘의 현실은 민족문학(론)의 분발을 촉구하는 것일지언정 그 용도폐기 주장을 정당화하는 것일 수는 없지 않은가. 그렇다면 당위와 실제는 여기서 또다시 심각하게 분열되는데, 우리는 어떻게 이에 대처할 것인가?

근자에 탈민족주의가 담론세계 일각에서 새로운 화두로 떠올라 사람들의 시선을 끌고 있다. '민족' '민족문학'의 억압성과 배타성은 1970년『월간문학』특집의 필자들에 의해서도 강조된 바이고 자유주의 성향을 지닌 문인들의 단골 메뉴이기도 하다. 물론 서구에서 민족주의가 파시즘으로 가는 길의 통로였던 것은 확실하다. 그러나 우리의 경우 민족주의의 관문을 통과하지 않고서 제국주의의 지배를 벗어나는 길은 없는 것 아닌가. 우리가 이미 탈민족주의 단계에 와 있다는 주장이 옳다면 제국주의 지배는 오래전에 지나온 과거의 악몽일 뿐이라는 애기인데, 그렇다면 우리는 식민지 잔재와 외세의 지배를 청산하고 진정한 자주국가 단계에 와 있다는 말인가. 물론 민족주의는 스탈린의 민족적 형식의 사회주의론, 마오쩌둥의 중국 특색의 사회주의 노선, 북한의 우리식 사회주의 등에서 보는 것과 같이 사회주의로부터의 이탈을 위장하기 위한 수사적 자기합리화일 수도 있다. 반대로 봉건적 유제와 식민지 잔재들이 민족주의 이념을 숙주로 하여 새로운 악마로 재탄생할 가능성 또한 부인할 수 없다.

　그러나 강조하건대 우리가 넘어야 할 수많은 위험들 가운데 오늘의 시점에서 무엇보다 경계해야 할 것은 민족주의라기보다 세계화라는 이름의 새로운 제국주의일 것이다.(21세기 들어 중국의 성장이 미국의 단일패권에 위협이 되기 시작하자 세계화는 미국 자신에 의해 파기되는 중이 아닌가 한다.) 세계화의 우산 아래 각종 탈민족(주의) 담론들이 민족적 자주의 수호를 지향하는 노력에 찬물을 끼얹어 무력화하고 그 이념적 무장해제를 노리는 사태는 세계화주의 즉 제국주의의 새로운 전술이 아닌가 의심해볼 수 있다. 물론 우리의 미래는 민족주의와 세계화 사이의 선택의 문제가 아니다. 언제나 그러했듯이 역사에 헌신한 만큼 현실에서 수확이 있을 것이다. 잊지 말아야 할 것은 평화와 민주주의가 지금 같은 분단상태에서는 늘 불완전할 수밖에 없다는 사실이다. 님의 부재는 여전히 지속되고 있고, 민족문학의 시대는 아직 끝나지 않았다.

소설『임꺽정』의 언어에 대한 논란

　얼마 전 작가 김성동(金聖東)이 보내준 소설책 한질을 받았다. 400쪽 가까운 두께로 모두 5권이니 대하소설이라 할 만하다. 이름하여『국수』인데, 표지에는 '國手'라고 한자로 쓰여 있다. "1991년 연재 이후 27년 만의 완간! 구도(求道)의 작가 김성동 혼신의 역작!"이라는 출판사의 광고 문구를 얼마나 믿어야 할지 모르지만, 한갓 과장만은 아니라고 알고 있다.

　특별한 것은 작가가 소설 이외에 따로『국수사전(國手事典)』이라는 낱말 사전까지 만들어 별권으로 붙인 점이다. 일찍이 없던 일이다. 과거에도 몇몇 작가의 경우 연구자에 의해 사후에 '소설어(小說語) 사전'이 편찬된 예는 있다. 그 작업을 가장 열심히 해온 분은 민충환(閔忠煥) 교수라고 알고 있는데, 그는『임꺽정 우리말 용례사전』(1995)을 시작으로『이문구 소설어 사전』(2001)『송기숙 소설어 사전』(2002)『박완서 소설어 사전』(2003)『최일남 소설어 사전』(2015) 등 여러 '소설어 사전'을 편찬한 바 있다. 그밖에도 유사한 사전이 더 있을지 모른다. 하지만 작가 자신이 작품 출판과 동시에 사전까지 만들어낸 사례는 김성동이 처음이 아닌가 한다. 작품에 사용된 어휘와 용어 들이 그만큼 낯설다는 걸 작가가 앞장서 인정한 셈이다.

소설『국수』에 대한 본격적인 문학적 평가는 간단한 일이 아니니, 그것은 뒷날 또는 뒷사람에게 맡긴다. 그런데 작가가 자기 소설 읽을 분들을 위해 따로 사전을 만든 것은 심상한 일이 아니다. 소설이든 다른 산문이든 김성동의 글을 읽어본 분들은 다 아는 바이지만, 그는 문장도 자기만의 독특한 문체를 구사한다. 그보다 더 특이한 것은 자기 고유의 어휘 사용이다. 한마디로 그는 일본어 잔재를 비롯한 각종 외래어를 극력 배제하고 고향인 충청남도 방언에 기반을 둔 토속어를 적극 사용한다. 내 짐작에 그는 고유어와 지역어를 되살려 사용할뿐더러 한걸음 나아가 자기 나름으로 만든 말 즉 조어(造語)까지 사용하는 것 같다. 당연히 그의 문장에서는 서양 문장의 번역 같은 투를 찾아보기 어렵다. 언어적 국수주의라 일컬을 만한 경지인데, 그 결과 그의 문장은 역설적이게도 쉽게 읽히지 않는다.

이렇게 우리 것을 찾아 지키고자 노력하는 면에서 김성동은 자신의 선행 업적으로 거의 유일하게『임꺽정』을 높이 평가하고 있다. 그러면서도 그는『임꺽정』의 소설 언어에 크게 결함이 있다고 지적한다. 내가 여기서 생각해보려고 하는 것은 그의 견해가 벽초의 소설 언어를 겨레말의 역사와 현실 속에서 얼마나 정당하게 평가하고 있는가 하는 점이다.

김성동은 소설『국수』의 '작가의 말'에 해당하는 글「할아버지, 그리고 식구들 생각」에서 다음과 같은 일화로 이야기를 시작한다. 그는 '국민학교' 5학년이던 1958년 할아버지 손에 잡혀 한밭(大田)에 갔다가 대본(貸本)서점에서『림꺽정』을 빌려 읽었다고 한다. 그런데 겨우 열두살짜리 어린아이였음에도 그 소설에는 그가 모르는 말이 거의 없었다. 식구들이 늘 쓰는 말이었기 때문이라는 것이 그의 설명이다. 그러나 그가 정작 하고 싶은 발언은 그다음에 나온다. "뇝세(=도리어) 아쉬운 점이 있었으니……"라고 말을 꺼내면서 그는『임꺽정』언어의 아쉬운 점을 다음과 같이 토로하는 것이다.

몰밀어 말이 똑같다는 것. 계급에 따라 달라지는 말이 죄 똑같고, 사는 고장에 따라 달라지는 말이 죄 똑같다. 이른바 계급, 곧 사는 꼴과 사는 땅에 따라 달라지는 '말'을 조선시대 것으로 되살려내지 않은 글지(=작가)한테 아쉬움이 크다.

'됩세' 같은 방언은 충청·전라 지역에서 여전히 사용 중이므로 용납된다 쳐도 작가를 '글지'로 호칭한 것은 나로서는 거저 넘길 수 없다. 검색해보니 "현대 국어 '글짓기'의 옛말인 '글지싀'는 15세기 문헌에서부터 나타나는바, '글지싀'는 명사 '글'과 동사 '짓-'에 명사 파생 접미사 '-이'가 결합한 것"이라고 한다. 이 설명만으로 보면 '글지'가 글 짓는 사람인지 글 짓는 행위 자체인지 분명치 않은데, 김성동은 글을 짓는 사람 즉 작가로 못박아 사용하고 있다.

어휘보다 더 중요한 것은 방언 문제다. 과연 김성동의 지적대로 『임꺽정』에서는 조광조 같은 선비나 임꺽정 같은 왈패나, 또 함경도 출신 갖바치나 서울 출신 양반이나 거의 구별 없이 점잖은 말을 사용한다. 이것을 문제 삼은 평론이 없다고 김성동은 수장하지만 사실은 그렇지 않다. 『임꺽정』을 읽은 사람이면 누구에게나 대뜸 느껴지는 그런 점을 그동안 아무도 지적하지 않았을 리 없다. 그런데 김성동이 "작가한테 아쉬움이 크다"고 한 것들 가운데는 읽기에 따라서는 실현 불가능한 요구도 들어 있다. 계급에 따라 다르고 지역에 따라 다른 언어를 "조선시대 것으로 되살려내지 않은" 점까지 불만스러운 듯이 말하고 있기 때문이다. 그러나 임꺽정이 주로 활약했던 16세기 중엽 조선 명종 시대에 사람들이 실제로 어떻게 말했는지는 아무도 알지 못한다. 어쨌든 이런 점들을 곰곰이 따져보면 『임꺽정』의 시대가 어떤 시대였고 벽초가 왜 그런 언어를 선택할 수밖에 없었는지 긍정적으로 이해하게 될 것이라고 나는 생각한다.

『임꺽정』은 벽초(碧初) 홍명희(洪命憙)의 유일한 소설이다. 잘 알려져 있듯이 저자인 벽초의 월북으로 인해 오랫동안 금서로 묶여 있었다. 그럼에도 1930년대에 신문에 연재될 당시부터 워낙 인기가 높았기에 8·15 직후 을유문화사에서 간행된 오래된 판본(의형제편과 화적편, 1948)으로 은밀하게 유통되고 있었다. 나도 애독자의 한명이었다. 하지만 내게 얻어걸린 것은 앞뒤가 떨어진 낡은 책이어서, 대체 소설이 어디서 시작하여 어떻게 끝나는지 오리무중이었다. 그런데 1982년 무렵 학교 연구실로 외판원 한 사람이 조선일보 연재 스크랩을 복사하여 제본한 책을 팔러 왔다. 그것은 책으로 간행되지 않은 『임꺽정』의 앞부분(봉단편·피장편·양반편)이었다. 원래의 신문 자체도 인쇄가 선명치 않은 데다 복사는 더 신통치 않아서 처음 여남은장은 읽기가 몹시 불편했다. 하지만 더듬더듬 읽다보니 금세 빠져들게 되었다. 이런 곡절을 거친 다음 1985년에야 10권으로 온전하게 출간된 사계절 간행 『임꺽정』을 만났다. 나는 이때 비로소 작품 전체를 순서대로 읽을 수 있었다. 세월이 한참 지난 2010년 가을에는 제15회 홍명희문학제에 연사로 초청받아 기조 강연을 했다. 「소설 임꺽정과 벽초의 민족주의」(평론집『살아 있는 과거』, 창비 2015 수록)라는 글은 이때의 강연문이다.

『임꺽정』은 작품이 연재되던 일제강점기에도 이미 우리말 어휘의 풍부함으로 경탄의 대상이었다. 소설가 이효석(李孝石)은 "큰 규모 속에 담은 한 시대의 생활의 세밀한 기록이요 민속적 재료의 집대성이요 조선어휘의 일대 어해(語海)"라고 격찬했고, 평론가 박영희(朴英熙)는 "구상의 광대함과 어휘의 풍부함과 문장의 유려함"에서 세계 문단에 자랑할 만한 작품이라고 평가했다. 풍부한 어휘에서뿐 아니라 순탄하게 읽히는 자연스러운 문장에서도 소설 『임꺽정』은 근대적 문학언어의 발전에서 큰 성취를 이룬 작품임이 분명하다.

돌이켜보면 한국사에서 19세기 말 20세기 초의 근대 전환기는 말과 글의 일치를 향해 가던 근대적 '우리말 문장'의 모색기이자 형성기이기도 했다. 한자·한문의 오랜 지배에서 벗어나는 이 힘든 과정에서 우리 소설가들이 이룩한 공적은 특별한 것이었다고 높이 평가되어 마땅하다. 젊은 시절 벽초와 도쿄에서 유학하며 함께 지냈던 춘원 이광수의 초창기 소설들도 근대적 어문일치 문장으로 나아가는 도정에서 선구적 기여를 했고, 뒤를 이은 염상섭·김동인·현진건 등의 공적도 잊을 수 없는 것이었다. 오히려 놀랍다면 근대적 어문일치 문장이 출발한 지 불과 10~20년 만에 이태준·채만식·박태원·김유정·이상 등에게서 난숙(爛熟)의 한 자락을 보게 되었다는 점일 것이다. 우리 문학사 내부의 어떤 준비가 이런 빠른 성장을 가능하게 했는지 깊이 연구할 문제다.

벽초는 출신성분이나 교양으로 보아 비록 소설 속 허구의 인물들 입을 통해서라도 상스러운 말을 쓰기가 쉽지 않았을 것이다. 하지만 그가 소설 창작에 임하면서 자신의 교양이나 양반 출신이라는 계급적 한계에 갇혀 있었기 때문에 각계각층의 사람들이 '똑같이 점잖은' 말을 사용하도록 한 것은 아니라고 생각한다. 뒤에 잠깐 살펴보겠지만, 계급과 언어의 상관관계는 그가 소설 『임꺽정』에서 중요하게 거론한 문제이기도 했다.

여기서 우리는 벽초 시대의 역사적·정치적 상황과 더불어 소설 속에서 그가 마주하고 있던 개인적 과제를 떠올려보는 것이 좋을 것이다. 벽초의 개인사에서 1910년은 결정적인 해이다. 그해 경술국치를 당하자 부친은 자결하면서 아들 벽초에게 간절한 유서를 남긴 바 있었다. 넉넉한 여건에서 학업에 정진하던 벽초는 그 충격으로 평생 민족주의자의 길을 걷게 된다. 몇해 동안 중국 등지에서 체류한 끝에 그는 체질상 자신이 투사가 될 수 없음을 깨달았고, 그리하여 그는 식민지 조선에 머물면서 사회운동과 소설 집필에 전념한다.

그런데 집필을 시작하던 1928년 시점에 그가 소설에서 사용할 '우리말'은 어떤 형편이었던가? 아직 띄어쓰기나 맞춤법 등 정서법 규정이 정해지지 않은 것은 물론이고, 그런 형식적 규범 이전에 문장 자체가 실제의 일상언어와는 상당한 거리가 있었다. 이광수·김동인·염상섭·현진건 등 신세대 작가들의 작품이 서점에 나와 있었지만, 당시 독자의 압도적 다수는 아직 『춘향전』 『옥루몽』 『장한몽』의 세계를 벗어나지 못하고 있었다. 따라서 벽초로서는 조선 팔도의 이 다양한 동포들이 누구나 어렵지 않게 접근할 수 있는 어떤 '보편적 언어'를 의식적으로 추구했으리라고 나는 생각한다. 다시 말하면 지역과 계급을 넘어선 '보편적 조선어'로서의 『임꺽정』의 언어는 작가의 무심한 실수나 그 결과로서의 작품의 결함이 아니라 그 시점에서 벽초의 최선의 선택이었다는 것이 나의 판단이다. 벽초는 언어에 대해 결코 무심한 사람이 아니었다.

소설의 한 대목을 가지고 그 점을 생각해보자. 갖바치가 주석(駐錫)하는 절 칠장사에 꺽정과 김덕순(기묘사화 때 조광조와 함께 처형된 김식의 둘째 아들)이 잠시 머무는데, 이때 꺽정의 어릴 적 동무 이봉학이 나타난다. 김덕순은 오래전 헤어졌던 봉학을 20여 년 만에 보는지라 "자네를 만나기는 의외일세" 하고 반긴다. 그러자 곁에 있던 꺽정이 왜 봉학에게는 '하게'를 하고 자기에게는 '해라'를 하느냐며 덕순에게 따지고 든다. 그리하여 덕순과 꺽정 사이에는 다음과 같은 대화가 오가는 것이다.

> "존대, 하오, 하게, 해라, 말이 모두 몇 가지람. 말이 성가시게 생겨먹었어."
> 하고 말의 구별 많은 것을 타박하니 덕순이가 웃으면서
> "말의 구별이 성가시다고 하자. 그러하니 너는 어쨌으면 좋겠단 말이냐?"
> 하고 물었다.
> "말을 한 가지만 쓰게 되면 좋을 것 아니오."
> "어른 아이 구별 없이 말을 한 가지만 쓰는 데가 천하에 어디 있단 말이냐?"
> "두만강 건너 오랑캐들의 말은 우리말같이 성가시지 않은갑디다. 천왕동이의 말을 들으면 아비가 자식보고도 해라, 자식이 아비보고도 해라랍디다."

"그러니까 오랑캐라지."

"오랑캐가 어떻소? 그것들도 조선 양반 마찬가지 사람이라오."

하고 꺽정이가 덕순이와 말을 다툴 때에 대사가

"우리말에 층하가 너무 많은 것은 사실이겠지. 그렇지만 어른 아이는 고사하고 양반이니 상사람이니 차별이 있는 바에야 말이 자연 그렇게 될 것 아닌가."

하고 말참례하고 나섰다.

—『임꺽정』제3권

요컨대 우리말에 층하가 많은 것은 언어 자체의 문제가 아니라 현실 속에 실재하는 복잡한 인간관계와 계급구조의 반영이라는 것, 따라서 어떻게 하면 현실 자체를 평등한 인간사회로 개혁해나갈 것인가가 문제라는 것이 여기 들어 있는 벽초의 생각일 것이다.

그러나 이러한 평등지향적 사상만으로 벽초의 언어사용이 구체적으로 해명되는 것은 아니다. 우리는『임꺽정』이 집필되던 시대가 어떤 시대였는지, 그리고 그 시대의 우리말과 우리글이 현실적으로 어떤 발전 상태에 있었는지 상기해볼 필요가 있다. 조선어학회가「한글마춤법통일안」을 만든 것은 1933년이고『사정한 조선어 표준말 모음』을 펴낸 것이 1936년인데, 이로써 비로소 우리말 사용의 최소한의 규범이 정해진 것이었다. 지역에 따라 다르고 계급에 따라 다른 말들 가운데 어느 하나를 표준으로 삼지 않고서는 보편적 맞춤법의 제정은 불가능하다.

그러나 '맞춤법통일안'이 만들어지고 표준어가 정해지더라도 그것은 종이 위의 규범이지 실제 언어생활에 즉각적으로 효력을 발휘하는 것은 아니다. 맞춤법통일안이 제정되고 표준말이 사정된 지 1세기 가까운 오늘날의 우리 언어 상황을 보더라도 사람들이 학교에서 배운 대로 말하고 쓰는 것은 아니다. 더구나 1930년대는 일제의 식민지 억압체제가 점점 강화되는 가운데 일본어가 국어로서 교육과 언론을 통해 이 땅에서 더욱 지배적인 언어로 자리 잡아가고 있었다. 요컨대 민족과 민족어의 정체성 유지 자체가 심각하게 위협받는 시대였다. 바로 이런 조건 속에서 벽초는 우리말의 규범적 단일성을 수호하고 우리 민족의 정서적 뿌리를 탐색하는 일을 자신의 역사적 사명으로 삼았고, 이를 수행하기 위한 구체적 작업이 그에게는 『임꺽정』의 집필이었던 것이다. 계급과 지역을 초월한 보편적 조선어의 발굴과 수호, 이것이 그의 당면 목표였다.

물론 오늘의 사회적 조건은 벽초의 시대와 크게 다르다. 하지만 70년을 훌쩍 넘긴 남북분단의 지속은 식민지 상태 못지않은 또다른 위기를 조성하고 있다. 그뿐 아니라 세대 간, 계층 간 격차는 더 벌어졌고 수많은 외래어의 범람은 우리말의 개념 자체에 재정의를 요구하며, 각종 전자매체의 발달은 이를 더욱 부채질하는 듯하다. 시인·소설가를 포함하여 지식인이라면 이 점을 의식하고 글을 쓸 책임이 있을 것이다. 소설 『국수』는 충청남도 내포 지방의 토속어를 새롭게 활성화하는 작업을 통해 '아름다운 조선말'의 본래 모습을 찾고자 함으로써 그 책임의 일부를 감당하려는 듯하다. 그러나 그러한 소설 작업이 한반도 전체를 아우를 민족어의 단일성을 해체하는 데까지 나아가서는 안 된다는 점도 분명하다.

참고 1 인사말: 식민과 분단을 넘어 하나 된 겨레말

* 나는 2019년 4월에 고은 시인의 뒤를 이어 겨레말큰사전남북공동편찬사업회 이사장으로 임명되었다. 그리고 며칠 뒤 홈페이지에 인사말을 올렸다. 참고 삼아 여기 옮긴다.

일본 제국주의에 나라를 빼앗겼던 시절 벽초 홍명희 선생은 유명한 장편소설 『임꺽정』을 써서 독자들에게 큰 감명을 주었습니다.

그 소설에서 무엇보다 감동적이었던 것은 작가가 등장인물들로 하여금 이 땅 구석구석을 돌아다니게 하면서 그곳의 아름다운 경치를 구경하고 그곳 사람들의 인정과 풍물을 경험하게 한 것입니다. 그리하여 독자는 소설을 읽어나가는 동안 저절로 이 강토가 누구의 것이며 민족의 전통이 어떤 것인지 상기하여 주권의 상실을 뼈아프게 느끼게 되었습니다. 그런데 오늘날 이 소설을 읽는 사람들이 갖는 불만 중의 하나는 등장인물들이 모두 점잖은 서울말을 쓴다는 것입니다.

주인공 꺽정이는 천민 출신이고 갖바치는 함경도 출신이며 그밖의 주요 인물들도 낮은 신분이 많은 데다 대부분 전국 각지에서 모여든 사람들인데, 한결같이 점잖은 서울말을 한다는 거지요. 엄밀히 말하면 이것은 소설로서 확실히 중대한 결함이라 할 수 있습니다. 그러나 벽초 선생이 『임꺽정』을 쓰기 시작할 무렵인 1920년대 말은 일제의 억압 밑에 있던 식민지 시대였을 뿐만 아니라 우리말을 어떻게 써야 올바로 쓰는 것인지에 관한 통일된 규범이 마련되지 않은 때였습니다. 당시 지식인사회에는 여전히 한문의 영향이 컸고 일반인들 사이에는 수많은 지역어(방언)들이 혼재하는 데다 일본어가 공용어로서 학교와 언론을 통해 우리의 언어생활을 압박하고 있었습니다. 『임꺽정』에 사용된 언어는 이러한 시대에 민족어의 정체성을 지키기 위한 불가피한 선택이었다고 나는 생각합니다.

『임꺽정』이 신문에 연재로 발표되던 시대는 또한 한글운동이 활발하게 전개되던 시대이기도 했습니다. 일찍이 주시경(周時經) 선생이 시작했고 뒤를 이어 장지영(張志暎)·김윤경(金允經)·이윤재(李允宰)·이극로(李克魯)·최현배(崔鉉培)·이병기·이희승(李熙昇) 등 선구적 국어학자들이 조선어연구회를 설립하고 『조선어사전』 편찬사업에 착수했으니, 이것은 우리말을 갈고 닦고 연구하는 사업이자 바로 독립운동의 일환이었습니다.

『겨레말큰사전』 편찬사업은 남북이 분단된 오늘의 조건에서 일제강점기의 『조선어사전』 편찬사업 정신을 계승하는 작업입니다. 알다시피 이 사업의 씨앗이 뿌려진 것은 1989년 평양을 방문한 문익환 목사와 김일성 주석 사이에 통일국어사전을 편찬하기로 합의한 데서입니다. 그후 15년이 지난 2004년 3월 남측의 (사)통일맞이와 북측의 민족화해협의회가 의향서를 체결하고, 2005년 2월 남과 북의 편찬위원들이 금강산에서 '겨레말큰사전남북공동편찬위원회' 결성식을 가짐으로써 사업은 본격화되기에 이르렀습니다.

그동안 많은 진전이 있었습니다. 그러나 2015년 12월 제25차 공동편찬위원회 회의 이후 남북 학자들 간의 만남은 더이상 이루어지지 못하고 있습니다. 참으로 안타까운 일입니다.

내년 2021년에는 계획대로 『겨레말큰사전』이 발간되고 『전자 겨레말큰사전』 편찬의 기반이 구축되기를 간절히 바랍니다. 그리고 이 사업이 남과 북의 활발한 접촉과 교류를 위한 마중물이 되기를 빌어 마지않습니다. 겨레말의 하나 됨은 민족통일의 가장 중요한 바탕입니다.

참고 2 나의 마지막 이사회

* 나는 2022년 5월 25일 겨레말큰사전 편찬사업회의 이사장으로서 마지막 이사회를 주재하면서 인사말을 했다. 앞의 글과 관계가 있을 듯하여 역시 참고로 여기 옮긴다.

마지막 이사회를 하자니 아무래도 남다른 감회가 일어나는군요.

제가 고은 시인의 뒤를 이어 사업회 이사장의 직책을 갑자기 맡게 된 것은 2019년 4월 말이었습니다. 사실 저는 그때까지 사업회의 내부 사정을 잘 모르고 있었습니다. 문익환 목사님의 방북을 계기로 시작된 사업이고 남북의 국어 전문가들이 모여 통일된 국어사전을 만드나 보다, 누구나 알고 있는 그 정도의 지식밖에 없었습니다.

알다시피 2005년 사업회가 공식 출범한 이후 남북의 국어학자들은 어문규정이나 표기법 등에 관한 남북 간의 차이를 해소하기 위해 25차례에 걸친 합동 검토 작업을 가졌고, 그 결과 『겨레말큰사전』은 머지않아 완성을 앞두게 되었습니다. 그런데 밖에 계신 분들은 잘 모르겠지만, 2015년 12월부터 지금까지 남북 편찬위원들의 만남은 정치적인 상황의 변화로 중단되고 있습니다. 문재인 정부 출범 초기만 하더라도 저는 남북 간 민간교류가 다시 활성화되는 가운데 편찬사업도 곧 재개되려니 기대했었지요. 그러나 불행히도 그 기대는 어긋나고 말았습니다.

어쨌든 남쪽 사업회가 단독으로 하는 작업은 거의 완성에 이르렀고, 나머지 사안들에 관한 북측과의 합의만 남아 있는 상태가 8년째 계속되고 있습니다. 안타까운 일입니다. 결과적으로 저는 별로 한 일이 없이 이사장직을 물러나게 된 셈이지요.

그 대신 지난 3년 동안 개인적으로 느끼고 배운 게 많습니다. 문학평론가로서 특히 관심을 갖는 문제의 하나가 우리 근대문학의 탄생과정인데, 그 과정에는 근대 한국어의 형성이 긴밀하게 연결되어 뒷받침하고 있다는 사실을 깊이 깨달은 것입니다.

『겨레말큰사전』의 완성이라는 미완의 목표를 평생 가슴에 안고 살아겠습니다. 고맙습니다.

말에서 글에 이르는 길

*『창작과비평』 2020년 여름호에는 백낙청·임형택·정승철·최경봉 네분의 좌담 「근대 한국어, 그 파란의 역사와 희망찬 오늘」이 실려 있다. 이 좌담은 얼마 후 내용을 크게 보완하고 참고자료를 다양하게 곁들여 『한국어, 그 파란의 역사와 생명력』(창비 2020, 이하 『한국어』)이란 단행본으로 출간되었다. 좌담에서도 이미 그랬지만 단행본에서는 더욱 자세하게 한국어의 역사적 전개와 오늘의 활용 문제를 다각도로 짚어 검토하고 있다. 이 글은 그 단행본에 대한 서평으로 청탁받고 써서 발표했던 것인데, 책을 읽지 않은 분들을 위하여 필요한 경우 좌담 참석자의 발언을 되도록 원문 그대로 여기에 각주로 옮겨 달았다. 특히 글 쓰는 분들에게는 책을 직접 읽어보기를 권하고 싶다.

1

우리 말/글의 지나온 역사와 오늘의 문제점들에 관해 네분이 주고받은 이야기인 『한국어, 그 파란의 역사와 생명력』은 모처럼 정신없이 빠져

들어 몰입의 행복을 누리게 만든 흥미진진한 책이다. 반세기 넘도록 잡지 편집에 관여하면서 문학평론가/영문학자로 일해온 백낙청 선생과 한문학자이면서 고전과 근대 한국문학에 두루 조예가 깊은 임형택(林熒澤) 교수가 한쪽에 앉고 방언학 전공의 국어학자 정승철(鄭承喆) 교수와 어휘의 미론을 전공하면서 사전편찬 작업에도 참여한 국어학자 최경봉(崔炅鳳) 교수가 다른 쪽에 앉아 있어, 네분의 좌담은 마치 국어학을 전공한 분들과 그렇지 않은 분들 간의 대좌 같은 인상을 풍긴다. 하지만 읽다보면 네분 사이에 전개되는 학문과 식견의 주고받음이 높낮이 없이 너무도 잘 어우러져, 때로는 한 사람의 연속되는 강의를 듣는 것 같은 착각이 들기도 한다. 나로서는 읽는 동안 많이 배우고 참석자들의 의견에 대부분 동의하면서 약간씩 이의를 느낀 정도라, 책의 논지를 따라가면서 여기에 내 생각을 조금씩 보태기로 하겠다.

책을 펼치자 첫머리에 나오는 말부터 나에게는 의표를 찌르는 언급으로 다가온다. "〔한국어 문제가〕 오랫동안 저에게는 일종의 숙원사업이었"[1]다는 것이 그렇다. 백낙청·임형택 두분과 마찬가지로 나 역시 거의 평생을 읽기와 쓰기에 매달려 살았고 백낙청과 마찬가지로 남의 글을 읽고 검토하는 일에도 종사해왔으므로, 수시로 운명처럼 한국어라는 문제에 부딪혔고 말과 글의 오묘한 관계에 자주 생각이 미치곤 했기 때문이다. 따라서 좌담 참석자들이 풀어내는 이러저러한 화제가 흥미롭지 않은 게 없지만, 특히 동업자의 입장에서는 "우리 문학적 글쓰기가 어떻게 지금과 같은 양상이 됐는지"라는 문제의식에 입각하여 "우리말 우리글 쓰기를 근본적으로 성찰하는 기회"[2]로 삼자는 임형택의 제안에 무엇보다 깊이 공감이 간다.

---

1 『한국어』 13면 백낙청의 발언. 이하 경칭을 생략하고 발언자와 면수만 표시한다.
2 임형택, 15면.

그러나 생각해보면 한국어 문제는 말하기와 글쓰기를 업으로 삼는 사람들에게만 중요한 것이 아님도 분명하다. 정치가 국민 생활 전반에 영향을 끼치는 분야로서 정치가나 정치학자들만의 소관 사항일 수 없듯이, 한국어 문제 역시 잠재적으로는 모든 한국어 사용자, 즉 온 국민이 나름으로 관심을 갖고 발언할 권리를 가진 사안이라고 할 수 있기 때문이다. 다시 말해 "말과 글을 사용하는 문제에 대해서는 다양한 전공분야에서 발언할 수 있고, 사회의 각 분야에서 이를 쓰는 대중들이 당사자의 문제로 함께 이야기할 수 있"[3]어야 하는 것이다. 그런 뜻에서 이 책은 문필가뿐 아니라 일반인에게도 그냥 유익하다기보다 필수적이라 할 만한 여러 생각거리를 다룬 교양서라고 할 수 있다.

그런데 우리가 지금 자명하게 여기면서 매일 매 순간 사용하고 있는 말과 글은 당연한 얘기지만 원래부터 이러한 모습으로 존재해온 고정체가 아니라 오랜 변화과정을 거쳐 오늘의 상태에 이르게 되고 지금도 변화를 거듭하고 있는 역사적 형성물이다. 물론 변화의 구체적 내용에 대해서는 많은 것을 국어학 내지 국어학사 전공자들의 학문에 기대어 그들에게 물어볼 수밖에 없을 것이다. 가령 정승철은 "10세기 이전의 신라어를 '고대국어'라" 하는바 그것이 "경주 중심의 언어일 텐데 된소리가 아직 형성되지 않았다는 점이 이 시기의 두드러진 특징"[4]이었다고 설명한다. 전문가의 이러

---

3 최경봉, 18면 "현실에서 우리 말과 글을 사용할 때 부딪히는 문제를 다루는 게 국어학자의 일이라고 생각하는 분들이 많습니다. 그런데 사실 말과 글을 사용하는 문제에 대해서는 다양한 전공분야에서 발언할 수 있고, 사회의 각 분야에서 이를 쓰는 대중들이 당사자의 문제로 함께 이야기할 수 있지요."
4 정승철, 22면 "문헌자료가 거의 없는 고조선, 부여, 한(韓) 등의 언어를 선사(先史) 정도로 해두고요. 신라어부터 현재의 국어까지 고대, 중세, 근대, 현대 네가지로 시대구분을 합니다. 한글 창제로 언어 상태가 비교적 잘 알려진 조선시대의 말이 백제, 고구려, 신라 중에 신라어와 상당부분 일치합니다. 그래서 10세기 이전의 신라어를 '고대국어'라고 합니다. 경주 중심의 언어일 텐데 된소리가 아직 형성되지 않았다는 점이 이 시기의 두드러진 특징이고요, 통일신라 때부터 한자어가 대량으로 유입되기 시작합니다."

한 설명을 읽으면 비전문가인 내게는 자연히 다음과 같은 의문이 생긴다.

오랫동안 한반도의 동남쪽에 치우쳐 있던 신라의 수도가 이른바 '삼국 통일'에도 불구하고 그대로 수도로 남아 있다가 고려 건국과 더불어 비로소 국가의 정치적 중심이 중부 지역으로 이동하여 지금까지 천년 넘도록 이어져오고 있는 것은 우리가 잘 아는 바이다. 그렇다면 고대국어와 중세국어 사이에는 어느 정도의 단절 또는 연속성이 있을 것인가? 다시 말해 고대국어는 경주 중심의 신라어이고 중세국어는 백제에 이어 고구려의 언어가 여기에 혼용된 중부 지역 언어일 것이라고 나는 추측해왔는데, 만약 정승철의 설명대로 고대국어인 신라어와 중세 후기 국어인 조선시대의 언어 사이에 연속성이 매우 강하다면 고려 건국에 따른 중심언어의 지역적 이동은 국어사적으로 심각한 사건이 아니라는 뜻인가 하는 물음이 생기는 것이다. 나로서는 의문이 버려지지 않는다. 이와 더불어 가령 대부분의 향가는 10세기 이전 신라인들의 작품이지만 향가가 수록된 『삼국유사』는 고려 후기 13세기의 저작이므로 지금 우리 앞에 놓인 향가의 텍스트는 신라의 고대국어와 고려의 중세국어 중 어느 쪽에 귀속되는 것이 적절한가 하는 문제도 제기될 수 있다. 어쩌면 향찰이라는 불완전한 표기수단만 가지고서는 그런 점을 제대로 변별해낼 수 없을지 모른다는 생각도 든다.[5]

국어(학)사에 워낙 문외한이라 이런 의문이 얼마나 터무니없는 것인지, 아니면 국어학계에서는 이미 어느 정도 해결되어 있는 것을 내가 모르고 있는지 알지 못한다. 아무튼 이 책에 참고로 제시된 도식 '국어사의 시대구분과 흐름'을 보아서도 짐작할 수 있듯이,[6] 한국어의 시대구분은

---

5 이 문제는 더 따져볼 여지가 많을 것이다. 일연(一然) 스님의 출신지와 『삼국유사』의 편찬지인 인각사(麟角寺)가 신라 영역이었다는 점도 고려 사항이지만, 그보다 10세기 이전 작품인 향가가 13세기까지 기록 아닌 노래의 형식으로 전승되었는지, 아니면 불완전하나마 향찰 같은 문자로 기록되어 보존되다가 『삼국유사』에 수록되었는지가 훨씬 더 중요할 것이다.

6 『한국어』 23면 '국어사의 시대구분과 흐름'은 다음과 같은 도식을 제시한다. ① 문헌

언어 자체의 내적 변화들을 일정하게 반영하면서도 그와 더불어 왕조의 교체나 전란 같은 정치상황의 변동에 더 종속되는 측면이 있다고 여겨지는데, 이에 대한 포괄적인 이론적 설명도 의당 필요할 것 같다.

우리는 초등학교 입학부터 중고등학교 졸업까지 12년간이나 '국어'를 가장 중요한 과목의 하나로 배운다. 하지만 그 교육의 효과가 성인이 된 이후 일상의 언어생활에서 실제로 어떻게 구현되고 있는지 대다수 한국인은 거의 반성하지 않은 채 살아가고 있는 게 아닐까 생각한다. 국어의 네 범주인 듣기·말하기·읽기·쓰기 가운데 일상생활에서 압도적 비중을 차지하는 것은 음성언어인 앞의 두가지이지만, 학교교육에서 규범적으로 다루어지는 것은 주로 뒤의 문자언어 부분일 것이다. 이 책『한국어』에서 논의되는 것도 주로 문자언어라고 할 터인데, 이에 따라 말을 어떤 표기수단에 의해 그리고 어떤 규범에 따라 글로 나타낼 것인가가 좌담의 핵심적인 주제로 될 수밖에 없었다. 차후 다른 국어 전문가와 관심 가진 분들에 의해 '읽고 쓰는 한국어'뿐만 아니라 '말하고 듣는 한국어'의 실상과 문제점에 대해서도 깊은 논의가 필요하다는 점을 지적하고 싶다. 그밖에도 이 책의 논의에서 빠진 문제들이 필경 더 있을 터인즉, 이에 대해서도 활발한 토론이 이어지기를 기대한다.

자료가 거의 없는 선사(先史), ②고대국어(~10세기): 경주 중심의 신라어, ③중세국어: 〈전기(~14세기)〉 고려의 언어, 〈후기(~16세기)〉 조선 전기의 언어, ④근대국어(~19세기): 임진왜란 이후의 국어, ⑤현대국어.

그런데 중세 전기에 관하여 "개경의 언어는 신라어의 한 방언으로 추정됨"이란 설명이 붙어 있는데, 나로서는 납득하기 어렵다. 어느 시대에나 여러 지역의 언어(방언)들은 서로 영향을 주고받으면서도 그 나름 독자적으로 생존해가게 마련일 텐데, 다만 고려 건국에 따른 정치적 중심의 이동을 반영하여 한반도 동남부의 경주어 대신 중부 지역의 개경어가 국가 차원에서 정치적·문화적 우위를 점하게 되었을 것으로 추측된다. 더욱이 고려는 신라와 달리 고구려·발해 등 북부 지역 유민을 적극적으로 받아들였고 그것이 개경어의 형성에도 적지 않은 영향을 주지 않았을까 생각한다.

2

 한국어의 역사적 전개과정에 무엇보다 심대한 영향을 끼친 것은 외래
어의 끊임없는 유입이 아니었던가 생각한다. 통일신라 시대에 한자어가
대량 유입되었다고 하지만, 어쩌면 그 이전부터도 선진학문과 외래종교
에 묻어 적지 않은 한자어들이 다양하게 들어왔을 것이다. 13세기 중엽
부터 100여년에 걸친 원 간섭기에는 몽골어도 상당히 유입되었다고 한
다. 하지만 몽골어 영향의 강도는 한자어에 비할 수 없이 미미할 것이며
그나마 세월이 흐르는 동안 고유어 속에 거의 용해됐을 것으로 짐작한
다. 어쨌든 한자어와 한자로 된 개념들은 역사시대 내내 지속적으로 유입
되고 특히 성리학을 통치이념으로 삼아 억불숭유 정책을 폈던 조선시대
에 와서는 한자/한문이 한반도인의 언어생활에서 배타적으로 권력화되
었을 것으로 추론할 수 있다. 뒤를 이어 19세기 말의 애국계몽기 이후, 특
히 20세기 식민화 이후에는 우리 자신이 직접 경험하고 있듯이 일본어에
이어 영어를 비롯한 서양어(북한에서는 주로 러시아어)의 대량 유입으로
새로운 양상이 전개되고 있는바, 특히 영어의 영향은 21세기 들어 압도적
인 양상으로 가속화되는 느낌이다.
 이 현상은 우리 말/글의 역사와 현실을 이해하는 데에 두말할 나위 없
이 결정적인 사실이다. 말만 있고 말을 나타낼 글이 없던 시대로부터 한
자를 이용한 향찰·이두 등의 방식으로 불완전하게나마 우리말을 표현한
고대국어 시대로 진입한 것은 우리 어문생활의 역사에서 획기적인 진전
이었다고 볼 만하다. 그러나 향찰이라는 수단은 워낙 불편하고 불완전한
방식이었으므로 우리 민족 고유의 생각과 개인의 독특한 느낌을 섬세하
게 표현할 필요가 있는 향가와 같은 시의 언어에서나 제한적으로 이용되
고, 학자나 스님 들의 보편적인 학문적 언어에서는 전적으로 한문이 쓰였

을 것이다. 어쨌든 이 시대에는 소수의 지배계급과 지식인들만이 문자, 즉 한자와 향찰을 향유했을 것이고 절대다수의 인민은 문자 바깥의 삶을 살았을 것으로 짐작한다.

훈민정음 즉 한글의 창제가 우리 역사상 가장 위대한 업적이라는 데는 이의가 있을 수 없다. 그동안 많은 분들이 문자로서 한글의 과학성과 한글 창제사업을 주도한 세종 임금의 위민(爲民)정신을 찬양해왔는데, 공기나 물에 버금가는 한글의 혜택 속에 사는 사람으로서 우리에게 고맙고 자랑스러운 마음이 드는 것은 너무나 자연스럽다. 그러나 한글 창제의 역사적 배경을 좀더 냉정하게 따져보는 것은 단순한 감정상의 애국주의를 넘어서기 위해서도 필요한 일이다. 일찍이 강만길(姜萬吉) 교수는 「한글 창제의 역사적 의미」라는 글에서 한글 창제의 역사적 배경으로 14세기 몽골 침입과 원나라의 고려 간섭을 주목한 바 있다. 외세의 침입 앞에 지배계급의 무능이 드러나고 백성들이 점점 현실에 눈을 뜨게 됨에 따라 새로 출범하는 조선왕조의 지배권력은 이제 "백성들을 문자생활권 안으로 넣어주지 않을 수 없"게 되었다는 것, 따라서 훈민정음은 단순히 통치자의 시혜가 아니라 "백성 세계가 스스로의 자의식을 높여감으로써 얻을 수 있었던 전리품과 같은 것"[7]이라는 것이 강교수의 논지였다.

『한국어』의 좌담에서 임형택 역시 한글 창제의 역사적 배경으로서 13~14세기의 세계사적 변화를 주목하는데, 그러나 변화를 읽는 관점은

---

7 강만길 「한글 창제의 역사적 의미」, 『창작과비평』 1977년 여름호, 309면. "성립 초기의 이조 왕권이 안정을 얻고 중세적 지배질서를 유지해나가기 위해서는 해결해야 할 여러가지 문제점이 있었지만, 그 가운데서도 가장 중요한 문제가 고려 후기를 통하여 이미 정치적 사회적 의식수준이 한 단계 높아진 백성들을 효과적으로 다스리는 방법을 강구하는 일이었다. (…) 한글의 창제도 새 왕조의 지배권력이 백성들에게 제시한 이익조건 중의 하나라고 생각할 수 있다. 그것은 결코 치자층의 자애심이 바탕이 된 것이 아니라 백성 세계가 스스로의 자의식을 높여감으로써 얻을 수 있었던 전리품과 같은 것이라 할 수 있을 것이다."

강만길과 상당히 다르다. "원나라는 광대한 지역의 다양한 인종과 문화를 통합해 그야말로 대제국을 형성하였고 그에 따라 역사상 전에 없던 문명이 소용돌이"치게 되었던바, 고려 말의 문인과 지식인 들은 "문명전환의 약동하는 기운을 직접 체감하게" 됨으로써 이전 시대와 완연히 구별되는 새로운 "문명의식과 동인의식(東人意識)을 각성하게 되"었다는 것이다. 조선왕조 건국의 주역인 사대부 계급의 이처럼 각성된 의식으로부터 "피어난 꽃이 훈민정음"[8]이라고 임형택은 해석한다.

강만길은 외세의 침략을 당하여 드러난 지배계급의 무능 및 민중역량의 성장과 민중의식의 각성을 강조한 셈이고 임형택은 조선 건국의 주체세력인 사대부 계급의 이념적 개안(開眼)에 무게를 둔 셈이다. 강조점이 대척적이기는 하지만, 둘 다 조선 초기 한글 창제라는 문화적 업적이 태어난 배경으로서 시대의 문명사적 전환에 주목한 흥미로운 해석들이다. 하지만 몽골제국의 서방 침공이 유럽에서 중세적 질서의 붕괴에 단초를 제공하고 결국 근대세계의 형성으로 이어졌음에 비하면, 동아시아에서 그리고 특히 조선 땅에서는 몽골제국의 등장이 그와 같은 의미의 근본적인 역사적 전환의 계기로 작용했다고 말할 수 있을지는 의문이다. 동아시아에서 명(明)과 조선의 건국은 어떤 뜻에서는 유럽에서와 반대로 오히려 중세적 질서의 재정비를 가져왔기 때문이다. 그러나 역사적 배경이야 어찌 됐든 한글의 창제 자체는 '중국과 다를뿐더러' 한자로는 원천적으로 표기할 수 없는 우리말을 거의 '말하는 그대로' 문자화할 수 있는 위대한 가능성의 현실화였음이 분명하다.

---

8 임형택, 41~42면 "우리가 주목할 사실은, 고려의 지식인들이 원나라에 유학을 가거나 거기에서 벼슬하며 활동하는 등으로 문명전환의 약동하는 기운을 직접 체감하게 됐다는 겁니다. 그것이 계기가 되어 고려 말의 문인·지식인들은 문명의식과 동인의식(東人意識)을 각성하게 되지요. (…) 그리하여 피어난 꽃이 훈민정음이라고 저는 말하고 싶습니다. 우리 동국도 독자적인 문자를 가져야 한다는 의식이 구체적으로 드러난 것이 한글이죠."

3

조선 초기의 일부 신진사류들이 세종 임금의 뜻을 좇아 훈민정음의 창
제에 참여했지만, 알려져 있다시피 기득권 사대부들 대부분은 훈민정음
의 반포에 찬성하지 않았다. 그 까닭은 그러나 단순한 것이 아니었다. 반
대론의 대표로 알려진 최만리(崔萬理)의 상소문을 보더라도 그가 단지 완
고한 보수주의자인 것만은 아님을 알 수 있다. 그는 새로 만들어진 문자
의 '신묘함'에 감탄하면서도 그것이 기존 중화중심적 문물제도로부터의
이탈이라는 위험을 내포한 조치임을 직감했던 것이다. 그것은 말하자면
한번도 가보지 않은 미지의 세계로 가는 모험이자 "세계사적으로는 중세
공동문어"[9] 체제에서 벗어나는 혁명이었다.

이와 같은 기득권 지배세력의 반대 때문이었는지, 아니면 좀더 객관적
인 사회문화적 요인 때문이었는지 어쨌는지 모르지만, 근대 이전의 어문
생활은 한문이 주(主)이고 언문(한글)이 종(從)인 "이중문어체계"[10]였다.

---

9 중세의 공동문어에서 벗어나 근대 국민국가마다의 국어표기법으로 분화하는 과정에
서 서양과 동아시아가 어떻게 서로 다른 문제에 봉착하게 됐는지는 백낙청의 다음 지
적(43면)이 핵심을 찌르고 있다. "소위 세계사적으로는 중세공동문어라고 하는 것이
동아시아에서는 한문이었습니다. 서양과 달리 특이한 점은 동아시아가 한문의 세계인
동시에 한자가 중국어를 모르는 사람도 쓸 수 있는 표의문자다보니 근대로 전환하면
서 한문세계에서는 벗어나더라도 한자는 어떻게 할지의 문제가 남았다는 겁니다. 일
본은 오늘날까지도 한자혼용을 하고 있고 서양에서는 일부 그리스 문자라든가 슬라브
계 문자를 공유하기도 합니다만, 그렇기 때문에 문자와 공동언어의 문제가 동시에 제
기된 건 아니었어요. 공동문어를 포기하더라도 공동으로 쓰던 문자로 자국 고유의 언
어를 표기하면 됐는데 동아시아는 그렇지 않았다는 거지요."
10 최경봉, 46면 "유길준(俞吉濬)은 근대적 어문생활로서 언문일치를 이야기하면서 한
자와 한문은 다르다는 것을 유난히 강조합니다. 그래서 한문을 축출해야 한다고 하면
서도 한자는 국어의 일부가 되었다고 봤어요. 한자를 국어문법에 따라 활용하여 국한
문을 구현하려 했던 거죠. (…) 중세 때 언문과 한문의 이중문어체계가 존재했다면 근

이 책에서는 덜 주목받았지만, 그런 이중문어 상황이 지속되는 가운데서도 임진·병자 양란의 외세 침략을 계기로 자발적 의병운동이 일어나듯이 양반 부녀자들 속에서뿐 아니라 일반 민간인들 사이에서도 한글 사용이 확산되고 비록 익명으로나마 다수의 한글 소설이 창작, 유통되기 시작했다. 이것은 차후의 근대적 언문일치 문장의 성립과 근대적 문학언어 구현을 위한 결정적으로 중요한 준비과정으로서, 반드시 깊이 주목해볼 필요가 있는 사실이다.

알다시피 19세기 후반 동아시아에서 중국의 패권체제가 붕괴되어가는 시기에 이르러 드디어 우리의 어문생활에도 혁명적 전환이 일어났다. 갑오경장 시기 정부가 공포한 "법률 칙령은 모두 국문으로 본을 삼고 한문 번역을 붙이며 국한문을 혼용함"이라는 규정은 "중국 중심의 어문생활에서 탈피한 자국의 독자적인 어문생활"의 개시를 의미했다. 하지만 이 규정은 실제로는 거의 지켜지지 않았을 뿐만 아니라, 임형택의 말처럼 독자적인 어문생활이란 한자/한문을 "안 쓰면 그만인 그런" 단순한 차원을 넘어 "지극히 어렵고 복잡한 문제가 수반되"[11]는 역사적 괴업이었다.

그런데 한국·일본·베트남 등 한자문화권이 중세 공동어문체계에서 벗어나 근대적 어문생활로 진입하는 데는 서양과 달리 복잡할 수밖에 없는 독특한 이유가 있다. 백낙청의 지적처럼 "서양에서는 일부 그리스 문자라든가 슬라브계 문자" 같은 변종이 있어도 "문자와 공동언어의 문제가 동시에 제기된 건 아니"기 때문에 "공동문어를 포기하더라도 공동으로 쓰던 문자로 자국 고유의 언어를 표기하면 됐"지만, 동아시아에서는 "한자가 중국어를 모르는 사람도 쓸 수 있는 표의문자다보니 근대로 전환하면

대 초에는 국문과 국한문의 이중문어체계가 있었던 겁니다."
11 임형택, 42~43면.

서 한문세계에서는 벗어나더라도 한자는 어떻게 할지의 문제가 남았"[12]던 것이다. 한자 어휘의 절대적 비중을 고려하면 이 문제야말로 한글 글쓰기의 핵심적 난관의 하나가 아닐 수 없다. 어떤 점에서 한국은 한자혼용이 정착된 일본이나 한자 또는 한자의 변형 대신 로마자를 채택한 베트남의 경우에 비할 때, 가장 독창적인 자기 문자를 가지고 있기 때문에 도리어 가장 힘든 길을 걷고 있는 중이라 할 수도 있다. 물론 그 험로를 성공적으로 걸을 때 얻게 될 문명적 소득은 비할 바 없이 더 클 거라고 나는 확신한다.

4

근대 초기에 국문체와 국한문체의 이중적 문어체계가 성립됐다는 데는 이론이 없을 것 같다. 그런데 생각해보면 옛 지식계층에서는 전래의 순한문체도 여전히 엄존하고 있었으므로 아마 한동안은 삼중체계였을 것이고, 식민지 시기에 들어와 학교교육과 대중매체를 통해 일본어가 지배자의 언어로 보급되고 다수의 일본인 이주자들이 한국인과 섞여 살게 되면서[13] 우리의 언어 현실에는 또다른 문제가 발생했을 것이다.

아무튼 국문체 『독립신문』(1896)보다 2년 늦은 "『황성신문』이 오히려 국한문혼용체로 발행되고 이어 잡지나 교과서 등 속속 발간되는 계몽적 출판물들도 국한문혼용체"였던 점, 심지어 미국인 선교사 헐버트(H. B. Hulbert)가 지은 한글본 세계지리서 『사민필지』(士民必知, 1889)는 몇해 뒤 거꾸로 한역(漢譯)되기도 했던 점을 보면, 애국계몽기의 과도적 현상

---

12 백낙청, 43면. 앞의 각주 9 참조.
13 어떤 통계에 따르면 한반도에 거주하는 일본인 이주자는 1920년의 17만명에서 1940년경에는 70만명 정도로 증가했다고 한다.

답게, 임형택의 지적처럼 독자들이 아직 순수 국문체를 따라주지 못했거나 국문체에 대한 한문 세대의 저항이 만만치 않았거나 했을 것으로 보인다.[14] 하지만 기성세대의 적응이 쉽지 않았음에도 불구하고 3·1운동 이후 1920년대를 지나는 동안 신문·잡지와 특히 소설을 통해 실행되고 보급된 우리말 국어 문장은 오늘날 우리가 쓰는 한글 문장의 원형으로 정착하게 되었다.

그런데 1920년을 전후한 글쓰기 문체의 전환에 있어 진정으로 결정적인 사실은, 최경봉이 적절하게 지적했듯이 "20년대 이전과 이후의 국한혼용문은 질적으로 많이 다"르다는 것, "20년대 후부터는 국한문이라 하더라도 문체상 순 국문과 거의 차이가 없고 단지 국문 문장의 한자어에 한자를 쓸지 말지가 문제"[15]라는 점이다. 다시 말해 19세기 말 애국계몽기의 국한문체와 1920년대 이후의 국한문체는 외관상 비슷해 보여도 근본적으로 다른 것이다. 그 점을 가장 간명하게 보여주는 실례가 이 책에도 인용된,『개벽』16호(1921)에 실린 권고문「투고하시는 이에게」이다.

文體는 꼭 말글로 써주셔야 되겟습니다. 비록 國漢文을 석거 쓴다 할지라도 漢文에 朝鮮文으로써 吐를 다는 式을 取하지 말고 純然한 말글로써 씀이 조

---

14 임형택, 50~51면 "근대계몽기를 주도한 문체인 국한문체와 국문체의 관계에 대해 잠깐 거론하죠. 국문체는 최초의 일간지인『독립신문』에서 먼저 들고나옵니다. 놀랍도록 혁신적인 일인데, 그래서 독자들이 따라주지 못했어요. 2년 후『황성신문』이 국한문혼용체로 발행되고 이어 잡지나 교과서 등 속속 발간되는 계몽적 출판물들도 국한문혼용체를 쓰면서 대세를 이루지요."

15 최경봉, 46~47면 "중세 때 언문과 한문의 이중문어체계가 존재했다면 근대 초에는 국문과 국한문의 이중문어체계가 있었던 겁니다. (…) 그런데 사람들이 점차 이중문어체계를 단일화해야 한다는 생각을 하게 됩니다. 1920년대부터는 그럼 어느 쪽으로 단일화할지 고민하다가 근대적인 정신을 구현하는 것은 결국 국문 글쓰기라는 합의가 이루어지죠. 그렇게 문체는 국문체가 됐지만 또 한자를 어떻게 할 것인가 하는 문제가 제기됩니다. 그 결과 20년대 이전과 이후의 국한혼용문은 질적으로 많이 다릅니다."

켓습니다. 例를 들어 말하면 「一葉落而天下知秋」라 하면 「一葉이 落하야 天下가 秋됨을 知한다」 함과 가티 쓰지를 말고 「한 닙이 떨어짐을 보와 天下가 가을됨을 알겟다」라고 씀과 가틈이외다.[16]

한자를 배우지 않은 세대에게는 이 권고문 자체도 물론 읽기 어려울 것이다. 그러나 이 글이 오늘의 독자에게 쉽게 다가오지 않는 데는 한자가 섞여 있다는 것 이외에 다른 두가지 방해 요소가 더 있다고 생각된다. 첫째는 '석거 쓴다' '조켓습니다' '가틈이외다' 등의 표현이 '섞어 쓴다' '좋겠습니다' '같습니다' 같은 표현법에 길든 오늘의 독자에게는 낯설 수밖에 없다는 점이다. 둘째, '가을됨을 알겟다'가 '秋됨을 知한다'에 비해 한 걸음 나아간 문체임은 분명하지만, 그렇게 나아간 문체로 쓰라고 권유하는 예문 자체도 오늘의 독자로서는 맞춤법에 어긋나서가 아니라 다른 이유로 매우 어색하다는 점이다. 가령, 오늘의 독자라면 당연히 '吐를 다는 式을 取하지 말고' 대신에 '토를 다는 식으로 하지 말고'와 같이 써야 한다고 느낄 것이다. 이렇게 따져보면 앞의 권고문 안에는 소박하나마 근대적 글쓰기의 기초를 완성하기 위한 '3대 과업'의 문제점이 압축되어 있다고 할 수 있다. 그 과업이란 대략 다음과 같은 것들이 아닐까 생각한다.

첫째는 국문으로 쓰되 그 표기방식을 일정한 원칙에 따라 제도화하는 일이다. 임형택은 한글 창제 이후의 한글 표기체계 상황에 대해 이렇게 설명한다. "한글이 창제 후 200~300년까지는 한글표기체계가 엄정하지 않아요. 언제부터인지 민간의 표기는 제각각이 되었던 겁니다." 그러다가 갑오경장으로 공문서를 국문 중심으로 작성하게 되고 언론계·종교계(특히 기독교)·학교 등에서 한글 사용이 확대됨에 따라 "근대적 국가의 국민

---

16 『한국어』 83면.

이 쓰는 글이라면 당연히 일정한 원칙과 기준이 제정되어야"[17] 한다는 자각이 일어났다는 것이다. 그리하여 1907년 정부기구 아래 국문연구소가 설립되어 이 일을 맡았다. 우리 말/글의 역사에서 한글 창제에 버금가는 위대한 사업이 우리말의 합리적 표기법을 제정하고 문법을 일정하게 체계화하는 것이라고 할 터인데, 그 첫 단계를 맡은 것이 이 국문연구소였다. "(국문연구소는) 상설기관은 아니었지만 설립 이후 주시경, 지석영(池錫永), 이능화(李能和)처럼 국문에 관심이 깊은 사람들이 모여 연구를 하고 국어표기의 기초를 마련했습니다. 그때의 연구 내용이 지금까지 이어지는 국어규범의 토대가 되었죠."[18]

이로부터 몇 단계를 거쳐 조선어학회는 "본음(本音)과 원체(原體)를 밝혀서 표기해야 의미전달이 명확해진다"[19]는 주시경의 주장을 계승하여 형태주의 철자법을 관철시킨 「한글마춤법통일안」을 1933년에 발표한다. 이 통일안은 '소리 나는 대로' 적는다는 원칙에서 보면 상당히 까다로운 문법적 원리에 입각해 있어, 일반인들로서는 익히기 쉽지 않았다. 따라서 당시에나 그후에나 여러차례 논란의 대상이 되고 1950년대에는 사회적 분쟁의 대상으로 떠오르기도 했다.[20] 하지만 통일안 발표 직후에 이미 다

---

17 임형택, 55면 "한글이 창제 후 200~300년까지는 한글표기체계가 엄정하지 않아요. 언제부터인지 민간의 표기는 제각각이 되었던 겁니다. 사람마다 제멋대로 쓴 결과로 빚어진 현상이겠지요. 국문이 서민 대중으로 하향화하는 과정에서 일어난 현상이라고 보면 긍정적으로 평가할 소지가 크지만, 근대적 국가의 국민이 쓰는 글이라면 당연히 일정한 원칙과 기준이 제정되어야 함은 더 말할 것도 없겠지요."

18 최경봉, 53면.

19 최경봉, 66면 "철자법에서도 그렇고 사전 편찬사업에서도 그렇고, 이처럼 조선총독부와 조선어학회의 길항관계는 일제강점기 내내 이어집니다. 그리고 결국 조선총독부의 철자법이 형태주의로 바뀌는 의미있는 성과를 내지요. 1930년의 「언문철자법」이 그것인데, 조선어학회는 그보다 형태주의를 더 강화한 「한글마춤법통일안」을 1933년에 발표합니다."

20 이른바 '한글 간소화 파동'이라는 것인데, 1949년 이승만 당시 대통령이 한글 맞춤법을 '소리 나는 대로 쓰는' 식으로 바꾸자는 주장을 함으로써 생긴 사건이다. 1953년

수의 문인들이 이 안을 공개적으로 지지했고 신문·잡지 등 출판물도 이 안을 따르기 시작한 데다 해방 후 학교문법으로 수용됨으로써 이제는 움직일 수 없는 어문원칙으로 정착되었다.

그럼에도 학생들 리포트나 문인들의 원고를 받아볼 때마다 맞춤법을 바르게 지키기 어려움을 절감한다. 더구나 띄어쓰기는 각인각색이라고 말해도 좋을 정도다. 그러나 이런 다소간의 혼란은 어느 나라의 어문생활에나 으레 따르는 법이고, 어쩌면 그것은 해당 언어의 활동성을 입증하는 것이라 볼 수도 있다. 여하튼 "국어 표기법이 더 정교해지고 다소 어려워지는 것은 불가피하고 또 필요한 일이라고 봐요. 주시경 선생의 형태주의 맞춤법은 아주 옳은 방향이었다고 생각합니다"[21]라는 의견에 대부분 공감할 것이라고 생각한다.

둘째는 읽기에 자연스러운 국어 문장의 개척이라는 과업, 즉 입말에 가까운 글말의 정착이라는 과업이다. 그런데 입말에 가까운 글말 즉 언문일치의 문장이 반드시 입말(구어)을 그대로 구현한 것은 아니라고 최경봉은 지적한다. 다시 말하면 "구어를 문어화할 때도 문어의 특징들을 만들어내는 것이 중요하"[22]다는 것이다. 생각해보면 이것은 지극히 중요한 지적이다. 가령 오늘날 우리는 소설을 읽을 때 그 문장이 당연히 구어 문장이라고 간주한다. 그러나 실제 현실에서의 구어를 그대로 문장화하면 거의 대부분 비문·오문일 수밖에 없다. 또다른 문제도 있다. 돌이켜보면 우리는 고대, 중세는 물론이고 100년 전, 200년 전의 우리 선조들이 일상생활에서

4월 '정부의 문서와 교과서 등에 현행 철자법을 폐지하고 구식 기음법(記音法)을 사용'하는 개정안이 국무총리 훈령으로 공포되었지만, 각계의 심한 반대에 부딪혀 결국 1955년 9월 철회되었다. 위키백과 https://ko.wikipedia.org/wiki 한글_간소화_파동 참조.

21 백낙청, 73면.
22 최경봉, 90면.

구체적으로 어떤 언어를 말했는지 알지 못한다. 현재 남아 있는 최초의 우리말 음성자료는 1928년 5월 15일 프랑스 파리 소르본대학 인류학 팀과 함께 녹음한 이극로의 육성 발언이라 하니,[23] 그 이전의 한글 소설이나 한글 서간문 및 조선 후기와 식민지 초기의 문헌에 문자화된 한글 문장들이 실제로 발화된 구어를 얼마나 원본에 가깝게 반영했는지는 다만 막연히 추정할 수 있을 뿐이 아닐까? 또 가령, 문어체의 가장 중요한 특징으로서 '……했다'체의 종결어미가 20세기 초에 보편화된 것은 확실하지만, 그 내력에 관해서는 얼마나 깊이 연구되었는지 알지 못한다. 『혈의 누』(1906)에 쓰인 이인직의 신소설 문장은 음독과 훈독을 겸하는 일본어 한문 문장을 본뜬 괴기한 형태인데, 이 문체가 이인직 이외의 다른 사람에 의해서도 쓰인 적이 있었는지 모르겠다.[24]

정승철은 "최근에 『매일신보』에 실린 『무정』 원문을 다시 읽기 시작했는데 근대 문체라고 얘기되는 것의 상당수가 그에 의해서 시작된 게 아닐까 생각"[25]한다는 의견을 피력하고 있다. 근대 소설문장의 전개에 남긴 이광수의 선구자적 공헌을 인정하는 데는 나도 이의가 없지만, 공헌의 정도를 가늠하는 것은 간단한 일이 아니라고 생각된다. 『바로잡은 '무정'』(김철 교주 校註, 문학동네 2003)이라는 책에서 김철의 조사에 따르면 『무정』은 1917년 신문에 연재되고 나서 작가 자신의 교열을 거친 단행본이 이듬해에 나왔고 그뒤 해방 전까지만도 여덟차례나 출판사를 바꾸어 간행되었던바, 그때마다 작가 또는 출판사의 손질이 가해졌다고 한다. 그러니 근대 소설문체의 발전에 끼친 이광수의 업적을 따지는 작업은 그 자체로서도 만만치

---

23 2019.8.15. MBC 뉴스데스크 https://imnews.imbc.com/replay/2019/nwdesk/article/5452012_28802.html 참조.

24 김영민 교수는 이인직의 신소설 문체를 '부속국문체'라 부르는데, 내게는 아주 생소한 명칭이다. 이것이 국문학계에서 공인된 명칭인지 아닌지도 나는 알지 못한다. 김영민 『문학제도 및 민족어의 형성과 한국 근대문학(1890~1945)』, 소명출판 2012 참조.

25 정승철, 84면.

않은 공력이 들지만, 동시대 다른 작가들과의 상호 영향 및 출판업자의 상업주의적 개입까지 살피는 일이 보태지면 복잡함이 더욱 가중된다.

염상섭의 문제작 『만세전』은 1922년 '묘지'라는 제목으로 연재되다가 중단되고 1924년 개작을 거쳐 지금의 제목으로 완성, 출판되었고 해방 직후 다시 상당 부분에 걸친 개작이 이루어졌다.[26] 그런데 이광수와 염상섭은 둘 다 열네댓살에 일본으로 건너가 거기서 중학과 대학을 다니면서 일본어 텍스트로 문학을 공부했다. 이 사실이 그들의 우리말 문장에 어떤 영향을 끼쳤는지 따져볼 필요도 있다. 정지용은 일본 유학 중에 우리말로 먼저 쓴 시의 초고를 대폭 다듬어 일본어로 옮긴 시 「카페 프란스」를 유명한 시 잡지 『근대풍경』(1926.12.)에 발표함으로써 일본 시단에 유망한 신인으로 떠올랐다. 그런가 하면 그는 일본어로 먼저 썼다가 한국어로 개작하여 유학생 잡지에 발표하기도 했다. 말하자면 정지용은 자신의 시적 인식과 언어감각에 가장 적합한 문체를 발견하기 위해 한국어와 일본어 사이의 갈등을 겪고 치열한 고투를 벌인 끝에 최종적으로 선택한 것이 어린 시절부터 익숙한 모어 즉 한국어였던 셈이다. 일본에 유학했건 국내에서 공부했건 일제강점기 문학 수업을 일본어 작품으로 시작한 다수의 문인과 문필가 들에게 자연스러운 우리말 문장을 쓰는 것은 첩첩산중의 험로를 뚫는 지난한 투쟁이었음을 새삼 깨닫게 된다.

셋째는 외래어의 표기 문제이다. 한자어도 출발은 외래지만 오랜 세월 동안 우리말에 섞여 동화되었으므로 따로 취급된다. 다만, 한자의 처리 문제는 한글전용(론)과 한자혼용(론) 간의 대립으로 논쟁이 이어지다가 시간이 흐를수록 대부분의 대중매체와 출판물이 한글전용에 가까워지면서 병용(併用)으로 기울고 있다. "민족주의가 아닌 민주주의적인 원칙에서

---

26 이재선 「일제의 검열과 '만세전'의 개작」, 『문학사상』 1979년 11월호 참조.

병용이 더 적당하다는 생각"27 때문에도 그렇지만, 그 방식이 현실의 필요에 가장 잘 부응하기 때문에 대세를 이루었을 것이다. 다만, 일상의 어문생활에서와 달리 학교교육에서는 일정한 수준까지 한자를 가르치는 것이 옳다고 본다. "우리가 영어 교육에 들이는 공력과 비용을 생각하면 한자혼용을 않고도 초등학교 때부터 한자를 가르치는 건 별것 아니에요"28라는 주장에 이의를 달기 어렵지 않은가.

그러나 한자어 이외에 개화기 이후 들어온 서양발 외래어의 표기는 간단치 않은 문제이다. 현행 표기법의 기원은 1940년 조선어학회가 발표한 「외래어표기법통일안」에서 찾을 수 있다고 하는데, "외래어를 한글로 표기함에는 원어의 철자나 어법적 형태의 어떠함을 묻지 아니하고 모두 표음주의로 하되, 현재 사용하는 한글의 자모와 자형만으로 적는다"는 것과 "표음은 원어의 발음을 정확히 표시한 만국음성기호를 표준으로 하여, 만국음성기호와 한글과의 대조표에 의하여 적음을 원칙으로 한다"는 통일안 총칙의 이 규정은 80여년이 지난 지금도 유지되는 원칙이 아닌가 한다. 그러나 우리가 실제 문장에서 보아왔고 여전히 겪고 있듯이 혼란은 원칙대로 정리되지 않고 있다.

대표적인 논란의 하나는, 동일한 음성기호(t, p 등)가 프랑스어나 이탈리아어 등 라틴계와 러시아어 등 슬라브계에서는 된소리(ㄸ, ㅃ 등)로 발음되고, 영어나 독일어 같은 게르만계에서는 거센소리(ㅌ, ㅍ 등)로 다르게 발음되는데, 우리 표기법에서는 양자를 구별할 수단이 있음에도 불구하고 일괄해서 영어식을 따른다는 것이다. '빠리/파리' '이딸리아/이탈리아'가 흔히 예시되는데, 이 구별과 다른 차원에서 후자의 경우 '이태리'도 못지 않게 자주 쓰인다. 이와는 경우가 다르지만, 알프스에서 발원하여 유럽 여

---

27 백낙청, 105면.
28 백낙청, 107면.

러 나라를 흘러 지나가기 때문에 나라마다 다른 이름으로 불리는 강 다뉴브(영어) 또는 도나우(독일어)는 뭐라 적을 것이며, 독일식 이름 아우슈비츠로 악명이 높은 폴란드의 오시비엥침, 본명 베네찌아보다 더 유명한 영어명 베니스는 어떻게 통일할 것인가? 이와 같은 예는 수없이 많을 것이다.

　이 혼돈의 양상을 이론적으로 설명하는 것은 어렵지 않은 일일지 모른다. 그러나 원칙에 어긋난 다수 대중의 관행을 그대로 수용하고 따라갈 것인가, 아니면 한국인의 발음 능력과 한글의 강점을 발휘하여 고쳐나갈 것인가는 현실적으로 쉬운 일이 아니다. 세상사에서 원칙론과 현실론의 대립은 언제 어디에나 있는 법이지만, 이 문제 역시 사람들의 살아온 경력이 다른 만큼이나 생각이 다를 수 있다. 물론 원칙은 "현재 사용하는 한글의 자모와 자형"을 최대한 활용하여 "원어의 발음을 정확히 표시"하는 최초의 규정을 지키는 것이다. 하지만 생각해보면 이 지구상에는 영어 발음과 프랑스어 발음 사이에 있는 것과 같은 차이 이외에도 수없이 많은 차이가 각 언어들 간에 존재하고 한 나라 안에서도 인종적·계급적·지역적·역사적 배경의 상이에 따라 다소간 달리 발음되는 수가 많은데, 그 모두를 원음에 충실하게 한글로 나타내는 것은 불가능에 가깝고 어쩌면 불필요할 것이다. 더욱이 북한이나 중국 연변 지역 조선족의 외래어 표기는 또다른 길을 밟아왔다. 가령, 남쪽에서 '헝가리'라고 적는 것을 북에서는 '마쟈르', 중국 조선족은 '웽그리아,'[29] 중국 한족은 '시옹아리(匈牙利)'로 읽는다고 하며, 우리의 귀에 익은 중국의 '시진핑'을 북한 방송에서는 여전히 '습근평'으로 발음한다.

　지금 우리나라에는 갖가지 외래어·외국어가 범람하고 있고 그것들의 표기 문제를 둘러싼 경쟁이 여러 방면에서 치열하게 벌어지고 있다. 힘을 가진 것은 각급 학교의 교육권과 각종 시험의 출제권·채점권을 장악한

---

29 연변사회과학원 언어연구소 『조선말 소사전』, 2005.

국가이지만, 언어사용에 있어서는 국가가 대중을 이겨본 적이 없다. 다른 분야에서도 그렇듯이 결국 대중의 선택이 역사의 선택이 될 것이다.

참고 언어들의 엇갈린 운명

* 앞의 글과 연관된 칼럼 하나를 덧붙인다. 2019년 정초 경향신문에 썼던 것을 산문집 『지옥에 이르지 않기 위하여』(창비 2021)에 수록했던 글이다.

며칠 전 「말모이」(감독 엄유나)란 영화를 시사회에서 보았다. '말모이'란 '낱말들의 모음'이란 뜻으로, 1911년부터 주시경 선생 등 선각자들이 편찬을 시작한 우리나라 최초의 근대적인 국어사전을 가리킨다. 이 사업은 주시경 선생 사후 그의 뜻을 이어받은 이극로·이윤재·최현배·이희승 등 조선어학회 학자들의 헌신과 희생에 힘입어 수많은 우여곡절 끝에 1957년 『큰사전』 6권의 간행으로 일단 완결되었다. 영화 「말모이」는 사전 편찬사업에 얽힌 고난의 행로 가운데 1930년대 말부터 8·15해방까지 일제의 탄압이 가장 악랄했던 시기를 허구적 서사에 의탁하여 때로는 감동적으로, 때로는 코믹하게 그려낸 작품이다.

그런데 영화 속의 조선어학회는 내가 상상하던 것과는 많이 달랐다. 1942년 일제 경찰에 의해 날조된 조선어학회 사건의 전말이 내 머리에 처음 입력된 것은 60여년 전, 1950년대 말이던가 1960년대 초던가 월간지 『사상계』에 연재된 이희승 선생의 회고록을 통해서였다. 이희승 회고록은 읽은 것이 워낙 오래전이라 언제 무슨 제목으로 연재되었는지, 심지어 『사상계』에 연재됐다고 믿는 내 기억이 맞는지도 불확실하다. 인터넷을 뒤졌으나 도무지 기록이 찾아지지 않는다. 아무튼 나에게 조선어학회 어른들의 이미지는 영화 「말모이」에서와 달리 마치 상해임시정부 청사 앞에서 찍은 독립지사들의 기념사진처림 한복 차림의 근엄한 노인들 모습으로 각인되어 있다.

중요한 것은 그 지옥 같던 시대에 우리말 사전을 편찬하는 일 자체의 의의를 오늘의 조건 속에서 생각해보는 것일 게다. 누구나 인정하는 일이지만, 언어들의 운명에 가장 큰 영향을 미치는 것은 그 언어사용자 집단의 정치적 상황 변화이다. 역사 속에서 언어의 흥망성쇠를 결정지은 것은 그 언어사용자들의 정치적 지배력이었다. 한때 유럽 대부분 지역에서 사용되던 켈트어는 로마제국의 성장과 게르만 민족의 발흥에 따라 점차 유럽 서쪽 해안으로 밀려나 어느덧 소수언어로 전락했고, 20세기 이래로는 켈트어의 가장 중요한 근거지였던 아일랜드에서조차 조만간 소멸될 것으로 여겨진다고 한다. 앵글로·색슨족의 언어, 즉 영어의 수백년 지배가 낳은 결과임은 두말할 나위도 없다.

이보다 더 처절한 사례는 아메리카 대륙에서 일어난 일이다. 15세기 말 콜럼버스가 도착했을 당시 이 대륙에서는 무려 1천개가 넘는 언어가 사용되고 있어서, 16세기의 유럽 학자가 알래스카에서 남미 파타고니아까지 여행하려면 수없이 많은 언어의 장벽을 넘어야 했으리라고 한다. 그러나 알다시피 불과 300여년 사이에 대부분의 원주민 부족들이 지상에서 자취를 감추거나 대폭 줄어들어, 지금은 영어나 스페인어 정도만 가지고도 아무런 불편 없이 남북 아메리카 대륙을 종단 여행할 수 있다.

그런데 눈여겨볼 것은 아일랜드와 아메리카 대륙의 원주민 언어들의 서로 다른 운명이다. 아메리카 대륙에서는, 아니 오스트레일리아나 뉴질랜드, 시베리아와 스칸디나비아 북부 지역 등지에서도 그 땅의 원래 주인이었던 종족들은 정치적으로 다시 흥하여 그들의 언어가 주요 언어로 부활할 가능성을 기대할 수 없게 되었다. 반면에 아일랜드는 영국의 오랜 탄압과 19세기 중엽 대흉년의 시련에도 불구하고 인민들의 끈덕진 투쟁에 힘입어 1922년 아일랜드공화국으로 독립하는 데 성공했고, 이 정치적 사변은 켈트어(게일어)에도 새로운 소생의 희망을 부여했다. 실제로 아일랜드 게일어는 예상과 달리 소멸하지 않았다. 그뿐 아니라 아일랜드인의 정치적 독립과 경제적 번영에 힘입어 아일랜드어는 영어에 빼앗겼던 자기 땅에서의 언어적 주권을 거의 되찾아가고 있다는 소식이다.

이런 시각에서 「말모이」를 다시 살펴본다면 영화미학적 관점에서의 불만스러움이 적지 않음에도 불구하고 우리말의 어제와 내일을 위한 좋은 교훈을 얻을 수 있다. 가령 나는 우리 자신의 현실과 관련하여 다음과 같은 문제를 떠올린다. 아일랜드·핀란드·인도 등에 비하면 우리가 당한 35년의 식민 역사는 상대적으로 짧은 편이라 할 수 있다. 그런데 그 짧은 기간에 왜 우리말은 일본어에 의해 그토록 심각한 침탈을 당했고 아직도 그 여독(餘毒)에서 완전히 벗어나지 못하고 있는가?

과문한 탓인지 모르지만, 그 원인에 대한 학문적 규명은 깊이 있게 이루어진 것 같지 않다. 한가지 짚을 점은 단테·셰익스피어·볼테르·괴테 같은 이름과 결부된 유럽 여러 나라 근대언어의 발전이 해당 지역의 근대국가 형성과 깊이 연결되어 있다는 사실이다. 이에 비해 우리의 경우에는 근대언어의 탄생이 근대국가 형성의 파탄, 즉 외세에 의한 식민화의 비극 속에서 이루어졌다. 우리말의 근대적 성숙을 위한 제도적 조건과 충분한 시간이 주어지기 전에 식민지 침탈의 참사가 일어났던 것이다.

또 하나의 결정적인 문제는 8·15와 동시에 남북이 분단됨으로써 식민지 잔재의 전면적 청산이 이루어지는 대신 모든 면에서의 심각한 왜곡이 덧쌓이게 되었다는 점이다. 짐작건대 식민지 기간의 두배를 넘긴 분단 기간은 한반도의 언어현실에도 심대한 분열과 깊은 내상을 남기고 있을 것이다. 우리의 감각에 새겨진 경험이 말하듯 그동안 한반도의 남과 북 사이에 존재했던 것은 동서독 사이에 있었던 것과 같은 단순한 분단이 아니라 전쟁을 포함한 격렬한 정치적 적대와 철저한 지리적 분리였다. 더욱이 휴전선 이남 지역에는 일본어 잔재의 불충분한 청산 위에 영어에 의한 새로운 식민화가 진행되고 있다. 이런 여러가지 점들을 상기해볼 때, 남북 간 언어의 이질화와 외국어 침탈 현상은 골수에 든 질병처럼 실로 오랜 치유의 시간을 필요로 할 것이다.

　2018년이 획기적이었던 것은 단지 남북 간의 정치적 화해가 시험된 데만 있지 않다. 무엇보다 다행스러웠던 것은 세차례 정상회담을 비롯한 많은 남북대화에서 언어의 이질성 때문에 심각한 오해가 생기거나 치명적 곤경을 치렀다는 얘기가 나오지 않았다는 사실이다. 남쪽 국민들은 "멀다고 하믄 안 되갔구나!"라는 김정은 위원장의 한마디를 즉각 이해하고 마음껏 즐거워했고, 북쪽 시민들도 문재인 대통령의 능라도 7분 연설에 지체 없이 열렬한 환호를 보내지 않았던가.

　이것은 한반도의 통일된 미래를 구상함에 있어 지극히 고무적인 조건의 하나이다. 왜냐하면 그것은 한반도의 전 영역에 걸쳐 하나의 통일공동체를 결성하기 위한 단일한 감정적·언어적 기반이 여전히 살아 있다는 움직일 수 없는 증거이기 때문이다. 물론 강원도 사람과 전라도 사람, 경상도 사람과 충청도 사람 사이의 대화에서도 가끔 경험하듯이 때로는 미묘한 부분을 서로 못 알아듣거나 잘못 넘겨짚는 일도 생길 수 있다. 남북의 정치가들도 개념의 상위(相違)나 뉘앙스의 차이 때문에 예상치 못한 장벽을 만날 수 있고, 장차 남북을 연결하는 사업에서 철도나 도로 건설기술자들도 용어의 상이함으로 인해 때로는 공동작업에 차질을 빚을지 모른다. 하지만 그런 곤란은 이제부터 토론하고 합의해나가면 해결될 문제일 뿐이다. 이를 위한 기초사업 중의 하나로 진행되는 것이 『겨레말큰사전』 공동편찬이 아닌가.

　물론 합의가 안 되는 부분도 당연히 생길 수 있다. 그러나 통제 불능처럼 보이는 방언(지역어)들의 활력이야말로 그 자체가 해당 언어공동체의 살아 있음을 입증하는 증거라고 확신할 필요가 있고, 그 확신이 굳건하기만 하면 넘지 못할 장벽은 있을 수 없다고 믿는다.

남북작가대회의 성사(2005.7.)에 즈음하여

◆

그 역사적 의의를 생각한다

2005년 7월 6일 오후 3시가 조금 지나 요란하게 울리는 휴대폰을 받으니, 한국작가회의 김형수(金炯洙) 사무총장의 흥분에 들뜬 목소리가 일행들의 웅성거림 속에 들려온다. "이제 막 도라산을 지났습니다. 북측과 모든 문제가 다 원만하게 해결됐습니다." 북측 조선작가동맹의 긴급한 요청으로 마지막 실무회담을 끝내고 우리 대표들이 막 남쪽으로 넘어와 내게 회담의 성사를 알린 것이었다. 역사상 처음으로 남북의 작가들이 만나는 큰 모임을 성사시키기 위해 지난 1년 반 동안 노심초사 온갖 수고를 마다 않은 김형수 총장으로서는 당연히 흥분할 만했다. 드디어 '꿈★'이 이루어지는 것인가? 나는 하던 일을 중단하고 바깥으로 나갔다. 가까운 뒷동산을 걸으며 흥분을 가라앉히고 생각을 정리해볼 작정이었다.

다음은 당시 작가회의 이사장으로서 평양으로 떠나기 직전, 남북 문학의 오랜 헤어짐과 짧은 만남에 대해 떠오른 감상의 기록이다. 알다시피 이 대회는 공식 명칭 '6·15공동선언 실천을 위한 민족작가대회'라는 이름으로 남북 150여명의 작가들이 참가한 가운데 2005년 7월 20일부터 25일까지 평양, 백두산, 묘향산 등지에서 성대하게 개최되었다.

*

   돌이켜보면 북측 조선작가동맹과 우리 한국작가회의는 작년(2004) 봄부터 여러차례의 통신과 회동 끝에 6월 10일 금강산 실무대표 회담에서 '6·15공동선언 실천을 위한 민족작가대회'를 8월 중에 개최하기로 합의했다. 이어서 후속 실무회담들을 통해 행사의 내용과 규모 및 구체적인 일정에도 합의하였다. 남측 작가들은 마지막으로 '방북 교육'이라는 것까지 마치고 이제 비행기에 올라탈 시간만 기다리던 참이었다. 그런데 평양행을 불과 닷새 앞두고 돌연 행사가 연기되었다. 그뿐 아니라 금강산 관광과 개성공단 사업 등 일상적 경제교류를 제외한 거의 모든 남북관계가 일시에 동결되고 말았다. 기대에 부풀었던 문인들로서는 벙어리 냉가슴 앓듯 기약 없는 나날을 보낼 수밖에 없었다.

   왜 북한 당국은 작가대회가 임박한 시점에서 몸을 움츠리게 되었는가? 물론 그들이 그런 결정에서 우리 문학인 행사를 고려에 넣었을 가능성은 전무할 것이다. 작가대회를 파탄시키려는 악의적인 세력이 어딘가에 있다고 상상할 수도 없는 일이다. 그렇다면 문제의 핵심은 왜 그 시점에 남북관계가 갑자기 얼어붙게 되었는가이다. 어떤 요인들이 북으로 하여금 대화의 문에 빗장을 걸어 닫게 만들었는가?

   이에 관해 추측 이상의 정확한 판단을 내리는 것은 불가능하다. 북핵을 물고 늘어진 미국의 집요하고도 과도한 압박 및 이에 대한 남한 정부의 불투명한 대처가 북으로 하여금 작가대회를 비롯한 여러 행사들을 벌일 마음의 여유를 박탈한 것 아닌가, 나아가 위기 돌파를 위한 자세를 새로 점검하고 남북관계의 재조정을 위해 냉각기를 가질 필요가 있다고 판단했던 것 아닌가, 단지 이렇게 짐작해볼 뿐이다. 김일성 주석 10주기 조문 불허라든가 강도 높은 한미합동군사훈련의 실시 등의 사안들도 당연히 북측으로 하여금 남한 정부가 민족공조보다 대미의존을 더 중시한다고 판단하도록 했을 것이다.

이 답답한 교착상태에 출구가 보이기 시작한 것은 '6·15공동선언 실천을 위한 남·북·해외 공동행사 준비위원회'가 구성되는 과정을 통해서였다고 믿어진다. 지난해 연말부터 올해 1월 사이에 북과 남 및 해외에 차례로 준비위원회가 조직되고 자발적·독립적 민간기구인 이 준비위원회가 정부의 승인과 협조 속에 공동행사를 준비했던바, 이 과정을 통해 북미 간의 여전한 긴장에도 불구하고 남북 간에 점진적인 소통의 기운이 감돌게 되었던 것이다. 그 결과 예상을 뛰어넘는 성대한 6·15 공동행사가 평양에서 벌어졌고, 아울러 북측 김정일 국방위원장과 남측 정동영 통일부 장관의 면담이 전격 실현되었다.

우리 작가회의로서 특히 반가웠던 것은 평양의 공동행사에 방북단의 일원으로 참가했던 작가회의 통일위원회 정도상(鄭道相) 부위원장과 북측 조선작가동맹 관계자 사이에 민족작가대회의 재추진을 위한 실무회담을 6월 말경에 갖기로 합의가 이루어진 사실이다. 이 합의로부터 오늘의 결실에 이르는 경과는 사실상 일사천리에 가까웠다. 지난해 모든 준비가 완료된 상태에서 갑자기 취소되었기 때문에, 취소된 그 지점에서 원상복구를 하는 것으로 행사의 준비과정은 다시 가동될 수 있었기 때문이다.

인천공항에서 평양행 전세기가 뜨는 시각이 7월 20일 오전 10시로 예정되어 있으므로, 이 글을 쓰고 있는 지금부터 그때까지 사이의 열흘 동안에 어떤 돌발 사태도 생기지 않으리라고 단언할 수는 없다. 그러나 6자회담이 무르익어가는 국제정세의 긍정적 신호들, 남측과의 경제협력 및 관광개방에 대한 북한 정부의 적극적 자세, 냉전세력의 대결주의적 강경론이 남북 양쪽의 내부에서 점차 지지기반을 잃어가고 있는 징후 등은 작년의 실망을 금년에 다시 되풀이하지는 않으리라는 확신을 가지게 한다.

제2차대전의 종결과 더불어 미소 양국 군대가 38선을 경계로 한반도 남북에 진주함으로써 통한의 남북분단이 민족의 운명을 가로지르게 되었음은 우리 모두의 뼈저린 기억이다. 기록에 따르면 1945년 9월 2일 미국 전함 미주리호 위에서 일본은 항복문서에 서명을 했고, 같은 날 연합군 사령부는 미소 양군에 의한 한반도 분할점령 방침을 발표하였다. 그러나 38선을 경계로 한 분단의 결정은 종전 4일 전인 8월 11일 후일의 국무장관 딘 러스크를 포함한 몇몇 미군 대령들의 심야 회의에서였다고 하며, "미국이 도착하기 전에, 러시아는 한반도 전체를 차지할 수 있었음에도 미국의 38선 분단에 동의했다"[1]고 한다.

그런데 우리가 유의해야 할 점은, 분할점령이 분단의 결정적 계기로 되기는 했지만 그것이 분단 이외의 다른 선택을 처음부터 완전히 배제했던 것은 아니라는 사실이다. 논리적으로나 실제적으로나 미소 양군의 한반도 점령은 전쟁의 적대국인 일본 영토를 목표로 한 것이었다. 따라서 점령 초기에는 미국도 소련도 한반도의 분할점령을 제2차대전의 종결과정에 포함된 임시적 경과조치로 생각했을 뿐이었고, 카이로선언(1943.11.)과 포츠담선언(1945.7.) 및 모스크바3상회의(1945.12.) 과정에서 나타났듯이 한반도에 반쪽 국가라 하더라도 친미 정권을 세워야겠다는 목표는 적어도 1945년까지는 아직 미국의 정책으로 확립된 것이 아니었다. 오히려 소련은 그해 9월 20일 최고사령관 스탈린의 이름으로 현지 점령군에게 보낸 비밀 지령에서 밝혀지듯 "조선의 통일이라는 것은 생각하지 않고 자신이 점령한 지역에 친소 정부를 만들면 좋겠다고 생각"[2]했다는 것이다.

어쨌든 3상회의의 결정이 1945년 연말부터 일부 언론의 의도적인 왜곡 보도를 통해(물론 그 배후에는 친일파 등 분열주의자들과 외세를 등에 업은 냉전주의자들의 음모가 개재했을 것이다) 통일정부의 수립이라는 목

---

1 존 페퍼 지음, 정세채 옮김 『남한 북한』, 모색 2005, 36면.
2 와다 하루키 지음, 남기정·서동만 옮김 『북조선』, 돌베개 2002, 73면.

표는 가려지고 신탁통치라는 경과적 부분만 강조되어 알려지면서, 국내의 정치상황은 급전직하 냉전의 격화에 휘말리게 되었다. 물론 이에 저항하는 민족 내부의 치열한 투쟁이 전개되기는 하였다. 6·25전쟁 자체도 분단을 극복하려는 (무력이라는 정당화될 수 없는 수단에 의존한) 시도라고 간주할 만한 측면이 있지만, 그 이전에도 민족의 진로를 둘러싼 다양한 형태의 모색과 내부적 갈등이 전개된 사실을 우리는 알고 있다. "사실상 1945년과 1950년 사이에 남쪽에서는 내전이 있었다. (⋯) 1950년까지 이승만 정부는 10만 명에 달하는 좌익 용의자들을 죽이고 또 10만 명의 인사를 투옥했다"[3]라는 서술은 수치의 정확성을 논외로 치더라도 이 시기 남한 내부투쟁의 강도가 얼마나 무시무시한 것이었는지 알려준다. 요컨대 분단체제의 탄생은 크고 작은 수많은 외부적·내부적 요인들, 심지어 우연적 요인들의 복합적인 상호작용 속에서 점진적으로 이루어진 것이었다.

1945년부터 1953년까지, 즉 미소 양군의 분할점령부터 단독정부 수립과 전쟁을 거쳐 분단체제가 확립되기까지의 불행한 경로를 돌아볼 때, 나는 우리와 비슷한 처지에 있었던 유럽의 다른 나라들이 어떻게 분단의 비극에 대처했던가 살펴보게 된다. 제2차대전의 종결과 더불어 중부 유럽 역시 동아시아와 마찬가지로 미소 양대 세력이 첨예하게 대치하는 거대한 전선 위에 놓이게 되었다. 패전국가 독일이 분단된 것은 바로 그 전선이 독일 영토 한가운데를 관통했기 때문이었다. 최대 전범국가 독일로서는 이 분단에 저항할 힘도 명분도 당연히 없었다. 그런데 히틀러의 출신 국가이고 독일에 거의 강제로 병합되었던 오스트리아는 어떻게 되었던가? 왕년의 제국 오스트리아 역시 독일과 마찬가지로 전승국들에 의해 점령되는 처지에 놓였다. 그러나 독일과 달리 오스트리아는 보기에 따라서는 전쟁 피해국 대열에 낄 수도 있었던 데다가 히틀러 강권정치의 악몽을 공유

---

3 존 페퍼, 앞의 책 40면.

한 이 나라의 여러 정치세력들이 정파적 이기주의를 극복하고 내부적 대타협을 이룩하였고, 그리하여 오스트리아 국민들은 1955년 외국군의 철수로 완전한 주권을 되찾기까지, 그리고 스스로의 결정에 의해 중립국가로 거듭나기까지 4대 점령국에 의한 일종의 신탁통치를 감수하였다.

지난날 흔히 분단국가라는 점에서 독일과 한국이 비교되곤 하였다. 그러나 독일과 한국은 분단에 이르는 길이 다르고 분단에서 벗어나는 길도 다를 것이다. 역사에 가정은 없는 법이지만, 만약 연합국에 의한 일본의 패배가 일본 본토의 분할로 귀결되고 식민지 한국이 적당한 절차를 거쳐 중립적 통일국가로 독립되었다면, 일본은 독일에 그리고 한국은 오스트리아에 그야말로 정확하게 대응을 이루었을 것이다. 물론 독일과 오스트리아 관계는 우리의 경우와 본질적으로 다르다. 오스트리아는 수백 년 동안 독일제국(신성로마제국)의 정치적 중심이었고, 근대 전환기에 프러시아(프로이센＝독일)와의 주도권 경쟁에서 밀려났던 것이다. 그런 점에서 1938년 나치스 독일의 오스트리아 병합은 그 나름으로는 '대독일주의'의 뒤늦은 관철이라는 의미를 지닌다고도 할 수 있다. 이렇게 생각해본다면 독일적 정체성의 일부를 구성하는 오스트리아가 분단을 모면한 반면에 치열한 반식민지 해방투쟁의 혁혁한 역사를 가진 한반도가 오히려 분단의 수렁에 빠진 것은 이중적인 의미에서 참극이다.

유럽에서 냉전의 발톱이 할퀴고 지나가면서 핏자국을 남긴 또다른 예를 들자면 그리스일 것이다. 1820년대의 독립전쟁 이후 그러지 않아도 오랫동안 왕당파와 공화파 사이의 갈등과 정치적 혼돈이 거듭되던 이 나라에서 1941~44년 파시스트 점령 기간 중 민족해방전선 중심의 대독항전은 좌파적 공화주의 세력의 성장, 즉 우파의 쇠퇴를 가져왔다. 그런데 지리적으로 그리스는 핀란드에서 시작해 독일과 오스트리아를 뚫고 내려온 동서냉전의 전선 동쪽에 위치하여 사회주의권의 일부가 될 가능성이 높았던 반면에, 다른 한편으로는 소련 대륙세력의 남하와 미국 지중해세력의 북상이 만나는 지점에 위치하여 무력충돌의 현장이 될 위험 또한 높았다. 1947~49년의 내전은 (허다한 레지스탕스 운동가들의 비통한 죽음과 작곡가 테오도라키스Mikis Theodorakis를 포함한 애국청년들의 외딴 섬 감금 같은 커다란 상처를 남긴 채) 미국의 엄청난 물량 지원에 힘입어 결국 우파의 승리로 마무리되었다. 그것은 10년 전의 스페인 내전을 반복한 것이자 바로 이듬해 발발한 6·25전쟁의 예행(豫行)과도 같은 것이었다. 다만 그리스는 내부 진통의 요소를 후일의 정치적 과제로 전가했을망정 분단의 비극은 피할 수 있었다는 점에서 우리와 다르다.

한반도에서 미소 양군의 분할점령이 잠정적인 편의적 조치가 아니라 돌이킬 수 없는 분단으로 굳어지는 과정에 대한 연구는 대체로 한국전쟁사 연구의 서장(序章)으로 다루어졌다. 6·25전쟁의 진상은 주요 당사국들의 기밀문서가 속속 공개되고 수많은 회고록과 다방면의 연구 성과들이 끊임없이 축적되어왔음에도 불구하고 아직 완전히 해명되었다고 보기 힘들다. 어쩌면 6·25는 더 장기간 지속됐고 국제적 파급력이 더 컸던 베트남전쟁에 비하더라도 성격 규정이 훨씬 더 까다로운 극히 복합적인 사건일 것이다.

그런데 백낙청 선생의 '분단체제론'은 6·25전쟁의 전사(前史) 내지 역사적 배경으로서 분단을 사유하는 것이 아니라 도리어 지난 50여년에 걸친 한반도 전체 현실의 독특한 구성원리와 고유한 작동방식, 즉 분단체제의 형성사(形成史) 안에서 6·25를 바라보는 데에 특징이 있다. 물론 백선생은 실증적 차원을 겸비한 역사학자 내지 사회과학도가 아니라 문학비평이 본업인 인문학자인 만큼 현실의 구체적 설명에는 당연히 어떤 원칙적 한계가 설정되어 있을 것이다. 따라서 그는 6·25의 구체적 사실들을 거론하지 않는다. 그럼에도 불구하고 6·25전쟁을 둘러싼 종래의 전통적·냉전주의적·수정주의적·신냉전주의적 시각들 간의 이론적 혼란이 분단체제론의 입장에서는 오히려 그 자체로 6·25전쟁의 (그리고 나아가 분단시대 한반도 현실의) 독특한 복합성을 드러내는 유력한 반증으로 읽힐 수 있다. 그런 면에서 냉전의 종식 이후, 특히 1990년대 후반 북한의 식량위기와 남한의 외환위기를 맞아 "한반도에 분단체제라는 것이 있다면 그것이 몹시 흔들리는 중이라"[4]는 그의 판단은 대단히 중요한 현실인식이다. 어쩌면 2000년 6월의 시점에 이르러 한반도의 분단체제는 단순히 동요하는 정도를 지나 드디어 해체의 초기 단계에 접어든 것처럼 보이기도 했다.

객관적 현실에서 분단의 진행은 불가피하게 문단의 분열을 초래하였다. 여러 선학들의 실증적 연구에서 웬만큼 밝혀졌듯이, 1945년 8월 16일 임화와 김남천이 종로 한복판 한청빌딩에 일제시대의 '조선문인보국회' 간판 대신 그 자리에 '조선문학건설본부'(이하 '문건')라는 새 간판을 내건 이후 좌파 중심의 '조선프롤레타리아문학동맹'(1945.9.17. 이하 '문맹') '조선문학가동맹'(1945.12.13.) '조선문화단체총연맹'(1946.2.24.) 등이 잇따라 조직되고, 이들에 맞서 우파 중심으로 '중앙문화협회'(1945.9.18.) '전조선문필가협회'(1946.3.13.) '조선청년문학가협회'(1946.4.4.) 등이 결성됨으로써 이념적 차이와 정서적 거리감 및 문단 이력의 층위에 따른 문인들의 이합집산이 거듭되었다. 물론 이것은 해방 직후의 서울 문단 즉 남한 문단의 풍경이었다.

그런데 김재용(金在湧) 교수의 책『분단구조와 북한문학』에는 중앙 문단으로서의 서울 문단으로부터 북한 문단이 어떻게 분리, 독립해가는지의 초기 양상이 흥미롭게 서술되어 있다.[5] 당시 평양은 38선 이북 소련군 점령지역의 독자적인 군사적·행정적 중심이기는 했으나 정치적으로는

---

4 『흔들리는 분단체제』, 창작과비평사 1998, 머리말.
5 『분단구조와 북한문학』, 소명출판 2000, 27~45면.

아직 서울에 종속된 것도, 그렇다고 서울로부터 완전히 독립한 것도 아닌 어정쩡한 상태에 있었던 것 같다. 그러다가 1945년 10월 10~13일 대회에서 논란 끝에 '조선공산당 북부조선분국'의 설치가 결정됨으로써, 비록 한 정당조직 내부의 사안이기는 하지만, 서울과 평양 간의 정치적 분리가 시작된다.

당시 북부조선분국의 실질적 리더였던 김일성은 문학예술가들의 사회적 역할에도 남달리 깊은 관심을 가지고 북한 내 진보적이고 애국적인 문인들의 결집에 커다란 열의를 보였다고 한다. 이에 따라 북한 문단은 해방 무렵 철원과 함흥에 칩거해 있던 이기영(李箕永)과 한설야(韓雪野)가 1945년 11월 중순 평양에 올라오는 것을 계기로 아연 급격한 응집력을 보이기 시작하였다. 그러나 이때까지만 하더라도 가령 한설야 같은 문인에게는 서울과 대립되는 별개의 문단조직을 평양에 만든다는 것이 그다지 탐탁한 일이 아니었다. 그는 어느 회고의 글에서 이렇게 말하고 있다. "서울은 해방 후 문화부문에서 좌우 양익이 분열 대립되어 있었다. 더욱 우리는 이것이 일부 분자에 의하여 인위적으로 조성된 현상이라는 것을 알게 되었다. (…) 우리는 이러한 좋지 못한 현상이 해방된 조국 땅에 존재하는 것을 허용할 수 없었다. 그래서 이것을 통일시키는 일이 문화사업에 있어서 남북의 통일성을 보장하는 사업과 아울러 필요하다고 생각하여 서울로 올라가 보아야 할 것을 느끼게 되었다."[6] 그리하여 한설야·이기영을 비롯한 18명의 북한 문화예술인들은 당(조선공산당 북부조선분국)의 승인 아래 11월 말 서울로 내려와 문건과 문맹 양측 사람들을 만나 12월 3일 합동위원회를 열고 열흘 뒤인 13일에 통합을 위한 총회를 열어 여기서 전국문학자대회의 개최를 결정했다.[7]

---

6 같은 책 33면에서 재인용.
7 같은 책 34면.

그러나 이듬해 2월 8, 9 양일의 대회를 통해 탄생한 '조선문학가동맹'은 당시로서는 남북한 전체를 통틀어 가장 규모가 큰 문인단체이기는 했으나, 이중적인 의미에서 그 이름에 걸맞은 통일적인 중앙조직이 못 되었다. 왜냐하면 당시 남한의 우익 문인들은 문학적 위상이 조선문학가동맹 측에 비해 상대적으로 열세임을 면치 못하여 국민들의 주목을 끄는 처지가 아니었음에도 자기들대로 전조선문필가협회·조선청년문학가협회를 결성하여 반공주의적 색채를 노골적으로 드러냈고, 다른 한편 북한의 문학예술인들 또한 김일성의 지도하에 여성동맹·직업동맹·청년동맹 등 사회단체들이 차례로 건설되고 북조선임시인민위원회가 출범하는 추세에 따라 '북조선예술총연맹'(1946.3.25.)을 구성함으로써 서울 중심의 남한 문단과 구별되는 독자적인 길로 들어섰기 때문이다. 더욱이 이른바 정판사 사건(1946.5.)을 계기로 좌익활동에 대한 미군정의 탄압이 강화되고 남로당이 불법화됨에 따라 냉전체제는 한반도의 현실을 더욱 강고하게 속박하였다. 이에 따라 많은 진보적 문인들이 삼삼오오 월북을 결행했고, 이어서 전쟁 중에는 적지 않은 숫자의 문인들이 월남함으로써 문단은 결국 남북으로 분열, 재편되었다.

앞에서 지적했다시피 분단의 수레바퀴는 어떻게든 불행을 막아보려 했던 김구·김규식·여운형 등 민족지도자들과 애국민중들의 처절한 투쟁을 잔혹하게 유린하며 한반도의 운명 위로 굴러 지나갔다. 이 과정에서 남에서나 북에서나 현실주의는 승리하고 이상주의는 패배하였다. 1948년 8월과 9월 남북에 각각 단독정부가 수립된 것은 기본적인 분단 구도의 완성을 의미하며, 이 구도는 전 국토와 인민을 파괴와 죽음과 이산의 아수라 속으로 몰아넣은 3년간의 끔찍한 전쟁에 의해서도 극복되기는커녕 오히려 결과적으로 더 살벌하게 강화되었다. 1950년대의 이승만 정권, 1960, 70년대의 박정희 정권, 그리고 1980년대의 전두환 정권이 자행한 정치적 폭압과 무자비한 인권침해는 다름 아닌 이 분단체제의 맨얼굴이다. 미국이 노골적인 악의를 가지고 떠들어대는 북한 사회의 소위 인권문제라는 것도 따지고 보면 남한의 수많은 인권침해 사건과 함께 이 분단체제의 내재적 산물이라 할 수밖에 없을 것이다.

그러나 분단이란 늘 불안정하고 비정상적일뿐더러 엄청나게 비용이 드는 모순적인 상태이다. 따라서 기회만 주어지면 다양한 형태의 분단극복 노력이 거의 언제나 자동적으로 발생하게 되어 있다. 남한에서 1960년 4월혁명과 1987년 6월항쟁 이후 통일을 향한 민중적 열기가 거세게 뿜어져나온 것은 우리의 기억에 새롭지만, 심지어 보수적인 정권에서도 가령 1972년의 7·4남북공동성명 발표라든가 1991년 12월의 남북기본합의서 채택과 같이 국민들의 욕구에 순응하는 조치를 취하지 않을 수 없었다. 그런 점에서 정권 차원의 그런 조치들이 비록 그때그때 어떤 정략적 저의를 깔고 있었다 하더라도 큰 안목에서 민족의 대의에 복종하는 내용을 담고 있는 것이라면 굳이 백안시할 일만은 아닐 것이다.

그런데 1960년의 경우 자유의 기간이 짧기도 했지만 이승만 정권의 퇴진이 일정한 사회적 변혁을 동반하는 역동적 과정을 거치지 않았기 때문에(만약 그랬다면 5·16 같은 반격을 용납하지 않았을 것이다), 통일 열기는 한밤중의 불꽃놀이처럼 화사하게 타오른 다음 지하로 잠복하고 말았다. 그러나 1987년의 6월항쟁은 단순히 전두환 정권에 대한 반대만이 아니라 유신 이후 시작된 국민주권의 요구 투쟁이었고, 다른 측면에서는 그해 여름의 노동자 투쟁이 입증하듯 1960년대 후반 이후 전개된 의존적이고 강압적인 산업화에 대한 민중적 저항이기도 하였다. 6월항쟁이 개척한 일정한 민주적 공간 안에서 1980년대 말 90년대 초에 통일운동이 일대 고조기를 맞은 것까지 포함해 생각하면, 민주주의와 통일의 달성, 노동자계급의 생존권 요구와 사회정의 구현은 각각 분리된 별개의 사안이 아니라 내적으로 불가분하게 상호 연관된 하나의 목표, 즉 분단체제의 온전한 극복을 통해 이루어질 민족사의 질적 비약을 의미하는 것이었다.

이렇게 생각해볼 때 1974년 11월 18일 창립된 자유실천문인협의회는 민주헌법 쟁취와 노동자의 생존권 옹호 및 구속문인 석방을 기치로 내걸고 출범한 분단 이후 최초, 최대의 자생적 문인조직으로서 큰 의의를 가진다. 탄압적 상황 속에서도 뜻있는 문인들은 자실 둘레에 모여 자유와 민주주의를 향한 외침을 멈추지 않았다. 6월항쟁 이후 민족문학작가회의로 조직을 확대, 개편하여 재창립한(1987.9.17.) 다음 북측의 조선작가동맹에 남북작가회담을 제의한(1988.7.2.) 것은 그러므로 아주 자연스러운 순서였다. 이듬해 3월 27일의 판문점행은 정부당국의 방해로 좌절되었지만, 분단문학사상 처음으로 남북의 문인들이 자발적인 만남을 시도한 사건으로서 높은 상징성을 가진다고 할 것이다.

반세기가 넘는 동안 수많은 사람들의 희생과 고통, 지혜와 정성이 모이고 쌓인 끝에 이룩된 지금까지의 최고의 업적은 2000년 6월 15일 남북 정상의 역사적인 평양 상봉과 6·15공동선언 발표일 것이다. 생각건대 이 선언은 7·4남북공동성명과 남북기본합의서 같은 정부 당국자들 간에 이루어진 긍정적 성과들을 계승, 총화하고 있을 뿐만 아니라 그동안 민간 차원에서 행해진 여러 제안과 모색을 일정하게 수렴한 이 시대 통일사업의 기본 지침이라 할 만하다. 그런 점에서 6·15남북공동선언의 발표는 이 나라 분단시대의 역사가 마침내 반환점을 돌았다는 것을 뜻하지 않을까? 6·15 이후 여러 방면에 걸친 남북관계의 비약적 발전 및 한반도를 둘러싼 국제역학의 질적 변화는 확실히 우리가 그 이전과 다른 시대를 살기 시작했음을 실감케 한다.

평양행을 이제 사흘 앞두고 이 글을 끝내면서 한마디만 덧붙이려고 한다. 돌이켜보면 남북 문화교류에서 남측이 주도권을 행사한 첫 사례는 노태우 정권 시절 소위 7·7선언(1988)에 의해서일 것이다. 올림픽을 눈앞에

둔 시점이라는 것이 고려되어야겠지만, 당시 정부는 문화·예술·학술·체육 등 비정치적 분야의 교류를 적극 추진하겠다고 천명하였고, 실제로 몇해 동안 전통예술 공연단과 체육경기팀 등의 활발한 내왕이 이루어지기도 했다. 그러나 그후 핵문제를 둘러싼 미국의 공격적 자세가 한반도의 정치기상을 냉각시키고 북한 김일성 주석의 죽음으로 불안정이 가중되자모든 교류는 중단되고 말았다. 그 무렵 나는 어느 글에서 이렇게 지적한바 있다.

국내외의 정치-군사적 상황이 얼어붙으면 그것에 연동되어 인도적·문화적 교류마저 얼어붙는 이 연동구조의 단절 즉 문화교류의 상대적 독자성을 어떻게 확보할 것인가가 문제이다. 다시 말해 남북문화의 상호접근을 비가역적으로 구조화하는 일이 어떻게 가능할 것인가를 우리는 모색해야한다.[8]

그런데 최근 '6·15공동선언 실천을 위한 남·북·해외 공동행사 남측준비위원회'의 결성식(2005.1.31.) 자리에서 백낙청 상임대표는 인사말을 통해 남북 정부 당국자들에게도 일침이 될 뼈 있는 한마디를 다음과 같이하고 있다.

민족자주의 실현과 평화체제 건설의 전환적 국면을 열어가기 위해서는 민간교류가 북미관계나 남북 당국 간의 정세에 따라 중단되는 일이 결코 없어야 한다는 점을 강조하고 싶습니다. 특히 남과 북 그리고 해외동포들이 '6·15공동선언 실천을 위한 공동행사 준비위원회'라는 단일조직을 만

---

8 「남북 문화교류의 원칙과 방향」, 1994; 『혼돈의 시대에 구상하는 문학의 논리』, 창작과비평사 1995, 335면.

들어놓고서도 예정되었던 민간공조가 시국의 변화에 따라 연기되거나 무산되는 일이 없어야 합니다. 그것은 한반도의 분단체제를 유지하고자 하는 나라 안팎의 세력들에게 우리가 이용당하는 결과밖에 안 될 것입니다.

화해의 물꼬가 트이는 듯하던 김영삼 정부 초기에 나로서는 문화교류의 상대적 독자성 확보를 주장함으로써 정치적·군사적 대결 구도를 비켜갈 수 있는 남북화해의 문화적 우회 통로를 마련하자고 촉구한 셈이었고, 분단체제론으로 명명된 오랜 이론적 천착을 통해 한반도 현실의 근원적 타개를 모색해온 백대표는 그와 같은 이론 작업의 연장선 위에서 민간 주체의 주동적 역할을 강조한 것이다. 물론 그가 인사말에서 제기한 '민간 공조'는 통일운동가·문화예술인·종교인·체육인·학자 들의 교류와 단합뿐만 아니라 무엇보다도 남북기업가들의 경제적 교류와 공동사업을 좀더 중요한 과제로서 상정한 것이었다. 먹고사는 문제에서 남북의 동포들이 서로를 필요로 하고 서로에게 도움을 주는 상호 신뢰와 우호적 의존관계가 형성된다면 그것이야말로 분단의 실질적 해소를 향해 나아가는 바탕이 될 것이기 때문이다.

두말할 것 없이 문학은 물질적 생산활동처럼 우리의 삶에 직접적으로 기여하는 것이 아니다. 그러나 현실의 심층을 들여다보게 하고 가시적인 것 너머의 초월적 차원에 대해 상상하게 하는 힘은 문학과 같은 비물질적 영역으로부터 나온다. 그러므로 분단시대 너머를 구상하는 우리 시대의 과제에서 문학은 다른 어느 분야 못지않은 귀중한 책임적 위치에 있음을 자각할 필요가 있다. 오늘 남북의 수백명 문인들이 민족작가대회를 개최하는 것은 바로 이 과제에 역사상 처음으로 번듯하게 응답하는 것이라고 자부할 수 있을 것이다. 물론 (흔히들 말하는 북한 사회의 폐쇄성과 경직성은 차치하고라도) 남한 사회 내부의 심각한 양극화 현상, 특히 기득권자들의 극단적 이기주의와 끝없는 물신숭배를 바라볼 때, 분단극복에 대해 이런 희망을 가지는 것은 산 넘어 산을 넘는 지난함을 외면한 태도일지 모른다. 그러나 찢기는 가슴을 안고 고통에 짓눌리면서도 불가능에 대해 꿈꾸는 것은 문학을 하는 사람, 인간 정신의 고귀함을 믿는 사람들의 영원한 특권이다. 언젠가 '꿈★'은 이루어진다는 것을 우리는 믿어야 한다.

한국문학과 세계의 만남

한국문학사의 외연 확장이 뜻하는 것

* 이 글은 2023년 10월 13일 국립중앙도서관과 국립한국문학관이 공동주최한 학술대회 'K문학의 확산: 세계와 함께 읽는 한국문학'에서 기조 강연으로 발표한 것을 보완 정리한 원고이다. 자료 수집과 보존의 중요성을 강조한 마지막 장은 주최 측의 요청에 부응하여 덧붙인 내용이다.

1. 들어가는 말

세계와 한반도 사이에는 우리의 막연한 통념과 달리 아득한 고대부터 조선시대까지 자못 활발한 문화적 교류와 소통이 있었다는 것이 문명교류학자 정수일(鄭守一) 선생의 주장이다.[1] 그러나 적어도 문학과 문자문화에 관한 한 오랫동안 우리에게 세계는 거의 전적으로 중국을 의미했고, 인도나 서역의 문물도 대부분 중국을 '거쳐' 왕래가 이루어졌던 것 같다.

---

1 예컨대 그의 저서 『한국 속의 세계』 상·하, 창비 2005 참조.

물론 중국 자체가 하나의 거대한 용광로적 세계였던 만큼 중국의 중개를 통한 소통일망정 더 넓은 세계를 향한 우리의 창은 어느 정도 열려 있었던 것이 사실이다. 그럼에도 분명한 것은 역사 이래 한반도의 정치질서가 중화체제의 영향 아래 있었듯이 문학도 중국의 영향이 절대적이었다는 점이다. 15세기 중엽 한글 창제 이후에야 이런 상황에 근본적인 변화의 가능성이 열렸다. 특히 임진·병자 전쟁으로 민족적 자각이 급격히 성장하고[2] 전통적 지배질서에 균열이 발생하자 한글문학은 창작과 수용 양면에서 점점 더 널리 자리 잡게 되었던 것으로 보인다.

그러나 양반 지배계급의 공적인 문자활동은 거의 왕조 말기까지 한자/한문에 의존하고 있었음이 분명하다. 조선 '말'과 중국 '글'의 이런 위계적 밀착관계는 역설적으로 조선 문인들의 작품이 중국이라는 '세계 무대'에 알려지고 인정받는 데에 유리한 조건이 되었을 것이다. 무엇보다 중요한 고려 사항은 중세 공동문자로서의 한문을 동아시아 여러 나라가 공유하고 있었던 점이다. 이 사실은 당연히 문화·문학 교류에 결정적 수단인 '번역'이라는 수고를 면제해주었다. 그리고 이 점은 중국에서 다른 문화권에 속한 팔리어/산스크리트어 불경이 힘든 한역(漢譯)의 과정을 거치는 동안 일정한 정도의 왜곡(중국화)을 피하기 어려웠던 사실을 상기하면 간과할 수 없는 '혜택'일 수 있다. 유럽이든 아랍이든 또 동아시아든 공동문어를 기반으로 한 중세의 문화적 공유체제는 공과(功過)를 떠나 인류사의 중요한 단계였음이 분명하다. 한국도 물론 예외가 아니었다.

근대세계의 성립은 이러한 중세적 공유체제의 해체를 전제로 한다. 그리고 그것은 대체로 민족 단위에서의 국가와 문화의 재구성 및 민족어의 탄생을 의미하는 것이었다고 할 수 있다. 이 변화를 선도한 것은 알다시피 유럽이었다. 그런데 유럽의 근대화는 자기 영역 안에서의 민족국가 형

---

2 김자현 지음, 주채영 옮김 『임진전쟁과 민족의 탄생』, 너머북스 2019 참조.

성으로 진행되었을뿐더러 그 과정에 동반된 경제적 성장과 군사적 팽창의 힘으로 여타 대륙의 전통적 삶에 관여하고 심할 경우 파괴, 말살하는 데까지 나아갔다. 동아시아에서 흔히 '서세동점(西勢東漸)'으로 불렸던 그 물결이 한반도에 본격 도착한 것은 주지하듯 19세기 중엽 이후였다. 그로부터 오늘날까지 한세기 반 남짓한 동안 한반도와 외부세계 사이의 접촉은 날로 더 가속화되어왔고, 한국문학의 외연은 비약적으로 확장되었다. 오늘 살펴보려는 것은 그 확장의 양상이 한국문학에 대해 갖는 현재적 의미이다.

2. 상호 탐색의 시대

먼저 한국과 외부세계가 언제 어떻게 서로에게 관심을 가졌고 상대를 탐색해나갔는지 간단히 살펴보기로 하자. 문학의 상호 교류에는 당연히 번역이 정도(正道)이다. 하지만 그 이전 단계로서 각종 기행문과 순례기가 낯선 이역에 대한 상호 간의 호기심을 자극하고 일정하게 지식을 제공했을 터인데, 한국의 경우에도 우리 자신의 작품이나 연구서가 외국어로 번역되기 이전에 다수의 외부인들이 한국을 다녀간 다음 이를 견문록으로 기록하여 그 나름의 '한국 이미지'를 만들어냈다. 임진란 때 일본군을 따라왔던 스페인 예수회 신부 세스페데스(Gregorio de Céspedes)의 『선교사들의 이야기』(1601)나 유명한 『하멜 표류기』(1668)는 예외적으로 앞선 경우지만, 잘 알려져 있듯이 19세기 후반이 되면 달레(Claude-Charles Dallet)의 『조선교회사』(1874)를 필두로 그리피스(William Elliot Griffis)의 『은자의 나라 조선』(1882)과 비숍 여사(Isabella Bird Bishop)의 『조선과 그 이웃 나라들』(1897) 등 많은 소개서와 기행문이 쏟아져 나왔다.
이처럼 해외 각국에서 출간된 한국 관련 고서를 집중적으로 수집하여 소장한 곳은 명지대학교 LG한국학자료관(옛 명지대-LG연암문고)이다. 초기부터 1950년까지 출판된 것만 수집되어 있음에도 무려 1만 1천권이라고 한다. 실로 대단한 분량이다. 이 고서들의 연대별·국가별 목록이라도 살펴보아야 어떤 내용의 책들이 언제 어느 나라 말로 간행되었는지 대강의 경향과 성격을 추측할 수 있겠지만, 내 역량은 거기까지 미치지 못했다. 어쨌든 막연한 짐작보다 훨씬 많은 외국인들이 동녘 끝에 숨어 있는 이 나라를 주목해왔음을 알 수 있다. 최근 소설가 김인숙(金仁淑)이 우연한 기회에 이 자료관에 초대되어 3년간이나 이 고서들을 뒤적인 끝에, 그중 46권에 관해 산문을 써서 책으로 냈다고 한다. 『1만 1천 권의 조선: 타인의 시선으로 기록한 조선, 그 너머의 이야기』(은행나무 2022)가 그것인데, 나는 출간 소식만 알고 있을 뿐 읽어보지 못했다.

한편, 한국인 자신의 문학은 얼마나 해외에 소개됐을까? 2005년경 내가 한국문학번역원 이사로서 이 문제에 관심을 갖기 시작했을 때엔 이미 고려대 김흥규(金興圭) 교수 편 『한국문학 번역서지 목록』(고대민족문화연구원 1998)이 출간되어 있었다. 김교수의 이 목록에는 홍종우(洪鍾宇)와 로니 (J.-H. Rosny)[3]에 의해 프랑스어로 번역된 『춘향전』(1892)부터 1998년까지 약 100년간의 한국문학 번역목록이 서양어권과 동양어권으로 대별하여 정리되어 있다고 하는데, 역시 나는 그렇다는 사실만 알고 제대로 살펴보지 못했다.

같은 무렵 한국문학번역원 홈페이지에는 '한국문학 해외번역출판 현황'이란 통계자료가 실려 있어 대강의 상황을 살피는 데에 참고가 되었다. 이 자료에 의하면 1900년 이전에는 겨우 6종의 고전 산문이 외국어로

---

3 벨기에 태생의 Joseph Henri Honoré Boex(1856~1940)와 Séraphin Justin François Boex(1859~1948) 형제는 특이하게도 J.-H. Rosny라는 하나의 필명으로 프랑스어로 소설을 발표했다. 나로서는 형제 가운데 어느 쪽이, 또는 두 사람이 공동으로 『춘향전』 번역 작업에 홍종우와 협력했는지 확인할 수 없었다.

번역되었을 뿐이고(프랑스어 4종, 영어·독어 각 1종), 1901년부터 1950년까지 50년 동안에는 총 35종의 작품이 7개 언어로(영어 9종, 체코어·일본어 각 7종, 독어 6종, 중국어 3종, 슬로바키아어 2종, 프랑스어 1종) 번역되었다고 한다. 간단히 말하면 6·25전쟁 이전까지 우리나라 문학작품의 외국어 번역은 나라의 당시 형편 자체가 그렇듯 극히 빈약한 수준이었다고 할 수 있다.

이런 추세에 변동이 일어난 것은 6·25 이후다. 이때부터 외국어로의 번역사업이 활기를 띠기 시작했는데, 번역원 자료를 요약하면 1950년대에 8개 언어로 85종, 1960년대에 11개 언어로 83종, 1970년대에 11개 언어로 201종, 1980년대에 11개 언어로 357종, 1990년대에 20개 언어로 607종, 2000년대에 4년간 18개 언어로 315종의 문학작품이 각각 번역되었다고 한다. 이를 종합하면 20세기 100여년 동안, 대부분 1950년대 이후에 총 1689종의 한국 작품이 23개 외국어로 번역되었는바, 주요 언어별로 순위를 나열하면 영어 510종, 일본어 346종, 프랑스어 189종, 중국어 180종, 독어 165종, 러시아어 99종, 스페인어 63종, 체코어 46종 등이다.

이 번역원 자료는 현재 디지털도서관(https://library.ltikorea.or.kr)으로 기능이 이관되어 업데이트되고 있고, 국가·언어·출판사·출판연도·장르 등으로 구분하여 출간 현황을 찾아볼 수 있다. 『춘향전』만 하더라도 검색창에 입력하면 46종의 번역서가 확인된다. 냉전 종식과 이념의 자유화 및 한국경제의 발전 등의 뒷받침이 있는 데다 21세기 들어 한국문학번역원이나 대산문화재단 등 공적 기관들의 지원이 본격화됨으로써, 짐작건대 번역을 통한 우리 문학의 해외 진출은 20세기에 비할 수 없이 놀랍게 발전하고 있을 것이다.

반면에 서양 책의 우리말 번역이 처음 시도된 것은 당연히 기독교 관계 서적이었다. 신구 기독교가 한국사회의 근대화 과정에 중요한 동력으로 작용하게 됨에 따라 번역 성경과 우리말 찬송가의 보급은 한국인의 언어적·정신적·문학적 재구조화에 있어 결정적인 변수가 되었다. 모험을 무릅쓰고 말한다면, 한국 근대정신사에 있어 서양 종교 즉 기독교의 유입은 다른 어떤 것보다 혁명적인 영향을 끼쳤다고 할 수 있다. 19세기 후반부터 오늘에 이르는 길지 않은 동안 한국문화의 우월적 파트너로서 기독교를 포함한 서양문화가 급격하게 중국문화를 대체하게 된 것은 우리나라 역사에서 그 어느 것에도 비할 수 없는 중대한 변화라고 나는 생각한다. 그런데 이 과정에서 주목해야 할 사실은 서양문화가 상당 기간 그리고 상당 부분 일본적 굴절과 일본적 매개를 통해서 한반도에 유입되었다는 점일 것이다.

19세기 말부터 1950년까지의 서구문학 번역사를 실증적으로 조사, 연구한 김병철(金秉喆) 교수의 역저 『한국근대번역문학사연구』(을유문화사 1975)에 따르면 서양문학이 우리나라에 처음 번역된 것은 1895년이다. 이 해에 캐나다 선교사인 제임스 게일(James Scarth Gale) 부부의 번역으로 『천로역정』(목판본)이 간행되었고, 같은 해 『아라비안 나이트』 초역본이 '유옥역전'(필사본, 역자 미상)이란 제목으로 나왔다는 것이다. 이후 역사·전기·소설·동화·시 등 여러 분야의 번역이 뒤를 이었고, 특히 1907, 8년경에는 이른바 애국계몽 활동과 연계되어 많은 번역서들이 쏟아져 나왔다. 이 번역문학의 역사를 여기서 일일이 추적할 필요는 없겠지만, 오늘의 문제의식과 관련하여 한두 장면 되새겨보는 것은 유익한 시사를 던져줄 것으로 믿는다.

문학 번역에 대해 분명한 목적의식을 나타낸 최초의 시도는 1918년 9월 26일 '순문예주간지'를 표방하며 창간된 『태서문예신보』이다. 외국인 선교사에 의해 종교적 색채의 번역서가 출간된 지 불과 20여년 만에 서양문학을 전문적으로 소개할 것을 목표로 주간지가 창간되었다는 것은 서구문학에 대한 당시의 사회적 갈망이 오늘날 우리가 상상하는 것보다 훨씬 더 강했다는 것을 입증한다. 물론 그 갈망을 실현하기 위해서는 적당한 필자·역자와 어느 정도의 독자가 있어야 하는데, 그 점에서『태서문예신보』의 의욕과 당대의 현실 사이에는 심각한 괴리가 있었음이 명백하다. 실제로『태서문예신보』제1호와 2호를 면밀하게 검토한 김병철 교수에 따르면 오직 김억만이 유일하게 예외적으로 충실한 번역을 했다고 한다.

주지하듯이 김억은 시인으로서도 일정한 선구적 업적을 남긴 바 있지만, 후일 본격적인 논문「역시론」(譯詩論,『동광』1931.5~6.)을 집필한 데서도 알 수 있듯이 문단 생활 내내 외국 시의 번역에 특별한 공력을 기울인 바 있다. 그러한 노력의 첫 결과물이 잘 알려진『오뇌의 무도』(광익서관 1921.3.)로서, 근대문학사상 최초의 시집이 다름 아닌 이 번역시집이라는 사실이야말로 어떤 의미에서 오늘날까지 지속되는 우리 문학의(나아가 우리 현실의) 구조적 문제성을 드러낸다고 할 것이다.

그런데 한국어로의 번역(into Korean)이든 외국어로의 번역(from Korean)이든 중국어와 일본어의 경우에는 특별한 배려가 필요하다. 앞서 김병철 교수의 저서에서도 타고르(Rabīndranāth Tagore) 같은 인도 시인은 당연히 다루어졌지만 중국과 일본 작가의 작품은 아예 다루어지지 않았다. 일본어가 국어로 강요되던 식민지 상황에서는 일본인 작가의 작품을 번역한다는 사태 자체가 발생하지 않았다. 중국어·한문의 경우에도 다수 한국인의 무의식 속에서는 한문과 한국어의 역사적 분리가 아직 완료된 것이 아니었다.(소설가 박태원이 일제 말 소설 창작을 접고『삼국지』『수호지』를 비롯한 중국 고전소설 번역으로 소일한 것은 그 나름으로 당시 현실에 대한 의미 있는 대응이었다.) 다시 말하면 중국·일본과의 사이에는 적어도 20세기 중반까지는 번역이라는 절차가 필요 없는 특수한 상황이 존재했음을 우리는 기억해야 한다.

이렇게 생각하고 살펴보면 '나가는' 번역에서든 '들어오는' 번역에서든 주된 상대역은 영어권(영·미)이 단연 수위이고 다음이 프랑스와 독일이며 러시아와 스페인이 그 뒤를 이었다. 요컨대 제국주의 중심국가와 주변부 약소국가 간의 전형적 불평등 관계는 문학적 소통과 교류의 현장에서도 어김없이 관철되었다. 근자에 이르러 이 상황에는 상당한 변화가 일어나 동남아와 아랍·아프리카 작가들도 상당수 번역되고 있지만, 그럼에도 아직까지 근본적으로 달라졌다고 말할 수는 없을 것으로 보인다.

오늘날 한국문학이 세계를 향해 나아가는 통로는 넓고도 다양해서, 문인의 외국 경험이 이제는 화제에도 오르지 못할 만큼 일상화되었다. 그뿐만 아니라 한국 작품의 외국어 번역에 대한 지원도 1993년부터 대산문화재단에 의해, 2001년부터는 한국문학번역원에 의해 본격적으로 이루어지고 있다. 그러나 적어도 1980년대 이전까지는 문인의 외국 경험은 흔한 것이 아니었다. 드물게 주어지는 이런 기회 가운데 하나는 국제적인 문인단체 내지 외국 문단과의 인적 교류였다. 우리 문인들이 일제 말 전시체제 하에서 '대동아문학자대회' 같은 어용집회에 자의 반 타의 반 동원된 것을 논외로 친다면,[4] 한국 문인이 처음 국제회의에 참가한 것은 1953년 9월 22~28일 이탈리아 베네치아에서 열린 유네스코 회의였다고 한다.[5] '현대사회에 있어서의 예술가의 활동'이라는 제목으로 열린 이 회의에는 김말봉(金末峰)·김소운(金素雲)·오영진(吳泳鎭) 등이 대표로 참석했던바, 이후에도 유네스코 회의에는 문인들이 자주 동행했다.

한국 문단과 세계문학의 공식적인 연결고리가 확보된 것은 국제펜(PEN)클럽 한국본부의 발족을 통해서였다. 1921년 런던에서 창립된 국제적 작가조직인 펜클럽에 우리나라가 가입한 것은 1954년 10월 23일로서, 모윤숙·주요섭·이하윤·김광섭·피천득·변영로·백철·손우성·이헌구

---

4 김팔봉의 「나의 회고록」에는 1944년 11월 중순 중국 난징에서 개최된 제3회 대회에 이광수와 함께 참석했던 이야기가 소상하게 기록되어 있다. 『김팔봉 문학전집』 II, 문학과지성사 1988, 288면.
5 모윤숙의 기록, 한국문인협회 편 『해방문학 20년』, 정음사 1966.

등 과거의 소위 해외문학파를 중심으로 한국본부 결성식이 거행되었고, 이듬해 6월 오스트리아 빈의 제27차 국제펜대회에 참가한 변영로·김광섭·모윤숙의 노력으로 한국이 국제펜클럽의 정식 회원국으로 승인되었다고 한다.

이어서 1957년 도쿄에서 열린 제29차 국제펜대회에는 대거 19명의 문인들이 참가하였고, 이들의 활약으로 도쿄에 왔던 각국 문인 17명이 내한해 당시로서는 자못 성대한 국제적 문학교류가 성사되었다. 1970년에는 정부 지원을 얻어 60개 회원국이 참가하는 제37차 국제펜 서울대회가 워커힐호텔에서 열렸다.(이때는 나도 구경 삼아 참석한 바 있다.) 그뒤에도 국제대회가 1988년과 2012년 두차례 더 한국에서 열렸으나, 이런저런 이유로 국제펜과 한국펜의 위상이 전만 같지 못하다는 점만 부각되었다.

3. 디아스포라 문학의 탄생

한국문학의 외연 확장을 생각함에 있어 점점 중요성을 더해가는 것은 해외에 거주하는 동포들의 문학이다. 다들 알다시피 19세기 후반부터 많은 동포들이 이 땅을 떠났다. 중국 동북방의 간도 지역을 시작으로 러시아 동쪽 끝의 연해주와 미국 하와이로 떠난 '노동이주'가 뒤를 이었다. 이와 더불어 새로운 학문을 익히기 위해 많은 젊은이가 일본 유학에 나섰고 그보다 적지만 미국이나 유럽에도 나갔다. 나라가 일제의 손아귀에 떨어질 무렵부터는 많은 지사들이 독립운동의 뜻을 품고 중국 등지로 향했다. 물론 징용이나 징병으로, 또는 단순히 일자리를 얻으러 '현해탄'을 건너기도 했다. 세계 곳곳을 향한 한민족의 이산이 진행된 것이다.

8·15해방과 더불어 상황은 급변하게 된다. 중국 거주 동포들도 일부 고국을 찾아 돌아왔지만 그보다 훨씬 더 많은 재일동포가 귀환 대열에 섰

다. 미군 통치 시기 일본의 연합군 총사령관(Supreme Commander for the Allied Powers, SCAP)이 내놓은 공식 통계에 의하면, 200여만명 재일동포 가운데 95만명 정도가 1945년 9월부터 1950년 5월까지 사이에 귀환선을 탔다고 한다.[6] 이 상황은 6·25전쟁과 더불어 다시 한번 급변한다. 귀환 대열이 멈춘 것은 물론이고 역으로 전쟁고아들의 해외 입양과 여성들의 '결혼이주' 등을 통해 적지 않은 숫자의 인구 유출이 시작되었다. 바야흐로 '이민'의 시대가 열린 것이다. 1962년 해외이주법의 제정은 이 흐름에 기름을 부었던바, 1970, 80년대에는 미국의 개방적인 이민 정책도 가세하여 매년 3만명 이상이 미국으로 삶의 터전을 옮겼다. 아마도 20세기 100년 동안은 우리 민족의 역사상 최대의 이산 즉 디아스포라가 진행된 기간일 것이다. 그리하여 이제 한국은 750만명 가까운 해외 교민을 보유한 나라가 되었다.[7]

사람 사는 곳에는 으레 그 삶의 언어적 표현 즉 문학이 존재한다. 따라서 해외동포들에게 그들 나름의 문학이 있는 것은 너무나 당연하다. 그런데 동포들의 문학은 지난 100여년 우리 역사의 파란만장을 반영하여, 여러겹의 지층 위에 다양한 형태로 표현되었다. 첫째는 국내에서 활동하다가 여의치 못하여 출국한 경우다. 신문학 초기의 명작 『낙동강』(1927)의 작가 조명희(趙明熙)는 1920년경부터 여러 장르에서 활동하다가 1928년

---

6 국회사무처의 '국가전략정보포털'에는 「귀환동포정책 연구: 최종보고서」(2021.12.)가 있는바, 여기에는 여러 나라로부터의 각종 형태의 귀환동포 문제에 대한 개념과 현황 등이 상세히 보고되어 있다. https://nsp.nanet.go.kr/plan/subject/detail.do?newReportChk=list&nationalPlanControlNo=PLAN0000031533 참조.

7 외교부의 2021년 통계에 의하면, 180개국에 총 7,325,143명의 재외동포가 체류 또는 거주하고 있다. 이들 가운데 한국 국적자는 2,511,521명, 외국 국적자는 4,813,622명이다. 국적 여부를 떠나 살펴보면 미국(2,633,777명), 중국(2,350,422명), 일본(818,865명), 캐나다(237,364명), 우즈베키스탄(175,865명), 러시아(168,526명), 호주(158,103명), 베트남(156,330명), 카자흐스탄(109,495명) 등지에 동포들이 살고 있다. 외교부(https://www.mofa.go.kr) 2021년 재외동포 현황 참조.

소련 극동 지역의 하바롭스크로 망명, 그곳에서 활동을 이어나가다 불행한 죽음을 맞았다. 언론인이자 역사학자인 박은식(朴殷植)·신채호(申采浩) 같은 분들도 일찍부터 항일적인 논설을 발표하다가 경술국치를 당하자 중국으로 망명하여 독립운동에 참여하면서 역사·문학 등에서 칼날 같은 문필을 남겼다. 시인 이육사의 치열한 삶과 비극적인 베이징 옥사도 이런 활동과 연관하여 살펴볼 여지가 있다.

중국이 주로 나라의 식민지화에 저항하고 일제 지배에 반대하는 망명의 땅이었다면, 일본은 이와 달리 식민화의 외피로서의 근대화 이데올로기를 공급한 '침략적 문명'의 제국이었다. 한국문학의 근대적 전환이 일정하게 서구화의 양상을 띠었던 만큼 20세기 전반의 한국문학사를 제대로 읽자면 그 중개지였던 일본 관련을 아는 것은 필수적이다. 문체에서나 내용에서나 특수한 예외인 친일작가 이인직은 제외하더라도 홍명희·최남선·이광수·김억·염상섭·김동인·이기영·한설야·정지용·채만식·이태준·김기림 등 일제강점기의 다수 문인들이 길든 짧든 일본에서 유학했다는 것은 간과할 수 없이 중요한 사안이다. 그들이 일본어를 통해 문학을 배우고 글쓰기를 익혔다는 것은 우리 근대문학의 성격을 이해하는 데 결정적인 고려 사항이다.(이 인물들 가운데 앞의 세 사람이 일본에 유학한 것은 1910년 이전이다.)

무엇보다 우리는 당시 일본어가 외국어 아닌 '국어'로 강제되던 시대였음을 기억할 필요가 있다. 이광수나 김동인(金東仁)의 일본어 습작이 뒤늦게 발견된다든가, 염상섭이 1926년경 일본 문단 진출을 엿보기 위해 2년간 일본에 체류했던 것은 식민지 상황의 슬픈 풍경이 아닐 수 없다. 아마 더 주목할 것은 시인 정지용의 초년 시절일 것이다. 그는 도시샤(同志社) 대학 재학 당시 유명한 일본 시인 기타하라 하쿠슈(北原白秋, 1885~1942)가 주재하는 시 잡지 『근대풍경』(1926.12.)에 일본어로 된 시 「카페 프란스」를 발표함으로써 유망 신인의 한 사람으로 떠올랐다. 그런데 뜻밖인 것은 그가 「카페 프란스」를 조선어로 써서 유학생 잡지 『학조』 창간호(1926.6.)에 먼저 발표한 뒤에 이를 일본어로 (단순 번역이 아니라) 개작하여 『근대풍경』에 투고했다는 사실이다. 이처럼 이 무렵 그는 먼저 일본어로 썼다가 한국어로 고쳐보기도 하고 반대로 한국어로 쓴 초고를 일본어로 개작하는 등의 갈등을 겪은 끝에 결국 우리말을 선택했다. 정지용처럼 언어에 예민한 시인으로서는 자신의 시적 감각과 일본어 사이에서 저어(齟齬)를 느끼는 것이 당연했다. 이것은 일본어 독서를 기반으로 글쓰기를 시작한 식민지 시기 한국 문인들이 누구나 다소간 겪었던 일반적인 통과의례의 하나였을 것이다.[8] 조선어의 공적 사용이 금지된 일제 말기에는 상황이 더욱 악화되었다. 『문장』 『인문평론』 등의 조선어 문예지와 조선어 신문이 폐간되는 말기적 상황이 되자, 우리말 글쓰기는 밀실로 숨고 일본어로 된 친일문장이 공공연히 활개를 치게 된 것이었다.

식민지 조선 문단 내부의 문필활동과 성격을 달리하는 두개의 사례가 떠오른다. 하나는 소설가 장혁주(張赫宙, 1905~98)의 경우인데, 그는 대구 출생으로 1932년 4월 일본어 소설 「아귀도(餓鬼道)」가 유명한 잡지 『개조

---

8 일본이건 한국이건 근대 전환기에 서양문학을 모방, 학습하는 과정을 거쳐 '자기 문학'에 도달했던 초창기 작가들의 경우 이러한 언어적 갈등은 어느 정도 불가피했던 측면도 있다. 가령, 일본의 경우 초창기 소설가 후타바테이 시메이(二葉亭四迷, 1864~1909)는 먼저 러시아어로 쓴 다음에 이를 일본어로 번역했고, 한국에서는 김동인이 일본어로 구상한 다음 한국어로 글을 썼다고 한다. 안영희 『한일 근대소설의 문체 성립: 다야마 가타이, 이와노 호메이, 김동인』, 소명출판 2011 참조.
　물론 식민지 조선의 경우에는 그런 경향이 일본에 비할 수 없이 심하다. 2022년 7월 '2022 디아스포라 한글문학과 인문지리' 주제의 학술행사에서 발표된 이승하(李昇夏) 중앙대 교수의 논문 「디아스포라 한글 문학장과 문예지의 역할」에는 다음과 같은 내용도 있어 괄목을 금치 못하게 된다. "『近代朝鮮文學 日本語作品集』이 일본 녹음서방(綠陰書房)에서 9권짜리 전집으로 발간되었는데 방대한 분량이다. 이 전집을 보면 1939년부터 45년까지 수많은 이 땅의 문인들이 일본어로 작품을 썼음을 알 수 있다. 한 예를 들면 이효석의 일본어 작품집이 '은빛 송어'라는 제목으로 한글로 번역되었는데, 이 책에는 지금까지 알려지지 않았던 이효석의 일본어 소설 5편, 수필 9편이 실려 있다."

(改造)』의 현상모집에 입선하여 등단하였다. 1930년대 중반까지는 전형적인 소위 '이중언어 작가'로서, 한국어로 발표한 작품도 우리 문단 안에서 그런대로 인정을 받았다. 하지만 일제 말로 가까워질수록 노골적으로 제국주의 국책선전에 앞장섰고 2차대전 말엽에는 만주 지역 취재에 나섰다가 그대로 일본으로 '귀환'하였다. 그리고 1952년 노구치 미노루(野口稔)로 개명하고 아예 일본으로 귀화하여 일본어로 작품활동을 계속했다. 일본 문단은 그를 '재일조선인 문학'의 효시로 인정한다.

이와 대조적인 작가가 김사량(金史良, 1914~50)이라 할 수 있다. 그는 평양에서 태어나 일본에서 대학을 다니면서 일본어로 소설을 습작했다. 졸업 후 귀국하여 발표한 일본어 단편 「빛 속으로」(1939)가 이듬해 조선인 최초로 아쿠타가와상 후보에 선정되어 크게 각광을 받았고, 이후에도 주로 일본어로 소설을 발표했다. 내가 이상하게 생각하는 것은 김사량이 일본어로 작품을 쓰면서도 그러한 일본어 글쓰기와 자신의 문학적 지향 사이에 가로놓인 모순 때문에 갈등을 느끼거나 괴로워했다는 기록을 남기지 않았다는 점이다. 그는 초창기부터 글 속에 짙은 향토애와 민족의식을 담았고, 그 때문에 사상불온 혐의로 잡혀가 구류를 살기도 했던 인물이다. 어쩌면 적국의 언어로 창작을 하는 괴로움을 어딘가에서 토로했을지 모르지만 나는 찾지 못했다. 아무튼 그는 1943년 일본군 보도반의 일원으로 중국에 파견됐다가 탈출하여 옌안의 팔로군 지역으로 갔고, 광복 후에는 고향인 평양으로 돌아와 일본어와의 연(緣)을 끊고 모국어 창작사업에 복귀하였다.

그렇다면 일본어라는 표현 매체는 장혁주와 김사량에게, 그리고 또다른 많은 식민지 시대의 작가들에게 운명적인 족쇄였던가 아니면 언제든 내던질 수 있는 일시적 도구에 불과했던가 묻게 된다. 자발적이었든 부득이해서였든, 또 일본어를 '국어'로 받아들였든 단호히 외국어로 의식했든 분명한 것은 일제시대에 일본어로 글을 쓰던 절대다수의 우리 문인·지식인 들이 광복과 더불어 당연하게도 '일본어 글쓰기'를 버렸다는 사실이다. 하지만 이것이 그들 세대에게 은연중 하나의 상처로 남았던 사실을 우리는 기억할 필요가 있다. 이런 점을 생각할 때 한국문학과 일본어 간의 복잡미묘한 관계에서 가장 특이한 존재를 들자면 그는 바로 김소운(金素雲, 1907~81)이 아닌가 한다. 그는 일찍 부모를 잃고(부친은 그가 두살 때 불행을 당하고 모친은 재혼하여 러시아로 떠났다 한다) 어린 나이에 일본과 한국을 전전하면서 고학을 하다가 1923년 관동대지진으로 학업을 중단하였다. 이런 부실한 교육에도 불구하고 그는 누구보다 일본어와 일본 고전에 능통하여 조선민요를 비롯한 한국문학 작품의 일본어 번역에 공적을 세웠고, 수시로 한국과 일본을 오가며 뜨내기처럼 뿌리 뽑힌 삶을 살았다. 하지만 그런 유랑의 삶에도 불구하고 『목근통신』(木槿通信, 1951) 같은 에세이에서 그 나름으로 강한 민족의식을 드러냈으며, 외유 중 1953년 베네치아의 유네스코 회의에 참석하고 귀국하는 길에 일본에서 이승만 정권을 비판했다 하여 입국이 거부된 탓에 일본에서 원치 않는 망명 생활을 13년이나 하면서도 한국인으로서의 정체성을 버린 적이 없는 독특한 개성의 소유자였다. 나는 1970년대 중엽 서울 미아리 대지극장 건너편의 허름한 여관 문간방에 장기투숙객으로 혼자 지내며 동화출판공사가 기획한 『한국문학전집』의 일본어 번역 책임을 맡아 일하던 김소운을 찾아가 만난 적이 있다. 우리나라 평론가들의 문법에 맞지 않는 문장 때문에 애를 먹는다는 탄식을 들으며, 나는 그가 허명(虛名)의 인물이 아님을 알았다.

4. 디아스포라 문학의 여러 양상

1945년 이전의 일본이나 중국은 우리와 오랜 역사적 은원관계가 있는 데다 지리적 근접성으로 하여 문학적인 의미에서는 '확장된 국내'의 역할도 했다고 할 수 있다. 그런 점에서 진정한 의미의 디아스포라 문학 출현이라 인정되는 작품은 1931년 강용흘(姜鏞訖, 1898~1972)이 망명지 미국에서 발표한 장편소설 『초당』(草堂, *The Grass Roof*)이다. 그는 함남 홍원 출생으로 3·1운동 시위에 참여했다가 잠시 경찰에 잡혀가 고초를 겪은 다음, 미국인 선교사의 도움으로 도미에 성공한다. 그리고 보스턴대에서 의학을 공부하고 하버드대에서 영미문학을 전공했다. 미국에 귀화한 뒤 '대영백과사전'의 편집위원으로 일하며 동양문학을 번역·소개하는 한편, 미국인 부인〔Frances Keeley〕의 도움을 받아 영문 소설 창작에도 힘을 기울였다. 이런 과정을 거쳐 쓰인 『초당』은 국권 상실과 3·1운동을 배경으로 우리 고유의 정서를 그린 자전적인 내용의 작품인바, 미국 안에서도 최초의 '한국계 미국인 소설'로 받아들여진다. 이 작품으로 그는 구겐하임 재단의 창작기금 펠로십을 받았고 작품이 유럽 주요 언어로 번역되는 등 한때 큰 각광을 받았다.

그런데 소설 『초당』이 잠시지만 미국 문단에서 화제에 오르고 유럽에서도 번역되어 '세계 문단'에 등장하는 과정, 그리고 그것이 국내에 전달되는 경과를 살펴보면 오늘의 우리에게도 시사하는 바가 많다. 그 무렵 소설가 이광수는 저자로부터 편지와 함께 책을 기증받아 읽고 상당히 호의적인 논평을 발표하였다.[9] 당시 일부 독자들, 특히 미국 내 조선인 독자들 중에는 『초당』이 조선의 조혼 풍습이라든가 개고기 육식 등을 묘사하여 조선인 얼굴에 먹칠했다는 반응을 보였다고 한다. 이광수는 일부 그런 점을 인정하면서도 소설로서의 특성과 미덕을 들어 강용흘을 변호하는 입장에 섰다. 한편, 1년여 뒤에는 독일 뮌헨에 사는 김재원이리는 분이 「소설 '초당'을 독문으로 읽고」라는 글을 국내 신문에 투고하여, 독일에서도 이 소설의 번역판이 책방마다 깔려 주목받고 있음을 다음과 같이 전

9 이광수 「강용흘 씨의 초당」, 동아일보 1931.12.17.~18. 참조.

했다. "동아일보에서 이광수 씨의 '초당' 비평을 읽고 언제 한번 기회가 있으면 읽으려고 하던 차, 이번 이 소설이 독일말로 번역되었다. (…) 한 민족의 내적 생활을 그리는 데는 무엇보다도 소설이 아니고는 힘들 것이라는 점에서 더욱이 우리는 이런 책이 하나라도 나옴을 기뻐하지 않을 수 없다."[10] 또 얼마 뒤에는 '독·불어로 역출된 강용흘 군의 초당, 구미에서 호평 여용(如湧)'이란 제하에 "조선인으로서의 광휘를 세계적으로 높인 강용흘 씨의 자전적 소설『초당』은 최근 독일어와 불란서어로도 번역되어 어떠한 외국 작가의 소설보다도 더 한층 호평을 받고 있는데(…)"[11]라는 기사도 났다.

하지만『초당』이 미국과 유럽에서 이렇게 주목을 받았던 데 비하면 정작 한국어 번역은 아주 늦어서, 저자가 한국에서 미군정청에 근무하던 1948년에야 역사학자 김성칠(金聖七)에 의해 제1부의 번역본이 나왔다. 완역은 다시 적잖은 세월이 흐른 1975년, 정한출판사 주간으로 있던 소설가 김문수(金文洙)가 기획한 12권짜리 전집 '세계문학 속의 한국' 시리즈의 하나로 문학평론가 장문평(張文平)에 의해 처음 이루어졌다. 한국 문단과 출판계가 외국에서 호평받은 강용흘의 업적을 왜 이렇게 소홀하게 대했는지 생각할 거리다.

강용흘과 비슷한 시기에 황해도 해주에서 태어난 이미륵(李彌勒, 1899~1950)은 역시 강용흘과 비슷한 경위로 독일로 망명하게 되었다. 그는 경성의전 재학 중 3·1운동에 참가함으로써 일제 경찰에 쫓기게 되자 중국 상하이를 거쳐 독일로 망명, 정착하였다. 그는 1925년부터 뮌헨대학에서 의학·동물학·천학 등을 공부하여 이학박사 학위를 받았다. 그러나 전공과 관계없이 그는 고향을 그리는 정서와 강한 민족의식을 품은 습작들을 써

---

10 동아일보 1933.5.13. 참조.
11 조선일보 1933.10.10. 참조.

서 지역 신문에 발표했다. 무엇보다 분명하게 그의 정치적 성향을 보여주는 것은 1927년 2월 벨기에 브뤼셀에서 열린 제1회 '세계피압박민족대회'에 '재독 조선인학생회' 회원 자격으로 이극로·김법린(金法麟)·황우일(黃祐日) 등과 함께 참가한 사실이다.[12] 이후에도 그는 작고하기까지 오랫동안 나치즘과 전쟁으로 고통받던 이웃의 독일인들과 마음으로 소통했고, 특히 반나치 저항그룹 '백장미'의 배후로 지목되어 처형된 후버(Kurt Theodor Huber) 교수의 가족들 생계를 위험을 무릅쓰고 도왔다. 1946년에 발표된 자전적 소설 『압록강은 흐른다』(Der Yalu fließt)는 그 서정적 분위기와 간결한 문체뿐만 아니라 이런 따뜻한 인품이 희망을 잃고 피폐해진 독일인들에게 위로와 감동을 선사했기에 큰 성공을 거두었다. 사후 70여년이 지난 지금까지 매년 독일인과 재독 한국인들에 의해 그를 기념하는 행사가 열리는 것은 그런 사연이 있기 때문이다. 한국에서도 그는 강용흘과 달리 신속하게 수용되고 널리 사랑을 받았다. 이렇게 된 데에는 그를 일찍 한국에 소개한 에세이스트이자 번역가 전혜린(田惠麟)의 감성적인 문장 및 이미륵 자료 수집과 번역에 거의 평생을 바친 정규화(鄭圭和) 교수의 노력에 힘입은 바 크다. 1950년대 후반 뮌헨에서 유학한 전혜

---

12 당시 신문에는 베를린 통신원의 보도문과 함께 각국 참가자의 명단이 밝혀져 있는바, 이미륵은 '이의경(李儀景)' 또는 '이인경(李仁景)'이란 이름으로 출석했던 것 같다(조선일보 1927.3.22. 및 동아일보 1927.5.14.). 동아일보에는 이 피압박민족대회에 기자 신분으로 참석했던 허헌(許憲)을 포함, 여섯분의 사진도 실려 있다. 이어서 조선일보는 이 내용과 함께 프랑스 파리에서 열릴 예정인 제2회 대회에 조선 대표도 초청되리라는 후속 보도를 하고 있다(1928.12.17.).

한편, 'K문학의 확산: 세계와 함께 읽는 한국문학' 주제의 이날 학술행사장에서 나는 이미륵기념사업회가 발행한 『동·서 문화의 중재자 이미륵』(2020.11.30.)이란 책자를 기증받았다. 그 책 28면에는 브뤼셀 피압박민족대회에 관한 좀더 상세한 내용과 함께 다음과 같은 기록도 있다. "당시 뮌헨에는 이의경(이미륵)뿐이었고, 뮌헨대학에서 외국인 학생회장직을 맡아 활발한 활동을 했던 그는 '재구(在歐) 요주의 한인'으로 지목되어 일본 경찰의 감시를 받았다."

린이 『압록강은 흐른다』를 번역 출판한 것은 1959년이었다.

흥미로운 것은 강용흘과 이미륵의 우정이다. 『초당』의 성공으로 구겐하임 기금을 받은 강용흘은 2년간 유럽 체류의 특혜를 얻어 여행 중 뮌헨에서 이미륵을 만나 사귀게 되고, 함께 프랑스와 이탈리아를 여행하며 헤르만 헤세도 방문했다고 한다. 두 사람은 고향도 다르고 기질도 좀 달라 보이지만 '망국의 설움'이라는 정서를 깊이 공유했을 것이다. 강용흘의 성공이 이미륵에게 주었던 선의의 문학적 자극도 눈여겨볼 대목이다. 그런데 끝내 고향 땅을 밟지 못하고 세상을 떠난 이미륵과 달리 강용흘은 1946년 주한 미점령군사령관 하지 중장의 초청으로 미군정청 출판부장이 되어 서울로 부임하게 된다. 그리고 남한에서 목격한 혼란스러운 정치상황과 미군정의 부적절한 정책에 대해 비판적인 비밀 보고서를 미 국무부에 보냈는데, 이 때문에 그의 후반부 인생은 편치 못하게 되었다. 최근 정지창(鄭址昶) 교수의 산문 「비정치적 작가의 정치적 견해: 강용흘의 한국 정치 비밀보고서」(『문학인』 2022년 여름호)는 강용흘의 문학적 경력뿐 아니라 해방 직후 한국의 정치상황과 미군정의 무능에 대한 비판적 보고서 때문에 미국으로 소환되어 오랫동안 FBI의 추적 조사를 받으면서 적절한 일자리도 구하지 못해 고생하던 사정을 상세히 설명하고 있다.[13]

---

13 성균관대 임경석 교수의 연재 '임경석의 역사극장'에도 강용흘과 이미륵이 3·1운동 전후에 겪었던 투쟁과 고문의 목격담들이 생생하게 기술되어 있다. 「강용흘의 체험적 소설 『초당』에 묘사된 3·1운동」(『한겨레21』 제1281호, 2019.10.3.)과 「이름처럼 살아간 미륵: 지주 가문의 3대 독자에 의사 되려던 청년 이미륵, 3·1운동에 모든 것을 내놓다」(『한겨레21』 제1287호, 2019.11.11.)가 그것인데, 흥미진진한 내용은 블로그 https://m.blog.naver.com/ohyh45/222069292476 참조.
   박태균 서울대 교수도 경향신문에 연재한 '버치 보고서' ⑧ 「강용흘을 아시나요」에서 1947년 9월 26일자 '버치 문서'의 작성과정과 그 내용을 상세히 전하고 있다. 경향신문 2018.5.20. 참조.
   이에 앞서 한국외국어대 김욱동 교수의 『강용흘 그의 삶과 문학』(서울대출판부 2004)이 출간되었다고 알고 있었으나, 나는 읽지 못했다.

『초당』과 『압록강은 흐른다』의 성공과 그 작품들에 이어진 얼마간의 후속 작업에도 불구하고 강용흘과 이미륵은 한국문학이라는 성좌 바깥에 멀리 떨어진 외딴 별 같은 인상을 준다. 이들에 비할 때 중국 거주 조선족과 일본의 '자이니치'(在日)들, 러시아와 중앙아시아의 고려인들, 그리고 1960년대 이후 미국·캐나다·호주·남미 등지로 이민 간 한국계 동포들의 문학활동은 그 나름 뚜렷하게 한국 주위를 돌고 있는 성군(星群)의 양상을 띠고 있어 보인다. 하지만 지역마다 역사적 배경이 다르고 현재의 사정도 복잡하여 그 전체를 아우르는 성격 규정은 불가능에 가깝다.

앞에서도 잠깐 언급했지만, 이 경우에도 중국(동북 지역)과 일본의 경우는 독특한 지역적 특성을 지니고 있고, 러시아(극동 지역)와 중앙아시아도 이에 준한다고 할 수 있다. 중국은 이주의 역사가 오래기도 하려니와 그 나름의 관용적인 소수민족 정책 덕분에 일찍부터 동북 지역(옛 만주, 특히 간도 지역)을 중심으로 우리말을 사용하는 조선족 커뮤니티가 형성될 수 있었고, 이에 기반하여 '조선인에 의한 조선어 문학'이 발전할 수 있었다.[14] 이것은 일본·미국·러시아 등 다른 지역에서는 쉽게 찾을 수 없는 사례이다.[15] 다

---

14 1988년 늦가을에 내한한 중국작가협회 연변분회 주석인 소설가 이근전(李根全)과의 만남이 계기가 되어 소설가 이호철이 적극 활동, 한국방송기금에서 상당액을 지원받고 여기에 한중문화협회 회장인 정치인 이종찬(李鍾贊)의 협력도 얻은 끝에 중국 연변(延邊) 조선족자치주의 연길(延吉)시에 조선족 작가들을 위한 집필 공간 겸 게스트하우스로 사용될 4층짜리 '민족문학원' 건물이 세워졌다. 1993년 8월 13일 거행된 준공식에는 연길 교외에 거주하던 원로 작가 김학철(金學鐵)과 조선족 평론가 조성일(趙成日)을 비롯하여 많은 동포 작가들이 모였고, 한국에서도 이호철·김윤식·이근배·이문구·김종해·조태일 홍성화·염무웅·손춘익·최윤 등 문인들이 참석하여 그들과 우정을 나누고 격려하는 행사를 가졌다. 신경림·최명희·이시영·이동순 등은 따로 왔다가 자리를 함께했다. 이상과 같은 경위는 중국작가협회 연변분회 편 『중국 교포작가 우수 단편모음』(훈민정음 1996)에 실린 이호철의 '머리말'에 자세히 기록되어 있다.

15 소설가 김학철(1916~2001)과 시인 리진(1930~2002)은 나이가 다른 만큼 인생의 경력도 다르지만, 북한 체제에 실망하여 중국과 러시아를 망명의 땅으로 선택한 점에서

만 냉전 해체와 한중수교 이후 이 커뮤니티가 약화 내지 와해의 조짐을 보인다는 소식이 있어, 장래를 기약하기 어렵다.

반면에 러시아 본토의 고려인들 및 러시아 연해주에서 1937~38년 강제로 집단이주를 당한 중앙아시아의 고려인들은 어떠한가?[16] 연해주에서 태어나 청년 시절에 중앙아시아로 강제 이주되었으나 현실에 적극 순응하면서 장편 『홍범도』(1968~69) 등 시와 소설을 활발하게 발표한 김세일(1912~99) 같은 분도 있기는 하다. 그러나 그곳 고려인들 다수는 세대가 내려올수록 우리말을 잃어버리고 코리안으로서의 정체성도 희미해져가는 듯하다. 아나똘리 낌(Anatolii Kim, 1939~)이나 미하일 박(Mikhail Park, 1949~)처럼 개인적으로 뛰어난 성취를 내놓은 작가들이 동포들의 후손 가운데서 나온 것은 물론 반가운 일이지만, 그들의 문학은 이미 '고려인 문학'의 범주를 넘어 러시아 문학의 일부를 구성한다고 보아야 한다.

국내 문단에서 어느 정도 입지를 굳힌 다음에 미국이나 캐나다로 떠난 문인들은 또다른 사례에 속한다. 최태응(崔泰應, 1916~98)·박남수(朴南秀, 1918~94)·고원(高遠, 1925~2008)·송상옥(宋相玉, 1938~2010)·마종기(馬鍾基, 1939~)·박상륭(朴常隆, 1940~2017) 등이 그들인데, 사실 이들은 언제 이민을 갔든 재외동포라는 느낌을 거의 안 주는 분들이다. 나이로 봐서는 이들 중의 하나일 수 있는 김용익(金溶益, 1920~95)과 김은국(金恩國, 1932~2009)도 있다. 김용익은 해방 직후 미국으로 유학하였고 1956년 소설 『꽃신』(*The Wedding Shoes*)의 발표로 미국 문단에 데뷔하였다. 특이한 점

일맥상통하는 데가 있다. 민주화 이후 한국을 한두번 다녀간 점도 비슷하다. 일본에서 살고 있는 남한 출신 김석범과 김시종도 사실상 남한 체제로부터의 망명객이었다.

16 1991년 소련의 해체 이후 고려인 강제이주에 관련된 비밀문서들이 공개되고 고려인의 명예회복을 위한 활동도 적극 전개되었다. 아울러 1992년과 1997년에는 각각 자료집이 발간되었다. 리 블라지미르 표도로비치·김 예브게니 예브게니예비치 편저, 김명호 옮김 『스딸린체제의 한인 강제이주』(건국대학교출판부 1994)는 자료집 제1권의 번역이다.

은 자신의 영어 작품을 스스로 한국어로 번역했다는 것인데, 1960년대 이후에 부모를 따라 이민 간 1.5세대들에게서는 있을 수 없는 과도기적 현상이라 할 만하다. 김은국은 6·25 때 군복무까지 마치고 도미하여 덴마크계 미국 여성과 결혼하고 미국 시민이 되어, 1964년 장편『순교자』의 발표로 유명 작가가 되었다. 30여년 만에 강용흘을 잇는 한국계 미국인 작가가 본격 탄생한 셈이다. 그리고 이제 다시 30여년이 흘러 영어를 모어로 사용하는 전혀 새로운 형태의 문인들이 줄을 이어 등장하게 되었다. 1960, ·70년대 이민의 물결을 따라 어린 나이에 삶의 터전을 옮겨간 이른바 1.5세대들을 가리킴인데,『영원한 이방인』(*Native Speaker*, 정영목 옮김, 나무와숲 2003)과『척하는 삶』(*A Gesture Life*, 정영목 옮김, 알에이치코리아 2014) 등의 소설로 각종 문학상을 받은 작가 이창래(Chang-rae Lee, 1965~)와, 최근 소설과 드라마로 열풍을 일으킨『파친코』(2017)의 작가 이민진(Min Jin Lee, 1968~)이 그들이다. 이들은 각기 세살, 일곱살 때 가족을 따라 영어의 세계 속으로 들어간 뒤 오래지 않아 한국어와는 결별하고 말았다.

미국과 캐나다, 호주 등지에서는 그래도 아직 1.5세대가 주류를 이루지만 이주의 역사가 긴 중국·러시아·일본에서는 이제 현지 출생 작가들이 중심일 수밖에 없다. 물론 이들보다 먼저 장편소설『화산도』로 한국 독자에게 깊은 인상을 준 김석범(金石範, 1925~)이나 한국인 최초로 다카미 준상을 받은 김시종(金時鍾, 1929~)이 일본어 작가가 된 것은 특수한 역사의 산물이다. 이들은 제주도 4·3항쟁과 관련하여 어쩔 수 없이 일종의 망명 생활을 해왔다는 점에서 예외적이다. 이와 달리 이회성(李恢成, 1935~)은 일본(사할린)에서 태어나고 성장하여 일본어로 글을 써왔음에도 자신의 작품을 한국의 '민족문학'으로 인정받고 싶다는 열망을 드러낸 적이 있다. 그러나 이회성보다 한 세대 후배들인 현월(玄月, 1965~)이나 유미리(柳美里, 1968~)에 이르면 국적 여하를 떠나 한국문학에 대한 소속감을 아예 표명한 적이 없다.

김사량과 김학철의 경우 각각 사정이 다르기는 해도 그들을 우리 문학의 범주에 포함시키는 것은 너무나 당연해 보인다. 하지만 이회성은 본인 자신의 열렬한 소망에도 불구하고 한국문학에 속한다고 보기 쉽지 않으며, 반면에 아나톨리 킴은 자신의 정체성을 의문의 여지 없이 러시아 작가로 여길 것이다.[17] 물론 한민족문학의 영역 안에는 김학철·이회성·아나톨리 킴 같은 전형적인 인물 이외에 많은 중간적 변형들이 존재한다. 그러나 세월이 지나면 유감스럽게도 김학철과 이회성 같은 인물은 차례로 사라지고 이창래나 유미리, 아나톨리 킴 같은 존재들만 지구 도처의 동포 사회에 남게 될지 모른다. 어떻든 우리는 그것을 세계 속에서 세계와 더불어 있게 될 한국문학의 한 불가피한 모습으로 받아들일 준비를 해야 할 것이다. 그리고 실은 민족성(nationality)이건 종족성(ethnicity)이건 모두 다 희미해진 그런 새로운 한국인의 초상이 언젠가는 미래 문학의 주인이 될 수도 있다. 이창래·이민진 같은 작가에서 한걸음 더 나아가 노르웨이의 입양아 출신 쉰네 순 뢰에스(Synne Sun Løes, 1975~)의 『아침으로 꽃다발 먹기』(손화수 옮김, 문학동네 2006)나 미국으로 입양됐던 제인 정 트렌카

---

17 제국주의 국가들의 광범한 식민지 침략에 따라 식민지 내의 토착어와 토착문화는 식민모국의 언어와 문화에 잠식, 동화되는 현상이 보편화했다. 그리하여 식민지 침탈을 당한 아시아·아프리카 등지에서는 다양한 민족적·언어적·문화적 정체성의 혼란이 발생했다. 그 결과 가령 두개의 언어를 동시에 모어처럼 사용하는 이중언어 (bilingual) 현상이 흔하게 나타났다. 복잡한 역사의 유럽에서도 (특히 동유럽의 경우) 이런 착종이 매우 심하다. 아일랜드 출신의 W. B. 예이츠(1865~1939)와 제임스 조이스(1882~1941), 폴란드 출신의 조지프 콘래드(1857~1924)는 그나마 영어 사용 문인으로서의 귀속성이 명확한 편이지만, 오스트리아·헝가리제국의 프라하에서 유대인의 아들로 태어나 독일어로 글을 썼던 카프카(1883~1924)나 루마니아에서 역시 유대계 오스트리아인으로 태어나 나치의 수용소 체험을 독일어 시로 표현했던 파울 첼란 (1920~70) 같은 경우, 그들이 사용한 언어와 그들의 문학적 정체성 간의 충돌은 비극적인 아우라에 싸인다. 한편, 주로 영국과 프랑스 등에 의해 분할 식민화되었던 아프리카에서는 원주민 작가들이 자기의 모어로 글을 써서는 독자를 만나기 어려워, 식민지 배자의 언어로 제국주의를 비판해야 하는 웃지 못할 역설이 벌어지기도 한다.

(Jane Jeong Trenka, 1972~)의 『덧없는 환영들』(이일수 옮김, 창비 2013)이 출간됨으로써 한국문학의 정체성은 그런 미래의 징후를 앞당겨 현시하며 새로운 도전 앞에 서게 되었다.[18]

5. 문인/문서 자료가 문학이 되기까지

해방 직후 복간된 조명희의 단편집 『낙동강』(건설출판사 1946, 초판은 백악사 1928)에는 임화의 발문이 붙어 있다. 초판은 조명희가 러시아로 망명하

---

[18] 해외동포문학에 대한 최초의 종합적인 고찰은 1996년에 이루어졌다. 당시 정부는 '문학의 해'를 지정하고 상당한 예산 책정과 함께 조직위원회를 만들어 여러 문학행사를 지원하였다. 이런 행사들 중에서 가장 대표적인 것이 세계 각지의 많은 동포 문인들을 초청한 '한민족문학인대회'였다. 이 대회의 일환으로 1996년 10월 3일에는 '세계 속의 한국문학과 문학인'이라는 제목의 심포지엄이 개최되었다. 이 심포지엄에서는 미국의 고원, 중국의 한춘, 러시아의 리진, 일본의 이회성 등과 국내 문인으로 이호철과 김영무가 각각 주제를 발표하였고 나는 토론자의 한 사람으로 참가했다.

얼마 후 계간지 『한국문학』 1996년 겨울호에서 '한민족문학의 오늘과 내일'이라는 특집 좌담을 마련하여 평론가 임헌영의 사회로 리진(러시아)·권철(중국)·강상구(일본)·가와무라 미나토(일본) 등의 문인들로부터 해당 지역의 문학 현황과 나름의 고충에 대해 이야기를 들었고, 이와 별도로 이호철의 「남북통일과 재외동포 문학」, 이회성의 「일본 속의 한국문학과 문학인」, 한춘의 「중국 조선족문학과 중·한 문학교류」, 고원의 「미국에서 영어로 창작하는 한국인의 정체성」, 리진의 「러시아 속의 한국문학과 문학인」, 김영무의 「해외동포문학의 잠재적 창조성」 등 10월 3일의 심포지엄에서 행해진 발제문을 실었다. 나 자신도 이 잡지에 「세계화와 한민족문학: '문학의 해'에 관련된 두 개의 주제」라는 에세이를 발표했다. 내 글은 평론집 『문학과 시대현실』(창비 2010)에 수록되어 있다.

이상에서 보듯 1990년대만 하더라도 해외에 흩어져 활동하는 동포들의 문학을 포괄하는 용어로 '한민족문학'이 사용되었으나, 언제부터인지 '한인문학'과 혼용되면서 2003년에는 '국제한인문학회'도 창립되었다. 이 학회는 한국문학번역원과 공동주최로 '2022 디아스포라 한글문학과 인문지리'라는 제목의 세미나를 개최하여 지역별, 작가·작품별로 해외에서 이루어진 한글문학의 역사와 현황을 검토한 바 있다. https://ltikorea.or.kr/upload/dataevent/20220810140031644460.pdf 참조.

기 직전에 출간되었으나(동아일보 1928년 6월 7일자에는 이기영의 단편집『민촌』과 함께 열린 합동 출판기념회 사진이 실려 있다) 오랫동안 절판되었다가 다시 찍은 것이었다. 그런데 발문에서 임화는 "식민지 압제에 반대하여 망명한 포석〔조명희〕형이여, 이제는 어서 돌아와 민족문학 건설에 함께 나서자"고 호소하고 있다. 조명희가 이미 10년 전에 불행한 일을 당한 소식을 임화는 듣지 못한 상태였으니, 웃지 못할 비극이다. 그러나 그로부터 75년의 세월이 흐른 오늘 우리는 조명희의 삶과 죽음, 그의 가시밭길 문학 인생에 대해 얼마나 구체적으로 알고 있는가? 월북 이후 임화의 불행한 행적에 대해서도 우리가 가진 정보는 지극히 피상적이고 제한적이다. 그러나 이것은 그나마 드러난 사례일 뿐이다. 문학사에 이름이 오르는 주요 작품조차도 창작과정에 연결된 문인의 전기적(傳記的) 사실들뿐만 아니라 작품 자체가 사라지거나 왜곡된 것도 부지기수였다. 이런 것을 떠올리면 전란과 학정, 식민과 분단 속에 끊어질 듯 이어져온 우리의 가난한 문학사를 한없이 아픈 마음으로 돌아보게 된다. 아주 오랜 옛날로 거슬러 오르는 것은 그만두고라도 불과 70여년 전의 6·25전쟁만 돌아보더라도 피해가 너무나 치명적이었다. 인적 손실도 엄청났지만, 수많은 도서와 유물이 불타고 찢기고 휴지로 버려지는 참상을 당했던 것이다. 그 가운데 하나의 일화만 전해드리고자 한다.

유진오(兪鎭午, 1906~87)는 소설가이자 법학자요 정치가로서도 너무나 유명한 분이다. 그는 대한민국 헌법 초안의 작성자로서 정부 수립 후에도 여러 공직에서 활동한 까닭에 6·25전쟁이 나자 피난길에서 큰 고생을 하였다. 그의 수상록『구름 위의 만상(漫想)』(일조각 1966)에는 이때의 고난을 기록한 회고담「서울 탈출기」가 실려 있어 흥미로운데, 오늘의 주제와 관련해서는「서울을 다녀와서」(같은 책 58~69면)라는 글이 아프게 읽힌다. 이 수필에 의하면 그는 육당 최남선과 함께 아직 전투가 한창 진행 중이던 1951년 6월 정부의 특별허가를 얻어 일반인 출입이 금지된 서울을 방문한다. 목적은 오직 자신들의 장서가 무사한지 확인하기 위함이었다. 그런데 유진오는 방문기를 서술하기 전에 먼저 김세렴이란 분의 책『동사록(東槎錄)』을 읽었던 얘기부터 시작한다.[19] 이 책은 김세렴의 일본 사행록(使行錄)인데, 사신으로 일본에 가 있는 동안 병자호란을 당하여 임진란에서 겨우 회복되기 시작한 나라가 다시 호적(胡賊)의 말발굽 아래 들어가게 된 참담함을 기록하고 있다 한다. "여행을 마치고 서울로 돌아왔을 때 인적은 드물고 집은 불타 허물어지고 길에 풀은 우거지고 하였"다는『동사록』에서 읽은 비통한 대목을 떠올리며 유진오는 자기 자신이 목격한 서울 풍경을 다음과 같이 묘사하는 것이다.

온 시가가 무슨 전설에 나오는 유령의 도시 같은 느낌이었다. 뒷골목 주택가 근처에는 그래도 사람 그림자가 더러 보였으나, 번화가·상점가·관청가는 그냥 텅텅 비어 있었다. 처음 서울로 들어가면서, 서울역 앞에서부터 남대문까지 넓은 거리 위에 행인이라고는 하나도 없는 것을 보았을 때엔 참으로 이상한 느낌이 들었다. (…) 지금 우리는 어떠한 파괴라도 참고 당하는 수밖에 없는 것이니, 모든 것을 단념하는 수밖에 없다고 생각해 본다. 다만, 단념하려야 할 수 없는 것은, 우리가 앞으로 아무리 노력하더라도 절대로 회복할 수 없는 고문화(古文化)의 파괴다. 육당 선생의 8만 권 장서도 전부 회신(灰燼)으로 돌아갔다 한다. (…) 내 집이라고 찾아 들어가 흐트러지고 찢어지고 한 책들을 대했을 때, (…) 내 얼굴에 침을 받은 것만큼이나 분

---

19 검색해보니 김세렴(金世濂, 1593~1646)은 조선 중기의 문신으로 호가 동명(東溟)이다. 병자년(1636) 8월 통신부사로 서울을 출발, 12월에 일본 에도(江戶)에 도착하여 20여일간 관백(關白)을 접견하고 이듬해 2월 부산에 귀환했다. 일본에 있는 동안 병자호란 소식을 듣고 참담한 마음으로 돌아와 작성한 사행(使行) 일기가『해사록(海槎錄)』이다. 원래 이 책은 김세렴의 문집『동명집(東溟集)』에 포함되어 있었던바, 병자호란 시기의 한일관계에 관한 기록으로서 중요한 역사적 자료라 한다. 유진오의 글에 나오는『동사록』은『동명해사록』즉『해사록』을 가리키는 듯하다.

하기도 하였다. 더욱이 내가 찾는 책이 없어진 것을 발견하였을 때, 또는 여러 권으로 된 책이 낙질(落帙)이 된 것을 발견하였을 때, 욕스러운 생각은 한층 짙었다. 주옥보다도 더 위하는 애인을 지나가던 무뢰한에게 빼앗긴 사람의 심정에나 비할까.

1951년 시점에 육당이 수집, 보관하고 있던 장서 8만권은 오늘의 기준으로 80만권에 해당하는 가치를 지닌 것이 아닐까 나는 감히 상상한다. 알다시피 육당은 비록 훼절의 욕됨을 씻지 못했을망정 우리 신문학 개척자의 한 사람이요 근대사학의 초석을 놓은 사람의 하나이며 신문관·조선광문회·동명사 등 출판사를 설립하여 계몽적 잡지와 서적을 발간한 초창기 출판인이었다. 그런 사람이 평생 수집한 책들 중에는 틀림없이 국보급 귀중본이 포함되어 있었을 것이다. 그런데 그 모든 것이 잿더미로 화했다니, 이건 국가적 손실이 아니고 무엇인가. 참으로 통탄할 노릇이다.

생각해보면 6·25전쟁 때 최남선과 유진오의 장서만 불타고 망가진 것이 아니며, 또한 우리 수천년 역사를 통틀어 6·25전쟁 때에만 이런 참극이 벌어진 것도 아니다. 문학을 깊이 이해하고 연구하려는 경우 도서의 수집과 보관은 절대적으로 중요한 업무이지만, 거기에 그칠 수 없는 다양한 측면이 있다는 데도 주목해야 한다. 당연한 얘기인데 문학은 시대의 산물이기도 하지만, 창작자 개인의 독특한 사회적·심리적 상황을 반영하는 고유성의 존재이다. 작품과 작가는 이론이나 이념으로만 재단될 수 없는 복합적 깊이의 구현체이다. 과거에는 도서관과 문학관이 독자와 연구자에게 필요한 책과 자료를 제공하는 것으로 충분했을지 모르지만, 이제는 문학으로 들어가는 문의 열쇠 노릇을 위하여 그 이상의 것, 그 이외의 것도 필수적으로 요청하게 되었다. 오늘날 철학·언어학·심리학·사회학·역사학·인류학·서지학 등 온갖 학문들이 융복합적으로 관여하는 것이 문학 연구인데, 도서관과 문학관은 이런 전방위적 요구에도 부응하지 않으면 안 되게 되었다. 더욱이 오늘 우리가 다룬 바와 같이 한국문학의 외연이 세계 전체를 향해 확대되고 세계 온갖 나라, 온갖 언어의 작품들이 우리말로 옮겨져 독자를 찾아오는 시대에는 문학의 이해는 삶의 더 깊은 이해, 세계의 더 넓은 이해로 나아갈 수밖에 없다. 이제 고전적 의미의 책뿐만 아니라 국립한국문학관이 수집한 김소운 자료, 국립중앙도서관에 보관된 이미륵 자료가 보여주듯 각양각색의 생활자료와 문서자료, 유족과 친지들의 생생한 기억자료들도 '문학 되기'에 조연으로 등장하였다. 요컨대 문학은 역사의 현장에서 이루어진 온몸의 기록이고, 도서관·문학관은 그 생명체들이 영구히 살아가는 공간이다.

국립한국문학관에 대하여

* 문인들의 오랜 숙원이었던 '국립한국문학관' 사업이 구체적으로 시행에 옮겨지게 된 것은 2012년 시인 도종환의 국회 입성이 계기였다. 그의 주도로 '문학진흥법'이 제정되고 이로써 국립문학관 설립의 법적 근거가 마련된 것이다. 이 법은 문학에 대한 국가 및 지방자치단체의 지원을 규정한 내용으로서, 2016년 2월 3일 제정되어 8월 4일 발효되었다. 이를 전후하여 도종환 의원실은 각급 전문가들과 함께 국립한국문학관 설립에 관련된 다양한 문제들을 자료조사, 현지답사, 심포지엄 등 여러 방식으로 검토하였다. 3년여의 그러한 과정 끝에 2018년 5월 국립한국문학관설립추진위원회가 출범했고 이듬해 4월 마침내 법인으로 인가를 받았다. 나는 설립추진위원장에 이어 2019년 4월부터 2022년 8월까지 3년 반 동안 초대 관장(비상임)으로 근무했다.

　이 글은 국립한국문학관이 법인으로 출범한 다음 그 설립 경위와 의의를 알리기 위해 『대산문화』 2019년 가을호에 발표한 것이다. 그 이전인 2015년 11월 23일에도 나는 도종환 의원실 주최로 국회의원회관에서 열린 심포지엄에서 비슷한 내용의 발제문을 발표한 바 있다.

문학관 설립의 책임자가 되어

2016년 1월 6일자 한겨레 문화면의 한 기사는 다음과 같이 시작하고 있다. "지난(2015년) 12월 31일 문학진흥법이 국회에서 통과됨에 따라 한국문학관 설립과 문학진흥기본계획 수립 등 문학계 숙원사업에 탄력이 붙게 됐다." 이 기사에 보이는 바와 같이 국립한국문학관은 국회 의결을 통한 법적 근거를 확보함으로써 공식 출범의 신호를 올렸다. 하지만 그해에는 부지 선정을 둘러싼 각 지자체들 간의 경쟁 과열로 사업이 일시 중단되었다. 그러다가 문재인 정부에서 시인 도종환이 문체부 장관으로 임명되면서 문학관 사업에 다시 시동이 걸리게 되었다. 2018년 5월 문체부는 "법정시설인 국립한국문학관 설립을 본격적으로 추진하기 위한" 자문기구로서 설립추진위원회를 구성키로 하고 문학 5단체장 등 문학계 인사를 비롯한 각 분야 전문가들을 위원으로 위촉하였다. 이와 함께 설립추진위의 활동을 지원하고 세부 사항들을 검토하기 위해 ① 문학관 건립의 기본계획을 마련하고 공간 구성 및 조직 운영 등을 논의하는 '건립운영소위원회'와 ② 문학자료의 수집·보존·관리 및 전시 기본계획을 구상하는 '자료구축소위원회' 등 두개의 소위원회를 운영하기로 하였다. 이 가운데 많은 사람들의 관심사였던 건립 부지 문제는 추진위원들의 여러차례에 걸친 현장답사와 우여곡절 끝에 결국 '서울 은평구 기자촌 근린공원 땅'으로 낙착되었다(2018.11.8. 기자간담회에서 발표). 그리고 마침내 올해(2019) 4월 국립한국문학관의 법인 등록이 완료됨으로써 문학관은 공식 출범하였다.

이 과정에서 나는 설립추진위원회 위원장에 이어 올해 5월 2일 초대 관장에 임명됨으로써 어쩔 수 없이 국립한국문학관의 출범에 가장 중요한 역할을 맡게 되었다. '인생은 이상하게 흐른다'는 어느 시인의 산문집 제목처럼 내심의 계획과는 다른 방향으로 말년의 인생이 흘러가는 데 불만을 느끼면서도, 그리고 무엇보다 개인적으로 힘에 부치는 일인 걸 알면서도 달리는 말에서 내리지 못했다. 하지만 변명은 구차한 노릇이고, 이제 와서는 그 나름 공적 책임을 맡은 사람으로서 국립한국문학관이 왜 필요하고 그 필요를 충족하기 위해서는 무엇을 참고하여 어떤 일을 해야 하는지에 관해 원칙과 방향을 천명하고 국민들의 호응과 동료 문인들의 협조를 구할 의무를 지게 되었다.

국립문학관은 왜 필요한가

아마 중요한 것은 국립문학관의 필요성을 다시 한번 묻는 일일 것이다. 알다시피 우리나라는 근대화의 출발이 매우 늦은 편이다. 19세기 중반이 지나서야 본격 시동이 걸렸는데, 그나마 1950년대까지 100여년 세월은 외세의 침략과 식민지화, 남북분단과 전쟁이라는 재난을 겪어야 했다. 이 고난의 근현대사는 문학관 건립의 의의와 방향을 모색하는 데 있어서도 기본적 고려 사항이라고 생각한다.

수난의 역사 속에서 문인들의 삶은 유난히 팍팍했다. '문인' 하면 '가난'이나 '요절'을 떠올리는 것이 오래지 않은 과거였다. 국가기구는 말할 것도 없고 일반 국민들도 문학에 관심을 기울일 여유가 있을 리 없었다. 따라서 우리가 잘 안다고 생각하는 대표적인 문인들조차 사실은 그들이 어떤 환경에서 성장하여 어떻게 작가가 되었고 어떤 집필 여건 속에서 창작을 했는지 상세히 밝혀져 있지 않은 수가 많았다. 격동의 현실 속에서 작가들 생애의 자취가 지워지고 창작의 산물이 사라지는 것을 우리는 돌볼 겨를이 없었다.

문학 연구자의 입장에서 더욱 안타까운 것은 발표된 작품의 망실과 훼손, 왜곡이다. 문학작품이란 신문·잡지·동인지 기타 다양한 매체를 통해 발표되고 책으로 묶여 나오게 마련인데, 그런 자료들이 온전하게 수집, 정리되어 있지 않으니 유명한 작가의 작품도 때로는 낯선 곳에 오랫동안 사장되어 있다가 뒤늦게 발견되었다는 소식이 전해지기도 했다. 더구나 분단과 전쟁이 조성한 살벌한 여건 탓에 우리 문학(사)의 절반은 오랫동안 암흑 속에 유폐되어 있었다. 그렇지 않더라도 출판사의 상업적 기획에 따라 만들어진 책들 중에는 믿기 어려운 판본들이 허다하였다. 이런저런 문학전집들이 적잖이 나와 있지만, 서지학적으로 완벽한 검토를 거친 것은 내가 알기에 아직 단 하나도 없다. 이것은 한마디로 한국문학의 수치이다.

그러니 제대로 우리 문학(사)을 연구하고 논문을 쓰기 위해서는 온갖 곳을 돌아다니며 자료를 찾아야 했고, 그런 고생을 해도 결국 헛걸음에 그치는 수가 적지 않았던 것이 우리들 젊은 날의 문학 공부였다. 그런 점에서 『이상(李箱) 전집』(1956)의 편자이자 『친일문학론』(1966)의 저자 임종국이나 『한국근대문예비평사연구』(1973)의 저자 김윤식이 열악한 조건을 딛고 그와 같은 업적을 내놓은 것은 그 자체로서 존경에 값한다고 할 것이다. 이와 더불어 잊지 말아야 할 분들은 6·25전쟁 이후 폐허와 같은 상황에서 수많은 도서자료의 수집과 보관을 위해 사재를 털어 헌신했던 초기의 장서가들, 가령 백순재(白淳在)·김근수(金根洙)·하동호와 기타 유명무명의 많은 수집가들이다. 그들의 노고가 있었기에 오늘 우리가 문학관 설립의 기초를 구상할 수 있게 되었다고 하지 않을 수 없다.

서유럽의 문학관들

다 아는 바와 같이 문학관은 전통적인 의미의 도서관과 다르고 박물관이나 기념관과도 구별된다. 그래서인지 요즘은 도서관·기록관·박물관의 세가지 기능을 결합한 복합 문화공간으로서의 '라키비움'(Larchiveum)

개념이 거론된다. 하지만 라키비움이라고 하더라도 일정한 정형(定型)이 선험적으로 주어져 있는 것은 아니며, 해당 작가만의 고유한 특성이나 해당 국가와 지역의 독특한 문화적 전통에 따라 서로 다른 성격의 문학관이 설립될 수밖에 없을 것이다. 그렇다면 우리나라에서 오랜 숙원사업인 국립문학관이 건립된다면 어떤 요소를 갖추어야 하고 어떤 내용과 형태를 가져야 할까? 외국의 선례를 살펴보는 것은 그와 같은 고민에 대해 암시와 교훈을 얻기 위해서이다.

르네상스 이후 기라성 같은 작가들을 수없이 많이 배출한 유럽에서는 일찍부터 작가들의 생가나 오래 살던 주택이 기념관으로 되었다. 그곳에 유품·유물·일기·편지·사진 등을 중심으로 생애와 창작 환경을 재현해 보여주는 사업과는 별도로 작가의 개인 박물관이 만들어졌다. 괴테나 실러처럼 국민적 추앙을 받는 작가들의 경우에는 여러 지역에 각각의 특색 있는 박물관들이 있고, 그뿐 아니라 『파우스트』 한 작품만을 위한 박물관도 두세군데나 있다. 그런가 하면 로마에는 괴테의 이탈리아 여행(1786~88)을 기념하는 박물관(Casa di Goethe)까지 만들어져 있다. 이들 가운데 내가 직접 방문했던 곳 두어군데만 살펴보겠다.

에리히 케스트너(Erich Kästner, 1899~1974)는 『에밀과 탐정들』 『하늘을 나는 교실』 등 어린이소설뿐 아니라 19세기 초 독일 서민계급의 생활 풍경을 민중적인 언어로 묘사한 작가인데, 그를 기념하는 박물관이 독일 드레스덴의 엘베강 북쪽 안톤 거리에 있다. 케스트너는 이 지역에서 태어나 뮌헨에서 생을 마감했다. 박물관으로 쓰이는 아우구스틴 별장은 상인이자 재력가였던 케스트너의 삼촌이 구입한 집으로, 어린 시절 그가 즐겨 놀러 갔던 곳이다. 독일 고건물관리법에 의한 개조를 거쳐 1999년에 박물관으로 조성됐다. 이 박물관이 드레스덴의 명소로 알려지게 된 이유는 초소형 박물관(Mikromuseum)이라는 신개념의 도입 때문이라고 한다. 아일랜드 건축가인 루어리 오브라이언(Ruairí O'Brien)이 설계했는데, 전체

13개의 기둥만으로 이루어져 있고 각 기둥에는 각기 다른 색깔의 서랍이 있다. 서랍 안에는 케스트너의 삶과 문학, 주변 사건에 대한 문헌과 서적이 주제별로 들어 있고, 대부분의 문헌은 직접 만져보고 열람할 수 있다. 중심 기둥을 제외한 나머지 기둥들은 방문자가 손수 움직이고 열어볼 수 있어 천천히 원하는 순서대로 관람하는 것이 가능하다. 모든 기둥을 다시 합치면 가로 3미터, 세로 1.2미터, 높이 2미터의 나무상자가 된다. 중심 기둥에는 케스트너의 옷과 모자 등이 전시되어 있고, 인터넷과 멀티미디어를 통해 케스트너의 삶에 대해 자세히 알아볼 수 있다. 시민들이 즐겨 찾는 곳이기도 하며, 드레스덴 문학협회가 같은 건물에 입주해 있다.

개인적으로 내가 아주 깊은 감명을 받았던 것은 2007년,『삐삐 롱스타킹』『사자왕 형제의 모험』『에밀은 사고뭉치』같은 어린이소설로 우리나라에도 널리 알려진 스웨덴 작가 아스트리드 린드그렌(Astrid Lindgren, 1907~2002)의 집과 박물관을 찾았을 때였다. 마침 그의 집은 내가 묵었던 호텔에서 도보로 5분 남짓한 거리였다. 평범한 5층짜리 아파트 건물로 1층에는 식당 겸 카페가 있고, 다른 쪽 기둥에는 서양 도시의 건물에서 가끔 마주쳤던바 린드그렌의 조그만 얼굴 동판이 ‘1941~2002’라는 숫자와 함께 붙어 있었다. 몸이 아파 누워 있는 딸 카린을 위해 삐삐 이야기를 꾸며 낭독해준 것이 1941년이고 그 이야기를 책으로 내줄 출판사를 찾아낸 것이 1944년인데, 평범한 30대 주부였던 린드그렌은 이렇게 작가가 된 다음 보수적인 문단의 냉대 속에서도 어린 독자들로부터 믿을 수 없을 만큼 절대적인 지지를 받아 세계적인 유명 작가가 되었다. 그의 많은 작품들은 연극이나 텔레비전 드라마로 만들어져 어린이뿐 아니라 어른들의 호응을 받았다. 그런데 이런 세속적 성공에도 불구하고 린드그렌은 이 평범한 아파트에서 60년 이상을 살았던 것이다. 이것은 내게는 설명의 필요가 없는 감동이었다. 스톡홀름 바닷가에 세워진 ‘린드그렌 박물관’은 또다른 감동을 주었다. 그곳은 세계적 유명 작가 린드그렌을 찬양하기 위한 기념비적

건물이 아니라 『삐삐 롱스타킹』과 『사자왕 형제의 모험』의 아찔한 이야기들이 시각적 형상으로 생생하게 재현되는 환상의 공간이었다. 그곳은 극장이자 놀이터이고 학교이자 어린이집이었다. 그곳은 어른이 아이로 돌아가 다른 어린이들과 함께 린드그렌 동화의 세계를 체험하는 마법의 장소였다.

러시아·일본·중국의 문학관들

유럽에서 작가들의 생가와 기념관은 책 중심이 아니다. 책의 수집·분류·정리·열람·대출은 이미 오래전에 도서관의 업무로 이관되어 있다. 물론 초판본이나 필사본 같은 희귀본들은 기념관이나 박물관에 전시되어 있다. 하지만 그것은 그야말로 전시용이고, 도서관에서와 같은 열람 및 대출용이 아니다. 또 한가지 눈에 띄는 것은, 생각해보면 당연한 일이지만, 작가를 위한 개인 박물관·기념관은 도처에 많이 세워져 있어도 그것들 전체를 아우르는 국가적 규모의 종합 문학관은 찾을 수 없다는 점이다. 수백년 동안 활동해온 수많은 작가들의 삶과 업적을 단일한 공간 안에 수용한다는 것은 아예 실현 불가능한 발상이었던 것이다.

그런데 러시아로 오면 조금 이야기가 달라진다. 나는 시인 도종환 의원, 노문학자 이강은(李康殷) 교수 등과 함께 2015년 7월 중순 엿새 동안 상트페테르부르크와 모스크바의 여러 문학박물관들을 차례로 방문한 바 있다. 푸시킨, 톨스토이, 도스토옙스키, 고골 및 안나 아흐마토바 등의 기념관은 하나하나 모두 아주 인상적이었다. 어쨌든 이 기념관들은 서유럽의 것들과 본질적으로 비슷한 성격의 것이었다. 그러나 두곳, 즉 상트페테르부르크의 '러시아문학연구소(푸시킨의 집)'와 여기 딸린 '러시아문학연구소 도서관', 그리고 모스크바의 '국립문학박물관'에서는 서유럽과 구별되는 러시아적 특징이 분명하게 나타난다고 여겨졌다. 길게 설명할 지면이 모자라지만, 요컨대 이 두곳은 거대한 규모의 국립문학관이었다.

한편, 나는 도종환 의원, 평론가 방민호(方珉昊) 교수 등과 함께 2014년 9월 나흘 동안 일본 도쿄와 요코하마 및 중국 베이징의 현대문학관 들을 둘러보았다. 워낙 빠듯한 일정이라 깊이 있게 들여다보기는 어려웠지만, 해당 문학관 운영자들의 친절한 안내와 설명으로 배운 바가 많았다.

도쿄의 '일본근대문학관'이 내게 깊은 인상을 주었던 것은 그 문학관의 설립 주체와 운영 주체가 공히 공익재단법인이라는 점, 1962년 설립 준비부터 1967년 4월 일본 최초의 문학관으로 개관하기까지 많은 문학자와 시민들의 자발적인 협조가 있었던 점, 그리고 2013년 말 현재 110만점이 넘는 소장품의 많은 부분이 작가와 유족 들의 기증품이라는 점, 그리고 문학관을 문인들이 힘을 모아 건립했고 지금도 독립적으로 운영하고 있다는 데 모두들 자부심을 가진다는 점이었다. 이것은 우리의 문학관 건립에서도 심각하게 배우고 깊이 참고해야 할 사항이라고 생각한다. 요코하마의 '가나가와 근대문학관' 역시 특색이 있었다. 조금 다른 점은 설립 주체가 지방자치단체인 가나가와현(神奈川縣)이라는 점과, 그럼에도 '가나가와문학진흥회'라는 별개의 공익재단에 의해 독립적으로 운영되고 있다는 점이었다. 이 문학관의 경우 2013년 말 현재 115만점에 이르는 소장품의 85퍼센트가 역시 기증품이라는데, 이 역시 우리에게 시사하는 바가 크다.

'중국현대문학관'에서는 그동안 내가 보아온 어떤 문학관보다 더 강력하게 국가주의의 입김이 작용한다는 느낌을 받았다. 1981년 작가 바진(巴金)이 최초로 설립을 제안한 이후 1985년 3월 개관에 이르기까지의 과정을 주도한 설립 주체가 국가라는 점도 그렇거니와, 운영을 맡고 있는 중국작가협회 자체도 중국공산당 영도하의 준(準)국가기관이나 다름없다고 할 수 있다. 그런 만큼 국가의 재정적 지원도 넉넉한 듯 건물도 가장 번듯하고 내부 장식도 아주 화려하고 위압적이었다. 문학관 관장은 시안(西

安) 부시장이 겸하고 있고 실무책임자인 부관장도 공산당 관계자로서, 문인들 자신의 힘으로 운영하는 인상을 풍기려는 일본의 경우와는 극히 대조적이었다. 전시품의 내용도 중국공산당의 고난과 투쟁의 역사에 연결된 정치적인 것이 주류를 이루고 있었다.

우리의 문학관은 어떤 방식으로?

이상에서 외국 문학(박물)관의 사례들을 개관한 까닭은 물론 우리 한국의 문학관이 나아갈 방향에 대해 암시와 교훈을 얻기 위해서이다. 그렇다면 앞의 사례들을 토대로 몇가지 질문을 구성해보자.

첫째, 한국문학관의 설립 주체는 누가 되어야 하겠는가? 앞에서 보았듯이 러시아 상트페테르부르크의 '러시아문학연구소(푸시킨의 집)'와 모스크바의 '국립문학박물관', 그리고 중국의 '중국현대문학관'은 모두 국립이다. 반면에 일본의 문학관들은 공익재단 또는 지자체가 설립 주체이다. 설립 수체가 누구였든 운영은 권위 있고 중립적인 문인과 문학 교수가 맡은 것이 일본이다. 유럽에서는 대부분 지자체나 기업의 후원 및 시민들의 성금에 의존하되, 운영은 문학 전문가에게 맡기고 있다. 중국과 러시아가 국가주의이고 유럽이 작가 중심이라면 일본은 양자를 절충하는 방식이라고 할 수 있을 것이다. 우리의 경우 일반 모금이나 후원금으로 문학관을 건립, 운영하는 것은 기대하기 어렵다. 국가재정에 의존하는 것이 불가피하다. 다시 말하면 '국립'이 될 수밖에 없다. 그러나 운영은 독립적이고 자율적인 공익법인체를 만들어 되도록 여기에 일임하는 것이 좋겠다고 생각한다.

둘째, 문학관의 기능과 역할은 어떠해야 할까? 각종 문학자료와 유품·유물 등을 수집·분류·보관·전시하는 것이 문학관의 기본 업무라 하지만,

그 범위를 어디까지로 하는 것이 적절할지 자명한 것은 아니다. 가령, 일제 말 친일작가를 어떻게 취급할 것인가? 해외에서 현지어로 창작한 동포작가나 2세, 3세 작가의 경우, 또 대중작가나 통속잡지의 경우 어떻게 처리할 것인가? 지난 7월 24일 기자간담회에서 나온 첫번째 질문도 이런 것이었는데, 나는 이에 대해 '한국문학'의 이름으로 논의될 수 있는 모든 자료가 수집 대상이라고 답했다. 문학관은 문학의 질을 평가하는 기관이 아니라 문학유산을 원래의 모양 그대로 수집하여 후손에게 전하는 것이 기본 임무인 기관이라고 믿기 때문이다. 다른 한편, 본연의 업무 이외의 부대적인 사업들, 가령 전산화·정보화 관련 사업들, 자료와 유물의 보존 처리에 관한 전문적 업무들, 회의실·세미나실·창작실·강당 등의 운영과 활용에 관한 사안들, 연구 역량과 전시·기획 역량 강화를 위한 학예사 제도의 설치·운영에 관한 문제, 그밖에 문학관과 관람객의 원활한 소통을 위한 다양한 아이디어가 문학관 업무에 포함되어야 할 것이다.

셋째, 문학관이 소장할 자료는 어떻게 구할 것인가? 언제부터인가 우리 사회에서는 좀 오래된 책들은 희귀본이라 하여 터무니없이 비싸게 거래되고 있고 어떤 시집들은 초판이 수천만원에 경매에 오르기도 한다. 이런 가격이면 문학관을 제대로 운영하기 어렵다. 물론 자본주의 사회에서 모든 것이 돈으로 평가되고 거래되는 것을 비난할 수는 없다. 하지만 오늘날 여러가지 이유로 진지한 문학독서를 기피하는 경향이 사회에 만연해 있는데, 이렇게 독서 자체는 멀리하면서도 다른 일각에서 책이 고가 상품으로 거래된다는 것은 책과 문학에 대한 모독이다. 그런 점에서 나는 문학관 소장도서의 많은 부분이 작가와 유족 및 시민들의 자발적인 기증으로 채워진 일본의 경우로부터 배워야 한다고 생각한다. 문인들 자신부터 기증운동에 앞장설 것을 촉구한다.

마지막으로 문학관의 기본 정신에 대해 한마디 하겠다. 주지하는 바와 같이 우리 문학은 유사 이래 동포와 함께 고난의 시대를 헤쳐왔다. 수많은 전란과 권력의 탐학에 시달렸고 봉건적 억압과 외세의 지배에 고통을 겪었으며 남북분단과 전쟁의 상처 또한 가슴에 깊이 패어 있다. 우리 문학은 이 고난의 민족사와 발걸음을 함께하며 수많은 작품으로 민중의 아픔을 증언해왔다. 어느 시대에나 작가들은 정치적 탄압 때문에 표현의 자유를 충분히 누리지 못했다. 그럼에도 불구하고 우리 문학은 작가들의 희생과 노력으로 오늘의 융성을 이룩하기에 이르렀다. 이 저항과 창조의 민족문학사를 한국문학관은 실물로 보여주어야 한다. 그런 점에서 국립한국문학관은 미래세대를 위한 살아 있는 교육의 현장이라는 자부심을 가질 필요가 있다.

한국작가회의 40년

백지연 평론가와의 인터뷰

* 한국작가회의는 1974년 11월 18일 출범한 자유실천문인협의회가 민족문학작가회의를 거쳐 갖게 된 현재의 명칭이다. 이름은 바뀌고 상황은 달라졌어도 지키고자 하는 문학정신에는 변함이 없다. 창립 40주년을 맞은 시점에서 작가회의는 40년 역사를 돌아보는 기획을 마련했던바, 이 글은 문학평론가 백지연(白智延)이 묻고 내가 대답한 인터뷰의 기록이다. 자실이 출범하게 된 사회적·문단적 배경을 돌아보면서 오늘의 작가회의가 지녀야 할 자세를 묻는 내용이다. 인터뷰는 2014년 7월 15일 덕성학원 소회의실에서 진행되었고, 한국작가회의 40주년 기념사업단 편찬위원회가 엮은 『증언: 1970년대 문학운동』(2014)과 나의 대담집 『문학과의 동행』(한티재 2018)에 수록되어 있으나, 내용상 이 책에 더 적합할 듯하여 재수록한다.

백지연 오늘 이 자리에서는 1970년대 자유실천문인협의회 창립을 전후한 무렵 선생님의 문학활동과 당대의 문학적 흐름을 돌아보려고 합니다. 선생님께서는 계간 『창작과비평』의 발행인을 맡으셨으며, 유신헌법 개정을 요구하는 문인들의 성명서 발표에 참여하고 자유실천문인협의회 결성에 직접적으로 관여하셨지요. 자실 재건 이후에는 민족예술인총연합 이사장, 민족문학작가회의 이사장을 맡아 문학예술의 장에서 실천적인 활동을 지속해오셨습니다. 지금 작가회의가 있기까지의 긴 역사를 돌아보며 여러모로 전해주실 말씀이 많을 듯합니다.

먼저 자유실천문인협의회의 출발로부터 이야기를 시작하려고 하는데요, 자실의 탄생은 1960, 70년대 본격화된 근대화의 격랑 속에서 지식인들이 펼쳐온 담론 생산과 실천활동의 맥락 속에 있다고 할 수 있을 듯합니다.

염무웅 우리 문학사에서 자유실천문인협의회가 평지돌출로 갑자기 나타난 것이 아니라는 점부터 먼저 강조하고 싶군요. 오랜 역사적 축적과정이 있지만, 가장 중요한 계기는 4·19가 갖는 전환기적 의미에서 찾아야 한다고 생각합니다. 남북분단과 6·25전쟁을 거치면서 휴전선 이남 대한민국의 질서는 극우 냉전체제에 완전히 포획되었고, 김동리·조연현 등이 주도하는 문인협회(이하 '문협') 체제가 문단을 지배하게 됐어요. 물론 김동리·서정주·조연현, 그 개인들의 문학세계는 나름으로 의미가 크지만, 이들이 주도한 순수문학의 이념은 한국 문단의 다양한 목소리를 억압하는 기제로 작용했어요. 이러한 주류 문단에 약간의 파열음이 생기는 게 대략 1955년 무렵이라고 나는 봅니다. 두가지 측면에서 그렇게 볼 수 있는데, 첫째는 기성 문단의 분열이지요. 1954년 예술원법이 만들어지고 1955년 예술원이 출범하는데, 이를 계기로 조연현과 김동리가 주도했던 문인협회와 김광섭·이헌구 등이 주도한 자유문학자협회로 문단이 양분됩니다. 사실 문협과 자유문협 사이에는 이념적 차이가 있을 게 없어요. 두 단체의 뿌리를 캐고 보면 해방 직후 좌익에 대항하여 공동전선을 폈던 전조선문필가협회와 조선청년문학가협회인데, 이제 문단 패권을 둘러싸고 둘로 갈라진 거지요. 다른 하나의 측면은 6·25전쟁을 겪고 나서 상처 입은 젊은 세대들이 문단에 진출하여 기성 문인들과는 전혀 다른 목소리를 내게 된 것입니다. 이른바 전후문학의 등장이지요.

이런 흐름이 4·19를 통해 촉발되었다고 얘기했지만, 실은 이미 1950년대 말에 평론가 이어령은 「저항의 문학」이라는 글을 써서 김동리 등의 기성 문단을 공격했어요. 종로 거리에서 4·19 시위가 한창 진행 중인 걸 목격하면서 이어령은 신구문화사 편집실에 앉아서 '저 지나가는 젊은이들의 목소리를 담는 그런 문학을 해야 하고 그런 목소리를 담는 책이 필요하다'고 말했습니다. 그때 신구문화사에서 출간한 『세계전후문학전집』 (1960~62)은 그런 점에서 상징적인 의미를 갖는다고 봅니다. 장정과 내용도 이전에 나왔던 책들과 완전히 달랐어요. 제2차대전 이후 등장한 작가들의 작품만으로 꾸려졌어요. 당시 대학생이었던 우리 세대에게는 아주 신선한 충격이었습니다. 『한국전후문제작품집』(1960)도 물론 신진작가 중심으로 꾸려졌어요. 이와 관련하여 4·19 이후 결성된 전후문학인협회라는 단체도 주목할 필요가 있습니다.

백 전후문학인협회(이하 '전후문협')의 구성원이 궁금하네요. 어떤 분들이었나요?

염 내가 이 단체의 이름을 처음 안 것은 『한국전후문제작품집』과 『한국전후문제시집』(1961)에서였습니다. 거기 보면 서기원·오상원·이호철·최상규·송병수·김동립·최인훈 등의 소설가와 박성룡·성찬경·박희진·고은·민재식 등의 시인이 자기 약력에 전후문협 회원이라고 밝히고 있고, 특히 신동문과 구자운은 간사라는 직책까지 밝혀놓았어요. 대부분 1930년대 초에 출생한 분들이니까 당시 서른살 전후의 젊은이였지요. 무엇보다 그들이 문협이나 시인협회가 아니라 전후문협에 소속해 있다는 걸 대외적으로 천명했다는 점이 눈에 띕니다. 그런데 최근 인터넷에 검색해보니

더 자세한 기록이 나오더군요. 그 무렵의 보도(경향신문 1960.5.25.)에 따르면 1960년 5월 28일에 11명 회원을 발기인으로 해서 창립총회를 열었습니다. 앞에 열거한 분들 이외에 홍사중·이어령·유종호 등 평론가들도 함께했어요. 몇차례 정기총회도 가졌고, 특히 1961년 5월에는 25~26일 이틀에 걸쳐 제3회 문학강연회를 개최한다는 기사도 있어요(경향신문 1961.5.15.). 첫날은 박이문(문학상의 현대인간상), 민재식(시와 현실), 이문희(문장론) 등이, 그리고 다음날은 이어령(현대에 있어서의 문학적 상황), 신동문(시작詩作과 체험), 최인훈(현대인과 소설) 등의 강연이 예고돼 있습니다. 그런데 기사가 나간 바로 다음 날 5·16쿠데타가 일어나, 아마 행사를 치를 수 없었을 겁니다. 어쨌든 전후문협은 4·19를 계기로 각성한 젊은 문인들이 기성 문단과 다른 목소리를 내고자 했던 최초의 집단적 시도로서 주목되어야 합니다.

그다음에 이어진 것이 청년문학가협회(이하 '청문협')입니다. 해방 후 김동리 주도로 만들어진 조선청년문학가협회와 우연히 이름이 같아요. 알다시피 1962년 이후 서정인·김승옥·이근배·정현종·이성부·조태일·이청준·이문구·조세희·박태순·윤흥길·김현 등 더 젊은 세대가 속속 대거 등장합니다. 나도 이때 등단했지요. 전후문학 다음의 세대, 즉 4·19세대라고 불리는 사람들이 1960년대 초중반에 걸쳐서 등장한 겁니다. 김승옥·김현을 중심으로 『산문시대』 동인지 활동이 있었고 조동일·임중빈이 중심이 된 『비평작업』 동인지도 나왔어요. 이런 흐름들이 하나의 단체로 모인 것이 말하자면 청문협입니다.

내가 보관하고 있는 청문협 관계 유인물을 보면 총무대표 간사 이근배, 섭외 간사 임중빈, 기획 간사 조동일, 출판 간사 염무웅, 권익 간사 김광협, 시분과 간사 이탄, 소설분과 간사 김승옥, 평론분과 간사 김현 등으로 조직이 짜여 있습니다. 등사판으로 자료집을 만들어 공개적인 세미나도 두세번 했어요. 지금도 기억나는데, 1966년인가 조선호텔 근처 어느 빌딩 지하 공간을 빌려서 문학토론회를 열었습니다. 그게 제2회 세미나였지 싶은

데, 나는 유현종(劉賢鍾)의 단편 「거인」을 비판적으로 검토하는 발제를 했고 구중서(具仲書) 씨가 반대 입장에서 토론을 해서 꽤 치열하게 논쟁을 벌였어요. 그걸 계기로 나는 구중서 형과 친해졌습니다. 그런데 1960년대 말이 되자 『창작과비평』을 비롯한 문학 매체들이 생기고 이념적으로도 분화가 이루어지면서 청문협도 유명무실해지게 되지요. 여하튼 정치적 연관을 떠나 한국문단사의 맥락에서 본다면 4·19 이전 문단에 나온 전후 문협 세대와 4·19 이후 등장한 청문협 세대가 결합하여 한국문학의 새로운 주체를 형성하고자 시도한 운동이 자유실천문인협의회라고 볼 수 있어요.

백 당시 간첩 사건과 관련하여 청년문학가협회가 고초를 겪기도 했다는데요.

염 1967년의 동백림 사건 다음 해에 통혁당 사건이 일어났어요. 짐작건대 박정희 정권은 은밀히 삼선개헌을 기획하면서 이에 대한 저항을 미리 잠재우기 위해 공안정국을 조성하려고 했던 게 아닌가 합니다. 아무튼 그 사건으로 많은 사람들이 구속되고 재판을 받았는데, 임중빈이 주도한 청문협이 통혁당 산하조직이라고 당시 신문에 크게 보도됐어요. 동아일보 1968년 8월 24일자를 보면 1면 톱으로 "통일혁명당 간첩단 타진"이라는 제목의 기사가 크게 나고 그 조직표 안에 청문협이 산하조직으로 나와 있습니다. 공산주의에 입각한 현실비판과 문학활동을 했다는 거예요. 하지만 다른 건 몰라도 적어도 청문협이 통혁당 산하조직이라는 건 티무니 없는 날조입니다. 임중빈이 청문협을 주도하지도 않았을뿐더러 '청년문학가협회'라는 이름 자체가 여러 명칭을 두고 회원들이 토론을 통해 채택된 거였어요. 서늘한 봄날 밤 덕수궁 잔디밭에 둘러앉아 떠들던 것이 지금도 기억납니다.

백 다양한 계기들을 통하여 자발적으로 문학인들의 모임이 결성되고 집합적인 목소리가 터져나오게 된 흐름들을 읽을 수 있군요. 이어서 1970년대 전반은 문인간첩단 사건, 민청학련 사건, 인혁당 사건이 터지면서 다수 문인들과 학생들이 구속되고 사형 및 중형을 선고받는 참혹한 비극들이 벌어졌습니다.

염 1971년 4월에 대통령선거가 있었습니다. 박정희와 김대중이 맞붙은 역사상 가장 뜨거운 선거였을 겁니다. 그때 김재준 목사, 이병린 변호사, 천관우 선생, 세분이 대표가 되어 민주수호국민협의회를 결성하고 '민주수호선언'을 발표했어요. 60명 서명자 중 문인이 12명이나 된다는 게 주목할 일입니다. 내 생각에 문단에서 민수협을 주도한 분은 이호철 선생이고 적극 도운 분은 남정현(南廷賢) 선생이 아닌가 합니다. 이호철 선생은 민수협 운영위원까지 맡았었죠. 당시 『창비』는 내가 편집을 책임지고 있었는데, 지금의 종로구청(당시 수송초등학교) 건너편에 있던 출판사 신구문화사의 방 하나에 책상과 소파를 놓고 혼자 앉아서 교정 보다가 사람들 오면 만나고 그랬어요. 내 기억에는 이호철, 남정현 두분이 함께 창비 사무실로 서명을 받으러 왔던 것 같아요. 그래서 창비에 모이던 문인들은 대부분 서명했지요. 나로서도 정치적인 의미를 가진 단체에 참여한 것은 그때가 처음입니다. 참고로 '민주수호선언'에 서명한 문인 명단을 밝히면 박두진·이호철·남정현·박용숙·최인훈·구중서·한남철·김지하·조태일·방영웅·박태순·염무웅 등입니다.

백 1974년 1월 7일 이호철 선생님의 주도로 문학인들 61명이 '개헌청원 지지' 성명서를 발표하고 중부경찰서로 연행된 사건이 일어났고 곧이어 '문인간첩단' 사건이 일어났습니다. 문인간첩단 사건은 문학운동 결성체가 출발한 직접적인 계기라고 할 수 있습니다. 이때 백낙청 선생님이 진정서를 쓰시고 많은 문인들이 서명에 참여했는데, 조연현 주도의 한국 문인협회 및 국제펜 한국본부에서도 개인 자격으로 많은 문인들이 서명에 응했다고 들었습니다. 문학적 경향을 가리지 않고 많은 문인들이 이처럼 뜻을 같이했다는 것은 매우 중요한 의미가 있는 듯합니다.

염 그렇지요. 거기에 이르는 과정을 이해할 필요가 있는데, 1972년이 중요한 해입니다. 그해 7·4남북공동성명이 발표되고 10월유신이 선포되었으니까요. 국제적으로도 베트남전쟁에서 미국의 승산이 없는 것이 확실해지자 닉슨이 중국을 방문해서 냉전 해체의 방향으로 가기 시작했고요. 유신 직후 한동안 정국이 얼어붙었다가 1973년 가을부터 유신반대 학생시위가 일어나기 시작했고, 이와 더불어 장준하 선생을 중심으로 유신헌법 개헌청원 백만인서명운동이 시작됐어요. 문인들 사이에서도 가만히 있을 수 없다는 논의가 일어났습니다.

1974년 정초였는데, 백낙청, 한남철, 나, 몇 사람이 미리 의논을 하고서 이호철 선생 댁에 세배를 갔습니다. 그리고 문인들도 개헌청원 지지성명을 냅시다, 이호철 선생이 연장자시니 앞장을 서십시오, 그랬어요. 이호철 선생은 민수협 때에도 적극 앞장서 운영위원까지 맡으셨으니까요. 이선생은 흔쾌히 응낙을 했고 백낙청 선생이 작성한 성명서에 백선생, 한남철, 나 이렇게 셋이 나눠서 문인들 서명을 받았지요. 그런 다음 동숭동에 있는 백교수 연구실에서 먹지에 대고 성명서를 썼어요. 방학이니까 학교에 아무도 없어서 비밀 유지에는 좋은데 난방이 안 돼서 얼마나 춥던지, 덜덜 떨던 생각이 나네요. 그 먹지 성명서가 지금 나한테 한장 남아 있습니다.

그런 다음 1월 7일 오전 10시 명동성당 건너편에 있는 지하 다방 코스모폴리탄에 30여명이 모여서 성명서를 낭독했어요. 그러자 안수길 선생을 비롯한 참석자 아홉명은 곧장 중부경찰서로 연행되었죠. 근데 그것이 직접적인 계기가 됐는지, 아니면 정부에서 미리 준비를 했는지 모르지만, 문인들의 성명 발표 바로 다음 날, 그러니까 1월 8일에 긴급조치 1호가 발동됐습니다. 소위 긴급조치 시대가 시작된 거죠.

문인들 61명은 성명 다음 날부터 차례로 다 남산에 잡혀갔어요. 자기들 사는 구역의 경찰서를 거쳐서 갔지요. 나는 그때 수유리에 살았는데, 도봉 경찰서를 거쳐 남산에 갔죠. 그런데 탄압이 거기서 그친 게 아니었어요. 사실 그때까지만 해도 문인들 저항운동은 거의 김지하 하나뿐이었는데, 개헌청원 성명을 계기로 이제 조직을 이루게 됐잖아요? 그러니 당국으로서는 이걸 그냥 놔둘 수 없다고 생각했을지 몰라요. 성명서 대표인 이호철 선생이 1월 14일 서빙고 보안사로 잡혀갔고, 그러고 나서 2월 25일 김우종·임헌영·장백일·정을병 등과 함께 국가보안법 위반 혐의로 구속됩니다. 개헌청원 성명 냈다고 기소할 수는 없으니까 대신 일본에서 발행되던 재일동포 잡지 『한양』을 문제 삼았는데, 신문에는 문인간첩단이라고 크게 났어요. 참, 말도 안 되는 사건이었죠. 재판 때마다 문인들이 법정으로 몰려가서 방청을 하고 진정서를 내고 그랬어요.

돌이켜보면 그건 문인들에게 일종의 정치학습이 되었어요. 이 재판과정을 통해 문인들이 간첩사건이라는 것의 실체를 많이 알게 됐고, 동시에 그걸 계기로 이심전심 연대하여 비판적 문인조직을 만들 수 있는 심리적 기반이 형성되었으니까요. 이때 민청학련 사건과 인혁당 사건도 일어났지요. 김지하는 또 감옥에 들어갔고요. 이호철 씨는 10월 말쯤에 석방됐는데, 이렇게 해서 자실이 출범할 수 있는 분위기가 마련됐다고 생각합니다.

백 당시 문인들의 모임이 언론인, 해직 교수의 모임과 연대했던 과정도 중요한 것 같습니다. 검열과 억압 때문에 모임을 갖는 공간을 찾기 쉽지 않았을 텐데요.

염 문인들 입장에서 피부로 가장 가깝게 느낀 것은 언론자유운동입니다. 언론·출판의 자유 없이 문학은 존립할 수 없으니까요. 1974년 10월 24일 동아일보 기자들의 '자유언론실천선언'이 나오고 이어서 다른 신문사에서도 비슷한 선언이 이어졌어요. 문인들의 '자유실천선언'은 언론자유에 직결된 표현의 자유를 선언한 것이죠. 당시 국제펜대회를 앞둔 한국펜본부 정기총회에서도 평론가 김병걸(金炳傑) 선생이 대표 제안한 '표현의 자유에 관한 긴급동의안'을 만장일치로 채택했습니다. 그 긴급동의안에 김지하 석방 요구가 들어 있는데, 유신체제하에서 공식 기구가 김지하 석방 요구를 결의한 것은 그게 유일할 겁니다. 1974년 11월 18일 동아일보는 그 사실을 문화면 톱으로 보도했어요. 문인들이 자유실천선언을 하고 시위에 나선 것은 같은 날 사회면에 2단으로 보도했고요. 또, 긴급조치 아래서 학생들이 많이 감옥에 들어가니까 그들의 부모, 주로 어머니들이 구속자가족협의회를 만들어 종로5가 기독교회관에서 기도회를 열었어요. 이때 열린 금요기도회가 굉장히 중요합니다. 문인·언론인·해직 교수 들, 그리고 탄압받는 노동자들이 함께 모일 수 있는 공간이 없었는데, 금요기도회를 계기로 그런 공간이 생겨난 것이죠. 나도 1976년 학교에서 해직된 뒤부터 금요기도회에 자주 갔어요. 경찰들이 입구에서 지키고 있었지만 출입을 막진 않았지요.

알다시피 1970년대에는 자실에 따로 사무실이 없었죠. 이시영이나 송기원(宋基元)이 가방을 들고 다니면 그게 사무실이었어요.(웃음) 그러니까 각기 따로 놀던 사람들이 다 같이 모여서 정보를 교환하고 자기주장을 하고 성명서를 발표할 수 있는 마당, 그곳이 바로 금요기도회가 열리던 기독교회관이었던 거예요. 1시간 반 정도는 예배를 보고, 예배 끝나고는 광고 시간을 빌려 이 단체 저 단체가 나와서 성명서도 읽고 광고도 합니다. 누가 감옥에 들어갔고 누가 지금 몸이 아프다, 이런 소식을 전달했어요. 나도 거기서 성명서를 몇번 읽었어요. 지금 기억나는 것으로는 1977년

12월에 자실과 해직교수협의회가 연합해서 공동성명서를 냈는데, 그걸 읽은 거예요. 당시 자실 회원과 해직 교수를 겸한 사람은 김병걸·백낙청·염무웅 정도가 아니었나 싶군요. 1970년대까지만 하더라도 비판적 성향의 젊은 문인들이 요즘처럼 대학교수 사회에 진입하기 전이라는 걸 상기할 필요가 있습니다.

그러고 보면 유신체제는 자기들이 원하는 것과 반대로 각 분야의 지식인들을 연결하고 또 지식인과 민중운동을 결합시키는 적극적 작용을 한 측면도 있습니다. 가령 연세대에서 해직된 성래운 교수는 원래 교육 관련 관료 출신의 학자였는데, 이 무렵에는 문인들과 더 자주 어울리고 특히 시 낭송에 일가를 이루었어요. 문익환 목사는 늦깎이 시인이자 성경학자인데, 운동권과 두루 관련을 맺는 하나의 고리 역할을 했고요. 그래서 그랬는지 모르지만, 1970년대 유신체제하에서 우리들은 직장에서 쫓겨나고 감옥 가고 하면서도 별로 주눅 들지 않았어요. 우리들 주위에는 이상하게도 일종의 활기랄까 미래에 대한 낙관적 기운 같은 게 흘렀어요. 그 점이 요즘과 극명하게 대조됩니다. 요즘 젊은이들은 대부분 취업에 목을 매고 있을뿐더러 아주 위축돼 있잖아요?

백 자유실천문인협의회가 세대와 경향을 다양하게 아우르는 성격을 갖고 있었다는 말씀이 매우 중요하게 들립니다. 한국문학사를 바라보는 데 있어서도 중요한 시사점을 주는데요, 보통 문학사 연구에서 1960년대 문학을 바라볼 때 새로운 세대의 출범, 4·19세대 문학으로 한정하는 시각이 적지 않은데, 이러한 통합적 시야가 긴요하다고 생각됩니다.

염 1950년대에 출발한 전후세대 문학과 연결해서 파악하는 관점이 중요하죠. 더 나아가서는 일제시대부터 양심을 지켜온 원로 문인들과의 연속성을 회복하고자 의식적으로 노력한 점도 주목해야 합니다. 자실의 구성에서도 그런 점을 확인할 수 있는데요, 김정한·안수길·박두진·오영수 선생 등 문협 주류가 아니면서 그 나름의 양식과 양심을 지켰던 선배 문인들을 자실의 전사적(前史的) 위치에서 파악하려고 늘 애를 썼어요. 이것도 아주 중요한 사실입니다.

백 자유실천문인협의회의 초창기 인적 구성이랄까, 그런 것에 대해 좀 더 이야기해주시면요.

염 초창기 자실에 참여한 문인들을 보면 이문구(李文求)의 역할이 제일 컸다고 봐야 하고, 그 다음에는 창비 쪽에 드나들던 문인들이 상당히 많은 것이 사실이죠. 특정 그룹에 속하지 않은 개인들의 참여도 적지 않았습니다. 문학이라는 게 본질적으로 무슨 조직활동은 아니라는 걸 의식할 필요가 있어요. 물론 고은과 박태순(朴泰洵), 이분들의 열정과 헌신은 대단히 중요하죠. 그런데 그들도 어떤 조직을 대변한다고 볼 순 없어요. 그런 측면에서 특히 이문구는 큰 역량을 발휘했어요. 그는 개개인의 문학적 성향이나 명성 따위에 구애받지 않고 사람이 됐다 싶으면 누구나 무조건 끌어들였지요.(웃음) 이문구가 작고했을 때 작가회의·문협·펜클럽 세 단체가 합동으로 장례식을 치렀는데, 이런 일은 전무후무할 거예요. 이문구는 좋은 작품 써서 이름 내는 작가들만 모이는 그런 엘리트주의를 거의 증오하다시피 했어요. 사람이 무던하면서도 문단에서 소외된 문인들 뒷바라지하는 걸 체질적으로 좋아했지요. 사실 이문구 자신은 뛰어난 작가이면서도 항상 자기만 못한 소외된 작가들 편에 서려고 했어요. 문협 이사장 선거 때도 이문구가 김동리의 운동원으로 절대적인 역할을 했고, 자실의 출범과정에서도 조직 동원에서는 이문구가 제일 큰 역할을 했다고 생각합니다. 그런 면에서 이문구는 정치가였어요.

이런 사실을 문단사적으로 어떻게 해석할 수 있을까요? 조연현을 중심으로 한 세력이 1970년대 초에 문협을 장악하게 되니까 김동리를 따르는 사람들이 문협에서 떨어져 나왔는데, 그건 1950년대 중반 김동리 중심 문협과 김광섭 중심 자유문협의 분열에 이은 주류 보수문단의 제2차 분열이라고 할 수 있습니다. 그러니까 문협 이사장 선거에서 패배한 김동리 계열이 소위 참여파 문인들과 결합함으로써 자실의 인적 구성이 이루어진 것이다, 이렇게 보는 하나의 시각이 가능할 겁니다. 창비 가까운 문인들과 소위 참여파는 겹치는 부분도 있지만 구별해야 할 것도 많다고 할 수 있고요. 반면에 자실 같은 조직활동에 끝내 참여하지 않은 사람들은 주로 『문학과지성』쪽이죠. 특이한 경우는 김병익(金炳翼) 씨인데, 그는 문지의 중심에 속하면서도 글과 행동을 통해 시민적 책임을 견지하려고 애써왔어요. 아무튼 자실 내부에서도 고은이나 박태순은 조직가라기보다 앞장서 싸우는 투사들이었고, 그에 비하면 이문구는 뒤에서 일을 조직하는 사람인 셈이었죠.

백 1974년 11월 15일 문인들이 모임을 갖고 101인 선언문을 작성했던 그때의 이야기 중 개인적으로 간직하시는 특별한 일화가 있는지요?

염 그게 펜클럽 총회가 열리기 하루인가 이틀 전날인데, 고은·이문구·조태일·박태순·염무웅·황석영 등 여러 사람이 서울 청진동 다방에 모여서 11월 18일 월요일에 결행할 일을 최종 점검하고 맡은 바를 분담했지요. 내게는 선언문을 쓰는 임무가 주어졌는데, 유감스럽게도 내게 지금 선언문 원본이 없고 그것을 보관하고 있는 사람도 없습니다. 역사적 자료가 될 수 있다는 데엔 아무도 생각이 미치지 못했던 거지요. 그런데 선언문 발표 전날, 그러니까 11월 17일 밤에 종암동 리영희 선생을 찾아가 우리 계획을 간단히 설명하고 외신의 취재를 부탁했어요. 리선생이 개인적으로 잘 아는 미국이나 일본 기자들에게 현장취재를 부탁한다고요. 그 당시는 몰랐는데 나중에 들으니, 그때 리영희 선생은 우리가 광화문에서 선언문 읽고 시위하고 잡혀가는 광경을 거리 건너편에서 지켜보셨다고 하더군요. 리선생과 친한 외신기자들도 와서 취재를 했다고 하고요. 그땐 정신이 없었으니까 몰랐지요. 부탁은 했지만 실제로 외신에 나갈 줄은 몰랐어요. 이건 그동안 한번도 얘기 안 한 에피소드입니다.

백 '자유실천문인협의회 문학인101인선언'은 학생운동·언론·종교에서의 조직적 운동의 흐름이 문인들의 실천운동과 연계를 이룬다는 점에서도 중요하다고 봅니다. 당시 문인들과 해직교수협의회의 공조 사례도 포함해서요. 이와 관련하여 1977년 담화문을 발표하고 1978년 발족한 해직교수협의회 이야기도 듣고 싶습니다.

염 유신체제하에서 처음 해직된 교수는 김병걸·백낙청 두분이었습니다. 1974년 말의 민주회복국민회의에 참가했기 때문이지요. 두분은 국립대 교수여서 결국 해직됐어요. 백낙청 교수는 사표를 거부했기 때문에 파면되었고, 김병걸 교수는 강제로 사표를 제출한 걸로 알고 있습니다. 교수와 문인의 정치참여가 활발해지자 박정권은 대학사회를 좀더 강력하게 통제하기 위해 1975년 9월 정기국회에서 교수재임용 제도를 도입했어요. 그리고 이듬해 새 학기에 처음 적용했지요. 그때 전국에서 300명 이상의 교수들이 해직됐다고 합니다. 그중 정치적인 이유로 해직된 교수는 20명 내외일 거예요. 나머지는 사학재단 쪽에서 자기들 눈에 벗어난 사람을 자른 거고요.

다들 알다시피 1970년대 후반으로 가면서 박정희 체제는 더욱 경직되어 점점 파국을 향합니다. 해직된 교수들 입장에서는 무엇보다 대학이 병영화되는 현실이 특히 안타까웠지요. 그래서 보다 못해 1977년 12월 2일 구속학생 석방과 복교, 구속된 민주인사들의 석방과 공민권 회복, 그리고 해직교수 복직을 요구하는 '민주교육선언'을 발표하기에 이릅니다. 아마 백낙청 교수가 문건을 작성했을 겁니다. 지금 나한테 선언문 원본이 있는데요, 김동길(연대)·김용준(고대)·김윤수(이대)·김찬국(연대)·남정길(전북대)·노명식(경희대)·백낙청(서울대)·성래운(연대)·안병무(한신대)·염무웅(덕성여대)·이계준(연대)·이우정(서울여대)·한완상(서울대) 등 13명이 참여했어요. 여기에 이어지는 것이 1978년 6월 27일 소설가 송기숙 교수를 중심으로 전남대 교수 11명이 발표한 유명한 '우리의 교육지표' 선언입니다. 그 때문에 전남대의 서명 교수들이 전원 해직되고 성래운·송기숙 교수는 구속됐어요. 흔히 교육지표 사건이라고 부르는 게 그것이지요. 1980년 광주항쟁의 씨앗을 뿌린 사건입니다.

백 자실을 둘러싼 문인들의 모임과 조직이 당시 지식인들의 사회적 저항운동들과 다각도로 연결되어 있다는 것을 실감하게 하는 일화입니다. 문단 내부에서도 어떤 경향에 특별히 연결되어 있지 않은 분들이 자실에 함께하셨다는 것도 거듭 중요한 대목이고요. 작가회의 이후 확대 방향과도 관련되는데요, 요산 김정한 신생님과 자실의 인연, 아동문학가 이오덕(李五德) 선생님과의 인연도 그런 점에서 새삼 되짚어볼 만합니다.

염 김정한 선생은 한동안 작품을 쓰지 않다가 1966년 10월『문학』이라는 잡지를 통해 문단에 복귀했지요. 당시『문학』주간은 번역가 원응서(元應瑞) 선생이었는데, 그분은 황순원(黃順元) 선생과 고향도 같고 아주 단짝이었죠.『문학』은 여러 면에서 1950년대 후반의『문학예술』에 이어지는 문예지입니다. 그곳에 김승옥, 김현, 그리고 나도 꽤 들락거렸어요. 당시는 아직 계간지가 아니라 월간지 시대였어요. 마침 그즈음 나는『문학』에 소설 월평을 쓰고 있었는데, 김정한 선생의「모래톱 이야기」를 읽고는 깜짝 놀랐어요. 1930년대에 김동리·박영준·정비석, 이런 분들과 비슷하게 등장한 작가로 알고 있었고 1950년대 말 백수사 간행의 3권짜리『한국단편문학전집』에 실린 「추산당과 곁사람들」을 읽은 기억밖에 없었거든요. 「모래톱 이야기」를 읽고 너무 좋아서 격찬을 하는 평을 썼지요. 그것이 김정한 선생과 인연을 맺게 된 계기예요. 그후 내가『창비』편집에 관여하면서 더욱 각별한 인연을 맺게 됐지요. 김정한 선생을 처음 만난 날짜까지 기억나요. 우리 첫아이를 낳느라고 집사람이 진통 중이어서 병원에 대기하고 있는데, 마침 김정한 선생 쪽에서 연락이 왔어요. 내가 서울을 가니까 나와라, 만나자 하고. 그때 김선생 사위가 조선일보 편집국장이어서 그가 아주 좋은 술집을 잡아놨더군요. 나는 양주라는 걸 먹어본 적이 없었을 땐데, 독한 술인 줄 모르고 주는 대로 받아먹다가 얼마나 취했는지.(웃음) 그후부터는 김정한 선생이 상경하면 대개 연락이 돼서 만나뵙곤 했지요. 아주 호탕한 분이에요. 몇번 부산에 가서 뵙고 그곳 문인들과도 친하게 어울렸지요.

하지만 이런 개인적 인연보다 더 중요한 것은 우리 문학사에서 김정한 선생이 갖는 독특한 위치입니다. 그는 1930년대 문학과 1970년대 문학을 민족문학의 이름으로 잇는 거의 유일한 고리이기 때문입니다. 4·19 이후 10여년간 참여문학 운동이 치열하게 진행되지만 구체적인 작품의 생산은 토론의 열기에 미치지 못했다고 보입니다. 그러다가 1970년대로 넘어오면서 좋은 작품들이 쏟아져 나오지요. 무엇보다 중요한 것은 1970년 전후의 시기에 일대 문학사적 전환이 이루어지고 그 전환이 뛰어난 작품의 생산으로 표현되고 있었다는 사실입니다. 신경림의 「농무」와 김지하의 「오적」, 황석영의 「객지」 같은 작품의 발표는 전환의 증거이자 하나의 상징적 사건입니다. 그런데 1960년대에서 1970년대로의 과도기에 김수영·신동엽·이호철·최인훈 등의 문학과 더불어 해방 전 세대인 김정한의 역할이 존재한다고 봅니다. 말하자면 참여문학론의 여러 쟁점들이 민족문학론이라는 하나의 담론으로 수렴되는 과정에서 1970년 전후 김정한의 소설 작업이 하나의 모범 사례로 제시된 거지요. 민족문학의 1970년대적 개념을 구성해가는 과정에서 하나의 실천적 기초를 제공했다는 말입니다. 김정한은 일제강점기에도 카프에 가담한 적 없이 조직 외곽에 있으면서 카프 노선의 비판적인 동조자 역할을 했다고 볼 수 있어요. 1930년대의 김정한 소설을 보면 카프 노선을 기계적으로 추종하는 것에 대한 비판적인 견해를 읽을 수 있지요. 그는 특정한 정치적 노선보다는 넓은 의미의 문학의 사회적 책임이라든가 작가의 양심이라든가 하는 것을 중시하는 분이었죠. 식민지 시대의 저항문학과 해방 후 민족문학의 살아 있는 연결점이 김정한이라고 할 수 있어요. 그런데 김정한 선생은 처음엔 자실에 관여하지 않다가, 6월항쟁 이후 작가회의로 재출범하면서 회장으로 모셨고, 그후에는 명예회장으로 계셨어요. 댁이 부산이니까 자주 오시지는 못했지만요.

백 그런데 우리가 지금까지 배우고 익혀온 문학사 속에서 작가 김정한의 위치는 그 정도로 부각되거나 연구되고 있지는 않은 듯합니다.

염 김정한의 경우만은 아니지요. 나는 우리 문학사에 대한 평가가 아직 많은 부분에서 왜곡되어 균형을 잃고 있다고 봅니다. 카프의 역사적 위상도 그런 사례지요. 카프를 한편으로 계승하고 다른 한편으로 극복해야 하는데, 그냥 무조건 이데올로기 차원에서 비판 또는 부정하거나 단순한 역사적 사실로서 도식적으로 연구하는 아쉬움이 있어요. 당대의 사회현실과 관련지어 카프에서 무엇을 계승하고 무엇을 극복할 것인가, 그러한 점을 역사적으로 밝혀야 할 텐데요. 반면에 사회현실의 문제와 절연된 상태에서 자기 예술의 세계에만 칩거한 순수주의 문인들에게는 과잉 해석이 이루어지는 느낌이 있어요.

백 김정한 선생님의 작가회의 참여를 둘러싼 일화에서 선생님이 말씀하신 작가회의가 담고 있는 역사성, 또 문학사 속에서의 위치가 명확히 드러나는군요. 더불어 이오덕 선생님 이야기도 듣고 싶습니다. 마침 최근에 월간『개똥이네 집』2014년 6, 7, 8월호에서 이오덕 선생에 대한 기억들을 선생님께서 인터뷰로 복원해주셨는데요, 흥미롭게 읽었습니다. 선생님께서 월북 시인 시집을 이오덕 선생님께 빌려보며 인연이 시작됐다는 이야기도 재미있고요. 이원수 선생님, 권정생 선생님 등 당대 아동문학의 이야기도 나오는데요.

염 이원수(李元壽) 선생님은 참 좋은 분이에요. 창비에서 예전에『창비문화』라는 시외보가 나왔는데 거기 보면 이원수, 이오덕, 백낙청, 나, 조태일까지 함께 찍은 사진이 실린 적이 있지요. 창비아동문고를 활발하게 내던 시절인데, 이원수 선생도 사무실에 가끔 오셨어요. 넓은 의미에서 보면 김정한과 이원수는 장르는 달라도 정신은 통하는 분들이라고 생각합니다. 이렇게 문학적 양심을 바르게 지켜온 선배들의 정신을 우리 후배들이 창조적으로 계승하려는 노력도 문학운동의 중요한 과제지요. 아무튼 이원수 선생이 자유롭고 활달한 분이었다면 이오덕 선생은 아동문학운동을 바로 세우는 데 몰두해서 오직 일에만 매달리는 분이셨어요. 그런 점에선 좀 경직되고 뭐랄까, 재미가 적었지요. 권정생 선생은 건강 때문에 사람들과 잘 어울리지도 못하고 늘 조심조심 살아야 했지만 정신은 아주 개방적이고 자유로운 분이었고요. 내가 보기에 한국의 아동문학은 1970년대에 이론가로서 이오덕, 창작자로서 권정생이 등장함으로써 커다란 전기를 맞아 일대 부흥을 이루었던 게 아닌가 생각합니다. 1990년대 이후 우리 아동문학이 훌륭하게 꽃을 피우게 된 데는 특히 이오덕 선생의 헌신적 노력이 디딤돌이 됐다고 보아야겠지요.

백 지금까지 여러 이야기들을 모아 보면 자실이 있기까지의 전사가 더욱 잘 그려지는 듯합니다. 이와 관련하여 선생님께서는 1960년대의 문학 현장에서 벌어졌던 문학의 현실참여를 둘러싼 비평적 논쟁들이 구체적 작품과 연결되지 못하는 한계를 지녔지만 결과적으로는 1970년대의 풍요로운 창작 성과로 연결되는 자양분이 되었다고 보시는데요.[1] 이 지점에서 문인들의 현실참여 운동이 갖는 역사적·문학사적 의미를 종합적으로 짚어보았으면 합니다.

염 우리가 글 쓰는 사람으로서 작가회의라는 단체의 구성원이 되어 있다는 게 무엇을 의미하는가, 이 문제를 근본적으로 숙고해봐야 한다고 생각합니다. 뻔한 얘기지만 글 쓰는 일 자체는 개인이 혼자 하는 것이지 조직활동은 아니잖아요? 그렇지만 창작의 노고를 감당하는 개인은 사회에서 절연된 존재가 아니죠. 고독한 창작의 순간이라 하더라도 거기에는 글 쓰는 개인의 인생이 총체적으로 관련되어 있게 마련입니다. 그 복잡한 얽힘을 우리는 명징하게, 아니 최소한 막연하게라도 의식할 필요가 있습니다. 작가회의라는 조직 안에서 실무적으로 책임 있는 자리를 순번대로 맡기도 하고(누군가는 '공익근무'라고 부르더군요) 또 세상이 요구하면 거리에 나가 시위를 하거나 성명서를 읽거나 그밖에 양심의 명령에 따른 실천활동을 안 할 수 없는 게 이 시대의 작가지요. 하지만 그런 활동 중에도 그 자체가 창작과는 구별되는 일이라는 자의식을 늘 가질 필요도 있다고 생각합니다. 정말 좋은 세상이 되어서 모두가 자유롭고 고르게 잘 사는 세상이 되면 작가회의 같은 단체는 없어져도 좋다는 생각을 할 수 있어야 한다고 나는 봅니다. 억압적이고 고통스러운 세상이니까, 힘을 모아서 창

---

1 네이버 강좌 '열린 연단: 문화의 안과 밖' 2014.5.17. '문학의 현실참여: 압축 진행된 우리 문학사의 이곳/저곳' 참조.

작의 자유, 발표의 자유 등 기본적인 자유를 보장받고 또 그것을 쟁취하기 위해 함께 싸우는 투쟁을 그만둘 수 없는 거지요. 이웃의 고통에 대한 감수성이 없다면 문학은 원천적으로 태어날 수 없는 것 아닙니까? 이 시대의 현실 속에서 할 일이 있으니까 작가회의라는 조직이 있는 것이지만, 오랜 시간 동안 그렇게 싸워서 정말 좋은 세상이 이룩된다면 작가회의는 해산하고 각자 글 쓰는 일에만 몰두할 수 있지 않겠어요? 물론 이건 좀 이상적인 얘깁니다.

1960년대에 김수영·신동엽·최인훈·이호철 등 뛰어난 작가들이 활동했고 1970년대에 들어서면서 고은·신경림을 비롯한 황석영·김지하·조태일의 좋은 작품이 나왔는데, 그 작품들이 어떤 조직이나 단체활동 때문에 나온 건 아니지요. 자실이 출범해서 오늘의 작가회의까지 활발하게 활동을 이어온 것과 이런 좋은 작품들이 나온 것을 연결지어서 어느 것이 원인이고 어느 것이 결과라고 할 순 없습니다. 그 둘 다가 뿌리내리고 있는 현실이 근본 바탕으로 되어 있는 거지요. 내 식으로 말하면, 민중역량의 성장이 작품으로도 표현되고 조직활동으로도 나타났다고 할 수 있지 않을까 생각합니다. 또 다르게 본다면 1960년대부터 70, 80년대의 과정이라는 게 농촌공동체 사회로부터 본격적인 산업사회로 변해가는 시기잖아요. 1960년대 전반까지만 하더라도 농촌에 인구가 너무 많은 것이 문제였어요. 1950년대나 60년대 초의 시사교양 잡지들을 보면 농촌 인구과잉이 늘 중요한 사회적 이슈였습니다. 봄이면 으레 보릿고개니 절량농가(絶糧農家)니 하는 기사가 신문에 났으니까요. 그후 지금까지 반세기 동안의 사회변화는 우리가 직접 경험했다시피 가히 혁명적이지요. 이른바 압축적 성장을 한 것인데, 이 과정에서 민중역량도 크게 자라고 사회를 바라보는 입체적인 시선들도 마련되었습니다. 지난 반세기 우리 민족문학의 작품적 성과는 눈부시다고 해야 할 텐데, 여기서 우리가 생각할 것은 그런 문학적 업적과 자실의 활동이 어떤 연관을 맺고 있는가 하는 문제입니다.

내가 보기엔 민중의 삶이라는 마그마가 조세희(趙世熙)를 통해서, 윤흥길(尹興吉)이나 황석영을 통해서 분출되기도 하고 또 자실이라는 조직을 통해서 나오기도 한 것이지요. 요컨대 자실이 없었더라도 좋은 작품은 나왔을 거예요. 그런 작가들 중에는 자실 활동에 적극적인 사람도 있고 그렇지 않은 사람도 있어요. 그러니까 자실이 있었기 때문에 1970년대 이후 문학이 꽃피었다, 이렇게 말하는 것은 오만이고 자기도취일 수 있습니다. 1980년대로 오면 문학과 현실 간의 그런 관계가 잘 나타나요. 1980년대는 문인들의 사회적 발언이 뜨겁고 거센 시대였잖아요. 그런데 그 시대의 작품들은 발언의 강도에 비해 예술적 완성도가 오히려 많이 떨어져 보여요. 왜 그럴까요? 이게 무얼 의미하는 현상일까요? 운동이 문학을 지배하려 했기 때문이에요. 다른 말로 관념이 예술 위에 군림하려 했기 때문이지요. 작품은 자유로워야 제대로 나오는 거라고 봅니다. 완전히 자유로운 정신 속에서 작가들이 자기 마음대로 써야 좋은 작품이 나오는 거지요. 1980년대를 풍미했던 운동의 틀이나 운동이념에 너무 얽매인 작품은 얼마 지나지 않아 낡아버리고 휴지통 속으로 들어가게 돼 있어요. 1980년대를 그리워하는 사람들에게는 공감하기 어려운 얘기일 수도 있겠지만, 나는 그렇게 생각합니다.

백 어떻게 보면 1960년대의 치열한 이론적 논쟁들이 당대보다는 1970년대에 창작 성과의 거름이 된 것처럼 1980년대도 그런 것이 아닐까요? 저 자신이 1990년대 문학을 출발점으로 비평활동을 시작해서 그런지는 몰라도(웃음) 80년대의 과격하고도 급진적인 이론투쟁들이 사실은 90년대의 다양한 창작 성과로 연결되는 자양분이 된 것 아닌가 싶고요. 어쨌든 80년대로 넘어오면서 자실 재건과 관련된 이야기를 해볼 수 있겠습니다.

염 나는 자실 재건사업에는 별로 깊이 관여를 못했어요. 돌이켜보니

10·26으로 박정희가 사망하고, 그해 12월 말경 성래운 교수와 몇 사람들이 주동이 돼서 해직교수협의회·자실·동아투위·조선투위 등 단체들이 연합 성명을 발표했어요. 계엄을 해제하라, 민주화 일정을 밝히라 등등의 요구를 내건 거죠. 그래서 여러 사람들이 하룻밤 종로서 유치장 신세를 겪는데, 며칠 후에 동아투위 이부영 씨만 구속됐어요. 그런 가운데서도 해직 교수들은 복직이 허용되는 분위기였습니다. 나에게도 덕성여대에서 다시 오라는 연락이 왔는데, 나는 결국 대구 영남대학교를 선택했어요. 1970년대 10년을 거리에서 보낸 셈이라 이젠 서울을 떠나 조용히 공부에 전념해야겠다고 작심한 거죠. 그런데 웬걸, 5·18이 일어나고 전두환 정권이 들어섰어요. 난 지방에 있어서 1980년 봄의 소용돌이에서 얼마간 비켜나 있었지만, 서울에 있던 분들은 그해 5월 초에 134인 성명서를 냈고 그 결과 많은 교수들이 해직됐지요. 1차 해직교수협의회 인원은 20명이 채 안 됐는데, 2차 해직교수협의회는 아마 100명도 넘을 겁니다. 1980년 여름은 아주 안 좋았어요. 비도 자주 오고 날씨도 썰렁했고요. 대학마다 군인들이 점령해서 교직원들도 신분증을 보여야 출입할 수 있었어요. 문인들뿐만 아니라 학생들, 선생들, 언론인들 모두가 쫓겨나고 잡혀가고 숨죽이던 시절이었지요.

그리다가 1983년쯤 돼서 서서히 움직임이 시작되죠. 김근태(金槿泰) 씨가 민주화운동청년연합을 만들었고, 학생들이 먼저 꿈틀거리기 시작했어요. 그런 기운에 힘입어 자실이 재건되고, 사무실도 구하고요. 그때부터가 말하자면 6월항쟁의 준비 기간이라고 볼 수 있지요. 그 가운데 나하고 직접 관련된 사건은 출판사 창작과비평사의 등록취소(1985)였습니다. 그래도 감동적인 것은 전국 대학가에서 취소철회 요구가 즉각 서명운동의 형태로 벌어진 거예요. 1천명이 훨씬 넘는 대학교수들이 창비를 위해 서명에 참여했습니다. 이건 역사적으로 상당히 중요한 의미가 있습니다. 아전인수 격의 얘기지만 창비는 1970년대에 있어 비판적 지식인 집단의 상징이고 문학과 언론을 매개하는 고리와 같은 존재인데, 그 창비를 지키자는 운동에 수많은 대학교수들이 동참했다는 것은 한국 지식인운동의 역사에 새로운 챕터를 연 거라고 할 수 있어요. 게다가 이 일은 1987년 4·13호헌 조치에 대한 반대운동의 예행연습과 같은 의미도 있습니다. 바로 그런 것들이 6월항쟁의 중요한 동력이 됐다고 나는 봅니다. 아울러 '민주화를 위한 전국교수협의회'를 결성하는 데도 모태가 됐고요. 그러니까 또다시 아전인수식으로 말하면, 1980년대의 교수·지식인운동은 창비를 살리자는 운동에서부터 시작해 호헌철폐운동을 거쳐 6월항쟁으로 확대되었다, 이렇게 볼 수 있다는 겁니다. 그때 나도 대구 지역에서 직간접 경로를 통해 100여명 교수들의 서명을 받았던 걸로 기억합니다.

백 창비 등록취소 반대서명에는 일반 시민들도 많이 참여했던 것으로 알고 있습니다. 문인들이 문화부 장관을 찾아가기도 했고요. 그래서 1986년 8월에 창작사로 등록이 살아났어요. 그다음에 1987년 6월항쟁 이후 노태우 대통령이 당선되고 민주화 조치가 되면서 88년에 계간지가 복간되고 출판사 창작과비평사 이름을 회복했고요.

염 그랬지요. 어쨌든 이 과정에서 1987년 9월 17일 자실이 민족문학작가회의로 확대 개편됐습니다. 6월항쟁 직후지요. 자실이 작가회의로 되는 과정과 창작과비평사가 없어질 뻔하다가 기사회생하는 과정, 이것들이 서로 맞물려 진행되었다는 사실을 눈여겨보자는 거죠. 그런데 나는 6월항쟁 이후 자유화 분위기가 생기자 처음으로 여권이라는 걸 내서 외국에 나갔습니다. 학교에서 안식년(공식적으로는 연구년이라고 부르죠)을 얻어 한 학기 동안 독일에서 지냈습니다. 따라서 작가회의 재건사업에도 참여하지 못했고 연말의 대통령선거에서도 비켜나 있었어요. 아무튼 아까도 얘기했지만, 돌이켜보면 그렇게 억압적인 시대였는데도 젊어서 그랬는지 세상 물정을 몰라서 그랬는지, 별로 주눅이 들지 않았어요. 1970년대는 뭔가 신나는 일이 많고 활기 넘치는 삶을 살았던 시대로 내 머릿속에 남아 있어요. 나만 그랬던 건 아닐 겁니다. 나중에 외국 가는 것이 자유로워졌을 때 리영희 선생과 고은 선생이 일본 문인들의 초청을 받아 갔는데, 두분 다 술 좋아하고 잘 마시잖아요? 일본 사람들은 아주 작은 잔에다 마시는 듯 안 마시는 듯 홀짝거리는데 리선생이나 고선생이 큰 잔으로 벌컥벌컥 마시고 큰소리 탕탕 치니까, 일본 지식인들이 깜짝 놀라더라는 거예요. 한국의 이름난 운동권 지식인들이 아주 조심스럽고 위축된 모습으로 올 줄 알았는데, 이건 너무도 호호탕탕했으니까요. 유신체제의 억압에 겁먹지 않고 활발하게 살았던 것, 그게 운동의 지속성을 보장하고 민주화를 가능하게 해준 힘이었다고 생각합니다. 학교나 신문사에 있다 쫓겨난 사람들인데도 이제 무얼 먹고 사나, 이런 걱정 별로 안 했어요.(웃음) 그러고 보니 해직 기자, 해직 교수 들이 글 쓰고 출판사 차리고 이래서 오히려 정권의 의도와 반대로 지식인연대가 광범하게 이루어지는 파급효과를 발휘했네요.

백 2003~06년 작가회의 이사장을 맡으셨을 때 가장 큰일은 남북작가대회 개최였을 텐데요, 어떤 일화들이 있는지요? 덧붙여 그외에도 선생님께서 개인적으로 가장 기억에 남는 일이 있다면 무엇일까요?

염 작가회의 이사장을 맡게 된 사정부터 얘기하면, 현기영(玄基榮) 선생이 이사장을 하다가 노무현 정부 출범으로 문예진흥원 원장으로 가면서 남은 1년 임기를 맡을 사람으로 내가 선택된 거지요. 그게 2003년 2월쯤일 겁니다. 그러다가 2004년 초의 총회에서 다시 이사장으로 선출되고 겸해서 정관 개정을 했는데, 이른바 사무총장 체제로의 전환이지요. 이사장 중심 체제에서 사무총장 중심 체제로 정관을 바꾼 겁니다. 그래서 회원들 직접선거로 김형수 씨가 초대 사무총장으로 선출됐고, 그의 헌신적인 노력으로 성사된 최대의 업적이 남북작가대회입니다. 작가회의의 긴 역사 중에서도 가장 빛나는 업적이라 할 수 있을 겁니다. 나 개인의 일생에서도 몇개 손꼽을 만한 중대사였고요. 2005년 7월 20일부터 평양에서 사흘, 백두산에서 하루, 묘향산에서 하루, 이렇게 5박 6일 동안 지내면서 북녘 작가들을 만나 함께 식사하고 토론하고 교류한 것은 그 사실 자체가 굉장한 역사입니다. 그때 참여한 남쪽 작가들 다수는 민족이니 통일이니 하는 것보다 사실은 북한이 어떤 곳인가 궁금해서 동행했을 거예요. 그래서 기대와 다르다고 실망한 이들도 적지 않았지요. 어떤 점에서 그건 당연한 반응입니다. 관광 가듯이 가면 실망할 수밖에 없어요. 하지만 뜻을 가지고 간 사람들에게는 북녘 땅을 밟는 것, 북녘 하늘을 보고 그곳 공기를 숨 쉬는 것, 그리고 북녘 작가들과의 만남 자체가 너무나 귀중하고 감격스러웠어요.

내가 「금강산으로떠나며」(『자유의 역설』, 삶창 2012)라는 수필에도 썼는데요, 이 남북작가대회 결의 사항 중 하나로 '6·15민족문학인협회'를 결성한다는 것이 있습니다. 그래서 다시 북으로 갔습니다. 2006년 10월 6일 금강산에서 남북 작가들 100여명이 모여서 시 낭송도 하고 이러면서 '6·15민족문학인협회'를 결성했어요. 그런데 그때 무척 곤혹스러웠던 게, 금강산으로 떠나기 직전 북한에서 핵실험을 한 거예요. 가느냐 마느냐로 고민되는 상황이었지요. 결국 가기로 결단을 내리고 무사히 다녀왔어요. 그리고 이 6·15민족문학인협회 명의로 『통일문학』이라는 잡지도 두번인가 세번 냈어요. 남북의 잡지 편집위원들이 함께 남북 작가들의 작품들을 교환해서 읽었는데, 서로 '용납할 수 있는'(웃음) 작품들을 선택해 실었지요. 김형수와 정도상이 편집회의를 위해 여러번 개성에 다녀왔고 나와 김재용 교수도 두어번 갔었지요. 출판사는 따로 없고 아마 작가회의 이름으로 냈을 거예요. 이명박 정부가 출범하면서 2008년 2월에 마지막 호를 냈고, 그뒤로는 알다시피 남북 작가들의 만남 자체가 불가능해졌어요.

백 마지막으로 작가회의 40주년에 부쳐 후배들에게 하고 싶은 말씀이 있으면 들려주십시오.

염 글쎄요, 자실이 출범하던 40년 전과는 세상이 너무 달라져서 무슨 말을 해야 할지 모르겠군요. 다른 세상에서는 다른 삶의 길을 찾아야 하리라 봅니다. 그게 무엇인지, 그런 게 있기나 한 것인지 모르겠네요. 만약 있다면 그건 그때그때의 객관적 조건에 적응해가면서 우리 각자가 최선을 다해 찾는 수밖에 없겠지요. 삶에서나 문학에서나 만인에게 두루 통하는 유일한 정답이란 건 없다는 게 내 생각입니다. 사람마다 능력과 체질이 다를뿐더러 시대마다 다른 바람이 불어요. 인습과 통념을 깨고 대담하게 앞으로 나가는 사람도 있어야 하지만, 낡고 오래된 것들 속에서 마음의 평안을 얻는 데 익숙한 사람도 보호받아야 합니다. 결국 사람은 자기만의 길을 스스로의 힘으로 찾아가는 거예요. 다만, 시든 소설이든 또 평론이든 공공연하게 글을 쓴다는 행위는 세상 안에서, 세상과의 관계 속에서, 그리고 세상을 향해 하는 작업이라는 걸 명심할 필요는 있겠지요. 그리고 바로 그 지점에 작가회의 같은 공적 활동의 독특한 위상이 있는 거겠죠. 앞으로 다시 40년이 흘렀을 때 여전히 작가회의라는 단체가 있을지, 그건 물론 아무도 알 수 없지요. 요즘 같은 캄캄한 시대가 계속된다면 당연히 있어야 하겠지요. 하지만 그렇다면 그건 너무도 암담한 미래입니다. 나는 우리 작가회의가 현실에서 역사로 옮겨가게 될 해방의 날을 기다립니다. 그날을 위해 우리가 능력껏 헌신해야 하고요. 그런 뜻에서 억지로 희망이란 단어를 입에 올리면서 내 말을 끝내지요.

문학비평가의 길

백지연 평론가와의 인터뷰

* 한국문학평론가협회(회장 오형엽 교수)는 2019년 8월 31일 서울 마로니에
공원 '예술가의집'에서 '비평, 어제와 내일'이라는 제목으로 비평에 관한
종합적인 프로그램을 마련했다. 후배 평론가 최현식, 백지연이 묻고 유종
호 선생과 내가 각각 답을 하는 대담도 그중 하나였다. 이 글은 나와 백지
연 평론가가 주고받은 문답 내용이다.

백지연 오늘 문학평론가 염무웅 선생님을 모시고 이야기를 나누게 되
었습니다. 선생님께서는 1964년 경향신문 신춘문예에 평론이 당선되어
문학활동을 시작하셨는데요, 문학사적으로 비슷한 시기에 활동한 주요
작가들로는 '4·19세대'로 불리는 김승옥·이문구·현기영·이성부·조태
일·김지하·김현 등이 있습니다. 사실 특정 세대의 출발점을 넘어서 선생
님의 비평세계를 조명하는 일은 전후 한국 비평 전반의 의미를 규명하는
일과 맞물려 있는 듯합니다. 이 자리에서는 선생님의 비평 작업과 문학적
실천활동을 시기별로 나누어 살피고, 최근 선생님께서 관심을 기울이는

문학 주제에 관해 여쭤보려고 합니다. 선생님의 등단작은 최인훈론인「에고의 자기점화」라는 글인데, 청년 시절의 생생한 문학적 감수성이 풍기는 글입니다. 무엇보다도 최인훈의『광장』과 4·19혁명으로부터 촉발된 비평적 상상력이 담긴 글로 다가오는데요. 4·19혁명이 당대 문학의 흐름 속에서 갖는 의미에 대한 이야기로 시작할 수 있을 듯합니다.

염무웅 방금 이름을 든 여러분을 흔히 '4·19세대'라고 통칭하는데, 명칭에 대해 할 말이 없는 건 아니지만 그냥 넘어가기로 하겠습니다. 그런데 아까 이 자리에서 말씀하신 유종호(柳宗鎬) 선생은 전후문학 세대의 일원으로 간주되는 게 보통입니다. 1950년대에 등단한 분들을 관행적으로 전후문학 세대라고 불러왔거든요. 하지만 알고 보면 그들 간에는 나이나 경험에서 차이가 많습니다. 김성한·전광용·장용학·손창섭·선우휘 같은 분들은 1920년 전후에 태어났고 일본 유학 또는 학병 경험도 있는 반면에, 오상원·서기원·송병수·이호철 등은 1930년 무렵 태생으로 6·25전쟁 참전 세대라 할 수 있지요. 고은·최인훈·이어령·유종호 등은 6·25 발발 당시 아직 10대 소년이었지만 전후문학에 포함되곤 합니다. 여기에 이어지는 그룹이 이른바 4·19세대인 셈입니다. 1940년경에 태어나 대학생으로서 4·19를 맞은 공통점이 있지요.

그러고 보니 내년이 4·19혁명 60주년이군요. 1980년대에만 해도 4·19혁명의 이념을 어떻게 규정할 것인가를 두고 논란이 많았는데, 이런저런 역사적 사건을 겪으며 내게 든 생각은 4·19혁명 속에 다양한 이념적 스펙트럼이 집약되어 있다는 것입니다. 어떤 이는 자유주의, 누군가는 민족주의, 또 혹자는 사회주의를 그 안에서 읽을 수 있다고 하지요. 나 개인에게 무엇보다 중요한 것은 4·19가 열어놓은 자유의 공간 속에서 대학 생활 4년을 보냈다는 것이었어요. 알다시피 4·19 이듬해 5·16군사쿠데타가 일어나 민주당 정부는 무너졌지만, 군사정권은 적어도 초기에는 학원에까지 손을 뻗치지 않았어요. 4·19가 가져온 자유와 민주주의라는 명분을 소위 5·16 주체들도 공개적으로 거부하진 못했지요. 민주적 절차를 뒤집어엎고서도 그들 스스로 '5·16은 4·19의 계승이다'라고 주장했으니까요.

4·19가 열어놓은 새 세상의 해방적 의미를 최초로 문학적으로 대변한 작품이 최인훈의 『광장』이라는 데는 이론의 여지가 없습니다. 반공체제의 이념적 장벽에 가로막혀 그 바깥을 상상할 줄 모르던 사람들에게 이 작품은 분단현실을 총체적으로 바라볼 수 있는 시야를 처음으로 열어주었습니다. 그런 점에서 『광장』은 4·19가 낳은 직접적 결과물이라 볼 수 있어요. 나는 1960년 11월호 월간지 『새벽』에서 『광장』을 읽는 순간 곧장 매료되어 그후 최인훈의 다른 작품들도 발표될 때마다 빠짐없이 찾아서 읽었습니다. 그 독후감을 정리한 평론이 「에고의 자기점화」라는 글인데, 그게 1964년 경향신문 신춘문예에 당선됐어요. 얼마 뒤 청파동 언덕바지 그의 집으로 찾아가 최인훈을 만나기도 했지요. 돌이켜보면 그때 최인훈은 등단 5년밖에 안 된 신진작가이고 심사위원인 이어령도 서른을 갓 넘긴 젊은 평론가였어요. 지금과는 문단 풍토가 아주 달랐지요. 6·25전쟁이 끝난 지 10년 정도밖에 안 된 가난한 시절이었는데, 문인 숫자도 적고 문학잡지도 많지 않을 때였어요.

백 『산문시대』 『비평작업』 등의 동인지 활동과 더불어 선생님의 비평세계에 많은 영향을 끼친 배경으로 신구문화사 시절 문학 동료들과의 교류를 들 수 있을 텐데요, 작가·비평가 들과 본격적으로 만나고 청년 지성을 형성하는 시공간이 되었을 듯합니다.

염 등단 후 이어령 선생의 소개로 신구문화사에 취직해 일제강점기의 문학작품 목록을 만들면서 읽고 요약하는 일을 맡아 했어요. 일제강점기의 우리 문학을 읽고 공부하는 기회가 됐습니다. 이때 만든 「현대한국소설목록(1906~45)」은 1973년 서울대 동아문화연구소 편, 신구문화사 간행의 『국어국문학사전』에 부록으로 실렸지요. 1965년부터 2년 남짓 사이에는 우리 문학의 현장에 더 밀착된 일을 하게 됐습니다. 해방 후 등단한 작가들의 작품으로 전집을 만드는 일을 했으니까요. 그게 열여덟권짜리 『현대한국문학전집』입니다. 오영수·손창섭·장용학부터 최인훈·김승옥까지의 소설가들과 김수영·김춘수부터 고은·황동규까지의 시인들 대표작을 수록했어요. 전집의 전체 구도를 짜고 작가를 섭외하는 일은 편집고문인 신동문 선생이 맡고, 수록작품을 읽어서 선별하고 평론가에게 해설을 청탁해 원고를 다듬는 일은 내가 했지요. 그러니까 매일 하는 일이 작품 읽고 필자, 즉 작가를 만나는 것이었어요. 이때 쌓인 경험과 인맥이 그후 편집자로 일하는 데도 도움이 됐습니다.

신구문화사와 관련해서 잊을 수 없는 분이 신동문 선생이에요. 신동문에 관해서는 두어번 글을 써서 평론집에 실었기에 더 자세한 얘기는 하지 않겠지만, 요컨대 그는 1960년대 한국 문단에서 김동리·조연현이 이끄는 문협 중심의 주류 문단 바깥에 산재한 비판적 문인들에게 하나의 심리적 구심점 역할을 했다고 봅니다. 김수영·천상병·고은·구자운·김관식·이병주·이호철·최인훈 등 많은 문인들이 수시로 그를 찾아와 여러가지 의논도 하고 도움을 청하는 걸 봤어요. 내가 백낙청 선생과 인사를 나눈 것도 신구에서였지요. 갓 창간된 『창작과비평』을 들고 신동문 선생에게 신구문화사의 책 광고를 얻으러 왔던 게 아닌가 합니다. 얼마 뒤 그가 내게 하우저(Arnold Hauser)의 『문학과 예술의 사회사』 번역을 의뢰했어요. 1966년 늦가을쯤이 아닐까 생각합니다. 그렇게 해서 「1830년의 세대」라는 하우저 번역 제1회분이 『창비』 1967년 봄호에 나갔어요. 원래 계획은 하우저의 근대편 전체를 내가 번역하기로 했던 건데, 내가 출판사 직원 노릇 하면서 번역하는 것이 힘들고 또 나도 내 글을 써야 하니까 백선생과 번갈아 하게 됐지요. 그 대신 나는 1967년 겨울호에 「선우휘론」을 발표했어요. 그러는 동안 차츰 편집 동인 비슷하게 편집에도 참여하게 됐습니다. 초창기『창비』는 200페이지 정도의 얄팍한 잡지인 데다 석달에 한번 나오니까 평소에는 거의 일이 없었어요. 그래서 백선생과 나 둘이서 충분히 꾸려나갈 만했습니다. 책의 제작과 영업은 초창기에는 문우출판사, 통권 8호부터 14호까지는 일조각, 그후엔 신구문화사가 대행해주었고요. 1974년에는 창작과비평사로 독립을 했어요. 당시 백선생은 서울대 영문과 교수였고 나도 1967년 말 석사논문이 통과되자 신구를 그만두었어요. 다행히 곧 대학 조교도 하고 여기저기 시간강사도 하다가 1973년 봄 덕성여대 전임이 되었으니까 둘 다 생업은 따로 가지고 있으면서『창비』일을 했던 거지요.『창비』에 이어 창간된『문학과지성』이나『세계의문학』등 계간지 편집자들이 모두 외국문학 전공의 평론가라는 공통점이 있습니다.『창비』이전의 월간 문예지들과는 그 점이 다르지요.

백 1969년 겨울부터 72년까지『창비』편집을 전담하면서 뛰어난 작가들, 작품들을 여럿 발굴하셨는데요, 이 과정에서 선생님께서 특히 주목했던 작가와 작품에 대해 알고 싶습니다.

염 1969년 가을 백낙청 선생이 3년 예정으로 미국에 가면서 형식상 대표를 신동문 선생이 맡았지만 실무적으론 내가 전담해야 했어요. 여러가지로 어려웠지만 그래도 그 기간에 몇몇 좋은 필자를 발굴하는 성과를 거두었다고 자부합니다. 가령 1970년 가을호에 발표된 신경림의 시들, 역시 70년 겨울호부터 연재된 이문구의 장편『장한몽』과 1971년 봄호의 황석영 중편「객지」, 1972년 여름호의 리영희 논문「베트남 전쟁(1)」등은 큰 반향을 불렀지요. 역사적 의미가 있다고 생각합니다. 이오덕·강만길·박현채·김윤수 같은 분들이『창비』의 주요 필자로 참여한 것도 이 무렵이지요.

돌이켜보면 이 시기는 정치적으로 아주 어려운 고비를 맞고 있었습니다. 1969년 삼선개헌에 이어 1971년 대통령선거로 박정희 체제가 본격적으로 '개발독재' 시대에 접어들게 됐으니까요. 1972년 유신 선포부터 1987년 6월항쟁까지는 민주주의의 형식마저 몰수된 암흑의 시대였습니다. 이런 시대가 닥치면서 문단과 사회는 자기 시대를 표현할 새로운 언어를 요구했던 것이고, 『창비』는 이 요구의 일부를 대변했다고 자부할 수 있을 겁니다. 그런 점에서만 본다면 편집자로서 나는 역설적으로 운이 좋았던 셈이죠. 다른 한편, 『창비』는 해방 이후 새롭게 등장한 작가들과 일제강점기부터 활동해온 작가들을 연결하고 맥락화하는 하나의 플랫폼이 되고자 했습니다. 가령, 시로 말하면 김수영·신동엽·천상병 같은 1960년대 시인들을 가운데 두고 김광섭·김현승 같은 선배와 이성부·조태일·김지하·이시영·김준태 같은 후배를 큰 틀에서 연결하는 작업을 한 거지요. 소설에서 김정한 선생을 한국소설사의 중심적 위치로 재평가하게 만든 것도 좋은 예가 될 겁니다.

잡지 발행의 또다른 측면은 검열과의 싸움입니다. 당시에는 잡지를 만들면 서점으로 배본하기 전에 문공부(현 문화체육관광부)에 납본을 해서 '납본필증'이라는 걸 받아야 했어요. 유신체제하에서 『창비』나 『씨울의 소리』 같은 잡지는 때때로 일부 삭제 또는 판매금지를 당하기도 하고 필자나 편집자가 관계기관(대개의 경우 중앙정보부죠)에 잡혀가 닦달을 받아야 했죠. 물론 심하면 등록취소가 될 수도 있었고요. 잡지사나 출판사가 등록이 취소된다는 건 목숨이 끊어진다는 겁니다. 그렇게 돼서는 안 된다고 생각했어요. 그래서 할 말은 하되 공연히 과격한 표현으로 당국을 자극하는 것은 되도록 피하자는 원칙을 지켰어요. 그 결과 때로는 신고 싶은 글을 못 싣는 수도 있었지만, 대개의 경우에는 글 자체가 더 원만하고 설득력 있게 다듬어지는 성과도 거두었다고 생각합니다. 검열의 아이러니랄까요.

백 평론집 『민중시대의 문학』(1979) 이후 1980년대 시대현실의 복잡다단한 풍랑을 거쳐 오랜만에 『혼돈의 시대에 구상하는 문학의 논리』(1995)를 출간하셨는데요, 저 개인적으로는 평론활동을 시작할 무렵 읽은 선생님의 평론집과 당시 『창비』에 연재하셨던 계간평이 인상적이었습니다. "사회주의권이 붕괴하고 역사적 자본주의 체제가 전 지구적으로 확장되고 있는" 시점에서, 반체제운동들이 처한 딜레마를 '세계체제적 접근방식'을 통해 고찰하는 문제의식이 새삼 두드러집니다. 1987년 6월항쟁, 그리고 1990년대의 급변하는 현실이 되새겨지는 대목인데요, 당시 책을 묶으면서 실감하신 90년대 문학현실의 변화는 어떤 것이었는지 궁금합니다.

염 6월항쟁과 동유럽 사회주의의 붕괴, 그리고 소련의 해체와 동서냉전의 종식이라는 일대 전환 속에서 많은 사람들이 지적 갈등과 정신적 위기를 겪었다고 봐야지요. 워낙 큰 사건이었으니까요. 어느 면에서 1930년대 후반 일제 파시즘의 강화 속에 '전향의 시기'가 왔던 것과 흡사하다고나 할까요. 마치 전염병처럼 후일담 소설이 유행하고 내면으로의 도피가 번졌던 게 기억납니다. 나 자신은 그때의 심경을 다음과 같이 완곡하게 표현했어요. "이론으로서의 맑스주의는 아직 우리의 지식과 사고를 긴장시키는 힘의 원천으로 살아 있음에 비하여 객관적인 현실세계의 실제상황을 움직이는 물질적 세력으로서의 맑시즘, 즉 현실사회주의는 하나의 거대한 시행착오로서 20세기와 더불어 역사 속으로 사라질 것으로 보는 것이 옳을 것이다."[1] 요컨대 나는 현실사회주의의 붕괴라는 격변에도 불구하고 그 이전이나 이후에 자신의 내부에서 근본적으로 달라진 게 있다는 걸 느끼지 못했습니다. 냉전 종식 이전에나 이후에나 바람직한 사회의 건설이라는 목표는 지구 어디에서도 제대로 달성된 적이 없다고 생각했

---

1 「고립과 단절을 넘어」, 『혼돈의 시대에 구상하는 문학의 논리』, 창작과비평사 1995.

어요. 스탈린 체제의 소련은 알면 알수록 실망스러웠고, 따라서 소련이 망한 걸 애달파할 이유도 별로 없었습니다. 하긴 1970년대 유신독재가 한창 극악을 부릴 때 마음속으로 잠시 급진주의에 기울어진 적은 있었지요. 하지만 살면서 나 자신을 들여다보면 체질상 나는 온건파이고 가정적으로도 보수적인 요소가 있어서 세상이 달라진다고 나도 덩달아 변하지는 않았어요.

백 선생님의 비평에서는 우리 근대문학사에 대한 주체적이고 창조적인 해석이 지속적으로 강조되는데요, 특히 "외국문학과 자기 문화 간의 상호관계를 입체적으로 파악한 변증법적 사고"를 임화 비평에서 발견하고자 하는 노력이 주목됩니다. 임화 비평을 새롭게 읽어내는 과정 자체가 학계의 식민지근대화론에 대한 통렬한 타격이 된다고 볼 수 있고요. 임화 비평의 현재성에 대해 말씀해주시면 어떨까 합니다.

염 정부 수립 이후 월북 작가의 책이 아예 금서였기에 임화도 내게는 오랫동안 풍문으로만 존재했어요. 그저 철저한 공산주의자이고 월북 시인이라고만 막연히 알고 있었죠. 그러니까 가까이할 수 없는 인물이었어요. 물론 이태준(李泰俊)이나 정지용의 '순수문학' 작품들은 지하로 몰래 돌아다녔고 인사동이나 동대문 헌책방에서 구할 수도 있었지요. 1970년대 초에 '근대문학 기점론'이 논쟁의 초점이 되었을 때 내게는 처음으로 임화가 악명 높은 '이식문학론자'로서 비판의 대상으로 떠올랐어요. 당시는 역사학자들 중심으로 식민사관의 극복이 핵심 화두로 되고 있었고 자생적 근대화론이 학계를 주도하고 있었지요. 나도 그런 분들의 글을 꽤 읽고 영향을 받은 셈이라고 할 수 있습니다. 문단에서도 그 이론의 연장선에서 우리 근대문학의 기점을 18세기 영·정조 시대로 끌어올리는 저서가 나왔어요. 김윤식·김현 공저의 『한국문학사』(1973)가 바로 그렇죠. 그

책에서 임화가 이식문학론자로 비판됐어요.

피상적으로 보면 우리 근대문학이 서양에서 이식됐다는 거니까 당연히 반발을 살 만하지요. 하지만 임화의 텍스트를 읽어보면 그렇게 단순한 것이 아님을 어렵지 않게 간취할 수 있습니다. 후일 평론가 신승엽이 「이식과 창조의 변증법」(『창작과비평』 1991년 가을호)이란 훌륭한 논문에서 임화의 이론에 내재한 복잡한 변증법을 치밀하게 분석한 바 있지요. 임화 이식문학론의 진정한 의의는 19세기 후반 이후 우리 사회와 문화 속에서 진행되어온 다양한 '이식' 현상들을 임화가 단순히 인지하거나 또는 정당화한 것이 아니라, 신승엽의 분석대로 그 이식을 우리 문화적 전통 내부에서 어떻게 소화하고 극복하고자 했는가, 또 그럴 만한 역량이 우리 자신의 전통 내부에 축적되어 있었는가 하는 문제를 제기한 데 있습니다. 이점에 관해 임화는 다음과 같은 문장으로 명쾌하게 갈파한 바 있어요. "문화의 이식, 외국문학의 수입은 이미 일정 한도로 축적된 자기 문화의 유산을 토대로 하지 않고는 불가능하다. 그러므로 일찍이 토대를 문제삼을 제, 물질적 토대와 아울러 정신적 배경이 문제된 것이다."[2] 이것은 결코 단순한 이식론자의 발언이 아닙니다. 그리고 임화의 이러한 문제의식은 오늘날에야말로 더욱 절실하다는 것이 내 생각이에요. 시인과 소설가도 어느 정도 그렇지만 특히 비평가는 백지상태에서가 아니라 역사 속에서 작업한다는 것을 잊지 말아야 합니다. 역사의 망각은 현실의 외면을 낳을 수밖에 없어요.

이런 말을 하면서 더욱 안타까운 사실은 임화를 비롯한 월북/재북/납북 문인들의 텍스트를 20대 젊은 나이에 충분히 읽지 못한 겁니다. 이기영·한설야·이태준·박태원의 소설, 정지용·김기림·백석·이용악의 시, 그리고 임화·안함광의 평론과 김태준·고정옥 등의 논문을 제때 읽으면서

---

2 『임화문학예술전집 3: 문학의 논리』, 소명출판 2009, 656면.

그 바탕 위에서 통합적인 안목을 키웠어야 했어요. 그런데 나는 뒤늦게야 임화를 읽기 시작했지요. 1930년대 중반 이후의 임화 평론들은 읽을수록 감탄하게 돼요. 그의 글을 연대순으로 따라가다보면 이론가로서의 발전 과정이 생생하게 감지됩니다. 1930년대 중반부터 40년대 초까지 쓰인 임화의 평론들은 한번 쓸 때마다 수준이 달라지고 있다는 게 느껴져요. 임화는 보성중학을 다니다가 중퇴한 것밖에 학력이 없어요. 그런데도 그는 경성제대 출신의 수재 최재서나 일본 유학 출신의 백철(白鐵)을 이론적으로 압도합니다. 언젠가 유종호 선생은 임화의 글이 거칠다고 타박했는데, 실제로 초기에는 문장도 거칠지만 이론도 엉성하지요. 자기의 고민과 생각을 글로 옮긴 게 아니니까요. 하지만 그의 글은 뒤로 갈수록 점점 인용이 줄어들고 자기 소리가 늘어나요. 알다시피 1920년대부터 30년대 중반까지 일본에서는 맑시즘 전성기였는데, 당시 조선은 그 일본화된 맑시즘을 유행 상품처럼 수입했어요. 임화를 읽어보면 그가 그 일본화된 맑시즘을 받아들여 진정한 자기 것으로 만드는 과정이 느껴집니다. 특히 1930년대 말의 임화는 일본식의 교조적 맑시즘을 넘어서 주체적 이론가의 수준에 도달해 있다는 걸 확실하게 알 수 있어요. 맑스주의 자체가 원래 기계적 사고와는 상반된 것인데, 그는 도식주의를 뛰어넘어 변증법을 자신의 것으로 체득하고 예술적 창조의 이론적 핵심을 돌파함으로써 진정한 맑스주의자가 됐던 것 같습니다.

이 과정에서 김태준과 만나 두 사람 사이에 무엇이 오갔느냐도 흥미로운 연구 거리지요. 『조선소설사』의 저자인 국문학자 김태준은 강인한 맑스주의자이면서 동시에 우리 문학의 전통을 중시한 민족주의자이기도 했어요. 짐작건대 김태준과의 만남을 통해 임화는 초기의 뿌리 없는 국제주의를 극복하고 맑시즘을 민족전통 안으로 끌어들여 양자의 결합을 시도하게 되지 않았나 싶은데, 나는 그것이 임화『신문학사』 구성의 기본 전제라고 생각합니다. 이를 바탕으로 해방 직후 임화는 민족문학이라는 슬로

건을 내걸고 과거 모더니즘이나 순수문학에 속했던 다수의 문인들까지 포용하여 '조선문학가동맹'을 결성하지요. 조선문학가동맹은 결코 일방적인 좌파조직이 아니에요. 좌파 문인들이 주도적 위치엔 있었지만 통합적 노선을 추구했습니다. 그러다가 미군정 당국의 탄압이 노골화되자 그에 대한 반발로 점차 좌경화됐지요. 그 와중에 임화가 과도하게 정치화되어 박헌영 노선의 적극적 추종자가 된 건 지금 생각해보면 민족문학사에 큰 손실이에요. 정치와 얼마간 거리를 두고 시인이자 문학이론가로 활동하면서 필요하면 여운형의 뒤를 따라 좌우합작의 노선을 갔더라면, 그래서 일제 말 집필하던 문학사를 더 밀고 나갔더라면 하고 상상해봅니다. 물론 이건 너무 순진한 공상이겠지요. 그랬다 하더라도 1948년 이후의 남한에서 무사하기는 어려웠을 테니까요. 사실 해방 후 임화의 민족문학 이론은 프롤레타리아 계급혁명이 아니라 민족주의 자산계급까지를 포괄하는 민족혁명의 입장이었어요. 실은 박헌영의 노선도 초기에는 그런 것이었다고 하지요. 문제는 결국 일제 식민지체제를 이어받은 미군정의 탄압이었어요. 미군정을 지나 이승만 체제가 확립되는 동안 좌파노선은 물론이고 온건한 중도노선조차 박살이 났던 걸 생각하면 통탄이 나올 뿐입니다.

백 더불어 최근 평론집인 『살아 있는 과거』(창비 2015)에서 식민지 시기 일본 유학을 경험한 김동환·정지용·이상화·김소월의 삶과 정신세계, 시적 여로를 조명하신 부분도 흥미로웠는데요, 평론집 제목과도 관련하여 문학사의 여러 빛나는 작가들 중에서 현재적으로 생생한 의미를 주는 작가와 작품에 대한 이야기를 듣고 싶습니다.

염 읽으면 여전히 감동을 주고 배울 게 있을뿐더러 그들의 정신, 그들의 문제제기가 소진되지 않는 작품이야말로 문학사의 '살아 있는 과거'입니다. 나는 김소월·한용운도 여전히 살아 있다고 봅니다. 정지용·임화·백석·이용악도 살아 있고요. 그런가 하면 부분적으로 살아 있는 사람도 있죠. 파인 김동환의 경우, 장편서사시「승천하는 청춘」은「국경의 밤」에 비해 읽은 사람도 별로 없는 듯합니다. 1923년 9월 1일에 관동대지진이 일어났는데, 그때 조선인들 6600여명이 학살됐다고 하지요. 집이 무너지고 화재가 일어나 사회가 혼란에 빠질 것 같으니까 조선인이 불을 지르고 우물에 독을 풀었다고 일제 당국이 소문을 냈던 겁니다. 그때 김소월·김동환·이상화·정지용 등 많은 유학생이 일본에 있었어요. 정지용은 현장과 떨어진 교토에 있었으니까 충격이 덜했지만, 다른 사람들은 끔찍한 참상에 충격을 받고는 유학을 중단하고 돌아왔어요. 그러나 작품을 통해 참상을 구체적으로 증언한 것은 내가 아는 한 김동환이 유일합니다.「승천하는 청춘」이 바로 그 작품이죠. 끔찍한 비극이었는데도「승천하는 청춘」이외엔 제대로 증언한 작품을 못 봤습니다. 아무튼「승천하는 청춘」은 매우 중요한 작품인데도 평론가들이 별로 다루지 않았어요. 꼭 찾아서 읽어보시기 바랍니다. 그런데 김동환은 뜻밖에도 카프의 창립 멤버예요. 1920년대 말이 되자 소장파들이 그를 비판합니다. 그러니까 그는 카프에서 밀려난 셈이에요. 1930년대에 접어들면 그는 시도 별로 안 쓰고 잡지사『삼천리』운영 등 언론활동에 주력하죠. 그러는 동안 차츰 체제에 녹아들어 친일파가 돼요. 안타까운 일입니다. 그러나 친일파로 사회적 지탄을 받는 동안에도 김동환은 일제 말까지 당국의 요시찰 1급 명단에 올라가 있었어요. 일제 식민통치의 압박이 얼마나 치밀하고 집요합니까!

나는 물론 친일행위를 변호할 생각은 추호도 없습니다. 하지만 친일행위를 비판하기에 앞서 친일을 강요한 체제 즉 식민체제를 먼저 규탄해야 하는 것 아닌가 생각하고, 또 우리가 일괄해서 친일로 비판하는 작가들도 한 사람 한 사람 엄정하게 구별해서 보아야 한다고 생각합니다. 덮어놓고 공격하기 이전에 그들이 서 있던 역사적 맥락을 충실하게 검토한 다음에 비판해야 한다는 거지요. 가령, 소설가 채만식(蔡萬植)을 한마디로 친일작가라고 몰아붙이는 사람들이 있던데, 나로서는 공감할 수 없습니다. 그가 일제 말에 친일작품을 썼다는 사실을 외면하거나 부인하자는 얘기가 아님은 물론입니다. 1930년대 후반 일제 파시즘이 점차 강화될 무렵에 쓰인 채만식의 작품들을 읽어보면 그가 그 시대의 누구 못지않게 괴로워했던 걸 확인할 수 있어요. 해방 후에도 그는 누구보다 먼저 자신의 과오를 반성하고 참회하는 소설을 썼어요. 그걸 비열한 변명이라고 비난하기도 하던데, 나는 그 비난 속에서 오히려 어떤 비겁함 내지 잔인함을 느낍니다. 따지고 보면 일제강점기의 친일과 해방 후 군사독재 시대의 어용 사이에는 본질적인 차이가 없다는 것이 내 생각입니다. 그 시절에 그런 입장에 처한다면 나는 과연 어떻게 처신했을까 생각하면서 과거의 작가들을 평가해야 하지 않을까요? 무조건적 비판에서는 비판자의 위치는 삭제됩니다. 그건 무책임하고 어떻게 보면 위험하기도 한 태도지요.

　이와 좀 다른 문맥에서 내가 꼭 말하고 싶은 또 한가지는, 모든 문인에게 역사와 현실에 관심을 갖고 참여하라고 요구하는 것은 무리라는 것입니다. 문인이든 누구든 다 체질이 다르고 처지가 같지 않기 때문에 각자가 처한 여건 속에서 최선을 다해 자신의 능력을 발휘했는가가 중요하다는 생각이에요. 김소월과 정지용은 문단적으로는 마치 선후배 같은 느낌을 주지만, 사실은 동갑에다 같은 해 중학을 졸업하고 비슷한 때에 유학을 떠났어요. 알다시피 김소월이 그때까지 발표한 시들은 굉장한 거지요. 우리 시 1천년의 역사에서 소월만 한 조숙한 천재는 드뭅니다. 그의 대표작들 대부분은 유학 이전에 이미 발표되었어요. 그런데 일본에서 관동대지진의 참상을 목격하고 돌아온 마음 여린 소월은 시대의 요구를 의식하고 현실비판적인 시를 쓰려고 하지요. 당시 우리 문단에서는 신경향파가 막 기세를 올릴 때였어요. 하지만 그건 김소월의 체질에 안 맞았던 것 같아요. 그의 후기 시는 재미가 없어요. 삶 자체도 광채를 잃고요. 1934년 이유 모를 죽음에 이르기까지 겪었을 김소월의 고뇌를 생각하면 가슴이 아픕니다. 예술가에게는 근원적인 차원에서의 자유가 필수입니다. 시인은 자기의 예술적 본능이 가리키는 데 따라 살 수 있어야 해요. 물론 그에 대한 사회적 책임도 질 각오가 돼 있어야겠죠. 일찍이 독일의 작가 레싱은 이런 말을 한 적이 있죠. "예술은 강제로는 아무것도 못한다. 예술은 자발적으로는 무엇이든 한다(Die Kunst muβ nichts. Die Kunst darf alles)."

덧붙여 정지용의 해방기 시에 나타난 변모도 이야기하고 싶은데요, 일제 말의 시를 보면 그의 내면은 1930년대 후반 들면서부터 점차 파쇼체제의 강화에 억압을 느끼고 있다는 걸 알 수 있어요. 그런데 그는 그 억압을 의식 표면으로 끌어올리지 않고 오히려 억누르는 듯해요. 가톨릭적 절제와 침묵의 분위기로 승화시키고 있다고 할 수도 있죠. 이 무렵의 정지용 시들은 초기의 재기발랄한 이미지즘적인 시들과 달리 깊은 내면성을 보여줍니다. 그것이 일제 말 파시즘에 협력하지 않는 정지용 나름의 길이었다고 생각돼요. 그런데 해방기에는 어떠했던가요? 해방기의 정치적 혼돈은 정지용을 들뜨게 만들고 그가 지녀오던 본연의 자세를 무너뜨린 것 아닌가 싶습니다. 정지용에게도 쓰고 싶은 시를 마음 놓고 쓰도록 시적 자유의 공간이 주어졌어야 한다고 나는 생각합니다. 안타까워요. 그가 잠시나마 경향신문 주필이 되어 미군정에 날카로운 비판의 필봉을 휘두른 것은 어느 정도 알려져 있는데, 사실 그건 그의 본령이 아니었어요. 나라의 해방이 왜 정지용처럼 탁월한 시적 재능의 소유자에게는 거꾸로 가시면류관이 되어 그를 불모의 상태로, 그리고 마침내 삶의 파멸로 몰아갔던가를 우리는 침통하게 돌아보아야 합니다.

백 식민지 시기와 해방기를 거친 시인들의 삶과 문학 이야기가 깊게 와닿습니다. 더불어 민족언어의 전승이라는 관점에서 현재적으로 짚어볼 시인들도 있을 듯합니다. 특히 북방 언어의 시적 계승이라는 점에서 이용악과 백석을 조명해볼 수 있는데요.

염 언제인가 "북에는 용악이 있고 남에는 미당이 있지"라는 말을 직접 서정주에게 들은 적이 있어요. 미당은 골수 우익에다 정치적으로 백치 같은 사람이어서 별별 모자란 짓을 다 했지만 우리말은 기가 막히게 잘 다루었죠. 그 미당이 인정한 사람이 이용악이에요. 그런데 백석은 미당의 눈에 안 띈 것 같아요. 임화도 미당은 평가했지만 백석에 대해서는 말이 없었고요. 임화와 서정주는 전혀 다른 종류의 문인이고 정치적으로는 반대편이었음에도 백석의 진가를 몰라봤다는 점에서는 공통됩니다. 백석은 평안도, 이용악은 함경도 출신인데, 이용악은 간도 지역이나 연해주와 맞닿은 자기 고장의 정서를 탁월한 시로 노래했어요. 「오랑캐꽃」 「두만강 너 우리의 강아」 「그리움」 「우라지오 가까운 항구에서」 등 수많은 절창들이 지금도 가슴을 울립니다. 하지만 그는 자기 고장 사투리를 맛보기로 조금만 넣었어요. 서정주도 전라도 방언과 호남 정서를 기반으로 했지만 방언주의자라고는 할 수 없죠. 장년기에는 오히려 신라를 찾았고 노년에는 세계를 떠돌았어요. 그런데 백석은 완전 다르죠. 그의 독특한 방언세계는 1980년대 이후 남한에서 재발견, 재평가되었다고 할 수 있어요. 백석의 시는 1990년대 이후 독특한 방언사용 때문에 높이 평가되고 수많은 추종자를 낳았는데, 나는 생각이 조금 달라요. 백석의 시가 뛰어난 것은 그의 독특한 방언사용 때문이 아니라 평안도 방언이라는 낯선 수단에도 불구하고 놀라운 수준에서 미학적 형상화에 성공한 그의 고고한 정신과 예민한 감각 때문이라고 생각합니다.

그러나 어쨌든 1930년대는 방언에 힘써야 하는 시대가 아니라 일제의 황민화 정책에 맞서 우리말을 지켜야 하는 시대였어요. 민족언어의 단일성이 무너지면 조선 전통의 중심성이 사라지고 민족의 정체성이 무너질 수도 있었습니다. 1920, 30년대에 나온 대부분의 소설에 방언이 사용되지 않은 것은 우연이 아닙니다. 아직 그럴 단계가 아니었던 거죠. 벽초의 『임꺽정』은 조선 팔도를 무대로 하는 소설로서 당시에나 후세에나 무엇보다 우리말의 풍부함으로 높이 평가된 작품인데, 함경도 사람도 표준말을 쓰고 평안도 사람, 제주도 사람 모두 어느 정도 점잖은 서울말을 씁니다. 벽초가 무심코 그렇게 한 게 아니라고 나는 봅니다. 일본어의 대대적인 침탈에 대항하여 우리말을 지키는 게 그 시대의 최우선 과업이라고 벽초는 생각했던 거예요. 염상섭은 서울의 중인 출신이라 서울말을 잘 아니까 그랬다지만, 이광수는 어때요? 평안도 정주 사람이잖아요. 그런데도 이광수 소설에 정주 사투리가 있나요? 김동인도 평양 사람이지만 사투리를 소설에 쓰지 않았어요. 현진건(玄鎭健)은 대구 사람, 채만식은 군산 사람이지만 대체로 표준말로 소설을 썼어요. 그런 점을 통해 우리는 그들의 소설 언어가 무의식적으로 감당했던 시대적 요구의 절박성과 보편성을 깨달을 수 있습니다. 해방 이후 70년 넘도록 국어 교육과 언론을 통해 표준어가 지역어에 대해 일종의 폭력으로 군림하게 된 지금의 상황과는 역사적 조건이 크게 다르다는 걸 인식해야 합니다.

백 선생님께서는 비평활동과 활발한 실천활동을 병행하셨기에 여쭙고 싶은 내용이 많습니다. 1993년부터 3년간은 민예총 공동의장과 이사장을 맡아 직접적인 사업과 행정에 관여하셨고, 이때 기관지 『민족예술』의 발행인이기도 하셨습니다. 작가회의와 민예총의 관계, 이를 둘러싼 당시 문학예술운동의 실천적인 활동들을 간결하게 되짚어보면 좋겠습니다.

염 다들 알다시피 일제시대부터 1960, 70년대에 이르기까지 여러 예술 분야 중에서도 문학이 제일 선도적인 장르였고, 현실에 대해 비판적인 발언을 하는 것도 주로 문학 쪽이었습니다. 하지만 실은 미술·음악·연극·영화 쪽에도 일제시대부터의 강력한 진보적 전통이 있어요. 다만 문학에 비해 대중적 감화력이 크다보니 정권의 압박이 심해서 움츠러들 수밖에 없

었던 거죠. 그런데 미술계만 하더라도 내가 알기엔 1970년 전후 김윤수·
김지하의 영향으로 새로운 움직임의 씨가 뿌려지고 1980년 '현실과 발언'
동인의 결성으로 싹이 텄다고 할 수 있죠. 이 과정에서 중요한 역할을 한
미술인이 오윤이라고, 소설가 오영수 선생의 아들이에요. 약칭 '현발'의
출범은 한국미술사에서 하나의 혁명적 사건입니다. 1984년인가 현발 동
인들이 대구에 와서도 전시회를 열었어요. 그 무렵 민주화운동의 뜨거운
열기 속에서 예술장르마다 비판적·저항적 미학실험들이 분출했어요. 특
히 걸개그림이나 민중가요는 6월항쟁 과정에서 핵심전위의 역할을 했다
고 볼 수 있지요. 이런 경험을 하면서 여러 예술분야들이 하나의 깃발 아
래 모여야겠다는 생각들이 자연스럽게 생겨난 것 같아요. 그게 1988년인
데, 이 모임을 위해 가장 헌신적으로 활동한 사람은 고인이 된 김용태(金
勇泰) 씨라고 알고 있습니다. 이 김용태라는 사람은 화가라곤 하지만 그림
은 별게 없고 미술운동 내지 문화운동에서 탁월한 역량을 발휘했어요. 그
가 황석영, 소리꾼 임진택, 연출가 문호근(文昊瑾), 춤꾼 이애주, 영화감독
이장호(李長鎬)·정지영(鄭智泳) 등을 끌어들였지요. 그렇게 해서 1988년
말에 '민족예술인총연합'이라는 연대조직이 결성됐어요. 약칭 '민예총'
이라고 했던 이 조직 산하에 처음에는 민족문학위원회, 민족춤위원회, 민
족미술위원회, 이런 식으로 위원회를 두었어요. 내게는 민족문학위원회
위원장이 맡겨지고 사무총장이 신경림, 사무처장이 김용태, 공동의장은
고은·김윤수·조성국 등으로 출범했죠.

　민예총이 뜨고 나서 1989년 1월 일산에 있는 어느 연수원에서 한 200명
가까운 예술가, 활동가 들이 모여서 1박 2일 수련회를 했지요. 나는 창립
총회에는 참석 않고 그 수련회에 참석했어요. 거기서 나는, 그동안 여러
장르들 간에 이론적 교섭이 별로 없었으니 각 분야의 비평가와 이론가 들
이 모여서 공동의 문제를 같이 공부하고 토론하는 특별위원회 같은 걸 만
들자고 제안했어요. 그래서 만들어진 것이 민족미학연구소입니다. 나는

그 자리에서 책임자가 됐고요. 다음 해부터는 민족미학 여름학교, 겨울학교를 개설했는데 그게 의외로 성공을 해서, 1992년에는 '문예아카데미'로 승격하게 되었지요. 임홍배·이병훈·고영직 등이 차례로 간사 일을 했고 내가 초대 교장을 맡았어요. 아무튼 당시의 민주화 분위기를 타서 그랬는지 강사들도 열심이었고 수강생들의 호응도 뜨거웠어요. 그런 와중에 1993년 초 나는 광주의 강연균(姜連均) 화백과 함께 민예총 공동의장으로 선출됐어요. 그리고 한달쯤 지나서 김영삼 정부, 이른바 문민정부가 들어섰지요. 지금으로선 실감하기 힘들지 모르지만, 당시 우리들 주변엔 드디어 민주정부를 가지게 됐다는 환희감이 얼마간 있었어요. 그래서 민예총도 이제 제도권 안으로 들어가서 정부 지원도 받고 합법적인 활동을 하자는 논의가 활발했습니다. 여러 단계의 토론과 의견수렴 과정을 거친 끝에 1993년 9월 사단법인 민예총의 창립대회를 가졌습니다. 여기서 나는 초대 이사장으로 뽑혔어요. 나로선 여러모로 감당하기 힘든 직책이었는데 어쩌다가 일이 그렇게 꼬였어요.

그런데 알다시피 작가회의는 연륜도 오래고 원로들도 많아서인지 민예총을 좀 가볍게 여기는 경향이 있지 않았나 합니다. 제도권 안으로 들어가는 것에 대한 회의론도 많았고요. 법인화되고 정부의 재정지원이라도 받게 되면 구속이 많다, 활동의 자유가 제약된다, 그런 생각을 가진 분들이 적지 않았지요. 하지만 알다시피 민예총은 법인화됐음에도 정부 지시를 따르거나 하지 않고 당당하게 독립적인 목소리를 냈어요. 이런 민예총의 경험을 선례로 하여 작가회의도 상당한 진통을 겪고 난 뒤 1995년에 법인화가 됐지요. 물론 작가회의도 법인화됐다 해서 본연의 자세를 잃은 적은 없고요. 지금도 작가회의는 때로는 문화예술위원회의 지원을 거절해가면서까지 정부를 비판하기도 하잖아요? 따라서 문제는 법인화 자체가 아니라 내부 민주주의를 통해 자실 이래의 비판적 전통을 어떻게 지키느냐일 것입니다. 아무튼 나는 1995년 말로 민예총 이사장 임기를 마쳤지요.

돌아보면 5년 남짓한 민예총 경험을 통해 나는 인접 장르의 예술가, 활동가 들과 많은 접촉을 가지고 여러가지를 배울 수 있었습니다. 문학은 글 쓰고 책 만드는 게 기본이라 원칙적으로 혼자 하는 작업이고 어쨌든 일종의 지적인 작업입니다. 나 자신을 들여다보더라도 글쟁이에게는 누구나 어느 정도 개인주의적인 요소가 있는 것 같아요. 하지만 미술이나 연극, 영화는 그 점에서 상당히 달라요. 전시와 공연은 미적 감각을 지닌 사람들의 협동작업·공동작업에 의존하지 않을 수 없어요. '두레 정신'이라고 할 만한 것 없이는 작품이 안 되는 경우가 많습니다. 1987년 6월항쟁 같은 운동의 고조기에 문학보다 미술이나 연극, 노래가 전위적 역할을 맡는 것은 당연합니다. 그런 점에서 1980년대 이후 문학이 소위 딴따라들의 '노는 문화'를 만나면서 문학 자체에 질적 변화가 생긴 측면을 면밀하게 살펴볼 필요가 있다고 생각합니다. 문학이 골방에서 광장으로 나온 거니까요. 그런데 이명박 정부가 들어서고 나서 민예총이 급전직하 추락한 것은 이유 여하를 떠나 참 안타까운 일입니다. 그것은 건강한 민중예술의 퇴조를 뜻하는 현상입니다.

　백　2003~06년 작가회의 이사장을 맡으셨을 때 가장 큰일은 남북작가대회 개최였습니다. 관련하여 지난해(2018) 평양에서 열린 9·19 남북정상회담 특별수행원으로 북한을 방문하셨고, 한동안 중단되었다가 최근 재개된 『겨레말큰사전』 편찬을 책임 추진하고 계시고요. 무엇보다도 집중하고 계신 일은 올해 선임되신 국립한국문학관 관장 관련 업무일 듯합니다. '한 국가 안에서 차지하는 문학의 위상과 역할은 단지 문학 창작자나 문학 연구자들만의 문제가 아니라 그 국민의 생활문화 전체의 수준과 성격을 보여주는 하나의 시금석이자 척도다. 오랜 수난의 역사와 격동의 현실 속에서 작가들의 생애 자취가 지워지는 것을 우리는 돌볼 겨를이 없었다. 저항과 창조의 민족문학사를 문학관은 실물로 보여줘야 한다'라는 인터뷰 말씀이 인상 깊습니다.

염 국립한국문학관은 문인들 입장에서는 오랜 숙원사업이지만 일반인들에게는 좀 낯설기도 할 겁니다. 그래서 이번 『대산문화』 가을호에 한국문학관에 관한 짤막한 글을 발표했어요.[3] 설립의 필요성부터 실효성까지 여러가지 문제를 검토했으니 그 글을 참고해주셔도 좋을 것 같습니다. 요약하면, 한국문학관의 설립 주체는 '국립'이 될 수밖에 없으나, 운영은 독립적이고 자율적인 공익법인체를 만들어 되도록 여기에 일임하는 것이 좋겠다는 것, 문학관은 문학의 질을 평가하는 기관이 아니라 문학유산을 원래의 모양 그대로 수집하여 후손들에게 전하는 것이 기본 임무인 기관이라는 점, 작가와 유족 및 시민들의 자발적인 기증이 활성화되었으면 하는 것 등입니다. 한가지 빠트릴 수 없는 것은 오랜 숙원인 한국문학관 건립이 실제로 이루어진 데는 도종환 시인의 공로가 크다는 사실입니다. 그는 2012년에 국회의원이 되자마자 곧 건립 준비에 착수하여 문학진흥법도 통과시켰고, 문재인 정부에서 문체부 장관을 맡은 뒤에는 더 본격적으로 일을 진행했어요. 그의 노력이 없었다면 국립한국문학관은 아직 그냥 숙원사업으로 남아 있을 겁니다. 암튼 우리 문학은 고난의 민족사와 발걸음을 함께하며 수많은 작품으로 민중의 아픔을 증언해왔습니다. 이 저항과 창조의 민족문학사를 한국문학관은 실물로 보여주어야 합니다. 그런 점에서 국립한국문학관은 미래세대를 위한 살아 있는 교육의 현장이 되어야 합니다.

백 선생님께서는 50년이 넘도록 비평활동을 해오셨는데요, 문학비평이란 도대체 무엇이었는지, 문학비평을 통해 선생님께서 이 세상에서 이

---

3 이 책 제3부 「국립한국문학관에 대하여」 참조.

루고자 한 것은 무엇이었고 지금 그 목표에 가까이 다가섰다고 생각하시는지 궁금합니다. 스스로 생각하는 비평가로서의 정체성에 대해 말씀해주시면서 대화를 마무리하겠습니다.

염 내가 누구이고 내가 하는 일은 무엇인가? 당연히 스스로에게 이런 물음을 던집니다. 책을 읽고 글을 쓰는 것은 어려서부터 나도 모르는 사이에 시작된 숙명 같은 작업인데, 읽는 건 분야를 가리지 않고 다 좋아하지만 쓰는 건 결국 읽은 걸 바탕으로 문학에 대해 논하는 평론으로 귀착됐어요. 하지만 직업으로서 가장 오래 계속한 것은 대학에서 가르치는 일이었고 다음으론 잡지사나 출판사에서 편집자 노릇을 했던 것입니다. 내 경우 평론가로서의 글쓰기는 이런 직업적 활동과도 연관되어 있지만, 또 그 나름으로 독립적인 활동이기도 했어요. 평론가와 편집자라는 두개의 정체성이 때로는 내 안에서 충돌하는 걸 느낄 때도 있었고요. 특히 교수 생활에서는 뒤로 갈수록 직업과 글쓰기 사이에 간격이 벌어지는 걸 느꼈고 그런 데서 오는 갈등이 컸습니다. 마지막 10여년은 거의 이중생활처럼 학교에서 가르치는 것과 집에서 글 쓰는 것이 분리되어 있었어요. 그래서 정년퇴직을 하니까 일종의 해방감이 들더군요. 이중생활의 멍에를 벗었달까요. 하지만 비평적 글쓰기는 가령 시인이나 소설가가 글 쓰는 일에 때로 목숨을 거는 자세를 갖는 것과 상당히 다른 것 같습니다. 물론 창작자의 글쓰기도 밥벌이와 무관할 수는 없겠지요. 내 느낌에 요즘은 더욱 그런 것 같아요. 글만 쓰는 분들이 아주 많아진 거죠. 그 부작용 가운데 하나가 그들이 사회적 평가에 지나치게 민감해진 것 아닌가 합니다. 그 결과 비평가들이 마음껏 못 쓰는 경향이 있어요. 작가들의 생업을 건드리는 일처럼 느껴지니까요. 아무튼 사회적 활동으로서의 비평행위 그 자체는 성격을 규정하기에 모호성이 있는 게 사실입니다. 물론 비평은 문학작품의 사회적 소통에 주도적으로 관여하고 작품평가의 축적을 통해 한 나라의 문학사를 구성하는 동시에 정신활동의 풍요화에 기여하지요. 하지만 이건 그저 공식화된 답변일 뿐이에요. 대학의 국문학과 같은 데서는 문학이론, 문학비평, 문학사를 구별해서 연구도 하고 가르치기도 하는데, 나도 물론 젊어서 그런 걸 배웠지요. 독문과에서는 문예학이라 해서 비평과는 엄격히 구별했어요. 그 시절에는 학문하는 사람이 신문이나 잡지에 평론 쓰는 걸 외도로 보는 시선도 있었고요. 하지만 요즘은 연구실에 박혀 이론 공부하는 건 인기가 없고 저널리즘에 오르내리는 걸 좋아하는 추세 아닙니까. 나는 그 변화의 과정 전체를 겪어온 세대인데, 양쪽 다 장단점이 있어요. 암튼 비평적 글쓰기는 내게 주어진 능력을 가지고 나라는 존재의 가능성을 사회적 현실 속에서 찾아가는 과정이었던 것 같기도 하고…… 늘 의문 속을 헤매고 있습니다. 그런데 요즘은 눈이 점점 침침해져서 소설이나 논문 같은 긴 산문은 읽기가 버겁습니다. 더욱이 대부분의 책이 반들반들 빛을 반사하는 종이에 인쇄되고 글자도 새카맣지 않고 색깔을 입힌 것이어서 읽기가 더욱 불편해요. 그래서 '큰활자책'이 나오면 무척 반갑습니다. 이건 젊어서는 미처 생각지 못한 것인데, 장애를 가진 분들의 삶에 대한 이해가 내 나름으로 조금 생긴 것은 그 덕분입니다.

부록

한국 현대문학의 작은 역사

* 2024년 1월 4일부터 5박 7일 동안 캄보디아와 베트남으로 제2회 길동무 아시아문학·역사기행을 다녀왔다. 오래 관심을 가져왔지만 처음 가는 곳들이었다. 나는 나이가 좀 많다고 좌장이라는 이름으로 얹혀서 갔는데, 1월 8일 오전에는 호치민시 반랑대학교 한국어과 학생들과 문학행사를 진행했다. 동행한 시인·작가 몇분이 자기 작품을 낭독한 데 이어 베트남 학생들이 한국시를 외워 낭송했고 이들의 암송에 대해 시상도 했다. 나는 이 낭독과 시상 프로그램에 앞서 한국의 근현대문학을 소개하는 짧은 강연을 맡았다. 쉽지 않은 강연이라 미리 작성해간 한국어 강연문을 천천히 읽었고, 학생들은 베트남어로 번역된 글을 눈으로 따라 들었다. 한국어문학을 전공하는 베트남의 대학생들에게 내 강연이 얼마나 받아들여졌는지 모르겠다. 그들에게 너무 어려운 내용이 아닐까 걱정되기도 했지만, 우리 자신을 돌아보는 기회로 삼기로 했다. 이 글은 반랑대학교 한국어과 학생들 앞에서 했던 강연문이다.

씬 짜오(Xin chao, 안녕하세요)?

오늘 나는 내 생애에서 가장 짧지만 가장 어려운 강연을 하게 되었습니다. 짧은 건 반가운데, 문제는 어렵다는 것입니다. 여러분은 한국문학을 공부하는 베트남의 대학생으로서 한국문학에 대해 아직 깊이 모르는 반면에, 나는 문학비평을 해온 한국의 퇴직 교수로서 베트남 문학에 대해 아는 바가 거의 없습니다. 이게 어려운 이유입니다. 이런 점을 감안하여 여러분이 알고 있는 베트남 현대문학사를 상기해가면서 나의 한국 현대문학사 이야기를 들어주시기 바랍니다.

문학은 말(언어)의 예술입니다. 감정의 표현도 또 생활의 묘사도 언어라는 매체를 수단으로 합니다. 잘 아시겠지만, 한자는 중국에서 만들어져 일찍부터 이웃 베트남·한국·일본 등으로 전해졌습니다. 그런데 한자는 문명의 혜택도 가져다주었지만 커다란 부담도 안겼습니다. 왜냐하면 베트남도 한국도 또 일본도 중국과는 말이 다르기 때문입니다. 한자로 뜻을 나타내는 건 가능해도 실제 말하는 것을 그대로 표현할 수 없다는 것은 문학의 입장에서는 치명적인 약점이지요. 그래서 한자를 사용하면서도 나라마다 자기들 언어의 특성에 맞는 해결책을 찾고자 노력했습니다. 그리하여 한국에서는 15세기 중엽에 여러분도 아시는 한글(훈민정음)이 창제되었지요. 베트남에서도 우여곡절 끝에 오늘날 보는 바와 같이 로마자를 이용한 독특한 문자체계가 성립했다고 들었습니다.

한국에서는 한글이 창제된 뒤에도 오랫동안 한문과 한글이 혼용됐습니다. 중세문학이 대체로 그렇습니다. 고대·중세의 문학을 뭉뚱그려 흔히 '고전문학'이라 부르는데, 이 고전문학은 1890~1920년 사이의 과도기를 거치며 근대문학으로 전환됩니다. 오늘의 한국문학을 이해하는 데에는 이 과도기의 성격을 파악하는 것이 매우 중요합니다. 다 아시는 바와 같이 근대문명은 서유럽에서 먼저 꽃을 피우기 시작하여 다른 대륙으로 퍼져나갔습니다. 문제는 이때 문명만 옮겨간 것이 아니라는 사실이지요. 문명의 탈을 쓰고 선교사가 오고 무역선이 오고 마침내 제국주의 군대가 왔습니다. 베트남은 유럽에서 동아시아로 오는 길목에 자리해 있어서 먼저 침략을 받았고, 한국은 맨 가장자리에 숨어 있는 데다 일본이 앞을 가로막고 있어서 서양과의 접촉이 아주 늦었습니다. 어떻든 식민지화의 치욕 속에서 근대문화로의 전환을 이룬 것은 베트남과 한국이 함께 경험한 근대사의 불행입니다. 그 상처의 근본적 치유는 아직도 우리의 과제로 남아 있다고 생각합니다.

베트남도 그러리라 믿지만, 한국의 경우 중세문학과 근대문학 사이에는 방금 말씀드렸듯이 일종의 과도기가 존재합니다. 1890~1920년 사이의 이 과도기를 개화기 또는 애국계몽기라고 부르는데, 이광수의 장편소설 『무정』(1917)이 발표되고 『창조』(1919)를 비롯한 동인지들이 발간되면서 개화기 문학은 새로운 성격의 문학, 즉 근대문학으로의 전환을 이룩합니다. 그후 오늘날까지 100년 남짓한 동안의 문학을 근대문학 또는 현대문학이라 할 때, 나는 다음과 같이 크게 세 시기로 나누어 살펴볼 수 있다고 생각합니다. 베트남의 현대문학도 세부적인 면에서는 당연히 한국과 차이가 나겠지만 본질에서는 비슷한 경로를 밟아 탄생하지 않았을까요?(근대문학과 현대문학은 엄연히 다른 말이지만, 실제로나 개념적으로나 겹치기도 하기 때문에 호환 사용되는 수가 많습니다.)

(1) 첫째, 1920년경부터 6·25전쟁의 총성이 멎는 1953년까지의 기간입니다.(이 가운데 마지막 1945년 8월부터 1953년 7월까지는 한국문학의 남북분열이 진행된 비극의 이행기지요. 이후부터 한국문학이라 할 때에는 부득이 주로 남쪽의 문학을 가리킵니다.) 이 시기에 한국의 근대문학은

자신의 기본적 틀을 만들었습니다. 19세기까지의 문학, 즉 고전문학과 외면적으로 완전히 구별되는 하나의 새로운 정형(定型)이 이루어졌다고 할 수 있지요. 이 정형은 부분적인 수정과 보완을 거쳤을망정 오늘날에도 기본적으로는 그대로 남아 있습니다. 따라서 이 시기에 발표된 작품들은 고전문학 작품과 달리 오늘의 독자에게도 현재적 의미를 지니고 있습니다. 현재적 의미를 지닌다는 건 독자들이 그 작품에서 자기들의 당면한 삶의 문제가 다루어지고 있다는 느낌을 받는다는 뜻이지요. 한용운의 시집『님의 침묵』(1926)과 김소월의 시집『진달래꽃』(1925)은 시대를 초월하여 감동을 주는 명작이며 이상은 지금도 수수께끼를 간직한 매력적인 모더니스트입니다. 홍명희 장편소설『임꺽정』(1928~40)은 조선 중기를 배경으로 다양한 인간군상의 모습을 통해 조선인의 독특한 풍물과 감정세계를 그려낸 대하소설이고, 염상섭의『삼대』(1931)는 개화기부터 일제 식민지 초기까지를 배경으로 세대교체에 따른 시대적 변화를 그려낸 장편소설입니다. 그밖에도 이상화·정지용·임화·이육사·백석·이용악·오장환·윤동주 등의 시인과 현진건·이기영·한설야·이태준·채만식·박태원·김유정·김동리·황순원 등의 소설가가 활동했지요.

이 시기 문학의 특징에 관하여 나는 다음과 같은 사실을 지적하고자 합니다.

첫째, 대부분의 비서구 국가들이 그렇듯 한국에서도 근대문학은 중세문학 자신의 내재적인 발전, 즉 자기극복의 과정을 통해서가 아니라 서양문학의 개념과 형식을 모범으로 받아들임으로써 형성되었다는 사실입니다. 한국의 경우 더욱 특징적인 것은 일본이라는 중개자를 거쳤다는 점이지요. 당시 많은 청년들은 일본에 유학하여 일본어로 번역된 서구문학을 읽고 글쓰기를 익혔습니다. 그것은 외면할 수 없는 역사적 사실입니다. 자기의 고유한 문학전통과 낯선 서구문학 사이의 긴장관계가 베트남 근대문학에는 어떤 양상으로 나타났는지 궁금하군요.

다음으로, 그러나 식민지 시기의 한국문학이 급속도로 발전하여 그 나름으로 독자적인 성격을 지닌 예술로 개화할 수 있었던 데는 서구문학의 형식적 영향보다 더 본질적인 요인이 있습니다. 한국을 비롯한 동아시아의 여러 나라에는 불교·유교를 비롯한 오랜 사상적 전통이 강한 문화적 저력으로 존재하고 있었던 데다, 특히 한국의 경우에 주목할 것은 수백년에 걸친 한글 글쓰기의 다양한 훈련과 축적이 있었다는 사실입니다. 조선 후기 여성과 서민들을 중심으로 이루어진 적지 않은 분량의 한글 작품들은 근대문학이 단시간 내에 성숙할 수 있도록 준비된 귀중한 자산이었습니다. 양반 지배계급의 한문 글쓰기라는 표면 아래 사회의 심층에서 한글 글쓰기가 얼마나 풍요롭게 발전해왔는지는 더 연구돼야 할 중요한 과제입니다.

마지막으로 가장 중요한 것은 이 시기 문학작품의 밑바닥에는 보이게 또는 보이지 않게 일제 식민지 강점의 암울한 현실이 놓여 있었다는 점입니다. 따라서 이 시기는 정치적 탄압과 경제적 궁핍에 맞서 투쟁했던 저항의 시대임을 잊어서는 안 됩니다. 문학은 현실적 수단으로서는 힘이 없고 약점이 많지만, 고난의 삶을 생생하게 보여줌으로써 정서적 감화를 통해 역사의 물줄기를 바꾸는 사회적 바탕을 만들어낼 수 있습니다. 식민지 시기에 형성된 이 전통은 오늘날에도 이어지는 한국문학의 자랑이라 할 수 있지요.

(2) 둘째, 분단이 고착된 1953년경부터 1980년대 말에 이르는 기간입니다. 이때부터 휴전선 이남과 이북은 공식적으로는 서로 아무런 교류가 없는 상태로 지내게 됐습니다. 남보다 못한 적대적 분단국가가 된 거지요. 남한은 일본에 뒤이은 미국의 절대적 영향으로 서구식 생활방식과 미국식 영어가 물밀듯 들어오고 이승만·박정희·전두환의 독재정권 아래 경직된 반공이념이 강요됐습니다. 그러나 자유와 민주주의에 눈뜬 청년 학

생들을 중심으로 줄기찬 저항운동이 전개되어 마침내 독재정권의 항복을 받아내는 데 성공했지요. 1960년의 4·19혁명, 1987년의 6월항쟁이 그것입니다. 아울러 이 기간에는 외국자본의 도입과 노동자의 희생에 힘입어 경제도 비약적으로 성장하게 되었지요. 드디어 물질적 궁핍으로부터 웬만큼 벗어난 것입니다. 하지만 대기업 중심의 성장은 경제적 양극화, 즉 불평등의 심화라는 모순을 가져왔지요.

이 기간 동안에 문학은 어떠했을까요? 분단 초기에는 반공정권의 억압 속에서 현실을 외면한 소위 순수문학이 주류를 이루었습니다. 하지만 이미 1950년대 후반부터 젊은 작가들은 이러한 보수주의에 저항하여 전후의 암울한 현실을 솔직하게 묘사했습니다. 1960년대에 접어들면서 젊고 유능한 작가들이 점점 더 많이 등장하여 각자의 개성에 따른 훌륭한 작품들을 써냈습니다. 최인훈의 『광장』, 김승옥의 「무진기행」, 황석영의 「객지」와 조세희의 『난장이가 쏘아올린 작은 공』, 현기영의 「순이 삼촌」은 분단문제, 청년 세대의 새로운 감성, 열악한 민중현실, 참혹했던 국가폭력의 문제를 다룬 대표적인 작품들입니다. 박경리의 대하소설 『토지』와 6·25선생을 다룬 박완서의 여러 소설도 잊을 수 없는 업적이지요. 시 분야에서도 김수영·신동엽·고은·신경림·조태일·김지하·김남주 같은 분들이 각각의 방식으로 상상력의 새로운 영역을 개척하면서 현실의 모순에 치열하게 도전했지요. 아마 이 시기에 한국문학은 우리 역사상 가장 화려하고 창조적인 수준에 이르지 않았나 여겨집니다. 또한 이 시기의 한국문학은 뛰어난 작품의 창작에서뿐 아니라 동시대의 군사독재에 반대하는 저항운동에서도 세계인의 주목을 받았지요.

(3) 셋째는 1990년경 이후 오늘까지의 기간이지요. 아시겠지만 1990년 전후에 세계는 커다란 전환을 겪습니다. 소련과 동유럽 사회주의 정권이 붕괴하고 독일이 통일되며 미국 중심의 자본주의는 신자유주의라는 이름

으로 더욱 고도화, 금융화되어 지구 현실 전체를 지배하게 됩니다. 이에 따라 한국도 크게 변화를 겪습니다. 정치적 민주화는 어느 정도 이루어졌지만, 자본주의가 본격적 국면에 접어들어 삭막한 경쟁사회로 변모하게 됩니다. 게다가 1997년 말의 외환위기를 거치며 외국자본의 지배력은 더욱 강화되고 노동자와 서민의 생활은 그지없이 팍팍해졌습니다. 남북의 분단과 이념 대립, 미·중·일 등 외세와의 비대칭 관계, 소득불균형과 사회적 양극화, 청년 실업과 노인 빈곤의 심화, 출생률 저하와 농촌의 공동화 등 수많은 문제들이 우리의 삶을 옥죄는 것이 오늘의 한국입니다. 사회의 겉은 화려해졌으나 그 내면은 공허할 대로 공허한 시대 앞에서 작가들은 한없이 깊은 고민에 빠져 있습니다.

이러한 시대에 글을 쓴다는 것이 얼마나 힘들고 고통스러운 작업인지 짐작할 수 있을 겁니다. 그러나 그럴수록 인간 정신의 수호자로서 문학의 임무는 더욱 막중해졌다고 할 수 있겠지요. 오늘 여러분 앞에서 시와 소설을 낭독한 분들은 대체로 이 마지막 시대에 속한 작가들입니다. 낭독을 잘 들어보시고 무언가 가슴에 전해지는 감동이 있으면 앞으로 그분들의 책을 구해서 더 깊이 읽어보시기 바랍니다. 그리고 어느날엔가 여러분 자신의 이름으로 출판된 책이 베트남 문학을 빛내게 되기 바랍니다.

씬 깜언(Xin cam o'n, 감사합니다).

추억 속의 김수영, 다시 읽는 김수영

◆

백낙청·염무웅 대담

* 2018년은 김수영 시인이 불의의 사고로 작고한 지 50년 되는 해였다. 시인으로서 그가 워낙 빛나는 존재였기에 그를 추모하는 글과 행사가 줄을 이었다. 창비로서도 거저 넘길 수 없는 일이어서 '김수영 50주기 헌정 산문집'을 마련했고, 나는 백낙청 선생의 제의에 따라 2018년 10월 22일 창비서교빌딩에서 백선생과 대담을 가졌다. 이 대담은 헌정 산문집 『시는 나의 닻이다』에 수록되고 얼마 뒤 『백낙청 회화록』 제8권(2023)에도 재수록되었지만, 이 책 제2부의 「김수영은 어떻게 '김수영'이 되었나」와 연관지어 읽으면 서로 보완할 부분이 있을 듯하여 여기에도 수록한다.

백낙청 사실 이번 대담은 내가 제의한 건데, 그 이유를 먼저 말씀드려야겠어요. 나는 김수영 선생하고는 그분 말년에 한 2년 남짓 굉장히 가깝게 지냈고 그분께 참 많은 배움을 얻고 사랑을 받았지요. 그래서 추억도 많은데, 예전에도 그랬지만 이번에도 그분에 관한 개인적인 회고문을 쓰려고 하면 글이 안 나오는 거예요. 일종의 블로킹 현상이랄까, 그런 게 있더라고요. 여러 요인이 있겠지만, 그중에는 김수영 선생과의 친분을 과시하는 것 같아서 선뜻 내키지 않는 면도 있었던 것 같아요. 김수영 선생과 원래부터 알던 분들에 비하면 나는 선생을 뒤늦게 만났는데, 선생 말년에는 염선생이나 나만큼 친한 사람이 없었던 것 같아요. 그런데 그 얘기를 길게 하면 마치 내가 김수영하고 더 친했지, 하고 자랑하는 것 같기도 하고. 그러저러한 이유로 글이 안 돼서 내가 염선생하고 대담을 하면 어떻겠느냐 그랬는데 염선생이 그 제의를 수락하셔서 이렇게 이야기를 나누게 됐습니다. 대담의 이점은 둘이서 주거니 받거니 얘기하다보면 서로 기억이 흐려진 부분을 상기시켜주는 면도 있고 기억을 서로 점검할 수 있다는 것이죠. 염선생도 지적했듯이 나와 염선생에게는 사실 이번 대담이 개인 사적으로 굉장히 의미가 있어요. 염선생이나 나나 다른 곳에서는 대담을 많이 했고 또 『창비』에서 좌담을 같이한 적도 있지만, 단둘이서만 대담을 한 적은 없거든요. 그런 걸 생각하면 이번 대담이 김수영 선생 회고 문집에 한 꼭지를 채우는 수준을 넘어 창비와 한국문학을 위해서도 의미 있는 대담이 되어야겠는데, 나의 준비가 부실해서 참 아쉬워요. 염선생께서는 매사 모든 걸 충분하게 준비하시는 분이니까 의지하고 시작하겠습니다.

염무웅 네, 말씀하신 대로 지난 50년 동안 창비를 중심으로 많은 일을 같이 해오면서도 대담은 이번이 처음이라는 게 저로서도 아주 새삼스럽고 좀 긴장도 됩니다. 두 사람에게나 독자들에게나 뜻깊은 대화가 되어야 한다는 데 당연히 공감하지만, 그런 점이 도리어 압박이 되지 않을까 걱정도 됩니다. 평소 글을 쓰거나 말을 하게 될 때 열심히 준비하려고 노력하는 편이긴 합니다. 그런데 이상하게 요즘 들어 점점 바빠지고 일도 많아서 사실은 오늘 준비가 부실합니다. 기억력도 많이 떨어지고요. 얼마 전 출간된 최신판 『김수영 전집』(민음사 2018)도 여기저기 꽤 읽었지만, 집중적인 독서가 아니었던 데다 시간이 지나고 보니 읽는 순간의 절실함이 뭐였는지 아련하기도 합니다.

김수영 선생에 관한 개인적 회고담으로는 『뿌리깊은나무』 1977년 12월호의 「김수영과 신동엽」이라는 글에서 조금 쓴 적이 있습니다. 단순한 수필도 아니고 본격적인 평론도 못 되는 가벼운 에세이 정도의 글인데, 1970년대의 분위기에서 쓰인 글로서 그 두분의 인간과 문학을 제대로 비교하는 데까지는 못 갔어요. 아무튼 돌이켜보면 제가 김수영 선생을 처음 뵌 것은 신구문화사라는 출판사에 근무할 때였습니다. 1965년쯤인데, 신구문화사 편집고문인 시인 신동문 선생이 김수영 선생과 아주 가까웠어요. 신선생은 책의 기획과 필자 선정에 주로 관여하고 저는 원고를 읽고 교열하는 편집부 직원이어서 신동문 선생과는 거의 매일 만나 의논하는 관계였지요. 신선생은 인품도 좋고 발도 넓어서 찾아오는 선배나 친구, 후배 들이 끊이지 않았어요. 그들 뒤를 많이 봐주었거든요. 급전을 구하러 오기도 하고 일자리를 부탁하러 오는 분도 있었지만, 마땅히 갈 데가 없어 들르는 분도 많았지요. 김수영 선생은 출판사 쪽으로 발이 넓은 신선생을 통해 번역 일거리를 얻으러 오지 않았나 생각됩니다. 그러니까 저로서는 처음엔 그저 신동문 만나러 드나드는 문인 중 한분으로 김수영 선생께 인사를 드렸을 겁니다. 하지만 그게 언제였는지는 분명한 기억이 없어요. 당시의 저는 평론가로 문단에 이름을 올렸다곤 해도 출판사 젊은 직원에 불과하니까 김수영 선생의 눈에 띄었을 리가 없고 저도 김선생이 어떤 분인지 잘 몰랐어요. 신구문화사에서는 1965년부터 2, 3년 동안 『현대한국문학전집』이라는 열여덟권짜리 전집을 간행했고, 저는 그 전집의 편집 실무를 담당했어요. 그런데 소장 내지 중견이라는 말을 듣던 문인들이 자주 신구문화사에 들락거리게 되니까 저로서는 뜻밖에도 많은 선배 문인들에게 인사를 드리게 되었지요. 그때 저는 학생 시절 친구인 김승옥·김현·김치수 등과 함께 김수영 선생보다 젊은 이호철·최인훈 같은 분들과 더 자주 어울렸어요. 아무튼 김수영 선생과는 그렇게 신구문화사에서부터 인연이 닿았지요. 백선생님도 『창작과비평』을 창간(1966)하시면서 그 전후에 김수영 선생을 알게 되셨지요? 『창비』의 창간 비화를 겸해서 김수영 선생과 『창비』의 관계도 소개해주시면 저도 이어서 이야기를 보 태겠습니다.

김수영 선생과의 첫 만남과 『창비』에 대한 애정

백 그러니까 김수영 선생과의 인연은 염선생이 훨씬 먼저였어요. 내가 염선생을 처음 만난 건 신구문화사에서였을 겁니다. 김수영 선생은 신구 문화사에서 만난 것이 아니고, 언제인지 정확한 기억은 없지만 중간에서 소개를 해준 사람이 그때 참 가까이 지내던 소설가 한남철(본명 한남규)이 었어요. 한남철은 『사상계』 문학란을 담당하면서 김수영 선생을 알게 됐 는데, 그 두 사람이 좀 통하는 바가 있잖아요? 사람 솔직하고.

염 네, 아주 화통하죠.

백 그래서 김수영 선생 얘기를 가끔 하다가 나중에 소개를 받았죠. 나 는 사실 김수영 선생에게 정식으로 인사드리기 전에 멀리서 뵀어요. 『창비』가 창간되고 얼마 지나지 않아서 현암사에서 이어령 선생이 주도 한 계간 『한국문학』을 냈잖아요. 거기는 우리보다 규모도 훨씬 크고 기반 이 탄탄하니까 잡지도 두껍게 나왔고 당시에 우리 문단의 중요한 필자들 을 망라했는데, 기억으로는 언젠가 창간호 출간을 기념하는 회식이 있었 어요. 그 자리에서 어떤 분이 일어서서 뭐라 뭐라 그러시는데 김수영 선 생이에요, 그분이. 그 양반이 거침없잖아요, 말씀하는 게. 당신 글도 실려 있는 『한국문학』지에서 만든 자리에 나와놓고서 『한국문학』을 막 비판하는 거예요. "잡지를 할 거면 좀『창작과비평』처럼 치고 나와야지!" 하시면 서 그분이 쓴 표현이, "라이터는 론슨, 만년필은 파커(그 시절엔 그게 최고의 물건들이었어요), 이런 식으로 모아가지고 그게 무슨 잡지냐?" 이렇게 열변을 토하시는 거예요. 나는 말석에 앉아서 '아,『창비』를 알아주시는 분이 있구나' 했는데, 그 자리에서 인사한 것 같진 않아요. 그러다 언제부터인가 안면을 트면서 알게 됐고, 그후로는 주로 염선생하고 나하고 한남철, 이 세 사람이 김수영 선생을 함께 많이 만났죠.

 댁에도 자주 가고 그랬는데, 그때 댁에 놀러 갈 때마다 환대를 받으면서 이게 특전이라고 생각은 했지만 얼마나 큰 특전이었는지는 최근에 김현경(金顯敬) 사모님으로부터 들었어요. 사모님 말씀이 김시인이 도대체 누구를 집에 들여놓는 사람이 아니라고, 그런데 백선생하고 몇 사람만은 언제든지 오면 환영을 했다 그러시더라고요. 그때도 각별한 사랑을 받는다는 느낌이 있었지만, 수십년이 지나고서 그게 어마어마한 특혜였다는 것을 알게 됐죠.『창비』창간 당시에는 나하고 임재경(任在慶)·채현국(蔡鉉國) 이 세 사람이 돈을 얼마씩 갹출하고, 한남철·김상기(金相基), 또 기자였던 이종구(李鍾求) 같은 사람들은 노력 봉사를 하고, 이런 식으로 출범을 했죠. 창간호에 작품을 준 이호철 선생도 한남철을 통해서 알게 됐고, 김승옥도 그 무렵에 알게 됐어요. 염선생은 신구문화사 갔다가 인사를 했고요. 나는 원래 문단에 기반도 없고 아는 사람도 많지 않았는데 그러면서 차츰차츰 문단 인사들하고 안면을 넓혀나갔고, 나중에 염선생이 편집진에 합류하면서 엄청난 도움이 되었지요. 시단에 대해서도 김수영 선생을 알면서 조금씩 파악을 하게 되고 그랬죠.

 염 아까 얘기한『현대한국문학전집』의 마지막권인『52인 시집』을 찾아보니까 1967년 1월에 출간됐더군요. 그렇다면 필자들에게 원고 받고 해설 청탁하는 작업은 1966년 가을이나 초겨울쯤에 했을 겁니다.『창비』가 창간된 지 1년 정도 됐을 때이고 제가 아르놀트 하우저의 『문학과 예술의 사회사』 번역을 청탁받았을 무렵이 아닌가 싶네요. 그런데 김수영 선생을 직접 만나지 못한 후배 문인들의 글을 보면 대개 그의 시나 산문을 읽고 받은 충격으로부터 이야기를 시작하지 않습니까? 그동안 문학과 인생에 대해서 느슨하게 가졌던 상투적 생각들이 김수영을 읽으면서 확 뒤집어 졌다, 세상을 보는 눈이 번쩍 뜨인 것 같다, 이런 이야기들을 하는데, 저는 김수영의 글이 아니라 사람을 통해 그런 충격을 경험했습니다.

그러니까 그게 시인 고은 선생이 제주도 생활을 마감하고 상경한 직후 일 겁니다. 1965년인지 66년일 텐데, 고은 선생이 오후 3, 4시쯤 신동문 선 생을 찾아왔다가 신선생이 안 계시니까 저와 제게 놀러 온 김현을 불러서 사무실 근처에서 소주를 한잔했어요. 금방 돈이 떨어지자 고은 선생이 염 려 말고 따라오라고 하면서 버스를 타고 어딘가로 갔지요. 그게 알고 보 니 구수동 김수영 선생 댁이었어요. 김수영 선생 댁은 나중에 선생께서 교통사고를 당하신 길, 꼭 시골의 소읍에 있는 것 같은 좁다란 길 쪽으로 사립문이 나 있고 집채는 등을 돌리고 있어서 빙 돌아가야 했는데, 고선 생이 저하고 김현에게 잠깐 문밖에서 기다리라고 하더니 안으로 들어갔 어요. 그런데 한참 기다려도 소식이 없어요. 김수영 선생 안 계시면 사모 님한테 떼쓰지 말고 그냥 갑시다, 그러려고 주춤주춤 안으로 돌아 들어갔 더니, 고선생은 벌 받는 소년처럼 댓돌 위에 엉거주춤 서 있고 전등을 안 켠 어둑한 방 안으로부터 거침없이 고선생을 꾸짖는 소리가 흘러나오더 군요. 우리가 마당에서 기척을 내자 그제야 김수영 선생이 우리를 방으로 불러들였어요. 하지만 여전히 불을 안 켠 채 우리는 쳐다보지도 않고 고 선생을 향해 방바닥을 쳐가면서 계속 야단을 쳤어요. 아무리 사전 허락이 없었더라도 집으로 찾아온 문단 후배에게 그렇게 야박하게 소리칠 수 있 나 싶었지요. 후에 알았지만 두분은 이미 1955년 군산에서 만나 친교를 맺 은 사이였더군요. 김선생은 고은 시인의 재능을 높이 사서 기회 있을 때마다 격려를 보내셨고요. 공부 열심히 해라, 재주를 절대로 낭비하지 말고 좋은 시를 써라, 하고요. 하여간 저는 그날 우리를 무시한 채 고선생만 상대로 열변을 토하는 게 처음엔 못마땅했으나, 시간이 조금 지나면서 차츰차츰 김수영 선생 말씀에 감복이 되기 시작했지요. 속으로 그렇지, 옳은 말씀이야, 하고 점점 도취되어 이런저런 생각이 다 없어지고 말씀에만 완전히 빠져들었어요. 구체적인 내용은 물론 다 잊었지만, 대체로 후일 그의 산문에서 읽었던 것, 그러니까 우리 문단의 낙후성과 병폐에 대한 아주 통렬한 비판이었던 것으로 기억합니다. 그렇게 한바탕 야단을 치더니 부인께 저녁상을 차려오라고 해서 간단하게 저녁을 먹고 나왔어요.

그게 제 문학인생에서는 커다란 전환점들 중 하나가 아닐까 생각합니다. 사실 저는 시골에서 자랐지만 어려서부터 공부 좀 한다는 소리를 자주 들었고, 그런 소위 모범생들이 대체로 그렇듯이 부모와 학교가 시키는 걸 순종하는 데 길들어 있었거든요. 그런 순종 심리의 어느 일면은 지금도 제 속 어딘가 남아 있을지 모르는데, 김수영 선생의 말씀은 내면에 뿌리내린 통념과 허위의식의 근원을 사정없이 직시하게 하고 가차 없이 격파하는 것이었어요. 김선생의 화제는 언제나 문학과 문단에 관한 것이었지만, 받아들이는 저로서는 세상을 보는 눈을 새로 뜨게 하는 일종의 의식혁명이었지요. 그날 이후 저는 김수영 선생에게 완전히 빠져서 선생이 신구문화사에 들르면 수시로 선생께 다가가 말을 붙였습니다. 두어번은 명동 초입의 유명한 술집 '은성'에도 따라갔고요. 술을 마시기 위해서라기보다 그의 열변에 취하기 위해서였지요. 이렇게 한번 만나 그의 말을 들으면 그럴 때마다 껍질이 한꺼풀씩 벗겨지는 것 같은 고양감과 희열이 느껴졌어요. 김선생은 맨정신으로 사무실에 오셨을 땐 별로 말이 없는데 한잔 들어가 입을 열면 다른 사람처럼 변해서 달변을 토해요. 그러고 보면 그의 뛰어난 산문 능력은 그의 달변의 등가물 같다는 생각이 드는군요. 함석헌 선생도 그렇지요. 그분 강연도 몇번 들었는데, 글에서 읽었던 거침없는 구어체는 그분 강연 말투 그대로예요. 아무튼 저는 바로 이 무렵에 창비와 인연을 맺게 되고, 그래서 자연 백선생님과 함께 김수영 선생을 만나는 일이 많았지요. 제게는 평생의 행운이었습니다. 그런데 생각해보면 그때의 김수영 선생보다 지금의 제가 30년이나 더 나이가 많다는 게 이상하고 실감이 없어요.

백 그 점은 나도 마찬가지예요. 그 몇년 선생을 만나면서 말씀을 듣고, 또 선생이 『창비』에 각별한 애정도 표현하시고, 나에게도 특별한 기대를 가지셨던 그런 기억들이 나한테는 일생의 자양분이고 교훈으로 남아 있죠. 그분이 열변을 토하는 걸 들으면 빨려들게 되어 있다고 그러셨는데, 정말 그렇죠. 그런데 그게 그냥 달변이기 때문만이 아니고, 먼저 사심 없이 사태를 정확하게 보고 정직하게 짚어내시니까 빨려들지 않을 수가 없는 거예요. 어느날인가요, 일식집 2층에서 몇시간을 그분이 우리 몇 사람 놓고서 열변을 토하신 적이 있어요. 그때 중국문학 하는 김익삼이라는 친구가 같이 있었는데, 그 친구는 처음이었죠. 그러고 나서 나중에 그 친구도 굉장히 감복을 했는데, 그때는 염선생이 안 계셨나.

염 네, 저는 그 자리에 없었습니다.

초기 『창비』의 시 기획에 준 도움

백 그때가 어떤 때인가 하면, 문인협회가 원래 월탄(月灘) 박종화(朴鍾和) 선생이 제일 어른이고, 그 밑에 김동리·서정주 같은 분들이 계셨어요. 황순원 선생은 조직에 깊이 관여하지 않으셨고. 실세였던 조연현이 권한을 많이 휘두르다가 그 단합구조가 깨졌잖아요. 김동리 선생하고 조연현이 깨지고 그랬을 때예요. 김수영 선생이 아주 좋아하면서 "사필귀악이다" 그러신 적이 있죠. 그리고 구수동 댁에도 많이 드나들었고요. 내가 신혼 초에 운니동에 살았는데, 김수영 시에 보면 「미인」이라는 시 있잖아요. 그 'Y여사'라고, 윤여사하고 내외분이 같이 오셔서 우리 집에서 술을 많이 드셨죠. 밖에서 술 먹을 때는 그 양반이 늘 나보다 훨씬 많이 취하시고 그랬는데, 그날은 집 안에서 오랫동안 마시다보니까 나중에 침을 흘리기 시작해요. 그러니까 사모님이 저 사람 침 흘리기 시작하면 빨리 가야 된다, 그래가지고 모시고 나간 일이 있었죠. 나는 김수영 선생과 무작정 더 오래 있고 싶은 마음이라 서운했지만, 다른 한편으로 김선생도 어떤 한계에 다다를 수 있구나 하는 걸 처음으로 깨달은 느낌이었지요. 아무튼 정직하고 거리낌 없는 모습이 제일 감동적인 분이었어요. 흔히 천의무봉(天衣無縫)이라는 말을 하는데 어떤 의미에서는 자기 멋대로 사는, 자행자지(自行自止)하는 사람을 좋게 말해 천의무봉이라고 그러기도 하지요. 그러나 김수영 선생은 거침없으면서도 굉장히 겸손하고 교양이 있는 분이었어요. 그러니까 천의무봉의 알몸이라도 겸손과 교양이 몸에 밴 알몸이었던 점이 아주 특이한 것 같고요. 그분의 겸손을 또 어디서 느낄 수 있냐면, 『창비』가 창간호부터 한동안 시를 안 실었잖아요. 그건 내가 시를 몰라서 그렇기도 하고, 그때 나를 포함해서 한국 문단에서 많이 참고하던 사르트르의 잡지 『현대』(*Les Temps modernes*)도 시를 안 실었거든요. 그걸 조금 핑계 삼아서 힘든 일 하나 덜고 가는 의미도 있었고 그랬는데, 김수영 선생이 『창비』를 그렇게 좋아하셨지만 시를 안 실은 것에 대해서 꽤 섭섭해하셨어요.

염 당연히 그러셨겠죠.

백 처음부터 그런 얘기를 하지는 않고 한참 지내다가 『창비』도 시를 좀 실지 그러냐고 하시면서 시인을 추천했는데, 그래서 제일 먼저 실은 시인이 김현승이에요(1968년 봄호). 그다음에는 김광섭·신동엽이었고요. 같은 호에 파블로 네루다 시를 김수영 선생이 번역해서 실었는데, 자기 시를 싣자는 말을 안 해요. 나중에 가서야 당신 시도 한번 실을 준비를 하고 있다는 얘기를 하셨는데, 그러고 나서 바로 작고하셔가지고…… 그래서 그해 가을호에 김수영 특집을 하면서 유고 몇편하고 이미 발표된 작품에서 골라가지고 한 열두편을 실었죠.

염 창덕궁 돈화문 맞은편 2층 다방에서 백선생님과 함께 신동엽 시인을 만나 원고를 받던 생각이 나네요. 「술을 많이 마시고 잔 어젯밤은」 같은 작품이 실린 건 1968년 여름호인데, 그것이 신시인이 살아생전 『창비』에 발표한 마지막이었지요. 같은 호에 김선생 번역으로 나간 네루다의 시는 그 무렵 대학생이었던 김남주 시인이 딸딸 외우고 다녔다고 하더군요. 그리고 가을호에 김수영 유고가 실렸고.

백 일기는 돌아가시고 나서 내가 구수동 댁에 가서 며칠 동안 베껴가지고 실었죠. 하여간, 처음부터 당신 시를 싣자고 하실 수도 있는 관계였는데 그러지 않으셨어요. 우리하고 가장 가까운 시인이었고, 또 시단에서 김수영 하면 그때는 지위가 확고한 시인이었으니 그래도 두번째쯤은 싣자고 하실 법한데 안 하셨고, 세번째쯤 실을 생각을 하고 준비하고 있다가 돌아가셨죠. 당시 김광섭 시인의 시 「산」을 비롯해서 몇편 참 훌륭한 시를 얻어왔는데, 미아동에 있는 이산(怡山) 선생 댁에 김수영 선생하고 같이 갔었어요. 이산 선생이 뇌일혈로 쓰러지셨다가 회복은 되었는데 거동이 활발하지 못하던 그런 때였죠.

염 네, 저도 백선생님과 함께 미아리 대지극장 건너편 골목으로 좀 걸어 들어가서 이산 선생 댁을 찾아갔던 기억이 납니다. 병색이 완연했지만 그래도 이불을 젖히고 일어나 앉아 띄엄띄엄 말씀도 잘하시고 가끔 유머도 조금씩 곁들이고 하셨지요. 이산의 생애 전체로 보더라도 그 무렵 쓴 시가 단연코 제일 좋은 시들이에요.

백 그렇죠.

시대를 앞서간 개방성과 난해시의 정체

염 김수영 선생이 백선생님 댁으로 초대받아서 갔던 자리엔 저는 없었고요. 김수영 선생이 누구에게나 거리낌이 없고 핵심을 찔러 말씀하시지만, 백선생님 대하실 때하고 저하고는 약간 다른 면도 있지 않았던가 싶습니다. 백선생님은 『창비』를 대표하는 위치에 있는 데다 점잖은 분이어서인지, 저를 조금은 더 편하게 대하신 게 아닌가 싶어요. 예를 들면 『창비』에 유고로 발표된 「성(性)」이라는 시에 1968년 1월 19일이라는 날짜가 적혀 있는 걸 보고서 깨달은 건데, 1967년 말인지 68년 초인지 어느날 드물게도 제가 김선생을 모시고 박수복(朴秀馥)이라는 분의 댁에 가게 됐어요. 박수복 선생은 당시 문화방송 PD로서 채현국 선생을 비롯해 친교가 넓었고 김선생과도 친분이 있었지요. 홍제동 문화촌아파트의 박선생 댁에서 아주 각별하게 대접을 받았죠. 즐겁게 먹고 마신 건 좋았는데, 밖으로 나오니까 큰일이었어요. 통금이 가까웠거든요. 김수영 선생이 "집에 갈 거야?" 하더니 그, 말하자면 '종3'에 같이 가자는 거예요. 저로선 중대한 제안이었기 때문에, 거절은 의절 같다는 느낌을 받고 따라가서 한숨도 잠을 못 잤어요. 그러다가 새벽 일찍 일어나서 광교의 '맘모스'라는 다방까지 걸어가 커피 한잔 마시면서 깨끗하게 교복 입은 고등학생들 재잘거리며 학교 가는 거 바라보았던 일이 떠오르네요.

백 염선생이 거기에 대한 글을 쓰신 게 있지요. 대담이었나요?

염 대담집『문학과의 동행』(한티재 2018)에서 그 얘기를 했지요. 그거 뭐 널리 공개하기는 그런데, 김수영 선생 산문들을 보면 어디 여행 가거나 무슨 특별한 일이 생겨서 오입했다는 얘기를 거리낌 없이 쓰고 심지어 그걸 부인한테도 얘기를 하는 것 같아요. 그밖에도 자신 안에서 꿈틀거리는 비열한 욕망이나 이웃과의 사소한 다툼 같은 걸 뭐 하나도 감추거나 비틀지 않고 그대로 드러내요.

백 김수영 선생이 쓰신 원고를 부인이 정리를 하시니까, 거기 원고에 나오면 부인이 다 아시는 거죠. 부인도 대단한 양반이에요.

염 그렇죠. 그런데 성의 자유 내지 성의 해방이란 측면에서는 김수영 선생이나 또는 그보다 앞선 세대들, 가령 나혜석(羅蕙錫)이나 임화의 세대가 6·25 이후의 젊은 세대보다 훨씬 개방적이고 선진적이었지 않은가, 좋다 나쁘다는 걸 떠나서 그런 것 같아요. 냉전체제의 억압성과 퇴행성이 그런 데서도 나타나는구나 싶어요. 1960년대 중반에 이르자 김수영 선생이 글도 훨씬 더 많이 쓰고 문학과 사회에 대한 사유도 깊어지는 게 느껴지는데, 그런 걸 느끼면서 드는 생각이 분단과 전쟁으로 파괴되고 위축되었던 이 나라의 인간 정신이 김수영 선생 같은 분을 필두로 이제 회복되기 시작한다는 것, 그러니까 1960년대 이후 김수영 개인의 탁월함도 있지만 그와 더불어 김수영으로 대표되는 우리 사회 전체가 회복 국면을 맞고 있다는 생각이 들었습니다.

백 시도 그렇고 산문도 그렇고 1967~68년 그때 절정에 이르신 것 같아요. 지금은 그런 얘기 하다가는 큰일 날 시대지만, 김수영 선생의 경우는 흔히 말하는 그냥 오입질하고는 좀 달랐던 것 같아요. 시인으로 살면서 뭔가 벽에 부딪힌다든가 절박해졌을 때 그것을 넘어서는 그분 나름의 한가지 방식이 아니었나 그런 생각이 들어요. 실제로「반시론」이라는 산문에서 비슷한 이야기를 하시기도 했고요. 그런데「성」이라는 시 얘기하니까, 생각해보니 그게『창비』에 주려고 모으고 있던 시 중 하나예요. 사실 그 시를 보면 요즘 우리가 흔히 보는 난해시하고는 전혀 다르잖아요. 모를 말이 하나도 없어요. 그리고 김수영의 난해시는 요즘처럼 이상한 비유라든가 하는 것 때문에 무슨 말인지 모르게 되는 그런 경우는 참 드뭅니다. 문장 하나하나 뜯어보면 아주 평이하고 심지어 직설적인 그런 문장들인데, 요는 그런 문장을 쭉 늘어놓을 때에 그 조합이 갖는 의미라든가 한 문장에서 다른 문장으로 넘어갈 때의 비약 같은 거 있잖아요, 논리상의 비약. 도대체 왜 이런 말씀을 하시나, 그게 선뜻 이해가 안 돼서 난해한 것이지 처음부터 난해한 시를 쓰려고 그런 건 아니지요. 김수영의「말」(1964)이라는 시에 보면 "고지식한 것을 제일 싫어하는 말"이란 표현이 있어요. 고지식하지 않으면서 정직한 얘기를 하다보니까 고지식한 데 익숙한 사람들이 잘 못 알아듣는 거지, 요즘 아주 흔해진 난해시하고는 좀 다르지 않나 생각합니다.

염 그 말씀에 공감이 갑니다. 저처럼 좀 고지식한 사람은 김수영의 시에 구현된 '정직'이나 '진실'을 알아내는 것이 때때로 매우 어려운 게 사실입니다. 반면에 그가 실생활에서 우리에게 직접 했던 말이나 그 말과 비슷한 레벨에서 쓰인 그의 산문들은 내용이 어떤 것이든 시에서와 같은 '비약'이 별로 없기 때문에 직설적인 공감을 일으킵니다. 김수영 자신도 시론이나 시평에서 자기 시대에 자주 쓰이던 용어인 '난해시' '참여시' '현대시' 같은 개념들을 통해서 시에서의 비약의 불가피성을 이론적으로 해명하려고 애썼던 것이 보이지요. 그때그때 쓰는 월평 같은 글에서는 비평의 대상이 되는 시와 시인의 특성에 따라 진정한 난해시와 사이비 난해시를 구별하기도 하고요. 가령, 「'난해'의 장막」(1964)이라는 상당히 논쟁적인 글에 보면 이런 문장이 있습니다. "기술의 우열이나 경향 여하가 문제가 아니라 시인의 양심이 문제다. 시의 기술은 양심을 통한 기술인데 작금의 시나 시론에는 양심은 보이지 않고 기술만이 보인다. 아니 그들은 양심이 없는 기술만을 구사하는 시를 주지적(主知的)이고 현대적인 시라고 생각하고 있는 모양이다. 사기를 세련된 현대성이라고 오해하고 있는 모양이다." 이건 겉모양만 현대시 흉내를 냈던 당시 우리 시단 일각의 풍조를 공격한 글인데, 이와 반대의 경우로서 그는 당시 일본에서 발행되던 잡지 『한양』에서 활동하던 장일우(張一宇)의 평론을 문제 삼고 있어요. 장일우 씨는 한국 시인들의 현실도피적 경향을 아주 거칠게 비판했는데, 그의 평론을 읽고 김수영은 그 주장을 일면 긍정하면서도 "그가 아무래도 시의 본질에보다도 시의 사회적인 공리성에 더 많은 강조를 하고 있다"고 말함으로써 장일우의 주장이 시의 본질을 언급하는 데는 미달함을 지적합니다. 이렇게 그는 장일우의 단순한 참여론을 비판하면서 여기서 한걸음 더 나아가 참여의 근본에 대해 질문합니다. 시를 쓰는 사람으로서 자신이 하는 일의 근본적 의미를 성찰하는 거지요. "가장 밑바닥에서 우러나오는 가장 절박한 시를 쓰려면 어떻게 하면 되는가?"(산문 「생활현실과 시」, 1964) 어느 시대에나 시인은 이 질문을 피할 수 없을 텐데, 거기에 제대로 답하려면 틀에 박힌 상식이나 타성적인 표현에 의존해서는 안 된다는 것, 즉 일정한 난해성은 불가피하다는 것이 김수영 선생의 생각이었던 것 같아요. 그런데 그의 경우 사회적 공리성과 시의 표현 문제에 관해 이렇게 나누어 생각하는 사고방식이 그냥 계속됐던 게 아니고, 시대의 변화와 호흡을 같이하면서 점점 더 시의 본질에 대한 더 근원적인 물음으로 발전해나갔다고 여겨집니다. 4·19 직후에 발표된 「책형대에 걸린 시」라는 산문을 보셨나요?

백 글쎄요, 생각이 잘 안 나요.

염 그 글이 최근에 나온 『김수영 전집』 2권에는 실려 있고 이전 전집들에는 안 실려 있는데요, 저는 2년 전쯤 4·19 무렵의 문학을 살펴보려고 인터넷에서 옛날 신문을 뒤지다가 1960년 5월 20일자 경향신문 석간에서 「책형대에 걸린 시」를 발견했습니다. 처음 보는 데다 중요한 글이다 싶어 페이스북에도 올린 적이 있습니다. 그 글을 보면 4·19가 김수영 시인 개인의 인생에 무엇을 의미하는지 생생하게 알 수 있어요. 거기 보면 그동안 자기는 "시는 어떻게 어벌쩡하게 써왔지만 산문은 전혀 쓸 수가 없었고 감히 써볼 생각조차도 먹어보지를 못했다"고 말합니다. 시에서는 최소한의 '카무플라주'(camouflage, 위장)가 통할 수 있지만 산문에서는 그럴 수 없었기 때문이라는 거죠. 그리고 4·19의 감격을 이렇게도 표현합니다. "나는 사실 요사이는 시를 쓰지 않아도 충분히 행복하다. (⋯) 나는 정말 이 벅찬 자유를 어떻게 처리해야 할지 모르겠다. 너무 눈이 부시다. 너무나 휘황하다. 그리고 이 빛에 눈과 몸과 마음이 익숙해지기까지는 잠시 시를 쓸 생각을 버려야겠다." 이 글의 부제가 '인간해방의 경종을 울려라'인 데서도 드러나듯이 4·19는 그에게 해방의 종소리 같은 것이었어요. 4·19 이전에는 특히 김수영처럼 혹독하게 전쟁을 겪고 포로 생활에서 살아난 분은 자기 시대의 폭력성에 더 직접적인 두려움을 갖고 있었을 터이므로 이렇게 저렇게 '돌려서 말하기' 또는 '숨기며 말하기'의 기술을 구사할 수밖에 없었던 것이 당연하게 여겨집니다. 그러다보니 시가 자연히 어려워지기도 했겠죠. 그리고 '전혀 쓸 수 없었던' 산문의 경우에는 4·19 이후 드디어 말문이 트인다는 느낌이 들고요.

백 그런 관점에서 보면 4·19 이후 김수영이 훨씬 자유롭게, 또 알기 쉽게 발언을 하다가 5·16이 나서 또다시 억압의 시대가 오니까 시가 다시 난해해졌다, 이런 해석도 가능한데, 나는 그냥 시대에 대한, 시대현실에 대한 대응 전략이랄까 전술로서 그렇게 되었다기보다는 시가 더 깊어지면서 자연스럽게 생긴 난해성이란 면도 있는 것 같아요. 그게 처음부터 난해시를 쓰려고 작심하고 쓴 난해시, 염선생이 방금 인용하신 "양심은 보이지 않고 기술만" 보이는 시, 그런 거하고는 다르지만 정직하면서도 고지식하지 않은 말을 하다보면 자연히 그렇게 되지 않느냐 하는 생각이 들어요. 또 4·19 이전 억압의 시절에도 「폭포」나 「사령(死靈)」처럼 전혀 난해하지 않으면서도 김수영다운 시들이 있었고요. 아무튼 이 이야기를 꺼낸 계기가 「성」이라는 시였는데, 그 시는 사실 어려울 거 없잖아요? 이야기시처럼 되어 있는데, 그렇지만 자신의 어떤 타락을 고백하는 시이면서 동시에 그 타락을 자기 나름으로 응시하는 시선이 복합되어 있는 시라서 우리가 그 경지를 정확하게 포착하기란 쉽지 않은 것 같아요. 그런 의미에서 그 시 역시 난해시이고, 왜 이 양반이 굳이 이런 얘길 이렇게 하셨을까 하는 의문을 남기는 시라고 봐요. 그런데 그의 문학에 대한 본격적인 논의로 들어가기 전에 문인들과의 교류 얘기를 조금 더 할 필요가 있겠죠. 염선생이 문단 사람들을 더 많이 알고 그랬으니까.

당대의 한국문학, 그리고 이상에 대한 평가

염 네, 제가 더 많이 알고 있기는 했지만 주로 출판사 경험을 통해 안 분들이었고, 그러다보니 대체로 해방 후 문단에 등장한 분들이에요. 주로 김수영 선생 연배나 그 후배들이고, 그것도 신동문 선생과 자주 교류하던 분들이 많습니다. 그런데 편지·일기·수필 등 김수영 산문을 보면 신동문 그룹과는 일부 겹치기도 하지만 꽤 다르다는 걸 알 수 있어요. 누이동생인 김수명 씨가 오랫동안 『현대문학』 편집장을 해서인지, 신동문과 달리 의외로 기성 문인들과도 친교가 있었습니다. 황순원·최정희·김이석·안수길·송지영 선생들과도 상당히 가까웠고, 김경린·박태진·김규동 선생을 비롯한 '후반기' 동인들과는 부산 피난 시절부터 교류가 있었으며, 고은·김영태·황동규 등 후배 시인들에게는 큰 기대를 가졌던 것 같고요. 전쟁 이전 해방 시기에는 임화나 김기림의 영향 밑에 있던 자기 또래의 양병식·김병욱·임호권·박인환 등과 교류하면서 『새로운 도시와 시민들의 합창』(1949)이란 사화집도 만들었지요. 박인환(朴寅煥)이 '마리서사' 책방을 잠깐 운영한 것도 이때고요. 그런데 제가 1980년 봄 영남대에 내려가니 거기 시인 김춘수 선생이 재직하고 있다가 저를 반겨주더군요. 제가 김수영 선생을 따르는 줄 알고 했던 말씀으로 짐작되는데, 자기는 김수영을 좋아하고 꼭 한번 만나고 싶었는데 결국 생전에 못 만난 것이 유감이라고 했어요. 지금은 김춘수 선생에 비해 김수영 선생의 성가가 훨씬 더 높아졌지만, 1960, 70년대만 하더라도 후배 시인들에 대한 영향력에서 두분이 막상막하였잖아요? 김수영이 자기 시를 비판하되 핵심을 제대로 짚어서 비판하는구나, 저로서는 김춘수 선생이 이걸 인정하고 있었다는 걸 확인한 셈이었어요.

아무튼 김수영 선생은 『창비』에 시를 발표할 만한 선배 시인으로 김현승·김광섭 순서로 추천을 하셨지요. 그후에 제게 들었던 생각이 '김선생이 왜 두분을 추천했을까'였어요. 월평에서는 박두진·박목월 등에 대한 언급도 있고 조지훈(趙芝薫)과는 술을 한잔했다는 기록도 있는데요. 조지훈이 간사였던 한국시인협회가 1957년에 제1회 시인협회상을 김수영에게 수여한 인연도 있을뿐더러 시인협회 멤버들이 자유당 말기에 김동리·서정주·조연현의 문협과는 달리 정부에 비판적이기도 했고요. 아무튼 제가 알기로 김현승과 김수영 두분은 서로 상당히 이질적이에요. 김현승 선생은 제가 개인적으로 만나본 바로는 강직하면서도 청결하다고 할까, 독실한 기독교도에다 술도 전혀 못하고요. 말하자면 서정주하고 반대되는 타입이죠. 서정주는 문단정치에도 능하고 제자도 많이 키웠죠. 그 나름의 미덕도 없는 건 아니지만 김수영 선생은 서정주를 체질적으로 좋아하지 않았던 것 같아요. 그런 점에서 김현승 선생을 추천한 건 납득이 됩니다. 김광섭 선생의 경우는 상당히 다른데요, 일제 말 김광섭 선생은 드물게도 민족교육을 했다는 혐의로 4년 가까이 감옥 생활까지 했는데, 해방이 되자 갑자기 투사로 변해서 우익 전선을 이끌다시피 했어요. 문단적으로 보면 김동리나 조연현 같은 사람은 아직 청년 세대로서 오히려 문학주의적 경향이 강했고, 박종화는 젊은 세대에게 업혀 상징적인 대표 노릇을한 데 불과하고 실제로 앞장서 우익 투사로 싸운 건 김광섭인데, 김수영선생이 그런 점을 알고도 『창비』에 추천을 했는지 그런 문단 이력을 잘 몰랐는지, 이 부분은 저도 판단이 안 섭니다. 여하튼 6·25 이후 좌파 문인들이 사라지고 나자 김동리·조연현을 중심으로 문단권력이 집중되었죠. 이렇게 되니까 나머지 분들이 김광섭 선생을 대표로 하여 '자유문학자협회'를 만들었는데, 김수영 선생이 개인적으로 가까웠던 분들은 대부분 자유문학자협회 쪽이에요. 그러니까 김수영 선생은 문단의 주류에 속하지 않은 변두리 문인들에게 동질감을 더 느낀 게 아닌가 싶습니다.

백 김수영 선생이 『현대문학』 쪽 사람들을 아주 안 좋아하셨죠, 물론 『현대문학』에 시는 주고 그랬지만. 한편 문단의 우익이었지만 비주류였던 『자유문학』 쪽하고 가까웠던 것은 사실인데, 김광섭 선생의 경우 4·19 이후로는 정치에 참여할 일도 없었고 그러다가 60년대 중반에 쓰러지시잖아요. 그런 후에 회복하면서 시가 확 달라지고 좋아지는데 김수영 선생은 그 변화를 굉장히 높이 평가했던 것 같아요. 그래서 그때 우리가 받아온 시들 중 하나가 「산」인데, 그걸 읽고서 "야, 참 좋은 시 주셨다" 하고 좋아하시던 일도 기억이 나요. 김현승 선생의 경우는 염선생 말대로 현대적인 감각을 가지면서도 소위 모더니즘에 박힌 것도 아니고, 또 서정주식의 토착적인 서정 이런 것도 아니어서 선배들 중에서 괜찮다 하고 본 거지, 아주 높이 평가한 것 같지는 않아요. 서정주 선생에 대해서는 뭐, 김수영 선생께서 서정주를 싫어하고 당시 그 시를 인정하지 않았지만 그럼에도 일반적인 평가하고는 다른 데가 있었어요. 그러니까 보통 미당을 아주 좋아하는 사람들은 처음부터 끝까지 다 좋아하고, 비판적인 사람들은 초기 시들이 좋았지만 후기에는 이상해졌다, 이런 식으로 말을 하는데 김수영 선생은 그 점에서는 반대였어요. 나한테 말하기를, 그래도 요즘에 쓴 「동천(冬天)」 같은 시가 낫다는 거예요. 그게 꼭 정확한 평가일지는 모르겠지만, 이분이 토착적인 서정시를 아주 싫어했는데 사실은 당신도 『달나라의 장난』(1959) 같은 시집에 참 아름다운 서정시 많이 썼잖아요. 그런데 거기서 탈각하려는 생각이 많아서인지, 이후로는 이상(李箱) 같은 사람을 주로 높이 평가하고 그랬죠. 그런 심경의 일부로 서정주의 초기 시를 더 안 좋아한 면이 있는데, 그래도 「동천」 같은 작품에는 무언가 사상적인 탐구가 있다고 보신 것 같아요. 그래서 차라리 그게 낫다고 나한테 말씀을 한 기억이 나거든요. 더 선배 시인들 중에는 이상을 높게 평가하셨고, 김소월도 인정했지만 언젠가 나보고는 "아, 시인은 이상 하나 정도 아닌가" 그렇게 말씀하신 적도 있단 말이에요.

염 김수영 선생 세대를 흔히 학병 세대라고 부르는 분들도 있던데, 실제로 학병에 나갔던 문인들은 많지 않고 대부분 김수영 본인처럼 학업을 중단하고 유랑하거나 생업에 종사했어요. 6·25전쟁 참전 세대와 더불어 가장 불행한 청년기를 보낸 세대일 텐데, 따라서 그들은 자기 선배들의 시를 체계적으로 읽고 공부할 기회가 별로 없었던 게 아닌가 싶어요. 어느 글에선가 김수영은 해방 후에야 우리나라 작품을 읽기 시작했다고 말한 적이 있거든요. 대체로 시인들은 문학소년 시절 만해나 소월, 지용을 필두로 선배들 시를 읽는 과정을 통해 시를 공부할 거고, 그러는 동안 선배들 영향을 받아들이기도 하고 벗어나기도 하면서 차츰 자기 고유의 목소리를 형성해나갈 텐데, 김수영뿐만 아니라 대부분의 김수영 세대 문인들은 청소년 시기의 열악한 정치적·사회적 환경 때문에 그런 학습과 수련의 과정을 제대로 못 거친 것 같아요. 그게 거꾸로 득이 될 수도 있겠지만요.

백 체계적인 공부는 없었지만 반면에 우리 세대에 비하면 소위 월북문인이라고 일컫던 이들, 이용악·오장환, 이런 이들과도 훨씬 친숙하죠. 그땐 시집이라는 게 많이 나오는 때가 아니었으니까요. 이용악 시집을 염 선생이 복사해서 나한테 줬다가 우리 둘 다 정보부에 잡혀갔던 일이 있죠. 하여튼 그런 시대상황에 비하면 김수영 선생은 동시대 시인들을 훨씬 자유롭게 접하고 제대로 읽었던 것 같아요. 김수영 선생의 특징 중 하나는 공부를 체계적으로 안 했다는 점이겠지만, 또 하나는 이 양반 나름의 시인으로서 자기 어젠다가 있잖아요. 시인들은 자기가 하고자 하는 바와 안 맞는 시는 별로 평가를 안 하는 경향이 있죠. 당시 김수영 선생이 이상을 매우 좋아했는데, 이상이 김수영 선생하고 닮은 점이 또 있어요. 이상 시가 그렇게 난해한데 수필을 읽으면 진짜 멀쩡한 사람 아닙니까? 김수영 선생도 산문을 보면 꼭 그렇게 난해시 쓰는 사람 같지 않은 면이 있잖아요. 근본적으로 그렇게 멀쩡하고 합리적이고 이성적인 그런, 말이 되는 산문을 쓰는 능력을 가지면서도 시에서는 극단적인 첨단의 시세계를 탐구한 이상을 그래서 더 좋아하지 않았나 하는 생각이 듭니다.

분단시대 속의 문학적 정진과 세계성의 획득

염 그가 이상을 좋아하고 직계 선배로 생각했던 것은 아주 납득이 되는 얘기지요. 그런데 이상과는 다른 차원에서 임화도 존경했다고 하는데,

임화와 이상은 보성학교 동창이고 전위적 성향을 공유하고 있었음에도 문단적으로는 대척적인 위치에 있었고 개인적으로 친교가 있었다는 흔적이 없어요. 그게 참 이상한 일이죠. 김기림 같은 분은 두 사람과 다 관계가 깊은데 말예요. 제 짐작이지만 김수영 선생이 해방 전에 그들의 글을 읽었을 것 같지는 않습니다. 이상의 경우엔 1956년 임종국 편 전집이 나온 뒤에나 읽었을 거고, 임화의 경우에도 해방 전에 그의 시나 평론을 읽었을 리는 없다고 봅니다. 김수영 선생의 교육과정을 생각해보면 일본어로 주로 읽고 쓰고 그다음에 영어 공부를 했을 텐데, 50년대 중반 이후에 발표된 산문을 보면 우리말이 아주 능숙하다는 걸 알 수 있어요. "일본말보다도 더 빨리 영어를 읽을 수 있게 된,/몇차례의 언어의 이민을 한 내가/우리말을 너무 잘해서 곤란하게 된 내가"(「거짓말의 여운 속에서」)라고 그 자신을 노래하고 있지요. 이 시구절도 생각해보면 복합적입니다. 김수영 자신의 처지에 대한 자조가 있는가 하면 자기 시대의 현실에 대한 탄식도 있으니까요. 그런데 놀라운 부분 중 하나는 김수영 선생이 언제 영어 공부를 했나 하는 점이에요. 그가 이런저런 생업을 잠깐씩 거치다가 그래도 어느 정도 지속했던 것은 번역뿐이었잖아요? 시간 나면 명동 뒷골목에 나가서 외국 잡지 구해다가 번역해서 출판사에 팔았죠. 수필에서는 그렇게 싸구려 번역료 받는 신세타령을 한참 하고요. 결과적으로 보면 영어로 된 잡지들을 수시로 읽고 번역한 것이 김수영 선생의 사고방식이나 글에 일종의 세계성 같은 걸 구축하는 데 도움이 되지 않았나 싶어요. 번역이라는 게 본질적으로 한 언어를 다른 언어로 옮기는 단순한 기계적 작업이 아니라 번역자 내부에서 벌어지는 두 언어 간의 사유와 관습의 전쟁이라는 점에서 영어가 김수영 선생에게 기여한 바가 적지 않을 겁니다.

백 우선 그는 연희전문학교 영문과를 다녔잖아요. 졸업은 못했고 얼마 전에 명예졸업장을 받았지만요. 연희전문학교 영문과를 다녔으니까 기본적인 영어는 했을 거고, 지금 염선생 말대로 일본어에만 국한되지 않고 새로운 문화와 언어를 직접 접해보려는 의욕이 강했기 때문에 공부를 많이 하셨죠. 그런데 인명 발음 같은 거 보면요, 발음을 틀리게 하는 데 아주 묘한 재주가 있어요. 반드시 틀리게 발음을 합니다. '라이어널 트릴링'(Lionel Trilling) 같은 걸 꼭 '리오넬 트릴링'이라 그러고. 언제는 한번 그런 얘길 하셨어요. "나는 영어에 대해서는 자신이 있어. 모른다는 자신이 있어."(웃음)

다른 선배 문인들에 대해서 내가 한번 물어본 적이 있어요. 영문과 계통이고 모더니즘계라고 할 수 있는 김기림 같은 분을 포함해서요. 그런데 작품에 대한 평가라기보다는 그 사람의 인상을 주로 말씀하셨는데, 김기림은 별로 안 좋게 얘기하셨죠. 김기림이 일본의 제국대학 나온 사람 특유의 권위의식이 있다고 판단하신 것 같아요. "이태준은 어떻습니까?" 물었더니 "아, 이태준은 선비야"라고, 너무 곱다고 말씀하셨고요. "박태원은요?" 그랬더니 "박태원은 그거 엉터리야, 나하고 똑같아" 그러셔요. 마음에 들었다는 이야기지요.(웃음) 김수영은 사람도 욕심 없이 보니까 어떤 일면을 정확하게 포착하는 그런 게 있었어요. 염상섭도 그 점에서 좋게 보셨어요. 언젠가 한국의 문인들이 사진을 찍어놓은 걸 보면 전부 '포즈'가 있다면서 "염상섭을 봐. 염상섭은 혹도 진짜 혹이야!"라고 했어요.(웃음)

염 김수영 선생의 화법은 정말 갓 잡은 생선처럼 팔짝팔짝 튀는 데가 있어요. 잠깐만 방심해도 김수영이 박태원을 폄하했다고 소문나기 십상인 화법이죠. 그런데 우리나라에 영문과 졸업생이 수없이 많은데도 겨우 한 학기 다니다 중퇴한 김수영 선생만큼 영어를 통해 세상을 제대로 바라볼 줄 알게 된 사람이 많지 않았던 것은 결국 김수영이라는 사람 자체를 생각하게 만듭니다. 어느 글에 보니까 1955년에 강연차 군산에 갔다가 가람(嘉藍) 이병기(李秉岐) 선생을 만나서 그의 고전적 인품이나 한적(漢籍) 많은 것에 감명을 받은 얘기가 있더군요. 김수영 선생도 어려서 잠시 한문 공부를 했지만 한문 아는 체는 전혀 안 했고, 토착적 회고 취미나 감상주의는 싫어했지만 동양 고전에 대해서는 존중심을 갖고 있었음이 분명합니다. 젊은 날의 김수영이 존경했다는 임화만 하더라도 맑스주의에 대한 교조적 집착이 있었고 그것을 어느 정도 벗어날 듯한 지점에서 역사의 격랑을 만나 침몰했는데, 김수영 선생은 시종 어떤 기존의 원리에도 얽매이기를 싫어했고 그런 점에서 교조주의와는 원천적으로 가장 거리가 멀었던 분이에요.

4·19와 5·16, 시와 사상의 심화

백 김수영 선생이 분단시대를 온몸으로 살아온 분은 틀림이 없는데 특히 그분에게 결정적인 영향을 준 것은 4·19와 5·16이었지요. 1945년에 시작한 분단시대가 1953년 휴전 이후에 점점 공고화되면서 내가 '분단체제'라 부르는 일종의 체제로 굳어져가는데, 그 과정에서 한번 크게 흔들렸던 시기가 4·19였죠. 김수영 선생은 그때, 신동엽 시에 "누가 하늘을 보았다 하는가"라는 구절이 있듯이, 그때 하늘을 한번 보신 거예요. 하늘과 땅 사이에서 통일을 느꼈노라고 어느 글에 쓰시지 않았나요?

염 「저 하늘 열릴 때: 김병욱 형에게」라는 산문이지요. 그 하늘은 신동엽의 시 「누가 하늘을 보았다 하는가」의 하늘과 본질적으로 통하는 하늘이라고 생각되는데, 4·19혁명으로 열릴 세계에 대한 이미지를 자기 나름으로 표현한 것 아니겠어요? 아까도 말했지만 김수영 선생은 분단과 전쟁 한가운데를 뚫고 살아나온 분이라는 걸 잊어서는 안 될 것 같아요. 백선생님이 말씀하는 '분단체제'의 형성과정을 정면에서 몸으로 경험했던 거지요. 그리고 그것이 그에게 여러 면으로 엄청난 억압적 작용을 했고요.

그런 점에서 4·19가 가지는 해방적 의미는 아주 결정적이었던 것 같아요. 물론 4·19는 김수영 한 사람에게만이 아니라 대한민국의 역사 전체로 보더라도 획기적인 사건이었지만요. 사실 문학적으로만 본다면 4·19 이전에도 참 좋은 시들이 있고『달나라의 장난』에 실린 작품 외에도 상당히 좋은 시들이 많은데, 시적 사유의 심화는 4·19 이후의 자유로움 속에서 확실하게 펼쳐진 것 같다, 이런 생각이 들어요.

백 김수영 선생 입장에서 4·19가 참 거대한 해방이고 환희였다는 점은 짐작이 가고도 남습니다. 5·16으로 인한 좌절이 그만큼 깊었을 테지요. 그런데 그 좌절을 겪으면서 김수영의 시세계가 한번 더 깊어졌다고 봐야 하지 않나, 그게 내 생각이에요. 앞서 난해시에 대해 이야기했습니다만, 5·16 이후로 김수영의 난해시라고 말할 수 있는 시들이 나오기 시작합니다. 다시 폭압적인 시대를 맞아서 정면으로 말할 수 없으니까 돌려 말하다보니 어려워진 측면이 없지 않겠지만, 그렇게만 생각할 필요는 없지 싶어요. 사실 4·19의 좌절이라는 것도 누가 단독으로 원흉이 돼서 벌어진 상황이 아니고 어떤 거대한 역사적인 원인이 있어 촉발된 것이고요. 그후에 김수영 시인이 시를 쓰면서 좌절을 얘기하고 「전향기」라는 시도 있지만, 그게 완전한 전향이 아니면서 복종의 미덕을 배웠다, 이런 말도 어느 시에 나오는데, 그것도 그냥 자조적인 말은 아닌 것 같아요.

염 4·19 직후의 해방적 분위기에서 자유롭게 나오던 시적 발언들이 5·16이라는 반동의 철퇴를 맞으면서 다시 난해한 표현으로 돌아갔다는 식으로 김수영 시의 난해성 문제를 정치적 변화와 결부해 설명했던 것은 바로 저 자신인데요, 1976년『창비』겨울호에「김수영론」을 쓰면서 그런 생각을 했던 건 사실입니다. 말하자면 도식적인 민중문학론에 사로잡혀 있을 때였지요. 하지만 그동안 이런저런 역사의 고비를 거치고 나서 생각해보니, 전쟁을 겪든 독재를 겪든 그것을 견디기에 따라서는 인간적으로나 사상적으로나 더 깊어질 수 있다는 지금 말씀에 공감이 가고 김수영 선생이야말로 바로 '5·16사태를 통한 예술적 심화'의 살아 있는 실례라는 데도 이의가 없습니다. 그러고 보면 이승만 체제하에서 김수영이 감내했던 억압과 5·16 이후에 겪은 고난은 다른 성질의 것이었다고 보아야 할 것 같아요. 또 하나 눈에 띄는 현상은 김수영 선생이 4·19 이후 민주당 정부까지 4·19혁명의 변질과정에 대해서는 아주 실망하고 신랄하게 비판을 하는데, 5·16 이후에는 오히려 그런 직설적 비판이 수면 아래로 가라앉는다는 것입니다. 그 이유를 단순히 5·16군사정권에 대한 공포감 때문이라고 보는 것은 도식적이다, 이 말씀에 공감합니다. 무엇보다 1960년대 이후 김수영 선생의 문학적·인간적 깊이가 그 점을 웅변하지요. 자유당 때는 공포감 속에서 그냥 침묵을 강요받으며 지냈다면 이후에는 뭐랄까요, 정확하게 표현하기가 쉽지 않은데, 억압의 시대를 통과하면서 그 억압성을 근원적으로 초월하는 사상적 심화의 모습이 시와 산문으로 나타나고 있지 않은가 생각됩니다.

새로운 세상을 여는 '개벽'의 시인

백 좀 다른 얘기지만, 내가 작년부터 '창비담론 아카데미'라는 공부를 여러 사람하고 했잖아요. 2기 아카데미가 지난 7월초에 끝났고 이제 그 기록을 정리해 책으로 만들고 있어요(『문명의 대전환을 공부하다: 이중과제론과 문명전환론』, 창비 2018). 2기 아카데미에서 어떤 얘기가 나왔냐면, 한말(韓末)의 노선들, 흔히 3대 노선이 있다고 하지 않습니까, 개화파, 위정척사파, 그리고 동학 또는 농민전쟁. 1990년대 이후로 사회운동의 급진적인 열기가 식어가면서 농민전쟁에 대한 관심이 엷어지고 어떻게 보면 척사파하고 개화파의 대립만 부각된 느낌이 있어요. 창비담론 아카데미에서 그 세가지를 개화파·척사파·개벽파로 명명하자는 얘기가 나왔어요. 그리고 한말에는 실패했지만 두고두고 우리가 주목할 흐름은 개벽파가 아닐까, 이런 논의가 있었습니다. 그러니까 1980년대에 동학을 강조할 때는 개벽이라기보다는 농민전쟁으로 말했는데, 이제는 일종의 '개벽운동'으로 주목하자는 것이죠. 그리고 그 논의 끝에 그렇다면 김수영은 어디에 속하는 것인가 얘기가 나왔어요. 어느 분은 김수영은 개화파고 신동엽은 개벽파라 그러고, 또다른 문학평론가는 아니다, 김수영은 개벽파다, 이렇게 주장했어요. 그런데 나는 김수영을 개화파로 보는 것은 김수영을 모더니스트 계열로 보는 좀 뻔한 분류법인 것 같고, 김수영은 개벽파로 보는 게 맞다고 생각해요. 내가 어디선가 했던 말이지만, 훌륭한 시가 한편 쓰일 때마다 어떤 의미에서는 정신개벽이 일어난다고 할 수 있어요. 그렇다면 김수영·신동엽뿐 아니라 모든 진짜 시인들이, 적어도 진짜 시를 쓰는 그 순간에는 개벽파인 셈이지요. 김수영 선생도 전에 없던 새로운 세계가 열리는 충격을 주는 시만이 진짜 시라고 했잖아요. 그거하고도 통하는 얘기인데, 나는 김수영을 개벽파로 보는 쪽에 동조했고, 그런 관점에서 볼 때 김수영이 개벽파로서 면모를 제대로 갖추는 시점은 역시 5·16 이후인 것 같아요. 4·19 이전의 고통스러운 경험과 4·19를 통한 해방감, 이걸 다 맛보고 나서, 4·19 당시에 자기가 쓴 시들도 그 자신의 표현대로 '온몸으로 온몸을 밀고 가는 시'에는 미달했다는 반성을 겸하면서 정진하다보니 시가 쓰일 때마다 이전에 없던 세계가 새로 열리는 그런 충격을 주는 시인으로 발전하지 않았나, 그렇게 생각하고 싶어요.

염 그 말씀을 들으니 과거 우리 문단에서 참여시와 순수시, 리얼리즘과 모더니즘으로 나뉘어 벌어졌던 논쟁이 생각나네요. 대립 자체가 하나의 과정으로서 무의미한 것은 아니었지만 각자 소속된 진영논리 같은 데 빠져서 방금 말씀하신 '개벽'의 차원에는 이르지 못하는 수가 많았던 건 사실이었지요. 제가 살아온 문단사를 돌아보면 저 자신도 그 수렁 속에 빠져 있었다고 할 수 있고요. 김수영을 따르는 사람들 편에서 보더라도 그가 모더니스트이기 때문에 따르는 후배들이 있고 반면에 그를 리얼리스트라고 생각하고 따르는 후배들이 있잖아요. 거의 양분되어 있었는데, 그게 다 어느 일면을 따른 것이고 진짜 김수영의 본모습에는 미달하는 것이었다고 말할 수 있겠습니다. 그런데『김수영 전집』을 훑어보면 1960년대 이후에도 '세계창조'의 위업에 해당하는 개벽의 시만 있는 것이 아니라 일기 쓰듯이 그냥 후딱 쓴 느낌을 주는 것도 적잖이 있어요. 그런 점에서 보면 김수영의 후기 시도 세밀하게 읽고 때로는 비판적으로 분석할 필요가 있지 않은가 싶습니다.

우리는 김수영을 얼마나 제대로 읽고 있나

백 현재도 김수영에 관한 박사논문이 엄청 나오고 있고, 한국 문단에서 제일 많이 거론되는 시인일 거예요. 그런데 우리는 지금 과연 김수영시를 얼마나 제대로 읽고 있는지 한번 점검해볼 때쯤 싶은 생각이 있어요. 염선생께서 모더니즘, 리얼리즘 얘기도 하셨지만 소박한 리얼리즘 전통을 이어받은 시인으로 김수영을 설정한다면 말이 안 되죠. 4·19 직후의 시 일부를 가지고 그렇게 말할 수도 있겠지만요. 김수영이 소위 '리얼리즘과 모더니즘의 회통'을 달성한 시인이다, 이렇게 해석하는 경우도 있고요. 그런데 염선생이나 내가 주장했던 리얼리즘이라는 게 원래가 소박한 리얼리즘(내지 사실주의)하고 모더니즘의 회통을 이룩하면서 한 차원 다른 예술을 추구해온 것이었으니까, 그런 점에서 보면 '회통론'은 이런 차원의 리얼리즘 논의를 제대로 인정하지 않는 것 같아서 내가 불만을 표시한 적도 있어요. 최근에 황규관(黃圭官) 시인이 『리얼리스트 김수영』(한티재 2018)이라는 책을 냈던데, 그 역시 모더니즘을 경유하면서 모더니즘과 소박한 리얼리즘의 회통에 성공한 '리얼리스트' 시인으로 김수영을 읽고 있는 거지요. 아무튼 자꾸 어떤 트렌드에 맞춰서 김수영을 논한다든가, 아니면 자기가 하고 싶은 말을 위해 편의적으로 시를 이용하는 식의 김수영론이 너무 많은 것 같아요. 물론 김수영 시를 제대로 읽자고 해서 제대로 읽는 꼭 한가지 방법만 있는 건 아니겠지만, 말이 안 되는 해석도 많잖아요. 지금부터는 그런 걸 가지고 토론을 하고 대화를 했으면 좋겠어요.

가령 「풀」 같은 시도 최근에 최원식 교수가 김수영 50주기 기념 학술대회 기조 발제문에서 여러가지 해석들을 죽 열거했는데, 거기 보면 「풀」에 대한 황동규(黃東奎) 시인의 해석을 언급했어요. 나는 '풀＝민중'이라는 도식적인 이해에 이의를 제기한 그의 해석이 상당히 날카롭다고 생각해서 「역사적 인간과 시적 인간」(1977)이라는 글에서 인용도 하고 내 의견을 덧붙인 적이 있습니다만. 황동규 시인의 해석에서 출발해 한걸음 더 나아간 것이 작고한 김현 씨의 해석이지요. "발목까지/발밑까지 눕는다"라는 구절을 풀밭에 서 있는 사람의 발목까지 발밑까지 눕는다는 식으로 해석을 했어요. 그걸 정과리 씨가 또 그대로 받아들였고. 풀밭에 서 있는 시인 화자의 존재를 찾아낸 것이 탁견이라 보는 이들도 있는데, 나는 꼭 그런지 의문이에요. 풀밭에 사람이 있어서 꼭 그 사람의 발목까지, 발밑까지 눕는다고 읽는 게 너무 축자적인 독법 같아요. 아무튼 이런 문제도 서로 활발하게 토론해볼 필요가 있어요.

염 저도 그 발제문을 읽었는데요, 한걸음씩 파고들면서 조금씩 새로운 해석을 더해나가는 과정이 이론적 재미를 주기는 했지만, 소박한 독자들의 단순한 감상이 갖는 미덕에 비해 뭔가 과도하다는 느낌도 받았습니다. 그림을 볼 때도 전문가들은 그림 그리는 화가의 시선을 문제 삼기도 하고 그림의 배경이 되는 사회적 환경이나 역사적 사건이 그림 속에 어떻게 도입되어 있는지, 기타 수많은 요소들을 가지고 작품의 의미를 따지고 드는데, 물론 필요한 작업이지만 그런 전문적 지식의 도움 없는 작품 자체와의 단순 소통이 때로는 더 유익한 예술 수용의 길이라고 봅니다.

백 그러니까, 작중에 등장하지 않는 관찰자로시의 시인은 당연히 있는 거죠. 김현의 주장은 작중 현장에 사람이 서 있다는 것이고, 그걸 탁월한 발견이라고 보는 이도 있다는 거죠. "발목까지/발밑까지"라는 게 사람의 발목이고 사람의 발밑이라는 건데, 그렇다면 마지막 행 "날이 흐리고 풀뿌리가 눕는다"는 어떻게 되는 겁니까? 풀뿌리가 어떻게 눕는지는 설령 풀밭에 누가 서 있더라도 안 보일 거 아니에요. 사람을 굳이 시에 등장시키는 게 올바른 해석인가 의문이 생겨요. 그런데 그건 틀렸고 내가 맞았다, 이렇게 고집할 건 아니고 작품을 놓고 서로 조곤조곤 얘기해볼 필요는 있다는 겁니다. 사람이 서 있고 그런 광경이 벌어지는 걸 이 시가 그리고 있다고 보는 게 더 만족스러운 시적 효과를 주는가, 그렇다면 "풀뿌리가 눕는다"라는 구절은 어떻게 해석할 것인가, 이런 걸 갖고 서로 대화할 필요가 있다는 거죠. 김수영 시 한편 한편마다 그런 논란거리가 무척 많거든요. 그런데 지금은 각자 편의대로 자기 얘기만 던지고 넘어간단 말이에요. 내가 김수영 20주기 때 『사랑의 변주곡』(1988)이라는 선집을 엮어내지 않았습니까. 사실 말년의 김수영 선생하고의 인연을 생각하면 그의 문학 전집을 창비가 냈어야 마땅하고 적어도 그런 걸 주장할 수 있었을 텐데, 돌아가실 무렵에는 우리가 잡지만 있지 출판사가 없었지요. 그러다보니까 김수명 선생이 민음사하고 시선집과 산문선집을 냈는데, 나는 어디서 나왔든 그 시절에 그런 책이 나왔다는 건 참 훌륭한 공헌이었다고 생각합니다. 20주기 때는 우리가 당시에 이미 전집을 내놓고 있던 민음사에 양해를 구하고서 선집을 만들었죠. 거기에 내가 발문을 쓰면서 이런 얘길 했어요. 좀 심한 얘긴지 모르지만, "실제로, 그럴듯한 언사를 농함으로써 시 자체와의 만남을 회피하고 심지어 시를 죽이기까지 하는 작태는 오늘날 그 어느 때 못지않게 극성스럽다." 요즘 보면 이런 극성이 덜해진 것 같지가 않거든요. 물론 내가 요즘 나오는 김수영 연구나 평론을 다 따라 읽은 건 아니지만, 김수영으로 박사 했다는 사람도 내가 보기엔 엉뚱한 해석을 하곤 해요. 이제 그걸 점검하는 게 김수영 시를 제대로 대접하는 길일 것 같아요.

얼마 전에 이시영 시인도 자신의 페이스북에 김수영에 관한 글을 올리면서 "우리가 과연 그의 시를 온전히 이해하고 있다 할 수 있을까?"라는 물음을 던졌더군요. 그러면서 「사랑의 변주곡」의 "복사씨와 살구씨가/한번은 이렇게/사랑에 미쳐 날뛸 날이 올 거다!"에서 '사랑에 미쳐 날뛸 날'에 대한 자신과 유종호 교수의 상이한 해석을 예시했어요. 자신은 그것이 '사랑의 환희'라는 해석을 고수하지만, "그러나 복사씨와 살구씨가 미쳐 날뛸 때 그의 말대로 고독은 더러운 것이 되고 만다"는 유교수의 해석도 아주 배제하진 않으면서 "결론을 말하자면, 나는 이 애매성과 의미의 불명료성이 김수영 시의 매혹이라고 본다"라고 했어요. 나는 이시영 시인이 김수영의 신화화에 대해 훌륭한 문제제기를 했고 그 대안으로 작품을 놓고 회화하는 좋은 예를 제시했지만 그의 너무 '원만한' 결론은 김수영답지 않다고 봐요.「사랑의 변주곡」에서 "복사씨와 살구씨가 (…) 사랑에 미쳐 날뛸 날"은 "최근 우리들이 4·19에서 배운 기술"이라는 대목도 말해주듯이 '사랑의 환희'인 동시에 '혁명의 만개'를 암시합니다. "복사씨와 살구씨가 미쳐 날뛸 때 그의 말대로 고독은 더러운 것이 되고 만다"는 해석과는 양립하기 힘든 것이지요.

염 유종호 교수의 글을 읽지 못해서 본격적으로 논평할 순 없지만 이시영 시인이 페이스북 게시글에 인용한 부분만 가지고 말한다면 저도 「사랑의 변주곡」에 대한 유교수의 해석에는 동조하기 어렵습니다. 이시영에 의하면 유교수는 이 시의 "난로 위에 끓어오르는 주전자의 물이 아슬/아슬하게 넘지 않는 것처럼 사랑의 절도는/열렬하다" 같은 구절에서 '사랑의 절도'를 시의 핵심으로 보고 "복사씨와 살구씨가/한번은 이렇게/사랑에 미쳐 날뛸 날이 올 거다!"에서 '사랑에 미쳐 날뛰는 것'을 절도(節度)의 훼손 내지 타락으로 설명했다고 하는데, 그것은 단도직입적으로 말해서 시인 김수영의 혁명성을 평론가 유종호의 보수주의로 치환한 설명이라고 생각합니다. "사랑에 미쳐 날뛸 날"이라는 표현 자체가 어찌 보면 자기모순적이에요. 하지만 그것이 '광신'으로 오해받는 것을 방지하기 위해 "아들아 너에게 광신(狂信)을 가르치기 위한 것이 아니다"라고 전제를 단 것도 그렇지만, 복사씨와 살구씨의 단단함이 바로 사랑으로 만들어진 것이기 때문에 복사씨와 살구씨에 내재된 가능성의 "한번은 이렇게" 일어날 폭발로서의 사랑은, 아까 말씀하신 용어로 개화와 척사를 넘어선 개벽의 경지를 가리키고 있는 것으로 보입니다. 그리고 복사씨와 살구씨는 이유 없이 계속 날뛰는 게 아니라 프랑스혁명이나 4·19처럼 오랜 준비와 기다림 끝에 "한번은 이렇게/사랑에 미쳐 날뛸 날이 올 거다!"라는 거잖아요? 넘칠 듯 넘치지 않는 아슬아슬한 절도의 시간 뒤에 마침내 닥치는 사랑의 환희이자 혁명의 폭발인 거죠. "욕망이여 입을 열어라 그 속에서/사랑을 발견하겠다"라는 첫 구절도 욕망과 사랑의 대립이 아니라 욕망의 승화, 욕망의 내적 전화(轉化)로서의 사랑을 말하는 것이고요. 물론 김수영의 시들이 대부분 그렇듯 「사랑의 변주곡」에도 명쾌한 해석을 거부하는 미묘한 표현들이 많지요. 저처럼 좀 고지식한 사람에겐 김수영의 시가 언제나 난해의 측면이 있는데, 그래도 이 시는 소리 내어 낭송해보면 의미의 전달 이전에 강렬한 감성적 자극이 일어나는 게 느껴집니다.

딴 얘기지만 김수영 관련 논문 이외에도 각 대학 국문학과에서는 엄청나게 많은 논문들이 쏟아져 나오고 있어요. 극히 일부밖에 읽지 못하고 말하는 것이 무책임하긴 하지만, 한마디로 옥석을 분간하기 어렵습니다. 학술적 체재만 갖추었을 뿐 에세이보다 내용이 빈약한 논문도 많고요. 김수영 선생의 경우, 특히 금년은 50주기여서 기념행사도 많고 각종 글들이 쏟아져 나오는데, 김수영 선생이 저세상에서 이걸 보면 뭐라고 하실까요? "고만해라, 고만해" 이러지 않으실까 모르겠어요.

김수영 문학의 계승, 그의 치열성을 본받는 것부터

백 물론 김수영 문학을 제대로 계승하기 위한 노력이나 역할을 충분히 했나 생각하면, 나도 그분으로부터 입은 은혜를 충분히 보은하지 못했다는 반성을 하고 있어요.

염 저야말로 그렇습니다. 김수영 선생보다 30년 가까이나 더 살았는데도 제 마음속에는 그가 아직 넘지 못한 산 같은 느낌으로 남아 있어서 여전히 배울 게 많다고 생각돼요. 그의 글을 다시 읽고 그의 끊임없는 자기갱신의 생애를 돌아보면서 늦었지만 스스로 거듭나기를 기약하는 수밖에요.

백 우리의 대담이 실리는 이 책이 그 신화화를 더 강화하는 결과가 되어서는 안 되겠지요. 이번 책은 김수영론이 아닌 회고담 위주니 크게 걱정할 필요는 없겠지만요. 나는 김수영의 신화화라는 게 흔히 '부익부 빈익빈' 하듯이 한쪽에 쏠리기 시작하면 거기에 와르르 몰리는 그런 현상인 것 같아요. 김수영은 그렇게 몰려가기에 안전한, 아주 안전한 대상이 되어버렸어요. 누구나 이미 연구하고 있고 그러면서도 실제로 연구가치가 충분한 시인이니까. 게다가 그를 연구하면 소위 민중문학이나 참여문학에 치우쳤다는 소리도 안 듣고, 그렇다고 해서 아예 현실과 무관하지도 않을 아주 좋은 소재예요. 그런 소재의 매력이나 이점에 끌려서 우르르 사람이 몰리는 게 우리 세대의 일부인 면도 있거든요. 또 하나는, 지금 한국의 국문학 연구라는 게 문학 자체를 제대로 읽고, 비평하고, 그걸 가지고 대중과 소통하는 그런 연구라기보다는 문학하고 약간 거리가 있는 담론을 막 펼쳐가지고, 나쁘게 말하면 문학을 죽이기도 하고, 적어도 그걸 덮어버리는 현상도 보이는 것 같거든요. 이것을 우리가 얼마나 깰 수 있을지 모르겠지만, 가령『창비』같은 잡지가 지금이라도 김수영 문학을 제대로 아는 데 이바지하려면 활발한 토론을 해야 하지 않나, 시에 대한 정당한 평가, 다른 평자들과의 진솔한 대화, 이게 중요할 것 같다는 생각이 들어요.

염 문학 연구만 그런 건 아니지만 오늘날 대학사회에서 논문을 쓴다는 게 승진, 취직, 연구비, 이런 것들하고 주로 연관되어 있어요. 그런 용도에 쓰이고 난 논문들 다수는 휴지통으로 들어가는 게 보통이고요. 그런데도 논문에 목을 매고 있는 요즘 교수들 보면 참 불쌍하기도 합니다. 그러다보니 제대로 된 연구와 논문은 대학 바깥에서, 소위 재야 학계에서 이루어지는 경향도 있는 것 같습니다. 김수영에 대한 공부를 포함해서 모든 공부가 그저 생활상 필요에 따라 논문 한편 쓰듯 하는 행위가 아니라 더 나은 세상이 어떤 세상인지를 탐구하고 그것을 이루기 위해 각자의 최선을 다하는 일이 되어야 할 텐데요. 하지만 솔직히 말해 백선생님이나 저는 이제 문학현장에서 물러날 때가 다가오는데, 역할이 끝나는 순간까지 허튼소리 안 하고 휘청거리는 모습 보이지 말았으면 하는 게 소망입니다.

백 대담을 마치면서 김수영을 새로 더 읽어야겠다는, 대담 전에 했어야 할 작업이 새삼스레 다가오는군요. 선생이 더 그리워지기도 하고요. 염선생과 더불어 김수영 선생 이야기를 나눌 수 있어서 행복했습니다.

제1부

뿌리 뽑힌 자의 노래_민영 시전집 『녹색평론』 2017년 11–12월호

천천히 흘러 멀리 가는 강물처럼_강민 시집 강민 『백두에 머리를 두고』 해설, 창비 2019

고은 문학의 역사적 의미에 대하여 '고은 학회' 창립 기념 모임(2015.9.) 강연문 정리

봄밤에 울리는 위로의 노래_박해석 시선집 박해석 『기쁜 마음으로』 해설, 파라북스 2020

도덕적 고뇌와 시의 힘_정호승 시집 정호승 『나는 희망을 거절한다』 해설, 창비 2017

시인 김지하가 이룩한 문학적 성과와 남긴 유산 『창작과비평』 2022년 가을호

현대시의 난해성이라는 문제_이성혁 평론가와의 인터뷰 『현대시학』 2018년 9–10월호

제2부

김수영은 어떻게 '김수영'이 되었나 김수영 시인 탄생 100주년 기념 학술대회(2021.11.) 기
조 발제문 수정

신경림 시인과 헤어지는 시간 『내일을여는작가』 2024년 가을호 외

오늘 다시 호출된 김남주 김남주 시인 30주기 추모문학제(2024.9.) 기조 강연문 수정

송기숙의 실천적 삶과 소설적 성취 5·18민주화운동 43주년 기념 학술대회(2023.5.) 기조 강
연문 및 전남 장흥문화원 문학행사(2023.10.) 강연문 정리

난민의 시대, 피난민의 문학_이성선 시인을 생각하며 심포지엄 '수복지구 사회상의 문학
적 수용'(2022.9.) 자료집 『수복지역 문학 특집』 기고문 수정

시대정신으로서의 문학_유성호 평론가와의 인터뷰 『문학인』 2022년 겨울호

| 찾아보기 |

인명

역사 앞에 선 한국문학

초판 1쇄 발행 / 2024년 12월 27일

지은이 / 염무웅
펴낸이 / 염종선
책임편집 / 정편집실 · 박지영
조판 / 박지현
펴낸곳 / (주)창비
등록 / 1986년 8월 5일 제85호
주소 / 10881 경기도 파주시 회동길 184
전화 / 031-955-3333
팩시밀리 / 영업 031-955-3399 편집 031-955-3400
홈페이지 / www.changbi.com
전자우편 / lit@changbi.com

ⓒ 염무웅 2024
ISBN 978-89-364-6364-9 03810

* 이 책 내용의 전부 또는 일부를 재사용하려면
  반드시 저작권자와 창비 양측의 동의를 받아야 합니다.
* 책값은 뒤표지에 표시되어 있습니다.